MONICA McINERNEY

Das Schönste kommt zum Schluss

GOLDMANN
Lesen erleben

Buch

Seit 30 Jahren schreibt Angela Gillespie einen Weihnachtsbrief an all ihre Freunde und Verwandten. Darin berichtet sie, wie das Jahr auf der Errigal Farm im australischen Outback mit ihrer Familie verlaufen ist. Jedes Jahr ist der Brief voller Lob und Liebe. Nicht so dieses Jahr. Angela tippt sich all ihren Frust von der Seele und schreibt die Wahrheit. Sie macht sich darüber lustig, dass im Leben ihrer drei erwachsenen Töchter alles schiefläuft, beschwert sich darüber, dass ihr kleiner Sohn oft nur mit seinem imaginären Freund spricht, und gesteht sich ein, dass ihr Mann etwas vor ihr verbirgt – eine Affäre? Eigentlich hatte sie nicht vor, ihre geheimsten Gedanken tatsächlich abzuschicken, doch durch einen dummen Zufall wird die E-Mail an ihren gesamten Verteiler versandt. Der brutal ehrliche Brief sorgt für ein mehr als turbulentes Weihnachtsfest, aber als Angela in einen dramatischen Unfall verwickelt wird, merken die Gillespies, dass manchmal alles auseinanderbrechen muss, ehe es für immer heilen kann …

Weitere Informationen zu Monica McInerney
sowie zu lieferbaren Titeln der Autorin
finden Sie am Ende des Buches.

Monica McInerney

Das Schönste kommt zum Schluss

Roman

Aus dem Englischen
von Astrid Mania

GOLDMANN

Die englische Originalausgabe erschien 2014
unter dem Titel »Hello from the Gillespies«
bei Penguin Group Australia.

Dieses Buch ist auch als E-Book erhältlich.

MIX
Papier aus verantwortungsvollen Quellen
FSC® C014496

Verlagsgruppe Random House FSC® N001967
Das FSC®-zertifizierte Papier *Pamo House* für dieses Buch
liefert Arctic Paper Mochenwangen GmbH.

1. Auflage
Deutsche Erstveröffentlichung Dezember 2015

Umschlaggestaltung: UNO Werbeagentur, München
Umschlagmotiv: FinePic®, München
Redaktion: Kerstin von Dobschütz
MR · Herstellung: Str.
Satz: omnisatz GmbH, Berlin
Druck und Bindung: GGP Media GmbH, Pößneck
Printed in Germany
ISBN: 978-3-442-48362-4
www.goldmann-verlag.de

Besuchen Sie den Goldmann Verlag im Netz:

In Gedenken an eine wunderbare Frau,
an Dympna Dolan
aus Tatestown im County Meath, Irland

Kapitel 1

Es war der 1. Dezember, und Angela Gillespie tat, was sie seit dreißig Jahren an diesem Datum tat. Sie setzte sich noch vor dem Abendessen an den Schreibtisch und verfasste ihren Weihnachtsbrief.

Nach all der Zeit hatte sie eine gewisse Meisterschaft darin erlangt. Zum Auftakt warf sie stets einen Blick in den Kalender, um sich die wichtigsten Vorkommnisse ins Gedächtnis zu rufen, dann fasste sie zusammen, was es zu jedem Mitglied der Familie zu berichten gab – zu ihr selbst, ihrem Ehemann Nick und den vier Kindern –, zu guter Letzt hängte sie ein, zwei Fotos an und schickte ihre Grüße los.

Der erste Weihnachtsbrief war im Jahr ihrer Hochzeit entstanden, als sich die allein reisende Angela Richardson aus Forest Hill, London, in die frisch verheiratete Mrs Nick Gillespie aus Errigal, einer Schaffarm im Outback des Bundesstaates South Australia, verwandelt hatte. Einen größeren Abstand zu ihrem alten Leben, und das galt in jeder Beziehung, hätte sie kaum finden können. Ein jährlicher Brief, so hatte sie beschlossen, sei der beste Weg, um mit Freunden und Verwandten in der Heimat in Kontakt zu bleiben. Mit den Jahren war der Verteiler angewachsen: um Nicks Verwandtschaft, die Nachbarn und neue Freunde aus Australien. Inzwischen ging der Brief an einhundert Menschen auf der ganzen Welt.

Die ersten Briefe waren noch ganz nach traditioneller

Manier entstanden: an ihrem großen Küchentisch, auf einer alten Schreibmaschine. Der Brief war dann nach Hawker, der nächstgelegenen Kleinstadt (eine knappe Autostunde von der Farm entfernt), gebracht, dort fotokopiert und per Post versandt worden. Das ging inzwischen sehr viel leichter. Dank E-Mail reisten die Briefe im Nu und per Mausklick in die Welt. Dennoch machte sich Angela immer einen Ausdruck und legte ihn in dem großen Aktenschrank neben ihrem Schreibtisch ab.

Ihr war bewusst, dass ihre Kinder dieses Ritual absolut verstörend fanden – sie, und auch Nick, lasen ihre Briefe längst nicht mehr –, aber vielleicht würden sie ihre Einstellung eines Tages ändern. Angela hoffte es zumindest. Denn sie betrachtete diese Briefe insgeheim als historische Belege. Schließlich waren es Depeschen aus ihrem Leben, ein Verzeichnis sämtlicher Fakten. Angela hatte die Briefe vor kurzem erst erneut gelesen.

Anfangs war es um ihre ersten Ehejahre gegangen: *Glücklicher als Nick und ich kann man wohl nicht sein! Und ich liebe das Leben auf dem Land. Ich kann schon fünf einheimische Vögel an ihrem Ruf erkennen, vier verschiedene Eukalyptusarten an der Borke, und letzte Woche habe ich zum ersten Mal am Steuer eines Traktors gesessen. Ich glaube, aus dem Londoner Großstadtmädchen lässt sich etwas machen!* Sie hatte die Ankunft der Zwillinge geschildert, kein Jahr nach ihrer Hochzeit: *Wir wussten zwar, dass es Zwillinge würden, aber die Mädchen zu sehen war trotzdem ganz und gar unglaublich. Eines hat dunkles, das andere hellblondes Haar, und beide sind sie wunderschön. Wir nennen sie nach meinen Großmüttern, Victoria und Genevieve.* Drei Jahre später konnte sie Lindys Geburt verkünden: *Die dritte Tochter! Auch sie hinreißend schön mit dunklem Haar. Die Zwillinge können es kaum erwarten, dass sie ihre neue Spielkameradin endlich bei sich haben. Und wieder darf ich den Namen wählen (Nick und ich haben in der Hochzeitsnacht einen Pakt geschlossen – ich darf die Mädchen-, er die Jungennamen aussuchen). Ich habe mich für meinen Lieblingsnamen aus einem Shakespeare-Stück entschieden – Rosalind. Die Zwillinge haben daraus natürlich sofort Lindy gemacht!* Die Briefe der folgenden zwei Jahrzehnte handelten vom Leben auf einer Farm im australischen Outback, von Urlauben mit der Familie, Schulnoten, Hobbys, Haustieren und lustigen Begebenheiten mit den Mädchen – alles im vergnügten Plauderton. Vor elf Jahren hatte sie dann eine Neuigkeit berichten müssen, die, so hatte sie vermutet, ihre Leser nicht minder schockieren würde als sie selbst. Mit vierundvierzig Jahren war sie noch einmal schwanger. Sie hatte geglaubt, sie wäre in den Wechseljahren. Stattdessen hatte sie erfahren müssen, dass sie im fünften Monat schwanger war. Der Routinebesuch bei ihrer Ärztin hatte zu einem überraschenden Schwangerschaftstest mit einem noch überraschenderen Resultat geführt. Zwei Tage nach der Geburt hatte sie mit der Tradition gebrochen und mitten im Jahr eine Sondermail verschickt. *Es ist ein Junge!!! Unser erster Sohn!!! Endlich darf Nick über den Namen entscheiden!!!*

Hinterher war ihr aufgegangen, dass sie es mit den Ausrufezeichen ein wenig übertrieben hatte. Der postnatale Endorphinschub. Oder der verspätete Schock über den Namen, den Nick für ihren Sohn gewählt hatte. Noch im Krankenhaus hatte er Angela gestanden, dass er seinem sentimentalen Großvater zu dessen Lebzeiten versprochen hatte, seine Söhne nach jenen ersten Gillespies – zwei Cousins – zu benennen, die in den 1880er-Jahren von Irland nach Australien ausgewandert waren. Und so wurde ihr viertes (und definitiv letztes) Kind auf den Namen Ignatius Sean Aloysius Joseph Gillespie getauft. Ein

Freund von Nick hatte amüsiert befunden: »Entweder wird euer Sohn später mal der erste australische Papst oder Betreiber einer Flüsterkneipe in New York.«

Am Anfang hatte Angela noch darum gerungen, dass ihn alle Ignatius nannten, doch es war ein Kampf gegen Windmühlen. Und ihr war ja längst bewusst, dass das Abkürzen von Namen eine australische Eigenart war. Einen Tag nach der Taufe war Ignatius schon Iggy. Eine Woche später wurde selbst Iggy noch verkürzt. Seither war er nur noch Ig.

In dem Moment kam seine Stimme aus der Küche. Das Farmhaus war groß, mit hohen Decken, sechs Schlafzimmern, zwei Wohnzimmern und einem Esszimmer, alle durch einen langen Flur verbunden. Dennoch war das Haus ziemlich hellhörig. Ig und Lindy spielten vor dem Essen Scrabble – sie versuchten es zumindest. Aus dem Esszimmer drang schwach irische Musik zu Angela. Nick erforschte die Familienhistorie. Im Verlauf des letzten Halbjahres war der große glänzende Esstisch unter immer mehr dicken Wälzern über die Geschichte Australiens und Irlands verschwunden. Zu den Bücherstapeln hatten sich die Passagierlisten von alten Dampfern, handgezeichnete Stammbäume und zahlreiche Fotografien gesellt. Und das nicht nur im Esszimmer. Oder im Büro. Nein, überall im Haus, auf jeder freien Fläche sammelten sich historische Papiere, das Rüstzeug eines Ahnenforschers. Erst in der Vorwoche hatte Angela den Autoschlüssel – nach fast einstündiger Suche – unter einem Stapel Fachzeitschriften zur Familienforschung entdeckt.

Aus dem Radio neben ihr erklang der Jingle für die 18-Uhr-Nachrichten. Angela blinzelte. Sie musste sich beeilen, wenn sie ihre E-Mail am Abend noch versenden wollte. Sie klickte auf ihre Vorlage, um die sich bereits ein

Muster aus Weihnachtsbäumen sowie die traditionelle Eröffnungszeile in festlichem Rot und Grün (»Grüße von den Gillespies!«) und die nicht minder festliche Schlussformel (»Angela und die gesamte Crew wünschen Euch und Ihnen allen ein wundervolles Weihnachtsfest!«) rankten. Sie musste nur noch den Mittelteil mit den Neuigkeiten aus dem Familienleben füllen.

Eine Minute verstrich, dann eine weitere. Die Worte kamen nicht. Vielleicht sollte sie mit der Tradition brechen und zuerst die Bilder auswählen. Sie öffnete den Foto-Ordner, den sie während des Jahres gefüllt hatte. Normalerweise nahm sie für den Brief ein Gruppenbild, doch die Familie hatte seit über zwei Jahren nicht mehr geschlossen vor der Kamera gestanden. Sollte sie dieses Jahr aktuelle Einzelporträts nehmen?

Sie klickte sich durch die Fotos, beginnend mit den Zwillingen. Nein, Victoria wäre sicher nicht begeistert, wenn eines davon die Runde gemacht hätte. Denn leider war »Runde« der passende Begriff. Nicht dass Angela das je zu ihr gesagt hätte, doch seit Victoria vor zwei Jahren nach Sydney gezogen war, hatte sie ziemlich zugenommen. Stressessen, so Angelas Vermutung, am Ende eines anstrengenden Tages als Radioproduzentin. Sie sah immer noch hinreißend aus, mit ihren blonden Locken und den blauen Augen. Wie eine bildhübsche rosawangige Milchmagd. Vermutlich würde sie es trotzdem nicht sehr schätzen, wenn Angela gerade jetzt ein Bild von ihr verschickte.

Auch Genevieves aktuelles Foto, aus New York gemailt, gehörte nicht unbedingt an die Öffentlichkeit. Als Hairstylistin, noch dazu als Hairstylistin mit einem Job in der Glamourwelt der US-amerikanischen Fernseh- und Filmindustrie, verhielt sie sich ihrer eigenen Frisur gegenüber recht entspannt. Auf dem jüngsten Foto sah sie aus, als wäre sie auf dem Weg zu einer Kostümparty, mit ihrem Knoten aus neuerdings hellblauen Dreadlocks und den wie üblich dick mit Eyeliner umrahmten Augen, die, wie ebenfalls üblich, spöttisch blitzten. Die Erklärung für ihr verwandeltes Äußeres hatte in der dazugehörigen E-Mail gestanden. Ein befreundeter Kollege musste bei einem Filmprojekt Dreadlock-Extensions zaubern, und Genevieve hatte sich ihm als Übungsmodell zur Verfügung gestellt. *Es ist nur vorübergehend!*, hatte sie geschrieben. *Na, Gott sei Dank!*, hatte Angela sofort zurückgemailt. *Ig lässt dir übrigens ausrichten, dass du wie ein zotteliger Schlumpf aussiehst.* Worüber sich Genevieve sehr amüsiert hatte. Genevieve amüsierte sich ohnehin über vieles.

Von Lindy gab es eine Reihe aktueller Fotos, doch mit ihren aufgerissenen, panischen Augen wirkte sie auf jedem Bild, als hätte man sie bei einem Gefängnisausbruch überrascht. Die Kamera log leider nicht. Die arme Lindy wohnte nämlich seit Neuestem wieder auf der Farm und war das reinste Nervenbündel. Ihr ohnehin verstörtes Aussehen wurde auch nicht durch die Tatsache gemildert, dass sie ihr langes braunes Haar neuerdings wie ein kleines Mädchen in zwei zerzausten Zöpfen trug. Das war in Melbournes Szene total angesagt, hatte sie Angela erklärt. Aber welcher Szene?, hatte sich Angela glücklicherweise nur im Stillen gefragt, der Kindergartenszene? Angela hatte auf die harte Tour lernen müssen, dass man Lindy wegen ihres Äußeren nicht necken durfte. Sie gar nicht necken durfte.

Wenigstens bei Ig war die Auswahl groß. Er liebte die Kamera. Doch unter all den Bildern fand sich kein einziges geeignetes. Seine dunkelroten Locken mussten dringend geschnitten werden, und daran hatte Angela sich noch nicht gewagt. Sie wartete darauf, dass Genevieve und ihre Friseurschere wieder im Lande waren. Bis dahin ging Ig als ihre vierte Tochter durch. Angela malte sich schon aus, wie missbilligend Nicks Tante Celia reagiert hätte, hätte Angela eines dieser Bilder mit ihrer E-Mail versandt. Celia hatte sehr strikte Ansichten darüber, wie die Frisur eines Elfjährigen auszusehen hatte. Celia hatte zu allem sehr strikte Ansichten.

Was aktuelle Fotos von ihr und Nick betraf … Angela war, als ob sie beide sich seit Monaten kaum im selben Raum aufgehalten, geschweige, vor der Kamera gestanden hätten. Angela drehte sich um. Zweiunddreißig gemeinsame Fotos blickten ihr entgegen. Auch das war eine Tradition, die sie im ersten Jahr ihrer Ehe eingeführt hatte. Jedes Jahr machten sie und Nick ein Foto in der gleichen Pose, an der gleichen Stelle, vor dem Tor des Anwesens, das steinerne Haus im Rücken, über ihnen der gewaltige Himmel, so viel Licht und Weite. Jahr um Jahr hatte sie einen Abzug an ihre Eltern nach London geschickt und einen für die Fotowand gerahmt. Mit der Zeit waren auch die Kinder auf dem Bild erschienen. Angela stand auf und sah sich die Fotos der Reihe nach an. Sie konzentrierte sich auf Nick, der auf allen Bildern links stand und sie mit seinen eins sechsundachtzig um fast zwanzig Zentimeter überragte.

Er hatte sich im Laufe der Jahre kaum verändert, war auf den jüngsten Bildern so schlank, groß und gebräunt wie auf den älteren. Angela nahm das erste Bild von der Wand, um es anzusehen. Sie erinnerte sich genau an diesen Augenblick vom Anfang ihrer Ehe. Erst nach acht Versuchen hatte der Selbstauslöser funktioniert. Sie hatten beinahe aufgegeben, da hatte es doch noch *klick* gemacht: Angela sah direkt in die Kamera, sie trug ein Kleid so kornblumenblau wie ihre Augen, ihr Haar ein Gewirr aus schwarzen Locken, ihr Lächeln breit, aber leicht erstarrt nach den vielen Fehlversuchen. Nick stand neben ihr in einer dunklen Jeans und einem weißen Hemd, die Ärmel aufgerollt. Er lächelte nicht, nein, er lachte, vollkommen entspannt, er weidete sich sichtlich am Anblick seiner Frau, sah mit solcher Lust auf sie hinab. Mit solchem Stolz. Mit solcher Liebe.

Wieder durchfuhr sie dieser Ruck. Ein plötzlicher Schmerz, ein Stechen. Noch immer hatte sie kein Wort dafür. Traurigkeit? Angst? Verwirrung? Es traf alles zu, doch da war noch etwas anderes. Es war wie das Gefühl eines kindlichen Heimwehs. Eine Sehnsucht nach dem anderen. Ein Schmerz, weil sie ihren Mann so sehr vermisste, so sehr wollte. Seit Monaten schon empfand sie so. Es war ihr unbegreiflich. Wie war das möglich, wenn Nick ihr körperlich so nahe war, jede Nacht neben ihr im Bett lag? Und dennoch war er fern, so distanziert, so …

»Ha! Schon wieder gewonnen!«

Das Triumphgeschrei aus der Küche brach in ihre sorgenvolle Grübelei. Es führte sowieso zu nichts. Sie musste sich auf ihren Brief konzentrieren. Angela entschied sich, die Idee mit den Einzelbildern zu vergessen und zu tun, was sie schon im letzten Jahr getan hatte: ein älteres Gruppenbild anzuhängen. Hoffentlich bemerkte niemand, dass sie, Nick und die Mädchen immer jünger wirkten und Ig nicht wuchs, sondern schrumpfte.

Als sie wieder am Computer saß, kündigte sich eine neue E-Mail an. Angela ließ sich dankbar ablenken und öffnete die Mail. *Danke, Angela, unser Engel aus dem Outback!!!*, lautete die Betreffzeile. Das Schreiben stammte von einem älteren Ehepaar aus Chicago, das während seiner Traumreise durch Australien eine Woche in Errigal verbracht hatte.

Angela hatte das Haus vor dreizehn Jahren, vor Ig, als die Mädchen ausgezogen waren, für Pensionsgäste geöffnet. Damals hatte die Entscheidung vor allem finanzielle Gründe gehabt. Die Dürre hatte alle Farmen schwer getroffen, die Wollindustrie war zusammengebrochen. Und wie sämtliche ihrer Nachbarn benötigten auch die Gillespies ein zusätzliches Einkommen. Angela hatte oft bei der Arbeit auf der Farm geholfen, doch die finanziellen Angelegenheiten hatte Nick nie mit ihr besprochen, obwohl sie immer wieder darauf gedrängt hatte. Dennoch hatte Angela auch so gewusst, dass jeder Dollar hilfreich war. Zu ihrer eigenen Überraschung hatte sie entdeckt, dass sie nicht nur ein Händchen für die Gästebetreuung hatte, sondern gleichfalls für die Werbung. Sie hatte, unter dem Dach der örtlichen Tourismusverbände, Errigals Abgeschiedenheit und Schönheit angepriesen. Gelegentlich hatte sie sogar ein Interview im Radio oder in der Zeitung gegeben, einmal sogar im Fernsehen. »Eine englische Rose im australischen Outback«, hatte der Reporter sie genannt.

Angela hatte klein angefangen, die alten Bedienstetenquartiere hergerichtet und ein, zwei Paare oder Familien pro Monat aufgenommen, jeweils von März bis November. Mit jedem Jahr war die Zahl der Gäste angestiegen, inzwischen kamen sogar Schülergruppen, die gern ein wenig rustikaler schliefen und die Quartiere der Schafscherer nutzten. Bei der letzten Zählung war Angela auf beinahe fünfhundert Gäste gekommen, nicht nur aus ganz Australien, sondern auch aus Übersee – aus Europa, Asien, Amerika –, alle auf der Suche nach einer Ahnung vom Leben auf einer einsamen Farm im australischen Outback, unter Angelas kundiger Führung.

Während Nick auf der Farm gearbeitet, die Herden

zu einem neuen Weideplatz getrieben oder den Besitz instand gehalten hatte, hatte sie mit ihren Gästen lange Fahrten durch die dramatische Landschaft unternommen, ihnen das Bergmassiv Wilpena Pound, den Gipfel des St Mary's Peak und die Klippen des Rawnsley Bluff gezeigt, die Höhepunkte des Flinders Ranges Nationalparks, aber auch kleinere Erhebungen und Täler. Alles hatte seinen Namen und seine Geschichte. Im Laufe der Jahre hatte Angela sie alle gehört, von Nick, den Aborigines, die in ihrem Dienst standen, den Nachbarn. Doch nicht minder gern verbreitete sie Zahlen. Ihre Farm umfasste 70000 Hektar, 700 Quadratkilometer. In ihren besten Zeiten, vor der Dürre, hatte sie zehntausend Schafe beheimatet. Das waren gewaltige Dimensionen, dabei nahm die Farm nur einen winzigen Teil dieses gewaltigen Kontinents ein.

Auch nach Igs überraschender Ankunft hatte Angela weiterhin Besucher aufgenommen. Ig hatte sie bei den Touren mit dem Geländewagen im Kindersitz begleitet. Angela freute sich immer, wenn ihre Gäste an den spektakulären Aussichtspunkten begeistert die Kamera zückten und diese nicht nur auf die Landschaft, sondern auch auf Kängurus, Emus oder Echsen richteten. Für Angela war der Anblick ein alltäglicher geworden, doch für auswärtige Besucher war er immer wieder ein Wunder. Sie wusste auch von den Menschen der Region zu sprechen, sie kannte die Mythen aus dem Volk der Adnyamathanha, den lokalen Aborigines. Und sie berichtete von den irischen Gillespies, die sich in den 1880er-Jahren auf dem Land angesiedelt hatten, führte ihre Gäste in den einstigen Wollschuppen und ließ sie über die hölzernen Geländer und Dielen fühlen, die von Jahren der lanolinhaltigen Vliese ganz glatt geworden waren. Manchmal übernachteten sie sogar draußen, im Zelt. Angela kannte nach all den Jahren auch die Sternbilder – das Kreuz des Südens, die Pointer –, es waren ganz andere Sterne als die, unter denen sie aufgewachsen war.

Die Kommentare im Gästebuch riefen die Erinnerungen immer wieder wach.

Dieser Ort ist eines der bestgehüteten Geheimnisse der Welt, bitte ab sofort keine Werbung mehr!

Das war der Urlaub unseres Lebens, vielen, vielen Dank.

Auch Ig wurde oft erwähnt. *Was für ein hinreißendes Kind! Du musst irgendwann zu uns in die Staaten kommen, Ig!* Auf entsprechend vielen Fotos ihrer Gäste sah man ihn, als das wilde Kind aus dem Outback, mit seinem wirren Haar, bei Wind und Wetter in Shorts und T-Shirt und fast immer mit nackten dreckigen Füßen.

Das Paar aus Chicago war Angela besonders ans Herz gewachsen. Es hatte alles, vom kleinsten Vögelchen bis hin zum glühendsten Sonnenuntergang über den nahen Bergen, als »absolut einhundert Prozent sensationell« gepriesen. Die E-Mail war nicht minder enthusiastisch. *Angela, Sie fehlen uns! Seit wir wieder zu Hause sind, ist es uns in Chicago viel zu laut. Wir vermissen Errigal und das Rufen der Vögel und den weiten, weiten Himmel und die Farben und die Ruhe, am meisten aber vermissen wir Ihre Gastfreundschaft, mit der Sie uns jede Stunde und jeden Tag verwöhnt haben!* Angela war versucht, den Rest zu lesen, doch sie hatte keine Zeit. Die Arbeit wartete auf sie. Der Brief.

Tatsächlich kam es ihr zum ersten Mal wie Arbeit vor.

Na los, Angela, fang einfach an. Sie rückte den Stuhl näher an den Schreibtisch. Ihre Finger zögerten über der Tastatur. *Jetzt mach schon,* drängte sie sich selbst. Schon meldete sich ein leichter, pulsierender Kopfschmerz. *Schreib deine Zeilen, schick sie weg, danach kannst du dich ja etwas hinlegen. Und wenn es nur ein paar Minuten sind.*

Endlich fing sie an, auf gewohnt vergnügte Weise, borgte sich den Anfang aus früheren Jahren und hoffte, dass niemandem die Zweitverwertung auffiel.

Hallo, ich bin es schon wieder, Angela! Sollen seit meinem letzten Brief wirklich zwölf Monate verstrichen sein? Wo bleibt bloß die Zeit? Bei uns ist alles bestens, wieder liegt ein Jahr mit aufregenden und glücklichen Erlebnissen hinter allen Gillespies. Ich hoffe, es war auch für Euch und Sie ein gutes Jahr!

An der Stelle brach sie ab. Sie ließ das Jahr Revue passieren, dachte an die vielen Weihnachtsbriefe im Laufe der Jahrzehnte. An all die fröhlichen, heiteren Briefe, in denen sie ihrer aller Leben im besten Licht erstrahlen, es so klingen ließ, als ob die Gillespies die glücklichste, reizendste, erfolgreichste, ausgeglichenste, solidarischste Familie in ganz Australien, wenn nicht gar der ganzen Welt war. Sorgen und Nöte hatte sie immer ausgespart. Spannungen mit keinem Wort erwähnt. Heikle Themen selbst zensiert. Das hatte sie immer so gehalten, auch wenn es manches Mal geklungen hatte, als sei alles viel zu schön, um wahr zu sein.

Ihr Kopfschmerz pulsierte heftiger. Angela rieb sich mechanisch die Schläfen. In letzter Zeit schlug nicht nur der Kopfschmerz regelmäßig zu. Mit ihren fünfundfünfzig Jahren beobachtete Angela noch etwas anderes an sich. Immer häufiger sprach sie auch mit Joan darüber, ihrer Nachbarin, Farmersfrau und ehemalige Krankenschwester. Joan war Mitte sechzig, hatte das Herz am rechten Fleck und scheute nie ein klares Wort. Sie war Angelas beste Freundin. Joan hatte das Londoner Mädchen, das mit großen Augen und stillem Heimweh im Outback angekommen war, aufrichtig willkommen geheißen. Momentan sahen sie sich nicht sehr oft – ihre Farmen lagen beinahe siebzig Kilometer auseinander –, doch sie sprachen regelmäßig über Telefon, manchmal sogar täglich. Angela hatte Joan vor wenigen Wochen erst ihre Sorgen offenbart.

»Ist das ein Symptom aus dem Leben nach der Menopause, über das nur niemand spricht?«, hatte Angela gefragt.

»Ich weiß noch immer nicht, was ›das‹ ist. Du musst dich schon genauer ausdrücken. Hast du blaue Flecken? Leidest du an einer gespaltenen Zunge?«

Angela hatte sich bemüht, ihr Unbehagen in Worte zu fassen. »Es ist so etwas wie ein ständiger Drang, die Wahrheit zu äußern.«

»Ach *das*!«, hatte Joan gelacht. »Da setzt nur die Altersweisheit ein. Du bist es also leid, um den heißen Brei herumzureden? Du willst gleich zum Kern der Dinge dringen? Geht mir ganz genauso. Gib dem nach, meine Liebe! Zieh vom Leder! Sag die Wahrheit! Das wird dir guttun.«

Aber wie sich über Nacht verändern?, hatte Angela gegrübelt. Wo sie doch während all der Jahre die Wogen geglättet und die Familie bei Laune gehalten hatte. Also hatte sie auch weiterhin die gute, brave, zurückhaltende Angela gespielt, zu der man sie erzogen hatte. Die Frau, die Nick geheiratet hatte. Die Mutter, die ihre Kinder kannten. Die herzliche Gastgeberin und Fremdenführerin. Die Nachbarin, auf die man sich verlassen konnte, die half, die zupackte …

Aber dieses neue, seltsame Empfinden, es wollte nicht weichen. Immer stärker wurde das Gefühl, als ob in ihr eine andere, eine neue Angela heranreifte und sich an die Oberfläche mühte. Ihre Kopfschmerzen waren beinahe ein Symptom dafür, der Beweis ihres »wahren« Ichs, das durch das »höfliche« Ich hindurchzubrechen suchte. In ihr wuchs der Drang, eine andere zu sein, wieder zu der Angela zu werden, die vor so vielen Jahren allein und mit dem Rucksack durch Australien gereist war. Die abenteuerlustige Angela. Die hoffnungs- und erwartungsvolle Angela. Nicht die Angela, die sie heute war. Die gewöhnliche Angela.

Die ängstliche Angela.

Sie wandte sich um und schaute aus dem Fenster, auf ihr Spiegelbild. Es war noch immer hell, doch die tiefe Veranda warf genug Schatten. Angelas üppige schwarze Locken waren nun von silbernen Fäden durchzogen. Ihre einst so blasse Haut hatte viel zu viel Sonne gesehen, seit sie vor beinahe vierunddreißig Jahren – war das wirklich schon so lange her? – nach Errigal gekommen war. Sie nahm die Lesebrille ab und beugte sich nach vorn. Immer hatte es geheißen, dass sie so wunderschöne Augen habe. Was für ein ungewöhnliches Blau! Auch Nick hatte oft gesagt, dass ihm ihre Augen als Erstes aufgefallen seien. Aber nach drei Jahrzehnten des Blinzelns im grellen Sonnenlicht hatten selbst sie ihren Glanz verloren. An das harsche Licht hatte Angela sich noch immer nicht gewöhnt. Zu Hause, in England, war das Wetter sanft, diesig, alles irgendwie verwaschen. Hier hatte das Wetter ein Eigenleben, war wie eine wilde Kreatur, roh und ungezähmt. *Ach, all der Sonnenschein, das muss doch toll sein,* hatten ihre englischen Schulfreundinnen ihr oft geschrieben. *Du bist echt ein Glückspilz! Zur richtigen Zeit am richtigen Ort, genau in dem Moment, als der Erbe einer riesigen Länderei mal eben auf ein Bier reinkommt!*

Angela hatte die Geschichte schon so oft erzählt, ihren Nachbarn, ihren Freunden und natürlich ihren Gästen. Schließlich wollte jeder wissen, wieso es eine Engländerin ins australische Outback verschlagen hatte. Und alle hörten mit Genuss von dem so großen wie romantischen Zufall, der sie und Nick einst zusammengeführt hatte. Angela, zweiundzwanzig, Rucksacktouristin aus England, hatte in einem Pub hinter der Bar gestanden, weil sie für eine Freundin eingesprungen war, die sich den Magen verdorben hatte. Nick, achtundzwanzig, aus South Australia, war wegen eines Rugbyspiels für eine Nacht in Sydney. Er hatte sich mit Freunden treffen wollen, sich jedoch verlaufen, und war in den Pub gekommen, um nach dem Weg zu fragen.

Angela wusste noch genau, wie und wann sie ihn zum ersten Mal gesehen hatte. War es Schicksal, Bestimmung oder eben Zufall, dass sie genau in dem Moment aufgeschaut hatte, als Nick durch die Tür gekommen war? In dem Moment war ihr gewesen, als ob ein australischer Heathcliff den Pub betreten hätte. Angela hatte Emily Brontës *Sturmhöhe* kurz zuvor gelesen, und der Vergleich mit der Romanfigur hatte sich ihr aufgedrängt. Nicht wegen Nicks Äußerem oder seiner Größe. Sie hatte ihn nicht einmal im klassischen Sinne attraktiv gefunden. Es war seine Energie gewesen, seine Ausstrahlung. Die Lebendigkeit. Er hätte ihr gar nicht erzählen müssen, dass er einer körperlichen Arbeit nachging, unter freiem Himmel. Denn er war nicht nur gebräunt. Er hatte so fit, so stark gewirkt. Er hatte dunkles Haar wie sie, seine Augen aber waren von einem tiefen Braun. Der irische Einschlag, sollte sie später erfahren. Sie hatte ihm den Weg erklärt, sogar eine grobe Wegskizze auf einen Bierdeckel gezeichnet. Impulsiv hatte sie ihm einen Drink auf Kosten des Hauses angeboten. Er hatte eingewilligt, aber nur, wenn er sie einladen könne. Es war ohnehin Zeit für ihre Pause. Bei den Drinks hatten sie geredet. Und geredet. Und gelacht. Er hatte als Erster auf die Uhr gesehen. Er musste gehen, sonst würde er das Spiel verpassen. Sie verabredeten sich auf einen Drink im Anschluss.

Sie verbrachten dann noch viele Stunden miteinander, redeten und lachten immer mehr, und mit jeder Minute wuchs die Anziehungskraft. So ein Mann war ihr noch nie begegnet, nicht in England und nicht in Australien. Er war neugierig. Umsichtig. Klug, doch das trug er nicht zur Schau. Wenn die Augen ein Fenster in die Seele waren, dann war er liebevoll, intelligent, belustigt und voller Bewunderung. Später, er brachte sie zu ihrem Hostel, setzte Angela auch »gute Manieren« auf die Liste seiner vielen Vorzüge. Sie küssten sich nicht. Am nächsten Tag trafen sie sich in seinem Hotel zum Mittagessen. Der Abschiedskuss dauerte zwanzig Minuten. Eine Woche später flog Angela nach South Australia. Dort erfuhr sie, dass er nicht nur Farmer, sondern auch der Erbe eines gewaltigen Anwesens am Rande des Outbacks war. *Gott, ist das romantisch!*, seufzten ihre Freundinnen. *Ein australischer Mr Darcy!*

Ein Jahr später waren sie verheiratet. Drei Monate später war sie schwanger. Die Zwillinge kamen eine Woche vor ihrem ersten Hochzeitstag zur Welt.

»Eine Ehe, die im Himmel geschlossen wurde«, sagte ihr Vater in seiner überschwänglichen Ansprache, die auf die Hochzeit in der katholischen Kathedrale Adelaides gefolgt war. Dort zu heiraten war Gillespie-Tradition, auch wenn Angela insgeheim gehofft hatte, die Trauung könnte in der winzigen Kapelle auf Errigal erfolgen. Aber da passen gar nicht alle rein, hatte Nick mit einem Lächeln widersprochen, das sie, nach leichtem Zögern, gespiegelt hatte. Es war ja nur ein Scherz, hatte sie sich beschwichtigt. Doch das stimmte nicht. In die kleine Kapelle hatte sie sich gleich verliebt. Angela war nicht religiös, das war nicht der Grund. Das Gebäude hatte sie angezogen, mit seiner Geschichte. Der alte, gelblich goldene Stein, die Schnitzereien, die Bänke, blank gesessen von all den Farmersfamilien, die im Laufe der Zeit von so weit her gekommen waren, um sich zum Gebet zu sammeln …

Die Tage als Kapelle waren längst vorüber. Sie war lange schon entweiht. Vor fünfzehn Jahren hatte ein Gewitter einen Teil des Dachstuhls weggerissen, eine Seitenwand war eingestürzt. Nun war das Gebäude eine Ruine. Trotzdem suchte Angela, sooft es ging, den Weg über die Weiden, und sei es auch nur für einige Minuten der Ruhe und des Friedens. Dann setzte sie sich auf eine der verbliebenen Bänke, schaute in den Himmel auf und lauschte. In solchen Momenten hörte sie den Wind, der durch die Eukalyptusblätter rauschte. Das Gekreisch der Kakadus, so schmerzlich wie ein Kratzer über eine Tafel, doch Angela hatte dieses Lärmen lieb gewonnen. Und wenn sie ganz still dasaß, hörte sie noch mehr: Die Echsen, die über die steinerne Wand in ihrem Rücken huschten. Das ferne rostige Reiben der Windmühlen. Manchmal auch, selten, ein Auto auf der Schotterstraße, das Knirschen der Reifen auf dem losen Untergrund. Und schließlich, je ruhiger sie wurde, ihren Atem, langsame Atemzüge, ein und aus …

Und stets, nach nicht allzu langer Zeit, eine Stimme. Manchmal waren es auch Stimmen. Die quer über die Weide nach ihr riefen. »Mum? *Mum?*« Den zweiten Ruf wartete sie immer ab, denn selbst auf die Distanz konnte sie erkennen, ob es drängte oder nicht, ob sie in Ruhe über den stacheligen Grund zurückgehen konnte oder ob sie rennen musste. Letzteres war erst zweimal nötig gewesen, beide Male in jüngster Zeit, als Ig in eine Notlage geraten war. Einmal hatte er sich den Kopf in den

Sprossen eines Küchenstuhls verklemmt. Ein andermal war er auf den Vorratsschrank geklettert und hatte festgesessen. Einen Jungen großzuziehen war eine ganz neue Erfahrung. Ihre drei Töchter hatten sich niemals größere Blessuren zugezogen, oder? Falls doch, hatte Angela das offenbar verdrängt. Ihr Sohn hatte für einige überraschende Erfahrungen gesorgt. Dazu gehörte auch die ungeheure Liebe, die sie für ihn empfand. Wie hieß es im Scherz? »Wenn dir deine Mutter sagt, sie hat kein Lieblingskind, dann bist du nicht ihr Lieblingskind.« Das galt natürlich nicht für Angela. Sie hatte keinen Liebling. Sie liebte alle ihre Kinder gleich. Das verstand sich.

Angela stand auf und ging zum Fenster. Von dieser Seite aus sah man wenig von der Farm, doch sie wusste ja, was draußen lag. Der Rasen, um dessen Grün sie wenigstens ein oder zwei Monate im Jahr so trotzig kämpften, mit Wasser, das so kostbar war. Der alte steinerne Geräteschuppen mit der blauen Holztür, der nun ihre gebrauchte Töpferscheibe und den Brennofen beherbergte. Sie hatte vor einigen Monaten mit der Töpferei begonnen, aus Gründen, die sie selbst noch immer nicht verstand. Neben dem Schuppen stand der Rosenstrauch, den Nick für sie gepflanzt hatte, als Geschenk zu ihrem ersten Hochzeitstag, und der wundersamerweise noch immer leuchtend rote Blüten produzierte, trotz der vielen Dürren und der Hitzewellen. Dahinter lagen der Wollschuppen, die Quartiere der Schafscherer, die Maschinenhalle. Und ganz weit draußen die weiten Weiden, auf denen bald das Minengerät seine Wurzeln schlagen würde, die Erkundungsfahrzeuge …

Ganz in der Ferne dann, nach endlosen Kilometern auf der langen geraden Sandpiste, von den sanften Bergen des Chace Range begleitet, der Blick hinüber zu den zackigeren Flinders Ranges und zum Wilpena Pound mit seiner ungewöhnlichen Kraterform. Dann die geteerte Hauptstraße, breite Highways, die zu kleineren Ortschaften und irgendwann zu einer Stadt führten. Doch was Angela immer wieder überwältigte, waren die Weite und der Raum, die sich rings um das alte Haus aus Stein erstreckten, ein Nichts, so weit …

»Sei nicht immer so gemein!«

Beim Klang der Stimme – Igs Stimme – zuckte sie zusammen. Das Scrabble-Spiel war eindeutig vorüber. Nun gab es Streit. Was der Anlass diesmal war? Hatte Lindy ihren kleinen Bruder wegen seiner langen Haare aufgezogen? Wenn sie das doch ließe! Lindy war neunundzwanzig, da sollte sie es wirklich besser wissen. Oder ging es wieder einmal darum, wer an der Reihe war, den Tisch zu decken? Mit seinen zehn Jahren verbrachte Ig schon viel mehr Zeit damit zu diskutieren, welche Rechte Kinder hatten, als die eigentliche, schlichte Aufgabe in Anspruch nehmen würde. Und Lindy hatte sowieso beschlossen, dass sie als Gast im Hause ihrer Eltern weilte, nicht als Mitglied der Familie, das gewisse Haushaltspflichten hatte.

In weniger als vierzehn Tagen würden auch die Zwillinge zurückkommen und das Haus mit ihrem Kofferberg, ihrem Redestrom und ihren raumgreifenden Persönlichkeiten übernehmen. Einzeln waren sie schon stark genug, gemeinsam aber unbezwingbar. Genevieve hatte es im Alter von fünf Jahren auf den Punkt gebracht. »Du kannst nicht gewinnen, Mum. Wir sind zwei gegen eine.«

Und bei den Zwillingen würde es nicht bleiben. Celia, Nicks Tante, wurde auch erwartet, samt einer Wolke aus zu üppigem, zu moschushaltigem Parfüm, samt ihrer scharfen Augen, die sich auf jeden Fehler in Angelas

Haushaltsführung richteten, ihrer exaltierten Stimme, mit der sie ihre vorgefasste Meinung über die Kinder äußerte.

Und Nick? Früher hätte sie mit ihm über so etwas gelacht. Hätte sie sich auf seine Unterstützung, sein Gehör verlassen können. Hätten sie beide sich gegen den Rest der Welt verbündet, hätten ihr sein Witz und sein Humor geholfen, alles zu bewältigen, was ihr das Leben zumutete. Doch heute?

In ihrem Kopf pochte es erneut, direkt über dem linken Ohr. Die Kopfschmerzen hatten vor fünf Monaten begonnen. Seither focht Angela einen stillen Kampf dagegen aus. Ihr Arzt in Port Augusta hatte zahlreiche Untersuchungen veranlasst, sogar einen Hirnscan. Die Befunde waren negativ, die Kopfschmerzen aber blieben. Angela hatte es mit Tabletten, mit Massage und Akupunktur versucht, doch vergeblich. Im neuen Jahr wollte sie erneut mit ihrem Arzt sprechen. Im Moment war zu viel los. Nicht nur, dass die Zwillinge nach Hause und Tante Celia zu Besuch kamen und Weihnachten vor der Tür stand. In diesem Jahr waren die Gillespies an der Reihe, das jährliche Scheunenfest auszurichten, die große Feier im Dezember, die sämtliche Farmersfamilien reihum veranstalteten. Angela war seit Wochen bei der Planung. Im Eisschrank türmte sich schon das Essen für die Party, am nächsten Tag sollte eine Leihfirma Tische, Stühle, Gläser und Besteck liefern.

Nein, das war wirklich nicht die Zeit für Kopfschmerzen. Diese Sorge musste warten. Vielleicht konnte sie den Besuch bei einem Facharzt in Adelaide mit einer Einkaufstour verbinden. Sich im Anschluss ein nettes Essen in einem der Restaurants am Fluss erlauben. Sich einfach mit einem Buch und einem Wein und etwas Muße hinsetzen. Vielleicht sollte sie die vierstündige Heimfahrt erst am nächsten Tag antreten. Ja, genau das würde sie tun. Sich ein wenig Ruhe und Frieden gönnen. Wie hieß das in den Zeitschriften so schön? »Zeit für mich«?

Aber nicht an diesem Abend. Für so etwas war keine Zeit. Sie musste ihren Weihnachtsbrief verfassen und versenden. Angela setzte sich wieder an den Schreibtisch. Das ungute Gefühl war wieder da. Angela ließ die vergangenen zwölf Monate Revue passieren und fragte sich, wie um alles in der Welt sie das in einen heiteren Weihnachtsgruß verpacken sollte. Plötzlich meldete sich Joan in ihrem Kopf, so deutlich, als stünde sie gleich neben ihr.

Gib dem nach, meine Liebe! Zieh vom Leder! Sag die Wahrheit! Das wird dir guttun.

Angela musste laut lachen. Die Wahrheit? Alles, aber das nicht!

Gib dem nach, meine Liebe! Das wird dir guttun.

Angela starrte lange auf den Bildschirm. Dann begann sie ihren Brief und schrieb so schnell wie nie zuvor.

Kapitel 2

Grüße von den Gillespies!
Hallo, ich bin es schon wieder, Angela! Sollen seit meinem letzten Brief wirklich zwölf Monate verstrichen sein? Ich hoffe, für Sie und Euch alle war es ein großartiges Jahr, das mit einem wundervollen Weihnachten im Kreise der Familie endet.

Für uns Gillespies war es ein fürchterliches Jahr. Irgendwie ist bei uns alles schiefgegangen.

Ich fange bei den Kindern an.

Genevieve: Ich habe Sorge, dass sie schon zu lange in den Staaten ist, sich schon zu lange in der Scheinwelt des Fernsehens mit ihren Scheinweltbewohnern bewegt. Genevieve fand Klatsch schon immer toll, und ich habe mir ihre Storys immer gerne angehört, aber neuerdings geht das weit über harmlose Tratscherei hinaus. Sie ist von Promi-News regelrecht besessen, und ich finde, sie äußert sich auch viel zu indiskret über all die Menschen aus ihrem beruflichen Umfeld. Ich habe mich an mahnenden Worten versucht, doch sie nimmt mich ja nicht ernst, sie nimmt gar nichts ernst. Und wenn sie anruft (was selten genug vorkommt – meist schickt sie uns Nachrichten über Facebook oder Instamatic oder wie dieses Internetzeug auch immer heißt), redet sie in so einem komischen australisch-amerikanischen Singsang. Sie ist als Friseurin so begabt, es erstaunt mich überhaupt nicht, dass sie für große Hollywoodproduktionen und Fernsehstars arbeitet, aber ich habe Sorge, dass sie sich in all dem Tratsch und Flitter verliert und vergisst, wer sie wirklich ist.

Genevieve kommt Weihnachten nach Hause, das erste Mal seit drei Jahren, aber nur für zehn Tage. Länger kann sie sich angeblich nicht freinehmen. Offenbar haben die Amerikaner nur sehr wenig Urlaub. Aber sie ist doch aus Australien und nicht den USA, und am liebsten wäre mir, sie käme endgültig zurück. Sie muss ja nicht bei uns auf der Farm leben, aber wenigstens im selben Land. Außerdem gibt es hier mittlerweile reichlich Jobs in der Film- und Fernsehindustrie. Selbst hier bei uns, mitten im Niemandsland, hören wir ständig von einem Filmteam, das in Hawker einen Horrorfilm oder ein Weltuntergangsszenario dreht. (Hier ist es eben wunderschön und menschenleer, weit und breit kein Haus, kein Strommast – der Traum eines jeden Regisseurs.) Aber ich kann Genevieve ja nicht drängen, nach Hause zu kommen, oder? Ich will keine von den Müttern sein, die Druck auf ihre Kinder ausüben, erst recht nicht bei jemandem, der so temperamentvoll und unabhängig ist wie Genevieve. Obwohl es mein aufrichtiger Wunsch ist und ich fest davon überzeugt bin, dass es ihr guttäte.

An der Stelle machte Angela eine Pause. Sie fühlte sich erschöpft, aber auch auf eine seltsame Weise beschwingt. Joan hatte recht. Es tat wirklich gut, sich einmal die Sorgen von der Seele zu schreiben. Es war, wie sollte sie das nennen? Befreiend. Ja, genau das war es. Sie fühlte sich befreit. Angela begann erneut zu tippen. Ihre Finger flogen über die Tastatur.

Victoria: Auch um sie mache ich mir Sorgen. Ich hatte gehofft, mein mütterlicher Instinkt hätte mich getrogen, doch dann sind Genevieve (aus Versehen? mit Absicht?) ein paar Details entschlüpft, und da hatte ich Gewissheit. Victoria und dieser (sehr bekannte) Radiomoderator aus Sydney, für den sie als Produzentin gearbeitet hat, hatten eine Affäre. Victoria und dieser verheiratete, sehr bekannte Moderator. Dieser verheiratete, sehr bekannte Moderator, der im letzten Monat aus all den falschen Gründen in der Presse war. Die Australier unter Euch haben ganz bestimmt davon gehört. Victoria hat mir zwar immer versichert, dass sein rüpelhaftes Benehmen nur der Quote dienen würde, dass er in Wahrheit ein totaler Softie sei, aber ich habe mir trotzdem immer Sorgen gemacht, dass sie auf dem Gebiet ein wenig naiv ist, vor allem, da sie von einem ländlichen Radiosender kommt und nicht wirklich weiß, wie das Medienvolk in der Großstadt operiert. Und was wirklich schrecklich ist, ich hatte recht. Seht Euch an, in welchem Schlamassel er sie sitzen gelassen hat! Das ist so dermaßen unfair, denn das war ja überhaupt nicht ihre Schuld. Er war es doch, der nach einer wilden Nacht in den Sender gekommen ist (betrunken und, laut Victoria, noch mehr – also ja, auch Koks) und wie ein Irrer randaliert und sie aus dem Studio ausgesperrt hat, als sie ihm einen Kaffee holen wollte, und dann einfach auf Sendung gegangen ist und dabei jeden, wirklich jeden hierzulande – Politiker, Sportler, Schauspieler (selbst Hugh Jackman) – aufs Übelste beleidigt und beschimpft hat. Doch ihr, seiner Produzentin, hat man die Vorwürfe gemacht, ihr Bild wurde überall in den Zeitungen und im Internet verbreitet. Meine arme Victoria. Es war schrecklich, und jetzt steht sie auch noch ohne Job da, während die ganze Sache seine Karriere auf wundersamste Weise beflügelt hat. Ich werde nie verstehen, wie die Medien funktionieren. Ich hoffe nur, dass jetzt, da sie nicht mehr mit ihm arbeitet, die Beziehung ebenfalls am Ende ist.

Ich würde ihr das niemals sagen, aber mir wäre es am allerliebsten, auch sie käme dauerhaft zurück, nach South Australia, und würde womöglich wieder einen Job bei ihrem alten Sender finden. Im Grunde ist sie doch ein Mädchen vom

Land. Ich habe sie nie in der Großstadt gesehen. Ich hatte immer geglaubt, von all meinen Kindern wäre sie dasjenige, das eines Tages die Farm übernimmt. Als Kind war sie ständig mit Nick unterwegs, hat ihm Löcher in den Bauch gefragt, zu den Tieren, den Maschinen. Sie war sein Schatten, sie hatte sogar schon überlegt, sich im Anschluss an ihr Journalismusstudium auch noch für Agrarwirtschaft einzuschreiben. Aber nach der Trennung von Fred Lawson (dem ältesten Sohn eines unserer Nachbarn – die beiden waren vier Jahre zusammen, dann hat Fred das Land verlassen) hatte sie wohl ihr leidenschaftliches Interesse an Errigal verloren. Dann hat Genevieve sie auch noch überredet, sich um das Volontariat bei dem Radiosender in Port Pirie zu bewerben, und das war es dann. Ehe wir wussten, wie uns geschah, war sie Produzentin einer großen Radioshow in Sydney. Und wohin hat das geführt? Jetzt ist sie arbeitslos, öffentlich gedemütigt und ganz allein. Es bricht mir das Herz, wenn ich daran denke.

Nun war Angela nicht mehr zu bremsen.

Was *Lindy* angeht: Meine arme Lindy. Sie ist ja wieder da, aus Melbourne, bei uns, auf der Farm, nachdem sie sich bei ihrem letzten Versuch in Sachen Unabhängigkeit ziemlich viel Ärger eingehandelt hat. Ziemlich viel Ärger plus Schulden. Ziemlich großen Ärger plus Schulden, wenn ich wirklich ehrlich bin. Ich hatte so gehofft, dass sie mit dieser Handarbeitswebseite ihre berufliche Nische gefunden hätte. Sie hat sich seit ihrem Kunststudium an so vielen Jobs versucht – als Schwesternhelferin, in der Kinderbetreuung, Landschaftsgärtnerei, im Sekretariat. Mit dieser Webseite konnte sie immerhin zwei weitere Stationen aus ihrem Lebenslauf verbinden – ihren kurzen Ausflug in die IT-Welt und ihren Ferienjob in einem Stoffgeschäft. Ich hatte an ihre Geschäftsidee, spezielle Kissen zu besonderen Anlässen anzufertigen, fest geglaubt. Und natürlich haben Nick und ich ihr das Startkapital geliehen. Und vielleicht war es ja auch richtig, das Material per Großhandelsorder zu bestellen. Aber mussten es gleich sechzehn Kisten sein? Von einem dubiosen Lieferanten aus China? An ihre winzige Wohnung in Melbourne? Wir haben erst davon erfahren, als sie uns unter Tränen angerufen und um Hilfe gefleht hat. Gott sei Dank kennt Nick einen Fahrer aus der Gegend, der nicht nur die Kisten, sondern auch gleich Lindy samt ihren Habseligkeiten mit seinem Laster eingesammelt hat. Das ist jetzt einen Monat her, und sie weint fast unentwegt. Ich weiß, dass da noch mehr im Spiel ist, neben dem Gesichtsverlust, den schlimmen Schulden und dem Übervorrat an Füllmaterial. Ich warte nur darauf, dass sie mir sagt, dass sie schwanger ist. Oder Drogen nimmt. Schwanger ist und Drogen nimmt. Was ja alles in Ordnung wäre, wirklich. Wir würden damit schon irgendwie zurechtkommen. Aber wie sollen wir das Problem lösen, wenn wir gar nicht wissen, wo es liegt? Sie verlässt auch nie die Farm, sie fährt nicht einmal nach Hawker zu unseren Nachbarn. Sie folgt mir jeden Tag auf Schritt und Tritt und redet oder weint. Redet und weint. War sie immer so bedürftig? Immer schon so eine Drama Queen?

Angela hielt einen Moment lang inne, um Atem zu schöpfen. Aber wirklich nur einen Moment.

Was *Ig* angeht: Ignatius, mein kleiner Liebling. Ich liebe meinen kleinen Ig wirklich sehr. Deshalb kann ich auch mit Nachdruck sagen, dass er sich zu einem sehr seltsamen Jungen entwickelt hat. Nicht nur wegen seiner langen Haare. Oder seiner Sturheit. Oder der Tatsache, dass er wiederholt aus dem Internat in Adelaide davongelaufen ist, dreimal allein im letzten Halbjahr. Er führt auch wieder Selbstgespräche. Ach, wären es doch »Selbst«-Gespräche! Leider aber spricht er mit Robbie, seinem Fantasiefreund. Als er vor ein paar Jahren damit angefangen hat, hatte ich beschlossen, das zu ignorieren, und es hat sich ja von selbst gelegt, aber jetzt geht es wieder los. Robbie ist voll und ganz zurück. Ig ist zehn. Wird er für so etwas nicht zu alt? Joan meint zwar, ich solle mir keine Sorgen machen, viele Kinder hätten Fantasiefreunde, vor allem die Jüngsten, die auf einer Farm im Niemandsland aufwachsen. Aber ich habe im Netz recherchiert. In seinem Alter ist so ein Verhalten nicht normal, oder? Es ist ja nicht nur albernes Gerede, wenn er uns bittet, Robbie einen Teller hinzustellen oder ihm im Auto einen Platz frei zu lassen. Ig führt lange, ausführliche Gespräche mit jemandem (zumindest versichert er mir, dass Robbie »jemand« und nicht »etwas« ist), den nur er sehen oder hören kann.

Übertreibe ich? Sollte ich mich freuen, dass er allein zurechtkommt? Auch wenn er nicht wirklich allein ist?

Nun zögerte sie. Ihre Sorgen über die Kinder zu äußern war ihr leichtgefallen. Aber wo bei Nick beginnen?

Erneut rief sie sich Joans Ratschlag ins Gedächtnis. *Sag die Wahrheit.* Angela holte tief Luft und setzte an.

Nick: Ich bin so besorgt um Nick. Besorgt und traurig und verwirrt, seinetwegen und unseretwegen.

Er hat die halbe Farm an einen Minenbetreiber verpachtet. Das war ein gewaltiger Schock. Für mich. Und die Kinder. Aber angeblich hatte er keine Wahl, offenbar geht es uns nach den langen Dürrejahren, nach dem Kollaps der Wollindustrie so schlecht, dass er das Angebot akzeptieren musste. Ich wusste von Terminen, von verschiedenen Vertretern, mit denen er im letzten Jahr das Terrain besichtigt hat, aber entweder hatte er es so klingen lassen oder ich angenommen, dass es landwirtschaftliche Berater waren, dass Nick vorhatte, wieder eine Herde aufzubauen, nachdem wir die Schafe in den letzten Jahren nach und nach verkaufen mussten. Ich hatte mich getäuscht. In Wirklichkeit waren es Geologen und Unterhändler eines Bergbau-Unternehmens, und sie haben eine Probebohrung nach der anderen durchgeführt, bis sie auf etwas gestoßen sind. Das »Etwas« sind Diamanten. Es ist natürlich nicht so einfach, wie es klingt. Es ist nicht so, dass man ein paar Meter gräbt, und schon schauen einem Diamanten entgegen. Das Ganze ist eine gewaltige Operation. Als Erstes muss man die sogenannten Kimberlit-Pipes finden. Und das ist wohl eine Frage von Glück und Geologie. Aber offenbar ist das Unternehmen auf genug kleine Diamanten gestoßen, um mit uns einen Vertrag abzuschließen. Ich kenne die Summen nicht genau. Ich weiß nur, dass nach einer ersten Anzahlung das Geld in Raten kommen wird, deren Höhe jeweils von den Ergebnissen der nächsten geologischen Untersuchung abhängt. So ähnlich jedenfalls.

Mir war natürlich bewusst, dass die letzten Jahre hart waren, auch wenn Nick immer schon darauf bestanden hat, dass die finanzielle Seite der Farm allein ihn betrifft. Sein verstorbener Vater war genauso. Seine Mutter, möge auch sie in Frieden ruhen, hat immer zu mir gesagt, ich solle froh ein, so wäre es bei den Gillespies, und im Übrigen hätte ich mit den Kindern doch genug zu tun. Aber so habe ich mir unser Leben auf der Farm nicht vorgestellt. Ich habe Nick und mich immer als gleichberechtigte Partner angesehen, die beide tun, was in ihren Kräften steht, um die Farm durch gute und schlechte Zeiten hindurchzubringen.

Aber er hat mit mir nicht über den Pachtvertrag gesprochen. Als er es mir gesagt hat, war die Sache unter Dach und Fach. Und auch jetzt weiß ich nur, dass er einen Fünfjahresvertrag unterschrieben hat, der für ihn die Rolle eines Verwalters vorsieht, er sich auf dem verpachteten Teil um die Zäune, Windmühlen, Fluttore usw. kümmern muss. Im Grunde können wir jetzt nur noch darauf hoffen, dass sich in den nächsten Monaten, womöglich Jahren, über erste Machbarkeitsstudien hinaus nichts tut und dass dann noch mehr Zeit mit den Umweltuntersuchungen vergeht, bevor die eigentlichen Grabungen beginnen. Was sollen meine Gäste denken? Was bedeutet das für unsere wunderbare Landschaft? Den Tourismus? Von uns ist der Flinders Ranges Nationalpark hundert Kilometer weit entfernt, unsere Farm liegt so weit vom Highway ab, bei uns kommen die Touristen nicht mal eben so vorbei. Offenbar hat der Minenbetreiber Nick versichert, dass das alles minimale Schäden für die Umwelt haben wird, aber ganz ohne Folgen bleibt so was doch nie, oder?

Bislang wissen auch nur unsere nächsten Nachbarn Bescheid. Als der Vertrag unterschrieben war, hat Nick sie alle aufgesucht. Viel hat er nicht erzählt, aber ich kann mir vorstellen, wie sie reagiert haben. Entsetzt. Wütend. Laut Joan auch neidisch. Ich kann es niemandem verübeln. Entsprechend mache ich mir Sorgen wegen unseres Scheunenfests. Keine Ahnung, ob jetzt noch alle kommen werden. Und falls ja, ob es nicht Proteste geben wird.

Aber es ist nicht nur der Diamanten-Deal, über den Nick nicht spricht. Es ist, als ob wir uns überhaupt nichts mehr zu sagen hätten. Als ob er sich vor mir verschließen würde. Das Einzige, was ihn dieser Tage interessiert, ist seine Ahnenforschung. Das hat sich zu einer regelrechten Besessenheit entwickelt. Nick sitzt jeden Tag Stunden am Computer, liest alle möglichen Artikel über die Geschichte Irlands und Australiens, bestellt sich die entsprechenden Bücher im Netz, mailt alle möglichen Gillespies in aller Herren Länder an und verfolgt seine irischen Wurzeln, so weit es eben geht, zurück. Offenbar überlegt er sogar, ein großes Familientreffen zu organisieren. Nicht in Errigal, in Irland. Aber das weiß ich auch nur, weil ich zufällig gehört habe, wie er seiner Tante Celia am Telefon davon erzählt hat. Auch das war ein gewaltiger Schock für mich. Er war noch nie in seinem Leben außer Landes. Ich warte die ganze Zeit darauf, dass er etwas zu mir sagt, doch bisher kein Wort.

Ich weiß nicht weiter. Ich werde den Gedanken nicht mehr los, dass ich an allem schuld bin, dass ich einfach nicht gemerkt habe, dass irgendetwas zwischen uns nicht stimmt, dass ich ihm im richtigen Moment nicht geholfen habe. Er ist ein ganz anderer Mann geworden. Er ist mir völlig fremd. Nicht nur, dass er nicht mehr mit mir redet. Er ist vollkommen verändert. Er war doch immer so aktiv, bei Tagesanbruch auf den Beinen und bis abends draußen. Jetzt, da wir keine richtige Farm mehr sind, keine Tiere mehr haben, ist es, als ob er jegliches Interesse an der Außenwelt verloren hätte. Er hält instand, was instand zu halten ist, doch das ist alles. Es ist Monate her, dass er sich in Hawker mit seinen Freunden auf ein Bier getroffen hat. Ich glaube, wenn es nach ihm ginge, würden wir das Scheunenfest absagen – obwohl wir jahrelang darauf gewartet haben, dass wir endlich wieder an der Reihe sind und es hier in der Gegend eines der größten Feste überhaupt ist. Ich habe langsam Sorge, dass er sich auf unserem Fest nicht einmal blicken lassen wird. Wenn er nicht einmal mit seiner Frau reden kann, mit seiner eigenen Familie, wie will er dann mit seinen Nachbarn reden?

Angela hielt inne. Sie zögerte, ihren anderen Verdacht ebenfalls zu äußern. Nach einer Weile legte sie die Hände wieder auf die Tasten.

Doch das ist längst nicht alles. Ich fürchte, dass er eine Affäre hat. Bisher ist es nur ein Cyber-Flirt, aber ich bin sicher, dass da irgendetwas vorgeht. Sie heißt Carol. Und ist aus Irland. Sie arbeitet für eine Webseite über Ahnenforschung. Mehr weiß ich gar nicht über sie, aber Nick schreibt ihr ständig Mails oder spricht mit ihr über Skype. Wieder weiß ich nicht, was ich unternehmen soll. Wie ich das verhindern soll. Wie ich unsere Ehe retten soll.

Zu ihrer eigenen Bestürzung wurden ihre Augen feucht. Angela musste mehrfach blinzeln, bis sie weiterschreiben konnte.

Ich muss immer daran denken, wie schön es mit ihm war, mit uns. Das bilde ich mir nicht ein. Unsere Beziehung war etwas Besonderes. Nick war mein bester Freund. Jetzt sagen wir uns kaum noch Guten Morgen. Wir verbringen keine Zeit mehr miteinander, obwohl wir unter demselben Dach leben. Wenn die Kinder weg sind, sind wir wortwörtlich die einzigen Menschen im Umkreis von hundert Kilometern, trotzdem fühlt es sich so an, als ob wir uns nichts mehr zu sagen hätten. Mein Mann fehlt mir so sehr, aber ich weiß nicht, was ich tun soll, um unser Verhältnis zu verbessern.

Das kommt mir jetzt zwar ziemlich egoistisch vor, aber was das Ganze noch schlimmer macht, ist der Besuch seiner alten Tante Celia, vier Wochen, über Weihnachten. Bei dem Gedanken wird mir übel. Nicht weil jemand so lange unser Gast ist, nein, weil *sie* es ist. Ich habe es mit ihr versucht, ganz ehrlich, doch sie mag mich einfach nicht. Das hat sie nie. Und in Wahrheit mag ich sie genauso wenig. Wenn ich sie mit wenigen Worten charakterisieren müsste, würde ich sagen: eine unerträglich snobistische, besserwisserische alte Schrulle. Es tut mir leid, dass ich so harsch bin, doch so ist es. Ich kenne niemanden außer ihr, der zu so vielen Dingen eine Meinung hat, und die ist immer negativ. Celia war Anfang des Jahres für vierzehn Tage bei uns, um ihren achtzigsten Geburtstag herum. Ich habe ihr zu Ehren ein Mittagessen abgehalten, ein paar Nachbarn eingeladen, aber auch da hatte sie an allem etwas auszusetzen, vom Essen über den Kuchen, den ich selbst gebacken hatte, bis zum Wetter. Als ob ich auch an der Hitze schuld wäre. Celias Mann (der Bruder von Nicks Vater) ist vor zwei Jahren gestorben, unter ihrem Pantoffel erstickt, wie Joan so treffend sagt. (In Wahrheit war es Lungenkrebs, er hat wirklich stark geraucht.) Aber er hatte Nick gebeten, sich nach seinem Tod um Celia zu kümmern. Nick war seinem Onkel gegenüber immer sehr loyal, und er hat sehr an ihm gehangen, also hält er sein Versprechen. Celia kommt nächste Woche, mit dem Bus, aus Adelaide. Natürlich könnte sie bis Hawker fliegen, Nick hat ihr sogar angeboten, das Ticket zu bezahlen, doch sie hasst das Fliegen. Und was sie nicht alles hasst: ihr Portemonnaie zu öffnen, Musik, Vegetarier, Politiker. Meine Kochkünste. Meine Haushaltsführung. Die Tatsache, dass ich mit Nick verheiratet bin. Meine Kinder. Mich. Ich fühle jetzt schon mit dem armen Menschen, der die vier Stunden neben ihr im Bus sitzen muss. Da ist sehr viel Zeit für viel Gejammer. Celia könnte, um einen Spruch meiner lieben verstorbenen Mutter zu zitieren, sogar Weihnachten in ein Fest der Freudlosigkeit verwandeln. Ich hoffe nur, dass Celia unser Weihnachten nicht in ein Fest der Freudlosigkeit verwandelt.

Nun brauchte Angela immer länger, bis sie die richtigen Worte fand.

Und damit kommen wir zu mir.

Ich glaube, dass mit mir irgendwas nicht stimmt. Und dass es ernst ist. Es sind nicht nur die Probleme mit Nick, mit meinen Kindern, diese ständigen Kopfschmerzen. Ich habe das Gefühl, dass es tiefer sitzt. Und es ist nicht nur körperlich. Ich fühle mich so fehl am Platz. So überfordert. Als wäre ich gar nicht mehr ich selbst.

Ich empfinde ständig so eine seltsame Sehnsucht. Wünsche mir, dass alles anders wäre. Ich ein anderer Mensch wäre. Dass ich noch einmal neu anfangen, es besser machen, bessere Entscheidungen treffen könnte.

Mach dir eine Liste, hat Joan mir neulich erst geraten, als ich ihr mein Gefühl erklären wollte. Schreib es auf, damit du einmal schwarz auf weiß vor dir siehst, was du wirklich willst, und dann schau, was davon erreichbar ist. Mach dir eine Wunschliste. Na, dann will ich mal.

1. Ich wünschte, dass Nick wieder mit mir sprechen würde, und zwar richtig, so wie früher. Ich wünsche mir, von ihm zu hören, dass ich mir das alles nur einbilde, er keine Affäre hat, dass er immer noch mein Mann sein will. Ich wünschte, ich könnte die Uhr zurückdrehen, auf die Zeit, als unsere Ehe eine gute, eine schöne war. Denn das war sie. Wirklich. Aber jetzt bin ich so traurig, und ich habe solche Angst, dass er nicht mehr mit mir leben will.

2. Ich wünschte, dass die Kinder glücklich und gesund und unabhängig wären. (Abgesehen von Ig, er kann gern noch ein paar Jahre bei uns bleiben.) Ich hätte so gerne das Gefühl, dass ich bei ihnen mein Bestes gegeben habe. Ich hatte immer gedacht, dass ich in meinem jetzigen Alter – nach einer so langen Ehe, mit erwachsenen (in Igs Fall halb erwachsenen) Kindern – alles im Griff hätte, dass ich gelassen, weise und zufrieden wäre. Stattdessen habe ich das Gefühl, dass mir alles entgleitet, ich keine gute Mutter war, erst recht keine gute Ehefrau, dass alles, was in meiner Familie gerade schiefläuft, meine Schuld ist.

3. Ich wünschte, ich hätte den Rat meiner Schwiegermutter ignoriert. Ich wünschte, ich hätte darauf bestanden, dass mich Nick stärker in die geschäftlichen Dinge der Farm mit

einbezieht. Natürlich hätte ich weder die Dürre noch den Verfall des Wollpreises verhindern können, aber wenn ich darauf bestanden hätte, dass er mit mir spricht, wäre uns gemeinsam vielleicht eine andere Lösung als die Verpachtung an ein Bergbau-Unternehmen eingefallen.

Ich weiß nicht einmal, wie hoch unsere Schulden sind – aber so schlimm, dass wir da nicht irgendwie rausgekommen wären, kann es doch nicht sein, oder?

4. Ich wünschte, ich hätte eine künstlerische Ader. Ich wünschte, ich könnte eine Keramik, nur ein Stück, anfertigen, auf das ich wirklich stolz sein kann. Es hat mich total überrascht, wie viel mir daran liegt. Ich habe ja nur den einen Töpferkurs besucht, in Port Augusta, um die Zeit zwischen meinen Gästen irgendwie zu überbrücken. Ich habe mich so einsam gefühlt, als Nick so distanziert, Ig in der Schule und die Mädchen mit ihrem eigenen Leben beschäftigt waren. Das Töpfern fand ich von der ersten Minute an ganz großartig. Es ist so ein gutes Gefühl, mit Ton zu arbeiten, zu lernen, etwas Praktisches zu modellieren, etwa eine Vase, zu hören, dass man sich ruhig auch einmal an einer kleinen Skulptur versuchen soll. Als ich dann erfahren habe, dass die Schule den alten Brennofen regelrecht verschleudern wollte und ich mir hier auf der Farm ein eigenes Atelier einrichten konnte, war das wie ein Zeichen, wie ein gutes Omen. Seither verbringe ich manche Stunde da. Ich habe schon zahlreiche Stücke gemacht, inspiriert von der Landschaft und der Tierwelt ringsumher. Ich habe noch immer etwas Scheu, sie anderen zu zeigen. (Meine ersten Versuche haben auch eher wie eingefallene Kuchenstücke ausgesehen und nicht wie Kunst.) Aber ich habe den Rat meines Lehrers beherzigt (»Setzen Sie sich hohe Ziele«) und ein paar Keramikgalerien in Adelaide angeschrieben und gefragt, ob sie mit mir arbeiten würden. Noch keine Reaktion. Ich wünschte, ich würde endlich etwas hören.

5. Am dringendsten aber ist mein Wunsch, dass endlich diese Kopfschmerzen verschwinden. Und nicht nur sie. Manchmal wünschte ich, dass alles und jeder mal verschwinden würde. Nur für eine kleine Weile. Natürlich nicht auf Dauer. Versteht mich bloß nicht falsch! Ich liebe meinen Mann. Meine Kinder. Das Leben auf der Farm, hier draußen, in Australien. Wirklich. Nur manchmal habe ich das Gefühl, wenn ich auf die Pause-Taste drücken könnte und ein wenig Zeit für mich hätte, etwas Frieden, sehr viel Ruhe, Zeit zum Nachdenken, wäre ich eine viel bessere Mutter, eine viel bessere Ehefrau, ein viel besserer Mensch. Ich glaube, dass ich dringend etwas Abstand brauche, von meinen Sorgen um alles und jeden, um mich, von diesen Sorgen, die mich den ganzen Tag, jeden Tag, seit Monaten und Jahren schon verfolgen. Ist das zu viel verlangt? Ist das etwa selbstsüchtig?

Sie hielt inne. Aber nur kurz.

Hat einer von Euch den Film *Sie liebt ihn – Sie liebt ihn nicht* gesehen? In dem die weibliche Hauptfigur zwei parallele Leben lebt, und alles entwickelt sich aus der Situation, dass sie den Zug einmal verpasst und einmal bekommt? Seit es mit mir und Nick so schlimm geworden ist, lebe ich wie in diesem Film. Ich frage mich die ganze Zeit, wie es hätte sein können. Ob ich irgendwo falsch abgebogen bin, ich einen anderen Weg hätte wählen sollen. Ich frage mich, was passiert wäre, wenn ich nicht an jenem Abend vor über dreißig Jahren in dieser Bar gearbeitet hätte? Wäre dann heute alles besser, für uns alle?

Denn wenn ich damals nicht in Sydney gewesen wäre, wäre ich jetzt nicht in Errigal, richtig? Ich hätte Nick weder getroffen noch geheiratet. Ich hätte nicht vier Kinder. Ich würde nicht auf einer Schaffarm im Outback leben. Ich habe bei all diesen Gedanken ein furchtbar schlechtes Gewissen, aber die Frage ist ständig in meinem Kopf: »Was wäre, wenn?« Was, wenn ich mich an meine ursprünglichen Pläne gehalten hätte, noch einen Monat in Australien geblieben und dann zurückgeflogen wäre? Zu meiner Jugendliebe, Will. Wir waren zwei Jahre lang ein Paar, so richtig, doch dann hatte er entschieden, dass er reisen, sich die Welt und die Welt der Architektur ansehen und dann zur Uni gehen wollte. Auch ich wollte reisen. Aber es gab da eine unausgesprochene Vereinbarung. Nach seiner und nach meiner Rückkehr wollten wir uns wiedersehen und erkunden, wie wir dann zueinander stehen würden.

Ich muss in letzter Zeit ständig daran denken. Wie wäre es gekommen, wenn ich im Anschluss an Australien zurück nach London gegangen wäre, Will wiedergesehen, festgestellt, dass ich ihn liebe, und ihn geheiratet hätte?

Das kann ich euch sagen. Ich habe es mir nämlich ausgemalt. Ich hätte Will während seines Architekturstudiums unterstützt. Ich wäre meinem Drang zur Kunst gefolgt, hätte meine Kreativität wirklich ernst genommen. Wir hätten ein Kind. Nur eines. Eine Tochter namens Lexie. Ein reizendes, kluges, ausgeglichenes Kind. Ein fröhliches, höfliches Kind. Wir wären in London geblieben, in Wills Elternhaus in Islington, seinem Erbe. Wir hätten auf einen großen Umbau gespart. Die Pläne hätten natürlich von Will gestammt, er hätte uns ein ganz besonderes Nest gebaut. Wir hätten sogar einen großen, weitläufigen Garten mit einer alten Eiche, und das mitten in London. Eine Eiche mit einem Baumhaus, von Will für Lexie.

Wir wären wahnsinnig glücklich geworden. Will hätte sich zu einem gefragten, preisgekrönten Architekten entwickelt. Lexie hätte Schule und Uni mit Bravour gemeistert und ein Theater irgendwo außerhalb gegründet. Vielleicht in Bristol. Auch ich wäre Künstlerin geworden, im Stillen erfolgreich, stetig nachgefragt.

Angela brach abrupt ab.

Von ihrer London-Fantasie zu schreiben ging einen Schritt zu weit. Denn harmlose Tagträume waren das schon längst nicht mehr. Sie waren ihr Rettungsanker. Die Zuflucht zu ihrem Fantasieleben hatte sie während des letzten so schwierigen Jahres, als die Spannungen zwischen ihr und Nick aufgekommen waren, vor dem Abdriften bewahrt. Wenigstens dort kam ihr Geist zur Ruhe, wenn die Angst sie zu verschlingen drohte. Dort war Frieden. Linderung ... Es war ihre Art zu meditieren.

Mittlerweile konnte sie von einer Sekunde auf die andere innerlich den Ort wechseln. Die Schaffarm im Outback, wo sie mit all den Sorgen um ihren Mann und ihre Kinder rang, verlassen. Plötzlich war ihr wahres Leben in London, wo ihr wahrer Ehemann, Will, der Architekt, sie abends schon mit einem Rotwein, womöglich sogar einem Essen auf dem Herd, erwartete. Ach was, viel besser – sie hatten eine Haushälterin! Natürlich. Sie kam an jedem Werktag, weil Angela und Will das kreative Leben so in Anspruch nahm. Aber an den Wochenenden kochten sie selbst, und noch häufiger gingen sie aus. Sie hatten doch Geld! Und an jedem dritten oder vierten Wochenende kam ihre Tochter zu Besuch, Lexie, die mit Ende zwanzig zwar ein aufregendes, erfülltes Leben in Bristol führte, am allerliebsten aber, sooft es ging, nach Hause kam, zu ihren lieben Eltern und ...

»Ig, das reicht! Komm da sofort runter!«

Lindys Stimme riss Angela aus ihrer Träumerei. Was war denn los? Sie hatte noch nie so lange für ihren Weihnachtsbrief gebraucht. Und auch noch nie so viel geschrieben.

Angela las den Brief erneut. Nach der Hälfte brach sie vollkommen entsetzt ab. Nicht ein Wort davon konnte sie versenden. Jeder, der das las, würde denken, dass sie den Verstand verloren hatte. Dass bei ihren Kindern alles aus dem Ruder lief. Sie und Nick kurz vor der Scheidung standen. Dass alles, was sie in den letzten dreißig Jahren von den Gillespies berichtet hatte, eine Lüge war. Und dem war nicht so, oder?

Oder?

Natürlich nicht. Sie waren eine ganz normale Familie, die ihre Höhen und Tiefen kannte, oder? Und gerade eine etwas schwere Zeit durchmachte? Natürlich. Sie musste dringend jedes ihrer Worte löschen, diesen verzweifelten *Erguss*, und den üblichen, fröhlichen Brief zum Jahresende schreiben. Und ihn dann versenden, noch am selben Abend, am ersten Dezember, so wie stets.

Angela wollte gerade auf die Löschtaste drücken und von vorn beginnen, als ein Schrei erklang.

»Mum! MUM! Schnell! MUM!«

Kapitel 3

Angela war schneller auf den Beinen, als sie denken konnte.

»Mum! MUM! MUM! Schnell!«

Sie stürmte Richtung Küche durch den Flur.

Ihr erster Gedanke war: Da ist ein Mord geschehen. Überall war Blut. Und in der größten Lache, mitten auf dem Boden, saß Ig und schaute auf zu seiner Mutter. Es war sein Blut. Lindy stand daneben. Geschrien hatte sie. Da lag etwas, da auf dem Boden, mitten in der Lache. War das ein Finger? Ein Stück von einem Finger? Es *war* ein Finger. Die Spitze eines Fingers. Igs Finger. Angela sah auf das Blut, auf Ig, auf Lindy. Ig blinzelte. Er tat keinen Mucks, doch er blinzelte und sah seine Mutter an.

In ihrem Kopf dröhnte es. Die Kopfschmerzen – und etwas anderes. Eine Stimme, die ihr sagte, was zu tun war. *Ruhig bleiben.*

Lindy plapperte drauflos. »Er ist auf den Tisch gestiegen. Mit dem Tranchiermesser. Um sich das Haar zu schneiden. Ich hab ihm ja gesagt, er soll es lassen, Mum. Ich hab es ihm gesagt! Und als er runterspringen wollte, ist er ausgerutscht, und dann ist er mitten auf dem Messer gelandet und … Mum, sieh doch, o Gott, sieh doch! Das ist so *ekelhaft.*« Lindy erbrach sich auf den Küchenboden.

»Nick!« Angela erkannte ihre eigene Stimme kaum.

»Was …« Nick erschien. Angela verfolgte, wie er die Situation erfasste, wie er fluchte.

»Hilf mir.« Sie zwang sich, mit großer Mühe, zu Ruhe und Gelassenheit. »Bitte, hol das Auto. Ig muss umgehend ins Krankenhaus. Schnell.«

Nick rannte los. Lindy würgte wieder.

Angela sah an ihr, dem Blut, dem Erbrochenen vorbei. *Ruhig bleiben.* Sie sank neben Ig auf die Knie und griff nach einem Küchentuch. Sie nahm seine blutende Hand in ihre und presste das Handtuch auf die Wunde. »Alles gut, Kleiner. Keine Angst. Schön den Arm hochhalten. Tust du das für mich?«

Er schaute sie mit kreidebleicher Miene an. Er schaute nicht auf seine Hand. Er sah nur zu Angela, nickte und hob dann langsam seinen Arm.

Angela erteilte Lindy rasche Order. »Hol mir den Erste-Hilfe-Kasten, Lindy, schnell. Ich brauche steriles Wasser. Das Verbandszeug.« *Ruhig bleiben.* »Das machst du toll. Und jetzt Eis, schnell, aus dem Gefrierschrank. Gefrierbeutel. Küchentuch.«

Lindy tat, wie ihr geheißen.

Angela machte sich ans Werk. Sie tauchte Igs Finger in steriles Wasser, bemühte sich, an seinem Blut vorbeizusehen, dem rohen Knochen. *Ruhig bleiben. Ruhig bleiben.* Sie drückte einen Wattebausch auf die Wunde und wickelte einen Verband fest um die Hand, übte möglichst viel Druck auf seinen Finger aus, achtete darauf, dass er seine Hand höher als das Herz hielt, versuchte, die Blutung zu stoppen. Sie hob das blutige Fingerglied vom Boden auf, wickelte es in ein Küchentuch, legte es in einen Gefrierbeutel und diesen dann in einen weiteren Beutel mit Eis. Es war beinahe, als ob sie ihr Tun aus der Distanz heraus verfolgte. Woher wusste sie das alles? Woher wusste sie, dass sie den Finger nicht unmittelbar auf das Eis legen durfte, damit es keine Erfrierungen gab? Aus dem

Fernsehen? Einem Erste-Hilfe-Kurs vor langer Zeit? Woher auch immer, sie wusste es.

Lindy schaute heulend aus sicherer Distanz zu. »Mum, er wird doch wieder, oder?«

»Natürlich«, sagte sie, zu laut, zu fröhlich. »Nicht wahr, Ig? Dad holt nur rasch das Auto, dann fahren wir dich ins Krankenhaus, und dann wird alles wieder gut.«

Ig nickte. Immer noch kein Wort, aber immerhin ein Nicken, das war ein gutes Zeichen, oder?

Nick kam mit den Autoschlüsseln. »Der Wagen steht draußen. Ich fahre.«

»Nein!« Endlich meldete sich Ig zu Wort. »Ich will, dass Mum fährt. Ich will, dass *sie* mich bringt.«

»Ig ...«, sagte Nick.

»Ich will Mum.« Nun weinte Ig. Mehr noch. Er heulte. Der Schock ließ nach, nun spürte er die Angst und auch den Schmerz. Mit einem Mal war es in der Küche ziemlich laut, denn auch Lindy weinte.

»Ist okay, ich fahre«, sagte Angela zu Nick. »Vielleicht müssen wir über Nacht bleiben, wenn nicht länger. Bleib du bei Lindy. Außerdem werden morgen die Sachen für die Party angeliefert. Da muss irgendjemand hier sein.«

Es war ihr unfasslich, dass sie überhaupt klar denken konnte, sich in einem solchen Moment ausgerechnet an die Lieferung des Partyzubehörs erinnerte. Dann war sie wieder ganz bei Ig, versuchte, ihn zu trösten, strich ihm über das Haar, das Gesicht, sagte immer wieder, *es wird alles gut, es ist nichts passiert.* Er war so bleich. Sein Blut so rot. Und er hatte viel zu viel davon verloren. Die Fahrt zum Krankenhaus in Hawker dauerte mindestens vierzig Minuten ...

Ruhig bleiben.

»Schön den Arm für mich hochhalten, Ig«, sagte sie

über sein Gebrüll hinweg, in einem noch beschwingteren Tonfall. »Tu so, als wolltest du nach etwas greifen. Genau so, das machst du toll. Bereit für unseren Ausflug?«

Er stand auf, schwankte leicht, wimmerte, nun tat es weh, so weh, so unbeschreiblich weh. Weitere Order an Lindy. Schmerztabletten, ein Glas Wasser, rasch. Nachdem Ig die Tabletten genommen hatte, die Tränen strömten immer noch, legte Angela einen Arm um ihn, damit er sicher stand, und drückte ihn fest an sich. Es war ein warmer Abend, aber Ig zitterte.

»Lindy, hol mir bitte eine Decke. Nick, rufst du das Krankenhaus an? Sag Bescheid, dass wir auf dem Weg sind.«

Lindy schaffte es an der Blutlache vorbei, erst dann musste sie erneut würgen. Sie presste eine Hand auf den Mund und rannte aus der Küche. Als Nick den Anruf erledigt hatte, kam Lindy mit der Decke wieder. Angela hüllte Ig darin ein.

Dann ging alles sehr schnell. Nick trug Ig zum Wagen, setzte ihn auf den Beifahrersitz, schnallte ihn an, öffnete das Fenster, damit Ig seinen Ellbogen abstützen und die verletzte Hand in die Höhe halten konnte. Angela brauchte nur Sekunden, um sich anzuschnallen, den Wagen anzulassen, ihr Fenster ebenfalls zu öffnen.

»Ich ruf an, sobald es geht«, rief sie ihrem Mann und ihrer Tochter zu.

Nick und Lindy sahen zu, wie der Wagen das Grundstück verließ und auf die lange gerade Schotterstraße bog.

Vier Stunden später saß Nick allein in der Küche. Er hatte soeben mit Angela telefoniert.

Mit Ig war alles gut. Alles unter Kontrolle. Die Fahrt war zügig verlaufen, hatte Angela berichtet. Sie hatten

Weihnachtslieder gesungen, um Ig abzulenken. Das Krankenhaus hatte sie, durch Nicks Anruf alarmiert, bereits erwartet. Die diensthabende Ärztin, eine junge Medizinerin aus Adelaide mit Buscherfahrung, hatte wohl nur einen Blick auf Igs blutigen Verband und den Gefrierbeutel geworfen und sofort einen Krankenwagen gerufen. Der hatte Angela und Ig nach Port Augusta gebracht, in das größere Krankenhaus, eine weitere Stunde entfernt. Von dort aus hatte Angela zu Hause angerufen. Die Ärzte hatten den Finger in einer Notoperation schon wieder angenäht. Der Blutverlust war nicht so groß, wie es in der Küche ausgesehen hatte. Es konnte sein, dass der Finger künftig etwas weniger beweglich war, doch die Ärzte waren optimistisch. Das Eis, der Druckverband, das alles hatte viel bewirkt. Angela war bis eben in Igs Zimmer gewesen. Nun schlief er friedlich. Das einzige Problem war, dass sie in der Hektik ihr Handy vergessen hatte. Sie musste den Münzsprecher im Krankenhaus benutzen, und auf dem Rückweg, im Auto, konnten sie über Funk sprechen.

»Und du? Ist mit dir alles okay?«, hatte Nick gefragt.

»Alles bestens.« Sie hatte so ruhig geklungen. Beinahe zu ruhig.

Dann war eine lange Pause eingetreten, bis Angela erneut das Wort ergriffen hatte.

»Ich mach mal lieber Schluss. Ich rufe morgen an, sobald es geht.«

Nick hatte den Hörer schon aufgelegt, da ging ihm auf, dass er Angela gar nicht gefragt hatte, wo sie übernachten würde. Im Krankenhaus bei Ig? In einem Motel? Er wollte gerade zurückrufen, doch ohne Handy konnte er sie nicht erreichen. Und es war zu spät, um es im Krankenhaus, auf der Station zu versuchen.

»Alles bestens«, hatte Angela gesagt. Das glaubte sie doch selbst nicht. Er hätte länger mit ihr sprechen sollen. Sie fragen sollen: *Bist du sicher, dass alles in Ordnung ist? Willst du, dass ich zu dir komme? Ich wäre doch in ein, zwei Stunden da. Um die Anlieferung morgen kann sich Lindy kümmern. Du brauchst mich doch in so einem Moment. Ich brauche dich in so einem Moment.* Doch den Augenblick hatte er verpasst, wie so oft in letzter Zeit.

Es war seine Schuld, das war ihm wohl bewusst. Er hatte so viel auf dem Herzen, doch er fand die Worte nicht. Nicht nur an diesem Abend. Das ging seit Monaten schon so.

»Haben Sie es Angela erzählt?«, hatte ihn sein Arzt bei der letzten Untersuchung gefragt. »Sie muss Bescheid wissen. Sie müssen es ihr sagen.«

»Ich will sie nicht beunruhigen.«

»Sie ist Ihre Frau, Nick. Sie macht sich doch bestimmt auch so ihre Gedanken.«

Aber wo beginnen? Es fiel ihm ja schon schwer genug, sich jeden Tag im Spiegel anzusehen, in dem Wissen, wie sehr er seine Frau, seine ganze Familie enttäuscht hatte. Er hätte es nicht ertragen, in noch mehr Enttäuschung zu blicken. Er hatte doch gesehen, wie schockiert sie auf den Vertrag mit dem Minenbetreiber reagiert hatte. Er hatte die Besorgnis in ihrer Stimme registriert. Dieser Abend hatte es ihm nur bestätigt. Es war besser für Angela und die Kinder, wenn er alles Übrige für sich behielt. Wenn er versuchte, sich mit der Ahnenforschung abzulenken. Wenn er ihnen auswich. Vor allem Angela.

Er ging den Flur entlang und sah erneut nach Lindy. Sie schlief tief und fest. Er hatte sie, wie zu Kinderzeiten, gleich in ihr Zimmer geschickt, kaum dass Angela und Ig gefahren waren. Ihr versichert, mit Ig würde alles gut, und es mache ihm nichts aus, allein aufzuräumen. Es hatte über eine Stunde gedauert. In der Küche war so viel Blut gewesen.

Nun war es beinahe Mitternacht. Zeit, ins Bett zu gehen. Doch er würde sowieso nicht schlafen. Er hatte seit Monaten nicht wirklich gut geschlafen. Er machte den Fernseher an, doch da lief nichts, was ihn interessierte. Er schaute auf die Uhr und rechnete nach. In Irland war Mittag. Eine gute Zeit, Carol eine Mail zu schicken. Das brächte ihn auf andere Gedanken. Das tat es immer.

Der Bildschirm zeigte ein altes irisches Gemäuer. Es war der Screensaver. An der Wand hing eine große Irlandkarte. Zwar nutzte die gesamte Familie Computer und Büro, doch in letzter Zeit überwiegend er.

Nick drückte auf die Leertaste. Die Burg verschwand, ein Dokument erschien. Nick runzelte die Stirn. Hatte er vergessen, etwas abzuspeichern? Dann sah er das Weihnachtsbaummotiv. Das erklärte alles. Offenbar hatte Angela ihren Weihnachtsbrief geschrieben, und dann war der Unfall mit Ig passiert. Nick wollte das Dokument gerade schließen und bei den Entwürfen abspeichern, als sein Blick auf das Datum fiel. Der erste Dezember, vier Minuten vor Mitternacht. Der Tag, an dem Angela immer ihren Weihnachtsbrief verschickte.

Endlich. Endlich konnte er seiner Frau etwas Gutes tun. Er wusste, wie viel ihr dieser Brief bedeutete, selbst wenn er ihn seit Langem nicht mehr las. Es war ihm unbegreiflich, weshalb sie das Bedürfnis hatte, Ereignisse aus ihrem Familienleben derart vielen Menschen mitzuteilen. Als er die Briefe anfangs noch gelesen hatte, hatte er sich und sein Erleben nur mit Mühe darin wiedergefunden.

Drei Minuten vor Mitternacht. Hoffentlich ließ ihn

gerade jetzt die launische Satellitenverbindung nicht im Stich. Er öffnete Angelas E-Mail-Adressbuch und stieß auf eine Gruppe mit dem Namen »Weihnachtsbrief«. Er war nicht überrascht. Mit Angelas Organisationstalent nahm es niemand auf.

Die E-Mail anzulegen und die Namen einzufügen war im Handumdrehen erledigt. Nach allem, was im letzten Jahr geschehen war, fühlte sich selbst diese kleine Geste geradezu bedeutsam an. Notwendig. Er würde es ihr nicht erzählen. Es wäre eine Überraschung, wenn Angela mit Ig nach Hause kam.

Eine Minute vor Mitternacht. Wenn der Brief fertig war, rief Angela oft Ig zu sich, damit er auf »Senden« klicken und der E-Mail »Grüße von den Gillespies!« hinterherrufen konnte. Es war hoffentlich nicht schlimm, dass er mit diesem Teil der Tradition brechen musste.

Um Punkt Mitternacht klickte er auf »Senden«. Nick lehnte sich zurück. Angelas Weihnachtsbrief reiste in die Welt.

Kapitel 4

Genevieve Gillespie, im Kampf mit Handy, Handtasche, Arbeitskoffer und Regenmantel, bahnte sich im Greenwich Village ihren Weg durch Heerscharen trödelnder Touristen und hetzender New Yorker. Ihr Haarknoten hatte sich gelöst, und nun hing ihr eine dieser blauen Dreadlocks vor den Augen. Je eher sie die wieder loswurde, umso besser. Sie hatte Mühe zu verstehen, was ihre Zwillingsschwester im Tausende Meilen entfernten Sydney in ihr Ohr sprach, doch dass sie sehr aufgebracht war, war nicht zu überhören.

»Victoria, es tut mir wirklich leid, aber kannst du den Gedanken kurz festhalten? Gib mir zwei Sekunden, dann hast du mein volles Mitgefühl. Versprochen.«

Genevieve bog in eine Gasse, stellte ihre Taschen ab – zwischen ihren Beinen, um Taschendieben keine Angriffsfläche zu bieten – und nahm das Handy wieder an ihr Ohr. Hier war es zwar dreckig, aber ruhig.

»Tut mir leid. Kannst du noch mal von vorn anfangen? Und kannst du bitte langsam sprechen? Ich habe einen widerlichen Kater.«

»Schon wieder? Du bist wohl unter die Alkoholiker gegangen.«

»Das musst *du* gerade sagen. Wie auch immer. Nein, noch nicht. Zwei wilde Nächte während eines Monats, das ist nicht gerade Partyleben pur, oder? Gin pur, das vielleicht. Oder Wodka, falls ich mich recht entsinne. Was ich nicht tue. Aber, Victoria, ich habe gestern Abend einen derart witzigen Typen kennengelernt. Du hättest …«

»Genevieve, können wir bitte zuerst über mich und dann über dich sprechen?«

»Entschuldige, natürlich. Selbstverständlich. Aber kannst du voranmachen? Ich komm schon jetzt zu spät zur Arbeit.« In dem Moment vibrierte ihr Diensthandy. Wieder. Und wieder. Genevieve zog es aus der Tasche – neun verpasste Anrufe. »Verdammter Mist, Victoria, ehrlich, ich kann nicht lange sprechen. Bei der Arbeit muss irgendwas passiert sein. Alle suchen schon nach mir.«

»Du mit deinem glamourösen zweiten Handy. Keine Sorge. Ich ruf dich später an und hol mir deinen Beistand. Aber kannst du bitte gerade mal nachsehen, wann du in Sydney ankommst? In deiner SMS stand sechs, aber morgens oder abends? Dann buch ich uns den Weiterflug nach Adelaide.«

»Abends. Achtzehn Uhr. Mum holt uns doch in Adelaide ab, oder?«

»Das will ich ihr schwer raten. Ich bin nicht sicher, ob ich Lindys Lamento über vier Stunden aushalten würde. Und Dad hat sich neuerdings wohl an den Computer angekettet und verlässt die Farm so gut wie gar nicht mehr. Aber dann buch ich gleich die Flüge, danke. Und was war das gestern Abend für ein Typ? Ein Kandidat?«

»Nein, stockschwul, aber heiraten würde ich ihn trotzdem. Wir hatten so viel Spaß. Kennst du das, wenn dich jemand so witzig findet, dass du immer mehr aufdrehst, nur damit der andere weiterlacht? So einer. ›Du bist echt zum Schreien, Genevieve. Erzähl mir mehr, Genevieve.‹«

»Sollte das ein amerikanischer Akzent sein?«

»Nur damit du's weißt, ich werde *oft* für eine Amerikanerin gehalten.«

»Klar. Eine Amerikanerin, die zwanzig Jahre im australischen Busch verschollen war.«

Genevieves Handy summte wieder. »Noch ein Anruf. Ich muss Schluss machen.«

»Nein, warte. Woran arbeitest du gerade? Ich verlier bei deinem Showbiz-Leben echt den Überblick.«

Genevieve nannte ihr den Namen der Serie und der Hauptdarstellerin.

»Oh, und wie ist sie so?«, wollte Victoria wissen.

Genevieve konnte sich nicht bremsen. »Nun ja, eigentlich bin ich zu Verschwiegenheit verpflichtet und darf mich über meine Arbeit in keiner Weise äußern.« Sie wartete kurz. »Das ist die egoistischste, verzogenste, vulgärste Zicke überhaupt. Außerdem hat sie eine Affäre mit dem Regisseur *und* dem Co-Star, Ersteres männlich, Letzteres weiblich. Beide außerdem verheiratet. Sie quatscht mir die Ohren voll, wenn ich ihr die Haare mache. Dazu raucht sie ständig Gras, auch vor aller Augen, aber deshalb wirkt sie in der Serie auch so überzeugend zugedröhnt, weil sie ständig zugedröhnt ist. Aber jetzt muss ich *wirklich* Schluss machen. Leb wohl, meine Victoria!«

»Leb wohl, Genevieve.«

Genevieve sah auf die Uhr und zog eine Grimasse. Sie kam nicht nur zu spät, sondern sehr zu spät. Zwar nur fünf Minuten, doch in ihrer Branche war Pünktlichkeit ein Muss. Es war gar nicht gut, wenn ein Schauspieler in den Wohnwagen kam und auf den Stylisten warten musste. Umgekehrt, selbstverständlich. Das kam ständig vor. Aber die Serie hatte ihr Budget schon überzogen, und der Druck war groß, auf die Schauspieler und die Crew. Das hatte der Regisseur in seiner Rundmail vom Vortag klargestellt.

Wenn sie nur auf diesen einen letzten Drink verzichtet hätte. Es war nicht nur der Kopf. Ihr war richtig übel. Aber sie hatte so viel Spaß gehabt. Es war so schön, wenn jemand so gut zuhörte. Sich so gut amüsierte. Sie hatte sogar seine Nummer. »Du kannst mich jederzeit anrufen. Das war echt ein super Abend.«

Sie winkte ein Taxi heran. Als sie endlich auf der Rückbank saß – ein Chaos aus Taschen zu ihren Füßen –, schaute sie erneut auf ihr Diensthandy. Zehn verpasste Anrufe. Was war denn da bloß los? Sie hörte die Mobilbox ab. Es war stets dieselbe Frage: Hatte sie schon die *New York Post* gelesen? Genevieve sah sie sich auf ihrem Handy online an. Sie scrollte immer weiter, bis auch sie darauf stieß. Die Klatschrubrik.

Als Erstes sprang ihr das Autorenfoto in die Augen. Es war der Mann, mit dem sie am Vorabend getrunken und gelacht hatte. Der unterhaltsame Schwule, der, wie er ihr erzählt hatte, als Grafikdesigner bei der *Post* arbeitete. Der nicht über sich selbst sprechen wollte. Was in dieser Stadt an sich schon seltsam war. Vielleicht war er wirklich Grafikdesigner. In jedem Fall aber war er der Klatschkolumnist der *Post*. Der Klatschkolumnist mit einem hervorragenden Gedächtnis oder einem Aufnahmegerät, das er überallhin mitnahm, sogar in laute Clubs.

Es stand alles da, Wort für Wort, was sie ihm erzählt hatte. Das interne Wissen über die Schauspielerin. Ihre beiden Affären. Die Drogen. Ihr schlechtes Benehmen. Alles Informationen von, wie er schrieb, »einem Insider am Set«.

Genevieve drehte sich der Magen um. Sie erwiderte einen der vielen Anrufe, von Megan, ihrer Freundin am Set, der Maskenbildnerin. Sie lauschte dem Klingelton und versuchte, sich zu beruhigen. Der Kolumnist hatte sie nicht namentlich genannt. Niemand aus der Branche hatte sie, soweit sie wusste, mit ihm in dem Club gesehen. Niemand aus der Crew konnte wissen, dass die Zitate aus ihrem Mund stammten, oder? Megans Voicemail schaltete sich ein. Warum ging sie nicht ans Telefon? Genevieve bat den Fahrer, Gas zu geben. Sie war nur noch wenige Straßen entfernt.

Da klingelte ihr Handy. »Megan?«

»Genevieve? Wo bist du denn? Du versäumst ja alles.«

»Bin in einer Minute da. Was ist denn los?«

»Irgendjemand hier kriegt richtig Stress. Am Set gibt es ein Leck. Ach was, einen Wasserfall. Und unser Regisseur ist nicht begeistert. Unser Produzent ist nicht begeistert. Und unser Star ist ganz besonders nicht begeistert. Du kommst besser her, auch wenn du heute freihast. Sie hat den Boss nämlich eben informiert, dass sie raus aus dem Projekt ist.«

»Aber das geht doch nicht. Vertrag ist Vertrag. Wir sind doch beinah fertig.«

»Offenbar geht es doch. Es gibt wohl eine Klausel, wonach sie aussteigen kann, wenn vom Set negative Publicity kommt. Was glaubst denn du, warum jeder hier diese Verschwiegenheitsklausel unterschreiben musste?«

»Aber das müssen wir doch immer.«

»Diesmal war es ernst gemeint. Und es ist ernst. Du solltest die Gesichter sehen. Eine Beerdigung ist nichts dagegen. Und unsere große Diva kommt wohl nur zurück, wenn die Quelle öffentlich hingerichtet wird.«

»Heißt das, die wissen, wer es war?«

»Noch nicht. Angeblich ist dieser Kolumnist so verschwiegen wie ein Grab. Gibt seine Quellen niemals preis.«

Genevieve holte wieder Luft. Bis Megan erneut das Wort ergriff.

»Aber es heißt auch, dass das Studio die ganze Werbung in der *Post* canceln will, falls er den Namen nicht nennt.«

Das Taxi hielt am Set. Das Studio hatte eine ganze Straße an der Grenze zu Hell's Kitchen übernommen. Wohnwagen, Kabel und Technik drängten sich am Bordstein. Eigentlich hätte zu dieser Tageszeit reger Trubel herrschen müssen. An diesem Morgen aber standen alle nur untätig herum.

Alles wegen Genevieve.

»Ich muss Schluss machen«, sagte Megan. »Ich behalte den Trailer des Regisseurs im Auge, und gerade geht die Tür auf.«

»Dann bis gleich«, sagte Genevieve. Ihre Hände zitterten. Und das lag nicht nur am Alkohol. Sie duckte sich hinter einen Licht-Lkw und holte erneut ihr Handy hervor. Bei der zweiten Lektüre las sich der Artikel noch schlimmer. Genevieve googelte die Schauspielerin. Der Inhalt des Artikels war schon überall im Netz. Der Inhalt, ihre Worte, wurden so oft wiederholt, als entsprächen sie der Wahrheit. Sie entsprachen auch der Wahrheit.

Was sollte sie bloß tun? Den Mund halten? Was würde Victoria ihr raten? Sie war versucht, ihre Zwillingsschwester anzurufen, doch das war weder Ort noch Zeit. Die Lage war so ernst, es war nicht auszuschließen, dass die Diensthandys abgehört wurden. Dabei ging es am allerwenigsten um die Schauspielerin, um ihr Ansehen oder ihre Karriere. Niemand scherte sich darum. Im Gegenteil, ihre Verrufenheit war der Serie dienlich – je mieser sich ein Star benahm, umso größer die Publicity. Kostenlos. Denn es ging allein um Geld. Jede Stunde, während derer die Produktion brachlag, kostete die Investoren Tausende an Dollar. Und das bedeutete, dass Genevieves einstündige Unterhaltung mit diesem charmanten, aufmerksamen Mann, ihre Witze, die Geschichten, die sie zum Besten gegeben hatte, vermutlich schon Zehntausende Dollar an verlorener Produktion gekostet hatten.

Sie machte sich auf den Weg zu ihrem Wohnwagen. Sie kam an einigen Technikern vorbei, die neben ihren ungenutzten Pulten standen. Genevieve setzte eine möglichst neutrale Miene auf. *Nur die Ruhe.* Vielleicht legte sich der Sturm ja bald.

Doch als sie in die Maske kam, wurde ihr bewusst, dass der Sturm sich nicht bald legen würde. Megan war schon wieder auf dem allerneuesten Stand: Sie schlief mit dem Regieassistenten. Und was sie durch ihn erfuhr, erfuhr auch Genevieve.

»Jetzt sind sie mit einem Sprachexperten dran. In der Kolumne kommen ja direkte Zitate vor, also suchen sie nach Sprachmustern, die einen Hinweis darauf geben, wer es war.«

Genevieve glaubte regelrecht zu spüren, wie ihr die allerletzte Farbe aus dem Gesicht wich. Sie war die einzige Australierin am Set. Sicher, sie war seit über zwei Jahren in den Staaten und hatte ziemlich viele Slangbegriffe aufgeschnappt, sogar einen leichten Akzent, aber würde das genügen, um ihre ureigenen Sprachmuster zu überschreiben?

»Was hat sie oder er denn so gesagt?«, fragte sie in möglichst beiläufigem Tonfall.

Megan las ihr den Artikel vor. Genevieve lauschte, obwohl sie ihn schon auswendig kannte. Vielleicht war sie doch nicht in Gefahr. Schließlich hatte sie die Schauspielerin nicht als dämliche »Sheila« oder auf irgendeine andere Weise tituliert, die ihre australische Herkunft verraten hätte. Genevieve blieb jeder Kommentar erspart, weil Megans Handy wieder klingelte. Während ihre Freundin das Drama dieses Vormittags noch einmal in epischer Breite schilderte, nutzte Genevieve die Gelegenheit, Bürsten, Clips und Haarspray auszubreiten, als wäre es ein ganz normaler Morgen.

Nachdenken, Genevieve. Was konnte sie nur tun? Was *sollte* sie nur tun?

Beichten.

Woher kam das denn? Aus dem Grund ihrer katholischen Erziehung? Das klang nach ihrer Mutter. Angela hatte stets darauf bestanden, dass zu Hause die Wahrheit auf den Tisch kam. Während ihrer Schulzeit – erst in Hawker und dann auf dem sehr katholischen Internat in Adelaide – hatten sie und Victoria bei solchen Sprüchen nur die Augen verdreht und ihre Mutter geneckt. Üblicherweise hatte Genevieve damit begonnen. »Das ist ja schön und gut, Mum, aber wenn wir alles tun, was in der Bibel steht …«

»Immer auch die andere Wange hinhalten und immer auch an andere denken …«, hatte Victoria den Satz ergänzt.

»Und immer stehen bleiben und einem armen alten Menschen über die Straße helfen …«

»kriegen wir ja *gar* nichts mehr gebacken«, hatte Victoria das Spiel beendet.

»Das sind keine starren Regeln, sondern Richtlinien«, hatte ihre Mutter stets darauf erwidert.

Richtlinien für ein sehr ödes Leben, hatten sie und Victoria beschieden. Und waren als Teenager zu dem Motto gelangt: Was unsere Mutter nicht weiß, das macht sie nicht heiß.

Megan telefonierte immer noch. Sie las den Artikel wieder vor. Genevieve wollte es nicht hören. Um sich abzulenken, ordnete sie die bereits geordneten Bürsten und Kämme.

Endlich war Megan fertig. Sofort vibrierte ihr Handy wieder. »Tut mir leid«, formte ihr Mund in Richtung Genevieve. Wirklich leid tat ihr das nicht, das war nicht zu übersehen. Megan genoss es, im Mittelpunkt der Klatschsensation schlechthin zu stehen. Als sie erneut zu einem ausführlichen Bericht ansetzte, griff Genevieve zum Handy, um Victoria anzurufen. In dem Moment ging die Tür auf. Es war Tim, der Regieassistent, Megans aktueller Freund. Genevieve sah ihm an, dass er etwas wusste. Sie legte das Handy beiseite. Megan tat es ihr nach.

»Und?«, fragte Megan.

»Es gibt eine Zusammenkunft. In einer Viertelstunde, am Set. Die wollen ein Geständnis. Wenn, wer immer auch geredet hat, sich nicht bis elf Uhr meldet, wird erst mal dichtgemacht. Dann gibt es überraschend einen Tag lang frei. Vielleicht die ganze Woche. Oder, so wie es in der Branche gerade aussieht, überraschend ein paar Monate.«

Megans laute Reaktion überdeckte Genevieves bestürztes Schweigen. Dann wäre sie nicht allein an einem sechsstelligen Verlust an Investorendollar schuld, sondern nahm über hundert Menschen auch den Lebensunterhalt? Ihr Herz raste.

»Und wenn der- oder diejenige gesteht?« War das aus ihrem Mund gekommen? Diese ruhige, gefasste Stimme?

»Er oder sie verliert den Job, alle anderen behalten ihn. Die Show geht weiter. Ein Opfer um der anderen willen. Aber das hören wir gleich alles. Ist eine simple Gleichung.«

Genevieve dachte an die vielen Rechnungen, die zu Hause auf sie warteten. Besonders die ihrer Kreditkartenfirma. Sie dachte an die Miete, die in fünf Tagen fällig war. Das Ticket nach Australien war bereits bezahlt. Ob sie es zurückgeben und nicht nach Hause fliegen könnte? Nein, sie sehnte sich nach ihrer Schwester. Nach ihren Eltern. Lindy. Ig. Dann kam ihr Bill, der Beleuchter, in den Sinn. Er war gerade Vater geworden. Und Ron, im Kulissenbau, wollte ein Apartment kaufen. Die Schauspielerin, die im Zentrum dieses ganzen Dramas stand, würde schnell den nächsten Job bekommen, die nächste Rolle, das nächste Titelbild. Aber all die anderen?

Tim hatte recht. Es war eine simple Gleichung.

»Kaffee?« Wieder staunte sie, wie normal sie klang.

»Du bist ein Schatz«, sagte Megan. »Gern.«

»Bin gleich zurück.« Oder auch nicht.

Als Erstes ging sie zum Cateringwagen. Eine Schlange hatte sich gebildet. Nun, da die Produktion ruhte, hatten alle Zeit.

»Hi«, hörte Genevieve.

Sie drehte sich um. Es war der Kaffee-Typ, wie sie und Megan ihn getauft hatten. Mitte dreißig, dunkles Haar, gut gebaut. Genevieve sah ihn immer nur in der Kaffeeschlange und scherzte jedes Mal mit ihm über ihre gemeinsame Koffeinsucht. Genevieve wusste nicht, was er auf dem Set tat. Vermutlich war er ein Techniker oder Security-Mann, jedenfalls trug er die schwarze Regenjacke mit dem Logo des Studios auf der linken Außentasche. Die Unterhaltung war immer kurz – auch jetzt bewegte sich die Schlange viel zu schnell für ein tieferes Gespräch –, aber Genevieve genoss die raschen Wortwechsel. Sie wusste, dass er ein Mal in Australien gewesen war. Am Great Barrier Reef, zum Tauchen, hatte er erzählt. Das habe sie noch nie gesehen, und dabei stamme sie doch aus Australien, hatte sie gesagt.

»Was soll's, ich stamme aus New York und hab das Chrysler Building auch noch nie gesehen«, hatte er erwidert.

»Schau mal, es ist da drüben.« Genevieve hatte nach hinten gewiesen.

Er hatte sich umgedreht und die Augenbrauen hochgezogen. »In der Tat. Wow.« Ein breites Lächeln. »Danke.«

»Das ist mein zehnter Kaffee heute«, sagte er nun. »Nach außen mag ich ruhig wirken, aber in mir rast ein Niki Lauda. Der Rennfahrer? Nein? Was ist mit Nick Faldo? Dem Golfer?«

Genevieve war viel zu aufgewühlt, um auf seinen Scherz zu reagieren. Sie lächelte nur. Sein Herz raste? Ihres war auf Warp-Geschwindigkeit. Sie nahm ihre drei Becher, lächelte den Kaffee-Typen im Vorübergehen noch einmal an und brachte Tim und Megan ihre Dosis Koffein. Sie tratschten noch immer. Genevieve konnte sich nicht daran beteiligen. Sie konnte nicht einmal ihren Kaffee trinken. Ihr Pulsschlag hatte schon jetzt gefährliche Höhen erreicht. Sie hatte etwas zu erledigen. Hier und jetzt.

»Bin gleich zurück«, sagte sie zu Megan.

»Noch mehr Kaffee? Du schläfst doch wochenlang nicht.«

Genevieve musste sich durchfragen. Sie wusste nicht einmal, wie der Regisseur aussah, geschweige, wo sein Wagen stand. Sie hatte meist mit dem Produktionsleiter zu tun. In New York war es so gut für sie gelaufen. Die letzten beiden Jahre hatte sie in vollen Zügen ausgekostet. Sie hatte an Spielfilmen, Musikvideos, Fernsehwerbung und Einzeldrehs gearbeitet. Sie war den Filmstars ihrer Kinderzeit begegnet, den angesagten Indie-Stars. Netten Menschen, schrecklichen Menschen. Sie hatte großartige

Schauspieler mit gewöhnlichem Gesicht und schlechte Schauspieler mit fotogenem Gesicht gesehen. Sie hatte sich jeden Tag bei dem Gedanken zwicken müssen, dass ihre Karriere mit einem Schülerjob im tiefsten Australien begonnen und sie bis nach New York geführt hatte, ans Set von Emmy-prämierten Fernsehserien …

Die Karriere, die sie an einem leichtsinnigen Abend beendet hatte.

Die letzten Schritte zum Wohnwagen des Regisseurs waren wie ein Gang zum Schafott. Fünf Personen standen vor dem Trailer. Genevieve kannte nur Laurence, den dritten Regieassistenten. Er schaute auf sein Handy und runzelte die Stirn. Sie wartete, dann holte sie tief Luft und sprach ihn an.

»Laurence? Kann ich kurz mal mit dir reden? Allein?«

»Das ist gerade nicht sehr passend …«

»Ich weiß etwas über …«, sie machte eine vage Geste, »diese Sache.«

»Entschuldige, wer bist du?«

Woher sollte er wissen, wer sie war? »Genevieve Gillespie. Die Hairstylistin.«

»Du weißt was über den Artikel?«

Sie nickte.

»Rühr dich nicht vom Fleck.«

Genevieve war davon ausgegangen, dass sie es Laurence und Laurence es dem Regisseur erzählen würde. Doch Laurence war die Stufen hochgestiegen, hatte mit jemandem gesprochen und bat sie nun in den Wagen. Etwa, um mit dem Regisseur zu reden? Dem Regisseur, der vier Emmys gewonnen hatte und gerüchteweise zum ersten Mal für Harvey Weinstein die Regie übernehmen würde, sobald diese Produktion abgeschlossen war?

Laurence winkte ihr erneut. *Mach voran.*

Genevieve hatte den Regisseur unbedingt kennenlernen wollen. Aber nicht unter solchen Umständen.

Sie stieg die Stufen hoch. Laurence wich zur Seite und ging nach draußen. Nun war sie allein, Genevieve Gillespie, Hairstylistin, zweiunddreißig Jahre, Zwillingsschwester von Victoria, ursprünglich aus Errigal, einer Schaffarm im australischen Outback, allein in einem kleinen Wohnwagen in New York City, und ihr gegenüber saß einer der bekanntesten Fernsehregisseure aus den Staaten.

Sie schluckte so laut, dass sie es beide hörten. Er sah ihr erwartungsvoll entgegen. Sie öffnete den Mund. Und redete. Sie erzählte alles, von der Bar, den Drinks, wie sie in das Gespräch mit diesem Mann geraten war, mit dem sie so viel gelacht hatte und den Mund dann nicht mehr halten konnte, weil er so viel gelacht hatte. Je eindringlicher der Blick des Regisseurs wurde, umso mehr erzählte sie. Bis alles gesagt war. Bis sie nur noch seinen Blick erwidern konnte.

Sie hatte auf Verständnis gehofft. Auf eine kurz und heftig lodernde Wut, auf die Vergebung folgen würde, die Versicherung, dass das alles bald vergessen sei, sie aber lernen müsse, allzu aufmerksamen Zuhörern in einer Bar mit Misstrauen zu begegnen, da diese Stadt von Klatsch und Tratsch lebte, und das hatte nun mal seinen Preis.

Sie hatte sich ja so geirrt. Sekunden später nur begleitete sie ein Security-Mann zur Maske, damit sie ihre Sachen packen konnte. Er nahm ihr das Diensthandy ab. Megan hatte immerhin den Anstand, sie zu umarmen und »Ich ruf dich an« zu sagen, auch wenn sie es nur flüsterte. Hinterher erst fiel Genevieve ein, dass Megan nur ihre Dienstnummer hatte, die es nun nicht mehr gab.

Anschließend wurde sie erneut zum Trailer des Regisseurs geführt. Mittlerweile war ein Assistent erschienen, ein Drucker summte. Genevieve sah sich gezwungen, mit zitternden Händen eine eilig formulierte Erklärung zu unterschreiben, die der Schauspielerin per Kurier in ihr Luxushotel zugestellt werden sollte. Doch es kam noch schlimmer. Als Nächstes wurde sie gezwungen, ein mündliches Geständnis abzulegen, vor der iPhone-Kamera des Regisseurs. Es wurde ihr Wort für Wort diktiert. »Ich, Genevieve Gillespie, war die Quelle der falschen und verletzenden Gerüchte, die man heute Morgen in der *New York Post* lesen konnte. Ich bestätige, dass diese in jeder Hinsicht unwahr sind und jeder Grundlage entbehren. Es tut mir außerordentlich leid, wenn ich andere damit verletzt haben sollte. Es versteht sich, dass ich meine Kündigung eingereicht habe.« Sie brachte die Worte kaum über die Lippen, die Worte, die so verlogen waren, noch dazu vor dem Regisseur, der, wie sie ja wusste, eine Affäre mit der Hauptdarstellerin hatte. Dann ging ihr mit plötzlicher und fürchterlicher Klarheit auf, dass sich diese Beichte, ihre gestotterte Entschuldigung, ihre verkaterten Augen und die eilig zurückgebundenen blauen Dreadlocks blitzschnell über Twitter, Perez Hilton, TMZ und jede andere Gossip-Plattform dieser Stadt verbreiten würden.

Die Tür ging auf. Der Kaffee-Typ erschien. Sie hatte also recht gehabt, er war von der Security. Er wechselte einige Worte mit dem Regisseur. Genevieve verstand nur weniges. Doch das genügte. »Bring sie vom Set. Sofort.«

Draußen standen noch immer kleine Menschengruppen. Genevieve hörte Gesprächsfetzen, als sie ihren Pfad der Schande bis zum Rand des Sets abschritt. An der Absperrung drängten sich wie üblich am frühen Morgen die Touristen, die einen Blick auf ein berühmtes Gesicht erhaschen wollten. Sie würdigten Genevieve kaum eines Blickes. Vermutlich hielten alle sie für einen Eindringling, der vom Set geführt wurde. Sie hatten ja so recht.

Sie kamen an die Absperrung.

Genevieve drehte sich um. »Willst du mich da rüberwerfen?«

Er schüttelte den Kopf. »Willst du?«

»Nicht wirklich.«

Er schob das Absperrband beiseite und reichte Genevieve eine Tasche. Es war ihr Arbeitskoffer, mit all ihren Bürsten, Scheren, Kämmen – dem Werkzeug ihrer Zunft. Sie hatte ihn im Trailer des Regisseurs vergessen.

»Den brauchst du sicher«, sagte er.

»Ich danke dir.« Diese unerwartet freundliche Geste rührte Genevieve zu Tränen. Sie blinzelte eilig. »Es tut mir wirklich leid, aber darf ich dich um einen weiteren Gefallen bitten?«

»Das ist mir nicht erlaubt. Selbstverständlich. Was denn?«

»Megan, von der Maske. Sie hat nur meine Dienstnummer. Würdest du ihr das hier geben?« Rasch schrieb sie ihre private Nummer auf die Rückseite einer Quittung.

Er steckte sie in seine Jacke. »Du hast das Richtige getan.«

»Was?«

»Du hast uns allen den Job gerettet. Danke.«

Sie sah ihn an. »Gern geschehen.« Sie musste es loswerden. »Ich hab das nicht gewollt. Ich hatte einfach zu viel getrunken. Und ich dachte, das wär allgemein bekannt. Dass es keine Rolle spielt.«

»Wie lange bist du schon hier?«

»Bei der Serie? Ein paar Wochen.«

»In New York?«

»Zwei Jahre.«

Hinter ihm erklang ein Ruf. »Matt!«

Er drehte sich um und machte ein Zeichen, dass er sofort käme.

Genevieve hatte sich bereits zwei Schritte weit entfernt, da rief er ihren Namen. Sie drehte sich um. Er streckte ihr die Hand entgegen. Wollte er ihr die Hand schütteln? Dann begriff sie.

»Dein Pass. Tut mir leid.«

Sie zog das Band über den Kopf und gab es Matt. Sie hatte diesen Pass geliebt. Geliebt, wofür er stand. Sie gehörte zur US-amerikanischen Film- und Fernsehindustrie. Zum Inner Circle. Jetzt nicht mehr.

»Mach dich nicht verrückt.«

Genevieve schnaufte, halb Lachen, halb Weinen. »Klar. Danke.«

»Das ist mir ernst. Der Sturm wird sich legen.«

»Aber bis dahin werde ich in dieser Stadt nie mehr einen Job bekommen?«

Diesmal grinste er wirklich. »Es gibt Schlimmeres.«

Genevieve sah ihm nach. Wenigstens er war nett gewesen. Hatte sie anständig behandelt. Die Menge vor der Absperrung war enttäuscht. Nicht nur, dass sie ein Niemand war, man hatte sie nicht einmal richtig vom Set geworfen. Genevieve blieb stehen. Neugierig beäugt von zwei Frauen. Eine sprach sie an.

»Hat man Sie vom Set geworfen?«

Genevieve schüttelte den Kopf.

»Und was machen Sie dann hier? Arbeiten Sie fürs Fernsehen?«

Nicht mehr, dachte sie. »Ich habe was geliefert.«

»An diesc Schauspielerin?«, fragte die andere Frau nun sehr erregt. »Was denn?«

Ach, zur Hölle, dachte Genevieve und senkte die Stimme. »Drogen.«

Die Frauen rissen die Augen auf. Genevieve ging fort. Durch eine Lücke zwischen den Wohnwagen sah sie, dass Unruhe auf dem Set ausbrach. Scheinwerfer wurden verschoben, Kulissen hin und her getragen. Offensichtlich hatte die Hauptdarstellerin ihre Entschuldigung akzeptiert. Die Show ging weiter.

Als Genevieve um die Ecke bog, klingelte ihr Handy. Im ersten Moment war sie verwirrt. Das hatte man ihr doch abgenommen? Dann ging ihr auf, dass es ihr privates Handy war. Noch während sie in ihrer Tasche wühlte, wusste sie, wer anrief. Das kam ständig vor, auch wenn sie und Victoria das vor all den zwillingsverrückten Menschen, die so viele Fragen hatten, ungern sagten. Dass eine die andere immer dann anrief, wenn es nötig war. Als ob sie spüren würden, wenn etwas nicht Ordnung war. So wie jetzt.

Genevieve ging ans Handy. »Victoria, du glaubst nicht, was mir gerade passiert ist.«

»Hier ist nicht Victoria. Ich bin's. Lindy.«

»Lindy?« Lindy rief nie an. Bei ihren Schulden konnte sie sich teure Telefonate nicht leisten. »Was ist passiert? Alles in Ordnung?«

»Nein! Du glaubst nicht, was mit Ig passiert ist. Das war total *ekelhaft*! Kannst du reden, oder rufe ich zu einem schlechten Zeitpunkt an?«

Genevieve war arbeitslos. Eine Verstoßene ihrer Branche. Sie ließ ihre Taschen fallen und setzte sich auf einen Treppenaufgang. »Schieß los, Lindy. Ich hab alle Zeit der Welt.«

Kapitel 5

Über Sydney war der Himmel blau und wolkenlos. Victoria zog, wie sie es seit einem Monat jeden Morgen tat, den Vorhang beiseite und prüfte, ob ein Fotograf in ihrem Vorgarten lauerte. Es war vollkommen grotesk. Die globale Wirtschaft befand sich in der Rezession, auf der ganzen Welt breitete sich Unrecht aus, doch *sie* war eine Schlagzeile. *Ihr* Bild war auf den Titelseiten. *Ihr* hatte man ganze Kolumnen gewidmet. Und warum?

Weil sie so dämlich, so vertrauensselig, so blöd gewesen war, auf das Gesäusel eines Mannes hereinzufallen, eines bekanntermaßen bekoksten, größenwahnsinnigen, verlogenen, egoistischen, verheirateten Idioten.

Nie wieder. Sie hatte die Lektion gelernt. Denn *sie* musste ja dafür bezahlen, *sie* war arbeitslos und unvermittelbar. *Er* hingegen – für ihn hatte sich der ganze Vorfall zu einer weiteren Sprosse auf der Karriereleiter ausgewachsen. Wenn es Victoria gedrängt hätte, hätte sie das Radio einschalten, den Sender suchen, den sie immer als ihre Konkurrenz betrachtet hatte, und auf die Neun-Uhr-Nachrichten warten können. Da hätte sie ihn dann gehört. Seine Stimme, seine Meinung. Mr Radio höchstpersönlich, wie er ganz Sydney, ganz New South Wales erreichte.

Während sie sich, erniedrigt, in ihrer winzigen Mietwohnung verstecken musste. Als Sündenbock.

Neben ihr klingelte das Telefon. Es war Lindy. Sie sah

es an der Anruferkennung. Es war Lindys übliche Zeit. Seit ihre kleine Schwester wieder zu Hause wohnte, rief sie Victoria jeden Morgen an, angeblich, um zu hören, wie es ihr so ging. Doch am Ende wurde daraus stets die Lindy-Jammer-Nummer. Victoria nahm sich vor, sie nach dem Frühstück zurückzurufen.

Viel lieber hätte sie mit Genevieve gesprochen. Sie telefonierten jeden Tag, manchmal sogar zweimal täglich, selbst wenn es keine Dramen gab. Sie waren nicht nur Zwillinge. Sie waren beste Freundinnen. Leider war Genevieve vorhin zu sehr abgelenkt gewesen. Doch das machte nichts. Sie konnten zu einem späteren Zeitpunkt sprechen. Victoria wusste sowieso, was ihre Zwillingsschwester sagen würde. Was sie seit dem Vorfall täglich sagte: »Ja, es ist fürchterlich, Victoria. Ja, es ist total ungerecht. Aber so langsam musst du das hinter dir lassen. Und das wird dir auch gelingen.«

»Aber wie konnte er mir so was antun?«, hatte Victoria bei einem ihrer vielen Telefonate geschluchzt. Sie hatte an dem Abend zu viel Wein getrunken und war ausgesprochen rührselig geworden.

»Weil dieser Kerl ein Schwein ist. Und Schweine so was tun. Im Ernst, Victoria, lass diese Sache endlich hinter dir. Diesen Kerl hinter dir.«

»Du hast gut reden. Für unsere Haarkönigin läuft ja alles bestens. Für Miss Erfolgreich.«

Genevieve hatte nur gelacht. »In dieser Verfassung liebe ich dich ganz besonders. Aber du hast natürlich recht. Mein Leben ist perfekt. Also, warum kommst du nicht zu mir und bleibst für eine Weile? Mit deiner Arbeit kannst du dich nun nicht mehr rausreden. Komm doch nach den Weihnachtsferien mit zu mir. Dann feiern wir Silvester in New York.«

»Das kann ich mir nicht leisten. Ich hab kein Geld mehr.«

»Ich auch nicht. Mein wilder Lebensstil verschlingt echt alles. Leihen wir uns was von Dad, falls Lindy uns überhaupt was übrig gelassen hat.«

Victoria hatte seither unentwegt über den Vorschlag ihrer Schwester nachgedacht. Und schließlich befunden, die Idee war großartig. Eine Auszeit von Sydney. Eine Flucht vor den Medien. Eine Abkehr von all den Freunden, die sich nur so lange als ihre Freunde erwiesen hatten, wie sie die Show von Mr Radio produzierte. Seit dem großen Knall hatte sie von keinem ihrer sogenannten Freunde mehr gehört.

Sie hatte Genevieve nicht nur angerufen, um sich wegen ihrer Ankunftszeit zu vergewissern, sondern weil sie ihr die große Neuigkeit verkünden wollte: Sie würde mit ihr nach New York kommen. Nicht nur, um etwas Abstand zu gewinnen, sondern auch, um sich einen Job zu suchen. Sie konnte es kaum erwarten, Genevieves Jubelschrei zu hören. Mit der Planung zu beginnen. Sie musste es gleich erneut bei ihr versuchen. Gleich im Anschluss an ihr neues Morgenritual.

Erstens, der Blick in den Vorgarten. Die Luft war rein. Es waren seit Tagen keine Fotografen mehr erschienen. Also konnte sie kurz aus dem Haus huschen, die Post holen, und im Nu wäre sie zurück. Bereit für zweitens, ein schönes Frühstück. Sie hatte zwar schon eine Schüssel Cornflakes intus, aber das war nur zum Aufwecken gewesen. Treibstoff, weniger Vergnügen. Sie freute sich auf ein ordentliches Frühstück. Ein tolles, luftiges Omelett. Mit Räucherlachs, Käse und Schnittlauch. Dazu gebutterter Toast. Und eine große Tasse Kaffee. Sie musste diese Krise als Chance betrachten. Als Anstoß, sich endlich zu verwöhnen. Sie *hatte* ja auch viel zu viel gearbeitet. Sie *war* ja auch wie eine Kerze gewesen, die an beiden Enden brennt.

Sie *hatte* mit Mr Radio geschlafen. Sich sogar fast in Mr Radio verliebt. Ja, er war arrogant, egoistisch und manchmal etwas zügellos. Aber er war auch unglaublich klug. Er brachte sie zum Lachen. Er hatte ihr gesagt, dass sie eine tolle Produzentin sei. Und ihr noch ganz andere, heißere Komplimente gemacht, wenn sie unter sich waren …

Aber nichts von alledem änderte die Lage. Offensichtlich hatte sie ihm nichts bedeutet. Zeit, auf Genevieve zu hören und ihn hinter sich zu lassen. Genau das würde sie. Buchstäblich. In New York.

Eine Minute, und sie sauste nach draußen, zum Briefkasten, und zurück in Sicherheit. Drei Briefe und dankenswerterweise keine Fotografen. Sie hatten wohl genug unvorteilhafte Bilder von ihr geschossen. Der Anblick hatte sie schockiert. Ihr war bewusst, dass sie in jüngster Zeit ein wenig zugenommen hatte, und der Winkel war auch nicht wirklich günstig, noch dazu war sie im Schlafanzug gewesen, aber trotzdem … In New York musste sie etwas dagegen unternehmen. Genevieve sagte immer, sie würde ihr Gewicht nur deshalb halten, weil sie überall zu Fuß hinging. Victoria hatte nur gelacht: *Und das hat nichts damit zu tun, dass du dich ausschließlich von Kaffee ernährst?*

Victoria legte die Post beiseite. Sie bekam dieses luftige Omelett nicht mehr aus dem Sinn. Ja, es hatte auch seinen Vorzug, wenn man öffentlich bloßgestellt und ohne Arbeit war. Man hatte wieder Zeit zu kochen.

Sie schlug die guten Bio-Eier auf. Das Omelett wurde ein warmes Goldgelb am Grund der Pfanne. Der Räucherlachs garte zu einem appetitlichen Rosa. Victoria streute geriebenen Käse und frischen Schnittlauch darüber, faltete das Omelett vorsichtig zusammen, wartete kurz und legte es genau in dem Moment auf einen warmen Teller, als das Brot aus dem Toaster sprang. Sie bestrich die Scheibe großzügig mit Butter. Und biss hinein. Himmlisch. Was kümmerte sie da die Arbeit? Was kümmerte sie da die Bloßstellung? Es spielte keine Rolle, solange ihr das Leben solche Freuden bot.

Nach der dritten Scheibe Toast machte sie die Post auf. Und bereute es sofort.

Das erste Schreiben war eine Mieterhöhung. Ihre Wohnung war ohnehin sehr teuer, doch das hatte sie bislang vor sich gerechtfertigt. Sie musste eine hohe Miete zahlen, wenn sie stadtnah leben und ansatzweise auf den Hafen schauen wollte. Der neue Betrag aber hätte sie selbst dann gefordert, wenn sie noch in ihrem Job gewesen wäre. Victoria schob den Brief zurück in seinen Umschlag. Und stellte ihren leeren Teller obenauf.

Der zweite Brief war noch schlimmer. Darin informierte sie ihr Anwalt, dass sie aufgrund ihres Status als Freiberuflerin keinen Anspruch auf eine Abfindung durch den Sender hatte. Des Weiteren wies er darauf hin, dass dem Sender, sollte Victoria weitere Schritte unternehmen, das Recht zustehe, umgekehrt eine Entschädigung einzufordern, da sie »fahrlässig gehandelt habe, als sie einem Moderator erlaubt hatte, unter Einfluss berauschender Mittel auf Sendung zu gehen«. Dem Moderator, der den Sender verlassen hatte, und mit ihm Werbeeinnahmen im Hunderttausender-Bereich. Wie hätte sie ihn aufhalten sollen? Dem Schreiben lag die Rechnung für die Anwaltskosten bei. Victoria schnappte laut nach Luft. Die Summe war höher als die erhoffte Abfindung. Das war fünfmal mehr, als sie auf dem Konto hatte! Sie schob auch diesen Brief zurück in seinen Umschlag und stellte einen anderen Teller obenauf.

Der dritte Brief stammte von Ig. Mit Poststempel aus Adelaide, aus dem letzten Monat. Er war offenbar auf der landschaftlich schöneren Nebenstrecke bis zu ihr gereist, was zweifellos an der unvollständigen Adresse lag. Sie hatte in diesem Jahr schon einige solcher Briefe erhalten. Die jüngste Botschaft bestand nur aus vier Worten. Die Ig aus einer Zeitschrift ausgeschnitten hatte.

HoL MiCh Hier RAuS.

Sein Flehen war bereits erhört worden. In der Vorwoche hatte Victoria aus einer E-Mail ihrer Mutter an die Zwillinge erfahren, wie Igs fortwährender Kampf mit dem Internat ausgegangen war. *Auf Anraten des Direktors haben wir ihn erst mal für ein Jahr nach Hause geholt, dann sehen wir weiter.*

Genevieve und Victoria hatten sich die E-Mail sofort gegenseitig weitergeleitet.

War das jetzt die dritte Flucht?, hatte Victoria geschrieben.

Der jüngste Streich vom Houdini des Adelaide'schen Schulsystems!, hatte Genevieve geantwortet.

Ach, der liebe kleine Ig. Der liebe irre kleine Ig. Victoria freute sich darauf, auch ihn an Weihnachten zu sehen. Sie wusste noch genau, wie sie ihn zum ersten Mal, in den Armen ihrer Mutter im Krankenhaus erblickt hatte. Mit ihren zweiundzwanzig Jahren waren sie und Genevieve alt genug für ein eigenes Kind gewesen und etwas alt für einen kleinen Bruder. Ihre Mutter – und ihr Vater – hatten völlig fassungslos gewirkt. Glücklich, ja, aber ohne Frage fassungslos. Aber das, hatte Genevieve zu häufig und zu laut gesagt, wäre ihnen sicher eine Lehre, in ihrem Alter überhaupt noch Sex zu haben.

Victoria griff zum Handy. Sie wollte es erneut bei Genevieve versuchen. Es klingelte in ihrer Hand. Zwillings-Telepathie.

Victoria hielt sich gar nicht mit der Begrüßung auf. »Genevieve, ich habe mich entschieden. Ich komme mit dir nach New York, gleich nach Weihnachten. Aber Urlaub wird das nicht. Das wird ein neues Leben.«

Die Antwort war in jeder Hinsicht unerwartet. »Hier ist nicht Genevieve. Hier ist Lindy. Und das kannst du vergessen.«

»Vergessen? Wieso?«

»Weil ich gerade mit ihr gesprochen hab. Und man sie gefeuert hat. Genevieve kommt nach Haus. Mit Sack und Pack.«

Kapitel 6

Nick hatte Angela im Anschluss an die Hochzeit einen Welpen geschenkt, halb Morgengabe, halb Willkommensgruß auf der Farm. Einen schwarz-weißen Collie mit verschieden farbigen Augen, eines blau, das andere braun. Der Hund war ihr auf Schritt und Tritt gefolgt. Hatte sie sich umgedreht, so war er da. Nachts hatte er gejault, bis sie nach ihm sah. Und auch bei Tag hatte er gejault, wenn er sich missachtet fühlte.

Seit Lindy heimgekehrt war, musste Angela unglücklicherweise oft an diesen Welpen denken.

Vor allem nun, da Ig ihre Aufmerksamkeit benötigte. Es hatte Angela erstaunt, wie rasch er aus dem Krankenhaus entlassen worden war, schon drei Tage nach der Operation, doch der Arzt hatte alles sehr entspannt gesehen. »Sie werden staunen, wie schnell Ihr Junge wieder fit ist, und das dank Ihnen«, hatte er gesagt. »Auf den guten alten Finger-in-den-Eisbeutel-Trick ist halt Verlass.« Zwar musste Ig in den kommenden sechs Wochen eine Fingerschiene und den Arm in einer Schlinge tragen, die Verbände regelmäßig wechseln lassen und gleich mit der Physiotherapie beginnen, doch das ging alles von zu Hause aus. Der Alltag war zurückgekehrt. Angela hatte gerade noch nach Ig gesehen. Er war in seinem Zimmer und legte ein einhändiges Puzzle. Er hatte aufgeschaut, sich das Haar aus dem Gesicht geschüttelt – sie war noch immer nicht dazu gekommen, es zu schneiden – und gelächelt.

»Alles okay, Ig?«, hatte sie gefragt. »Alles bestens, Mum«, hatte er gesagt. Im Gehen hatte sie ihn sprechen hören. Nicht mit ihr. Mit Robbie. Aber darüber konnte sie sich auch ein andermal Gedanken machen.

Nicht zum ersten Mal war sie froh, dass sie das Haus nur in der Zeit von März bis November für Pensionsgäste öffnete. Sie hatte auch so genug um die Ohren. Die Anfragen per Mail kamen ohnehin. Angela war sehr darauf bedacht, sie nach ein oder spätestens zwei Tagen zu beantworten. Was ihr in dieser Woche nicht gelungen war. Seit dem Abend von Igs Unfall war sie nicht einmal in der Nähe des Computers gewesen. Entweder blockierte Nick den Rechner oder Lindy. Und als der Computer endlich einmal frei gewesen war, hatte die Satellitenverbindung gestreikt. Das geschah andauernd, daran war sie längst gewöhnt. Auch die Telefonverbindung brach ziemlich oft zusammen. Trotzdem waren sie nicht isoliert. Sämtliche Fahrzeuge waren mit Amateurfunk ausgestattet – die Hauptstation war in der Küche –, doch es war eine offene Verbindung, auf der Angela ungern Privates übertrug.

Sobald es ging, wollte sie sich um ihre E-Mails kümmern. Im Moment war sie vollauf mit Lindys Litanei aus Ach und Weh beschäftigt. War Lindy immer schon so fordernd und anstrengend gewesen? Wahrscheinlich war es Angela vor lauter Arbeit niemals aufgefallen. Ihr war bewusst, dass sie sich mit Lindy zu einem ruhigen Gespräch zusammensetzen, ihr den nötigen Raum und Rückhalt geben musste, damit sich Lindy in einer geschützten Atmosphäre endlich ihre Sorgen von der Seele reden konnte – doch es kam nie dazu. Am Vortag noch hatte sich Angela fest vorgenommen, wenn das Fest vorüber und die Zwillinge wieder fort wären, Lindy die nötige Aufmerksamkeit zu widmen.

Doch nun würden die Zwillinge ja nicht mehr gehen.

Am Vorabend hatten sie die Bombe platzen lassen. Nick war außer Haus gewesen, er hatte mit Johnny, ihrem einzigen verbliebenen Hilfsarbeiter, die Grenzzäune überprüft. Johnny gehörte zum Volk der Adnyamathanha und arbeitete seit über zwanzig Jahren auf der Farm. Genevieve hatte angerufen und verkündet, dass sie und Victoria mit ihren Eltern skypen wollten. Ig hatte alles vorbereitet. Die Videoübertragung funktionierte praktisch nie, doch die Tonqualität war gut. Ig hatte von seinem Unfall berichtet, seine Verletzung in allen blutigen Einzelheiten beschrieben und sich dann zurückgezogen.

So hatte Angela allein die Neuigkeiten der Zwillinge erfahren müssen. Gehört, auf welch spektakuläre Weise Genevieve ihren Job verloren hatte. Nun habe sie keine Wahl, hatte sie vergnügt verkündet. Sie komme endgültig zurück.

»Das ist doch Fügung, meinst du nicht, Victoria?«, hatte sie zu ihrer Zwillingsschwester gesagt. »Das Universum gibt uns zu verstehen, dass wir uns öfter sehen sollen.«

Dem hatte sich Victoria angeschlossen. Das waren großartige Neuigkeiten, ihrer Meinung nach. Wie üblich hatten die beiden mit einer Stimme gesprochen, hatte die eine die Sätze der anderen beendet. Es tue ihnen, natürlich, ausgesprochen leid, dass sie all das bei Angela abladen mussten, die mit Igs Unfall und dem großen Fest und Weihnachten sicher schon genug belastet sei, aber sie hätten grundlegende Entscheidungen getroffen. Sie hätten beschlossen, es sei an der Zeit, wieder auf der Farm zu leben …

»Nur für eine Weile …«

»Bis wir wissen, wie es weitergeht …«

»Und wir wieder etwas Geld im Rücken haben …«

»Wenn das für dich okay ist, Mum?«, hatte Victoria gefragt.

»Und ihr beide uns mit etwas Geld aushelfen könntet?«, hatte Genevieve ergänzt. »Oder, ehrlich gesagt, mit etwas viel Geld. Nur damit wir unsere Schulden tilgen können. Wir zahlen jeden Cent zurück.«

»Versprochen«, hatte Victoria gesagt.

»Natürlich ist das okay«, hatte Angela erwidert. »Natürlich. Ich kann es kaum erwarten, euch zu sehen.«

Und natürlich meinte sie das so. Es waren schließlich ihre Töchter. Es war deren Elternhaus. Aber was genau bedeutete »etwas viel Geld«? Waren sie und Nick überhaupt noch in der Lage, für die Schulden der Zwillinge aufzukommen? Und wie lange war »eine Weile«? Ein Monat? Ein halbes Jahr? Ein ganzes Jahr?

Angela hatte ihnen bei der Gelegenheit gesagt, dass Celia plante, ihnen dieses Jahr einen längeren Besuch abzustatten.

»Sie will einen ganzen *Monat* bleiben?«, hatte sich Victoria entsetzt. »Mum, nein! Zieh die Festungsbrücke hoch!«

»Sei nicht so hart«, hatte Angela reflexhaft erwidert. »Sie gehört doch zur Familie. Sie ist die einzige Tante eures Vaters.«

»Angeheiratete Tante«, hatte Genevieve eingeworfen. »Zählt das überhaupt?«

»Warum wird sie Weihnachten nicht von ihren eigenen Kindern eingeladen?«, hatte Victoria gefragt.

Genevieve hatte ihr geantwortet. »Weil die, sobald sie mitbekommen haben, dass Celia nicht gern fliegt, das Land verlassen haben.«

Angela vermutete im Stillen, dass Genevieve damit nicht völlig falschlag. Celia hatte zwei Söhne, die ihrer

Heimat schon vor Jahren den Rücken gekehrt hatten. Der eine lebte in Frankreich, der andere in Singapur, und sie kamen ausgesprochen selten mit Frau und Kind nach Australien.

»Kannst du ihr nicht sagen, dass wir in Familie machen wollen?«, hatte Genevieve gefragt.

»Wir haben dich überhaupt nicht mehr für uns«, hatte Victoria geklagt.

»Seit Jahren nicht. Nicht seit Lindy auf der Welt ist, von Ig mal ganz zu schweigen …«

»Bitte, Mum. Und kannst du uns bitte am Flughafen abholen? Aber allein. Uns, deine fernen, fernen Töchter …«

»Meine verlorenen Töchter …«

»Die nun endlich heimkehren. Wenn dich irgendjemand braucht, dann wir.«

Angela hatte geschwankt, ob sie lachen oder ihre Töchter schelten sollte, doch dann war die Verbindung abgebrochen. Minuten später war Nick mit Johnny und der Nachricht eingetroffen, dass Johnny zum Abendessen und über Nacht bleiben würde. Die Männer hatten sich gleich nach dem Essen auf die Veranda zurückgezogen. Als Angela ins Bett gegangen war, hatten sie noch immer ins Gespräch vertieft dort gesessen. Angela war noch nicht dazu gekommen, Nick von den Plänen der Zwillinge zu erzählen. Doch das war der Rhythmus ihres Lebens. Zwei Schiffe, die sich bei Tag und Nacht nur noch passierten.

Wie gern hätte sie in dieser Lage Joan angerufen. Doch Joan war mit ihrem Mann, den beiden Töchtern und deren Familien auf einer einwöchigen Kreuzfahrt. Sie würde erst am nächsten Tag zurückkehren.

Lindy dagegen wusste über die Situation der Zwillinge

Bescheid. Seit Tagen schon, wie sich herausstellte, doch Genevieve hatte sie zu Verschwiegenheit verpflichtet. Lindy verfolgte Angela den ganzen Morgen lang mit Fragen und mit Meinungen.

»Für mich klingt Genevieve ein bisschen zu vergnügt für jemanden, der gerade seinen Job verloren hat. Du glaubst doch nicht, dass sie Drogen nimmt, oder? Angeblich stumpfen davon die Gefühle ab, oder? Ich hab fast eine Stunde lang mit ihr gesprochen, und ich fand nicht, dass sie sehr verstört klingt.«

»Eine Stunde? Lindy, frag uns bitte erst, wenn du Ferngespräche führen willst. Du weißt doch, wie teuer das ist.«

»Ich musste mit ihr über etwas anderes reden. Etwas Wichtiges.« Sie machte eine Pause. »Über Weihnachten.«

Was gelogen war. Es war ganz und gar nicht um Weihnachten gegangen.

Auch in der nächsten Stunde wich Lindy ihrer Mutter nicht mehr von der Seite, lief mit ihr zwischen Waschküche und Wäscheleine hin und her und reichte ihr die Klammern. Lindys Fragen wollten gar kein Ende nehmen.

»Und wo werden die beiden schlafen?«

»In ihren Zimmern.«

»Aber Genevieves Zimmer ist doch jetzt dein Bügelzimmer.«

»Tja, jetzt nicht mehr.«

»Aber wie kann Victoria es sich leisten, so lange nicht zu arbeiten? Du hast doch gesagt, dass sie keine Abfindung bekommt.«

»Bekommt sie nicht.«

»Genevieve ja wohl auch nicht, oder? Findest du es nicht ein bisschen leichtsinnig, dass sie so viel Geld für den Flug ausgibt? Sollte sie ihr Ticket nicht lieber zurückgeben und sich in New York einen Job suchen?«

Ach, sei doch still, dachte Angela, als sie mit dem nächsten Korb zur Wäscheleine ging. Du bist doch auch in dem Moment, als du in finanzielle Not geraten bist, heimgekrochen, oder?

Lindy blieb abrupt stehen. »Mum!«

»Was?«

»Meinst du das ernst? Dass ich heimgekrochen bin?«

Angela blinzelte. Das war ihr durch den Kopf gegangen, ja, aber das hätte sie doch niemals ausgesprochen? Offenbar doch, nach Lindys Gesichtsausdruck zu urteilen.

»Das war ein Scherz«, sagte sie.

»Wie ein Scherz hat das aber nicht geklungen.«

»War es aber. Gibst du mir bitte eine Wäscheklammer?«

Als sie endlich mit der Wäsche fertig waren, hing die Leine von der seitlichen Veranda bis zum Zaun voller Laken, Kissenhüllen und Geschirrhandtücher. Der Wind war heiß und böig. Binnen einer Stunde wäre alles trocken.

Auf dem Weg zurück ins kühle Haus sah Lindy ihre Mutter von der Seite an.

»Du hast in letzter Zeit eine ziemlich scharfe Zunge, Mum, wenn ich das so sagen darf. Du bist doch nicht wieder schwanger?«

Angela lachte jäh und schrill.

»Genau deshalb hab ich Genevieve nämlich neulich angerufen«, sagte Lindy. »Um über dich zu sprechen.«

Angela ging in die Küche, füllte den Wasserkessel und sagte nach hinten gewandt: »Das muss ja ein ziemlich langweiliges Gespräch gewesen sein.«

»Ich musste mal mit jemand sprechen, Mum. Ich hoffe, dass ich das sagen darf, aber in letzter Zeit bist du schon ein bisschen, ich weiß nicht, anders. Komisch. Zerstreut. Ich mache mir Sorgen um dich.«

»Und du bist nicht auf die Idee gekommen, mich darauf anzusprechen?«

»Nein. Ich hatte Angst, dass du wütend wirst. So wie jetzt.«

»Ich bin nicht wütend. Also, welche meiner vermeintlichen Symptome habt ihr beide durchdiskutiert?«

Lindy zählte es an den Fingern ab. »Dass du so zerstreut wirkst. Sehr viel mit dir selbst sprichst. Dass du und Dad so komisch miteinander umgeht. Dass du plötzlich dieses neue Hobby hast, deine Töpferei, obwohl du so was früher nie getan hast. Und außerdem rufst du Joan viel öfter an als sonst.«

»Und was hat Genevieve dazu gesagt?«

»Sie hat das Thema gewechselt und gleich wieder über ihre Kündigung gequatscht.« Lindy setzte sich und seufzte. »Das Leben ist echt ungerecht, oder? Sieh mich an. Ich bin beinahe dreißig Jahre alt. Ich habe keinen Beruf. Ich habe keinen Freund. Ich weiß, dass Genevieve und Victoria gerade echt Probleme haben, aber wenigstens haben sie am Erfolg mal schnuppern dürfen. Ich ja nicht mal das. Was ich auch anpacke, es geht schief, oder? Ich kann machen, was ich will, bei mir klappt nichts. All das Kissenzeug da draußen, das Geld, das ich euch schulde …«

Geht das wieder los, dachte Angela. Bla, bla, bla.

»Mum!«

War ihr das etwa auch herausgerutscht? »Lindy, du bist doch keine Versagerin. Wir alle durchleben Höhen und Tiefen. Und, wie du selbst gesagt hast, sieh dir die Zwillinge an. Heute noch ein stolzer Hahn, morgen schon ein Staubwedel.«

»Das ist auch nicht gerade nett.«

»Warum siehst du nicht auf deiner Webseite nach? Vielleicht hat jemand über Nacht was bestellt. Das wäre doch toll. Das wäre doch ein Anfang.«

»Kann ich nicht. Dad hockt am Rechner. Ich kann ihm ja sagen, dass er mich mal ranlassen soll. Dass du drauf bestehst.«

»Gute Idee. Mach das.«

Vom Flur aus, am Wäscheschrank, hörte Angela, wie Lindy ihren Vater fragte, ob sie an den Rechner dürfe. Er sei gerade dabei, so Nick, sich eine Geschichtssendung anzusehen, fünf Minuten aber habe sie. Angela wäre am liebsten ins Büro gegangen, hätte den Computer ausgemacht und beide wie kleine Kinder in ihr Zimmer geschickt.

Stattdessen schloss sie die Augen. Sie fantasierte sich davon.

Es dauerte nur einen Augenblick, schon ließ sie die Schaffarm, Australien, den Hochsommer und das Gezänk ihrer Familie hinter sich. Sie war in London. Es war Frühling. Sie ruhte auf einem Liegestuhl in ihrem Garten, Will war mit einem Lächeln und einem Eistee auf dem Weg zu ihr.

»Hier, Schatz«, sagte er. »Wie gut, dass du endlich eine Pause machst. Du arbeitest viel zu viel in letzter Zeit.«

Sie nahm das Glas, nippte und lächelte ihn dankbar an. »Das schmeckt großartig, Liebling, danke. Was ist da alles drin?«

»Das werde ich auf keinen Fall preisgeben. Geheimrezept. Aber es könnte sein, dass mir aus Versehen ein kleiner Schuss Gin hineingeraten ist.«

»Gin? Zu dieser Tageszeit?«

Neben ihr erklang ein Flüstern. »Mum?«

Sie öffnete die Augen nicht. »Ja, Ig.«

»Geht es dir gut?«

»Ja danke, Ig.«

»Schläfst du jetzt im Stehen? Wie ein Pferd?«

Sie lächelte nur und zog Ig in ihre Arme. In dem Moment stürmte Lindy in den Flur.

»Ich habe einen Auftrag! Ich habe einen Auftrag!«

Eine Viertelstunde später waren Lindy und Ig auf dem Weg zum Wollschuppen, hinter dem sich Lindys Kisten stapelten. Sie hatten eine Abmachung getroffen. Wenn er ihr half, die Kisten aufzumachen, durfte er sich aus den Kartons ein Spielhaus bauen.

Lindy war wie ausgewechselt. Ein Auftrag! Vielleicht war das der ersehnte Startschuss zu ihrer neuen Karriere! Außerdem war es ein ziemlich simpler Auftrag, Genesungswünsche für einen frisch Operierten. Der Kunde hatte Farben (Violett und Grün) und eine kurze Botschaft (*Gute Besserung!*) bestellt.

Ig ging Lindy zur Hand, als sie die Plane von den sechzehn Kisten zog. Es hatte seit Wochen nicht geregnet, die Abdeckung schützte im Moment vor Staub. Zu dieser Jahreszeit lag die gesamte Farm – Zäune, Schuppen, Haus – unter einer dünnen roten Sandschicht.

Lindy überprüfte ihre Liste. Sie brauchte einen schlichten Kissenbezug. Füllmaterial. Violettes und grünes Garn. Sie hatte diese Farben doch bestellt? Ja. Sie hatte Garn in sämtlichen Schattierungen geordert. Lindy löste die letzten Seile.

»Bereit, Ig?«

»Bereit.«

Sie zogen gemeinsam. Die Plane sank wie ein schimmerndes Meer aus Plastik auf die Erde. Dahinter türmten sich die Kisten, jede einzelne voller Kartons, wie überdimensionale Lego-Steine. Lindy drehte sich der Magen um.

Ig sprang auf die erste Kiste, flink wie ein Wiesel, obwohl sein Arm noch in der Schlinge war. Fünfzehn Minuten später waren sie von Kartons umgeben, doch Lindy hatte, was sie brauchte.

»Alles dein, Ig. Viel Spaß beim Häuschenbauen. Ich bin auf der Veranda und sitze an meinem Kissen, falls mich jemand sucht.«

»Wer soll dich suchen? Hier sind doch nur du und ich und Mum und Dad.«

»Das ist nur eine Redewendung, Ig. Ich mach mich an die Arbeit. Ich, Lindy Gillespie, mach mich wieder an die Arbeit.«

Ig sah ihr nach, als sie in ein Selbstgespräch versunken fortging. Was war mit den Mädchen und Schwestern und Müttern los? Eine heulte oder quatschte immer. Selbst sein Dad war in letzter Zeit so komisch drauf und sprach dauernd mit dieser Carol, seiner neuen Freundin aus Irland.

Da hatte er es mit seinem Kumpel Robbie besser. Der sprach nur das Nötigste.

»Okay, Robbie«, sagte Ig nun zu ihm. »Zeit zum Hausbau. Nein, die sind nicht schwer. Da ist doch nur Nähzeug drin. Die hebe ich mit einer Hand. Du kannst mir aber sagen, was ich wo hintun soll.« Er lachte. »Genau. Du bist der Kopf, ich bin der Arm.«

Kapitel 7

Angela war auf dem Weg zu ihrem Töpferatelier, wie sie allein es nannte. Für alle anderen war es immer noch der Werkzeugschuppen. In der Küche klingelte das Telefon. Angela wartete darauf, dass irgendjemand an den Apparat ging. Doch das Telefon läutete in einem fort. Seit Ig versucht hatte, mit dem Anrufbeantworter einen selbst verfassten Rap-Song aufzunehmen, funktionierte das Gerät nicht mehr, genauso wenig wie der Anschluss im Büro.

Angela kehrte notgedrungen um. »Gillespie, hallo?«

»Da geh ich mal eine Woche lang auf Kreuzfahrt, und dann stellst du so was an?«

»Joan?«

»Angela, du bist meine älteste Freundin. Ich dachte ja, ich kenne dich, aber was bitte ist denn da in dich gefahren? Warst du volltrunken?«

Angela durchfuhr ein Schauder. Sie schloss die Küchentür und senkte ihre Stimme. »Schön, dass du wieder da bist. Wie war es denn? Und wovon bitte sprichst du?«

»Den aktuellen ›Grüßen von den Gillespies‹. Oder, wie es dieses Jahr heißen sollte, den ›Knallern von den Gillespies‹.«

Angela runzelte die Stirn. Was meinte Joan damit? Sie hatte ihren Weihnachtsbrief doch gar nicht abgeschickt.

Joan war nicht zu bremsen. »Ich muss sagen, du hast mich schockiert, und das ist nicht so leicht. Ist Nick denn damit einverstanden, dass du allen von der Verpachtung an das Bergbau-Unternehmen schreibst? Und ich bin auch nicht sicher, wie Victoria es finden wird, dass du ihr vor der halben Welt eine Affäre unterstellst. Allerdings würde ich sehr gern ein Bild von Genevieve mit ihren blauen Dreadlocks sehen. Was sagst du, wie Ig sie nennt? Einen zotteligen Schlumpf?«

Angela beschlich eine ganz ungute Ahnung. »Joan, wovon redest du?«

»Deinem Brief. Ich habe ihn gleich vor mir, hier auf dem Computer.«

Joan las daraus vor. Angela wurde es erst heiß, dann kalt, dann wieder heiß.

Das war ihr Brief. Ihr Klagebrief. Den sie unmittelbar vor Igs Unfall noch gelöscht hatte. Sie hatte den Brief vollkommen vergessen; erst zwei Tage später, als sie im Krankenhaus an Igs Bett gesessen und in einer alten Zeitung geblättert hatte, war ihr das Datum in die Augen gesprungen: 1. Dezember. Der Tag, an dem sie ihren Weihnachtsbrief versandte. In dem Moment war sie wegen Ig so erschöpft und besorgt gewesen, dass sie beschlossen hatte, sich den Brief in diesem Jahr zu schenken. Und zu sehen, ob es eine Rolle spielte. Ob es irgendjemandem auffiel …

Also, wie war das passiert? Wie um alles in der Welt kam Joan an diesen Brief?

Joan las unverdrossen daraus vor. Angela musste sie bitten, damit aufzuhören. Joan war ihre beste Freundin. Sie teilten viele Geheimnisse. Doch bei der Vorstellung, dass Joan von alledem wusste – schon war der Kopfschmerz wieder da.

»Joan, ich versteh das nicht.«

»Soll ich weiterlesen?«

»Nein! Ich versteh nicht, wieso du das hast. Ja, das habe ich geschrieben, aber ich hatte niemals vor, das zu versenden. Ich hab auf deinen Rat gehört und einmal nur geschrieben, wie es wirklich ist. Ich hab mir sogar ausgemalt, dass du neben mir stehst und mich anspornst …«

So war es! Sie hatte beim Schreiben die ganze Zeit an Joan gedacht. Und in dem Trubel um Igs Unfall hatte sie den Brief wohl nicht gelöscht, sondern versehentlich an Joan gemailt. Eine Woge der Erleichterung durchströmte sie.

»Alles klar«, sagte Angela und lächelte ins Telefon. »Ich glaube, ich weiß jetzt, was passiert ist. Oh, Gott sei Dank bist das nur du. Joan, würdest du das bitte löschen? Jetzt sofort? Jedes einzelne Wort? Und vergessen, dass du das je gelesen hast?«

»Natürlich.« Eine Pause. »Aber was ist mit den anderen?«

»Welchen anderen?«

»Den anderen hundert Namen aus deinem Verteiler.«

»Was?«

»Angela, das ist nicht nur an mich gegangen. Es sieht so aus, als ob diese E-Mail an jeden gegangen wäre, den du kennst. Die Empfänger sind hier aufgelistet.« Joan begann, die Namen vorzulesen. Angela kannte jeden Einzelnen. Ihre Nachbarn in den Flinders Ranges. Nicks landesweite Verwandtschaft. Ihre alten Schulfreundinnen und entfernten Verwandten aus England. Bekannte aus Port Augusta. Der Direktor von Igs Internat in Adelaide. Der örtliche Abgeordnete … Ein Name nach dem anderen.

Angela zitterten die Hände. *O Gott, o Gott, o Gott!* Wie war das passiert?

Ihre Stimme war auf ein Flüstern abgesunken. »Joan, was mache ich denn bloß? Kann man E-Mails irgendwie zurück in seinen Rechner saugen?«

»Als wär's ein Staubsauger im Rückwärtsgang? O Ange, es tut mir leid. Ich fürchte nicht.«

»Ich bin tot. Nick bringt mich um.«

»Nicht nur Nick. Die Zwillinge vermutlich auch. Lindy wird wohl auch nicht gerade glücklich sein. Ig kommt noch am besten weg. Er klingt nur ein wenig schräg. Die anderen drei klingen völlig irre.«

Angela war bewusst, dass Joan sie aufheitern wollte, doch ihr war zum Heulen zumute. »Was mache ich denn jetzt?«

Joans Tonfall wurde ernst. »Du hattest also wirklich nicht vor, das rauszuschicken?«

»Natürlich *nicht*. Ich kann mich nicht einmal daran erinnern.«

»Ist egal. Passiert ist passiert. Also hast du zwei Möglichkeiten: Du kannst allen noch eine E-Mail schicken, nach dem Motto, war ein Irrtum, den alten Brief bitte löschen. Was es noch schlimmer macht. Dann wird jeder, der die E-Mail jetzt noch nicht gelesen hat, es tun. Möglichkeit zwei: Du tust gar nichts.«

»Nichts?«

»Nichts. Das wäre mein Rat. Halt dich einfach still. Tu nichts. Sag nichts. Und hoff darauf, dass es unbemerkt vorübergeht. Die meisten sind von diesen Weihnachtsgrüßen sowieso genervt und lesen sie erst gar nicht.«

»Du hast meinen Brief gelesen.«

»Du bist meine älteste Freundin. Sonst nerven mich die Briefe auch. In meinen Augen nichts als eitle Lügenmärchen. Immerhin hast du einmal die Wahrheit gesagt. Das entspricht doch alles der Wahrheit, nehm ich an?«

»Ja, aber …«

»Pst. Erklär's mir nicht. Sag einfach nichts.«

Dann durchfuhr Angela ein weiterer schrecklicher Gedanke. »Joan, ist Celias Name unter den Empfängern?«

»Ich seh mal nach.«

Es dauerte eine Minute. Angela hielt den Atem an.

»Ja.«

Angelas Kopfschmerz dröhnte heftiger. »O nein. Ausgerechnet sie …«

»Lass mich sehen, was hast du denn zu ihr geschrieben. Ah, hier steht's. ›Eine unerträglich snobistische, besserwisserische alte Schrulle.‹ Schön gesagt. Ziemlich zutreffend. Immerhin kenne ich sie auch seit vielen Jahren. Celia hat ein dickes Fell. Sie schüttelt so was ab.«

»Aber sie ist doch Nicks Tante. Seine einzige Tante.«

»Also soll Nick sich darum kümmern. Wenn er sich denn von seinem Stammbaum oder seiner irischen Freundin trennen kann. Was meinst du, werden die beiden in Adelaide oder Dublin heiraten? Ihr Katholiken dürft euch doch seit Neuestem scheiden lassen, oder?«

»Du bist mir keine große Hilfe, Joan.«

»Bin ich wohl. Entweder lachst du über diese ganze Sache oder bringst dich um. Und ich will meine beste Freundin ungern verlieren. Also werden wir darüber lachen und das irgendwie gemeinsam durchstehen.«

»Ich kann nicht mal abtauchen. Die Hälfte meines Verteilers ist doch zum Scheunenfest geladen. Das muss ich jetzt absagen. Jetzt kommt sowieso keiner mehr.«

»Machst du Witze? Gerade jetzt werden alle kommen. Ihr werdet die Massen abwimmeln müssen. Außerdem kannst du gar nicht absagen. Mein Kühlschrank ist schon voller Cupcakes. Ach übrigens, hat Lindy meinen Auftrag bekommen?«

»Du warst das?«

»Mit der Kreditkarte einer Freundin. Nach deinem Brief hatte ich das Gefühl, dass sie so was brauchen kann.«

»Ist das etwa für dich? Bist du krank?«

»Gott, nein. Ich bin so fit wie ein Mallee-Ochse. Ich

dachte nur, ›Gute Besserung‹ stickt sich schneller als ›Alles Liebe zum Geburtstag‹ oder ›Alles Gute zu Eurem Jahrestag‹. Das Kissen ist für meine Cousine in Perth. Die reinste Hypochonderin. Das perfekte Weihnachtsgeschenk.« Im Hintergrund meldete sich eine zweite Stimme. »Da kommt Glenn. Ich mach besser Schluss. Ich ruf zurück, sobald es geht. Mach dich nicht verrückt, das ist mir ernst. Wir manövrieren dich da schon durch.«

Angela saß wie angewurzelt da, das Telefon in der Hand. Sie wollte nicht auflegen, falls wieder jemand, der ihre Weihnachtsmail gelesen hatte, anrief. Plötzlich war sie froh, dass sie so abgeschieden lebten, ohne Handyempfang.

Sie sah den Abend der Party vor sich. Ihre Nachbarn, die vielen vertrauten Gesichter, die sie anstarren würden, im Wissen um all ihre Geheimnisse.

Der Gedanke war ihr unerträglich.

Halt dich einfach still, hatte Joan geraten. Tu nichts. Sag nichts.

Joan hatte gut reden.

Sie musste etwas unternehmen. Zuallererst den Brief noch einmal lesen, und zwar gleich. Vielleicht war es nicht so schlimm, wie es vorhin geklungen hatte. Außerdem hatte Joan recht. Es war nur ein Brief. Worte auf dem Monitor. Vielleicht musste sie das Nick, den Mädchen und auch Ig gar nicht erst erzählen. Es war schließlich Weihnachten. Da war jeder gestresst. Und wer den Brief trotzdem las, dachte bestimmt, dass sie Scherze machte oder einen Kurs in Kreativem Schreiben belegt hatte …

Als sie zum Büro kam, hörte sie Stimmen. Stimmen und Gelächter. Nick saß am Computer und skypte. Mit einer Frau. Mit irischem Akzent. Mit Carol.

Angela konnte dem Drang nicht widerstehen. Sie

drückte sich an die Wand und lauschte. Das klang wie ein vollkommen anderer Nick. Wie der alte Nick. Der Nick, den sie monatelang weder gesehen noch gehört hatte.

»Carol, das ist toll. Bei dir wird das alles so greifbar.«

»Das liegt nicht an mir, das ist deine Familie. Ich grabe nur die Geschichten aus.«

»Aber ohne dich hätte ich das in all diesen Einzelheiten nie erfahren. Diese Briefe von meinem Urgroßvater …«

»Ururgroßvater.«

»Dass er politische Leserbriefe an die Zeitung geschrieben hat – woher wusstest du überhaupt von den Archiven?«

»Das ist mein Job. Für so etwas bezahlst du mich.«

»Du bist Gold wert.«

»Danke sehr, gütiger Herr.« Ein klangvolles Lachen. »Ich habe noch eine neue Spur gefunden. Ich will nichts versprechen, doch es sieht so aus, als ob das Tagebuch einer deiner Ururgroßtanten in einem kleinen Museum in Letterkenny, in Donegal, aufbewahrt wird. Leider hat das Museum sein Inventar noch nicht digitalisiert. Ich kann dem also nur auf den Grund gehen, wenn ich hinfahre, aber das würde weitere Kosten bedeuten, und ich will erst sicher sein, ehe ich …«

»Natürlich, bitte, fahr hin, sobald es geht. Soll ich dir einen Vorschuss überweisen?«

»Das wäre gut, wenn es dir nichts ausmacht. Ich habe die Kosten für Benzin und Unterkunft mal grob überschlagen. Ich müsste leider über Nacht bleiben. Es sind fünf Stunden Fahrt. Eine Schande, dass du so weit weg bist. Sonst könnten wir zusammen fahren.«

»Der Gedanke ist mir auch schon gekommen. Ich frage mich ernsthaft, ob ich nicht eine Art Erkundungsreise nach Irland unternehmen soll, damit ich das Treffen besser vorbereiten kann. Ich habe schon mal nachgesehen, wie es mit Flügen Ende Januar oder Anfang Februar aussieht, für zehn Tage oder so. Carol, ich weiß, das ist ziemlich viel verlangt, wo du sowieso schon so viel tust, aber könntest du …«

»Mum?« Plötzlich stand Ig neben ihr.

Angela sah nach unten und legte einen Finger auf die Lippen.

»Was machst du da?«, flüsterte er.

»Ich will hören, was dein Dad zu dieser Lady aus Irland sagt«, flüsterte sie zurück.

Ig lauschte ebenfalls. »Das ist Carol. Seine Freundin.«

»Seine Freundin?«

Ig nickte. »Lindy und ich glauben, dass er in sie verknallt ist.«

Aus dem Büro drang erneut Gelächter. Von Carol.

»Nein, ich empfehle dir selbstverständlich keinen Autoverleih. Ich werde dich selbst chauffieren. Es wäre mir eine Ehre. Allerdings muss ich dir dafür einen Tagessatz berechnen, sonst bringt mein Boss mich um, aber ich verspreche dir, der fällt so niedrig aus, wie's eben geht. Du bist schließlich mein wichtigster Kunde.«

Angela wurde übel. Plante Nick wirklich einen spontanen Trip nach Irland? Für zehn Tage? Ganz allein? Zumindest auf dem Flug wäre er allein. Danach würde er ja Carol treffen. Mit Carol durch ganz Irland reisen …

Ig flüsterte: »Mum, werdet ihr euch scheiden lassen?«

»Natürlich nicht«, widersprach sie so entschieden, wie das mit gedämpfter Stimme ging.

»Mum?« Das war wieder Ig, im Flüsterton. »Kann ich bitte ein paar Vorhänge haben?«

Angela versuchte immer noch zu lauschen. »Entschuldige, Ig, was?«

»Vorhänge, für mein Spielhaus. Bitte.«

Als Carol wieder laut lachte, ergriff Angela dankbar die Gelegenheit zu einer Ablenkung und scheuchte Ig durch den Flur. Sie bemühte sich, normal zu klingen.

»Das nächste Spielhaus, Ig? Wie viele hast du dieses Jahr denn schon gebaut?«

Ig zählte leise nach. »Zehn. Aber Robbie glaubt, das hier wird das beste.«

Angela holte einige alte Vorhänge aus dem Wäscheschrank. Ig inspizierte sie sehr gründlich, dann nickte er.

»Und, wie geht es Robbie so?«, fragte Angela beiläufig, als Ig schon auf dem Weg zur Hintertür war.

»Gut, danke.«

»Ist es schön, dass er wieder da ist?«

»Jo.«

»Toll. Na, dann grüß ihn mal von mir.«

»Tu's doch selbst.

»Ist er gerade hier?«

Ig nickte und blieb wartend stehen.

Angela räusperte sich. »Hi, Robbie.«

Die Antwort war Schweigen.

»Er sagt auch hi. Danke, Mum, bis später.«

Als Angela ins Büro zu Nick gehen wollte, rauschte Lindy von der Veranda herbei. In den Händen der Kissenbezug. »Schau mal, Mum!«

»Du bist schon fertig?« Angela nahm ihr den Bezug ab. In seiner Mitte prangte ein einzelner Buchstabe. Das *G* aus *Gute Besserung*.

Lindy strahlte. »Sieht doch toll aus, oder?«

»Absolut«, sagte Angela.

In dem Moment erschien Nick. »Das Familientreffen steht. Ich habe mich entschieden, ich werde es organisieren.«

»In Irland?«, fragte Lindy. »Cool! Planst du immer noch Oktober nächstes Jahr? Können wir dann alle mit?«

Angela schaute hin und her. »Du weißt von dem Treffen?«, fragte sie Lindy.

»Klar«, sagte sie. »Ich hab doch auf der Veranda gesessen. Und gehört, wie Dad mit Carol darüber gesprochen hat. Oder sollte ich sagen, geflirtet hat?« Sie lachte. »War ein Scherz, Dad. Sind doch tolle Neuigkeiten. Gut gemacht. Sorry, aber ihr müsst mich jetzt entschuldigen. Ich hab viel zu tun.« Und schon schlüpfte Lindy an ihren Eltern vorbei.

Angela versuchte, möglichst unbeschwert zu klingen. »Carol hilft dir auch, das Treffen zu organisieren? Ich dachte, sie wäre Ahnenforscherin.«

»Irgendwie kümmert sich Carol um alles. Als sie gehört hat, dass ich schon mit Gillespies auf der ganzen Welt in Kontakt stehe, hat sie gleich einen Vorschlag für den Ort gemacht. Ich hatte ja an Donegal oder Mayo gedacht, weil die beiden Gillespie-Cousins von dort stammen. Aber sie hatte eine viel bessere Idee. Cobh.«

»Cove?«

»In der Grafschaft Cork. Spricht sich Cove, schreibt sich C-o-b-h. Von da sind die meisten Schiffe losgesegelt, da hatten die Auswanderer zum letzten Mal den Fuß auf heimatlichem Boden. Ich hab schon ein wenig recherchiert. Cobh ist eine wunderschöne Hafenstadt. Und so geschichtsträchtig, da gibt es sogar ein Museum über die Emigration. Der perfekte Ort für das Treffen.«

Angela wartete darauf, dass er ihr gegenüber seine geplante Erkundungsreise erwähnte. Was nicht geschah. Sie zauberte sich ein Lächeln ins Gesicht. »Das klingt toll.«

Erzähl ihm von dem Brief, drängte ihre innere Stimme. *Jetzt.* Doch das ging nicht, nicht, bevor sie ihn erneut gelesen hatte. Das war die Gelegenheit. »Hast du was dagegen, wenn ich kurz an den Computer gehe?«

Er zögerte. »Natürlich. Selbstverständlich. Wie lange brauchst du denn?«

»Zehn Minuten. Vielleicht auch weniger.«

»Klar, sicher. Ich brauche sowieso mal eine Pause. Soll ich dir einen Kaffee machen?«

»Nein danke, alles gut.«

Sie sprachen miteinander wie Kollegen. Nicht wie Ehemann und Ehefrau.

Da kamen ihr Igs Worte in den Sinn. *Das ist Carol. Seine Freundin. Lindy und ich glauben, dass er in sie verknallt ist.* Das war Blödsinn. Natürlich war das Blödsinn. Wie auch immer, gerade hatte sie dringendere Sorgen. Dringendere Sorgen als Carol, das Fest, die Zwillinge, Lindy, Ig, selbst Nick …

Angela hatte sich gerade in ihr E-Mail-Konto eingeloggt, als Nick plötzlich neben ihr erschien, sich über sie beugte und nach der Maus griff.

»Tut mir leid, ich will rasch die letzte E-Mail schließen. Carol hat mir ein paar Links geschickt.« Er drückte auf einige Tasten, die E-Mail verschwand.

Trotzdem hatte Angela die letzten Zeilen gesehen.

Alles Liebe,

Carol xxxx

Ihr Herz machte einen Satz. »Alles Liebe und Küsschen von Carol? Das ist aber ziemlich persönlich, oder?«

»Du weißt doch, was man sagt – Iren sind die geborenen Charmeure.«

Nun war kein Halten mehr. »Die Kinder nennen sie schon deine Freundin.«

»Das habe ich Lindys Worten entnommen. Ich nenne das eine lebhafte Fantasie.«

»Sollte ich mir Sorgen machen?« Ihr beiläufiger Ton klang ja so falsch. »Bist du auf dem Sprung nach Irland, um deine neue Freundin kennenzulernen?«

»Natürlich nicht. Ich bin in ein paar Minuten wieder da. Lass dir Zeit.«

Angela sah ihm nach. War das der Moment, auf den sie wartete? War das die Gelegenheit, ihm in die Küche zu folgen, die Tür zu schließen und zu sagen: »Nick, wir müssen reden«? Über Irland, über Carol, ihre Ehe? Über ihren Weihnachtsbrief?

Nein. Noch nicht. Sie musste den Brief unbedingt noch einmal lesen. Sich vergewissern, wie schlimm es wirklich war, bevor sie sich an die Lösung der Probleme wagte. Angela öffnete ihre E-Mails und klickte auf das »Gesendet«-Postfach.

Da war er. Ihr Weihnachtsbrief, ganz oben in der Liste. *Grüße von den Gillespies!* Mit Datum vom 1. Dezember. Angela schloss die Augen. Ihr war übel. Sie versuchte, sich an den Abend zu erinnern, Igs Unfall, der Schock und das Chaos. Sie überlegte verzweifelt, was geschehen war, wieso sie versehentlich auf »Senden« statt auf »Löschen« geklickt hatte. Laut der E-Mail war das um Punkt Mitternacht geschehen. Angela runzelte die Stirn. Da war sie mit Ig im Krankenhaus gewesen. Doch auch das ließ sich erklären. Wahrscheinlich war, wie so oft, die Internetverbindung in dem Moment ausgefallen, als sie die E-Mail losgeschickt hatte. Und als die Verbindung wieder zustande gekommen war, war die E-Mail rausgegangen. Um Punkt Mitternacht. Genau im richtigen Moment.

O Gott, o Gott, o Gott.

Sie musste sich zwingen, ihren Brief zu lesen. Jeder einzelne Satz stach ihr in die Augen. *Irgendwie ist bei uns alles schiefgegangen. Scheinwelt des Fernsehens. Affäre. Verheirateter*

Radiomoderator. Ärger plus Schulden. Ein sehr seltsamer Junge. Ein ganz anderer Mann. Fürchte, dass er eine Affäre hat.

Doch es wurde noch schlimmer.

Ich glaube, dass mit mir irgendwas nicht stimmt. Ich hätte Nick nicht geheiratet. Ich hätte nicht vier Kinder. Ich würde nicht auf einer Schaffarm im Outback leben. Was, wenn ich zurückgeflogen wäre? Zu meiner Jugendliebe, Will. Wir hätten ein Kind. Nur eines.

Ihre Augen füllten sich mit Tränen. Was hatte sie sich bloß dabei gedacht? Wer das las, musste den Eindruck gewinnen, dass sie alles in ihrem Leben bereute, dass sie am liebsten tauschen würde. Dass sie Australien hasste und sich zurück nach London sehnte. Aber das stimmte gar nicht. Oder stimmte es?

Nein. Sie liebte ihre Familie. Wirklich. Sie und Nick führten eine gute Ehe. Eine fantastische Ehe, bis vor ein, zwei Jahren. Und ihr Fantasieleben? War genau, was das Wort besagte, oder? Eine Form des inneren Rückzugs, eine Atempause. Solche Momente hatte jeder, oder nicht? Schaute nicht jeder hin und wieder auf sein Leben und stellte sich die Frage: *Was wäre, wenn?* Malte sich aus, wie das Leben verlaufen wäre, wenn er andere Entscheidungen getroffen hätte? Natürlich tat das jeder. Natürlich.

Und das musste sie Nick, ihren Töchtern, Ig irgendwie erklären. Und den hundert anderen, die ihre E-Mail erhalten hatten und jetzt …

»Bist du fertig?«, kam es aus dem Flur.

Angela fuhr zusammen. »Noch ein paar Minuten!«

In dem Moment fiel es ihr auf. Ihre Inbox füllte sich, eine E-Mail nach der anderen wurde in den Posteingang geladen. Fünf neue Nachrichten. Zehn neue Nachrichten. Nach der siebenunddreißigsten war Schluss. Die Betreffzeile lautete immer gleich: *Grüße von den Gillespies!*

Es waren Reaktionen auf ihren Brief. Angela klickte die erste Nachricht an. Las. Klickte. Las, klickte, las. Die E-Mails stammten aus ganz Australien, der ganzen Welt.

Danke für den besten Weihnachtsgruß aller Zeiten! Bin ja so froh, dass wir nicht die einzige Familie mit Höhen und Tiefen sind!

Auch Euch allen Frohe Weihnachten! (Und wenn du so ehrlich bist, von jetzt an bitte monatliche Briefe!)

Sonst lösche ich diese Briefe immer gleich. Bin ich froh, dass ich deinen aus irgendeinem Grund gelesen habe. Frohe Weihnachten, Ihr Lieben, falls Ihr die Feiertage überlebt!

Manche Antwort war auch sehr konkret:

OMG, Angela! Glaubst du im Ernst, dass Victoria mit diesem Radiomoderator eine Affäre hat? Den schalt ich künftig weg! So ein Fiesling! Victoria sollte ihre Geschichte an die Presse verkaufen. Sonst mach ich's, wenn sie nicht will. (War ein Scherz, Angela. Das bleibt unter uns, versprochen.)

Genevieve kennt sich mit Hollywood-Gossip aus? Ich zähle die Tage bis zu eurem Fest!

Lindy ist wieder auf der Farm? Ein wahres Bumerang-Kind!

Auch zu Ig gab es Kommentare:

Mach dich deshalb nicht verrückt, Angela. Ich arbeite an einer Grundschule, da spricht die Hälfte aller Kinder mit sich selbst, so was geht vorbei.

Wenn ich, so wie ihr, am Ende der Welt leben würde, hätte ich nicht nur einen Fantasiefreund!!! (Nicht böse sein!!)

Mein Halbcousin hatte einen Fantasiefreund, bis er dann mit vierzehn paranoide Schizophrenie entwickelt hat. Muss nicht heißen, dass das auch für Ig gilt, aber ich wollte es erwähnen, damit du auf Symptome achten kannst.

Für viele war auch die Verpachtung an das Bergbau-Unternehmen neu:

Angela, ist das dein Ernst??? Hast du irgendeine Vorstellung, was für ein Desaster das ist, für uns alle, für die ganze Gegend, für die Flinders Ranges?

Angela, das ist ein Scherz!?! Ihr habt eure Seele verkauft? Das fass ich nicht.

Unterdessen trafen immer mehr E-Mails ein:

Es macht dir hoffentlich nichts aus, aber ich habe deine E-Mail gleich an Freunde und Verwandte weitergeleitet. Dagegen wirken wir auf einmal so normal!

Angela, es tut mir sehr leid, dass dein Leben im Moment so schwer ist. Ich denk an dich. Ruf mich an, wenn du reden willst!

Ich bin nicht die Einzige mit einem Fantasieleben! Gott sei Dank!! Allerdings bin ich mit Brad Pitt verheiratet! LOL!!!!!

Die letzte E-Mail stammte vom Programmdirektor des Radiosenders in Port Pirie, wo Victorias berufliche Laufbahn zehn Jahre zuvor ihren Anfang genommen hatte. Angela hatte ganz vergessen, dass auch Keith auf ihrer Mailingliste stand.

Tolle Lektüre, Angela, danke. Hab mich schon gefragt, wie's bei Victoria so läuft. Schlimme Sache da in Sydney, gut, dass sie da weg ist. Sagen Sie ihr doch, sie soll mich anrufen, falls es sie in die Heimat verschlägt!

Nick kam mit seinem Kaffee ins Büro. Angela fuhr vor Schreck zusammen und drückte eilig auf irgendeine Taste. Woraufhin ein Video auf YouTube startete. Eine Dokumentation über die große Auswanderung aus Irland, die Nick sich angesehen hatte. Mit einem Erzähler vor Hafenhintergrund und trauriger Musik. Angela drückte auf immer mehr Tasten. Endlich schloss sich ihr E-Mail-Programm. So etwas war ihr mit Sicherheit auch am 1. Dezember passiert. Sie hatte versehentlich auf die falsche Taste gedrückt. Auf »Senden« statt auf »Löschen«.

»Vielleicht sollten wir uns doch einen zweiten Computer anschaffen«, sagte Nick. »Wenn die Zwillinge erst mal wieder hier sind, selbst wenn es nur vorübergehend ist, geht es hier doch zu wie auf der Grand Central Station.«

Angela hatte ihm von Genevieve noch immer nicht erzählt. Das war die Gelegenheit. Der Moment für eine normale Unterhaltung unter Ehepartnern, unter Eltern …

Nick reagierte sehr betroffen.

»Also kommen beide dauerhaft zurück?«

»Zumindest eine Zeit lang.«

»Das wird einigen Staub aufwirbeln.«

Das war nichts im Vergleich zu ihrem Brief. Sie musste es ihm sagen. Ihnen allen. Es konnte nicht länger warten.

Angela räusperte sich. »Ich dachte daran, nach dem Abendessen den Familienrat einzuberufen. Uns in Ruhe zu unterhalten. Wir könnten die Zwillinge über Skype dazuholen. Um mal zu hören, was bei allen so los ist. Schließlich liegen unruhige Wochen vor uns: das Fest, Celia …«

»Heute Abend kann ich nicht, tut mir leid. Ich habe eine Telefonkonferenz mit mehreren Gillespies in Übersee, es geht um das Familientreffen. Das hinzubekommen war wirklich mühsam, bei den vielen verschiedenen Zeitzonen.«

»Natürlich. Kein Problem«, sagte Angela. Sie hatte es versucht. Vergeblich. »Dann lassen wir das heute. Wir verschieben das.«

Angela stand auf, ging zur Tür und blieb dann stehen. Nein, es *war* ein Problem. Nick musste von dem Brief erfahren. Selbst wenn die anderen noch warten mussten.

»Nick?«

Er reagierte nicht. Das Video dröhnte. Auch schrieb Nick schon wieder eine Mail an Carol.

Angela ging wortlos aus dem Zimmer.

Kapitel 8

Zwanzig Minuten später klickte Nick auf »Senden«. Die Mail an Carol war geschrieben. Nun gab es kein Zurück. Er hatte es bestätigt. Das Familientreffen war in Planung.

Es war wirklich kaum zu fassen. Ein halbes Jahr zuvor noch hatte er geglaubt, das Leben hätte ihm nichts mehr zu bieten. Alles wäre vorüber. Nacht für Nacht, wenn Angela an seiner Seite geschlafen hatte, hatte er wach gelegen und versucht, gegen seine Panik anzukämpfen, sich aus der tiefen Verzweiflung zu befreien. Tagsüber hatten seine Gedanken nur um eines gekreist, ein vernichtendes Selbsturteil: Ich bin ein Versager.

Nichts anderes war in seinem Denken, doch er konnte nicht darüber reden: nicht mit Angela, seinen Freunden – es gab niemanden. Irgendwann war die Schlaflosigkeit so arg geworden, dass er seinen langjährigen Hausarzt in Port Augusta aufgesucht und um ein Schlafmittel gebeten hatte. Dr. Mitchell hatte nach dem Grund gefragt.

»Lassen Sie sich Zeit«, hatte er gesagt. »Sie sind mein letzter Patient für heute.«

Dieser schlichte Satz hatte etwas ausgelöst. Nick hatte angefangen zu erzählen. Seinem Arzt alles offenbart. Die Lage auf der Farm. Die Geldsorgen. Die ständige Angst. Die Schlaflosigkeit. Die Verzweiflung und die Leere. Wie es war, wenn es nach einem Leben voller Arbeit plötzlich gar nichts mehr zu tun gab.

Dr. Mitchell hatte es mit einem Wort umrissen: Depressionen.

»Leider, Nick, sind Sie einer unter Tausenden«, hatte er gesagt. »Das, was Sie mit der Dürre durchgemacht haben, übersteht man nicht, ohne dafür in irgendeiner Form zu bezahlen. Und das Nichtstun kann genauso viel Stress verursachen wie sein Gegenteil. Der Mensch braucht Beschäftigung.«

»Aber mir bleibt keine Beschäftigung«, hatte Nick erwidert.

Mit jedem weiteren Dürrejahr hatte die Arbeit, die Nick einst rund um die Uhr in Anspruch genommen hatte, abgenommen. Er hatte die Vollzeitkräfte auf der Farm entlassen. Er hatte für sie weder Beschäftigung noch Lohn. Er sah sich gezwungen zu tun, was viele seiner Nachbarn tun mussten: nach und nach die Herde zu verkaufen, damit er wenigstens einen Teil der Rechnungen bezahlen konnte.

Er war eine Enttäuschung für sich selbst. Für Angela. Die Kinder. Und nicht nur für seine lebende Familie. Auch für seine Vorfahren. Er hatte sein Selbstverständnis immer aus der Tatsache bezogen, dass er die Farm schon in vierter Generation bewirtschaftete. Es stand geschrieben auf dem Tor, gleich unter dem Namensschild: »Gegründet 1887«. Doch erst im Zuge seiner Ahnenforschung war ihm aufgefallen, dass der Name falsch geschrieben war. Es hätte *Erra*-gull heißen müssen. Nicht Err-*rye*-gal. So wie der Berg in Donegal, der Grafschaft, aus der einer der ersten Gillespie-Cousins stammte. Der Berg, den er bald mit eigenen Augen sehen würde.

Und das alles hatte er seinem Arzt zu verdanken.

An jenem Nachmittag hatte Dr. Mitchell mit Nick darüber gesprochen, wie sie seine Depression behandeln könnten. Als Erstes hatte er Nick Tabletten gegeben, damit er endlich wieder Schlaf, sein unruhiger Geist ein wenig Frieden fand. Dr. Mitchell hatte auch betont, dass Nick möglichst oft ins Freie gehen, jeden Tag ein wenig Sport treiben solle. Und er sollte sich überlegen, ob er nicht mit jemandem darüber reden wolle.

»Mit einem Psychiater?«, hatte Nick gefragt. »Kommt nicht infrage.«

»Einem Psychologen«, hatte sein Arzt erwidert. Es war auch niemand aus der Gegend, sondern ein Kollege aus Adelaide, der zweimal im Monat nach Port Augusta kam. Und obwohl sich alles in Nick dagegen sträubte und obwohl er zu Angela sagte, dass er sich in der Stadt mit seinem Anwalt traf – noch mehr Lügen –, hatte er bereits drei Sitzungen gehabt. Es half, auch wenn sie häufiger schwiegen als sprachen. Jim, der Psychologe, hatte Dr. Mitchells Rat bekräftigt. Bleiben Sie aktiv. Gehen Sie ins Freie. Achten Sie auf eine gesunde Ernährung. Auch hatte er angeregt, dass sich Nick ein neues Interessensfeld suchte. Um die dunklen Gedanken davon abzuhalten, sich in den Vordergrund zu drängen. »Sie müssen sich Ihr Gehirn wie ein Radio vorstellen«, hatte Jim gesagt. »Und gerade hängen Sie bei einem schlechten Sender fest. Einem negativen Sender. Aber den müssen Sie sich ja nicht anhören. Sie können jederzeit, wann immer Sie wollen oder müssen, auf andere Gedanken umschalten. Ein neues Interessensfeld würde dabei helfen. Ein Hobby.«

»Und was?«, hatte Nick eingewandt. »Soll ich etwa Briefmarken sammeln? Wir bekommen dreimal in der Woche Post, wenn wir Glück haben.«

»Sie haben doch einen Computer mit Internetzugang, oder?«

Ja, hatte Nick gesagt. Zwar über eine teure Satellitenverbindung, aber ja.

»Haben Sie schon mal mit dem Gedanken gespielt, Ihren Vorfahren nachzuspüren? Sie sind doch irischer Abstammung, oder? Da gibt es doch bestimmt spannende Geschichten.«

Die Idee hatte sich bei ihm eingenistet. Er hatte tagelang darüber nachgedacht. Und dann entschieden, dass er damit erst beginnen würde, wenn er von dem Bergbau-Unternehmen hörte. Er wusste, dass vier andere Ländereien ebenfalls zur Diskussion standen. Alle wiesen die gleichen Felsformationen auf, geologische Hinweise auf das, was darunterliegen mochte. Es hatte immer schon wilde Spekulationen gegeben – ob es Uran, Gold, Kupfer oder Diamanten sein mochten. Nick hatte regelrecht darum gebetet, dass sich irgendetwas Wertvolles auf seinem Besitz befand. Angela hatte keine Vorstellung vom Ausmaß ihrer finanziellen Not gehabt. Das kannten nur Nick und sein Bankberater.

Die Schulden hatten sich auf fast eine Million Dollar belaufen.

Der Einbruch des Preises für Wolle und die mehrjährige Dürre hatten alle in der Gegend getroffen. Aber seinen Nachbarn war es besser ergangen. Nicht nur, weil sie die besseren Viehzüchter waren. Es war auch eine Frage von Glück. Manche Farmen lagen auf besserem Land, hatten mehr Wasser. Andere hatten rechtzeitig diversifiziert. Oder den Futterverbrauch, die Herdenzahlen besser gemanagt. Höherwertige Wolle, höhere Einnahmen. Die Variablen waren endlos. Im Ergebnis lief es auf dasselbe hinaus: Als es endlich wieder geregnet hatte, die Wollpreise wieder gestiegen waren, hatten seine Nachbarn bereitgestanden. Irgendwie hatten sie sich durchgeschlagen. Für ihn war es zu spät gewesen. Seine finanziellen Schwierigkeiten waren viel zu groß.

Darüber konnte er mit Angela nicht sprechen. Das war nicht seine Art. Er hatte ohnehin von Anfang an beschlossen, sie nicht übermäßig zu belasten. Es war für sie schon schwer genug gewesen, sich in ein neues Leben, ein neues Land einzufinden.

Als er Angela nach Errigal geholt hatte, so kurz nach ihrer ersten Begegnung in Sydney, war viel geredet worden. Ihm war bewusst, dass er seinerzeit als einer der begehrtesten Junggesellen in der Gegend gegolten hatte. Schließlich war er der einzige Sohn und Erbe eines riesigen Besitzes. Mit einer guten Ausbildung, dank des teuren Jungeninternats in Adelaide und seines dreijährigen Studiums in Agrarmanagement. Er war damals schon vier Jahre mit Diane zusammen gewesen, der ältesten Tochter einer Nachbarsfamilie, drei Ländereien weit entfernt. Er hatte die Beziehung eher locker gesehen, obwohl ihre Eltern sehr auf die Verbindung gedrängt hatten. Celia noch mehr. Sie hatte immer schon einen Sinn für die Vorteile sozialer und finanzieller Harmonie gehabt. Alle hatten erwartet, dass er Diane um ihre Hand bat.

Doch dann war er wegen eines Rugbyspiels nach Sydney gefahren, in einen Pub gegangen, um dort nach dem Weg zu fragen, hatte Angela erblickt, und um ihn war es geschehen.

So viele Gründe hatten dagegengesprochen. Sie war sechs Jahre jünger. Kam aus der Großstadt, nicht dem Outback. Sie war bislang nicht einmal in der Nähe einer Schaffarm gewesen. Als sie ihn aber angesehen hatte – es klang furchtbar kitschig, doch genau so war es –, als sie ihn mit diesen unglaublichen blauen Augen angesehen hatte, hatte er sich gleich in sie verliebt. Das, hatte er gedacht, ist die Frau, die ich heiraten will.

Was hatten sie nicht alle versucht, es ihm auszureden.

Sie hatten ihn an seine Verantwortung erinnert, nicht nur seiner Familie, sondern auch der Farm gegenüber, Errigal. Schließlich war er der einzige Erbe.

Was er nur per Unglück war. Er hatte einen älteren Bruder gehabt, Anthony. Er war ums Leben gekommen, als Nick vier Jahre alt gewesen war. Er war an einem Winternachmittag in einem Wasserlauf ertrunken. Mit gerade acht Jahren. Zu seiner Beschämung hatte Nick keinerlei Erinnerung an ihn. Als sich seine Eltern von der Farm zurückgezogen hatten und nur noch zu Besuch gekommen waren, hatte Nick manches Mal beobachtet, wie sich sein Vater die Bilder von Anthony ansah. Nick hatte sich oft gefragt, was seinem Vater in diesen Momenten durch den Kopf gegangen war. Wäre Anthony der bessere Sohn gewesen? Der bessere Farmer?

Bestimmt. Anthony hätte eine Frau aus der Region geheiratet. Anthony hätte die richtigen Entscheidungen im Hinblick auf den Tierbestand getroffen, sich durch den Wollcrash manövriert, die Dürre durchgestanden, diversifiziert, Gewinne eingefahren – Anthony wäre bereit gewesen, als die Zeit des Aufatmens kam.

Vor allem aber hätte Anthony Errigal nicht so weit heruntergewirtschaftet, dass es nur noch einen Ausweg gab: die Hälfte des Besitzes an den Großen Feind zu übereignen, einen Bergbaugiganten, der dafür ein Vermögen zahlen konnte.

Nick erinnerte sich ganz genau an den Tag, an dem er es erfahren hatte. Sie hatten etwas gefunden, auf Errigal. Er hatte sich geologische Fachbegriffe wie Bohrmuster, Landvermessung, Oberflächenindikatoren und vulkanische Bassins anhören müssen – alles hatte der Suche nach den sogenannten diamantführenden Kimberliten oder Kimberlit-Pipes gedient. Oder schlicht: nach Diamanten. Der Vertragsentwurf hatte mehr als fünfzig Seiten umfasst. Sein Anwalt hatte sie auf das Wesentliche heruntergebrochen. In der ersten Erkundungsphase hatten sich genug Hinweise und Mikro-Diamanten gefunden, sodass sich weitere Tests und Probebohrungen lohnten. Das Unternehmen war an einer fünfjährigen probeweisen Pacht von 30 000 Hektar interessiert. Was etwa der Hälfte des Besitzes entsprach. Im Gegenzug würde Nick einen einmaligen Abschlag erhalten. Eine irrsinnige Summe. Sie reichte, um den Großteil der Schulden abzulösen. Und nicht nur das: Gleichzeitig mit der Pacht wurde ihm die Stelle als Verwalter auf dem Land angeboten. Natürlich ging es nicht um Schafe. Der Konzern hatte keineswegs vor, den Farmbetrieb aufrechtzuerhalten. Nick sollte lediglich die Zäune, die Windmühlen und die Fluttore warten und Buschfeuer bekämpfen. Arbeit, die er sein Leben lang verrichtet hatte. Arbeit, die er wie von selbst verrichten konnte.

Es war ihm wie ein Lottogewinn erschienen. Oder doch ein Pakt mit dem Teufel? Es konnte sein, dass das Unternehmen das Land in den nächsten Jahren gar nicht anrührte. Oder sich nicht fand, was sich der Konzern erhoffte. Es war reine Spekulation. Tagelang hatte Nick mit sich gerungen. Wie sah die Alternative aus? Sollte er seinen vier Kindern für den Rest ihrer Tage eine gewaltige Schuldenlast aufbürden? Welcher Vater hätte das getan? Was für ein Vermächtnis wäre das gewesen? Tag für Tag, Nacht für Nacht hatte er nach einer anderen Lösung gesucht. Ihm war keine in den Sinn gekommen, aber er hatte auch niemanden gehabt, mit dem er reden konnte. Mit Angela schon gar nicht. Nick hatte sich viel zu schuldig gefühlt, zu beschämt, zu hilflos, zu bezwungen. Es war seine Schuld. Sein Problem, nicht ihres. Angela hatte genug mit ihren Pensionsgästen, ihrem eigenen Geschäft zu tun. Ihrem erfolgreichen Geschäft.

Der Abend, an dem er Angela von dem Vertrag erzählen musste, war einer der schlimmsten seines Lebens gewesen. Der schockierte Blick, die Enttäuschung, ihre Fassungslosigkeit. Es war ihm nicht entgangen. Er hatte es erwartet. Er empfand vor sich selbst nicht anders. Sie hatte ihm so viele Fragen gestellt. Auf die er keine Antwort geben wollte. Er hatte ihr auch das Ausmaß ihrer Schulden nicht genannt. Aus Angst, dass er nicht mehr aufgehört, wenn er erst einmal angefangen hätte. Dass all seine Sorgen, seine Zweifel aus ihm herausgebrochen wären. Also hatte er an jedem Abend – und seither – nur das Nötigste gesagt. Seine Zweifel vor ihr verborgen. Anders konnte er das nicht bewältigen.

Sie hatten es so lange wie möglich für sich behalten. Angela hatte ihn schließlich doch davon überzeugt, es wenigstens den nächsten Nachbarn zu erzählen. Wenn es nach ihm gegangen wäre, er hätte niemandem ein Wort gesagt. Angelas soziales Netz spannte sich viel weiter. Sie hörte, was die Leute aus der Gegend über Geschäfte mit den Bergbau-Unternehmen dachten. Es gab Neid. Und Wut. Niemand wollte, was die Minen brachten, den Lärm, das schwere Gerät. Niemand glaubte den Konzernen, wenn es hieß, dass es nur geringfügige Umweltschäden geben würde. Felsen und Böden, seit Hunderttausenden von Jahren unberührt, würden aufgerissen. Dreihundert Jahre alte Bäume der Axt zum Opfer fallen.

All das wusste er. Und dennoch sah er keinen Ausweg.

Als sich die Neuigkeit in der Region verbreitete, hatte er sich auf der Farm versteckt. Angela war öfter in der Stadt, in Hawker, Port Augusta oder Port Pirie. Angela hatte den Kopf hinhalten müssen. Sie hatte ihm die meisten Kommentare noch erspart, das war ihm bewusst. Doch sie musste gar nichts sagen, er wusste ohnehin, was sie von dem Vertrag, von ihm hielt. Nichts. Sie sagte es mit Blicken.

Früher war es so anders zwischen ihnen gewesen. Er hatte immer geglaubt, dass sie eine gute Ehe führten. Mehr noch: eine wunderbare Ehe. Er war kein großer Redner. Das entsprach nicht seinem Wesen. Trotzdem hatten sie einander so viel zu erzählen gewusst. Hatten sie so oft und viel gelacht. Er hatte immer so viel Spaß mit ihr gehabt. Doch sie konnte auch zupacken. Und sie war eine wunderbare Mutter. Sein Resonanzboden. Seine beste Freundin.

Aber nun war alles anders. Seinetwegen.

Sie hatte dieses Jahr bereits genug Kummer. Mit Victoria. Genevieve. Lindy. Und mit Ig, der sich auf dem Internat so schwergetan hatte und immer wieder fortgelaufen war. Noch mehr Anlass zur Besorgnis.

Auch Nick hatte die ersten Jahre auf dem Internat gehasst. Auch er hatte sein Elternhaus mit zehn verlassen müssen. Er erinnerte sich heute noch an die einsamen Nächte im Schlafsaal. An das Geschubse und Gerangel, körperlich und seelisch. Vielleicht war es am Ende gut für ihn gewesen. Hatte es ihn aufgebrochen.

Doch Ig war es noch viel schwerer gefallen als Nick seinerzeit. Ig hatte so sehr gelitten, dass er immer wieder ausgerissen war. Einmal war er bis in die Stadt gekommen, zur Haltestelle des Überlandbusses: Da hatte ihn ein Lehrer gesehen und in die Schule zurückgebracht. Auch das hatte die Spannungen mit Angela verschärft. Sie hatte gefunden, Ig sei noch zu jung, um aufs Internat zu gehen. Ihr sei sehr bewusst, dass es sich dabei um eine Familientradition handelte, aber Traditionen seien wandelbar, so ihr Argument. Hin und her war es gegangen, ohne Resultat.

Am Ende hatte es keine Rolle mehr gespielt. Nach Igs drittem Fluchtversuch hatte ihnen der Direktor die Entscheidung abgenommen. Ab Februar, mit Beginn des neuen Schuljahres, würde Ig wieder auf die kleine örtliche Schule in Hawker gehen.

Ungefähr zu der Zeit hatte Angela in Port Pirie den Töpferkurs belegt. Nicht nur, dass sie sich für drei Monate verpflichtet hatte, sie hatte der Schule auch gleich die alte Drehscheibe und den gebrauchten Ofen abgekauft. Er hatte erwartet, dass damit Tassen oder Becher oder Vasen entstehen würden. Stattdessen hatte Angela sehr seltsame Dinge geformt. Ganz am Anfang hatte sie ihm ihre Versuche noch gezeigt, doch er hatte nicht gewusst, was er dazu sagen sollte. Er hatte sich sehr bemüht und gesagt, es sehe großartig aus. Und wieder in Enttäuschung geblickt. Einmal hatte er gehört, dass Angela ihre Töpfereien Joan gegenüber als Skulpturen beschrieben hatte, als Kunstwerke, die sich an der regionalen Vogelwelt inspirierten. »Das ist schön, meine Liebe«, hatte Joan erwidert. »Aber von Kunst hab ich keinen blassen Schimmer.«

Doch als Angela an einem dieser Tage zu ihrem Töpferkurs gefahren war, hatte Nick zum ersten Mal den Rat seines Psychologen befolgt. Und versucht, sich von den verzweifelten Gedanken abzulenken. Begonnen hatte er auf einer Webseite mit der schlichten Überschrift »Wie man seinen Stammbaum erstellt«. Er hatte sämtliche Dokumente, die sich im Haus befanden, herangeholt. Sein Vater hatte sich dafür nicht interessiert. Sein Großvater hatte oft mit ihm über ihre Ahnen sprechen wollen, doch da hatte Nick anderes im Kopf gehabt. Je tiefer er in die

Geschichte der Familie vordrang, umso mehr bereute er, dass er sich die Zeit damals nicht genommen hatte.

Von wegen trocken und verstaubt! Das waren die reinsten Abenteuergeschichten. Das waren seine Vorfahren, die auf demselben Grund und Boden gelebt, die mit all dem gerungen hatten, womit er in Jahrzehnten gerungen hatte. Mit dem Wetter. Dem Vieh. Dem Leben in diesem ungezähmten Teil der Welt. Nick dachte so oft an jene beiden Cousins. Was ihnen wohl durch den Kopf gegangen war, als sie in Australien gelandet waren, als sie den grauen irischen Himmel gegen das gewaltige Blau, die nassen kleinen Felder gegen die riesigen offenen Weiden getauscht hatten? Hatten sie Heimweh gehabt? Was hatten sie hinter sich gelassen? Wie hatten ihre Farmen in Irland ausgesehen? Wie ihre Familien?

Eine Frage führte zur nächsten. Es wurde eine regelrechte Schatzsuche. Er wusste nie, worauf er als Nächstes stoßen würde. Er hatte immer angenommen, dass er nach Irland reisen müsste, wenn er etwas über seine Vorfahren in Erfahrung bringen wollte, doch was konnte er nicht alles von seinem Schreibtisch, dem alten Computer aus ergründen.

Er war Chatgruppen beigetreten – Hobbyforscher so wie er, die alle über die Unzuverlässigkeit irischer Archive klagten. Er hatte Kontakt zu Gillespies auf der ganzen Welt aufgenommen. Und so war langsam die Idee in ihm gereift, ein Familientreffen in Irland abzuhalten. Nick hatte angeboten, es zu planen. Auf allgemeines Anraten hin hatte er seine E-Mail-Adresse und einen Aufruf veröffentlicht, wonach er Informationen zu zwei Cousins mit dem Nachnamen Gillespie suchte, die in den 1880er-Jahren von Irland aus nach South Australia ausgewandert waren. Zwei Tage später war eine Antwort eingetroffen.

Sehr geehrter Mr Gillespie,
wir haben Ihren Eintrag bezüglich Ihrer irischen Vorfahren mit großem Interesse gelesen und möchten Ihnen hiermit anbieten, Sie bei Ihrer Recherche zu unterstützen. Gegen eine monatliche Gebühr vermitteln wir Ihnen gern die sachkundige Hilfe eines Genealogen, der vor Ort für Sie aktiv ist. Er wird sich um all Ihre Belange kümmern und für Sie nach Fotografien, Aufzeichnungen und Dokumenten aus Ihrer Familiengeschichte suchen, damit Sie Ihre persönliche Chronik erstellen können.

Das Schreiben hatte ihn beeindruckt. Er hatte sich die nicht minder beeindruckende Webseite der Agentur angesehen. Die Referenzen gelesen. Sie waren zahlreich, voll des Lobes und der Begeisterung. Es machte Sinn, sich auf jemanden in Irland zu verlassen, auf jemanden, der die Archive aufsuchte, die Pfarrämter anrief, der all das tat, was für ihn zu schwierig und zu zeitaufwendig war. Allerdings war die Sache teuer. Das galt nicht nur für das monatliche Honorar – auf ihn wären auch alle Reisekosten im Zusammenhang mit den Recherchen zugekommen.

Aber vielleicht, nur vielleicht, hätten seine Großeltern und sein Vater das ja gutgeheißen. Vielleicht hätten sie dann sogar vergeben, was er ihrem Land antat.

Nick hatte das Onlineformular ausgefüllt. Den Dauerauftrag erstellt. Zwei Tage später war Carol in sein Leben getreten. Schon wenn er an sie dachte, fühlte er sich besser.

Besser. Nicht schuldig. Auch wenn die Kinder etwas anderes vermuteten, auch wenn Angela ihm Fragen stellte – es gab nichts, weswegen er sich schuldig fühlen musste. Das war keine Affäre. Er hatte sie ja nicht einmal gesehen, da die Videoverbindung immer streikte. Carol war eine Stimme über Skype, über E-Mail. Eine Wissenschaftlerin, Historikerin, ausgebildete Genealogin. Und was hatte sie in den letzten Monaten nicht alles herausgefunden! Sein Urgroßonkel hatte sich politisch betätigt. Eine Ururgroßmutter gedichtet. Als er die Idee mit dem Familientreffen erwähnt hatte, hatte Carol sofort ihre Hilfe angeboten.

Sie hatten ein erhöhtes monatliches Honorar ausgehandelt. Die finanzielle Situation war unverändert angespannt. Mit dem Abschlag des Bergbau-Unternehmens hatte er zwar die Schulden tilgen können, doch sein Lohn als Verwalter musste viele andere Kosten decken. Nach reiflicher Überlegung aber hatte er befunden, dass es die Sache wert war. In der Hoffnung, dass seine Vorfahren das ebenso sähen. Schließlich lag es nun in seinen Händen, die Gillespies, die sich über die ganze Welt verstreut hatten, wieder zusammenzuführen. Und das wollte er richtig anpacken. Da konnte er kaum ein Hinterzimmer in einem irischen Pub anmieten und die Fotokopie der Passagierliste eines alten Seglers an die Wand heften. Carol hatte schon viele gute Vorschläge gemacht, Ideen für Ausflüge entwickelt, zu Orten ihrer Vorfahren.

Das war längst kein Hobby mehr. Kein Zeitvertreib für lange, leere Stunden. Nick hatte seine Leidenschaft für die Geschichte entdeckt. Die Nachforschungen hatten seinem Leben wieder einen Sinn gegeben. Seine Abenteuerlust geweckt. Er konnte kaum fassen, dass er sogar Pläne für eine Irlandreise schmiedete. Zum ersten Mal in seinem Leben in die Ferne fliegen wollte. Nicht nur zum Familientreffen, sondern vorher schon, zu seinem Erkundungstrip. Aber nicht allein.

Sondern mit Angela.

Er plante das seit Wochen. Er hoffte sehr, dass sie Ja sagen würde. Und der beste Zeitpunkt, sie zu fragen, war – seiner Meinung nach – die Weihnachtszeit, wenn die Zwillinge zu Hause waren. Wenn er Victoria persönlich bitten konnte, noch etwas länger zu bleiben und sich um Ig und auch um Angelas Webseite zu kümmern: die Anfragen und Buchungen ihrer Gäste.

Victoria war die beste Wahl. Sie teilte seine und Angelas Liebe für das Land. Damals, als es auf der Farm noch besser gelaufen war, hatte er sie schon als seine Nachfolgerin gesehen. Er hatte sogar manchmal mit Kevin Lawson gescherzt, dass Fred und Victoria nach ihrer Hochzeit aus Errigal und der Lawson-Farm einen gewaltigen Besitz machen könnten. Aber dann hatten sich Fred und Victoria aus heiterem Himmel getrennt, und Victoria hatte sich beruflich in eine ganz andere Richtung entwickelt. Genevieve hatte Nick schon vor langer Zeit von solchen Überlegungen ausgeschlossen. Sie hatte früh erkennen lassen, dass sie nicht auf der Farm bleiben würde. Und zu Lindy passte diese Rolle auch nicht. Sie verlor viel zu schnell an allem das Interesse, fing dann etwas Neues an, das sie auch zu keinem Abschluss brachte. Und Ig? Obwohl er der einzige Sohn und damit traditionell der Erbe war, lagen Igs Interessen eindeutig nicht in der Landwirtschaft. Computer, ja. Farm, nein.

Doch auf Victoria konnte er sich verlassen, zumindest für den Zeitraum seiner Reise. Drei Wochen, hatte er befunden, konnten sie sich leisten. Zehn Tage Irland, dann London, Angelas Heimatstadt. Und von da aus weiter ins restliche Europa, wo immer es sie hinzog. Nur sie beide.

Er konnte es kaum erwarten. Er vermisste seine Frau. Er vermisste alles, was ihre Ehe einst bedeutet hatte. Er hoffte, dass die gemeinsame Reise sie einander wieder näherbringen würde. Angela helfen würde zu vergeben, in welches Unglück er die Farm gestürzt hatte.

Als er auf die Irlandkarte an der Wand sah, machte es in seinem Rücken *Ping*. Eine E-Mail von Carol. Rund um die Uhr im Einsatz. Sie hatte eine Liste von Orten mit Gillespie-Bezug erstellt, die er mit Angela besuchen konnte.

Mit einem breiten Lächeln schrieb er seine Antwort.

Kapitel 9

Angela war in ihrem Töpferatelier. Sie war seit einer Stunde dort, seit sie ihren Brief erneut gelesen hatte. Sie arbeitete nicht. Sie versteckte sich.

Auf dem Weg in ihr Atelier hatte Ig nach ihr gerufen, damit sie sein Spielhaus bewunderte. Sehr beeindruckend, hatte sie ihm wahrheitsgemäß gesagt. Er hatte die ganzen Kartons, mit Lindys Garn und Füllmaterial, zu einem komplizierten Bau gestapelt. Nachdem er ihr alles erklärt hatte, hatte sie erwidert, dass sie nun an neuen Skulpturen arbeiten wolle.

»Soll ich erst nach Spinnen sehen?«, hatte er gefragt.

Sie hatte so vieles beschäftigt, dass sie an Spinnen nicht gedacht hatte. Aber Ig, Gott sei Dank. Sie lebte seit drei Jahrzehnten im Outback und hatte sich an Schlangen, Kängurus, Echsen, Heuschrecken, Mäuse und auch an Ratten gewöhnt. Nur nicht an die Spinnen. Erst recht nicht an die handtellergroßen, die in dunklen Winkeln lauerten. Nick hatte sie stets davor gerettet. Und die Mädchen auch, die ohne Furcht vor Spinnen aufgewachsen waren. Seit Neuestem war das Igs Job. Er hatte ein Problem mit Schlangen, aber Spinnen machten ihm nichts aus.

Er hatte die blaue Tür des Ateliers geöffnet, nachdem er dreimal daran gezogen hatte. Die Scharniere brauchten dringend Öl. Die rote Kletterrose, die sich um das Häuschen rankte, die Nick zu ihrem ersten Hochzeitstag gepflanzt hatte, musste auch beschnitten werden. Angela hatte es auf die To-do-Liste gesetzt. Ig hatte nach der Taschenlampe gegriffen, die Angela nur zum Zweck der Spinnensuche in ihrem Atelier aufbewahrte, und den kleinen Raum ausgeleuchtet. Im Schuppen war gerade genügend Platz für ihren Ofen, die Töpferscheibe, zwei hohe Regale und einen alte hölzerne Bank. Ideale Verstecke für eine Spinne.

»Guck lieber weg«, hatte Ig ihr aus dem Schuppen zugerufen. »Die ist ziemlich groß. Wohl 'ne Riesenkrabbenspinne.«

Angela war es kalt über den Rücken gelaufen. Eine Riesenkrabbenspinne. Groß und behaart. Sie war zwar ungiftig, aber trotzdem … Sie war einige Meter zurückgewichen. Am liebsten hätte sie sich noch weiter in Sicherheit gebracht. Die Augen hatte sie geschlossen, doch sie konnte sich vorstellen, was Ig da drinnen tat. Wie er die Spinne – mit bloßen Händen! – anpackte. Er tötete die Spinnen nie. Die Spinne, hatte er Angela einmal feierlich erklärt, konnte ja nichts dafür, dass Angela sie nicht mochte.

Als sie Schritte gehört hatte, hatte sie vorsichtig die Augen geöffnet. Ig hatte sich die Hände an seinen Shorts abgewischt.

»Die Luft ist rein«, hatte er gesagt. »Kannst loslegen.«

»Was würde ich ohne dich bloß tun, Ig?«, hatte sie erwidert.

Er hatte ihr sein schüchternes liebes Lächeln gezeigt und war, mit Robbie plaudernd, zu seinem Spielhaus zurückgekehrt.

Seither saß sie in ihrem Atelier und rollte eine Kugel Ton in den Händen hin und her. Sie hatte nicht einmal begonnen, sie zu irgendeiner Gestalt zu formen. Angela hatte ganz andere Probleme. Am liebsten wäre sie davongelaufen. Ins Auto gestiegen und vor dem ganzen Unheil, das sie angerichtet hatte, möglichst weit geflohen.

Dann meldete sich die Stimme der Vernunft. Eine Flucht war ganz unmöglich. Es gab viel zu viel zu tun: Das Essen für das Scheunenfest musste gekocht und eingefroren werden. Der Schuppen dekoriert werden. Der Partyservice hatte Stühle und Biertische angeliefert – auch die mussten ausgepackt werden. Sie hätte auch zu Joan fahren und sich persönlich Rat holen können. Eine Stunde mit dem Auto über Schotterstraßen. Nein. Sie musste etwas anderes versuchen.

Sie atmete tief ein und aus. Fünfmal. Und dann von vorn.

Sie ließ ihren Gedanken freien Lauf. Sie versuchte sämtliche Tricks, die sie sich in letzter Zeit beigebracht hatte.

Langsam, aber sicher trat die Wirkung ein.

Sie saß nicht auf einer Schaffarm in South Australia, im Outback, an einem heißen, staubigen Dezembertag. Sie hatte nicht all ihre Geheimnisse und intimsten Gedanken an einhundert Menschen auf der ganzen Welt gesandt. Sie hatte nicht vier unterschiedlich schwer verstörte Kinder und auch keinen Ehemann, der jegliches Interesse an ihr verloren hatte. Ihr stand nicht bevor, zweihundert Leute, die sie und ihre Familie nun vermutlich hassten, in einem staubigen Wollschuppen zu bewirten. Sie hockte nicht in einem kleinen Schuppen voller Töpfergerät, das sie nicht einmal zu nutzen wusste, neben Regalen voller unfertiger Skulpturen, die nach Kindergarten aussahen. Nein, all das hatte nichts mit ihr zu tun.

Sie war Angela Richardson. Es war später Vormittag in London. Sie war seit sieben Uhr auf den Beinen. Es war ein kalter, frostiger Dezembertag, doch in ihrem kleinen Atelier hinten im Garten war es lauschig warm. Ihr Mann hatte ihr die Heizung angemacht, bevor er zu einem frühen Termin aufgebrochen war. Und nicht nur das, er hatte auch Kaffee gemacht und ihr die Thermoskanne auf das Regel neben dem Ofen gestellt. Dort wartete nicht nur die Kanne, sondern auch ein Zettel. *Ich wünsche dir einen schönen Tag. Ich liebe dich. Will xx.* Gab es irgendwo einen anderen Mann, der Will noch übertraf? An Fürsorge? An Aufmerksamkeit?

Auf dem Weg zum Atelier hatte sie die Post ins Haus geholt. Eine Rechnung, aber das war kein Problem, denn sie hatten reichlich Geld. Sie konnten gar nicht alles ausgeben. Dazu das Schreiben einer Galerie, die darum bat – oder vielmehr flehte –, dass Angela eine Ausstellung in ihrem Haus in Erwägung zog. Und eine Karte ihrer Tochter Lexie. Lexie schickte häufig kleine Nachrichten: Postkarten, Fotos von Gegenständen oder Mustern, die ihre Mutter womöglich inspirierend fand. Auch nun war es nicht anders. Lexie hatte eine Karte mit dem Motiv eines Rotkehlchens gesandt: die Zeichnung eines leuchtend roten plumpen kleinen Vogels, der ein Funkeln in den schwarzen Augen hatte und keck auf seinen Beinchen stand. Im Innern nur ein Satz: *Für deine Sammlung. Hab dich lieb, Lexie xxx.*

Ließ sich das noch steigern? Angela bezweifelte es. Sie hatte Lexie vor zwei Monaten erzählt, dass sie mit dem Gedanken spielte, zum Thema Rotkehlchen zu arbeiten, ihrem Lieblingsvogel, ihr nächstes Projekt. Schon als Kind hatte sie Rotkehlchen geliebt. Wegen ihrer Neugierde. Ihres Revierverhaltens. Sie brauchte bloß vor die Tür zu gehen und ein wenig Unkraut zu rupfen, schon kam eines angeflattert, behielt sie im Auge und suchte hier und da nach einem Wurm. Besonders herzerwärmend waren die Rotkehlchen im Dezember und im Januar, wenn der Garten kahl war. Manchmal war der Anblick aus dem Atelierfenster allzu traurig: die schlummernden Blumenbeete, die nackte alte Eiche, die prächtigen Rosen, die nun bloß karge Zweige in das fahle Licht streckten. Aber dann, aus den Augenwinkeln, ein Farbklecks. Ein Rotkehlchen! Sie beobachtete das Vögelchen, wie es flink durch den Garten hüpfte und das Futter pickte, das sie ihm auf den Vogeltisch gestreut hatte. Es brachte so viel Leben und Farbe in den Garten!

In dem Moment klingelte ihr Handy. Es war Suzy, die Inhaberin des Geschenkeladens in der Einkaufspassage, drei Straßen weit entfernt.

»Angela, wie geht es Ihnen? Also, meine Liebe, mir ist bewusst, dass das hier mehr als dreist ist, aber ich wollte trotzdem fragen, ob Sie nicht irgendetwas Geschenkemäßiges in petto haben? Ich hatte eine Lieferung Tonengel erwartet, hinreißende kleine Geschöpfe, aber die stecken in Antwerpen fest, im Zoll, und kommen nicht vor Mitte Januar. Dann nützen sie mir natürlich wahnsinnig viel. Aber dann ging mir durch den Kopf: Engel, Angela, vielleicht hatten Sie ja einen Kreativschub und haben, was ich brauche? Erinnern Sie sich noch an diese kleinen Glöckchen, die Sie vor ein paar Jahren gemacht haben? Davon haben Sie wohl keine mehr? Oder irgendetwas anderes Weihnachtliches? Bald kommen meine treuen Kunden, die Kreditkarte im Anschlag, und ich mag mir überhaupt nicht vorstellen, dass sie mit leeren Händen gehen und ich mit leerer Kasse dastehe.«

»Habe ich«, sagte Angela selbstbewusst und nachdrücklich. »Allerdings keine Glocken.«

»Nicht? Was denn?«

»Rotkehlchen«, sagte sie. »Dieses Jahr mache ich Rotkehlchen. Es wird ein ziemlich schlichter Entwurf. Ich übernehme die Grundfarbe des Tons, dazu ein roter Tupfer auf die Brust. Ich kann Ihnen morgen einen Vogel zur Ansicht bringen.« Sie hatte noch keinen einzigen gemacht, doch sie zweifelte nicht, dass sie ihr gelingen würden.

»Ich liebe Rotkehlchen! Alle lieben Rotkehlchen! Angela, Sie sind brillant! Sie brauchen mir auch nichts zu zeigen. Ich bestelle blind, was Sie produzieren können.«

Angela legte auf und begab sich sofort an die Arbeit. Ihre Finger wussten, was zu tun war. Sie formten den kleinen runden Körper, das zarte Köpfchen. Wanden den Draht für die dünnen Beinchen. Im Gartenschuppen gab es reichlich Draht. Der Ton war leicht, die fertigen Objekte wären leicht – das perfekte Schmuckstück für den Weihnachtsbaum oder auch das Fensterbrett …

Am Abend war das erste Dutzend fertig. Am nächsten Morgen ging sie gleich zu Suzy. Suzy war *begeistert.* Sie waren *himmlisch.* Sie hatten regelrecht *Persönlichkeit.* Und *Charme.* Wie lange brauchte sie für Nachschub?

»Angela Richardson, Sie sind unglaublich«, sagte Will abends am Esstisch und hob sein Glas. In der Küche roch es würzig nach dem Braten, den er zubereitet hatte. »Ein Toast auf dich und deine Rotkehlchen.«

»Auf die Rotkehlchen«, sagte Angela lachend und stieß mit ihrem Mann an.

»Was ist mit Rotkehlchen?«

Angela schlug die Augen auf. Lindy stand mit ihrem Kissen in der Tür.

»Ich dachte, das mit Ig und Robbie wäre schlimm genug. Jetzt fängst du auch noch an. Wieso sprichst du mit Vögeln?«

»Über Vögel. Nicht mit.«

»Du sprichst mit dir selbst über Vögel? Das ist ja noch schlimmer, als ich dachte.« Sie streckte Angela den Bezug entgegen. »Sieh mal, Mum, ein Wort ist schon fertig, jetzt muss ich nur noch das andere machen.«

»Sehr schön, Lindy, gut gemacht.«

»Du hast ja nicht mal richtig hingesehen. Ist es schlimm, dass das G ein bisschen krumm ist?«

»Natürlich nicht. Übrigens gibt es in Australien gar keine Rotkehlchen, Lindy, hast du das gewusst?«

»Was?«

»In Australien gibt es keine Rotkehlchen. Die ersten Siedler haben welche ausgesetzt und später ein paar Wissenschaftler, doch das hat nie geklappt. Sie vertragen das Klima nicht. Das, was man hier Rotkehlchen nennt, sind gar keine richtigen. Die stammen aus einer ganz anderen Vogelfamilie.«

»Wirklich? Ist ja erstaunlich.« In dem Moment erschien Ig an Lindys Seite. Lindy sah ihn an und zog die Augenbrauen hoch. »Mum redet über Vögel, Ig. Du magst doch Vögel, oder? Dann lass ich euch allein.«

Ig setzte sich zu seiner Mutter auf die Bank. »Über was für Vögel, Mum?«

»Rotkehlchen, Ig. In England, zu meiner Kinderzeit, waren das meine Lieblingsvögel. Weißt du, was ich meine? Die kleinen mit der roten Brust?«

Ig dachte nach. »Ich glaub, ich hab mal welche im Film gesehen.«

»Ich habe sie regelrecht geliebt. Als ich in deinem Alter war. Wir hatten immer welche im Garten.«

»Fehlen sie dir?«

Angela nickte. »Ich hätte es nicht gedacht, aber ja, sie fehlen mir.«

»Soll ich meinen Block holen und dir welche zeichnen? Du musst mir aber sagen, wie sie aussehen, dann kann ich es versuchen.«

Angela wusste nicht, wer entsetzter war, sie oder Ig. Denn plötzlich stiegen ihr die Tränen in die Augen.

»Das wäre wundervoll, Ig. Danke.«

Kapitel 10

Genevieve war mit dem Packen beinahe fertig. Nicht dass es lange gedauert hätte. In New York hatte sie Behausungen bewohnt, die sie in Australien als Hundehütte bezeichnet hätte: in winzigen Apartments im East Village, in einem der oberen Stockwerke, mit kleinen Fenstern, die auf ähnliche Apartments oder Ziegelwände und Feuerleitern blickten. Nichts davon hatte Ähnlichkeit mit den großen Wohnungen, wie man sie in der Fernsehserie *Friends* sah. Genevieve hatte gelernt, sich mit der Garderobe zu beschränken. Zwar hatte sie sogar ein wenig Kunst gekauft, aber nur kleinere Gemälde, in dem Wissen, dass sie eines Tages alles nach Australien verschiffen müsste. Dieser Tag war nun gekommen.

Nachdem Genevieve gefeuert worden war, hatte Megan abends angerufen. Der Kaffee-Typ, der nette Security-Mann, hatte Wort gehalten und ihr Genevieves Privatnummer gegeben.

»Meine Freundin!«, hatte Megan gerufen. »Das warst ausgerechnet du! Wir müssen uns sehen!«

Sie hatten sich am folgenden Abend in einer Bar getroffen, die nicht von der Filmwelt frequentiert wurde. Auf Megans Vorschlag hin. Sie war aufrichtig gewesen. »Du bist ausgestoßen, Darling, tut mir leid. Wenn man mich mit dir sieht, werde ich am Ende auch noch gefeuert.«

Seit den Enthüllungen herrschte am Set heller Aufruhr. Megan malte Genevieve die Einzelheiten in Technicolor aus. Nach außen hin wurde selbstverständlich gearbeitet, doch bei jeder Gelegenheit blühten Klatsch und Tratsch.

»Der Bruder des Regisseurs, der Kaffee-Typ, hat gesagt …«

»Der *Bruder*? Ich dachte, der gehört zur Security.«

»Offenbar ist das ein Mann mit vielen Talenten. Er hat mich heute übrigens regelrecht über dich ausgefragt. Ach, und er heißt Matt. Ich hab ihm gesagt, dass er dich anrufen und dich das alles selbst fragen soll. Und er sich lieber beeilen soll, bevor du im Outback verschwindest. Ich kann es mir nicht vorstellen, du mit deinen Dreadlocks. Kriegen die Kängurus da keinen Schreck?«

»Kängurus sind nicht gerade schreckhaft.« Genevieve stellte sich vor, wie es wäre, mit ihrer blauen Frisur durch Hawker zu spazieren. Wenn sie nur über Weihnachten nach Hause gefahren wäre, hätte sie das möglicherweise durchgestanden. Doch wenn sie mit eingekniffenem Schwanz nach Hause kroch … »Megan, würdest du mir einen Gefallen tun und mit zu mir kommen?«

»Und dieses blaue Rattennest auf deinem Kopf beseitigen? Ich dachte schon, du fragst mich nie.«

Als Megan mit der Frisur halb fertig und die erste Flasche Wein geleert war, klingelte Genevieves Handy. Alles, was zuvor bedrohlich geklungen hatte, war nun zum Schreien komisch. Genevieve ging kichernd an den Apparat.

»Du klingst ja vergnügt«, sagte eine Männerstimme. »Da bin ich aber froh.«

»Verzeihung?«

»Hier ist Matt. Matt vom Filmset.«

»Oh, hallo, Matt vom Filmset.« Megan streckte einen

Daumen hoch. »Ja, mir geht's gut, danke. Mir hätte nichts Besseres passieren können. Jetzt habe ich endlich Zeit für meine Familie. Ist das nicht die Standardfloskel von Politikern nach einer öffentlichen Bloßstellung?«

Megan gestikulierte vor ihr herum und machte ihr Zeichen, sich zurückzuhalten.

Genevieve hörte auf den Rat. »Tut mir leid, Matt. Entschuldige diesen kleinen Ausbruch von Bitterkeit. Mir geht es gut. Wirklich. Danke.«

»Megan sagt, dass du nach Australien zurückgehst?«

»Ja, am Dienstag.«

Er war wirklich nett gewesen. Sie hatte so gern mit ihm geredet. Außerdem sah er umwerfend aus.

Sie sprachen im selben Moment.

»Wollen wir uns auf einen Drink treffen, bevor ich fahre?«, fragte sie.

»Darf ich dich auf einen Abschiedsdrink einladen?«, fragte er.

Megan streckte erneut den Daumen in die Luft.

»Morgen?«, wiederholte Genevieve. »Um neun. Perfekt. Ja, ich kenne die Bar. Danke, Matt, ich freue mich.«

Megan jauchzte. »Ein Date! Das müssen wir feiern. Komm, lass uns tanzen gehen.«

Auf dem Weg zur Wohnungstür fiel Genevieves Blick in ihren Flurspiegel. Ihre Frisur war erst halb fertig, auf der einen Seite hingen blaue Dreadlocks, auf der anderen entstand ein Pixie.

»Glaubst du, wir können das noch eben fertig machen?«

Am nächsten Abend bereute sie nicht nur den letzten Wein mit Megan und den Haarschnitt, sondern auch, dass sie sich auf das Date eingelassen hatte. Sie war am

Morgen erneut mit einem Kater wach geworden – und einem unguten Gefühl. Dieses Date war vermutlich nur fingiert, um sie auszuhorchen. Je länger sie darüber nachdachte, umso plausibler wurde das. Wieso hätte sich der Bruder des Regisseurs sonst bei ihr melden sollen?

Sie rief Megan an. »Ich bin's. Ophelia.« Sie hatten sich am Vorabend einen Codenamen überlegt. Sie sprach gehetzt, klagte über ihren Kater, fragte nach Megans und äußerte dann ihre Theorie.

»Ich glaub, da irrst du dich«, erwiderte Megan. »Ich hab heute schon mit ihm gesprochen. Er ist wirklich nett. Ich hab auch ein bisschen rumgeforscht. Man hört nur Gutes. Klug, lustig, anständig. Viel netter als sein Bruder. Entspann dich, Ophelia. Genieß es.«

Selbstverständlich zog sie auch Victoria zurate. Ihre Schwester gab ihr gleichfalls ihren Segen. Und bat, sobald es eben ging, um einen ausführlichen Bericht.

Für ihren neuen Look brauchte Genevieve nur fünf Minuten. Sie hatte sich furchtbar erschreckt, als sie sich morgens zum ersten Mal im Spiegel gesehen hatte. Sie hatte blaue Dreadlocks erwartet, und ihr hatte ein dunkelbrauner Pixie entgegengeblickt. Sie hatte ihre natürliche Haarfarbe seit Jahren nicht gesehen. Inzwischen gefiel ihr das Braun. Der neue Stil. Rasch schminkte sie die Augen etwas kräftiger als sonst. Lippenstift. Und funkelnde Ohrringe. Sie besaß eine große Sammlung Modeschmuck, darunter einige wunderschöne Haarklammern, die an ihr blaues Haar verschwendet waren. Mit dem neuen kurzen Look dagegen war die Wirkung toll, das musste sie selbst zugeben.

Um fünf vor neun war sie an der Bar. Um zwei vor neun bekam sie einen Tisch. Um Punkt neun nippte sie an einem Rotwein, um ihre Nervosität und den Kater zu bekämpfen. Um zehn nach neun ging ihr auf, dass sie versetzt worden war. Sie hatte mit ihrem Handy herumgespielt und so getan, als würde sie eine Nachricht schreiben, während sie auf eine SMS von Matt gewartet hatte, aber nichts. War sie wütend? Vielleicht. Eher enttäuscht. Sie hatte ihn anders eingeschätzt. Nett. Verlässlich. Sie griff nach ihrem Wein. Zeit auszutrinken und nach Hause zu gehen. In dem Moment erklang ihr Name.

»Genevieve?«

Sie fuhr herum, das Glas in der Hand. Ihre Bewegung war so hektisch, dass der Wein aus dem Glas schwappte. Nicht auf sie. Auf Matt. Auf Matt und sein blütenreines Hemd.

Eine Stunde später sprach sie ein stilles Dankgebet. Hätte sie den Wein nicht verschüttet, hätte auf Matts Hemd kein großer roter Fleck geprangt. Dann wäre es nicht zu der dreiminütigen nervösen Unterhaltung gekommen, bei der er sich für seine scheinbare Verspätung entschuldigt hatte. Er war überpünktlich in der Bar gewesen, hatte aber nach einer Frau mit blauen Dreadlocks Ausschau gehalten. Erst bei seiner fünften Runde hatte er Genevieve erkannt. Sie hätte dann auch nicht gelacht und sich entschuldigt, dass sie ihn wegen ihrer neuen Frisur nicht vorgewarnt und sie den Wein verschüttet hatte. Er hätte nicht gefragt, ob es ihr etwas ausmache, mit einem Mann an einem Tisch zu sitzen, der aussah, als hätte man auf ihn geschossen. Sie hätte nicht vorgeschlagen, in ihr Apartment zu gehen und den Fleck auszuwaschen.

Wenn sie nicht in ihr Apartment gegangen wären, hätten sie vielleicht nicht so unbeschwert geredet und gelacht. Über die Arbeit. Ihre Familie. Seine Familie. Australien. Amerika. Ihre Lieblingsfilme. Lieblingsbücher. Lieblingssongs. Wenn sie nicht miteinander geredet und gelacht hätten, hätten sie sich nicht geküsst. Und normalerweise wäre sie bei einem ersten Date niemals mit dem Mann ins Bett gegangen, zumal das nicht einmal ein Date war, sondern nur ein Drink, aber nun saß er da, in ihrem Wohnzimmer, das dank Klappbett auch als Schlafzimmer diente, und er war so toll, und sie war auf dem Sprung nach Australien – und plötzlich wollte sie ein letztes Abenteuer in New York, etwas Großartiges und Romantisches, Fröhliches und Unbeschwertes.

Sie hatte ihn zuerst geküsst. Oder hatte *er* den ersten Schritt gewagt? Wer es auch gewesen war, dem folgte eine solche Lust und Dringlichkeit, dass es sie beide überraschte. War das die Folge all dieser beiläufigen, netten Plaudereien in der Kaffeeschlange? Wenn sie geahnt hätte, was er mit seinen Lippen, seinen Fingern, seinem Körper tun konnte, hätte sie ihn längst in ihren Trailer eingeschlossen.

Nach dem zweiten Mal sank sie mit dem Kopf auf das Kissen und sagte, was ihr in den Sinn kam.

»Wow.«

»Selber Wow«, sagte er mit diesem Lächeln, in das sie sich schon ein ganz klein wenig verliebt hatte.

»Möchtest du was trinken?«, fragte sie. »Eine rauchen?«

»Musst du dafür aufstehen?«

»Nein, ich habe einen Butler. Er kommt jeden Augenblick mit dem silbernen Tablett.«

»Ob er mir bitte auch eine Smokingjacke bringt?«

»Selbstverständlich. Und eine Fußbank?«

»Wundervoll.«

Sie versuchten sich beide, vergeblich, am Akzent der Upperclass. Genevieve drehte sich zur Seite und sah ihm direkt in die Augen. In seine wunderschönen Augen, nun, von der Nähe aus gesehen. Dunkelbraun mit goldenen Sprenkeln. Sie wollte gerade einen Scherz machen, wie sie es in intimen Augenblicken immer tat, doch plötzlich drängte es sie, die Wahrheit auszusprechen.

»Das war großartig, Matt. Ganz großartig. Ich danke dir.«

»Das war wirklich großartig, Genevieve. War mir ein Vergnügen.« Dem folgte wieder so ein wunderschönes Lächeln.

Genevieve war noch nicht fertig. »Ich wünschte, ich hätte nicht gewartet, bis ich mich und meine Karriere ins Abseits gestellt und diesen lächerlichen Tratsch über deinen Bruder und sein unorthodoxes Privatleben verbreitet habe, um dich auf einen Drink einzuladen.«

Matt wich leicht zurück.

»Es tut mir leid, Matt. Ich werde deinen Bruder nie wieder erwähnen.«

»Schon okay. Außerdem bin ich dir mit dem Drink zuvorgekommen, falls du dich erinnerst? Und es tut mir wirklich leid, dass du deinen Job verloren hast.«

Sie rückte näher. Er nahm sie in den Arm und strich ihr sanft über die Haut, über die Schulter, immer tiefer – es fühlte sich so federleicht und ungeheuer sexy an.

»Das ist wirklich gut«, sagte sie und spürte, wie ihre Lider schwer wurden und das Verlangen neu in ihr aufstieg. »Eigentlich ist alles gut, was du tust. Obwohl ich so etwas normalerweise nicht bei einem ersten Date machen würde.«

»Das ist kein erstes Date. Wir sind Arbeitskollegen. Wir kennen uns seit Monaten.«

»Wochen«, sagte sie.

Er zuckte mit den Schultern. Ihr gefiel der Anblick seines Muskelspiels. Sie küsste ihn. Er küsste sie. Sie rückte näher, bis sie auf ihm lag, Haut an Haut. Es fühlte sich so unglaublich gut an. Ein weiterer Kuss, ein langer, forschender Kuss, seine Hände glitten über ihren Rücken, langsam, sanft, immer tiefer, bis er sie ganz fest an sich drückte. Dann war eine Zeit lang Schweigen.

»Du bist der reinste Supermann«, sagte Genevieve nach dem dritten Mal.

»Echt? Mist. Ich wär viel lieber Hulk.«

Sie lagen nebeneinander auf dem einen Kissen. Genevieve fühlte sich großartig. Sie hatte jeden einzelnen ihrer drei Orgasmen mit jeder Faser ihres Körpers genossen. Sie fühlte sich sinnlich, sexy und verwegen. In drei Tagen würde sie New York verlassen. Das war der falsche Zeitpunkt für Spielchen oder taktische Zurückhaltung. Sie konnte nicht warten, bis Matt den nächsten Schritt unternahm. Wieder sagte sie die Wahrheit, verpackte sie aber in einen Scherz, ein Zitat aus einem Film, den sie als Kind oft und gern gesehen hatte.

»Das ist wohl die falsche Zeit, um nach Australien zurückzugehen.«

Um seinen Mund zuckte es. »Das meinen Sie doch nicht ernst.«

»Du kennst *Die unglaubliche Reise in einem verrückten Flugzeug?*«

»Selbstverständlich.«

»Meine Schwester und ich können alle Dialoge auswendig.«

»Ich den ganzen Film und die Fortsetzung.«

»Wirklich?«

»Bist du jetzt schockiert? Weil ich so ernsthaft wirke? So Typ Autorenfilm?«

»Genau. So intellektuell.«

»Du willst intellektuell? Ich kenne jede Menge Zitate aus Intellektuellenfilmen.«

»Ich auch. Du nennst mir eins, und ich muss raten, aus welchem Film es stammt«, sagte sie.

»Und wenn du's rausbekommst?«

»Dann darfst du noch einmal tun, was du gerade gemacht hast. Und danach gehen wir einen trinken. Ich zahle.«

»Gut«, sagte er. »Ich hab ein Zitat. Bist du wirklich bereit? Das wird richtig schwer.«

Sie nickte.

Er machte eine bedeutungsvolle Pause. »Du bist ein Zauberer, Harry.«

Sie biss sich auf die Lippe. »Oje, das ist echt schwer. Hoffentlich blamiere ich mich nicht.« Sie flüsterte ihm die Antwort ins Ohr.

»Sehr gut!«, rief er. »Beim ersten Mal gleich richtig. Du kennst dich aber echt im Kino aus. Na dann, abgemacht ist abgemacht.« Er rutschte zur Seite und sah sie an. Küsste ihre Lippen, ihren Hals.

»Wann geht dein Flieger?«, murmelte er an ihrer Schulter.

»Dienstag«, versuchte sie, sich zu konzentrieren.

»Ich würde dich ja zum Flughafen bringen ...«

»Das musst du nicht.«

»Ich würde, doch ich kann nicht. Tut mir leid. Ich fliege morgen nach Costa Rica. Drehortsuche.«

»So was machst du auch? Für deinen Bruder?«

Er küsste ihre andere Schulter. »Diesmal nicht. Für einen Freund aus der Filmschule. Wir produzieren gemeinsam einen Film. Ein dystopisches Comedy-Drama.« Sein Mund wanderte tiefer.

Nun wurde es ausgesprochen schwer, sich zu konzentrieren. »Ernsthaft? Vampire? Werwölfe?«

»Kaninchen.«

»Kaninchen?«

»Zombie-Kaninchen. Ist das neue Horror-Genre.«

Genevieve schloss vor Wonne die Augen. »Klingt gruselig.«

»Wird es auch. Warte, bis du die Actionfiguren siehst.«

Nun küsste sie auch ihn. Zwischen den Küssen versuchten sie immer noch zu sprechen.

»Wenn es dich jemals auf Drehortsuche ins australische Outback verschlägt, komm vorbei, okay?«

»Klar. Brauche ich deine Adresse, oder stelle ich mich einfach in die Ödnis und rufe deinen Namen?«

»Kannst du tun. Du kannst es natürlich auch mit meiner Handynummer versuchen.«

»Danke, guter Tipp. Mir gefällt übrigens deine neue Frisur. Hatte ich das schon gesagt? Das blaue Haar hat mir auch gefallen, aber das hier sieht noch besser aus.«

»Oh, danke. Mir gefällt deine Frisur auch. Und alles andere.« Und das bewies sie ihm.

Der Drink verzögerte sich erneut um eine Stunde.

KAPITEL 11

Victoria verfluchte ihre eigene Blödheit. *Wie dämlich bist du eigentlich, Victoria?* Warum hatte sie bloß Ja gesagt? Da schickte Mr Radio ihr eine SMS, und schon sprang sie wie ein kleines Hündchen auf und hechelte ihm entgegen. Sie war so dämlich. Sie hätte ihn auf der Stelle anrufen und ihm sagen sollen, dass er das vergessen solle, sie ihn niemals wiedersehen wolle … Aber das wollte sie.

Es war idiotisch. Sie wusste doch, dass es keine Zukunft für sie gab, er seine Frau und seine Kinder nie verlassen hätte. Aber er war ein so fantastischer Liebhaber, so überraschend brillant und einfallsreich und sanft und sinnlich, sie fühlte sich bei ihm so gut und sexy, sie konnte nicht anders. Er war auch der Grund, warum sie so viel zugenommen hatte. Warum sie so viel aß. Nicht aus Kummer. Sondern weil er einmal gesagt hatte, dass er auf üppige Frauen stand. Und als sie zum ersten Mal betrunken im Bett gelandet waren, hatte er ihr sehr gezeigt, dass er das auch meinte. Er hatte die Rundung ihrer Taille gepriesen, ihre schweren Brüste, ihre kräftigen Schenkel. In diesem Augenblick hatte sich ihr ganzes Körperbild verändert. Mit einem Mal war sie ein Vollweib, eine Rubensfigur. Nun würde er in einer Viertelstunde bei ihr sein. In Victoria stieg das Verlangen auf. Sie war bereits in die schwarzen Dessous geschlüpft, die er ihr geschenkt hatte, in das seidene Negligé mit dem neckischen kleinen Schleifchen. An dem er so gern zog.

Wie aus dem Nichts tauchte ein anderer Mann vor ihrem geistigen Auge auf. Ihr erster Freund, Fred Lawson. Der älteste Sohn ihrer nächsten Nachbarn. Auch mit ihm war der Sex großartig gewesen. Es war für sie beide das erste Mal gewesen, eine berauschende Mischung aus Schüchternheit und Dringlichkeit, die sich bald in Leidenschaft verwandelt hatte. Victoria kannte ihn ein Leben lang, sie hatte gesehen, wie aus dem stämmigen blonden Jungen ein stämmiger blonder Mann geworden war.

Mit neunzehn hatte sie sich wie verrückt in ihn verliebt. Bei ihm hatte es etwas länger gedauert, aber nach vier Monaten Beziehung hatte auch er ihr seine Liebe gestanden. Von dem Moment an waren sie unzertrennlich gewesen. Sie hatten über die Zeit nach dem Studium gesprochen. Er hatte sich für Agrarmarketing und Ökonomie eingeschrieben, sie für Journalismus, hatte aber erwogen, im Anschluss Umweltwissenschaften zu studieren, etwas, was sinnvoll für ein Leben auf dem Land war. Sie hatten es nie ausgesprochen – schließlich waren sie sehr jung –, doch Victoria hatte sich schon als Ehefrau auf der Lawson-Farm gesehen, als junge Mutter, so wie ihre Mutter. Und vielleicht hätte sie, wenn ihre Träume wahr geworden wären, eines Tages Errigal übernommen.

Aber ihre Träume waren nicht wahr geworden. Genau vier Jahre seit Beginn ihrer Beziehung war Fred unangemeldet bei ihr in Adelaide erschienen. Schon bei seinem Anblick hatte sie gewusst, dass der Besuch nichts Gutes zu bedeuten hatte. Es war noch schlimmer gekommen als befürchtet. Fred hatte ein Stipendium für Kanada erhalten. Und wollte es annehmen. Ins Ausland gehen. Allein. »Ich liebe dich, Victoria. Ich liebe unsere Beziehung. Aber ich bin noch nicht bereit, mich endgültig festzulegen. Es tut mir leid.«

Einen Monat später war er fort gewesen. Als sechs Wochen darauf die Bewerbungsfrist für einen Studienplatz in Umweltwissenschaften nahte, hatte Genevieve ihrer Schwester die Anzeige des Radiosenders aus Port Pirie geschickt. Victoria hatte sich auf den Job als Lokalreporterin beworben. Mit Erfolg. Und so hatte ihre Karriere in den Medien ihren Lauf genommen. Sie hatte sich allmählich hochgearbeitet, Erfahrungen gesammelt und sich so Schritt für Schritt auf den Job in Sydney zubewegt. Auf die Situation in Sydney. Das Desaster in Sydney.

Doch mit der Zeit hatte sie auch Härte gelernt. Lernen müssen. Denn an manchen Tagen im Sender wäre sie am liebsten nach Hause, nach Errigal gerannt, hätte sie am liebsten einer Arbeit den Rücken gekehrt, die ihr mit dem stundenlangen Blabla, das sie produzierte, völlig sinnlos vorkam. Denn an manchen Tagen dachte sie an das Studium, das sie nie ergriffen hatte, das sie zurück nach Errigal geführt hätte. Dann hätte sie, mit oder ohne Fred an ihrer Seite, ihrem Vater helfen können.

Von allen Mitgliedern der Familie hatte sie die Nachricht über die Verpachtung am schwersten getroffen. Bei ihrem letzten Besuch auf Errigal, an einem Wochenende im Oktober, hatte sie versucht, ihrem Vater die Sache auszureden. Sie waren gemeinsam zu einem langen Spaziergang über ihren Grund und Boden aufgebrochen, so wie stets, wenn sie nach Hause kam. Es half ihr, sich zu erden, auf Errigal anzukommen, die Stadt eine Zeit lang abzuschütteln. Sie hatte versucht, Näheres über das Geschäft, die Gründe zu erfahren. »Das ist kompliziert«, war alles, was sie ihrem Vater entlocken konnte. Auch bei späteren Telefonaten hatte sie erneut gefragt. Er hatte das Gespräch jedes Mal sofort beendet und sie an ihre Mutter weitergereicht. Sie liebte ihren Dad. Vertraute ihm. Er liebte das Land so sehr wie sie, auch er wollte die Natur erhalten. Wie konnte er sich dann auf einen solchen Handel einlassen? Das konnte nur bedeuten, dass ihm keine Wahl geblieben war. Victoria träumte immer noch davon, dass alles anders gekommen wäre. Dass ihr Wunsch aus Kindertagen in Erfüllung gegangen wäre und sie Errigal übernommen hätte.

Damit musste Schluss sein. Mit diesem Wie-es-hätte-sein-können. Wie lautete Genevieves Mantra? Ihrer beider Mantra? *Carpe diem. Man lebt nur einmal. Nicht nach hinten schauen.* Victoria hatte ihr ganzes Leben lang versucht, ihrer Zwillingsschwester nachzueifern, so furchtlos und unerschrocken und risikobereit wie Genevieve zu sein, sich nicht um die Meinung anderer zu scheren. Auch aus diesem Grund hatte sie sich auf die Stelle in Sydney beworben, obwohl ihr davor gegraut hatte. Auch aus diesem – heimlichen – Grund hatte sie die Affäre mit Mr Radio begonnen. Sie hatte das Gefühl gehabt, damit ihrem eigenen Wunschbild zu entsprechen – sich als kühn und unerschrocken zu erweisen.

Der Gedanke an Mr Radio holte sie in die Gegenwart zurück. Ein letzter prüfender Blick in den Spiegel. Sie sah genau so aus, wie er sie gerne sah. Üppig. Sexy.

Nervös lief sie auf und ab, bis es endlich klingelte. Sie ließ ihn nicht zu Wort kommen. Er war kaum in ihrer Wohnung, er hatte nicht einmal den Wein abgestellt, da küsste sie ihn schon.

Eine Stunde später war sie gesättigt. Mit dem Verstand hasste sie Mr Radio. Doch das galt nicht für ihren Körper. Der fühlte sich erfüllt, erschöpft, ganz wunderbar. Ihr Körper wollte mehr.

Schließlich sprachen sie doch. »Tut mir leid, dass das passiert ist«, sagte Mr Radio.

Victoria wusste wohl, dass ihn ihre Lage überhaupt nicht kümmerte, aber immerhin tat er so, als ob. »Danke.«

»Wenn sich alle wieder beruhigt haben, könntest du doch eigentlich zurückkommen und wieder für mich arbeiten.«

»Ich halte das für keine gute Idee, du etwa?«

»Nein, wahrscheinlich hast du recht. Was hast du vor?«

»Ich fahr nach Hause.«

»An den Arsch der Welt?« Er fand diese derbe Umschreibung für das ländliche Australien komisch. Victoria hatte nie darüber lachen können. Auch jetzt nicht. Sie nickte nur.

Er setzte sich auf und griff nach seinen Sachen. Sie sagte nichts. Sie lag nur da und sah ihm zu.

Schnell schlüpfte er in seine Kleidung. So wie immer. »Ich hatte Spaß mit dir, Vic.«

Sie mochte es gar nicht, wenn er sie Vic nannte. Aber auch das war jetzt egal. »Ich auch.«

»Pass auf dich auf.«

»Du auch.«

»Ich find selbst raus. Lass dir den Wein schmecken.«

»Danke.«

Das war alles. Nun lag sie allein da, zwischen den zerwühlten Laken, weiß und drall im Lampenschein, auf dem Boden Spitzenfetzen.

Tränen würden keine fließen. Ganz bestimmt nicht. Doch plötzlich wünschte sie sich heim. Zu ihrer Mum und ihrem Dad. Zu Genevieve. Zu Lindy. Ig. Zu der Weite und den Bäumen und den Felsen und den Creeks und über allem der gewaltige, wundervolle Himmel.

Ja, sie wollte auf der Stelle heim.

Lindy saß auf der Veranda und fühlte sich in eine Jane-Austen-Welt versetzt. Ihre schlichte, zarte Handarbeit hatte etwas Antiquiertes, Damenhaftes, auch wenn es das Australien des 21. Jahrhunderts war, trotz Radio und Jeans. Sie zog ein letztes Mal an ihrem Faden und hielt das Kissen bewundernd von sich fern. Beide Worte waren fertig. Sie hoffte, dass sich ihr Tempo mit der Praxis steigerte, doch ihre Stickerei war ohne Zweifel zart und luftig, einer wohlerzogenen jungen Dame ausgesprochen angemessen.

Ja, das alles war sehr England und Jane Austen. Abgesehen von der Tatsache, dass die Flötenvögel in der Nähe des alten Hühnerschuppens einen Heidenlärm veranstalteten und sie gerade ein Känguru am Zaun gesehen hatte, dass es klang, als ob ihr Vater mit seiner irischen Freundin skypen und ihr kleiner Bruder hundert Meter entfernt in einem riesigen Spielhäuschen, das aus Dutzenden Kartons bestand, toben und mit seinem Fantasiefreund sprechen würde. Jane Austen hätte derlei Störung gewisslich nicht geduldet.

Lindy legte das Kissen beiseite. »Mum? Mum?« Sie wartete. *»Mum?«*

Erst nach einer Weile, so wie stets, kam die Antwort. »Ja, Lindy?«

»Machst du Tee?«

»Nein, Lindy.«

»Ach Mum, bitte.«

»Okay, Lindy.«

Gute alte Mum. Selbst angesichts der großen Feier, der nahenden Ankunft Celias und der ungeheuerlichen Nachrichten von Genevieve und Victoria blieb sie vollkommen gelassen. Ihre Mutter war wie ein Schwan. Majestätisch und unerschütterlich glitt sie dahin, hatte alles fest im Griff, doch unter der Oberfläche paddelte sie bestimmt wie wild. Wenn Lindy an ihrer Stelle gewesen wäre, sie wäre voller Panik in die Berge geflüchtet. Sie hatte ja auch vor, ihrer Mutter zur Hand zu gehen, selbstverständlich, aber Gott sei Dank musste sie sich nicht um das große Ganze kümmern.

Da kam schon ihre Mutter mit einer Tasse Tee und einem Teller Kekse hinaus auf die Veranda.

»Danke, Mum. Sieh mal, ich bin fast fertig.« Lindy hielt den Bezug in die Höhe. »Jetzt muss ich nur noch den Rand machen. Ich wollte erst eine Reihe violetter Kreuzstiche machen, dann eine Reihe grüner. Was denkst du?«

»Schön. Dann überlasse ich dich der Arbeit.«

Und schon eilte ihre Mutter wieder ins Haus. Lindy hätte sich gern länger mit ihr unterhalten. Es war solch ein Luxus, ihre Mutter einmal ganz für sich zu haben, von Ig und ihrem Dad natürlich abgesehen. Für sich hieß, ohne die Zwillinge. Lindy liebte ihre Schwestern, keine Frage. Aber wenn sie da waren, dominierten sie alles.

Lindy wünschte sich zum wiederholten Male, auch sie hätte eine Zwillingsschwester. Oder eine Nicht-Zwillingsschwester, die ihre besondere Freundin und Verbündete wäre. Denn manchmal war es schwer, sich in Gegenwart von Genevieve und Victoria nicht als Außenseiterin zu fühlen. Die beiden waren wie eine Kern-Familie innerhalb der größeren Familie. Ständig diese Insiderwitze. Und dass sie sich immer mit vollem Namen ansprachen, was eigentlich auch sehr Jane-Austen-mäßig war, wenn sie darüber nachdachte. Vor allem diese Verbundenheit, diese geeinte Front, mit der die beiden dem Rest der Welt entgegentraten, selbst wenn sie sich an entgegengesetzten Punkten dieser Welt befanden. So etwas wollte Lindy auch. Jemanden, der stets auf ihrer Seite wäre.

Ja, je länger sie darüber nachdachte, umso klarer wurde es. Sie war die Außenseiterin in der Familie. Die Einzelgängerin. Ihre Mum und ihr Dad hatten einander. Die perfekteste Ehe auf der ganzen Welt, zumindest meistens. Von Freunden mit geschiedenen Eltern hatte sie gehört, wie es war, mit Streit, in einem Haus voller Spannungen aufzuwachsen. So etwas hatte es bei ihnen nie gegeben. Sie war mit Gesprächen und Gelächter aufgewachsen. Sie hatte als Kind so gern im Bett gelegen und gehört, wie die Stimmen ihrer Eltern von der Küche her zu ihr gedrungen waren. So etwas wollte sie auch, wenn sie einmal heiratete. Jemanden, der sie so ansah, wie ihr Dad ihre Mum ansah. Als ob er sein Glück kaum fassen könnte. Nicht dass er sich je darüber ausgelassen hätte. Ihr Dad war eindeutig der starke, schweigsame Typ, aber es war offensichtlich, dass er ihre Mum wirklich liebte. Und wie sie sich begegnet waren! Dieser Zufall, diese augenblickliche Verliebtheit, das war einfach zu romantisch.

Die beiden hatten einander. Victoria und Genevieve hatten einander. Ig hatte seinen besten Freund, selbst wenn der unsichtbar war. Nur in der Fantasie existierte. Sie war als Einzige allein. Kein Wunder, dass sie Trost und Verbundenheit in ihrer Kreativität suchen musste. Vielleicht war das ihr Los. Vielleicht würde sie selbst niemals Glück in der Liebe finden, aber vielen anderen durch ihre künstlerische Tätigkeit Freude bereiten. Ja, das klang eigentlich ganz schön.

Lindy stickte eine Weile schweigend vor sich hin. Die Arbeit an der Borte würde hoffentlich nur ein, zwei Tage dauern. Volle Tage. Lindy rückte mit dem Stuhl beiseite, damit sie den Wollschuppen nicht länger sah, die Kartons mit dem Kissenmaterial, Ig, der, die Hände auf den Hüften, mit seinem nichtexistierenden Freund darüber sprach, wo sie den Vorhang oder das Bettlaken oder was immer dieses grüne Ding auch war, das er hinter sich herzog, aufhängen sollten. In wenigen Tagen würde sich der Wollschuppen mit Menschen füllen. Bei dem Gedanken wurde ihr ein wenig übel. Nicht wegen der vielen Gäste. Nur wegen eines sehr speziellen.

Sie war noch immer so entsetzt wie vor zwei Wochen, als sie den Namen auf der Gästeliste gesehen hatte.

»Mum, nein! Du hast doch nicht etwa die Schreckliche Jane Lawson eingeladen?«

»Natürlich. Ich habe alle unsere Nachbarn samt Kindern eingeladen. Was ist denn los, sollte ich das nicht?«

Lindy machte es nichts aus, dass Mr und Mrs Lawson und die anderen aus der Familie kamen. Sie ertrug sogar Fred Lawson, obwohl er Victoria damals das Herz gebrochen hatte. Oder sie ihm. Oder sie sich gegenseitig. Es war die Schreckliche Jane, Freds jüngere Schwester, die Lindy in ihrem ganzen Leben niemals wiedersehen wollte.

Den Namen hatte ihr Genevieve vor langer Zeit verpasst, als Lindy in Hawker in die Grundschule gekommen war und Jane ihr schon da das Leben schwer gemacht hatte. Mit einem Spitznamen, mit ein wenig Humor war Jane ein wenig leichter zu ertragen. Es beglückte Lindy, wenn alle in ihrer Familie Jane nur die Schreckliche Jane nannten. Leider hatte das keinerlei Fernwirkung. Als Jane und Lindy auf dem gleichen Internat in Adelaide gelandet waren, war Jane sogar noch schrecklicher geworden.

Fünf Jahre Hölle. Kleine Gehässigkeiten. Spitze Bemerkungen, als Frotzelei verpackt. Raffinierte Formen der Ausgrenzung. Eine Stichelei nach der anderen, über Lindys Aussehen, ihre Figur, Familie, Schulnoten, ihre fehlenden Freunde. Unentwegt, aber immer so dezent, dass Lindy nie zu ihrer Klassenlehrerin gehen konnte. Als Victoria und Genevieve mit der Schule fertig waren, war sie drei Jahre lang auf sich gestellt. Ihr war nur der Rückzug in sich selbst geblieben, fern von Janes Gehässigkeit und Einfluss. Sie hatte die Mittagspause in der Bibliothek verbracht. Den Gemeinschaftsraum gemieden, weil Jane dort Hof hielt. Das einzig Positive war, dass sie in jener Zeit sehr viel gelernt hatte. Ihre Sorgen wegen der Abschlussprüfung hatten sich als unbegründet erwiesen. Ihre Noten waren überraschend gut ausgefallen, so gut, dass sie ohne Weiteres in Adelaide Kunst studieren konnte. Im Anschluss hatte sie sich nach Melbourne aufgemacht, um sich bei Unifreunden einen Job zu suchen. Adelaide war ihr zu klein geworden. In Melbourne gab es garantiert eine größere Auswahl an interessanten Jobs. Auch hatte Lindy das Gerücht gehört, die Schreckliche Jane habe vor, nach ihrem Studium der Zahnmedizin in Adelaide zu bleiben. Und Lindy wollte Abstand gewinnen.

Seither hatte sie die Schreckliche Jane weder gegoogelt noch über Facebook ausgespäht. Sie hatte Genevieves Rat befolgt: »Streich diese Frau aus deinem Leben. Die musst du doch niemals wiedersehen.« Und damit sollte ihre Schwester recht behalten, jedenfalls für lange Zeit. Bis die Schreckliche Jane vor drei Monaten erneut in ihr Leben geplatzt war. In Melbourne.

Lindy war der Gedanke an den Abend immer noch zuwider. Dabei hatte alles so gut angefangen: Sie war mit ihren beiden Mitbewohnerinnen in einen kleinen Club gegangen. Vorher hatte sie sich ausnahmsweise richtig schick gemacht und ihre beiden Zöpfe in einen eleganten Pferdeschwanz verwandelt, sich sogar Kleider von ihren

Freundinnen geliehen, die Lindy sehr bestärkt hatten. Ihnen war bewusst, dass Lindy einen Anschub brauchte, weil sie wieder einmal ohne Job dastand. Sie hatten den Klagen schließlich schon seit Monaten gelauscht. Als sie in die Bar gekommen waren, hatte sich Lindy attraktiv und selbstbewusst gefühlt – als ob sie verkleidet wäre. Der Abend war nur so an ihr vorbeigerauscht. Um zehn Uhr hatten sie jede schon vier Cocktails intus. Lindy war an die Bar gegangen, um die nächste Runde zu bestellen, und hatte sich noch attraktiver, noch selbstbewusster gefühlt, zu allem bereit. Sie hatte ein Gespräch mit einem Mann an der Bar begonnen, sich mit vollem Namen vorgestellt. Rosalind. Er hieß Richard, sagte er.

»Und was machst du so?«, fragte er.

Sie konnte ihm unmöglich die Wahrheit sagen, dass sie gerade arbeitslos war. »Ich bin Anwältin«, sagte sie und nannte den Namen einer renommierten Kanzlei.

»Das trifft sich«, sagte er. »Ich steh kurz vor meinem Jura-Examen. Ich brauche Berufserfahrung. Glaubst du, ich hab da eine Chance?«

»Wenn nicht bei denen, dann bei mir«, sagte sie, von ihrer eigenen Kühnheit berauscht.

Aus den Augenwinkeln sah sie, wie ihre Freundinnen grinsten und den Daumen hochstreckten.

Zwanzig Minuten später war sie noch immer mit Richard ins Gespräch vertieft. Vierzig Minuten später hatten sie eine dunkle Nische gefunden und küssten sich. Er sei mit seinen Mitbewohnern da, sagte Richard. Sie seien nebenan, wo eine Band spielte.

Er war wirklich sehr süß. Groß. Kräftig. Lindy gefiel sein Hipster-T-Shirt, mit Bibo aus der *Sesamstraße*. Unter dem Einfluss von fünf Cocktails gelangte sie zu der Erkenntnis, dass dies der Mann ihrer Träume war. Endlich, nach fünfjähriger Beziehungs-Dürre! Das Schicksal hatte sie an der Bar zueinandergeführt! Zugegeben, er war ziemlich alkoholisiert, aber sie ja auch.

Sie küssten sich noch immer, in der Bar, nun schon ziemlich leidenschaftlich, seine Hand unter ihrem Oberteil. Plötzlich ging das Licht an und aus, das Signal, dass die Bar schließen musste. Sie blinzelten sich in dem plötzlichen grellen Licht an. Dann lächelte er. Ein schönes, schüchternes Lächeln. Vielleicht auch ein betrunkenes, doch es war trotzdem schön und schüchtern. »Kann ich bitte deine Nummer haben, Rosalind? Ich muss leider gehen, aber ich würde dich wirklich gern wiedersehen.«

Lindy wollte ihm gerade ihre Nummer in sein Handy tippen, da erklang eine vertraute Stimme.

»O mein Gott! Lindy Gillespie! Bist das wirklich du?« Es war die Schreckliche Jane. Die auch nicht gerade erfreut wirkte. Die ihre Stirn runzelte, als sie sah, wie nahe Lindy und Richard beieinanderstanden. »Ihr kennt euch?«

»Erst seit Kurzem«, sagte Lindy. »Seit heute Abend.«

Jane überhörte Lindys Antwort. »Richard, darf ich vorstellen, das ist meine Nachbarin und ehemalige Schulkameradin aus South Australia, Lindy Gillespie. Lindy, das ist Richard, mein ...«

Lindy wartete, erwartete das Schlimmste. *Mein Verlobter.*

» ... Mitbewohner«, vollendete Jane den Satz.

Lindy sah zu Richard. Er lächelte noch immer. »Es ist schön, dich kennenzulernen, Lindy. Oder soll ich weiter Rosalind sagen?«

»Rosalind?«, mischte sich Jane ein. »So nennt sie wirklich niemand.«

»Mir gefällt Rosalind«, sagte Richard. »Das ist ein toller Name. Und nicht nur das, Rosalind hat gesagt, dass sie mir vielleicht ein Praktikum in ihrer Kanzlei besorgen kann.«

Jane lachte. Und es war kein nettes Lachen. »Kanzlei? Lindy Anwältin? Nun, das ist wahrscheinlich der einzige Beruf, in dem sie sich noch nicht versucht hat, wenn ich mich recht entsinne.« Sie wandte sich an Richard. »Ihre Mutter schreibt nämlich jedes Jahr einen sehr detaillierten Weihnachtsbrief. Den musst du unbedingt mal sehen. Bei uns in der Familie ist das der Hit. Wir spielen den mit verteilten Rollen vor, das ist mittlerweile Tradition. Das ist so schlecht, es ist zum Schreien. Daher kann ich mit Bestimmtheit sagen, dass Lindy nach der Schule zwar als Krankenschwester gearbeitet hat, als Nanny, Kellnerin, äh, Barfrau … Was fehlt auf meiner Liste, Lindy?«

Lindy war sprachlos. Sie konnte Jane nur ansehen.

»Ach, jetzt fällt's mir ein«, lachte Jane. »Hast du nicht eine Zeit lang in einem Streichelzoo gearbeitet? Bis dich ein Kakadu gebissen hat – oder war es ein ausgewachsener Papagei? Vor einer Kindergartengruppe? Darüber hab ich Tränen gelacht. Jetzt kann ich den Brief erst recht nicht mehr erwarten. Deine Mutter weiß von deiner Juristenkarriere?«

Lindy befand sich jenseits aller Scham. Es war schlimm genug, dass die Schreckliche Jane offenbar in Melbourne lebte, noch schlimmer, von ihr als verlogene Möchtegernanwältin bloßgestellt zu werden. Aber sich anzuhören, wie sie ihre gesammelten beruflichen Fehlschläge auflistete? Dass Lindy bei den Lawsons als Witzfigur galt? Mehr noch, dass sich die Lawsons über sämtliche Mitglieder aus Lindys Familie lustig machten? Das war grauenhaft. Ganz und gar grauenhaft.

Lindy stand auf und murmelte, sie müsse zu ihren Freundinnen. Zehn Minuten später verließ sie die Bar, ohne ein weiteres Wort mit Richard zu wechseln, ohne ihm ihre Nummer zu geben. Wenn er ein Freund der

Schrecklichen Jane war, wollte sie nichts mit ihm zu tun haben. Am nächsten Morgen hatte sie zum Telefon gegriffen und ihre Mutter angefleht, in diesem Jahr keinen Weihnachtsbrief zu schreiben.

»Aber das ist Tradition«, hatte ihre Mutter ruhig erwidert. »Seit zweiunddreißig Jahren.«

»Könntest du dann wenigstens die Lawsons aus deinem Verteiler streichen?«

»Aber sie bekommen jedes Jahr den Brief«, hatte sie ebenso ruhig geantwortet. »Was ist denn los, Lindy?«

Sie konnte es ihr nicht erzählen.

Dieser Vorfall aber hatte zu ihrer Kissen-Webseite geführt. In ihrer Schmach hatte sich Lindy zwei Wochen lang zu Hause eingeschlossen, zu viel Zeit auf Handarbeitswebseiten verbracht, ihren Einkaufskorb mit Dingen gefüllt, die sie sich nicht leisten konnte und mit denen sie nicht zur Online-Kasse ging. Warum sich nicht selbst in dem Metier versuchen?, war ihr eines Abends durch den Kopf gegangen. Sie war doch kreativ. Und das Beste daran war: Man musste sich nicht persönlich mit den Kunden auseinandersetzen. Somit drohte auch keine Gefahr öffentlicher Schmähung.

Eine ihrer Mitbewohnerinnen arbeitete in der IT-Branche. Lindy hatte sogar selbst ein wenig Erfahrung auf dem Gebiet. Es sollte ihnen beiden doch gelingen, eine Webseite zu erstellen. Am selben Abend noch, bei einer Flasche Wein oder auch zwei, hatten sie Fotos von hübschen Kissen heruntergeladen und einen fast wahren Lebenslauf geschrieben, der aus Lindy eine unglaublich kreative, offene, freundliche Person machte. Jetzt musste sie nur auf Aufträge warten. Oh, und natürlich Material kaufen. Sie war lange nach ihren Mitbewohnerinnen wach geblieben und hatte Anbieter im Netz gegoogelt.

Chinesische Firmen waren eindeutig die billigsten. Nach fünf Glas Wein hatte es auch Sinn gemacht, Großhandelsmengen zu erwerben. Per Kreditkarte.

Und da saß sie nun. Wieder bei ihren Eltern, erniedrigt, pleite, nur Meter von den Früchten ihrer Fehlentscheidungen entfernt. Dutzende Kartons voller Kissenmaterial. Wenn die Schreckliche Jane die alle bei dem Scheunenfest entdeckte! Und sie würde die Kartons entdecken. Die Schreckliche Jane war der neugierigste Mensch in ganz Australien. Sie würde die Kartons bemerken, und sie würde auch ergründen, was der Inhalt war und warum sie da waren. Lindy konnte sich kein weiteres Mal von der Schrecklichen Jane verspotten lassen oder irgendeinem anderen der Lawsons.

Mit einem Mal ließ sie die Nadel sinken. Plötzlich war ihr Igs Unfall in den Sinn gekommen. Das Datum von Igs Unfall. Sie lief ins Haus, das Kissen in der Hand. »Mum? *Mum?*«

»Hier bin ich, Lindy.«

»Hier« war das alte Bedienstetenquartier, das Gästezimmer neben der Veranda, das ihre Mum nun für ihre Pensionsgäste oder für Celia nutzte. Sie hatte das Bett gerade frisch bezogen.

Lindy war völlig außer Atem. »Hast du dieses Jahr eigentlich deine Weihnachtsmail verschickt? Kann ich die lesen?«

Angela sah Lindy an. Es entstand eine lange Pause. »Nein.«

»Nein, du hast sie nicht rausgeschickt oder nein, ich darf sie nicht lesen?«

»Nein, du darfst sie nicht lesen.«

»Warum nicht?«

Eine weitere Pause. »Viel zu langweilig.«

»Langweilig? Wie das denn? Darin geht es doch um uns, oder?«

»Dieses Jahr nicht. Ich hab dieses Jahr nur einen kurzen Brief geschrieben. Vor allem über das Wetter. Nur über das Wetter.«

»Kann ich ihn nicht trotzdem lesen?«

»Du willst den Brief doch sonst nicht lesen. Warum dieses Jahr?«

»Darum.«

»Lindy, ›darum‹ hat bei dir mit sechs nicht funktioniert, und das tut es heute noch weniger.«

Lindy sprach wie gehetzt. »Ich muss sehen, was du über mich geschrieben hast. Damit ich mich auf das vorbereiten kann, was die Schreckliche Jane auf dem Fest zu mir sagen wird. Sie hat mir nämlich erzählt, dass die Lawsons den Weihnachtsbrief jedes Jahr mit verteilten Rollen nachspielen und sich dabei über uns alle lustig machen. Besonders über mich.« Das war zwar eine redigierte Fassung, entsprach aber im Kern der Wahrheit. »Bitte, Mum, zeig mir den Brief! Nur damit ich vorbereitet bin!«

Wieder Zögern. »Dein Vater sitzt gerade am Computer.«

»Er hat doch sicher nichts dagegen, wenn ich ihn kurz störe. Das ist echt wichtig.«

»Vielleicht hat er selber gerade etwas Wichtiges zu tun. Hast du übrigens gehört, dass das mit dem Familientreffen klappt? Es soll in einem Ort namens Cobh stattfinden. Von da sind, wie es heißt, die irischen Auswanderer losgesegelt, als …«

»Mum, alles in Ordnung?«

»Ja. Wieso?«

»Du kommst mir ein bisschen überdreht vor.«

»Alles bestens. Ich gebe dir den Brief nachher, versprochen.«

In dem Moment kam Nick an der Tür vorbei. »Der Computer ist frei, falls jemand ranwill.«

»Mum will, oder?«, sagte Lindy. Sie hielt das Kissen hoch. »Guck mal, Dad, mit dem ersten bin ich beinahe fertig. Bald kann ich meine Schulden bei dir abbezahlen. Hier, sieh nur.«

Angela nutzte die Gelegenheit. »Bin gleich wieder da.«

Sie eilte ins Büro, verriegelte die Tür und ging an den Computer. Mittlerweile waren zwanzig neue E-Mails eingetroffen, alle mit derselben Betreffzeile: *Grüße von den Gillespies!* Sie öffnete die erste.

Der beste Weihnachtsbrief aller Zeiten, danke! Das nenn ich mal Offenheit!!

Angela musste ihren Brief nicht nochmals lesen, sie wusste genau, was sie über Lindy geschrieben hatte. Sie sah es glasklar vor sich. *Ärger plus Schulden. Unter Tränen. Immer schon so eine Drama Queen?* Das konnte sie Lindy unmöglich zeigen. Aber irgendetwas musste sie ihr zeigen. Sich Zeit erkaufen.

Was sie tat, war falsch. Doch ihr blieb keine Wahl. Sie klickte auf ihren Entwurf mit dem fröhlichen Weihnachtsmotiv. Und tippte wild drauflos. Nach wenigen Minuten schon druckte sie den Brief aus. Löschte die Datei. Vergewisserte sich, dass sie auch wirklich gelöscht war, und vergewisserte sich auch, dass sie ihr E-Mail-Konto geschlossen hatte. Daraufhin erst ging sie wieder in das Gästezimmer und gab Lindy ihren Ausdruck.

»Hier, bitte. Dieses Jahr nur kurz und knapp. Nichts, was dich oder die Schreckliche Jane beschäftigen dürfte.«

Bevor Lindy den Brief vor Angelas Augen lesen konnte, ergriff Angela erneut die Flucht in ihr Töpferatelier.

Kapitel 12

Einen Tag vor Celias Ankunft wurde Angela bei Morgengrauen wach. Sie wusste, was ihr an diesem Tag bevorstand. Sie musste Nick von dem Brief erzählen. Und danach den Kindern. Die Zeit drängte. Sie musste sich den Folgen stellen, solange sie noch unter sich waren, bevor Celia kam und sich in alles einmischte.

Doch es war wie verhext. Nun hatte sie sich endlich dazu durchgerungen, Nick alles zu erzählen, und er war nicht an ihrer Seite. Sie lag allein im Bett. Nick hatte mit Johnny weit draußen auf der Farm gezeltet, weil sie Bäume schlagen mussten – oder Zäune reparieren? Sie hatte nur mit halbem Ohr hingehört.

In den letzten vierundzwanzig Stunden hatte sie vierzig weitere Reaktionen auf ihren Weihnachtsbrief erhalten. Das Spektrum reichte von Betroffenheit und Fassungslosigkeit im Hinblick auf den Vertrag mit dem Bergbau-Unternehmen bis zu Mitgefühl oder Heiterkeit ihrer anderen Sorgen wegen. Auch Joan hatte angeblich zahlreiche Anrufe erhalten mit der Frage, ob mit Angela alles in Ordnung sei. Von Bekannten, die nicht gewagt hatten, bei den Gillespies anzurufen. Es gab auch einen Schwung neuer Rückmeldungen auf die Einladung zum Scheunenfest. Auch damit hatte Joan recht behalten. Aus der Furcht, ob überhaupt jemand kommen würde, wurde nun die Sorge, ob es überhaupt genügend Platz für alle gab.

Der Tag verging sehr langsam. Endlich kam Nick zurück, nachmittags um vier. Während er geduscht und sich umgezogen hatte, hatte Angela ihm eine Kanne Tee bereitgestellt. Sandwiches. Kuchen. Er wirkte überrascht, aß und trank aber alles. Er war immer ausgehungert, wenn er draußen übernachtet hatte. Angela stellte ihm die Fragen, die sie im Laufe der Jahre so häufig schon gestellt hatte. Sie kam sich vor, als würde sie die Rolle einer pflichtbewussten Farmersgattin spielen. War das all die Jahre so gewesen? Hatte sie lediglich eine Rolle gespielt? Nein. Sie hatte immer gern gehört, was auf der Farm passierte. Sie hatten eine gute Ehe geführt. Eine fantastische Ehe. Es hatte nicht immer solche Spannungen gegeben.

Spannungen, die sich nun verschlimmern würden.

Sie wartete, bis Nick den Tee ausgetrunken hatte.

»Nick, ich muss dir etwas erzählen. Etwas Ernstes.«

»Geht es um die Kinder? Um Ig?«

»Nein, da ist alles bestens.« Sie zögerte. »Es geht um mich.«

Er wartete. Sie setzte an, dann brach sie ab. Noch waren sie in der Küche allein, doch das würde sich bestimmt bald ändern. Hinter dem Haus stand eine Bank, die im Winter die letzte Sonne abbekam und im Sommer schattig war. Von dort aus sah man den Rosenstrauch, den Nick für sie gepflanzt hatte. Dort saßen sie oft, wenn sie reden wollten. Angela bat Nick, sie dorthin zu begleiten.

Sie wartete, bis sie saßen. Sie wollte den Moment um jeden Preis hinauszögern. Angela wandte sich zur Seite und sah zu Nick, in dieses gebräunte schmale Gesicht, umrahmt von dunklem Haar mit diskretem Grau. In dieses vertraute, dieses attraktive Gesicht. Sie hatte solche Sehnsucht nach Nick. Solches Heimweh.

»Es geht um etwas, was ich getan habe. An dem Abend

von Igs Unfall.« Sie machte eine Pause. »Ich hatte meinen Weihnachtsbrief begonnen, und es ist mir diesmal wirklich schwergefallen. Also habe ich es mit einer Art Bewusstseinsstrom versucht. Ich habe mir alles von der Seele geschrieben, was mir in den Sinn gekommen ist. Ich wollte diesen Brief auf keinen Fall versenden, aber dann war da Igs Unfall, und ich weiß noch immer nicht, wie das eigentlich passieren konnte …«

»Aber ich.«

»Was?«

»Ich weiß, wie das passiert ist. Ich warte schon die ganze Zeit darauf, dass es dir auffällt.«

Warum lächelte er? »Mir was auffällt?«

»Dass dein Brief rausgegangen ist. An alle. Pünktlich zur Deadline, am ersten Dezember, um Mitternacht.«

»Aber Nick, genau das ist es ja. Ich erinnere mich beim besten Willen nicht daran. Ich hätte doch niemals …«

»Du hast ihn ja auch nicht verschickt. Das war ich.«

»Du warst was?«

»Ich habe den Brief für dich verschickt. Nachdem du mit Ig weg warst, habe ich sauber gemacht. Dann habe ich deinen Brief auf dem Rechner gesehen. Ich weiß doch, was es dir bedeutet, dass er am ersten Dezember rausgeht, also habe ich ihn losgeschickt.«

Angela sah ihn fassungslos an.

»Ich wollte bis zum Wochenende warten, und wenn es dir dann noch immer nicht aufgefallen wäre, hätte ich es dir gesagt.« Er lächelte nach wie vor.

»O Nick! Hast du irgendeine Ahnung, was du da getan hast?«

Das Lächeln erstarb. »Ich dachte, ich hätte dir eine Freude gemacht.«

Angela stand auf, ging einige Schritte, kam zurück, versuchte, das Gehörte zu verdauen. Da kam ihr ein weiterer Gedanke. »Hast du den Brief vorher gelesen?«

Nick reagierte beschämt. »Nein, tut mir leid. Dafür war keine Zeit.«

Er hatte nicht nur keine Zeit gehabt. »Hättest du ihn mal gelesen.«

»Wieso? Das war doch bloß der übliche Brief, oder nicht? ›Und nun, was dieses Jahr bei uns passiert ist.‹«

»Nein, nicht direkt. Nick, du musst den Brief unbedingt lesen. Er war absolut nicht für fremde Augen bestimmt, aber jetzt haben ihn Unzählige gesehen. Jeder auf meinem Verteiler. Und noch mehr, glaube ich. Er wird ständig weitergeleitet.«

Angela hatte den Brief am Morgen ausgedruckt. Mit zitternden Händen gab sie Nick die Seiten.

In dem Moment erklang ein Ruf. »Mum?«

Es war Lindy, sie stand auf der Veranda. »Mum?«

»Geh nur«, sagte Nick. »Ich lese in der Zwischenzeit.«

Sie schüttelte den Kopf. Sie wollte bei ihm sein, erahnen, was er fühlte, wenn er diesen Brief las.

»*Mum?* Wo steckst du denn?«

»Geh schon, Angela«, drängte Nick.

Es war falsch, ihn jetzt allein zu lassen, doch Lindy war schon auf dem Weg. Angela ging ihr entgegen.

»Was ist denn los? Brauchst du Hilfe?«

»Wie viel Füllung soll ich nehmen, was meinst du? Soll das Kissen platt oder prall sein? Das kommt im Auftragsformular nicht vor, und bei der Kundin geht niemand ans Telefon. Kannst du mir dabei helfen?«

»Natürlich«, sagte Angela.

Die Entscheidung dauerte länger als erwartet. Mehr als eine Viertelstunde später kehrte Angela zu Nick zurück. Er saß noch immer auf der Bank. Mit dem Brief.

Er schaute zu ihr auf. Angela war entsetzt, als sie seine Miene sah. Er war nicht wütend. Er war verzweifelt.

»Ist es so schlimm?«, fragte er. »Ist dir dein Leben so zuwider? Wünschst du dir wirklich, du wärst mir nie begegnet?«

»Nick, das ist nicht wahr, nicht ein Wort davon …«

»Ich habe jedes Wort davon gelesen, Angela. Dreimal. Ich habe alles wiedererkannt, was du über Ig geschrieben hast. Über Genevieve. Lindy. Auch über Victoria, selbst wenn ich nicht wusste, dass sie eine Affäre mit diesem Bastard hatte. Wenn alles wahr ist, was du über die Kinder schreibst, muss auch wahr sein, was du über mich sagst. Was du für mich empfindest.«

»Nein, Nick.«

»Es steht doch alles hier. Alles, was du denkst. Dass ich mit der Verpachtung einen gewaltigen Fehler gemacht habe. Dass ich eine Affäre habe …«

»Nein …«

»Wer ist Will?«

»Ich kenne ihn von früher. Ich habe dir von ihm erzählt, als wir uns begegnet sind. Er war mein erster Freund. Vor sehr langer Zeit.«

»Hast du wieder Kontakt zu ihm?«

Sie schüttelte den Kopf.

»Hast du nicht? Was soll das dann, mit dem gemeinsamen Haus, eurem gemeinsamen Leben, eurer Tochter? In allen Details?«

»Ich habe ihn seit damals nicht gesehen. Das schwöre ich. Das ist reine Erfindung.«

Nick sah erneut auf ihren Brief. Er las ihr einen Abschnitt vor, über ihr Fantasieleben mit Will, mit Lexie …

Angela konnte es sich nicht anhören. Es war zu intim, zu erniedrigend. Sie fiel ihm ins Wort. »Was ist mit dir und Carol, Nick? Du redest jeden Tag mit ihr. Du lachst mit ihr. Du machst ständig irgendwelche Pläne mit ihr, unter dem Deckmantel deines Familientreffens, der Ahnenforschung. Du fährst doch nach Irland, um sie zu sehen, oder? Anfang nächsten Jahres. Sie organisiert doch deine Reise. Ich habe mitbekommen, wie ihr darüber geredet habt. Hattest du eigentlich vor, mir das irgendwann zu sagen?«

»Ja, hatte ich. Und zwar an dem Tag, an dem ich dich fragen wollte, ob du mit mir kommst. Nachdem ich eine Gelegenheit hatte, Victoria zu fragen, ob sie sich in der Zeit um Ig und deine Webseite kümmern würde.«

Angela wurde still.

»Hast du im Ernst geglaubt, ich würde meine allererste Fernreise ohne dich machen? Ich plane das seit Wochen. Ich habe alles organisiert. Ich dachte, wir fangen mit einer Woche Irland an und fliegen dann nach London. Und dann vielleicht Italien oder Frankreich. Wo immer es dich hingezogen hätte.«

»Aber ich dachte, du und Carol …«

»Dass wir was? Zusammen durchbrennen würden?«

»Ich höre doch ständig, wie du mit ihr sprichst. Mit ihr flirtest.«

»Das ist halt ihre Art.« Er zeigte auf den Brief. »Wer sonst hat das gelesen?«

»Joan. Alle auf der Mailingliste.« Ihr lag auf der Zunge zu sagen: »Deinetwegen. Weil du das rausgeschickt hast.« Doch sie konnte nicht. Tat es nicht.

»Wie viele?«

»Hundert. Mindestens.«

Er schaute wieder auf die Seiten. Angela wusste, was er sah. Dass er in den Augen seiner Frau als Versager galt. Als Ehebrecher. Dass sie die Ehe beenden wollte.

Es erschien ihr unmöglich, es auch nur im Ansatz zu erklären. Sie konnte sich nur entschuldigen. »Es tut mir so leid, Nick.«

»Mir auch.«

Er stand auf. Einen Augenblick lang, einen hoffnungsvollen Augenblick lang dachte sie, dass er auf sie zukommen, sie umarmen würde. Womöglich sogar lächeln, sagen würde: »Das ist ja ein ganz gehöriger Schlamassel, aber das bekommen wir schon hin. Mach dich nicht verrückt.« Doch er ging fort; nicht zu ihr, nicht ins Haus, sondern fort, quer durch den Garten.

»Nick …«

Er reagierte nicht. Und sah sich auch nicht um.

Um neun Uhr abends war er noch immer nicht zurückgekehrt. Ig und Lindy fragten beide nach ihm. Angela behauptete, dass er irgendwo draußen auf der Farm zu tun habe. Angela wusste, was er wirklich tat. Er streifte über das Land. Das tat er immer, wenn er nachdenken musste. Dann lief er meilenweit unter dem gewaltigen Himmel entlang.

Als er endlich wiederkam, saßen sie zu dritt vor dem Fernseher. Nick blieb an der Tür stehen. »Angela?«

Sie wandte sich um, versuchte, in seiner Miene zu lesen. Sein Gesicht war umschattet.

»Würdest du mit mir zur Kapelle kommen?«

Seine leise Bitte brach ihr fast das Herz.

»Oh«, sagte Lindy. »Ein romantischer Spaziergang unter den Sternen. Dad, du alter Charmeur.«

Sie erwiderten beide nichts darauf.

Auch auf dem Weg sprachen sie kein Wort. In der Kapelle setzten sie sich auf eine der verbliebenen Bänke. Sie schwiegen. Irgendwo drehte sich eine Windmühle, die eisernen Segel schepperten im Takt. Dann kam Nicks Stimme durch das Dunkel, forschend, leise. Traurig.

»Warum, Angela? Warum hast du nicht mit mir darüber gesprochen?«

»Wir reden doch gar nicht mehr miteinander. Überhaupt nicht.«

Er wandte sich ihr zu und sah sie an. »Ist es so schlimm für dich, meine Frau zu sein?«

»Nein.«

»Ich habe immer damit gerechnet, dass du mich eines Tages verlassen würdest, weißt du das? Dass du zu dem Entschluss gelangst, dass du es hier nicht mehr aushältst und zurück nach England gehen würdest. Es war am Anfang hier sehr hart für dich, und du warst sehr allein, und ich habe gebetet, dabei weiß ich nicht einmal, ob ich überhaupt an Gott glaube, aber ich bin hergekommen und habe darum gebetet, dass es für dich leichter wird. Und als du mit den Zwillingen schwanger wurdest, war das wie ein Zeichen, ein doppeltes sogar, dass du bleiben würdest. So war es auch bei Lindy. Und bei Ig. Ich hätte beinahe geglaubt, dass da etwas Mystisches im Spiel ist. Weil ich immer geglaubt habe, dass du bei allen Problemen zwischen uns die Kinder wirklich liebst.«

»Natürlich liebe ich die Kinder.«

»Und dass du mich liebst.«

»Natürlich liebe ich dich.« Aber liebte er sie noch? Frag ihn, drängte eine innere Stimme. Sie fand die Worte nicht.

»Aber nun willst du gehen?«, fragte er. »Von uns allen fort? Zurück nach London? Ist das der wahre Grund?«

Seine Frage schockierte sie. War es so? Offenbar hatte sie darüber nachgedacht, sonst hätte sie den Brief so nicht geschrieben. Aber nein. Sie wollte nicht gehen. London war nur ein Detail in ihren wilden Fantasien über Will und Lexie. Es kam ihr alles so beschämend vor. Sie konnte es nicht ertragen, dass Nick so verletzt, so betroffen war. Sie schüttelte den Kopf.

Danach herrschte langes Schweigen. Wieder ergriff Nick zuerst das Wort. »Bist du hier jemals glücklich gewesen?«

»Natürlich, Nick. Natürlich.«

»Aber seit Langem schon nicht mehr. Vor allem jetzt nicht. Ich nerve dich. Enttäusche dich. Das gilt nicht nur für mich, sondern auch die Kinder. Du willst Abstand von uns, ist es so?«

»So ist es überhaupt nicht. Ich brauche vor allem Abstand von mir selbst. Ich bin mich selbst so leid. Ich bin einfach alles an mir leid.«

»Das habe ich dem Brief entnommen. Was wohl auch für alle anderen gelten dürfte, die ihn jetzt gelesen haben.«

Plötzlich regte sich der Widerstand in ihr. »Wir sind beide an der Sache schuld. Du wolltest mir helfen, das weiß ich, als du den Brief versandt hast, aber …«

»Ich rede nicht darüber, wie der Brief hinaus in die Welt gekommen ist. Ich rede über unsere Familie. Unsere Ehe. Darüber, was jetzt alle wissen. Er ist doch an alle Nachbarn gegangen? An alle, die zum Fest kommen?«

Sie nickte. »Wir können es ja absagen.«

»Wir können es nicht absagen«, widersprach er.

»Willst du mich denn verlassen?«, fragte sie.

»Was?«

»Willst du, dass wir uns trennen?«

»Wir haben im Moment ganz andere Sorgen. Das Fest – wie viele kommen?«

Angela berichtete, dass die Gästezahlen seit dem Brief sprunghaft angestiegen waren. »Die Leichenfledderer, wie Joan sie nennt.«

»Joan weiß über all das hier Bescheid?«

Angela nickte.

»Wissen die Kinder Bescheid?«

»Noch nicht. Sie lesen die Briefe ja nicht mehr. Und ich glaube nicht, dass sie schon jemand darauf angesprochen hat.«

»Hat Celia das gelesen?«

»Sie steht auf der Mailingliste. Keine Ahnung, ob sie das schon gelesen hat.«

»Wir sagen im Moment zu niemandem ein Wort. Nur wenn jemand fragt. Ansonsten ignorieren wir den Brief.«

Angela hatte das Gefühl, Nick würde ihr einen Befehl erteilen. Das widerstrebte ihr.

»Bitte sprich nicht so mit mir. Du hast das schließlich versandt.«

»Du hast es geschrieben.«

Sie klangen wie zänkische Kinder.

Nick fuhr fort: »Wir müssen zumindest nach außen hin Einigkeit demonstrieren, vor den Kindern und den Gästen. Und vor Celia.«

»Und dann?«

»Dann reden wir erneut darüber.«

Er stand auf, er wartete auf sie.

Angela brauchte Zeit. Zum Nachdenken. »Ich komme gleich nach.«

Wieder sah er sie mit diesem Ausdruck an. Es war keine Wut. Es war Schmerz.

Zwanzig Minuten später stand auch Angela auf und ging langsam über die verlassenen Weiden auf ihr hell erleuchtetes Heim zu.

Angela machte den Abwasch. Dann kehrte und wischte sie den Küchenboden. Putzte das Badezimmer. Brachte Ig ins Bett. Danach setzte sie sich zu Lindy ins Wohnzimmer, als wäre es ein ganz gewöhnlicher Abend. Nick war im Büro. Als der Film vorüber war, erklangen seine Schritte im Flur. Angela machte den Fernseher erst aus, als auch Lindy in ihrem Zimmer war, als das Haus ganz ruhig dalag.

Zum ersten Mal schlief Nick schon tief und fest, als Angela ins Bett ging.

Kapitel 13

Zwei Tage später war Angela auf dem Weg nach Adelaide, um Genevieve und Victoria am Flughafen abzuholen.

So viel Ruhe hatte sie seit Monaten nicht gehabt. In den ersten beiden Stunden ihrer doppelt so langen Fahrt war sie an weniger als einem Dutzend Autos, einem Sattelschlepper und einem älteren Paar mit Wohnwagen vorbeigekommen. Sie hatte allen zugewunken, und alle – obwohl Fremde – hatten den Gruß erwidert. Auf dem Land war das so üblich. Als Angela diese Strecke zum ersten Mal gefahren war, vor drei Jahrzehnten, mit Nick, hatte sie geglaubt, dass er jeden kannte.

Celia war am Vortag eingetroffen. Nick hatte sie vom Bus in Hawker abgeholt. In seiner Gegenwart war sie ganz Charme und kicherndes Mädchen, in Angelas eisgekühlte Höflichkeit. Sie war wie eh und je perfekt zurechtgemacht, ihre zierliche Figur steckte in einem eleganten Kleid mit gutem Schnitt. Als Angela ihre Tasche ins Haus getragen und ihr geholfen hatte, sich im Gästezimmer einzurichten, hatte sie auf ein Zeichen gewartet, einen Hinweis darauf, dass Celia den Weihnachtsbrief gelesen hatte. Nichts. Erst als sich Lindy nach der Busfahrt erkundigt hatte, hatte Celia erwidert: »Sie war gut, danke. Besonders da niemand neben mir gesessen hat.« Das musste eine Anspielung auf die E-Mail sein. Aber Celia sagte nichts zu Angela und umgekehrt auch nicht.

Angela fragte sich, ob Celia die Spannung zwischen

ihr und Nick bemerkte. Ob es irgendjemand merkte. Seit ihrer Unterredung in der Kapelle hatten sie kaum miteinander gesprochen. Sie wechselten einige höfliche Worte in der Küche, im Schlafzimmer dagegen herrschte Schweigen. Angela hätte nie geglaubt, dass man jemandem körperlich so nah und ihm doch so fern sein konnte.

»Lass ihm Zeit«, hatte Joan geraten. Angela sprach mit ihr, sooft es ging, was schwierig war, da sich das Telefon in der Küche befand. Sie hatte ihr ein wenig über Nick erzählt. Aber längst nicht alles. Manches war zu schmerzlich, um es mit anderen zu teilen. Und manches musste erst noch sacken.

Ich wollte dich fragen, ob du mit mir kommst.

Sie hatte seit Jahren davon geträumt, nur einmal mit Nick allein zu reisen, gemeinsam mit ihm in die Ferne zu fahren. Sie war zweimal nach Großbritannien geflogen, zur Beerdigung ihrer Eltern, allein. Nick hatte angeboten mitzukommen, sogar darauf bestanden, doch sie hatte abgelehnt. Nick musste doch zu Hause bleiben und sich um die Kinder, die Herde, die Farm kümmern. Sie hatte die lange Reise heim nach London erst unternommen, als ihr Vater plötzlich verstorben war. Die Zwillinge waren damals sieben, Lindy vier. Angela war drei Wochen bei ihrer Mutter in ihrem Elternhaus in Forest Hill geblieben und hatte vergeblich versucht, ihre Mutter zu überreden, mit ihr nach Australien zu kommen. All ihre Freunde seien doch in London, hatte sie gesagt. Dort sei sie am glücklichsten. Außerdem sei es ihr in Australien zu heiß. Angelas zweite Reise, drei Jahre später, war noch trauriger gewesen. Ihre Mutter war in einem Pflegeheim verstorben. Es sei ein rascher und schmerzloser Tod gewesen, hatte die Leiterin betont. Angela hatte nur hoffen können, dass das der Wahrheit entsprach. Sie hatte inmitten des Personals in der kleinen Kapelle des Pflegeheims gesessen und sich so danach gesehnt, im Kreis einer großen Familie zu sein, die sie auffing. Abends hatte sie weinend Nick angerufen. »Jetzt bin ich Waise, oder?«

»Du hast doch uns. Wir warten doch auf dich. Wir können es kaum erwarten, dass du heimkommst.«

Als sie in Adelaide gelandet war, hatte Nick mit den Mädchen sie erwartet. So etwas wie diese Umarmungen hatte Angela noch nie erlebt. Die Heimfahrt, unter Jetlag, war ihr wie ein Traum vorgekommen. Nick hatte mit der Linken ihre Hand gehalten und mit der Rechten gelenkt. Die Mädchen hatten auf dem Rücksitz sämtliche Lieder gesungen, die sie auf langen Fahrten immer sangen: *Kookaburra Sits in the Old Gum Tree* und *Ten Green Bottles*, immer und immer wieder. Nick hatte recht gehabt. *Du hast doch uns.*

Als Angela am Flughafen ankam, wurde der Flug der Zwillinge mit vierzig Minuten Verspätung angezeigt. Sie schlenderte an den Geschäften und Cafés vorbei und stieß auf den Bereich mit den öffentlichen Computern. Einer war frei. Angela nutzte die Gelegenheit, ihre E-Mails zu checken. Es waren wieder zwanzig Antworten auf ihren Weihnachtsbrief eingetroffen.

Auch Keith hatte ihr erneut geschrieben, der Programmdirektor des Radiosenders in Port Pirie. *Angela – nur noch mal kurz – es könnte sich hier im Sender schon ziemlich bald was für Victoria tun. Richten Sie ihr bitte aus, dass sie mich anruft?*

Eine E-Mail stammte von den Ryans, ihren Nachbarn auf östlicher Seite, einer siebenköpfigen Familie. *Ob Genevieve wohl Lust hätte, mal rüberzukommen und ihren Salon in unserer Küche aufzuschlagen? Für Hollywoodpreise reicht's bei uns zwar nicht, aber wir könnten sie mit frischen Eiern entlohnen!!!*

Als sich Angela gerade ausloggen wollte, fiel ihr Blick auf eine E-Mail mit einer anderen Betreffzeile. *Anfrage wg. Skulpturen.* Das Schreiben stammte von einer Galerie. Einer großen Galerie in Adelaide. Angela hatte dem Inhaber vor sechs Wochen vier Abbildungen ihrer gelungensten Skulpturen geschickt. Ihrer einzig gelungenen Skulpturen. Ihr Herz schlug schneller.

Liebe Mrs Gillespie,
ich habe stets den Grundsatz verfolgt, eine deutliche Sprache zu sprechen und Künstlern nicht noch Hoffnungen zu machen, wenn ihre Talente meiner tiefsten Überzeugung nach auf einem anderen Gebiet liegen. Somit schreibe ich Ihnen im Geist künstlerischer Aufrichtigkeit und persönlicher Integrität. In Ihrer E-Mail erwähnen Sie, dass Sie seit Längerem schon im Medium Ton arbeiten. Auf mich hingegen wirken Ihre Skulpturen stümperhaft und kaum durchdacht. Das klingt sicher harsch, aber glauben Sie mir, jegliche kritische Besprechung einer Ausstellung in meinen Räumen, wenn ich denn so verrückt wäre, mich darauf einzulassen, würde noch harscher ausfallen. Sie haben erwähnt, dass Sie Ihr Portfolio an weitere Galerien schicken wollen. Mein Rat wäre, sparen Sie sich das. Ich habe einige der erfolgreichsten Keramikkünstler dieses Landes aufgebaut und gefördert, und ich weiß, wovon ich spreche. Ich sage dies zu Ihrem Besten: Bitte lassen Sie es bleiben.

Mit aufrichtigem Gruß,
James Billington

Angela löschte die E-Mail. Sie musste sie nicht speichern. Sie wusste selbst, dass seine Worte zutrafen.

Lindy, Ig und Celia waren im Büro, Celia thronte vor dem Rechner. Vor ihrer Abfahrt hatte Angela die Kinder gebeten, nett zu Celia zu sein. Genau das versuchten sie gerade.

»Nein, es tut mir leid«, sagte Celia zu Lindy. »Ich verstehe es noch immer nicht. Würdest du mir das noch einmal erklären?«

Lindy unterdrückte einen Seufzer. »Also, das ist meine Kissenwebseite, die hab ich gemacht. Die finden andere im Netz, lesen, was ich mache, und dann bestellen sie bei mir ein Kissen. Gezahlt wird im Voraus. Dann mache ich das Kissen und schick es hin. Ganz einfach.«

»Und auf diese Weise verdienst du deinen Lebensunterhalt?«

»Noch nicht, nein. Aber das ist der Plan.«

»Wie viele Kissen hast du schon gemacht?«

»Ich beende gerade das erste.«

»Und das dauert«, warf Ig ein.

»Und deine Gewinnspanne ist wie hoch?«, fragte Celia.

»Fünf Dollar.«

»Also beträgt dein Jahresgehalt fünf Dollar?«

»Bisher ja.«

»Verstehe. Und was, wenn du so viele Aufträge erhältst, dass du mit der Arbeit nicht mehr nachkommst?«

»Die Gefahr sehe ich nicht.«

»Das ist eine sehr defätistische Haltung.«

»Eine realistische. Wenn hier keine Sattelschlepperladung an Material herumstehen würde, hätte ich die Sache längst vergessen. Aber ich bin es Mum und Dad irgendwie schuldig, das Zeug loszuwerden und ihnen ihr Geld zurückzuzahlen.«

»Nun, das ist alles sehr interessant. Danke schön, Rosalind.«

»Tante Celia?«

»Ja, Ignatius?«

»Möchtest du jetzt mein Spielhaus sehen?«

»Danke, ja, das wäre schön.«

Lindy wartete, bis beide das Büro verlassen hatten, dann lud sie ihre Seite neu. Das Ergebnis war dasselbe. Keine neuen Aufträge.

Ig geleitete seine Tante mit der Würde eines Museumsführers zu seinem Spielhaus. Er hatte sich überlegt, auf welche Weise er nett zu Celia sein könnte. Die Führung war der Anfang. Später wollte er Celia fragen, ob sie mit ihm Scrabble spielen wollte.

»Hier in der Ecke ist das Wohnzimmer«, sagte er und wies Celia mit seinem gesunden Arm den Weg. Der andere steckte noch immer in einer Schlinge. Ig hatte sich an das einarmige Leben gewöhnt. Es gefiel ihm sogar ziemlich gut. Auch Robbie trug seit Neuestem einen Arm in einer Schlinge. Hin und wieder aber befreiten sie sich daraus. Wenn es niemand sah und schimpfen konnte. »Und da drüben ist das Schlafzimmer.«

»Willst du hier draußen auch einmal übernachten?«, fragte Celia.

Ig nickte. »Wenn Genevieve und Victoria wieder da sind. Die sind manchmal ziemlich laut.«

Ig trat zurück und stellte sich neben Celia. Ja, er konnte echt zufrieden sein. Er hatte schon viele Spielhäuschen gebaut, aus Laken und Stühlen, alten Zelten und aus Wellblech, eins sogar in dem alten, kaputten Farmlaster, doch dann war eine Schlange durch den Motor eingedrungen und hatte ihn fürchterlich geängstigt. Er hasste Schlangen so sehr wie seine Mutter Spinnen. Aber nichts konnte es mit diesem Bau aufnehmen.

»Hat das Haus schon einen Namen?«, fragte Celia.

Ig zuckte mit den Achseln. »Bloß Spielhaus.«

»Das ist doch kein Spielhaus, Ignatius. Das ist die reinste Burg. Und die sollte denn auch einen noblen Namen tragen.«

Er sah sie misstrauisch von der Seite an. Sonst war Celia nicht so nett.

»Gillespie-Festung?«

»Sehr gut. Aber dann brauchst du auch eine Flagge. Die über der Festung weht, um Eindringlinge zu warnen.«

»Kannst du mir und Robbie dabei helfen?«

»Robbie? Glaubst du immer noch an diesen Unsinn mit deinem Fantasiefreund?«

Ig wurde kleinlaut. »Das ist kein Unsinn.«

»Doch, Ignatius. Robbie existiert nicht. Du musst dir richtige Freunde suchen, unter richtigen Jungs. Du bist zu alt für so etwas, und es ist auch nicht gesund. Ich bin mir sicher, dass mir deine Eltern darin zustimmen würden. Na komm, gehen wir ins Haus, ich zeige dir, wie man eine Flagge macht.«

»Danke nein«, sagte Ig.

»Was heißt ›danke nein‹?«

»Ich will keine Flagge. Ich brauche keine Flagge.«

»Aber mit einer Flagge würde deine Burg viel besser aussehen.«

»Danke nein«, wiederholte er.

»Na schön. Wie du meinst.«

Ig wartete, bis Celia im Haus war.

»Da hast du recht, Robbie. Genau das ist sie.«

Angela stand in einer größeren Menschenmenge vor dem Gate, während das Flugzeug die Parkposition erreichte. Nach und nach erschienen die Passagiere.

Angela entdeckte Genevieve und Victoria auf Anhieb.

Die Liebe zu ihren Töchtern traf sie wie ein Schlag. Die Zwillinge hatten Angela noch nicht entdeckt. Sie waren in ein Gespräch vertieft. Genevieve hätte nach dem langen Flug erschöpft sein müssen, doch sie strahlte. Die blauen Dreadlocks waren fort, sie waren einem flotten Pixie gewichen. Ihr dunkles Haar schimmerte. Sie war so groß und schlank und ganz in Schwarz gekleidet. Daneben wirkte Victoria in der Tat ein wenig üppig, doch auch sie sah so hübsch aus, mit ihren blonden Locken und den rosigen Wangen. Sie glühte regelrecht. Wieso hatte es Angela gegrämt, dass die beiden nach Hause kommen wollten? Es waren schließlich ihre Mädchen. Ihre beiden wunderschönen Mädchen, die nun endlich umgekehrt ihre Mutter gesehen hatten.

Die Heftigkeit, mit der die beiden sie umarmten, warf sie beinahe um. Einige der Umstehenden lächelten, als Angela zwischen den Zwillingen regelrecht zerdrückt wurde. Sie umarmte erst die eine, dann die andere, es war ihr so vertraut, am liebsten hätte sie beide zugleich in die Arme geschlossen. Das war ihr noch nie gelungen. Schon als Babys hatten die beiden viel zu heftig gestrampelt. Diese Energie hatten sie auch heute noch, diesen ständigen Drang, sich zu bewegen, zu reden und zu lachen. Auch jetzt waren sie schon wieder in Bewegung, zogen ihr Handgepäck und ihre Mutter zur Gepäckausgabe, redeten nonstop, über den Flug, dass sie es kaum erwarten konnten, nach Errigal zu kommen, schämte ihre Mutter sich denn nicht, dass sie nach Hause kamen, um ihre Wunden zu lecken? Zwei arbeitslose, öffentlich gedemütigte Frauen von zweiunddreißig Jahren. Das war skandalös, oder nicht?

Sie holten kaum Luft. Wie gewöhnlich begann die eine einen Satz, den die andere beendete. Sie nannten ihre

Mutter ständig Mum, Mama, Mutter, Angela. Sie hatten sich nie für eine Anrede entschieden.

Als sie zum Parkplatz kamen, verstauten sie ihr Gepäck und kletterten auf den Rücksitz. Victoria war in jüngster Zeit mehrfach zu Hause gewesen, für Genevieve aber war es die erste Heimkehr, seit sie in die Staaten gegangen war. Vor lauter Arbeit hatte die Zeit nicht einmal für einen Kurzbesuch gereicht. »Es sind jetzt über zwei Jahre, ist das denn zu glauben?«, sagte Genevieve zu ihrer Schwester.

»Wenn du dein Heimatland so sehr vermisst hast, warum hast du nicht längst bösen Tratsch verbreitet und dich feuern lassen?«, erwiderte Victoria.

»Und du nicht längst mit deinem Boss geschlafen und …« Genevieve brach den Satz abrupt ab. »Du deinen irren Radiomoderator schon längst von der Leine gelassen hättest? Du hättest selbst öfter heimkommen sollen.«

Angela tat, als hätte sie den Versprecher nicht gehört.

Bald erreichten sie den Highway. Die vertrauten Orte rauschten vorüber. Die beiden machten keine Pause. Angela hatte erwartet, dass sie ein wenig dösen würden, dass Genevieve in dem dunklen Komfort des Autos von ihrem Jetlag überwältigt würde. Wenn überhaupt, war sie noch gesprächiger. Sie erzählte eine Story nach der anderen aus der Film- und Fernsehwelt. »Bei mir sind alle Dämme gebrochen«, sagte sie. »Ich wurde schon gefeuert. Was soll mir noch passieren? Dass die mich umbringen?« Und so unterhielt sie ihre Mutter und Schwester mit Anekdoten über Affären, Stars mit schlechten Manieren, Regisseuren samt ihren Allüren, mit all dem Klatsch, den sie in New York aufgeschnappt hatte.

Der leichte amerikanische Akzent, den Angela bei ihren Telefonaten und Skype-Gesprächen mit Genevieve herausgehört hatte, schliff sich jetzt schon wieder ab. Victoria trieb ihr durch Neckerei und Parodie die letzten Spuren aus.

Sie passierten die kleineren Siedlungen – Jamestown, Orroroo, Carrieton, Cradock, Hawker –, dann bogen sie vom Highway ab auf ihre Schotterstraße. Nun lag ringsum nur noch weites Land. Die Mädchen wurden ruhiger, sie redeten noch immer, doch mit gedämpfter Stimme. Eine Viertelstunde von Errigal entfernt, als Angela die vertrauten Kurven nahm, die vertrauten Creeks überquerte, wurden beide wieder wach.

»Schnell, bring uns auf den letzten Stand«, baten sie. »Dad. Celia, Lindy, Ig. In Schlagzeilen.«

Angela äußerte sich knapp. Die Zwillinge fragten nach den jüngsten Reaktionen auf den Pachtvertrag. Nach der Gästeliste für das große Fest. Nach Joan.

Als sie mit dem Wagen vorfuhren, standen alle vor dem Haus. Die Zwillinge sprangen aus dem Auto und stürmten allen in die Arme. Selbst in Celias. Angela verfolgte die Szene mit leichtem Abstand, mit einem Lächeln. Ihre Familie, endlich wieder vereint. Ihre großen Mädchen waren wieder da, heil und gesund.

Wollte sie sich da über die Tatsache grämen, dass die Zwillinge sie während der vierstündigen Fahrt nicht einmal nur gefragt hatten, wie es ihr ging?

Kapitel 14

Nun waren es nur noch vier Tage bis zum großen Scheunenfest. Die Zwillinge waren seit fünf Tagen wieder da. Im gesamten Haus regierte das Chaos. Joan wohnte auch schon fast in Errigal. Mit ihrer großen, stattlichen Gestalt und dem praktischen Kurzhaarschnitt erschien sie früh an jedem Morgen und blieb bis in den Abend, um die Essensproduktion zu überwachen. Alle sahen Joan immer nur in Arbeitskleidung: in einem alten Hemd ihres Mannes und einer geflickten Hose aus dem eigenen Kleiderschrank. Und wenn sie aus dem Auto stieg, hatte sie die Schürze bereits umgebunden.

Sie hatte ein sehr herzliches Wiedersehen gleich am ersten Morgen mit Genevieve gehabt.

»Du siehst großartig aus, Joan«, hatte Genevieve gesagt und sie in den Arm genommen. »Und das, obwohl du dir wieder selbst das Haar geschnitten hast. Und leugne es ja nicht. Ich bin Profi, ich sehe das.«

»Was sollte ich denn tun? Du warst über zwei Jahre weg. In der Zeit wäre ich zum Rapunzel geworden.«

»Zum Glück bin ich ja wieder da. Sag Bescheid, sobald dein Haar genug nachgewachsen ist, dass ich es schneiden kann.«

»Ach, was willst du denn mit mir, nach all den Filmstars«, hatte Joan lächelnd erwidert. Sie hatte Genevieves kesse Art immer gemocht. »Dabei siehst du mit deiner neuen Frisur selbst wie ein Filmstar aus. Und so mager bist du ebenfalls. Obwohl ich die blauen Dreadlocks für mein Leben gern gesehen hätte.«

»Du weißt von den Dreadlocks? Die gab es doch bloß einen Monat lang. Du bist eine sehr wachsame Patentante.«

Angela warf Joan einen mahnenden Blick zu. Joan wusste von den Dreadlocks nur aus dem Weihnachtsbrief.

Joan entging nichts. »Ich habe dich überwachen lassen, wusstest du das nicht? So ein junges, unschuldiges Ding, ganz allein in der großen Stadt. Ich war krank vor Sorge.«

»Ich hatte mich schon gefragt, wer die Männer in den Trenchcoats waren, die mir ständig gefolgt sind. Und ich hatte geglaubt, das wären nur die üblichen verliebten Stalker.«

Kaum hatte Genevieve das Zimmer verlassen, hatten Joan und Angela aufgeregt miteinander geflüstert. Joan hielt es für einen großen Fehler, dass Angela den Mädchen und Ig die Sache mit dem Brief noch immer nicht gestanden hatte. Angela versprach, das vor dem Fest zu tun. Sie wartete nur auf den richtigen Moment. Joan hielt nichts davon, das Gespräch immer weiter aufzuschieben, doch bis dahin würde sie den Mund halten.

»Allmählich wünschte ich, ich hätte einen Caterer bestellt«, sagte Angela nun nach einem Blick in den Ofen, in dem erneut fünfzig fleischgefüllte Teigrollen buken.

Joan knetete schon die nächste Ladung Teig. »Ein Caterer geht auf keinen Fall. Es zerreißen sich doch so schon alle das Maul darüber, dass ihr Gillespies im Geld schwimmt. In Geld und Diamanten. Du tust gut daran, mieses Essen und billigen Wein zu servieren, sonst wird der Ärger noch größer.«

»Ärger? Mit wem? Den Nachbarn?«, fragte Genevieve, die in dem Moment in die Küche kam. Die Geschwister liefen ständig durch die Küche und schnappten sich die frischen Teigrollen. »Mum, hassen uns die Leute wegen dieses Pachtvertrags?«

»Ich weiß es nicht. Ich war in letzter Zeit nur selten in der Stadt.« Angela hatte sich absichtlich von allem ferngehalten und war nur zu Igs Nachuntersuchungen nach Hawker gefahren und hatte gleich wieder kehrtgemacht.

»Dann werden also bald knackige junge Diamantenschürfer über unser Land streifen, eine köstliche Auswahl potenzieller Ehemänner für uns drei? Nun, da wir keine knackigen jungen Schafscherer oder Viehtreiber mehr beäugen können?«

»Freu dich nicht zu früh«, sagte Joan.

»Joan, bitte. Irgendwoher müssen wir doch einen Ehemann bekommen. Oder wollt ihr, dass wir den Rest unserer Tage hier verbringen. Mum?«

»Könnt ihr es bitte mit Online-Dating versuchen?«, erwiderte Angela. »So schnell es geht?«

Genevieve lachte, mopste sich eine Teigrolle und verließ die Küche.

»Wird viel über uns geredet?«, fragte Angela, als sie mit Joan allein war.

»Selbstverständlich. Ihr seid seit deinem Brief das Thema Nummer eins. Vor allem wegen der Verpachtung. Das reicht von der Frage, wie viel ihr dafür bekommt, bis zu der, wie Nick das wohl gedeichselt hat. Die einen sind voller Neid, die anderen voller Bewunderung. Und bei vielen gibt es unausgesprochene Ängste im Hinblick auf die Zukunft. Es kommt ja nicht oft vor, dass eine Diamantenmine direkt vor unserer Haustür aufschlägt, Ange. Die Leute beziehen Position.«

»Und wie siehst du das?«

»Genau wie vor drei Monaten, als du mich das zum

ersten Mal gefragt hast. Glaubst du, dass Nick die Wahl hatte?«

»Ich weiß es nicht. Er redet nicht mit mir darüber. Über gar nichts.« Sie schloss für den Fall, dass die Kinder lauschten, rasch die Küchentür. »Es war vor dem Brief schon schlimm genug. Seither ist es noch schlimmer.«

»Du kannst nur geduldig bleiben, Ange. Und ihm Zeit geben, damit auf seine Weise zurechtzukommen. Sein Vater war genauso. Sein Großvater offenbar auch.«

»Ich habe immer gedacht, bei uns wäre das anders. Er hat sich immer um die Finanzen gekümmert, aber über alles andere haben wir gesprochen. Doch das ist vorbei. Ich grübele ständig über die letzten Jahre nach, ich frage mich die ganze Zeit, wie hätte ich ihm helfen können …«

»Ange, die Vergangenheit lässt sich nicht ändern. Für niemanden von uns. Uns bleibt allein die Zukunft. Wir müssen einfach weitermachen. Es zum Besten wenden. Immer vorwärts, immer aufwärts, du weißt schon.« Joan griff nach dem nächsten Päckchen Teig.

Wenn es nur so einfach wäre, dachte Angela.

»Ich langweile mich«, verkündete Genevieve ihren jüngeren Geschwistern im Wohnzimmer und warf sich auf das durchgesessene Sofa.

»Nur langweilige Leute langweilen sich«, sagte Lindy, ohne von ihrer Stickerei aufzuschauen. Sie machte die Borte bereits zum zweiten Mal. Der erste Versuch hatte sie nicht zufriedengestellt. Doch nun lief ihr die Zeit davon. Das Kissen musste am nächsten Tag zur Post in Richtung Perth, wenn es rechtzeitig bei ihrer Kundin eintreffen sollte. Lindy musste es jetzt schon per Express senden. Dadurch schrumpfte ihr Gewinn auf zwei Dollar, für eine Woche Arbeit.

»Wagst du es etwa, mich langweilig zu nennen?«, fragte Genevieve.

»Das Sprichwort stammt ja nicht von mir. Sondern aus der Schule.«

»Da sollte es auch bleiben«, seufzte Genevieve. »Es ist ja nicht nur langweilig. Es ist so seltsam hier, findet ihr nicht? Keine Schafe, keine Schäfer. Es ist wie in einem postapokalyptischen Film. Die einzige schaffreie Schaffarm auf der ganzen Welt.«

»Die Tiere sind ja nicht über Nacht verschwunden, Genevieve. Wenn du dir die Mühe gemacht hättest, in den letzten zwei Jahren auch nur einmal nach Hause zu kommen, wärst du nicht so fassungslos.«

Genevieve ignorierte die kleine Stichelei und legte ihre langen Beine über die Lehne eines Sessels. »Das ist wirklich kaum zu fassen, oder? Da hatten wir all die Jahre keine Ahnung, dass unter uns die Diamanten funkeln. Ich wünschte nur, die würden voranmachen und endlich welche finden. Ich hatte so gehofft, ich könnte auf dem Fest mit einem funkelnden Collier erscheinen.«

Lindy verdrehte die Augen. »Liebe Güte, Genevieve. Hast du denn gar nicht aufgepasst, als Dad uns das erklärt hat? Er hat einen Erkundungsvertrag, keinen Schürfvertrag unterzeichnet. Es ist ziemlich sicher, dass es hier Diamanten gibt, aber die könnten auch Hunderte Kilometer in der Tiefe liegen. Das kann Jahre dauern, bis hier jemand gräbt, und selbst dann ist fraglich, ob es sich lohnt.«

»Danke, Lindy, für diese kurze Einführung in die Technik der Diamantenförderung. Nächstes Mal zeichnest du uns bitte ein paar Diagramme auf. Aber reden wir doch über Kissen. Hast du neue Aufträge?«

»Keine Ahnung. Sobald Dad am Rechner fertig ist, seh ich nach.«

»Bilde ich mir das ein, oder klebt Dad neuerdings an diesem Rechner?«, fragte Genevieve.

»Am Rechner, seinen Geschichtsbüchern, dem Stammbaum …«

»Und an Carol«, meldete sich Ig vom Fußboden aus. »Er ist in Carol verliebt.«

»Das weiß ich, Ig, du erzählst mir ja ständig von dieser neuen großen Liebe. Für ein Kind, dessen Eltern kurz vor der Scheidung stehen, bist du sehr entspannt. Aber im Ernst: Als ob Mum und Dad sich jemals trennen würden. Ich kenne kein Paar, das so verliebt ist. Das ist echt zu viel. Zu prägend. Wie soll man diesem Vorbild je gerecht werden? Kein Wunder, dass ich noch Single bin. Dabei würde jeder Mann mit mir den reinsten Glücksgriff machen.«

»Hat du in New York denn niemanden kennengelernt?«, erkundigte sich Lindy.

»Natürlich. Tausende. Ganze Bataillone. Ich war wie Katzenminze für die Junggesellen dieser Stadt. Ich habe sie alle abgewiesen. Du weißt ja, wie wählerisch ich bin.« Sie wandte sich erneut an ihren Bruder. »Doch genug von mir, zumindest für den Moment. Wo ist Celia, Ig?«

»Sie hat sich etwas hingelegt.«

»Danke. Dann haben wir ja alle durchgezählt. Und, Ig, kann ich auch zählen, wie lange du brauchst, um mir mein Handy zu holen? Es liegt auf meinem Bett.«

»Ich bin zehn. Das klappt nicht mehr.«

»Du darfst später auf die Leiter klettern und den Wollschuppen dekorieren.«

»Versprochen?«

»Versprochen. Ig, bitte hol mir mein Handy. Ich hab solchen Jetlag.«

»Du bist seit fünf Tagen hier.«

»Es war ein sehr langer Flug. Also, wer will mehr aus meinem aufregenden Leben in den Staaten hören?«

»Ich hol dir dein Handy«, sagte Ig und ergriff die Flucht.

An seiner Stelle kam Victoria. »Fertig. Wie findet ihr's?« Sie drehte den Kopf hin und her und präsentierte ihre frisch gezupften Augenbrauen.

»Perfekter Bogen, perfekte Braue«, sagte Genevieve. »Wunderschön.«

»Ich find es nicht!«, rief Ig von draußen.

»Versuch's mal unterm Bett!«, rief Genevieve zurück. »Victoria, warum machst du dir die Augenbrauen, wenn es um einen Job beim Radio geht?«

»Du wirst mir übrigens auch gleich die Haare machen. Weil ich diesen Job ganz dringend brauche. Und weil ich so beeindruckend aussehen will, wie mein Lebenslauf klingt.«

»Ich fasse es noch immer nicht«, sagte Lindy. »Da wirst du gefeuert, und bevor du richtig nach Hause kommst, hast du schon das nächste Jobangebot. Das ist echt nicht fair.«

»Du hast doch auch einen Job«, sagte Genevieve. »Zwar in einem Ein-Frau-Sweatshop, aber Job ist Job.«

»So wie ich mein Glück kenne, stirbt die Kundin oder der Kunde auf dem OP-Tisch und wird das Kissen niemals sehen.«

»Gute Einstellung, Lindy. Ich hoffe, du nähst diese positiven Vibes in dein Kissen ein.«

Da erschien Ig mit Genevieves Handy.

»Endlich«, sagte sie und nahm es ihrem Bruder aus den Händen. »Ich danke dir, mein kleiner und loyaler Diener.«

Ig ließ sich auf den Boden fallen und schaltete den Fernseher ein.

»Ohne Ton, Ig.«

»Dann versteh ich doch nichts!«

»Lies von den Lippen ab. Robbie verstehst du doch auch, oder?«

Ig murrte, stellte den Ton aber leise.

Genevieve hielt ihr Handy hoch und stöhnte. »Noch immer kein Empfang. Wie hab ich hier früher überlebt, in den tiefsten Tiefen des Hinterlands? Es ist wirklich primitiv, oder? Gott sei Dank haben wir den Computer und Satellitentechnologie, sonst wären wir völlig von der Außenwelt abgeschnitten.«

»Du kannst dich jederzeit ins Auto setzen und nach Hawker fahren«, sagte Lindy. »Da hast du Empfang.«

»Zu heiß. Zu viel Jetlag. Dann muss ich wohl meine alten Nachrichten noch einmal lesen.« Genevieve scrollte sich durch ihr Handy, Lindy nähte, und Victoria schminkte sich vor dem großen Spiegel über dem Kamin. Ig griff zur Fernbedienung und stellte vorsichtig den Ton lauter.

»Das habe ich gesehen, Ig«, sagte Genevieve, ohne aufzuschauen. »Leiser, Junge, leiser. Lindy, hast du schon gehört, dass mich die Ryans geschlossen zum Haareschneiden auf ihre Farm bestellt haben? Alle sieben.«

»Du hast auch schon einen Job? Das ist echt nicht fair.«

»Du hättest eben etwas Nützliches studieren sollen, so wie wir, und nicht Kunst.«

»Ich hab seit der Uni viele Jobs gehabt.«

»Das stimmt allerdings.«

»Hack nicht immer auf mir rum. Das hat die Schreckliche Jane schon gemacht.«

Nun schaute Genevieve auf. »Du hast die Schreckliche Jane gesehen? O nein! Ist sie wieder zu Hause?«

»Noch nicht. Aber sie kommt. Auch zu unserem Fest.«

»Auf keinen Fall! Wer hat die denn eingeladen?«

»Mum. Sie hat alle Lawsons eingeladen. Und sie kommen. Ich hab die Rückmeldung gesehen.«

»Wirklich alle?«, fragte Genevieve. »Selbst Fred?«

»Ob Fred kommt, weiß ich nicht. Er ist doch noch in Kanada, oder?«

Victoria sagte nichts.

»Lass die anderen mal beiseite.« Genevieve warf ihrer Zwillingsschwester einen Blick zu. »Wo hast du die Schreckliche Jane gesehen, Lindy?«

»In Melbourne. Es war grässlich. Ig, ich erzähle jetzt eine Geschichte, aber du darfst sie nicht an Mum weitererzählen. Sonst regt sie sich bloß wieder über mich auf. Du kannst zuhören, aber danach musst du das vergessen, okay?«

»Ich werde nicht mal zuhören«, sagte Ig und legte sich die Hände über die Ohren. Zumindest über eines.

Dann erzählte Lindy ihren Schwestern von der Begegnung mit Richard, in der Bar. Und den Küssen. Anfangs neckten Genevieve und Victoria sie noch. Doch als sie ihnen schilderte, wie sich die Schreckliche Jane und die übrigen Lawsons über die Weihnachtsbriefe ihrer Mutter lustig machten, wurden sie schlagartig ernst.

»Wie können die so etwas *wagen*!«, empörte sich Genevieve. »Jetzt reicht's. Ich werde denen Heftzwecken auf die Straße streuen, damit ihre Reifen platzen und sie unser Fest verpassen.«

»Schreibt Mum diese Briefe immer noch?«, fragte Victoria. »Ich hab die seit Jahren nicht gelesen.«

»Nach wie vor«, entgegnete Lindy. »Zum Glück war der Brief in diesem Jahr so langweilig, dass die Lawsons beim besten Willen nicht über uns lachen können. Da steht im Grunde nur, ›Frohe Weihnachten. Ist es nicht entsetzlich heiß?‹«

»Du hast den Brief gelesen?«

»Sie hat ihn mir ausgedruckt. Ich weiß nicht einmal, ob ich ihn noch per Mail bekomme.«

»Ich ja, aber ich les ihn nie. Wenn man Lügen über seine perfekte Familie verbreiten will, was spricht dann gegen Facebook?«

»Kann ich jetzt aufhören, nicht zuzuhören?«, fragte Ig.

»Klar, Ig«, sagte Victoria. »Genevieve, welchen Lippenstift soll ich nehmen? Pink oder den roten hier?«

Genevieve schaute auf ihr Handy und runzelte die Stirn. »Lindy, hast du nicht eben gesagt, Mums Weihnachtsbrief wär kurz? Und langweilig?«

»Richtig kurz, richtig langweilig. Gott sei Dank.«

»Und was ist das hier?«

»Was ist was?«

»Diese E-Mail, vom ersten Dezember. Ihre üblichen ›Grüße von den Gillespies‹. Ig, mach den Fernseher aus, bitte.«

»Mach ihn doch selbst aus. Kommandier mich nicht immer rum.«

»Bitte, Ig. Du darfst auf dem Fest auch die Bowle probieren.«

»Ich bin zehn.«

»Dann eben die alkoholfreie Bowle. Ig, na los, mach den Fernseher aus, steh auf und mach die Tür zu, dann setz dich hin und hör mir zu. Das hier ist ernst.«

Ig stand auf, schloss die Tür, kehrte an seinen Platz zurück und ließ sich wieder auf den Boden fallen.

»Victoria, du auch. Nimm den roten Lippenstift. Aber erst hör dir das hier an.«

Genevieve begann zu lesen. *Hallo, ich bin es schon wieder, Angela! Sollen seit meinem letzten Brief wirklich zwölf Monate verstrichen sein? Ich hoffe, für Sie und Euch alle war es ein groß-*

artiges Jahr, das mit einem wundervollen Weihnachten im Kreise der Familie seinen Abschluss findet. Für uns Gillespies war es ein fürchterliches Jahr. Irgendwie ist bei uns alles schiefgegangen. An der Stelle brach sie ab und schaute auf.

»Das ist nicht der Brief, den sie mir gegeben hat«, sagte Lindy.

»Lies weiter«, drängte Victoria.

»Lies weiter«, drängte Ig.

Also las Genevieve weiter.

KAPITEL 15

Es traf sie ohne Vorwarnung. Von der Küche aus hatte Angela über ihr Mutterradar die Stimmen ihrer Kinder im Wohnzimmer registriert, erst Gelächter und Gespräche, danach eine lange Zeit nur Genevieves Stimme. Wenn sie geahnt hätte, was Genevieve dort vortrug, hätte sie die Teigrollen beiseitegelegt. Sie wäre aus der Küche gerannt, ins Auto gestiegen und auf den Highway gebraust. Sie hätte alles getan, um dem zu entgehen, was nun über sie hereinbrach.

Vor ihr und Joan standen ihre vier Kinder, ihre vier empörten Kinder, und brüllten durcheinander. Zumindest ihre Töchter. Ig schnappte nach Genevieves Handy. »Ich will sehen, was sie über mich geschrieben hat. Gib mir das Handy, Genevieve!«

»Mum, was hast du dir dabei gedacht?«, schrie Genevieve.

Victoria war in Tränen aufgelöst. »Das sind meine *Privatangelegenheiten*, Mum! Wie bitte soll ich Keith heute Nachmittag gegenübertreten?«

»Und ich bin also eine Drama Queen?«, fauchte Lindy. »Ich *fass* es nicht, dass du so was denkst! Ich bin vielleicht emotional, aber nicht dramatisch!«

»Genevieve, bitte!«, sagte Ig und hüpfte, weil seine Schwester ihr Handy in die Höhe hielt. »Gib es her!«

»Ig, nein. Du hast doch gehört, was sie über dich geschrieben hat. Du bist ein Freak, aber dich liebt sie immerhin. Ihre drei Töchter dagegen hält sie für total psycho.«

»Ach, um Himmels willen, würdet ihr euch mal beruhigen?« Das war Joan.

»Du hast gut reden«, sagte Genevieve. »Schließlich hat deine Mutter nicht gerade Hunderten Menschen auf der ganzen Welt sämtliche Familieninterna mitgeteilt.«

»Exakt einhundert«, sagte Joan.

»Wie bitte?«

»Die E-Mail ist an exakt einhundert Empfänger gegangen. Ich habe es gezählt.«

»Du hast die E-Mail auch bekommen?«

»Selbstverständlich. Ich bekomme diesen Brief jedes Jahr, von Anfang an. Und ich lese ihn auch jedes Jahr. Im Gegensatz zu euch.«

»Ist der jedes Jahr so, Mum? Jedes Jahr?«

Angela fand die Sprache wieder. »Nein, das ist eine einmalige Sache.«

»Hat Dad das schon gesehen?«, wollte Victoria wissen. »Hat er gelesen, was du über ihn geschrieben hast?«

Joan wechselte einen Blick mit Angela.

»Ja, hat er«, sagte Angela.

»Und ihr lebt noch immer unter einem Dach?«, fragte Genevieve.

Lindy brach in Tränen aus. »Wenn das die Schreckliche Jane und die anderen Lawsons sehen! Die lachen ja schon so über die Briefe. Diesmal werden sie sich auf dem Boden wälzen.«

»Ja und?«, sagte Victoria. »Wen kümmert's, was die Lawsons denken? Du machst dir viel zu viele Gedanken über andere. Du kannst es gar nicht allen recht machen, dabei verhedderst du dich nur – und wozu?«

»Sagst ausgerechnet du! Guck dir doch an, was Mum

über dich geschrieben hat, über dich und deine Affäre! Mum, wie bist du bloß darauf gekommen? Oder hat sich Genevieve verplappert?«

»Ich hab nichts verraten!«, sagte Genevieve. »Zumindest glaub ich das.«

»Genevieve!«, rief Victoria. »Du hast es mir versprochen!«

»Also stimmt das wirklich?«, mischte sich Joan ein.

»Nein!«, sagte Victoria. »Also, ich mein, ja. Ig, geh raus.«

»Nein!«, protestierte Ig.

»Aber ist der nicht verheiratet?«, fragte Lindy. »Mit Kindern und allem?«

»*Er* ist verheiratet und hat Kinder. Ich nicht. *Ich* habe nichts falsch gemacht. Also komm mir bitte nicht mit der Moralkeule, Lindy. Wenigstens bin ich nicht mit einem gewaltigen Schuldenberg im Rücken nach Hause gerannt.«

»Doch, bist du wohl«, sagte Genevieve. »Und ich auch. Darum sind wir schließlich hier, oder etwa nicht?«

»Na, jetzt können wir wohl kaum bleiben«, sagte Victoria. »Nach einer derart öffentlichen Bloßstellung.«

»Durch unsere eigene *Mutter*«, ergänzte Lindy.

»Setzt euch alle. Bitte.« Das war wieder Joan. »Es ist gut, dass das endlich zur Sprache kommt, wenn ihr mich fragt. Eure Mutter wollte es euch sowieso heute sagen.«

»Wollte ich?«, sagte Angela. »Ja, wollte ich.«

»Die E-Mail ist an einige gegangen, die auch zu eurem Fest kommen, natürlich wollte sie euch vorwarnen.«

»Vergiss das Fest. Das sagen wir ab«, drängte Genevieve.

»Das können wir nicht«, warf Angela ein. »Dafür ist es zu spät.«

»Mum, hör auf! Sollen wir etwa lächelnd dastehen und

so tun, als wären wir eine ganz normale, glückliche Familie, wenn jeder weiß, wie katastrophal es wirklich bei uns aussieht?«

»Das war ein Versehen, wirklich. Ich wollte diesen Brief auf keinen Fall versenden.«

»Wenn man es positiv betrachtet, es gab einige sehr schöne Reaktionen«, sagte Joan. »Von allen Seiten. Selbst von deinem alten Chef, Victoria.«

»Hat Keith den Brief etwa auch bekommen? Deshalb will er mich also sehen. O nein!«

»Wie heißt es so schön? Jedes Unglück hat sein Gutes«, sagte Joan. »Warum sollten die Ryans dich denn sonst gebeten haben, dass du ihnen die Haare machst, Genevieve?«

»Das war's. Ich geh da nicht hin.«

»Natürlich gehst du«, widersprach Joan. »Außerdem hat jeder hier den Brief bekommen. Und falls nicht, dann mit Sicherheit von anderen.«

In der Zwischenzeit war Ig unbemerkt entschlüpft. Nun kam er mit einem Stapel Papier wieder in die Küche. »Ich hab hier ein paar Ausdrucke, falls noch mal jemand lesen will.«

»Ig!«, rief Angela. »Woher hast du die?«

»Aus deiner Mail. Ich kenn dein Passwort.«

Angela sank auf einen Stuhl und barg das Gesicht in einer Hand.

»Mum, alles okay?«, fragte Victoria.

»Natürlich *nicht*!«, rief Lindy. »Das sag ich doch die ganze Zeit. Sie verliert allmählich den Verstand.«

»Lindy!« Wieder stand Joan ihrer Freundin bei.

»Sieh doch, was sie uns angetan hat, Joan! Ich kann nicht auf das Fest! Ich kann das Haus nie mehr verlassen!« Lindy stürmte weinend aus der Küche.

»Jetzt spiel nicht immer gleich die Drama Queen, Lindy«, rief Genevieve ihr nach. »Moment mal. Wenn Mum mit Lindy recht hat …« Genevieve entriss Ig einen Ausdruck und ignorierte sein Protestgeschrei.

Joan setzte sich neben Angela und drückte ihrer Freundin kurz die Hand.

Genevieve las sich leise einige Sätze durch. »Also, ich kling eigentlich ganz cool. Ein bisschen hohl, aber cool. Danke, Mum. Und dein Traum hat sich erfüllt. Ich bin zurück. Es ist, als ob du einen Zauber über mich geworfen hättest.«

»Das ist nicht lustig, Genevieve«, sagte Victoria.

»O doch, das ist es. Und du, Victoria, klingst in deinem Abschnitt auch ganz süß, wenn du mich fragst.« Genevieve las weiter, runzelte die Stirn und schaute auf. »Mum, hat Celia das gelesen?«

»Ich denke schon.«

»Und sie ist trotzdem hier? Bei uns?«

Angela nickte.

Victoria blickte ihrer Zwillingsschwester über die Schulter. »›Eine unerträglich snobistische, besserwisserische alte Schrulle.‹ Mum, was hast du dir dabei gedacht? Wolltest du Celia vergraulen?«

»Was offensichtlich nicht geklappt hat, oder?« Das war Celia.

Alle fuhren herum. Celia stand an der Küchentür.

»Bilde ich mir das ein, oder riecht es hier verbrannt?«

Eine halbe Stunde später verabschiedete sich Angela draußen von Joan. Joan musste nach Hause, versprach aber, im Laufe des Tages wiederzukommen.

»Kannst du dich bitte beeilen?«, sagte Angela. »Ich brauche dich.«

»Nein, brauchst du nicht. Du weißt, was du zu tun hast. Erkläre nicht zu viel. Und entschuldige dich bloß nicht. Es lässt sich sowieso nicht ändern, da musst du jetzt durch. Außerdem hätte es noch schlimmer kommen können.«

»Noch schlimmer? Das bezweifle ich.«

Joan lächelte. »Doch. Du hättest etwas Fieses über mich schreiben können.«

Kapitel 16

Joan kehrte gegen fünfzehn Uhr zurück. Die Küche war verlassen. Auf ihr Hallo kam keine Antwort. Joan ging ins Wohnzimmer. Ebenfalls leer. Schließlich stieß sie auf Genevieve, die im Esszimmer Plastikbesteck in Papierservietten wickelte.

»Gott sei Dank, eine Überlebende«, sagte Joan. »Ich dachte schon, ihr wärt alle davongelaufen oder hättet euch gegenseitig umgebracht.«

»Das kann immer noch passieren«, sagte Genevieve. »Das ist entweder die Ruhe vor dem Sturm oder die Ruhe nach dem Sturm. Victoria ist, sehr aufgebracht, auf dem Weg zu ihrem Sendermann. Lindy, sehr aufgebracht, näht. Ig schmollt, er muss sein Spielhaus auseinanderbauen, weil Lindy neues Garn braucht. Celia hat sich in ihr Zimmer zurückgezogen und liest oder trinkt heimlich einen Sherry.«

»Und eure Eltern?«

»Dad ist mit dem Geländewagen unterwegs, vermutlich auch aufgebracht. Mum ist in ihrem Atelier, wo sie sich entweder versteckt oder noch mehr von diesen Skulpturen macht, die, unter uns gesagt, mit nichts auch nur die geringste Ähnlichkeit haben. Wir sind schon ein lustiger Haufen, was? Ich sag nur, ›Grüße von den Gillespies‹.«

Joan setzte sich und half Genevieve mit dem Besteck. »Genevieve, ich mache mir Sorgen um deine Mutter.«

»Willkommen im Club. Im Ernst, Joan, wie konnte sie

so etwas schreiben? Was ist nur in sie gefahren? Du kennst sie besser als wir alle. Was hat sie sich dabei gedacht?«

»Das war wirklich ein Versehen. Sie hat den Brief geschrieben, aber versenden wollte sie ihn nie. Dann, in dem ganzen Chaos mit Ig und seinem Finger, hat dein Vater aus Versehen …«

»*Wie* das passiert ist, weiß ich. Das Problem ist doch, *was* sie geschrieben hat. Ich hab es mir noch einmal durchgelesen, als du weg warst. Wie gesagt, ich komm noch ganz gut weg. Aber die Stelle, wo es um sie und Dad geht? Das ist so persönlich. Was ist in der Zwischenzeit bei den beiden vorgefallen? Ich dachte immer, ihre Ehe sei glücklich.«

»In jeder Ehe gibt es Phasen. Alle Paare durchleben Höhen und Tiefen …«

»Joan, ich bin's. Deine Patentochter. Komm mir nicht mit Schönfärberei. Da geht es um mehr als Höhen und Tiefen. So wie Mum es schildert, wechseln die beiden seit Monaten kein Wort mehr. Was geht deiner Meinung nach da vor? Und wer ist dieser Will? Hat Mum eine kleine Cyberaffäre?«

»Ich weiß es nicht. Mir gegenüber hat sie diesen Namen nie erwähnt.«

»Ist dieser Will real? Kennt sie überhaupt jemanden in London, der so heißt?«

»Keine Ahnung. Wir haben erst über alles andere gesprochen. Bis zu Will sind wir noch gar nicht gekommen.«

Genevieve legte das Besteck beiseite. »Na schön. Finden wir es raus. Komm mit.«

Joan folgte ihr ins Büro. Genevieve setzte sich an den Computer und rief eine Suchmaschine auf. »Also, fangen wir an.«

»Genevieve, ich glaube nicht …«

»Joan, nun komm schon. Du machst dir Sorgen, ich

mach mir Sorgen. Wir müssen uns wappnen, und dazu brauchen wir Informationen. Also, was wissen wir über ihn?«

»Nur was in dem Brief steht«, sagte Joan. »Dass er Will heißt und als Architekt in London lebt.«

Genevieve gab die Suchbegriffe ein. Unzählige Ergebnisse. »Das ist zu viel, zu vage. Wir müssen das irgendwie eingrenzen. Wo genau ist Mum noch mal aufgewachsen? London ist klar, aber erinnerst du dich an das Viertel oder die Straße oder irgendwas? Sag mal, was mach ich eigentlich hier?« Genevieve fuhr im Stuhl herum. »Ig kann sich doch in Mums E-Mail-Konto hacken, dann werden wir ja sehen, ob sie und dieser Will Kontakt haben.« Joan konnte sie gerade noch daran hindern, Ig zu rufen.

»Das geht zu weit.«

»Keine Sorge, ich werde Ig dafür zahlen. Mum ist draußen im Atelier, falls du sie inzwischen ablenken willst. Dir ist klar, dass ich das hier durchziehe, oder? Auch wenn du es mir liebend gern verbieten würdest?«

»Du bist unverbesserlich.«

Genevieve grinste. »Ich weiß. Und das noch mehr, seit ich in den Staaten war.«

Angela formte keinen Ton, sie brannte auch keine Skulpturen. Sie hockte bloß auf der alten Bank in ihrem Atelier.

Joan setzte sich zu ihr. »Gut gemacht. Das Schlimmste ist vorbei.«

»Es ist noch lange nicht vorbei. Es fängt gerade erst an.«

»Nein, das sind die Nachbeben, die eigentliche Explosion ist überstanden.«

»Nick schweigt immer noch. Victoria ist außer sich vor Wut. Ig ist verletzt. Lindy ist Lindy und …«

»Genevieve amüsiert sich blendend. Ich glaube, sie hatte Angst, dass es hier ein bisschen öde wird. Die Sorge hast du ihr genommen.«

Angela brachte ein Lächeln zuwege.

»Meiner Meinung nach solltest du wissen, dass sie in diesem Moment nach deinem geheimnisvollen Will googelt. Sie will Ig bestechen, damit er sich in deine E-Mails einhackt.«

»Da wird sie nichts finden. Jedenfalls nicht in meinen E-Mails.«

»Aber es gibt ihn?«

Angela nickte. »Will war mein erster richtiger Freund. Bevor ich nach Australien gereist bin, bevor ich Nick getroffen habe.«

»Und nun fragst du dich, was passiert wäre, wenn dir Nick nicht begegnet wäre? Wenn du bei Will geblieben wärst?«

Angela nickte.

»An der Frage ›was wäre, wenn‹ ist an sich nichts falsch, Ange.«

»Willst du damit sagen, dass auch du ein Fantasieleben führst?«

»Kein so ausgeklügeltes wie du. Aber welche Frau wünscht sich nicht von Zeit zu Zeit, sie wäre jemand anders? Fragt sich nicht, wie ihr Leben verlaufen wäre, wenn sie andere Entscheidungen getroffen hätte?«

»Nick sieht das nicht so. Er glaubt jetzt, dass ich die Beziehung zu ihm nie gewollt hätte. Ich ihn nie geliebt hätte, auch die Kinder nicht oder …« Ihr brach die Stimme.

Joan tätschelte ihr die Hand. »Lass ihm Zeit.«

»Er ist nicht nur wütend, Joan. Er ist so unglaublich verletzt.«

»Na, das ist verständlich.«

»Unsere Ehe war schon vor dem Brief in einer Schieflage. Selbst als wir allein, als Ig im Internat und die Mädchen aus dem Haus waren. Er hat sich sehr verändert, Joan. Es ist, als ob er eine Wand zwischen uns errichtet hätte. Als ob er mir nichts mehr zu sagen wüsste.«

»Wie lange seid ihr jetzt zusammen? Über dreißig Jahre? Das ist eine lange Zeit.«

»Also war es das für uns? Aus und vorbei? Was ist mit dir und Glenn? Ihr seid doch noch länger verheiratet. Ist euch das auch passiert?«

»Ach Ange, jede Ehe ist anders«, erwiderte Joan. »Wir haben uns in etwas eingefunden, was ich eine entspannte Freundschaft nennen würde. Ich würde alles für ihn tun, und ich weiß, er für mich auch. Wir können uns immer noch über die Kinder und Enkel unterhalten. Was will ich denn sonst erwarten? Dass wir uns nach einem vornehmen Dinner im Salon niederlassen und leidenschaftlich über französische Philosophie und die Weltpolitik debattieren?«

Angela lächelte. Sie stellte sich den schweigsamen, ruppigen Glenn in einer Salonrunde vor.

Joan fuhr fort: »Ich habe es zu Genevieve gesagt, und zu dir sage ich es auch: Langjährige Ehen durchlaufen Phasen. Alle Paare durchleben Höhen und Tiefen. Jetzt seid ihr mal dran mit einer Phase.«

»Hoffentlich hast du recht.« Angela rieb sich den Hinterkopf und schloss die Augen.

Joan sah besorgt zu ihr. »Hast du immer noch diese schlimmen Kopfschmerzen?«

Angela nickte. »Nach Weihnachten gehe ich noch mal zum Arzt. Er hat gesagt, dass er mich an einen Spezialisten in Adelaide überweisen würde, wenn die Schmerzen dann noch da sind.«

»So lange kannst du doch nicht warten.«

»Vorher habe ich keine Zeit. Das Fest steht vor der Tür. Das Haus ist voller Menschen. Die Kinder. Celia. Und dann die Sache mit dem Brief …«

Joan stand auf. »Wir nehmen uns die Zeit. Wenn du je stabil und gesund sein musstest, dann jetzt.«

»Ich kann nicht. Ich muss kochen. Wir erwarten zweihundert Gäste.«

»Pech für sie. Wir fahren zu deinem Arzt nach Port Augusta. Du und ich. Und zwar jetzt.«

»Joan, das geht nicht. Die Teigrollen …«

»Angela? Ich entschuldige mich für das, was ich jetzt sagen werde, und ich werde es womöglich niemals wieder sagen, aber …«

Angela wartete.

»Scheiß auf die verfickten Teigrollen.«

Joan ging zurück ins Haus und erklärte Genevieve, dass sie mit Angela nach Port Augusta fahren wolle, um, so deutete sie an, etwas für das Fest zu erledigen. Angela saß schon im Wagen. Genevieve war so in ihre Googelei versunken, sie schaute gar nicht auf. »Viel Spaß. Und versuch, ihr etwas mehr über diesen mysteriösen Will zu entlocken, okay? Offenbar gibt es in England über zweihunderttausend Architekten namens William. Ig konnte sich nämlich nicht in ihre E-Mails hacken. Sie hat ihr Passwort schon geändert. Sieh mal, ob du das nicht auch rausbekommst, okay?«

Etwa zweihundert Kilometer entfernt saß Victoria ihrem ehemaligen Boss gegenüber. Ihre Karriere hatte vor zehn Jahren in Port Pirie mit einem Volontariat beim Radio begonnen, gleich im Anschluss an ihr Journalismus-Studium in Adelaide. Sie hatte dort ihre ersten Presseschauen verfasst, aus Zeitungen und den Verlautbarungen von Nachrichtenagenturen vorgelesen. Sie hatte ihren ersten Beitrag produziert und für Sondersendungen recherchiert. Dann war sie wieder nach Adelaide gezogen und hatte als Produzentin für überregionale Programme gearbeitet, bis sie den großen Schritt gewagt hatte und nach Sydney gegangen war. Wo es wirklich gut gelaufen war bis zu dem Moment, als alles spektakulär und sehr öffentlich schiefgelaufen war.

Wenigstens redete Keith nicht lange um den heißen Brei herum. »Das war mal ein Wahnsinnsbrief, den deine Mutter da geschrieben hat. Und das war okay für dich?«

»Sie hat das ja nur getan, damit du mich wieder einstellst«, spielte Victoria das Thema herunter. Wenigstens kam er gleich zur Sache. »Und offensichtlich hat es funktioniert. Hier bin ich.«

»In der Tat. Wie heißt es so schön? Das Einzige, was schlimmer ist, als wenn über einen gesprochen wird, ist, wenn nicht über einen gesprochen wird. Tut mir übrigens leid, dass ich nicht zu eurem Fest kommen kann. Mein Jüngster wird an dem Tag vier. Na schön, zum Geschäftlichen. Du bist wieder hier. Wie lange?«

»Das weiß ich noch nicht.«

»Du bekommst hier und jetzt einen Halbjahresvertrag, wenn ich mich darauf verlassen kann, dass du ihn erfüllst. Aber falls du daran denkst abzuhauen, sobald du ein Angebot in Adelaide oder anderswo bekommst, vergiss es. Ich will, dass du eine Doku für mich machst, Familienleben auf dem Land, durch die Brille mehrerer Generationen. Gute Interviews, gute Redaktion, guter Sendeplatz. Aber wenn du damit anfängst, will ich auch, dass du's zu Ende bringst.«

»Das klingt großartig, Keith. Danke. Muss ich mich gleich entscheiden? Hier und jetzt?«

»Ja.«

Victoria versuchte, das Bild von Genevieve zu verscheuchen, die kopfschüttelnd vor ihrem geistigen Auge stand und rief: *Nein, bloß nicht! Ein halbes Jahr? Bis dahin werden wir hier irre!*

Sie zwinkerte. Genevieve verschwand.

»Ich mach's.«

Dem folgte eine kurze Diskussion über das Gehalt und die übrigen Konditionen. Ja, sagte Victoria, sie würde in Errigal bleiben. Nein, es mache ihr nichts aus zu pendeln. Keith gab ihr zu verstehen, dass es ihr Projekt sei und sie es ganz auf ihre Weise angehen könne. Victoria konnte ihr Glück kaum fassen. Endlich war sie befreit vom Griff überspannter Egos und unkontrollierter Alkohol- und Drogenexzesse. Keith war so angenehm geradlinig. So wie immer. Und Gott sei Dank verbot sich bei ihm auch das Thema Affäre. Er war glücklich verheiratet und hatte mittlerweile, wie sie gehört hatte, mehrere Kinder. Sie hatte ihre Lektion in Sachen verheirateter Männer gelernt. Allerdings sah Keith noch immer ziemlich gut aus, auf seine schlaksige Weise. Damals war sie ein klein wenig in ihn verliebt gewesen, in ihren ersten richtigen Chef, der noch dazu zwölf Jahre älter war. Bei einer alkoholfreudigen Weihnachtsfeier, in ihrem ersten Jahr beim Sender, hatte er sie sogar geküsst. Victoria hatte gewusst, dass das nichts Ernstes war. Ein Jahr später hatte sie erfahren, dass er sich verlobt hatte. Sie war sogar auf seiner Hochzeit gewesen. Wie hieß seine Frau auch noch? Jenny? Jilly? Sie schaute sich auf seinem Schreibtisch um. Ja, da stand ein Foto von drei sehr niedlichen Kindern.

»Sag, wie geht es Judy? Und den Kindern?«, fragte sie, als das Dienstliche besprochen war.

»Julie geht es bestens, danke. Leider haben wir uns getrennt. Sie lebt jetzt in Quorn. Bei ihrem neuen Mann.«

»Keith, das tut mir leid. Was ist mit den Kindern?«

»Sind bei ihr. Ihr und ihm. Ich hab sie jedes zweite Wochenende. Immerhin ein Gutes. Wenn sie schon unbedingt eine Affäre haben musste, dann immerhin mit jemandem, der nur eine Stunde weit entfernt lebt.«

»Das tut mir wirklich leid.«

»Mir auch.« Er stand auf. Das Treffen war vorbei. »Okay. Am besten gehst du gleich zu Bert in die Technik, wegen der Ausrüstung. Ich seh dich dann nächste Woche mit den ersten Interviews. Die erste Sendung betreuen wir gemeinsam. Danach bist du allein am Zug.«

Victoria hatte ganz vergessen, dass Keith so abrupt sein, so plötzlich von Persönlichem zu Beruflichem wechseln konnte.

Auch sie stand auf. »Großartig. Danke. Bis dahin.«

Als sie an der Tür war, rief Keith sie noch einmal zurück.

»Sorry, mir ist da ein journalistischer Fehler unterlaufen. Ich hab dich nicht gebeten, deine Geschichte zu verifizieren.«

»Meine Geschichte?«

»Aus dem Brief deiner Mutter.«

Victoria spürte, wie ihr die Farbe ins Gesicht stieg. Sie verfluchte ihren blassen Teint. Ihr lag eine flapsige Erwiderung auf der Zunge, doch sie entschied sich für die Wahrheit. »Es stimmt. Ich hatte eine Affäre mit ihm. Und er war an besagtem Morgen völlig neben sich von Alkohol und Drogen, aber ich musste es ausbaden. Und mit allem anderen hat Mum auch recht. Ich bin nicht für die

Medienwelt in Sydney geschaffen. Ich war völlig überfordert.«

»Dich hat man, wie ich höre, ans Messer geliefert. Er hat einen tollen neuen Job bekommen, und du …«

»Überraschend Urlaub«, versuchte sie zu scherzen.

»Und, dauert die Affäre an? Falls ich das fragen darf.«

»Nein, das ist vorbei. Aber mehr erfährst du nicht, falls ich das sagen darf.«

»Das höre ich gern.« Wieder stand er abrupt auf. Er war wirklich groß, über eins achtzig. »Dieser Typ ist ein Idiot. Du bist viel zu gut für den.«

»Du kennst ihn?«

»Seit Jahren. Wir haben zusammen in Newcastle angefangen, vor fünfundzwanzig Jahren. Ich mochte ihn schon damals nicht.«

»Oh, okay. Na danke.«

»Jederzeit. Tut mir leid, dass mein väterlicher Rat etwas spät gekommen ist.« Er lächelte. Offen, aufrichtig. »Nun, vielleicht nicht väterlich. Du hast ja einen Vater. Mein freundschaftlicher Rat.«

»Wenn ich das nächste Mal etwas wirklich Dämliches im Sinn hab, komm ich vorher zu dir.«

»Mach das. Willkommen zurück, Victoria. Es ist schön, dass du wieder hier bist.«

»Es ist schön, wieder hier zu sein.«

Auf dem Weg nach draußen war Victoria versucht, die Absätze zusammenzuschlagen und einen Freudensprung zu machen. So katastrophal war ihr Leben gar nicht. Sie hatte einen Job, wenn auch einen befristeten. Sie war wieder zu Hause. Nicht nur auf dem schönen Errigal, bei ihrer Familie, sondern auch bei Genevieve. Okay, ihre Mutter hatte vorübergehend den Verstand verloren und alle möglichen Familieninterna ausgeplaudert, aber vielleicht war es doch nicht das Ende der Welt. Vielleicht schadete etwas mehr Ehrlichkeit ja gar nicht. Sicher, ihr Vater hatte die halbe Farm verpachtet, doch die andere Hälfte gehörte ihnen immer noch. Und wenigstens wurden dort Diamanten und nicht Uran oder Kohle vermutet. Und vielleicht war der Boden gar nicht so ergiebig. Vielleicht lief der Vertrag einfach nach fünf Jahren aus, und dann würde ihnen wieder ganz Errigal gehören. Die Zukunft sah mit einem Mal geradezu rosig aus. Und das nur, weil sie einen Job hatte. Die Chance auf einen Neuanfang.

Victoria hatte das Gebäude noch nicht verlassen, da hatte sie das Handy schon am Ohr, um Genevieve die gute Nachricht zu überbringen.

Joan und Angela warteten in neunzig Kilometer Entfernung im Ärztezentrum von Port Augusta. Ja, es sei dringend, hatte Joan an der Rezeption gesagt. Sehr dringend.

Eine halbe Stunde später saßen sie vor Angelas Hausarzt, Dr. Lewis. Joan kannte ihn seit seinen Kindertagen. Sie hatte nicht nur darauf bestanden, Angela ins Sprechzimmer zu begleiten, sie hatte ihm auch Angelas Kopfschmerzen geschildert.

»Genießen Sie es, eine offizielle Sprecherin zu haben, Angela?«, fragte Dr. Lewis.

»Wenn ich nicht wäre, wäre sie gar nicht hier«, erwiderte Joan. »Und du solltest mir danken, dass ich dir heute eine zusätzliche Kundin bringe. Nicht dass du das Geld bräuchtest. Es ist skandalös, wie viel du verlangst.«

»Vielen Dank, Joan«, sagte Dr. Lewis. »Und übrigens reden wir lieber von Patienten, nicht von Kunden.«

»Na schön. Ich hab meinen Job erledigt. Jetzt bist du dran.«

Die Untersuchung ging zügig. Dr. Lewis sah noch

einmal auf die Scans, die von einem früheren Termin stammten. Nach einer kurzen Unterredung mit Angela griff er zum Telefon.

»Na gut«, sagte er, als das Gespräch beendet war. »Sie haben einen Termin bei einem Facharzt. Leider erst in drei Wochen. Im Januar, gleich am ersten Tag nach den Praxisferien.«

»Drängt denn nicht die Zeit?«, fragte Joan, bevor Angela den Gedanken aussprechen konnte. »Was, wenn es ein Tumor ist?«

»Das glaube ich nicht. Die Scans vor vier Monaten waren eindeutig, wie ich Angela damals schon gesagt habe. Meiner Meinung nach werden die Kopfschmerzen durch etwas anderes ausgelöst. Es könnte muskulär sein. Oder Stress. Aber Sie brauchen Gewissheit ebenso wie eine zweite Meinung, und beides bekommen Sie von meinem Kollegen, Angela.«

»Es sind aber nicht nur Kopfschmerzen«, sagte Joan. »Erzähl schon, Ange.«

Jetzt hatte Angela keine Wahl. »Ich habe auch andere Symptome«, gestand sie. »Die Kinder sagen, dass ich ständig mit mir selbst spreche. Komische Dinge sage. Meine Gedanken laut äußere. Und in letzter Zeit sind mir ein paar ganz untypische Dinge passiert wie …«

»Ihr Weihnachtsbrief?«, fragte der Arzt.

»Sie wissen davon?«

Er lächelte kurz. »Auch ich stehe auf Ihrem Verteiler. Machen Sie sich keine Sorgen, ich vermerke die Symptome«, sagte er und machte sich Notizen. »Aber auch hier gilt, das alles könnte stressbedingt sein. Und außerdem liegt die Menopause gerade erst hinter Ihnen. Hormonschwankungen können sich massiv auf die Stimmung auswirken. Der Kollege wird sich das alles ansehen.«

»Und ich fahre dich, Ange«, sagte Joan. »Ich muss sowieso mal wieder nach Adelaide.«

Angela dachte an die Fahrt zum Flughafen. Die Ruhe und den Frieden. Die Zeit zum Nachdenken. »Das geht schon, Joan. Aber danke. Vielleicht bleibe ich ja über Nacht.«

»Eine vierstündige Autofahrt, ganz allein? Doktor, sollte sie das tun?«

»Haben Sie Blackouts, Angela?«

Sie schüttelte den Kopf. »Nur Kopfschmerzen. Und wenn es zu schlimm wird, mache ich eine Pause.«

»Das tun Sie bitte wirklich.«

Dr. Lewis brachte Joan und Angela zur Tür und berührte Angela beim Abschied kurz an der Schulter. »Keine Sorge. Das wird schon. Und wir sehen uns auf dem Fest.«

Victoria hatte sich nach ihrem Telefonat mit Genevieve zu einem Einkauf in Port Piries Supermarkt entschlossen. Sie hatte sich in Sydney schnell an die Annehmlichkeit gewöhnt, in den kleinen Laden an der Ecke zu sausen und frisches Brot und Obst zu kaufen. In Errigal hingegen, Scheunenfest oder nicht, waren nur die Gefriertruhen immer voll, lebten sie von Obst, Gemüse und Brot in Tiefkühlform. Wenn es drängte, konnten sie nach Hawker fahren, aber der dortige Laden erhielt nur ein- oder zweimal in der Woche frische Ware. Victoria füllte vier Tüten mit Äpfeln, Orangen, Erdbeeren, Bananen und sogar Mangos. Mit Croissants, knusprigen Brötchen und Baguettes. Auch die Käseauswahl war erstaunlich groß. Victoria nahm einen köstlich weichen Camembert und einen cremigen Blauschimmelkäse aus Tasmanien. Griff dann zu Törtchen, so süß und saftig. Und einem frischen Apfelkuchen. Der würde Ig bestimmt schmecken. Und ihr selbst. Sie war fest entschlossen abzunehmen, etwas für ihre Fitness zu tun, jeden Morgen eine Stunde lang zu joggen, ehe es tagsüber zu heiß wurde. Aber sie war gerade erst in Errigal angekommen. Die letzten Monate hatten sehr viel Kraft gekostet. Die Diät lief ihr nicht weg.

Victoria hatte die Einkäufe im Kofferraum verstaut und ging zur Fahrertür. In dem Moment erklang ihr Name. Sie erstarrte. Diese Stimme hatte sie zehn Jahre nicht gehört. Und beinahe ebenso lange gebraucht, sie zu vergessen. Sich zu zwingen, sie zu vergessen.

Da erklang die Stimme wieder. Victoria drehte sich um. Es war keine Einbildung.

Es war Fred Lawson.

Er kam mit einem Lächeln auf sie zu.

Kapitel 17

Es war der Morgen vor dem großen Fest. Die gesamte Familie hatte sich in der Küche um den großen Tisch herum versammelt. Joan war ebenfalls anwesend. Das Treffen hatte sie angeregt.

Joan war im Verlauf der letzten Tage, als alle gemeinsam Stühle und Tische aufgestellt, die Gläser poliert und die Bar hergerichtet hatten, zur allseitigen Vertrauten geworden. Alle hatten ihr gegenüber ihre Angst vor dem Scheunenfest geäußert. Alle, außer Nick, aber Joan konnte sich in etwa vorstellen, wie es in ihm aussah. Und so hatte sie entschieden, dass es an der Zeit war, die Bedenken offen vorzutragen.

Sie stand auf und wartete, bis alle Augen auf sie gerichtet waren. »Also dann. Ich will euch allen etwas sagen. Euch Kinder kenne ich schon als Babys. Dich, Nick, kenne ich aus Kindertagen. Und dich kenne ich seit dreiunddreißig Jahren, Angela. Daher erlaube ich mir, hier und jetzt zu euch zu sprechen. Ihr alle müsst eine Entscheidung wegen der Party heute Abend treffen. Sie ist nicht aufzuhalten, obwohl das einigen von euch bestimmt lieber wäre. Das Fest ist eine große Sache. Ihr habt seit Jahren darauf gewartet, es einmal auszurichten. Aber jetzt müsst ihr euch entscheiden, wie ihr euch verhalten wollt.«

»Wen kümmert's, wie ich mich verhalte? Ich will gar nicht da sein«, klagte Lindy am Rande eines Tränenausbruchs.

»Nun, Lindy, das ist mir klar geworden«, sagte Joan. »Aber du *wirst* da sein. Weil es das große Fest in *eurem* Wollschuppen ist und all eure Nachbarn kommen.«

»Falls sie sich nicht doch in letzter Sekunde zu einem Boykott entschließen«, murmelte Genevieve.

»Das habe ich gehört, Genevieve. Niemand wird die Party boykottieren. Ich habe gestern Abend rumtelefoniert. Alle kommen. Aber seit ihr Angelas Brief gelesen habt, führt ihr euch auf, als hättet ihr zu einer Massenexekution geladen. Ich finde, es ist an der Zeit, die Opferrolle aufzugeben. Nutzt die Gelegenheit. Wenn ihr Angst habt, dass hinter eurem Rücken geredet wird, tretet vor die Rücken und redet selbst.«

»Was ist denn das für eine Formulierung?«, fragte Victoria.

»Unterbrich mich nicht, Victoria«, sagte Joan. »Natürlich haben die meisten eurer Gäste den Brief gelesen. Und die übrigen werden ihn lesen wollen. Aber sie alle werden eine Familie kurz vor dem Zusammenbruch erwarten. Steht einig da, Seite an Seite. Werft euch in die Schlacht.«

»Wo hast du das denn her?«, fragte Genevieve. »Hast du *Game of Thrones* gesehen?«

»Wenn du mich so fragst, ja, habe ich. Und ich habe eine Idee. Wenn heute Abend alle da sind, sollte sich jeder von euch erheben und eine kurze Rede halten. Bezieht euch auf den Brief. Zieht ihn ins Lächerliche. Glaubt mir, damit bringt ihr nicht nur das Gerede zum Verstummen, damit zeigt ihr euch auch als geeinte Front. Und, Lindy, hör auf zu schniefen. Wenn du dein Kissen rechtzeitig fertig hast, kannst du es sogar als Beispiel deiner exquisiten Stickkunst zeigen.«

Das Schniefen hörte auf.

Joan geriet in Fahrt. »Mal im Ernst, was wäre die Alternative? Das Fest in letzter Minute abzusagen? Ganz unmöglich. Es durchzuziehen, ihr mit eingefrorenem Lächeln, die Gäste mit betretenem Schweigen, sobald ihr in der Nähe seid? Ganz entsetzlich. Immerhin war eure Mutter in ihrem Brief von Grund auf ehrlich. Wo gibt's das heute noch? Ich sage euch, steht auf, seid stolz, räumt das Getratsche aus dem Weg und schmeißt ein Fest für eure Nachbarn, das sie nie vergessen werden.«

Erwartet hatten sie zweihundert Gäste. Um halb acht waren es schon beinahe dreihundert. Die Hälfte der Teigrollen war schon fort. Ebenso ein Drittel aller Sandwiches. Es sah aus, als ob ein Heuschreckenschwarm über die Salatbar hergefallen wäre.

Angela, die am Eingang des Wollschuppens stand, musste Joan recht geben. Es lag eindeutig eine Mischung aus Spannung und Schadenfreude in der Luft. Offenbar erwarteten alle, dass sich die Gillespies ignorierten oder gegenseitig an die Gurgel gingen.

Am Ende hatten sie Joans Vorschlag gebilligt. Sie würden auf dem Fest eine kurze Rede halten. Lindy hatte sich am heftigsten gesträubt, doch auch sie hatte schließlich eingelenkt. Um acht Uhr sollte es losgehen, nach den ersten Drinks.

Es war fünf Minuten vor acht. Angela trat zurück und sah sich um. Trotz der spürbaren Unruhe unter ihren Gästen war die Stimmung festlich. Ringsum wurde laut geredet, fröhlich untermalt von Frank Sinatra und Ella Fitzgerald, die später von Motown-Hits abgelöst werden sollten. Das Essen war von vielen schon gelobt worden. Niemand hatte bislang, zumindest nicht ihr gegenüber, den Pachtvertrag erwähnt. So weit, so gut. Zwar hatte sie wieder Kopfschmerzen, doch die äußerten sich eher als dumpfer Druck denn als brüllendes Kreischen.

»Ich glaube, es ist an der Zeit«, sagte Joan, die sich zu Angela gesellte. »Erstickt den Tratsch im Keim.«

Angela fing einen Blick von Genevieve auf und nickte. Victoria und Lindy folgten.

Auch Ig erschien. »Ich bin bereit.«

»Ach Ig, du musst doch keine Rede halten«, erwiderte Angela.

»Du hast gesagt, ich wär ein Freak.«

»Das war liebevoll gemeint.«

»Ich will trotzdem etwas sagen.«

»Lass ihn doch, Angela«, warf Joan ein. »Einer für alle, alle für einen.«

Angela führte ihre Truppe auf dem Weg zu der kleinen provisorischen Bühne aus Paletten an. Alle reihten sich neben ihr auf. Angela schaltete das Mikrofon ein. Es quietschte laut, was für die nötige Aufmerksamkeit sorgte. Angela schaute sich um. Ihre Hände zitterten, doch sie sprach mit fester Stimme. Joan lächelte Angela vom Rand der Bühne aus aufmunternd zu.

»Willkommen, alle miteinander, und danke, dass ihr heute Abend hergekommen seid«, begann Angela. »Wir waren im Laufe der Jahre auf so vielen eurer Feste, es ist großartig, dass wir uns endlich einmal revanchieren können.« Sie machte eine Pause. »Einige unter euch haben meinen Weihnachtsbrief erhalten. Danke für die Rückmeldungen. Das war trotzdem und definitiv das letzte Mal, dass ich so etwas unter dem Einfluss eines Wahrheitsserums geschrieben habe.« Allgemeines Gelächter erklang. »Nun ist der Brief ja schon wieder ein paar Wochen alt, und darum fanden wir, das wäre die perfekte Gelegenheit für ein kleines Update. Und damit zu Genevieve.«

Genevieve trat nach vorn und ergriff das Mikrofon. »Danke, Mum, und hi an alle. Es ist toll, wieder zu Hause zu sein. Ihr werdet Mum vermutlich darin zustimmen, dass ich segenswerterweise meinen künstlichen amerikanischen Akzent wie auch meine Dreadlocks in New York gelassen habe. Und da ich immer eine brave und folgsame Tochter war, habe ich, wie Mum sich das erhofft hat, auch der amerikanischen Film- und Fernsehwelt Lebewohl gesagt und bin für eine Weile nach Hause gekommen. Reden wir nicht groß darüber. Im Klartext, ich bin wieder da, mit Kamm, Schere, Führerschein, bin beweglich, also meldet euch, falls jemand einen neuen Look will. So weit von mir. Danke. Und nun zu Victoria.«

Victoria trat nicht ganz so selbstbewusst wie ihre Zwillingsschwester vor. »Ich möchte an dieser Stelle Mum dafür danken, dass sie euch über mein Tun in Sydney aufgeklärt hat. Und ich möchte diese Gelegenheit dazu nutzen, euch mitzuteilen, dass ich gerade freiberuflich für den Sender in Port Pirie an einer Dokumentation über das Leben auf einer Farm arbeite. Wenn mir also irgendjemand unter euch seine Familiengeschichte erzählen will, sprecht mich bitte an. Und, ja, alles, was Mum geschrieben hat, ist wahr, und, nein, es wird meinerseits keine weiteren Kommentare dazu geben, da ich mich nicht weiter belasten und auf weiteren unvorteilhaften Fotos im Pyjama sehen will.« Weiteres Gelächter. Victoria machte einen unbeholfenen Knicks und trat zurück.

»Du knickst?«, flüsterte Genevieve. »Für was hältst du das hier? Ein Musical?«

»Sei still, sonst schnapp ich mir das Mikro wieder und erzähle allen, dass du mit dem Bruder des Regisseurs geschlafen hast.«

Als Nächste war Lindy an der Reihe. Sie trat mit ihrem Kissen vor. Lindy schaute stur geradeaus, über die Menge hinweg. »Ich bin sehr froh, dass ich zu Hause bin, und auch ich möchte Mum dafür danken, dass sie sich so offen über mein neues Unternehmen geäußert hat. Nun aber kann ich voller Stolz verkünden, dass das Kissen-Geschäft voll angelaufen ist. Diese Woche gab es einen sprunghaften Anstieg meiner Aufträge, und zwar um hundert Prozent. Von null auf eins.« Erneutes Gelächter. »Aber falls irgendjemand hier ein Kissen will, ein handgefertigtes, einzigartiges Andenken, geht bitte auf meine Webseite. Und wenn ihr den Code ›Scheunenfest‹ eingebt, bekommt ihr zehn Prozent Rabatt. Danke. Euch allen einen tollen Abend.«

Sie trat nach hinten und reichte das Mikrofon an Ig. Angela erweichte es das Herz, als sie sein ernstes Gesicht unter dem tiefroten Haar sah. Es war noch immer viel zu lang. Er hatte Genevieve noch nicht ans Werk gelassen.

Ig schüttelte sich das Haar aus den Augen und sprach mit klarer Stimme. »Hi, alle. Ich wollte nur den anderen Kids hier sagen, dass Robbie und ich nachher draußen in unserem Häuschen sind, falls jemand mit uns spielen will.«

Nun war Angela wieder an der Reihe. »Danke noch einmal, dass ihr alle gekommen seid. Stürzt euch auf das Essen und die Getränke. Ich wünsche euch allen einen tollen Abend.«

Zu ihrer großen Überraschung erschien Nick an ihrer Seite und streckte stumm die Hand aus. Angela reichte ihm das Mikrofon.

Er trat vor und richtete sich auf. Angela wurde es erneut ganz warm ums Herz.

»Willkommen, alle miteinander. Nun bin ich dran. Ich war schließlich eine der Hauptfiguren in Angelas berühmtem Brief, also muss auch ich bei dieser Gelegenheit etwas sagen. Zunächst einmal, ich habe keine Affäre mit dieser Frau aus Irland. Auch nicht mit irgendeiner anderen Frau. Was die andere Sache angeht, viele von euch wussten ja schon, dass ich die Hälfte von Errigal an ein Bergbau-Unternehmen verpachtet habe. Ich hatte keine Wahl. Aber das ist alles meine Schuld, nicht die meiner Frau oder meiner Kinder. Wenn hier also jemand wütend sein will, dann auf mich, nicht auf sie. Das war meine Entscheidung. Ich bin schuld, ich habe schlecht gewirtschaftet.«

»Da war die Dürre schuld, nicht du!«, rief ein Mann aus der ersten Reihe.

»Ich hätte damit besser umgehen müssen«, sagte Nick.

»Mann, den einen trifft's, den anderen nicht«, rief ein weiterer Gast.

Nick schüttelte den Kopf. »Ihr sollt alle wissen, dass mir die Entscheidung wirklich nicht leichtgefallen ist. Ich weiß, was so ein Pachtvertrag bedeutet. Ich weiß, wie sehr ihr euch um die Folgen sorgt. Ich bin hier aufgewachsen. Ich habe mein ganzes Leben hier verbracht. Ich liebe dieses Land nicht weniger als jeder Einzelne unter euch. Ich kenne seine Geschichte, meine Geschichte, mit vier Generationen Gillespies. Aber ich …« Er brach ab. Nach einer Weile ergriff er das Wort erneut. »Ich hatte keine Wahl. Es tut mir leid.«

»Wenn ich Diamanten auf meinem Land vermuten würde, hätte ich das auch gemacht«, rief ein dritter Gast.

»Du warst nicht als Einziger in Nöten, Nick«, ergänzte noch ein anderer.

Nick sagte nichts. Er stand nur da und schaute seine Nachbarn an.

»O Gott, ich glaub, gleich fließen Tränen«, flüsterte Genevieve ihrer Zwillingsschwester zu.

Tränen flossen nicht. Doch als Nick noch einmal allen für ihr Kommen dankte, brach ihm fast die Stimme.

Im Schuppen schwoll Applaus an. Victoria drehte die Musik wieder auf. Ella Fitzgerald röhrte los. Die Gespräche gingen weiter.

Angela flüsterte ihrer Freundin zu: »Danke, Joan.«

»Jederzeit, Ange.«

Kurz darauf besprachen sich Genevieve und Victoria neben der Bühne.

»Ist er da?«, fragte Genevieve.

Victoria schüttelte den Kopf. »Vielleicht wollte er am Ende doch nicht kommen.«

»Ich seh keinen von den Lawsons. Vielleicht verspäten sie sich ja. Ich fass es trotzdem nicht, dass du mir eben erst gesagt hast, dass er wieder da ist. Du mit ihm geredet hast. Du sollst mir doch immer alles und sofort erzählen.«

»Ich hatte Angst, dass dir das nicht gefällt.«

»Natürlich nicht. Ich hätte ihm die Nase gebrochen, wenn ich ihn gesehen hätte. Schließlich hat er dir das Herz gebrochen, falls du dich erinnerst.«

»Das ist so lange her. Und er wollte mir doch nicht das Herz brechen. Er hat mir damals alles erklärt. Das habe ich dir nur nie im Detail erzählt.«

»Du hast ja plötzlich ziemlich viel Verständnis.«

»Genevieve, sei mir nicht böse. Wir haben uns eine halbe Stunde unterhalten, bei einem Kaffee ...«

»Und, was hatte er zu sagen? Ist er dauerhaft zurück? Mit seiner kanadischen Ehefrau? Kanadischen Kindern?«

»Keine Ahnung. Ich bin gar nicht dazu gekommen, das zu fragen. Er wollte nur über mich reden. Er hatte Mums Brief gelesen. Er wollte wissen, wie es mir geht. Er hatte sich Sorgen um mich gemacht.«

»Die hätte er sich vor zehn Jahren machen sollen.«

»Genevieve, bitte. Er musste gehen. Und ich glaube, das habe ich auch immer irgendwo gewusst. Er ist kein übler Kerl. Wirklich nicht.«

»Wie sieht er denn heute aus? Wie alt ist er jetzt, zweiunddreißig, dreiunddreißig? Hat ihn die Weite der Prärie Haar und Haltung gekostet? Ist er fett geworden, von Steaks und Ahornsirup?«

Victoria musste lachen. »Die Weite der Prärie hat er nicht erlebt, er hat als Agrarökonom gearbeitet. Ich weiß nicht einmal, ob es in Kanada überhaupt Prärien gibt. Er sieht wie immer aus.«

»Und das ist wie? Ich habe nämlich versucht, sämtliche Erinnerungen an diesen Kerl zu löschen.«

»Ehrlich?«, fragte Victoria.

»Ehrlich«, sagte Genevieve.

»Er sieht toll aus.«

Um Viertel vor neun traf die Schreckliche Jane im Verbund mit den übrigen Lawsons ein. Lindy hatte den ganzen Abend lang nach ihnen Ausschau gehalten. Sie war froh, dass sie die Reden verpasst hatten. Die Lawsons hielten regelrecht Einzug. Sie waren immer schon eine attraktive Familie gewesen: alle Kinder groß und blond – die drei Jungen und auch Jane – alle nun in den Zwanzigern und Dreißigern, alle erfolgreich. Lindy zählte mit, eins, zwei, drei, vier. Der Vierte war Fred. Wow. Fred war also aus Kanada zurück. Ob Victoria das wusste? Lindy wollte sich gerade auf den Weg machen und sie suchen, da fiel ihr ein neues Gesicht in der Gruppe auf. Die Lawsons hatten nicht etwa Familienzuwachs bekommen. Nein, es war Richard aus Melbourne. Janes Mitbewohner.

Lindy eilte zur Bar, wo Genevieve ihre Hollywood-Geschichten zum Besten gab. »O ja, es ist allgemein bekannt, dass sie lesbisch ist. In der Branche ist das ein offenes Geheimnis. Doch die homophobe Realität sieht leider so aus, dass sie für keine einzige romantische Komödie mehr besetzt würde, wenn das allgemein bekannt wäre. Die Ehe ist reine Fassade.«

Lindy zog sie zur Seite. »Ich dachte, du hättest dem Tratsch abgeschworen.«

»Ich tratsche nicht. Ich spreche die Wahrheit. Was ist los? Du siehst aus, als würdest du gleich explodieren.«

»Tu ich auch. Die Schreckliche Jane ist hier. Und mit ihr Fred. Du musst Victoria warnen. Und das ist längst nicht alles. Sie hat Richard mitgebracht. Richard aus Melbourne. Meinen Richard. Hilf mir. Bitte.«

»Natürlich. Als Erstes, Ruhe bewahren. Als Zweites hierbleiben. Und atmen. Victoria!«

Victoria schaute von der gegenüberliegenden Seite der vollen, lauten Scheune auf. So etwas zu sehen machte Lindy jedes Mal aufs Neue fassungslos. Ihre Zwillingsschwestern waren wie Hunde, die auf ein Pfeifen reagierten, das für das menschliche Ohr nicht hörbar war.

Victoria gesellte sich zu ihnen. Genevieve brachte sie auf den neuesten Stand. Die Schreckliche Jane schien zu spüren, dass die Gillespie-Schwestern zu ihr sahen. Sie marschierte schnurstracks auf sie zu, Richard im Gefolge. Ihre Brüder und Eltern waren schon in der Menge untergetaucht.

Genevieve, oder auch Victoria, zwickte Lindy. »Schultern gerade«, flüsterte eine der beiden.

»Hi, Lindy!«, sagte Jane. »Das ist aber schön, dass wir uns so bald wiedersehen.«

»Hallo, Jane«, sagte Lindy so heiter wie ein Bestatter. »Hallo, Richard.«

»Hallo, Jane! Hallo, Richard!«, kam es unisono rechts und links von Lindy. Ein erneutes Kneifen. Sie reckte die Schultern.

Jane richtete ihre Aufmerksamkeit auf die Zwillinge. »Na, ihr zwei, willkommen daheim! Ihr hattet ja, wie man hört, ein Jahr mit allerlei aufregenden Erlebnissen.«

Genevieve lächelte. »Bezieht sich das ›wie man hört‹ auf Mums Weihnachtsmail? Die war doch zum Schreien, oder? Eine ihrer besten überhaupt. Was haben wir gelacht, als wir sie uns mit verteilten Rollen vorgelesen haben, oder, Victoria und Lindy? Aber das machen wir ja jedes Jahr. Die altmodischen Vergnügungen sind immer noch die besten, findest du nicht, Victoria?«

»Zweifelsohne, Genevieve«, lächelte Victoria. »Und, Jane, du bist Weihnachten zu Hause? Und hast einen Freund mitgebracht, wie ich sehe.«

»Das ist mein Mitbewohner. Eine Weihnachtswaise. Seine Eltern sind außer Landes, also ist er bei uns.«

»Entzückend«, sagte Genevieve. »Nur dein Mitbewohner? Nicht dein Freund?«

Janes Augen wurden schmal. »Was geht dich das an?«

»Wie du sicher aus dem Brief meiner Mutter weißt, bin ich eine fürchterliche Tratschtante«, sagte Genevieve. »Aber ehe ich Geschichten über andere verbreite, klär ich immer gern die Fronten.«

»Er ist mein Mitbewohner.« Der Tonfall war eisig.

»Danke für die Klarstellung«, erwiderte Genevieve vergnügt.

Jane wandte sich an Lindy. »Und, wie läuft es mit den Kissen?«

Victoria antwortete an ihrer Stelle. »Es läuft wie wild! Mums E-Mail hat gewirkt. So was nennt man wohl virales Marketing.«

In dem Moment mischte sich, der Zeitpunkt hätte nicht besser sein können, eine Bekannte aus Hawker ein. »Das mit den Kissen klingt toll, Lindy. Kannst du mir eins mit ›Herzlichen Glückwunsch zu meinem Geburtstag‹ sticken? Dann kriegt mein Mann ein dauerhaft schlechtes Gewissen.«

»Garantiert. Ich ruf dich Montag an«, versprach Lindy.

»Du bist also auch wieder hier, Victoria«, sagte Jane. »War Sydney doch ein bisschen viel für dich?«

»Stimmt, du hast ja unsere Ansprachen verpasst, oder? Ja, ich arbeite jetzt als Freie für den Sender in Port Pirie. An einer Serie über die Familien aus der Gegend, die ihre Spuren hinterlassen, sich in die Gemeinschaft eingebracht oder hier schon eine lange Geschichte haben.«

Dem folgte eine Pause. Jane wartete offensichtlich darauf, dass Victoria sie auf ihre Familie ansprach. Was Victoria nicht tat.

Lindy konnte die Spannung nicht länger ertragen. Sie wandte sich an Richard. »Und, bleibst du länger?«

»Ein paar Wochen, bis Anfang Januar. Ich …«

Jane fiel ihm ins Wort. »Er kommt über Neujahr mit zum Zelten. Sein erster Campingtrip. Ein echtes Stadtkind, oder Richard?« Jane sah Victoria direkt in die Augen. »Fred ist übrigens auch aus Kanada zurück. Wir haben gerade volles Haus.«

»Fred ist wieder da?« Genevieve spielte die Überraschte. »Das sind ja tolle Neuigkeiten! Zu Weihnachten oder auf Dauer?«

»Auf Dauer«, sagte Jane.

»Und mit kanadischer Ehefrau und einer Truppe kanadischer Kinder?«, fragte Genevieve.

»Ohne«, sagte Jane. »Er ist Single.«

»Man stelle es sich vor!«, sagte Genevieve. »So ein attraktiver Mann und Single. Du bist ein Quell des Wissens, Jane, ich danke dir.« Sie schenkte ihr ein breites, künstliches Lächeln und wandte sich an ihre Schwestern. »Mum wirft uns schon wütende Blicke zu. Wir sollen Teigrollen verteilen. Ihr habt doch neben den Reden nicht auch das Büfett versäumt, Jane? Richard? Ihr bedient euch bitte?«

Victoria fasste ihre jüngere Schwester am Ellbogen. »Lindy, kommst du?«

Lindy wandte sich zu Jane und Richard zurück. »Bis nachher.«

Jane nickte nur.

»Das hoffe ich«, erwiderte Richard.

»›Das hoffe ich‹«, echote Genevieve, als sie außer Hörweite waren. »O Lindy, ich glaub, der mag dich.«

Lindy überhörte den Kommentar und ließ die Schultern sinken. »Danke, euch beiden.«

»Jederzeit«, kam es unisono.

Kapitel 18

Ig zeigte den jüngeren Kindern sein Spielhaus. Ein Junge wollte es schon auseinanderbauen und neu zusammensetzen. Ig konnte ihn gerade noch stoppen, als er an einem der Kartons zog. »Mein Haus, meine Regeln.«

Am Ende der Führung – sie dauerte nicht sehr lange – setzten sich alle auf den Boden.

»Spielst du hier mit deinem Fantasiefreund?«, fragte eins der Kinder.

»Hier. Überall«, sagte Ig.

»Und wie findet man einen Fantasiefreund?«, wollte ein anderes Kind wissen.

»Man entscheidet sich einfach dazu.«

»Dann könnten wir alle einen haben?«

»Klar.«

»Wann? Jetzt?«

»Wann du willst.«

»Wie heißt deiner?«

»Robbie.«

»Ich werde meinen Spiky nennen.«

»So heißt doch eure Katze«, warf ein anderes Kind ein.

»Wieso soll er nicht wie meine Katze heißen, Ig?«

»Ich würd's nicht tun. Sonst weiß doch keiner, wer gemeint ist, wenn du rufst.«

»Oh, stimmt.«

Danach verfielen alle in Schweigen und überlegten sich passende Namen für ihre neuen Fantasiefreunde.

Nick stand mit drei Männern an der Bar. Er hatte seine Nachbarn in jüngster Zeit nicht oft gesehen. Er sei so sehr mit seiner Ahnenforschung beschäftigt, sagte er. Alle nickten. Auch sie hatten Angelas Brief gelesen. Als Nick noch richtig auf der Farm gearbeitet hatte, war er einmal in der Woche nach Hawker gefahren, um im Pub ein paar Bier zu trinken, über das Leben und die Arbeit, die Familie und den Sport zu reden. Das hatte er seit Monaten versäumt. Es gab nicht viel zu sagen. Zumindest nichts Erfreuliches. Außerdem hatte er schon zu viele Geschichten gehört, wonach manche Männer aus der Gegend ihren Kummer in schlechten Zeiten derart im Alkohol ertränkt hatten, dass sie in den besseren Zeiten zur Arbeit nicht mehr fähig gewesen waren. Nick hatte sich vor Monaten vom Alkohol verabschiedet. Auch an diesem Abend trank er Cola.

Er dachte an die letzte Sitzung mit Jim, seinem Psychologen. Sein Arzt hatte recht gehabt, die Gespräche halfen. Jim wirkte selbst wie ein Farmer: stämmig, ein wenig jünger als Nick. Jemandem wie Jim hätte Nick in Hawker beim Pferderennen oder Football begegnen können. Das erleichterte es Nick, sich ihm zu öffnen. Eigentlich hatte er den Typus Intellektueller erwartet, der auf ihn herabsehen würde. Jim hingegen war sehr bodenständig.

Er hatte Fragen gestellt. Zugehört. Nick noch genauer erklärt, wie er lernen konnte, seine Gedanken zu kontrollieren. Wie wichtig es war, dass er fit blieb, sich bewegte, irgendeinen Sport betrieb. Sich beim Alkohol zurückhielt.

Nick hatte mit ihm auch über seine Irlandreise gesprochen. Dass er nach Angelas Brief erwogen hatte, die Reise abzusagen. Dass er das aber nach langer Überlegung verworfen hatte. Damit hätte er all das Geld, das er schon für die Forschung ausgegeben, Carol schon für die Planungen bezahlt hatte, vergeudet. Stattdessen würde er die Reise abkürzen, nur nach Irland fahren, nicht nach London, Italien oder Frankreich. Und er würde auch nicht erneut mit Angela besprechen, ob sie mit ihm kommen wolle.

Nach Angela hatte Jim ebenfalls gefragt. Nach ihrer Ehe. Das Thema war schwieriger gewesen. Nick hatte versucht, darüber zu sprechen, doch dann waren die Worte versiegt. Ein Schritt nach dem anderen, hatte Jim gesagt. Der nächste Termin war schon vereinbart, im Anschluss an Weihnachten. Auf dem Weg aus der Praxis hatte Nick etwas gefühlt, das er seit langer Zeit nicht mehr gefühlt hatte. Einen leichten Hoffnungsschimmer.

»Bier, Nick?«

Ein Nachbar. Einer, den Nick seit Monaten nicht gesehen hatte.

»Ich hab noch, danke, Mann«, sagte er und hielt sein Glas mit Cola hoch. »Aber ich hol dir eins.«

Celia saß am Rand des Schuppens bei drei Frauen ihres Alters. Am späteren Abend war so etwas wie eine Disco für die Jüngeren geplant, im Moment jedoch war die Musik noch ganz erträglich.

Es gab nur ein Thema: Angelas Brief.

»Ich finde, du nimmst das wirklich gut auf«, sagte eine der Frauen. »Ich wäre außer mir vor Wut.«

Diese Frau war, soweit sich Celia erinnerte, ein Leben lang außer sich vor Wut gewesen. »Wenn man den Humor verlieren würde, wo käme man dann hin?«

»Aber Angela hat dich eine besserwisserische alte Schrulle genannt. Wie hältst du es da unter ihrem Dach aus?«

»Ansonsten hätte ich Weihnachten allein zu Haus verbracht. Was blieb mir anderes übrig?«

Darauf schwiegen alle.

Lindy stand an der Bar. Plötzlich spürte sie ihn neben sich. Richard.

»Toller Schuppen. Tolle Party«, sagte er.

Er lächelte sie an, und sie hatte plötzlich den Drang, ihm alles zu erklären.

»Es tut mir leid, wenn wir eben etwas seltsam waren. Genevieve und Victoria haben nur versucht, mich vor der Schrecklichen Jane zu beschützen.«

»Der Schrecklichen Jane?«

»So heißt sie bei uns. Schon seit sie mir in der Schule das Leben schwer gemacht hat.«

»Also hat sie sich seitdem wenig verändert?«

Lindy blinzelte. »So sprichst du über eine Freundin?«

»Mitbewohnerin, nicht Freundin. Sie ist sogar eine tolle Mitbewohnerin. Vielleicht ein bisschen zu bestimmend, aber sie wohnt ja auch mit drei Jungs zusammen. Ohne sie würde alles im Chaos versinken.«

»Na ja, ich glaube, dass sie in dir mehr als einen Mitbewohner sieht, sonst hätte sie dich kaum eingeladen.«

»Das war reines Mitleid.«

Lindy schnaufte. »Sie wollte hier bloß mit einem attraktiven Mann aufkreuzen, damit alle denken, dass du ihr Freund bist.«

»Du findest mich also attraktiv?«

»Ich finde dich sogar sehr attraktiv«, sagte sie bedauernd. Sie hätte sich den letzten Drink sparen sollen. Gin schlug ihr immer aufs Gemüt.

»Ich wünschte, du hättest mir damals deine Nummer gegeben«, sagte er.

»Oh«, sagte sie und wurde rot.

»Würdest du sie mir jetzt geben? Ich könnte dich ja anrufen, wenn wir vom Campen zurück sind. Dich besuchen, bevor ich wieder nach Melbourne fahre.«

In dem Moment näherte sich die Schreckliche Jane. Lindy hätte sowieso Ja gesagt. Aber da Jane in der Nähe war, wurde ihr Lächeln noch ein wenig strahlender. Und vermutlich sprach sie auch bewusst laut, als sie Richard ihre Nummer gab.

»Ich fände es toll, wenn du mich besuchst, Richard. Wann immer es dir passt.«

»Alles okay?« Joan gesellte sich zu Angela.

»Bestens. Glaube ich zumindest. Wie kann das sein?«

»Vielleicht bist du betrunken?«

»Ich hab nicht einen Tropfen angerührt.«

»Hast du heute Abend viel mit Nick gesprochen?«

Angela schüttelte den Kopf und rieb sich die Schläfen.

»Quält dich dein Kopfschmerz?«

»Nein«, log sie.

Joan sah sie skeptisch an. »Mach mal eine Pause. Trink mal ein Glas Wein. Ich hole in der Zwischenzeit neue Teigrollen.«

Angela hörte auf den Rat. Sie ging zur Bar und goss sich ein Glas Wein ein. Sie blieb nicht lange allein. Sie wurde augenblicklich auf den Brief angesprochen. Und erfuhr auf diesem Weg auch viel von ihren Gästen. Von einer Nachbarin hörte sie, wie schwierig deren Mann war: »Sei doch froh, dass Nick nicht mit dir redet. Mein Mann hält nie den Mund.« Von einer anderen, wie schwierig deren Kinder waren: »Wenigstens haben deine Kinder das Haus schon mal verlassen. Meine hocken immer noch bei mir.« Eine weitere Nachbarin hatte eine sehr entschiedene Meinung zum Thema Familientreffen: »Eine Erfindung des Teufels. Wer will in einem Raum mit hundert Menschen sein, die wie du aussehen, nur schlimmer?«

»Und Nick fährt wirklich nach Irland?«, fragte eine andere. »Ganz allein? Auf Erkundungstour?«

Eine weitere Nachbarin mischte sich ein. »Ich hab auch gehört, dass er davon gesprochen hat. Ende Februar, oder?«

Also wollte er noch immer fahren. Das hatte er ihr nicht gesagt. »Das ist doch eine tolle Idee«, erwiderte Angela fröhlich. »Wer soll sich sonst davon überzeugen, dass das Dach nicht leckt, ehe sich zweihundert anspruchsvolle Gillespies in dem Hotel versammeln?«

»Und es findet in Cork statt, oder? Mein Ururgroßonkel war aus Cork. Oder war es Carlow? Eine faszinierende Geschichte jedenfalls. Er ist schon 1840 nach Australien gekommen, nachdem er und seine …«

Angela nutzte die Gelegenheit. »Würdet ihr mich bitte entschuldigen? Ich muss noch ein paar Teigrollen aufwärmen.«

Unterwegs hielt Angela nach den Zwillingen Ausschau. Sie brauchte Hilfe in der Küche. Genevieve saß in einer Ecke, von zahlreichen Zuhörern umringt, die an ihren Lippen hingen. Angela wollte sich nicht einmal ausmalen, welche Hollywood-Gerüchte Genevieve verbreitete. Victoria war schwieriger zu finden. Sie saß am Rand des Schuppens, auf einer der langen Holzbänke, und unterhielt sich. Sie unterhielt sich nicht nur, sie lächelte und lachte. Ihr Gegenüber war ein Mann. Ein blonder Mann. Ein irgendwie vertrauter Mann.

Angela blieb fassungslos stehen. War das wirklich …? Sie erkannte ihn in dem Moment, als Victoria den Kopf vor Lachen in den Nacken warf.

Es war Fred Lawson.

Angela hatte ihn seit Jahren nicht gesehen. Es musste mindestens zehn Jahre her sein, seit er sich davongemacht und Victoria in ihrem Tränenmeer allein gelassen hatte. Angela hatte die Trennung damals sehr überrascht. Sie hatte immer geglaubt, das mit Victoria und Fred wäre ernst.

Angela ging auf die beiden zu. Fred stand lächelnd auf. Er hat sich sehr verändert, schoss Angela als Erstes durch den Kopf. Nicht in Größe oder Statur. Er war so stämmig wie eh und je, noch immer ein wenig kleiner als der Durchschnitt. Immer noch blond, mit rundlichem Gesicht. Doch er wirkte selbstbewusster. Als ob er in sich ruhen würde.

»Es ist wirklich schön, Sie zu sehen, Mrs Gillespie«, sagte er. »Danke für das tolle Fest.«

»Es ist reizend, dich zu sehen, Fred. Willkommen daheim. Wie war's in Kanada?«

»Großartig.« Er lächelte. »Da drüben ist ja alles großartig. Aber das war es wirklich. Doch irgendwann kommt die Zeit der Heimkehr.«

»Und was steht als Nächstes an? Wirst du bleiben?«

In dem Moment wurden sie unterbrochen.

»Das ist doch Fred Lawson, so wahr ich hier stehe. Wer hat dich denn wieder ins Land gelassen?«

Fred und Joan umarmten sich.

»Nun sieh dich an, du bist ja richtig groß geworden.« Joan strahlte ihn an. »Ich dachte schon, du kämst nie zurück. Und, hast du eine kanadische Ehefrau mitgebracht? Ein Dutzend kanadischer Herzen gebrochen?«

Es war nicht zu übersehen, wie sehr Victoria der Antwort entgegenfieberte.

»Natürlich nicht«, entgegnete Fred. »Jemanden wie mich nimmt man da gar nicht zur Kenntnis. Neben all den knackigen Kanadiern.«

»Schön zu hören«, sagte Joan. Sie wandte sich an Angela. »Ich brauche dich. Wir müssen die Notrationen auftauen. Es ist, als ob eure Gäste seit Wochen nichts gegessen hätten.«

Angela lächelte Fred zu. »Schön, dich zu sehen, Fred. Komm rüber, wann immer es dir passt.«

»Danke, Mrs Gillespie.«

Im Weggehen flüsterte Joan: »Das sieht mir aber sehr nach Turteltäubchen aus. Läuft da wieder was, was meinst du? Jetzt schon?«

Angela drehte sich um. Fred und Victoria waren längst wieder ins Gespräch vertieft. »Es sieht zumindest so aus.«

Nick war auf dem Weg zur Bar, um den Bierbestand zu überprüfen. Doch er wurde aufgehalten. Jemand rief nach ihm. Nick fuhr herum. Es war Kevin Lawson. Ihn hatte Nick vor Wochen, wenn nicht Monaten, zuletzt gesehen. Er hatte Kevin nie zu seinem engen Freundeskreis gezählt. Die Probleme mit Jane und Lindy, dann mit Fred und Victoria hatten dem im Weg gestanden. Trotz alledem waren sie gute Nachbarn. Wann immer einer Hilfe brauchte, wurde sie gewährt. So war es Sitte im Outback. Man half sich gegenseitig, sei es mit dem Vieh, bei Überflutungen, in der Feuersaison, in guten und in schlechten Zeiten. Zumindest war es immer so gewesen. Doch seit dem letzten Jahr teilte Nick seine Sorgen niemandem mehr mit, erst recht nicht seinen Nachbarn.

»Tolle Party«, sagte Kevin. »Verdammt viel los.«

Nick nickte.

»War wohl ein hartes Jahr für dich, Mann. Hab gehört, ich hab deine Rede verpasst.«

»Hast nicht viel verpasst«, entgegnete Nick.

»Einer der Jungs hat gesagt, du glaubst, dass du keine Wahl hattest. Dass du das Angebot annehmen musstest.«

Nick wartete. Endlich kam, was er den ganzen Abend lang erwartet hatte: Wut. Vorhaltungen.

Doch Kevin Lawson überraschte ihn. »Ich wünschte, du hättest erst mit mir gesprochen.«

»Worüber?«

»Eine Idee. Hast du jetzt kurz Zeit?«

Er nickte.

Um Mitternacht war das Fest noch immer in vollem Gange. Hätten die Gillespies unmittelbare Nachbarn gehabt, hätten sie sich garantiert beschwert. Doch alle Nachbarn waren auf dem Fest. Immer noch waren die Ansprachen und Nicks Beinahetränenausbruch die Hauptgesprächsthemen. Die Frauen waren sich einig. Es war schön, wenn ein Mann Gefühle zeigte.

Angela war bewusst, dass sie und Nick unter Beobachtung standen. Doch es gab nichts zu sehen. Sie hatten nicht ein Wort miteinander gewechselt. Das lag nicht an dem Brief oder ihren Spannungen. Sie waren einfach viel zu sehr damit beschäftigt, ihre Gäste zu unterhalten, sie mit Essen, Getränken und Musik zu versorgen.

Angela war auch bewusst, dass sich viele Blicke auf sie und Celia richteten. Ihre launigen Reden hatten die Situation sicherlich entspannt, doch hinterher war Angela aufgegangen, dass niemand Celia erwähnt hatte. Vermutlich war das besser so. Warum sollte sie noch mehr Aufmerksamkeit auf ihre bösen Worte lenken? Angela war dem Gespräch mit Celia bislang aus dem Weg gegangen. Nicht nur während des Scheunenfests. Seit Celia in Errigal war, sei es Zufall oder Absicht, waren sie und Angela keinen Augenblick allein gewesen. Es war an der Zeit, dass sie miteinander sprachen. Hoffentlich war es ringsum laut genug, damit niemand mitbekam, falls Celia auf sie losging. Wozu sie, in Angelas Augen, jedes Recht gehabt hätte.

»Kann ich dir irgendetwas bringen, Celia?«, fragte sie und setzte sich. Der Platz neben Celia war fast immer frei. Offenbar hielt es niemand lange in ihrer Nähe aus.

»Nein danke, Angela.«

»Bist du müde?«

»Noch nicht.« Eine Weile saßen sie schweigend da und verfolgten das Treiben auf der Tanzfläche.

Dann ergriff Celia das Wort. »Du bist übrigens nicht die Erste, die mich als besserwisserische alte Schrulle bezeichnet hat. Obwohl es bei ihr, glaube ich, besserwisserische alte Kuh geheißen hat.«

Angela glaubte ihren Ohren nicht zu trauen. »Entschuldige, wie war das?«

»Meine Schwiegertochter. Peters Frau. Die Französin.«

Angela erwiderte nichts.

»Hast du deine Zunge verschluckt?«, fragte Celia.

Angela hätte über die ungewöhnliche Redewendung beinahe gelächelt. Doch sie bewahrte sich ihr Schweigen. Vielleicht war das der Schlüssel für einen verträglichen Umgang mit Celia. Schweigen. Im Licht der Party, nun, da der Abend nahezu vorüber und der größte Schock über den Brief verklungen war, spürte Angela sogar ein wenig Mitgefühl für Nicks Tante. Sie wollte sich gerade für ihre Worte entschuldigen, da ergriff Celia erneut das Wort.

»Du solltest dich glücklich schätzen, dass du einen Ehemann wie Nick hast. Du weißt ihn überhaupt nicht zu würdigen. Oh, gewiss, mein armer Mann hat es als Erlösung betrachtet, als er unter meinem Pantoffel erstickt ist, wie Joan es so charmant bezeichnet hat und du so charmant in deinem Brief geschrieben hast. Aber glaube mir, für mich war die Erlösung größer. Er war kein guter Ehemann. Er war schwach. Faul. Ich habe das Geschäft geführt, nicht er. Es liegt an mir, dass es so erfolgreich war.«

Angela erwiderte noch immer nichts. Außerdem kannte sie jede einzelne Geschichte über den Erfolg der Ersatzteilehandlung, die Celia und ihr Mann geführt hatten.

Doch Celia war noch nicht fertig. »Und das nehme ich dir wirklich übel. Nick war immer so ein netter, fürsorglicher Mensch, bereits als Kind. Aber nun, da er deine Unterstützung am dringendsten braucht, was tust du? Du stellst ihn mit diesem Brief vor allen bloß. Du solltest dich schämen. Der Tag, an dem er dir in diesem Pub begegnet ist, war ein trauriger Tag für unsere Familie. Wenn er ein Mädchen von hier geheiratet hätte, ein Mädchen, das die Farm im Blut hat, wäre er nicht in dieser Lage.«

Angela fand die Sprache wieder. »Ich bin also für die Dürre verantwortlich? Willst du das behaupten, Celia?«

»Es war nicht nur die Dürre. Jeder Farmer braucht die Unterstützung seiner Frau, in guten wie in schlechten Zeiten. Aber du hattest immer viel zu viel mit deinen Ego-Projekten zu tun, mit den Touristen, die du dir ins Haus holst, oder deinem Töpferei-Trara. Und er hätte gute, vernünftige Kinder gebraucht, die in seine Fußstapfen getreten wären. Aber da bestand bei dir ja keine Chance. Deine Töchter sind völlig außer Rand und Band. Und was du bei Ignatius angerichtet hast …«

»Was habe ich denn bei Ignatius angerichtet?«

»Du hast ihn total verhätschelt. Ihn in ein Schoßhündchen verwandelt. Dieses Kind muss härter werden, ihm muss man diese Flausen austreiben, ganz zu schweigen von dem Unsinn mit dem Fantasiefreund. In der guten alten Zeit hätten wir so jemanden Muttersöhnchen genannt. Und glaube ja nicht, ich wüsste nicht, wer ihm diesen Unfug in den Kopf gesetzt hat, aus dem Internat davonzulaufen. Ich bin sicher, das warst du.«

»Ich hatte nichts damit zu tun. Er ist zehn Jahre alt, Celia. Das ist zu jung, um von zu Hause wegzugehen. Nicht nur von mir.«

Celia knurrte abschätzig. »Mir, mich, mein. Da haben wir's. Wenn sich irgendjemand in dieser Familie dafür schuldig fühlen sollte, dass hier alles drüber und drunter geht, dann du, aber ganz bestimmt nicht Nick.«

Angela stand auf. Sie spürte die Blicke der Umstehenden. Sie setzte das strahlendste Lächeln auf, zu dem sie fähig war, und ergriff eilig die Flucht. Bevor sie der Versuchung nachgab, Celia ins Gesicht zu sagen, dass sie eine besserwisserische alte Schrulle war.

Gegen zwei Uhr morgens waren noch immer einige Dutzend Gäste da. Ig war längst im Bett. Lindy ebenfalls. Victoria und Genevieve saßen unter einem funkelnden Sternenhimmel vor dem Lagerfeuer. Sie waren nicht allein. Fred Lawson saß sehr dicht bei Victoria.

Nick war unauffindbar. Angela fragte Joan, die erste Stühle stapelte, nach ihm. Joan hatte Nick in der Nähe des Hauses gesehen.

Da wusste Angela, wo er war. Tatsächlich drang Licht aus dem Büro bis in den Flur. Dann hörte sie Stimmen. Nick und Carol.

»Das klingt gut«, sagte Nick. »Dann fliege ich direkt nach Dublin, und von da aus fahren wir gleich weiter nach Mayo und nach Donegal.«

»Perfekt. Ich hole dich mit einem Mietwagen am Flughafen ab. Und mir tut es wirklich leid, dass ich um die Erhöhung meines Tagessatzes bitten musste. Mein Boss besteht darauf.«

»Mach dir keinen Kopf. Deine Dienste sind das Doppelte wert.«

»Der Reiseplan ist beinah fertig. In den ersten Tagen fahren wir zu all den Orten, an denen Gillespies gewohnt haben, damit du in Ruhe deine Fotos machen kannst, danach habe ich uns ein Hotel in Cork gebucht, das sich meiner Meinung nach hervorragend für das Treffen eignet, in Cobh, direkt am Wasser. Ich war letztes Wochenende da, um es mir anzusehen. Und es tut mir leid, aber das musste ich dir natürlich auch in Rechnung stellen.«

»Kein Problem. Natürlich komme ich dafür auf. Und dann fahren wir …«

Angela wollte sich schon wortlos zurückziehen. Doch plötzlich packte sie die Wut. Gib ihm Zeit, hatte Joan gedrängt. Das hatte sie getan. Und was hatte Nick in dieser Zeit getan? Nicht über ihre Ehe nachgedacht. Offenbar hatte er nur seine Irlandreise im Kopf. Seine Soloreise.

Angela fiel ihm ins Wort. »Nick?«

Er drehte sich um und sah sie an.

»Soll ich unsere Gäste in deinem Namen verabschieden, oder kommst du raus?«, fragte sie.

»Könntest du in meinem Namen Gute Nacht sagen?«

Sie hörte es beim Gehen. Erst kam Carols Stimme.

»Wer war das?«

»Bloß meine Frau.«

Bloß meine Frau.

Der Satz verfolgte sie noch Stunden später, als sie sich schlaflos im Bett wälzte.

Kapitel 19

Es waren nur noch vier Tage bis Weihnachten und der fünfte Tag einer angekündigten zweiwöchigen Hitzewelle. Tagsüber sank die Temperatur nicht unter fünfunddreißig Grad, nachts nicht unter fünfundzwanzig, und drei Tage in Folge hatte sie bereits die Zweiundvierzig-Grad-Marke erreicht.

Das Farmhaus war mit seinen dicken Steinwänden und der tiefen Veranda, die unter normalen Wetterbedingungen Schutz und Schatten bot, auf das Klima ausgerichtet. Doch von normalen Wetterbedingungen konnte nicht die Rede sein. In allen Zimmern kreisten die Ventilatoren, im Wohnzimmer mühte sich die Klimaanlage. In den letzten Tagen hatten alle Gillespies samt Celia meist nur irgendwo versucht zu dösen, zu lesen und über die Hitze geklagt.

An diesem Morgen war Angela als Erste auf. Es war noch nicht einmal sechs Uhr. Sie machte sich einen Tee und nahm sich die finale Einkaufsliste für Weihnachten vor. Der riesige Eisschrank war bis obenhin gefüllt, doch weihnachtstauglich waren ihre Vorräte nicht. Die Fahrt nach Port Augusta ließ sich nicht vermeiden. Angela sah sich schon mit dem Einkaufswagen im Supermarkt, in Kollision mit anderen gehetzten Müttern, die ebenfalls auf lange Einkaufslisten starrten und schweres winterliches Essen kauften, während es draußen brüllend heiß war und wirklich keiner von ihnen der Sinn nach Kochen stand.

Sie legte den Stift beiseite, stützte den Kopf in die Hände und schloss die Augen.

Sie war nicht in der Küche ihres Farmhauses, inmitten eines der heißesten Sommer, die South Australia je erlebt hatte, mit einer Einkaufsliste, die bedrohliche Ausmaße annahm.

Sie war in London.

In London war Weihnachten etwas ganz Besonderes. Sie, Will und Lexie liebten die Festtage. Sie feierten schlicht, aber elegant. Die Tanne, die im Wohnzimmer stand, brachte einen wundervollen Waldduft in ihr Haus. Lexie hatte den Baum geschmückt, sie war dafür eigens aus Bristol gekommen. Will und Angela hatten ihr vom Sofa aus zugesehen, mit einem Sherry in der Hand. Sherry gab es nur zu Weihnachten. Das fanden sie so herrlich britisch. Lexie geriet bei jedem Teil des Baumschmucks in Verzückung. »Oh, erinnert ihr euch daran? Das haben wir doch in Spanien gekauft, beim Wandern, oder? Und seht euch diesen kleinen Keramikengel an, ist der nicht hinreißend? War das dein erster, Mum?«

Im ganzen Haus verteilten sich die Weihnachtskarten. Täglich traf ein neuer Stapel von ihren vielen Freunden auf der ganzen Welt ein. Auf dem Sims über dem Kamin standen Kerzen, die das Zimmer in ein sanftes Licht tauchten. Dieses Jahr hatten die Kerzen Gesellschaft bekommen: von einer kleinen Gruppe Keramik-Rotkehlchen. Angela hatte die besten unter den dreihundert, die sie für Suzy angefertigt hatte, behalten. Sie waren ihr bislang populärstes Objekt. Suzy hätte viermal so viele Vögelchen verkaufen können.

Die Rotkehlchen waren nicht das Einzige, was sich in diesem Jahr ändern würde. Sie planten zu dritt, eine weitere Tradition aus der Taufe zu heben – und an Weihnachten auszugehen. Hinter Will lag erneut ein überaus erfolgreiches Jahr, doch es kostete auch Kraft, derart viele Aufträge an Land zu ziehen und zu jedermanns Zufriedenheit zu erfüllen. Auch Angela war von ihrer ungeplanten vorweihnachtlichen Produktion erschöpft. Zufrieden, aber erschöpft. Lexie steckte wie üblich voller Energie, und für etwas Neues war sie immer zu haben –, auch das war eine ihrer vielen wundervollen Eigenschaften. Sie hatte sich sofort für die Idee begeistert. »Warum nicht. Außerdem erspart es uns den Abwasch!«

Sie hatten sich im Claridge's eingebucht. Nicht nur zum Essen, sondern gleich für drei Nächte, in einer luxuriösen Suite mit zwei Schlafzimmern. Ein weihnachtlicher Miniurlaub in der eigenen Stadt. Sämtlicher Luxus, ohne eine mühevolle Anreise. »Das haben wir uns wirklich verdient«, hatte Will gesagt.

»Mum?«

Angela öffnete die Augen. Sie brauchte eine Weile, bis sie wieder in der Küche, in Errigal, in Australien angekommen war.

»Alles okay?« Es war Genevieve, im Pyjama.

»Bestens. Ich konnte nur nicht schlafen.«

»Ach ja? Auf mich hat es gewirkt, als hättest du im Schlaf geredet. Über Claridge's und Weihnachten.« Genevieve grinste. »Oh, jetzt versteh ich. Du warst in deinem Fantasieleben in London, oder? Mit deinem Traum-Will, dem Mann ohne Nachnamen. Und deiner perfekten Tochter. Wie heißt sie noch gleich? Flossie? Trixie?«

»Genevieve, es tut mir so leid. Du hättest das niemals lesen dürfen. Ich hätte niemals …«

»Ach Mum, hör auf, dich zu entschuldigen! Wenn ich zwischen uns lautem Haufen im Outback und einem reichen Londoner Architekten samt perfekter, wenn auch sterbenslangweiliger Mustertochter wählen könnte, ich wär auch weg.« Genevieve setzte sich zu ihrer Mutter. »Habe ich das mit dem Claridge's richtig verstanden? Hast du da mit deinen Eltern früher Weihnachten gefeiert?«

»Ich habe noch niemals einen Fuß in das Claridge's gesetzt«, sagte Angela. »Ich hatte nur gerade an unser Weihnachtsfest gedacht. Ich muss noch so viel erledigen ...«

»Und da hast du gedacht, was für ein Albtraum, könnte ich das doch den Köchen im Claridge's überlassen, müsste ich doch keinen einzigen Einkaufswagen und kein einziges Spülbecken mit dreckigem Geschirr mehr sehen. Gib's zu, Mum. Du kannst es ruhig sagen.«

Angela lächelte. »Du hast recht. Müsste ich doch keinen einzigen Einkaufswagen und kein einziges Spülbecken mit dreckigem Geschirr mehr sehen.«

»Simsalabim! Schon wird dein Wunsch erfüllt. Überlass es mir. Mir und meiner wundervollen Zwillingsschwester. Du hast die Party organisiert. Wir kümmern uns um Weihnachten. Das ist nur gerecht.«

»Aber Genevieve, das geht doch nicht. Du bist doch gerade erst nach Hause ...«

»Na und? Das spricht umso mehr dafür.«

Ließ ihr Kopfschmerz wirklich nach, wenn auch nur ein wenig? »Meinst du das im Ernst?«

»Ich meine das im Ernst. Und um dir zu beweisen, was für ein besonderes Kind ich bin, mach ich dir noch einen Tee. Von eigener haarfärbemittelbefleckter Hand.«

Wenige Minuten später saßen sie mit ihrem Tee auf der Veranda. Die Vögel hoben zu ihrem morgendlichen Konzert an, das Trillern der Staffelschwänze milderte das Geschrei der Kakadus.

»Hat dir das gefehlt?«, fragte Angela.

»Nicht eine Minute«, sagte Genevieve. »Mir waren heulende Sirenen immer lieber.« Sie lächelte und drehte sich zu ihrer Mutter. »Mum, ist mit dir alles in Ordnung?«

»Mir geht es gut«, sagte Angela. »Es sind nur diese Kopfschmerzen, aber ich geh im Januar zum Arzt. Das ist ganz bestimmt nichts Ernstes.«

»Ich meine nicht nur deine Gesundheit. Ist sonst alles in Ordnung? Mit dir und Dad? Ich mache mir Sorgen um euch.«

»Wirklich? Wieso?«

»Es bleibt mir nicht verborgen, dass ihr beide nicht mehr miteinander redet. Dass Dad jeden Abend möglichst lange im Büro bleibt und du möglichst früh ins Bett gehst. Dass auch er zerstreut wirkt. Du traurig wirkst. Ich kann weitermachen, wenn du willst. Dass ihr auf der Party kein einziges Wort gewechselt habt. Im Gegensatz zum letzten Scheunenfest, auf dem ihr beide den ganzen Abend lang getanzt habt und wir uns so geniert haben, weil sich unsere Eltern wie Teenager aufgeführt haben. Ich könnte auch den Brief erwähnen, in dem steht, wie …«

»Bitte nicht, Genevieve.« Angela zögerte. »Ich freue mich über deine Anteilnahme, wirklich. Und es tut mir leid, dass du all das lesen musstest. Und natürlich haben wir uns auf dem Fest nach Kräften bemüht, darüber zu scherzen, aber wenn ich es irgendwie ungeschehen machen könnte, ungeschrieben, ungelesen …«

»Aber es entspricht der Wahrheit?«

Angela gab keine Antwort.

»Mum, ich weiß, dass es mich nichts angeht, und auch Joan hat nur gesagt, dass Paare Höhen und Tiefen durchleben, aber können wir euch in irgendeiner Weise helfen? Ich weiß, dass es finanziell gerade knapp ist, und es tut mir leid, dass wir euch nun auch noch auf der Tasche liegen, und ich verspreche dir, wir bemühen uns, sobald es geht, um Arbeit, aber wenn wir irgendetwas tun können, würdest du es bitte sagen?«

»Danke, Liebes.«

»Und was ist mit dir und Dad, kommt das in Ordnung? Sieht Joan das richtig? Als kleines Tief?«

Angela öffnete den Mund und schloss ihn wieder. Sie hatte Mühe, nicht in Tränen auszubrechen. Sie griff nach der Hand ihrer Tochter, drückte sie und hoffte, dass ihre Stimme einigermaßen gelassen klang. »Natürlich. Es wird alles gut, versprochen. Ehrlich.«

Genevieve lächelte. »Das war die richtige Antwort. Dann lasse ich dich jetzt in Frieden. Und du überlässt mir Weihnachten. Mir und meinem loyalen Gefolge.«

»Sie hat eindeutig gelogen.«

Seit dem Gespräch mit ihrer Mutter waren zwei Stunden vergangen. Nun beseitigte Genevieve mit Victoria im Wollschuppen die letzten Spuren vom Fest. Es war eine gute Gelegenheit für eine ungestörte Unterhaltung über ihre Eltern.

»Zwischen den beiden stimmt es überhaupt nicht mehr«, sagte Genevieve. »Und das ist keine Einbildung. Dir ist das doch auch aufgefallen, diese Spannung, dieses Schweigen. Du hast ihren Brief doch auch gelesen.«

»Ich versuche immer noch, jeden Gedanken an diesen Brief zu verdrängen. Aber alles hat zwei Seiten, wie du weißt. Es war ein hartes Jahr für die Farm. Waren harte Jahre. Dad redet nicht mit mir, aber die Entscheidung, die letzten Tiere zu verkaufen und in den Pachtvertrag einzuwilligen, muss ihm furchtbar schwergefallen sein. Kein Wunder, dass er zerstreut ist. Und dann wird all das auch noch öffentlich verbreitet. Dad ist so diskret, für ihn muss das entsetzlich sein. Kein Wunder, dass es Spannungen gibt.«

»Du ergreifst Partei?«

»Natürlich nicht. Aber das geht nur die beiden etwas an, Genevieve. Wir müssen ihnen Zeit und Raum geben, das selbst zu klären.«

»Welche Zeit und welchen Raum? Wir sind alle wieder hier, wir belegen jeden Raum, und uns geht die Zeit aus. Dad fährt bald nach Irland, und ich habe das Gefühl, dass wir das vorher regeln müssen. Wer weiß, ob wir ihn sonst wiedersehen.«

»Nun übertreibst du aber. Das ist eine Erkundungsreise.«

»Du bist einfach nicht so weltgewandt und misstrauisch wie ich. Ich bin absolut der Meinung, dass wir etwas unternehmen sollten, ehe er fährt. Sie daran erinnern sollten, wie schön es zwischen ihnen war. Du weißt doch, wie sie waren, wie nahe sie sich waren. Wir haben sie damit doch immer aufgezogen. Sie haben immerzu geredet und gelacht. Und wie er sie immer angehimmelt hat! Als wäre sie die schönste Frau, die er je gesehen hat. Und wie sie immer Händchen gehalten haben, beim Fernsehen, weil sie gedacht haben, wir merken das nicht.«

»Bis du so getan hast, als müsstest du deswegen kotzen?«

»Da war ich Teenie, und das war echt peinlich. Aber nicht nur das. Denk an all die kleinen Traditionen, das jährliche Foto, die Geburtstagskarte? Ihre Gespräche drüben in der Kapelle? Außerdem ist Dad so stolz auf Mums Pensionsbetrieb. Das hab ich selbst von ihm gehört, aber sie womöglich nicht. Und womöglich sollte sie das. Womöglich würde es helfen, wenn wir sie an die guten Zeiten erinnern würden.«

»Ich glaube, du hast in letzter Zeit ein bisschen viel vor der Glotze gehockt. An was hast du denn gedacht? Sollen wir die Fotoalben durchblättern und eine Collage aus den Höhepunkten ihrer Ehe basteln? Dazu im Hintergrund rührselige Musik? Damals waren wir Kinder oder im Internat. Das meiste müssten wir erfinden.«

»Müssten wir nicht.« Genevieve lächelte. »Wir haben die perfekte Quelle, gleich vor Ort.«

»Woran denkst du? An Joan?«

»Es gibt etwas Besseres als Joan. Hast du das etwa vergessen, meine liebe Victoria? Jene dreiunddreißig Briefe, die in einem Aktenordner im Büro nur darauf warten, dass wir sie lesen?«

»Mums Weihnachtsbriefe?«

»Ganz genau. Ich wusste immer, dass sie eines Tages einen Zweck erfüllen.«

»Und was hast du vor? Willst du die Briefe zu einem Buch binden lassen? Reicht für so etwas die Zeit?«

»Nein, ich habe eine viel bessere Idee, dank der Schrecklichen Jane. Was die Lawsons können, können wir schon lange.«

»Du willst das nachspielen? Dreiunddreißig Jahre? Das dauert Tage!«

»Doch nicht Wort für Wort. Und den letzten Brief sparen wir aus, was meinst du? Ich dachte, wir könnten die Briefe lesen und uns die Stellen rauspicken, in denen es um Mum und Dad geht. Wir konzentrieren uns auf die Höhepunkte ihrer Ehe. Wir lassen uns von Ig und Lindy helfen. Wir könnten daraus eine Art Theaterstück machen und an Weihnachten aufführen.«

Victoria lachte. »Du bist irre! Mit Kostümen und allem Drum und Dran?«

Genevieve grinste. »Warum nicht? Ich mache Haare

und Make-up. Du kümmerst dich um die Musik. Wenn ein kleiner nostalgischer Ausflug in die Vergangenheit, verkörpert von ihren vier geliebten Kindern, die beiden nicht wieder auf Kuschelkurs bringt, was dann?«

»Reicht für so etwas die Zeit?«

»Wir nehmen uns die Zeit. Was sollen wir denn sonst hier tun? Kängurus jagen?«

»Worüber lacht ihr beide da?« Lindy kam in den Wollschuppen. »Man hört euch bis zur Veranda. Wir müssen los. Ich hab gerade die Einkaufsliste gesehen. Das wird *Stunden* dauern.«

Genevieve legte den Zeigefinger auf den Mund. »Pst, liebste Rosalind. Wir brüten geheime Pläne aus.«

»Ihr zwei? Worum geht es denn? Wollt ihr Victoria wieder mit Fred verkuppeln?«

Victoria wurde dunkelrot.

Genevieve entging das nicht. »Nein, das ist der geheime Silvesterplan. Im Moment geht es um den Weihnachtsplan. Codename: Wir retten die Ehe unserer Eltern.«

Lindy riss die Augen auf. »Echt? Was habt ihr vor?«

»Geh und hol Ig, dann erzählen wir es euch.«

Kapitel 20

Sie besprachen ihren Plan auf der Fahrt nach Port Augusta und auf dem Rückweg. Im Anschluss begaben sie sich an die Arbeit. Genevieve ernannte sich zur Regisseurin. Victoria oblagen die Musik und die Texte aus dem Off. Die Zeit reichte nicht, um sämtliche Texte auswendig zu lernen. Daher sollte Ig den Part von Nick übernehmen und Lindy in Angelas Rolle schlüpfen. Victoria sollte unsichtbar – vom Rand aus – alle Texte vortragen, Genevieve sich um Kulissen und Kostüme kümmern.

Ig war die Aufgabe zugefallen, die Briefe seiner Mutter aus dem Büro herauszuschmuggeln, was ihm mit Leichtigkeit gelang. Er brachte sie zu ihrem Hauptquartier im Wollschuppen. Sie lasen jeden einzelnen – peinlich berührt, erstaunt, vor Lachen brüllend. So erfuhren sie von Angelas ersten Tagen auf der Farm, den ersten Jahren ihrer Ehe. Nick wurde permanent erwähnt, wie hart er arbeitete, was für ein großartiger Ehemann er war. Nick und seine »männliche Männlichkeit«, wie Genevieve es nannte, nachdem sie zum zehnten Mal gelesen hatten, wie fit er war, wie stark, wie liebevoll, wie attraktiv. »Wir sollten die Briefe gleich an einen Schnulzen-Verlag schicken«, sagte sie nach einer besonders schwärmerischen Passage, in der Angela schilderte, wie Nick den Nachbarn bei der Bekämpfung von Buschfeuern geholfen hatte. »›Nick Gillespie, ein Mann so zäh wie das Land.‹«

Danach teilten sie die Briefe auf und lasen abwechselnd vor. Anfangs begeisterten sie sich vor allem für die Stellen, in denen es um sie selbst ging. In denen Angela ihre Ankunft beschrieb – erst die Zwillinge, dann Lindy und dann, aus heiterem Himmel – viele Jahre später – Ig. Genevieve musste diesen Teil ihm zuliebe zweimal lesen. Ig lächelte still in sich hinein, als Angela beschrieb, was für eine großartige Überraschung, was für ein wunderschönes Baby er gewesen sei, und dass Nick beinahe geweint hätte, als er seinen neugeborenen Sohn zum ersten Mal gesehen hatte. Sie hörten Geschichten aus ihrer Schulzeit, dem Leben auf der Farm, als sie geholfen hatten, die Schafe zusammenzutreiben, mit Nick die Windmühlen, die Bohrlöcher und die Dämme überprüft hatten. Wie sie bei der Schur geholfen hatten. Anekdoten vom Pferderennen in Hawker. Aus dem Urlaub, meist am Strand bei Adelaide. Lustige Sprüche von ihnen allen. Detaillierte Beschreibungen der Konzerte, die die Mädchen in den Schulferien für ihre Eltern gegeben hatten.

Schließlich verkündete Genevieve, dass sie diese Passagen überspringen und sich auf die Stellen über ihre Eltern konzentrieren müssten. Bald hatten sie eine Fülle an Material. Wenn Nick nicht männlich war, war er romantisch, pflanzte Angela einen Rosenstrauch zu ihrem ersten Hochzeitstag. Brachte ihr jeden Morgen einen Tee ans Bett.

So erfuhren sie auch, woher die Geburtstagskartentradition ihrer Eltern stammte. Im ersten Jahr ihrer Ehe hatte Nick seine Frau gefragt, was sie sich zum Geburtstag wünsche, woraufhin Angela erwidert hatte, dass sie doch schon alles habe. Im Scherz hatte sie hinzugefügt, fünf Dollar wären allerdings nicht schlecht, dann könne sie sich etwas Schokolade kaufen. Die hatte Nick ihr an ihrem Geburtstag geschenkt – einen 5-Dollar-Schein, in einer Karte *An Angela, meinen Schatz. Süßes für meine Süße.* Vier Monate später, eine Woche vor Nicks Geburtstag, hatte Angela ihren Mann gefragt, was er sich zum Geburtstag wünsche. Woraufhin auch er gesagt hatte, dass er doch schon alles habe, was er sich nur wünschen könne. Und so hatte Nick an seinem Geburtstag dieselbe Karte erhalten, mit demselben Geldschein. Angela hatte nur seine Worte durchgestrichen und durch *An Nick, meinen Liebling* ersetzt. Jahr um Jahr war es so gegangen. Die drei Mädchen hatten den Moment der Übergabe stets geliebt, sie hatten sich sogar damit abgewechselt, ihrer Mutter oder ihrem Vater den allmählich vergilbenden Umschlag zu überbringen, und jedes Mal hatten sie gelacht, wenn ihre Eltern so taten, als wären sie unglaublich überrascht und gerührt. »Genau das habe ich mir gewünscht, Nick, danke!«, sagte Angela in jedem Jahr. »Dass dir das eingefallen ist!«, ihr Vater, der Angela daraufhin küsste, während die Kinder kreischten und die Genierten spielten. Inzwischen war die Karte geradezu nostalgisch und bis zum Rand mit ihren Namen vollgeschrieben. Der 5-Dollar-Schein war auch längst nicht mehr in Gebrauch, durch einen neuen abgelöst. Ob sie noch daran festhielten?, fragte sich Genevieve. Sie war so lange nicht zum Geburtstag ihrer Eltern nach Errigal gekommen.

Als alle Briefe gelesen waren, hatten sie reichlich Material. Nun war es an der Zeit für die Proben.

Später schmückten sie, in Wahrung einer weiteren Gillespie-Tradition, den Weihnachtsbaum. Die künstliche Tanne stand seit Tagen schon in vollem Schmuck im Haus. Nun ging es um den Eukalyptusbaum vor dem Haus. Ig war der Ober-Dekorierer, obwohl er den Arm noch immer in der Schlinge trug. Er kletterte drei volle Stunden lang mit einer Hand die Leiter auf und ab, befestigte Lichter und Schmuck an den Zweigen, an die er reichte. So wurde zwar nur das untere Drittel des Baums geschmückt, doch alle fanden es wunderschön.

Eigentlich fiel es auch Ig als Jüngstem zu, die Lichter einzuschalten. Zu ihrer aller Überraschung bat er Celia darum.

»Du bist die Älteste«, sagte er feierlich. »Ich hab noch viele Jahre vor mir.«

Niemandem entging, dass sich Celias Wangen leicht verfärbten.

»Ich danke dir sehr, Ignatius«, sagte sie mit einem leichten Zittern in der Stimme. »Ich fühle mich geehrt.«

Abends fiel Angela ein, dass sie Joan versprochen hatte, ihr Rezepte für Truthahnreste zu mailen. Sie hatte sich bewusst vom Computer ferngehalten. Sie hatte genug von den Reaktionen auf ihren Weihnachtsbrief, und es war ohnehin schwierig, überhaupt an den Rechner zu gelangen. Entweder saß Nick stundenlang davor oder Lindy und die anderen. Selbst Celia hatte darum gebeten, ihn zu nutzen, um das nächste Treffen ihres Buchclubs zu organisieren.

Nick war draußen und kontrollierte die Solarpumpen. Er hatte Ig mitgenommen. Für die Schafe hatte Ig sich nie interessiert, doch wenn es um Technik ging, war er dabei. Die Mädchen waren mit Celia im Wohnzimmer und sahen sich im Fernsehen ein Weihnachtskonzert an. Das war die Gelegenheit.

Die Rezepte waren rasch im Netz gefunden und an Joan gemailt. Angela druckte sich selbst welche aus. Die Kinder hatten es mit den Vorräten ein wenig übertrieben. Vermutlich mussten sie vier Tage lang Truthahn in allerlei Variationen essen. Als Angela die Blätter aus dem Drucker nahm, sah sie es.

Da lag ihr Weihnachtsbrief, unter einem Stapel anderer Papiere.

Es war der Ausdruck, den sie Nick vor vierzehn Tagen gegeben hatte. Es war so zerknittert, als ob Nick ihn viele Male gelesen, weggefaltet und erneut gelesen hätte. Auch Notizen standen dort. In Nicks Handschrift. Neben der Passage über ihr Fantasieleben. Über Will.

Angelas Herz schlug schneller. Es waren Anmerkungen über Londoner Büros. Mehrere Architekten mit dem Namen William, daneben Fragezeichen, manche durchgestrichen.

Hatte er versucht, Will zu finden? Wieso?

Wieso fragte sie? Weil die Frau, mit der er seit dreiunddreißig Jahren verheiratet war, auf öffentlichste, beschämendste Weise kundgetan hatte, dass sie von der Ehe mit einem anderen träumte. Welcher Ehemann würde nicht wissen wollen, wer der Fremde war?

Sie schloss die Tür. Sie wusste nicht, wie lange sie das Büro für sich hatte.

Sie googelte nicht nach Will. Sie wollte nichts über ihn und sein Leben in Erfahrung bringen. Das hatte sie nie interessiert. Ihr Fantasieleben war reine Ablenkung, eine kleine Flucht. Dass diese Fiktion in die Realität eindrang, war das Letzte, was sie wollte. Sie sah sich den Browserverlauf an. Von Joan wusste sie, dass Genevieve gleich, als sie von dem Brief erfahren hatte, nach Will gegoogelt hatte. Doch das war vierzehn Tage her.

Vor ihr erschien die Liste. Offenbar hatte irgendjemand in den letzten Tagen stundenlang versucht, Näheres über einen Londoner Architekten namens Will herauszufinden.

Nicht irgendjemand. Nick.

Nun wusste sie, warum er nicht mehr mit ihr sprach. Das hatte nichts mit ihren Äußerungen über den Pachtvertrag oder die Kinder zu tun. Sondern mit ihrem Fantasieleben. Sie hatte Nick entsetzlich wehgetan. Kaum weniger, als wenn sie eine reale Affäre gehabt hätte.

In dem Moment fuhr der Geländewagen auf den Hof, schlugen Autotüren. Angela löschte eilig den Browserverlauf, machte den Computer aus und huschte aus dem Büro. Als Nick und Ig ins Haus kamen, saß sie bei den anderen im Wohnzimmer.

Sie beobachtete, wie er seinem Sohn das Haar zerzauste. Über einen vorwitzigen Kommentar von Genevieve lächelte, Victoria eine Frage beantwortete, sich sogar Lindys neues Kissen ansah. Er war immer ein guter Vater gewesen. Ein toller Vater.

Sie war die Einzige, mit der er nicht mehr redete. Wer wollte ihm das vorwerfen?

Angela entschuldigte sich und ging nach draußen, über die Weiden, zur Kapelle, im Angesicht des Mondes. Sie setzte sich auf eine Bank und weinte, bis sie all ihre Tränen vergossen hatte.

Kapitel 21

Der erste Weihnachtstag begann mit Hitze und viel Sonne. Bereits um neun Uhr morgens waren es dreißig Grad. Ihrer Tradition folgend, fuhren die Gillespies nach Hawker in die Messe und gleich wieder nach Hause, zur Bescherung auf der Veranda. Dort war es am erträglichsten.

Die Geschwister hatten sich seit Langem schon auf eine Kostengrenze bei ihren Geschenken geeinigt. In diesem Jahr, Ig war schließlich erst zehn und die finanzielle Situation der Mädchen ausgesprochen angespannt, hatte diese Grenze einen neuen Tiefstand erreicht: fünf Dollar pro Person. Trotzdem zeigten sich alle aufrichtig begeistert über ihr Präsent. Für jeden gab es eine Bohnenkonserve (von Ig), Gutscheine für ein Kissen (von Lindy), eine Bonbontüte (von Victoria) sowie einen Gutschein für einen Haarschnitt (von Genevieve). Celia schenkte Bücher. Gebrauchte. Das hatte sie immer so gehalten.

Für ihre Eltern galt das Preislimit nicht. Von ihnen bekam Ig Computerspiele, Bücher und etwas Neues zum Anziehen. Die Mädchen erhielten jede ein Parfüm und Gutscheine. Genevieve beobachtete mit Argusaugen, wie die Geschenkeübergabe zwischen ihren Eltern verlief. Ihre Mutter gab ihrem Vater ein Hemd, ein Buch und ein Aftershave, er ihr ein Seidentuch, ein Buch und ein Parfüm. Alles wie immer. Es waren die üblichen Weihnachtsgeschenke. Nur dankten sie sich derart höflich-distanziert, als wären sie Fremde.

Im Anschluss an die Bescherung übernahmen die Kinder das Kommando in der Küche. Dort hatten sie in den letzten Tagen Stunden zugebracht – dort oder im Wollschuppen. Offiziell halfen sie Ig beim Bau eines Spielhäuschens. In Wirklichkeit probten sie für ihren Auftritt am zweiten Weihnachtstag.

Das Festmahl war ein voller Erfolg. Als Vorspeise standen ein Crevettencocktail und Parmaschinken mit Melone zur Auswahl. Truthahn mit allen Schikanen war das Hauptgericht. Zum Dessert gab es Plumpudding und Obstsalat, danach eine Käseplatte. Der letzte Gang hatte in Victorias Händen gelegen. Sie hatte einen auf den Punkt gereiften Brie, einen kräftigen Cheddar und ihren Lieblingskäse, den sahnigen Tasmanischen Blauschimmelkäse, ausgewählt, dazu gekühlte Trauben, Quittengelee und Cracker. Eine Diät, so hatte sie entschieden, war der perfekte Neujahrsvorsatz. Auch das Essen fand auf der Veranda statt, da es im Wohnzimmer zu heiß war. Danach legten sich alle etwas hin. Abends standen Brettspiele auf der Tagesordnung. Selbst Nick und Celia beteiligten sich.

»Aus dem Leben einer fast normalen Familie, meint ihr nicht?«, kommentierte Genevieve vor dem Schlafengehen.

Am zweiten Weihnachtstag war es noch heißer, schon um acht Uhr morgens waren es beinahe dreißig Grad. Nach einem frühen und trotzdem bereits schweißtreibenden Treffen änderten die Geschwister den Zeitplan und verlegten die Aufführung von der nachmittäglichen Hitze auf den späten Vormittag.

Um Viertel vor elf war alles bereit. Auf der vorderen Veranda stand eine provisorische Bühne aus den Paletten vom Scheunenfest. Die Lautsprecher waren gut versteckt, Victorias Musik war eingetaktet. Genevieve hatte sämtliche Kostüme und Accessoires, ebenfalls gut versteckt, ausgebreitet. Ig klagte über Magenschmerzen, doch Genevieve beruhigte ihn. Das sei bloß Lampenfieber.

»Wenn du erst mal auf der Bühne stehst, ist das vergessen.«

Lindy bat ihre Eltern und Celia auf die Veranda. Sie geleitete alle drei wie eine Platzanweiserin zu ihren Stühlen, wie früher schon bei ihren Kinderkonzerten. Als endlich alles bereit war, rief eine trotz der Hitze ziemlich bleiche Celia nach Lindy.

»Würdest du mir bitte ein Glas Wasser holen? Ich fühle mich ein wenig unwohl.«

»Könnte ich auch eins haben?«, fragte ihre Mutter.

»Ich bitte auch?«, ihr Vater.

Die Aufführung musste warten. Lindy holte die Getränke. Es wurde immer heißer. Allen stand der Schweiß im Gesicht. Ig, im Nick-Kostüm, wirkte noch bleicher als seine Großtante. Je eher sie fertig waren und die warmen Kostüme wieder ausziehen konnten, umso besser, befand Genevieve, als sie Lindy half, in ihr Angela-Kostüm zu steigen – ein altes Kleid ihrer Mutter und eine alte schwarze Perücke, die sie in der Verkleidungskiste im Keller gefunden hatten. Sie gehörte eigentlich zu einem Hexenkostüm, aber das würde ihre Mutter ihnen hoffentlich nachsehen.

Genevieve nickte Victoria zu, die auch ein wenig fahl aussah und die Hände vor dem Bauch hielt. Genevieve spürte ebenfalls leichte Bauchkrämpfe. Dass Lampenfieber so ansteckend war!

Auf Genevieves Nicken hin erhob Victoria die Stimme. »Willkommen, alle miteinander, zur diesjährigen Aufführrung der Gillespie-Truppe. Sie sehen ›Eine Reise in die Vergangenheit‹, Untertitel, ›Eine lange und wunderbare Ehe‹. Die Zeit: vor vierunddreißig Jahren. Der Ort: ein Pub in Sydney.«

Genevieve machte Lindy ein Zeichen. Lindy betrat die Bühne. Das Kleid war zu eng. Die schwarze Perücke rutschte ihr bereits vom Kopf. In der einen Hand hielt sie ein Glas, in der anderen ein Geschirrhandtuch. Die ersten Zeilen wollten sie noch selbst sprechen, dann sollte Victoria die Erzählung übernehmen.

»Hallo, alle miteinander«, sagte Lindy in einem beinahe geglückten britischen Akzent. »Ich heiße Angela Richardson und komme aus London. Und ich muss sagen, es gefällt mir sehr in diesem wundervollen Land.«

Genevieve spähte um die Ecke. Ihre Mutter wirkte, als würde sie versuchen, entweder nicht zu lächeln oder nicht zu würgen. Ihr Teint hatte eine seltsame Färbung angenommen. Celia war von einem Lächeln weit entfernt. Sie schluckte unentwegt. Zumindest ihr Vater schaute Richtung Bühne, doch auch er war schweißgebadet.

Genevieve nickte Ig zu, der hinter einem Pfeiler erschien und auf die Bühne trat. Er trug über seinen Jeans eins von Nicks weißen Hemden, die Ärmel bis über die Ellbogen aufgerollt, so wie Nick. Das Hemd war ihm natürlich viel zu groß. Wie auch der Akubra, einer von Nicks alten Farmhüten. Igs Gesicht war kaum zu sehen. Genevieve zischte ihm etwas zu. Er schob den Hut zurück, überquerte die Bühne, blieb vor Lindy stehen und sah sie mit einem Lächeln an, das man nur als anzüglich beschreiben konnte.

»Na, Schätzchen«, sagte er. »Du hast aber schöne Augen.«

Angela prustete los.

Genevieve runzelte die Stirn. Schätzchen? Das hatte Ig bei der Probe nicht gesagt. »Stell dich vor«, zischte sie.

»Mein Name ist Nick Gillespie«, sagte Ig mit seltsam knurriger Stimme. »Lass mal ein Bier rüberwachsen, Frau.«

Von Angela kam ein weiteres Prusten. Selbst Nick musste grinsen. Nur Celia nicht. Sie fand das Stück offenbar überhaupt nicht komisch. Sie krallte die Hände in den Magen, so wie Ig zuvor, wie Victoria in dem Moment. Als geschähe es aus Mitgefühl, bekam auch Genevieve nun Magenkrämpfe.

Ig und Lindy fuhren fort. Wenn sie eine Geschichte kannten, dann die der ersten Begegnung ihrer Eltern.

»Ich habe mich verirrt, Süße«, knurrte Ig. »Kannst du mir helfen?«

»Klar, ich kann dir eine Karte zeichnen«, sagte Lindy nun mit irischem Akzent.

»Das wär supi«, sagte Ig mit der unverändert seltsam tiefen Stimme. »Hab ich schon gesagt, dass du schöne Augen hast?«

Genevieve schaute wieder Richtung Publikum in der Erwartung, dass ihre Eltern lachten. Womöglich liebevolle Blicke tauschten. Doch sie wirkten nur verschwitzt und angestrengt. Celia sah aus, als ob sie unter starken Schmerzen litte. In dem Moment stand sie leicht schwankend auf.

»Würdet ihr mich einen Augenblick entschuldigen?« Sie eilte ins Haus.

Sekunden später erhob sich Angela. »Tut mir leid, könntet ihr kurz auch auf mich warten?«

Celia kam gar nicht mehr zurück, Angela nur kurz, doch dann stand Nick auf. Als er zurückkam, verschwand

Angela erneut. Alles unter zahlreichen Entschuldigungen. Genevieve verkrampfte sich erneut der Magen. Sie schaute zu Victoria. Ihre Zwillingsschwester sah entsetzlich aus. Lindy auch. Sie hatte die schwarze Perücke abgesetzt und war schweißgebadet.

»Liegt das an mir«, sagte Lindy, »oder habt ihr auch das Gefühl, dass ihr …«

Sie kam nicht dazu, den Satz zu beenden. Ig warf den Hut ab, stürmte zum Geländer und erbrach sich mit aller Macht in den Garten. Zwei Minuten später tat es ihm Lindy an der anderen Seite der Veranda nach. Victoria schaffte es immerhin bis zum Becken in der Waschküche. Ihr Würgen jedoch war weithin hörbar.

Die Aufführung wurde abgebrochen. Es gab keine Darsteller und auch keine Zuschauer mehr. Die wechselten sich in den Badezimmern ab.

Als die heftigen Bauchkrämpfe ihr zwei Stunden später eine Atempause gönnten, ging Angela ein Licht auf. Lebensmittelvergiftung. Sehr wahrscheinlich lag es an den Krabben. Genevieve hatte ihr den Einkauf geschildert. Offenbar hatte sie die Krabben als Erstes gekauft und bei achtunddreißig Grad in den Kofferraum gelegt. Zwar waren sie auf der Farm gleich in den Kühlschrank gekommen, doch da hatte das Verderben buchstäblich schon eingesetzt. Es war nur niemandem aufgefallen, weil die Krabben in Cocktailsauce regelrecht gebadet hatten.

Die Gillespies waren zwei Tage lang krank. Das nachweihnachtliche Programm – Spaziergänge, Ausflüge, Nächte im Zelt – war hinfällig. Die Hitzewelle dauerte an. Täglich wurde vor der Brandgefahr gewarnt, gab es Berichte von Feuern im nahen Flinders Ranges Nationalpark.

Am Morgen des dritten Tages hatten sich die Gillespies so weit erholt, dass sie etwas Toast essen konnten. Celia aber ging es unverändert schlecht, wenn nicht noch schlechter. Sie behielt nichts bei sich. Selbst Wasser konnte sie nur in kleinen Mengen trinken. Die meiste Zeit schien sie zu schlafen.

Angela, die das Schlimmste überstanden hatte, rief im Krankenhaus an und holte sich Rat. Eine Stunde später brachte sie Celia nach Hawker. Vier Stunden später kam Angela allein zurück. Celia war auf der Stelle eingewiesen worden. Wegen starker Dehydrierung. Der Arzt war mit Angela einer Meinung, dass wahrscheinlich die Krabben daran schuld seien. Ein Bakterium namens *Vibrio parahaemolyticus.* Übel genug für gesunde Erwachsene wie die Gillespies, aber ausgesprochen gefährlich für Ältere, Kinder und für Schwangere. Angela hatte dem Arzt zu ihrem Glück berichten können, dass Ig sich rasch erholt hatte. Doch wie gut, dass sie Celia ins Krankenhaus gebracht hatte.

Bei ihrer Heimkehr konnte Angela verkünden, dass Celia schon etwas besser ausgesehen hatte. Sie war in ein Zimmer zu zwei Damen gekommen, die sie von früher kannte. Sie musste mindestens drei Tage bleiben, so das ärztliche Urteil, wenn nicht länger – je nachdem, wie sie auf die Behandlung ansprach.

Angela verschwieg, dass Celia im Krankenhaus einen weit glücklicheren Eindruck als im Kreise der Gillespies gemacht hatte. Sie erwähnte ebenso wenig, dass auch sie Celia dort lieber sah.

Zwei Abende vor Silvester brach ein heftiges Gewitter los. Es hatte sich seit dem frühen Morgen abgezeichnet, als ein unheimliches Rot gedämmert hatte. Den ganzen

Tag lang hatten pralle Wolken am Himmel gestanden, die sich gegen Abend hin immer mehr zusammenballten und von Grau zu Schwarz verfärbten. Selbst nach so vielen Jahren im Outback verfolgte Angela immer noch voller Ehrfurcht, wie sich ein Gewitter zusammenbraute. Nick überprüfte den Generator. Während des letzten heftigen Gewitters war im ganzen Umkreis für nahezu vierundzwanzig Stunden der Strom ausgefallen.

Celia war wieder auf der Farm. Angela hatte sie am Nachmittag abgeholt. In den Tagen zuvor hatten die Gillespies sie abwechselnd besucht. Sie war zwar noch ein wenig wackelig auf den Beinen, doch ihre Stimmung hatte sich eindeutig gebessert. Die Aufmerksamkeit im Krankenhaus hatte ihr sichtlich gutgetan.

Als das Gewitter begann, versammelten sich alle auf der vorderen Veranda. Der Himmel bot eine spektakuläre Vorstellung. Grelle Blitze durchschnitten pechschwarze Wolken, der Donner dröhnte und vibrierte. Dann kam der Regen: Sturzbäche ergossen sich über das Land. Ig lief ins Freie, hüpfte und sprang herum und reckte das Gesicht zum Himmel. Innerhalb von Sekunden war er vollkommen durchnässt. Die Mädchen taten es ihm nach, auch sie stellten sich mit ausgestreckten Armen in den Wolkenbruch.

Alle begrüßten dankbar das Ende der Hitzewelle. Ig spielte stundenlang in seinem Häuschen. Die Mädchen starteten einen DVD-Marathon. Celia schien glücklich, in ihrem Zimmer zu bleiben und sich die Mahlzeiten auf einem Tablett servieren zu lassen, nur gelegentlich gesellte sie sich zu den anderen und sah ein wenig fern. Nick hatte sich wieder ins Büro verzogen. Und wenn er dort nicht war, war er bei den Lawsons. Sie hatten um Hilfe mit der

Herde gebeten, und so war Nick mehrere Tage in Folge schon bei Sonnenaufgang aufgebrochen.

Angela tat, was sie immer getan hatte, wenn alle zu Hause waren. Sie kochte, putzte, wusch und kehrte die Veranda, dann kochte und putzte sie noch mehr. Nicht zum ersten Mal ging ihr auf, dass ihre Feriengäste weniger Arbeit als ihre eigene Familie bedeuteten. Ihre Feriengäste wussten die Annehmlichkeiten deutlich mehr zu schätzen und gingen ihr bereitwillig zur Hand. Mochten Genevieve, Victoria und Lindy fern der Farm auch noch so eigenständig sein, zu Hause wurden sie zu Teenagern. Sie halfen, wenn es ihnen in den Sinn kam, hin und wieder kochten sie – im Großen und Ganzen aber überließen sie Angela die Arbeit.

Von Joan konnte Angela kein Mitgefühl erwarten. »Warum sollten sie auch nur einen Handschlag tun, wenn du ihnen den Hintern nachträgst? Du schaufelst dir dein eigenes Grab. Hör mal ein paar Tage auf zu kochen und zu putzen, dann siehst du ja, ob sich nicht doch was rührt«, hatte Joan kürzlich erst bei einem Telefonat auf Angelas Klage erwidert.

»Das halte ich keinen Tag lang durch«, hatte Angela gesagt. »In dem Chaos würde ich verrückt.«

Joan hatte nur gelacht. »Dann bist du selbst schuld.«

Es war keine Rede mehr davon, die Aufführung nachzuholen. Der richtige Zeitpunkt war vorbei.

Kapitel 22

Am Silvestermorgen klingelte bei Genevieve, Victoria und Lindy der Wecker um halb sechs. Nicht nur ihre Eltern hatten ihre Traditionen.

Sie verließen das Haus in Pyjama und Turnschuhen und folgten dem staubigen Pfad vom Tor des Anwesens aus. Es war ein Marsch von einer Viertelstunde. Sie sprachen kein Wort. Ihr Ziel war ein Hügel, von dessen Kuppe aus man die gesamte Farm überblicken konnte, bis zu den gezackten Gipfeln des Chace Range und den eigentümlichen Wölbungen des Wilpena Pound.

Als sie diesen Weg zum ersten Mal gemacht hatten, waren die Zwillinge sieben und Lindy vier Jahre alt gewesen. Ihre Eltern hatten sie in der Morgendämmerung geweckt. Zu fünft waren sie hinausgezogen, in Pyjamas, an den Füßen, was sie finden konnten. »Wohin gehen wir?«, hatte Genevieve die ganze Zeit gefragt. »Das ist ein Geheimnis«, hatte Angela gesagt. Es wäre zu gefährlich gewesen, sie mit verbundenen Augen über den holprigen Pfad zu führen. So hatte Nick ihnen eingeschärft, nicht aufzusehen. Hand in Hand waren sie über den steinigen Untergrund gelaufen, während das Gelände anstieg.

»Okay, Mädchen«, hatte Nick gesagt, als sie stehen geblieben waren. »Jetzt könnt ihr aufschauen.« Dann hatten er und Angela »Überraschung!« gerufen.

Vor ihnen hatte ein Gerüst mit drei Schaukeln gestanden. Nick hatte es für seine Töchter gebaut, die Stangen leuchtend rot, die hölzernen Sitze in ihren Lieblingsfarben: Blau für Genevieve, Grün für Victoria und Gelb für Lindy. Nick hatte ihre Namen auf den Sitz geschrieben. Sie hatten sich augenblicklich auf die Schaukeln gestürzt, ihre Eltern gedrängt, sie anzuschubsen, sich mit lautem Gekreische höher und höher geschwungen.

Damals waren die Schaukeln die Attraktion gewesen. Mit den Jahren aber wurde der Ausblick immer wichtiger. Wenn Freunde zu Besuch kamen, gehörte ein Spaziergang in Pyjama und Turnschuhen zu dem mittlerweile Schaukelberg getauften Ort dazu. Angela führte sogar manchmal ihre Feriengäste dorthin. Wer spektakuläre Fotos wollte, war dort richtig.

Genevieve, Victoria und Lindy nahmen ihre Plätze ein. Als Kinder hatten sie mühelos auf die schmalen Sitze gepasst, doch es ging immer noch – in Victorias Fall gerade so.

»Es ist unbeschreiblich, oder?«, sagte Lindy und schaukelte träge vor und zurück.

»Zweifellos«, erwiderte Genevieve noch halb im Schlaf.

»Wunderschön«, sagte Victoria.

»Früher war das für uns alles selbstverständlich, oder?«, sinnierte Lindy. »Diese Weite, diese Wildnis. Wenn ich hier bin, wünsche ich mir immer, ich könnte fliegen oder rennen, schnell wie eine Gazelle. Oder einen großartigen Song schreiben oder ein unglaubliches Bild malen, etwas aus mir selbst heraus erschaffen. Es ist so inspirierend.«

»Warte, bis die Minenfahrzeuge kommen«, sagte Genevieve.

»Aber die werden doch nicht hier graben, oder?«, fragte Lindy.

»Genau diese Hälfte ist verpachtet, Lindy. Wenn die hier finden, was die suchen, wird wohl niemand sagen,

›Ach, schade, hier liegen zwar millionenschwere Diamanten, doch wegen der Schaukeln kommen wir nicht ran.‹«

»Hier liegt nichts«, sagte Lindy. »Das weiß ich einfach.«

»Weil du übernatürliche Kräfte zum Aufspüren von Mineralien besitzt?«

»Es ist nur ein Gefühl. Und ich versuche, wieder mehr auf meine Gefühle zu vertrauen. Außerdem sind auf dieser Hälfte die Felszeichnungen der Aborigines. Da bekommt doch niemand die Genehmigung, hier zu graben, ganz gleich, was sich hier findet.«

Genevieve zog eine Augenbraue hoch. »Welche Unschuld. Wie erfrischend.«

Lindy schwang sich unbeirrt vor und zurück. »Du musst optimistisch bleiben, Genevieve. Das ist mein Vorsatz für das neue Jahr. Mehr Fokus. Mir aus optimistischen Gedanken eine positive Zukunft bauen. Ich habe ein gutes Gefühl, was das nächste Jahr angeht. Das mit meinen Kissen läuft schon besser als erhofft.«

»Wie viele Aufträge hast du denn?«, fragte Victoria, als sie an Lindy vorbeischaukelte.

»Vier, alle vom Fest. Und da kommen sicher noch mehr, wenn es sich erst mal herumspricht.«

»Bravo«, sagte Genevieve. »Da ist schon mal ein Karton mit Füllung weg, bleiben nur noch fünfhundert.«

Victoria warf ihrer Zwillingsschwester einen strengen Blick zu. »Irgendwas Neues von Richard, Lindy?«

»Noch nicht, aber er ist ja mit den Lawsons weg, beim Campen.«

»Der Glückliche«, sagte Genevieve.

»Irgendwas Neues von Fred, Victoria?«, fragte Lindy.

»Sehr komisch«, erwiderte Victoria.

»Ich zieh dich nur auf. Ich weiß doch, dass er auch beim Campen ist. Aber er sieht wirklich gut aus, findet ihr nicht? Das wär ja so romantisch, wenn ihr beide wieder ein Paar würdet. Was glaubst du, kommt es so? Also, nicht dass ich heute lieber als noch vor zehn Jahren mit der Schrecklichen Jane verwandt sein will, aber Fred war immer anders als die übrigen Lawsons. Netter. Und sie wär dann sowieso nicht meine Schwägerin, oder? Dann wär bloß Fred mein Schwager.«

Genevieve verdrehte heimlich die Augen in Richtung Victoria.

Victoria ignorierte ihre Zwillingsschwester. »Wir haben erst zweimal miteinander gesprochen, Lindy. Aber falls ich mich entschließen sollte, ihn zu heiraten, erfährst du es als Erste. Versprochen.«

»Wetten, dass nicht? Wetten, dass es Genevieve zuerst erfährt?«

Sie schaukelten eine Weile schweigend vor sich hin, in einem stillen Wettstreit, wer am höchsten kam. Als der Sonnenaufgang nahte, wechselte das Farbenspiel am Himmel. Das tiefe Blau wurde heller, am Horizont erschien ein roter Streifen.

Lindy gab als Erste auf. »Ich sollte zurückgehen. Ich hab Mum versprochen, dass ich heute Frühstück mache.« Lindy stemmte die Schuhe auf den Boden, bremste und wirbelte eine große Staubwolke auf. »Ist übrigens toll, dass ihr wieder hier seid. Ich hatte erst Angst, dass es schwierig würde, wenn wir alle hier sind, aber klappt doch wirklich super, oder nicht?«

»Zweifellos«, hustete Genevieve durch den Staub. »Es ist fantastisch, wieder hier zu sein.«

»Und redet bloß nicht über mich!«, rief Lindy beim Gehen.

»Natürlich nicht«, erwiderten die Zwillinge unisono und warteten, bis Lindy außer Hörweite war.

»Das war eine Lüge«, sagte Genevieve. »Ich find's schrecklich, wieder hier zu sein.«

»Genevieve! Das ist doch nicht wahr, oder? Ich finde es wundervoll. Vor allem mit dir.«

»Davon rede ich ja nicht. Mit dir würde ich in der Hölle leben, wenn es sein müsste. Ich finde es so schrecklich, dass ich nichts zu tun habe. Du hast wenigstens einen Job und Kontakt zur Außenwelt. Du bist nicht von allem abgeschnitten so wie ich, im Niemandsland, ohne Perspektive, die Eltern in einer Ehekrise, die Luft so dick, dass man sie mit dem Messer schneiden könnte – wenn unser kleiner Bruder sich da nicht schon reingestürzt hätte.«

»Kannst du das Ganze nicht als Urlaub sehen? Lindy hat recht. Es ist wundervoll hier draußen. Schau es dir doch an. Die farbigen Felsen. Der gewaltige Himmel. Das klare Licht. Mums Touristen zahlen ein Vermögen, um so etwas zu sehen. Wir haben es umsonst.«

»Mir wird davon schlecht.«

»Genevieve! Wie kannst du so was sagen? Ich liebe es hier draußen. Wenn Mum nicht schon ihre Pensionsgäste hätte, wäre ich selbst in Versuchung. Wär das nicht ein toller Job? Mit den Leuten hier rauszufahren, sie herumzuführen, ihre Fragen zu beantworten, ein Zeltlager aufzuschlagen, meilenweit von der Zivilisation entfernt …«

Genevieve schüttelte sich in gespieltem Entsetzen. »Vielleicht war ich zu lange weg oder hab zu viele Endzeitfilme gesehen. Ich habe an so einem menschenleeren Ort immer das Gefühl, dass jeden Moment ein durchgeknallter Mörder erscheint und uns beiden ein Messer in den Leib rammt.«

»Danke. Heut Nacht werde ich bestimmt gut schlafen.«

»Ich mein das ernst. Wenn mich in New York jemand überfallen würde, könnte ich wenigstens schreien, es wären Tausende Menschen in der Nähe. Aber hier draußen ist es so verlassen wie im Weltraum.«

»Aber gerade das finden alle doch so toll«, sagte Victoria. »Die Abgeschiedenheit, die Wildnis …«

»Klar, vorübergehend, wenn man ein richtiges Zuhause mit richtigen Menschen hat. Wenn man nicht hier festhockt, so wie wir.«

»Du willst wieder weg?«

»Das kann ich mir nicht leisten. Und von dir will ich erst recht nicht weg. Ich langweile mich nur, das ist mein Problem. Ich brauche eine interessante Beschäftigung, etwas, womit ich mir die lange, einsame Zeit vertreiben kann.«

»Und es reicht dir nicht, uns alle ins Visier zu nehmen und Lindys Selbstvertrauen zu untergraben?«

»Das muss ich gar nicht. Das schafft Lindy ganz allein.«

Victoria lachte. »Lass es gut sein. Sei nicht immer so gemein.«

»Gemein ist meine Standardeinstellung. Ich bin so auf die Welt gekommen. Wie du weißt, habe ich auch dich beiseitegedrängt, weil ich Erste sein wollte.«

»Ich habe dir den Vortritt gelassen. Ich hatte einfach die besseren Manieren.«

Eine Weile schaukelten sie schweigend hin und her.

»Also, was ist mit dir und Fred Lawson?«

»Was sollen all diese Fragen wegen mir und Fred Lawson?«

»Du verschweigst mir etwas, oder?«

»Ich dachte, du hättest diesen Telepathiekram aufgegeben.«

Genevieve wartete.

»Er hat mir einen Brief gegeben. Auf dem Fest.«

»Er hat *was*? Und davon weiß ich nichts?«

»Ich musste erst darüber nachdenken.«

»Nein, musstest du nicht. Du musstest mir davon erzählen. Und zwar augenblicklich. Also, was schreibt er?«

Victoria kam mit der Schaukel zur Ruhe, griff in die Tasche ihres Pyjamas und zog einen Umschlag hervor.

»Du hast den Brief dabei? In deinem Schlafanzug?«

»Glaubst du etwa, ich würde den irgendwo rumliegen lassen? Damit er Ig oder Lindy in die Hände fällt?«

»Bist du sicher, dass ich das lesen soll?«

Victoria nickte.

Auch Genevieve brachte ihre Schaukel zum Stillstand. Sie las den Brief zweimal. Danach schaute sie mit glänzenden Augen auf. »O mein Gott.«

»Genau«, sagte Victoria.

»Hat er dir damals irgendwas davon gesagt?«

»Nicht in dieser Deutlichkeit. Ich wusste, dass er seiner Familie entkommen wollte. Er hat damals oft gesagt, dass sein Vater sehr bestimmend war. Sein Lebensweg schon vorgezeichnet war.«

Genevieve las vor.

Dass ich vor zehn Jahren nach Kanada gegangen bin, war die beste Entscheidung meines Lebens. Dort habe ich mich endlich einmal wie ich selbst gefühlt, Victoria. Nicht wie ein Lawson, der Älteste der Lawsons, der Sohn von Kevin Lawson. Ich durfte Fehler machen. Dummheiten. Sinnvolles. Auf eigenen Beinen stehen. Aber vor zehn Jahren habe ich auch die schlechteste Entscheidung meines Lebens getroffen. Ich hätte dich damals bitten sollen mitzukommen. Ich hätte dich anflehen sollen mitzukommen. Ich hätte dich fragen sollen, ob du mich heiraten willst, und vielleicht hätten wir uns dort drüben ein gemeinsames Leben aufgebaut. Aber damals hatte ich geglaubt, diese Frage wäre unfair. Mir war bewusst, wie sehr du Errigal liebst, und dass du, wäre es so gekommen, die Farm von deinem Vater übernommen hättest. Ich wollte dich nicht vor die Wahl stellen, zwischen deiner Familie und mir.

Aber nun war es an der Zeit zurückzukommen. Es ist der richtige Moment. Es wissen nicht viele – aber Dad hat große Pläne für die Zukunft. Er will expandieren. Diversifizieren. Er will mich darin einbinden. Aber ich muss ständig an das denken, was ich auch will, mich aber vor zehn Jahren nicht getraut habe zu fragen. Und auch jetzt habe ich zu viel Angst, dich persönlich zu fragen, denn womöglich sagst du Nein. Ich habe die Zeit mit dir geliebt, Victoria. Als ich dich in Port Pirie wiedergesehen habe, ist mir bewusst geworden, dass sich an meinen Gefühlen nichts geändert hat. Ich weiß, dass du noch nicht weißt, wie es weitergeht, und ich weiß auch, dass wir uns neu kennenlernen müssen, und du kannst mir deine Antwort auch erst in Wochen oder Monaten oder Jahren geben, wenn du so viel Zeit brauchst. Aber vielleicht denkst du wenigstens darüber nach.

Ich habe dir noch nicht einmal gesagt, wie die Frage lautet, oder? Ich fühle mich wie ein Teenager, aber ich weiß nicht, wie ich es anders formulieren soll. Können wir uns wieder regelmäßig sehen? Auf Dates gehen? Essen gehen? Uns neu kennenlernen? Und dieses Mal, das verspreche ich, werde ich nicht von einem Tag auf den anderen davonlaufen. Dieses Mal werde ich bei dir bleiben. Und ich hoffe, dass auch du das willst.

In Liebe

Fred

Genevieve faltete den Brief behutsam zusammen und gab ihn an Victoria zurück. »Gleich muss ich weinen.«

»Das habe ich schon.«

»Was wirst du tun?«

»Keine Ahnung. Es langsam angehen.«

»Aber warum? Das ist eine Liebeserklärung, Victoria. Beinahe ein Antrag. Du hast ihn doch auch geliebt, oder nicht? Es hat dir doch das Herz gebrochen, als er weggegangen ist. Und sich nie mehr bei dir gemeldet hat.«

»Weil ich ihm gesagt hatte, dass er das nicht tun soll.«

»Was? Das erzählst du mir erst jetzt?«

»Das war eine ganz große Sache für mich, Genevieve. Ich musste mir sicher sein, dass ich das tue, was ich wirklich will, und nicht, was du für das Beste hältst.«

»Aber ich will immer nur das Beste für dich.«

»Das weiß ich. Aber manchmal verstehen wir beide etwas anderes darunter.«

»Hat er trotzdem versucht, mit dir in Kontakt zu bleiben?«

Victoria nickte. »Er hat mir gemailt. Ich habe seine Mails nicht einmal gelesen. Ich habe sie einfach gelöscht. Und irgendwann habe ich ihm geschrieben, dass er seine Entscheidung in dem Moment getroffen hat, als er gegangen ist. Dass er nicht beides haben kann. Dass wir nach vorn schauen müssen.«

»Aber was, wenn das ein Fehler war? Was, wenn ihr in Kontakt geblieben wärt und du dich nach einem Jahr oder so entschieden hättest, ihm zu folgen?«

»Aber das habe ich nicht, oder? Ich hatte den Job beim Radio. Ich hatte ein neues Leben angefangen.«

»Aber du hast ihn so geliebt. Ich war immer neidisch auf euch zwei. Das war so stabil. Das hat so gut gepasst. Mich hat eure Trennung womöglich noch mehr schockiert als dich. Warum musst du überhaupt darüber nachdenken? Okay, ihr seid zehn Jahre älter, aber im Kern seid ihr dieselben, oder? Könnt ihr nicht einfach da weitermachen, wo ihr aufgehört habt?«

»Wir sind nicht mehr dieselben. Wir haben beide in den letzten Jahren viel erlebt. Und ich hatte schließlich auch geglaubt, ich wäre in Mr Radio verliebt, Genevieve, und sieh dir den Schlamassel an. Ich ringe immer noch damit. Ja, ich weiß, ich habe Fred geliebt. Ich glaube auch, dass ich niemals aufgehört habe, ihn zu lieben. Aber ich kann die letzten zehn Jahre nicht einfach vergessen oder die Zeit zurückdrehen. Ich muss darüber nachdenken.«

»Willst du ihn jetzt zehn Jahre auf die Antwort warten lassen? Zur Strafe?«

»Das würde ich nie tun. Er ist gestraft genug. Und er hat sich sehr verändert. Zum Besseren. Das habe ich gleich gesehen. Er ist erwachsener geworden.«

»Das war auch mein erster Eindruck. Ich wollte ihn hassen, als ich ihn auf unserem Fest gesehen habe, doch es ging nicht. Ich habe ihn immer sehr gemocht. Aber jetzt mag ich ihn noch mehr.«

»Wirklich?«

»Wirklich. Meinen Segen hast du. Jetzt oder in zehn Jahren. Wann immer du ihn willst.«

»Danke, Genevieve. Aber bitte erzähl niemandem davon.«

»Musst du mich darum bitten?«

Sie schaukelten schweigend vor sich hin.

Dann bohrte Genevieve die Absätze in den Boden und wirbelte erneut Staub auf. »Wir sollten zurückgehen. Wenn Lindy wirklich Frühstück macht, will ich das nicht verpassen.«

Auf dem Rückweg durch die struppigen Salzbüsche ergriff Genevieve noch einmal das Wort. »Ich habe da eine kleine Jobidee. Das könnte zwar ein wenig Ärger geben, aber auf der anderen Seite habe ich den ja sowieso. Also, der Klatsch, weswegen ich gefeuert worden bin?«

»Ich erinnere mich vage, ja.«

»Weißt du, wie viele Clicks das Video schon hat? Zwei Millionen. Wegen etwas Gossip über eine Schauspielerin. Ich sitze auf einer Goldmine. Da habe ich mir gedacht, ich könnte doch eine Klatsch-Seite starten. Ich habe so viele Storys gehört, dass sich dir die Haare kringeln würden, wenn sie's nicht schon täten. Das steht dir übrigens. Fang bloß nicht wieder an, dir die Haare zu glätten, verstanden?«

»Hast du wirklich gerade deinen bösen Tratsch mit einem spontanen Frisurentipp verbunden?«

»Die Idee ist ja noch besser! Ich werde beides kombinieren und spiele so all meine Stärken aus. Heißt es nicht, dass man genau das in Krisenzeiten tun soll?«

»Ich dachte, deine Reaktion auf Krisenzeiten wäre es, sich zu betrinken und mit einem Security-Typen ins Bett zu gehen.«

»Er ist kein Security-Typ. Er ist der Bruder des Regisseurs und außerdem Locationscout.«

»Hast du noch immer nichts von ihm gehört?«

»Nein.«

»Macht es dir was aus?«

»Ganz ehrlich? Ja. Ich mochte ihn, Victoria. Ich mochte ihn wirklich. Ich hatte gehofft, dass er sich melden würde. Nicht nur gehofft. Ich war mir sicher, dass ich von ihm hören würde.«

»Vielleicht versucht er es auf deinem Handy. Er weiß doch nicht, dass hier draußen kein Empfang ist.«

»Aber in Hawker. Ich bin sogar mehrmals hingefahren, um zu sehen, ob ich eine Nachricht habe. Nichts. Echt erbärmlich, oder?«

»Das tut mir wirklich leid.«

»Ja, mir auch. Deshalb brauche ich ein Projekt. Selbst

wenn ich hier draußen die Hälfte erfinden müsste, könnte diese Webseite meine Probleme lösen, oder?«

»Oder neue schaffen.«

Genevieve wartete, bis Victoria das Tor zur Weide geöffnet hatte. Dort grasten zwar längst keine Schafe mehr, die flüchten konnten, doch die Zwillinge waren von Kindesbeinen an darauf gedrillt, die Tore stets hinter sich zu schließen.

»Kein Wort von Mr Radio? Oder einem anderen aus Sydneys Medienvolk?«, fragte Genevieve, als sie weitergingen.

»Nicht ein einziges. Oh, warte, stimmt nicht. Ein ehemaliger Kollege hat gefragt, ob ich meine Geschichte nicht an eine Frauenzeitschrift verkaufen will und er mein Agent sein kann. Er will dreißig Prozent.«

»Echt stilvoll.«

Sie waren fast am Haus. In dem hohen Baum beim Geräteschuppen kreischten und flatterten die Kakadus. Vor dem letzten Tor blieb Victoria stehen.

»Genevieve, ich muss dir noch was sagen.«

»Das klingt aber sehr ernst. Kommt jetzt der nächste Exfreund, der dir seine ewige Liebe gestanden hat?«

Victoria lächelte nicht. Sie schüttelte den Kopf. »Ich habe dir doch erzählt, dass ich ein letztes Mal mit Mr Radio geschlafen habe?«

Genevieve nickte.

Victoria machte eine Pause. »Ich bin überfällig.«

»Ich dachte, du nimmst die Pille.«

»Hatte ich. Aber ich habe sie abgesetzt, als der ganze Mist passiert ist. Als man mich gefeuert hat. Weil ich dachte, ich brauche sie sowieso nicht mehr.«

Genevieve zwinkerte. »Wie überfällig?«

»Sechs Tage.«

»Das ist der Stress, kein Grund zur Panik. Überleg doch mal, was du in letzter Zeit alles mitgemacht hast.«

»Glaubst du wirklich?«

»Natürlich.«

»Du hast recht. Danke.«

Als sie durch das Tor gingen, sagte Genevieve: »Victoria, ich habe dir doch erzählt, dass ich in New York mit dem Security-Mann geschlafen hab, der eigentlich Locationscout ist? Vor rund drei Wochen?«

Victoria sah ihre Zwillingsschwester fragend an.

Genevieve nickte.

»Im Ernst?«, fragte Victoria.

»Im Ernst.«

»Aber du nimmst doch immer Kondome.«

»Ja. Aber nicht beim vierten Mal.«

»Viermal? In einer Nacht?«

Genevieve nickte.

»Wie überfällig?«

»Fünf Tage.«

»Das ist der Stress. Der lange Flug. Der Jetlag. Nicht auch du.«

»Nein, du hast recht, natürlich nicht.«

»Warten wir noch etwas ab, okay?«, schlug Victoria vor. »Ehe wir uns so richtig verrückt machen?«

»Klingt gut. Aber dann? Sollen wir Mum fragen, ob sie noch ein paar Schwangerschaftstests hat?«

Sie lachten beide nicht.

Kapitel 23

Angela war auf dem Weg in ihr Töpferatelier. Seit der Fahrt nach Adelaide, seit sie die E-Mail der Galerie gelesen hatte, war sie nicht mehr dort gewesen. Es hatte ihr gefehlt. Der Frieden. Der kühle dunkle Raum. Der Ton in ihren Händen. Sie musste weitermachen, auch wenn sie ihre fertigen Objekte niemals jemandem zeigen würde.

Nick schmiedete letzte Pläne für seine Irlandreise. Ihr Miteinander beschränkte sich nach wie vor auf höfliche Wortwechsel. Sie konnte sich nur an Joans Rat halten. Ihm Zeit geben.

Die Kinder waren an diesem Tag besonders unruhig. Lindy hatte von ihrem Freund Richard gehört. Er hatte vor zu kommen. Sie war völlig außer sich. Victoria hatte das Telefon in der Küche in Beschlag genommen und plante schon seit Stunden ihre Interviews. Genevieve versuchte, Ig zu einem Haarschnitt zu überreden. Weit war sie nicht gekommen.

Wie üblich klemmte die alte Holztür. Angela musste dreimal daran ziehen. Die blaue Farbe platzte immer stärker ab. Auch der Rosenstrauch litt unter der Hitze. Angela füllte am Brunnen eine Büchse und gab ihm Wasser. Er hatte dreiunddreißig Jahre überlebt, sie würde ihn nicht aufgeben. Die Parallele zu ihrer Ehe war nicht zu übersehen.

Ohne Ig konnte sie nur hoffen, dass sich keine neue

Spinne in ihrem Atelier eingerichtet hatte. Sie schaute in den Regalen nach, in denen ihre skulpturalen Versuche standen – keiner davon erfolgreich. Sie hatte sich entschieden, der Kunst vorerst den Rücken zu kehren. Und etwas Praktisches zu machen. Eine Tasse oder eine kleine Vase. Sie schnitt etwas Ton von einem großen Block und setzte die Töpferscheibe in Gang. Der nasse Ton war weich und sanft. Angela rollte ihn zu einer Kugel und drückte die Daumen hinein. Unter ihren Händen bildete sich die Form einer Tasse, die Oberfläche wurde glatter, die Tonschicht dünner. Doch dann drückte sie zu, und alles fiel in sich zusammen. Sie hielt die Scheibe an und formte den Ton sorgsam zu einer neuen Kugel.

Die vertrauten Bewegungen, der Ton in ihren Händen, die Stille ringsumher, das gedämpfte Licht – schon trieb sie in Gedanken fort. So rasch, so mühelos. Es verschaffte ihr eine solche Erleichterung.

Sie versetzte sich in ihr Londoner Gartenatelier. Im Radio lief klassische Musik, draußen war es frostig, im Innern sorgte der Ofen für Wärme und Behaglichkeit, die Regale ringsum waren voll mit ihren gelungenen, begehrten Keramikvögelchen. Sie stellte sich vor, wie sie mit Will zu einem Spaziergang am Kanal in der Nähe ihres Hauses aufbrach, um sich dort inspirieren zu lassen …

Mit einem Mal löste sich die Fantasie auf. Angela hielt mit der Arbeit inne. Plötzlich stand ihr eine wirkliche Erinnerung vor Augen: ein gemeinsamer Ausflug, der tatsächlich stattgefunden hatte, als sie neunzehn und Will zweiundzwanzig Jahre alt gewesen war.

Es war eines ihrer ersten Dates gewesen. Vorher hatten sie sich immer in der Clique getroffen, waren ins Kino oder eine Bar gegangen, hatten sich eine Band oder einen Comedian angesehen. Er hatte immer herausgeragt, mit seinem Selbstbewusstsein, seinem Wissen. Es war wie eine Auszeichnung, dass er ausgerechnet auf sie zugekommen war. Sie hatte immer geglaubt, dass er sich für ein anderes Mädchen interessierte. Er hatte sich zu ihr gesetzt und sie gefragt, was sie studierte, wo sie aufgewachsen war. Sie hatte ihm erzählt, dass sie aus Forest Hill stammte und in der Nähe des berühmten Horniman Museums mit seiner erstaunlichen naturkundlichen Sammlung aufgewachsen war. Angela kannte in ganz London keinen schöneren Ort. Sie hatte Stunden dort verbracht, einen Sommer lang sogar als ehrenamtliche Museumsführerin gearbeitet. Er hatte über den Namen Horniman gelacht. Wie fast jeder. Und dann zugegeben, dass er noch nie davon gehört hatte.

Am nächsten Tag hatten sie sich dort getroffen, nur sie beide. Angela hatte einen Picknickkorb gepackt. Es war ein wundervoller Frühlingstag gewesen. Das Gebäude hatte Will beeindruckt: die Turmuhr, die ausladenden Treppenhäuser, die Außenfassade mit ihrem Figurenfries. Überall hatte es geblüht, an den Bäumen war nach einem langen Winter neues Grün gesprossen, im Garten hatten sich die Vögel getummelt. Sie hatte Will voller Stolz herumgeführt. Er hatte immer den Eindruck erweckt, als hätte er bereits so viel gesehen und erlebt. Nun war sie die Reiseleiterin, als sie ihm den Hauptraum mit seinen gläsernen Vitrinen zeigte, die präparierten Vögel, die anderen Tiere und die Attraktion des Museums, das berühmte ausgestopfte Walr…

»Mum?«

Angela zwinkerte.

»Mum?«

»Tut mir leid, Lindy, ich war in Gedanken meilenweit entfernt.«

»Das bist du neuerdings ständig. Wie findest du das Kleid?« Lindy trug ein blaues tailliertes Kleid im Vintage-Stil. »Ich weiß nicht, was ich anziehen soll, wenn Richard kommt, und Genevieve oder Victoria will ich nicht fragen.«

»Du siehst reizend aus.«

»Wirklich?« Lindy strahlte. »Danke. Ich kann dir gern die Alternativen zeigen, wenn du willst.«

»Nicht nötig«, sagte Angela. »Das ist perfekt.«

»Das war auch mein Gedanke. Was machst du da?«

»Ach nichts.«

»Doch, natürlich. Ich seh doch was. Was wird das?«

Angela schaute nach unten. Auf der reglosen Töpferscheibe saß etwas Vogelartiges. Rasch knetete Angela den Ton zurück in eine Kugel. »Ich übe bloß.«

Lindy zog sich einen Hocker heran. »Mum, kann ich mit dir über Dad sprechen?«

»Lindy, ich möchte eigentlich nicht …«

»Nicht über euren Streit. Genevieve und Victoria haben mir gesagt, dass ich dich damit in Ruhe lassen soll. Mir geht es um was anderes. Woher wusstest du, dass er der Richtige ist?«

»Wie bitte?«

»Als ihr euch damals in Sydney begegnet seid, woher wusstest du, dass er der Richtige für dich ist?«

»Der Richtige für mich?«

»Na, der Mann, den du heiraten würdest, der zukünftige Vater deiner Kinder.«

»Keine Ahnung.«

»Ach Mum, nun komm. Du hast dein ganzes Leben auf den Kopf gestellt, Freunde und Familie zurückgelassen und bist in ein fremdes Land gegangen, auf eine Farm im Outback, und du willst mir sagen, du weißt nicht, wieso?«

»Warum fragst du?«

»Ich habe doch gesagt, dass Richard kommt, und ich versuche rauszufinden, was ich für ihn empfinde. So etwas habe ich bei keinem Freund bisher erlebt. Wenn er in meiner Nähe ist, bin ich immer so, keine Ahnung, so nervös. Aufgeregt, aber irgendwie auch ängstlich. Und ich weiß nicht, ob das ein gutes oder schlechtes Zeichen ist.«

»Hattet ihr beide schon mal ein richtiges Date?«

»Nicht wirklich. Ich mein, wir haben geredet, nur wir beide. Und uns geküsst. Einmal. Das war so unglaublich, er ist …«

»Schon gut, Lindy. Du musst mir nicht alles erzählen.«

»Ich weiß nur, dass ich bei ihm anders empfinde als bei jedem anderen Typen. Aber woher habe ich Gewissheit, dass es Liebe ist? Es nicht bloß ein Strohfeuer oder Lust ist?«

»Liebes, es tut mir leid, ich weiß es nicht. Das ist bei jedem anders.«

»Mum, bitte, hilf mir. Du musst doch etwas ganz Erstaunliches empfunden haben, als du Dad das erste Mal begegnet bist. Denn du hast dich nicht geirrt, oder? Erst die stürmische Romanze, nach einem Jahr die Hochzeit – und nach all der Zeit seid ihr immer noch zusammen. Du musst doch irgendwie gespürt haben, dass er mit Sicherheit der Richtige ist.«

Angela versuchte, Zeit zu gewinnen. »Lass mich mal darüber nachdenken. Außerdem könntest du auch deinen Vater fragen.«

»Das habe ich ja«, seufzte Lindy. »Gerade eben, in der Küche.«

»Und, was hat er gesagt?«

»Dass ich dich fragen soll.«

Kapitel 24

Als sich Angela morgens für ihre Fahrt nach Adelaide und ihre Untersuchungen bereit machte, rief Joan an, um ihr Glück zu wünschen. »Und du bist sicher, dass du allein fahren willst? Ich kann in einer Stunde bei dir sein, falls du's dir anders überlegst.«

»Nein, alles bestens, danke.«

»Keine Kopfschmerzen heute?«

»Seit zwei Tagen nicht. Ich komme mir schon wie eine Simulantin vor.«

»Ruf mich gleich an und sag, wie es gelaufen ist. Ich erwarte deinen Bericht.«

Ig trug Angela die Tasche zum Wagen. Er war ihr den ganzen Vormittag wie ein Schatten gefolgt und hatte sie gefragt, ob sie wirklich alles habe. Er hatte ihr mit Genevieve im Netz ein Zimmer gebucht und ein hervorragendes Last-Minute-Angebot in einem sehr guten Hotel in der Innenstadt gefunden.

»Du bist ein Genie, Ig«, hatte Genevieve gesagt, als er ihr die Bestätigung ausgedruckt hatte. »Wer hat dir das beigebracht?«

»Robbie«, hatte er erwidert.

Genevieve setzte eine betont ernste Miene auf, als Angela ein letztes Mal mit ihr den Reiseplan besprach. »Ich glaub, ich hab's kapiert«, sagte sie. »Du brichst jetzt auf, Richtung Adelaide, heute Nachmittag ist der Termin bei deinem Facharzt. Du bleibst über Nacht im Hotel, kommst morgen zurück, geschätzte Ankunftszeit siebzehn Uhr.«

»Oder früher. Falls ich das schaffe.«

»Und bis dahin trage ich für alles die Verantwortung. Na, ob mir das gelingen wird? Könntest du mir sicherheitshalber noch einmal zeigen, wie man das Licht ausschaltet? Und wie war das mit dem Kessel? Ich geh damit nach draußen und warte auf Regen? Oder nutze ich dieses komische silberne Ding da über dem Waschbecken? Wie heißt das auch noch? Wasserhahn?«

»Sehr witzig.«

»Mum, verschwinde einfach, okay? Steig ins Auto, fahr los, besuch deinen Spezialisten, und abends gehst du schön aus und legst eine flotte Sohle aufs Parkett.«

»Eine flotte Sohle?«, fragte Angela.

»Eine flotte Sohle, von mir aus auch ein flottes Solo.« Sie umarmte ihre Mutter. »Nun fahr schon. Und schalte mal ab.«

Victoria, die für ihre Interviews geprobt hatte, kam aus ihrem Zimmer und umarmte ihre Mutter ebenfalls. »Und du bist sicher, dass keine von uns mitkommen soll?«

»Danke, ich bin sicher«, sagte Angela.

Lindy stellte dieselbe Frage. »Ich wäre in Minuten fertig. Dein Hotel sieht wirklich schön aus. Da würde ich gern mal übernachten. Zu deiner Unterstützung natürlich.«

»Ich komme klar, Lindy, danke«, sagte Angela. »Bleib du lieber hier und mach deine Kissen fertig.«

Lindy hielt ihr jüngstes Werk hoch. »Guck mal, fast fertig. Ist doch toll, oder? Das perfekte Geburtstagsgeschenk.«

Angela stimmte ihr zu. Und entschied, dass dies nicht der geeignete Moment war, Lindy darauf hinzuweisen, dass sich »herzlich« nicht mit »tz« schrieb.

Endlich war Angela bereit zum Aufbruch. Sie hatte gehofft, dass sich Nick von ihr verabschieden würde. Er wusste doch, was vor ihr lag. Er war den ganzen Vormittag im Büro gewesen, und das Fenster ging auf den Hof. Er hatte garantiert gesehen, wie Ig ihr die Tasche zum Wagen getragen hatte. Ihr schlechtes Gewissen wegen des Briefs nahm allmählich andere Konturen an. Den Kindern war es gelungen, über die Sache hinwegzukommen. Selbst Celia war in der letzten Woche aufgetaut, besonders dank der Aufmerksamkeit, die sie im Krankenhaus genossen hatte. Aber Nick? Keinerlei Veränderung.

Sie ging zum Büro, bemühte sich um einen höflichen Tonfall und sagte von der Tür aus: »Ich brech jetzt auf, Nick.«

Er wandte sich halb um. »Gute Fahrt.«

»Danke.«

Dann rief er ihr noch hinterher: »Viel Glück beim Arzt.«

»Danke«, sagte sie und ging unbeirrt weiter. Das war es also? Mehr nicht? Und das nach dreiunddreißig Jahren Ehe?

Als Angela losfuhr, rannte Ig neben ihrem Wagen her. Er liebte es, ihr nachzujagen und ihr zuzuwinken. Er würde auch nicht weinen, obwohl er das furchtbar gern getan hätte. Sie war nur für eine Nacht fort. Sie kam am nächsten Tag zurück. Er hätte überhaupt keine Zeit, sie zu vermissen, hatte sie zu ihm gesagt.

Trotzdem würde sie ihm fehlen. Er hatte jetzt schon so ein komisches Gefühl im Magen. Wie im Internat in Adelaide. Die anderen hatten ihn oft ausgelacht, wenn die Lehrer gefragt hatten, wen sie alle am meisten bewunderten. Bei den anderen waren es immer Footballspieler oder Popstars gewesen. Einmal auch ein Astronaut. Doch als er an der Reihe gewesen war, hatte er gesagt, seine Mum. Denn es war die Wahrheit.

Am Tor blieb er stehen und winkte ihr nach, bis er das Auto nicht mehr sehen konnte, nur noch die Staubwolke, die es hinter sich herzog. Da kam Genevieve zu ihm und zerzauste ihm das Haar. Das war halb schön, halb unangenehm.

»Sie ist ja morgen wieder da, Iggy. Sei nicht zu traurig. Kommst du mit rein und hilfst mir mit den Schokokeksen?«

»Noch nicht. Gleich.«

Er wollte abwarten, bis auch die Staubwolke verschwunden war.

Victoria war in ihr Zimmer zurückgekehrt und übte ihre Anmoderation. Sie machte bereits die dritte Aufnahme. Sie hatte seit Langem in kein Mikrofon gesprochen, nicht, seit sie die Seiten gewechselt und in die Rolle der Produzentin geschlüpft war. Die alte Arbeit tat ihr gut. Am Ende hatte Mr Radio ihr noch einen Gefallen getan. Als er sie in dieses Chaos gestürzt, ihre Entlassung provoziert hatte. Sie zur Heimkehr gezwungen hatte, verschämt, beschämt …

Schwanger?

Nein. Sie konnte unmöglich von ihm schwanger sein. Ausgeschlossen. Dass sich ihre Periode verzögerte, lag an all dem Stress. Bei Genevieve musste es am Jetlag liegen. Aber vielleicht sollten sie doch bei ihrem nächsten Ausflug nach Port Augusta einen Schwangerschaftstest kaufen. Und vielleicht sollten sie das bald tun.

Sie schaltete erneut das Mikro ein. »Hallo, ich bin Victoria Gillespie. Willkommen zu ›Ein Leben im Outback‹, meiner neuen Sendereihe über …«

»NEIN!«, kam es plötzlich von Lindy. »Das DARF nicht falsch sein. Das DARF nicht sein!«

Victoria schaltete das Mikrofon aus und fluchte leise.

Unterdessen bemühte sich Genevieve, Lindy zu beruhigen. »Es tut mir leid, aber es ist wirklich falsch. Selbstverständlich schreibt sich ›Herzlich‹ nur mit ›z‹. Hast du das nicht nachgesehen?«

»Ich habe ganz genau das gestickt, was in dem Auftragsformular steht.«

»Na, dann wissen die offenbar auch nicht, wie man richtig schreibt. Vielleicht merken sie's ja nicht.«

»Natürlich merken die das. Wenn nicht die, dann eines ihrer Kinder, und schon wieder bin ich Witzfigur. Ich kann absolut *nichts* richtig machen! Ich bin die totale Niete!«

Lindy entriss Genevieve das Kissen und schleuderte es auf den Küchentisch. Ihre Reaktion war schnell, doch nicht schnell genug. Sie konnten beide nur noch zusehen, wie die Dose mit dem Kakaopulver umkippte und auf dem weißen Kissen landete.

Erneutes Wehgeschrei erklang. Victoria unterbrach erneut ihre Aufnahme.

Nick schloss die Bürotür. Er hatte nicht die geringste Absicht nachzusehen, was bei seinen Töchtern vor sich ging. Wie so häufig verfluchte er die Tatsache, dass das Telefon im Büro noch immer nicht funktionierte. Wenn es jemals einen Zeitpunkt gegeben hatte, an dem er ungestört telefonieren musste, dann war es dieser Moment.

An dem er ungestört mit Angela telefonieren musste.

Er hätte nicht so wortkarg sein dürfen, als sie losgefahren war. Er hätte sie nicht ohne ein Wort der Klärung fahren lassen dürfen. Es war ihm nicht besonders gut gelungen, die Farm zu führen, aber es war ihm hervorragend gelungen, seine Wut auf Angela zu konzentrieren. Sie hatte ihm gegenüber den Arzttermin nicht einmal erwähnt, er hatte erst vor drei Tagen davon gehört, als Genevieve und Ig das Hotel gebucht hatten. Da war es ihm bewusst geworden. Nun waren auch er und Angela eins der Paare, die nur noch durch ihre Kinder kommunizierten.

Ihm blieb nur die Möglichkeit, in die Küche zu gehen und das Telefon dort zu nutzen oder sie über Funk zu kontaktieren. Aber nicht, wenn Genevieve und Lindy in der Küche waren und dort ein Tohuwabohu veranstalteten. Und Victoria, Ig und Celia in der Nähe waren. Er brauchte keine Zuhörer, wenn er versuchte, sich bei Angela zu entschuldigen.

Sich nicht nur zu entschuldigen. Sich zu erklären.

Er hatte ihren Brief an diesem Morgen noch einmal gelesen. Er hatte ihn inzwischen schon so oft gelesen – er wusste ihn fast auswendig. Nick hatte sämtliche Emotionen durchlaufen – Wut, Schmerz, Scham. Verzweiflung. Er hatte sogar mit seinem Arzt darüber gesprochen. Und mit seinem Psychologen, bei der letzten Sitzung.

Jim hatte ihm die entscheidende Frage gestellt: »Erkennen Sie sich in Angelas Worten?«

Ja, hatte er zugegeben. Endlich. Aber in den letzten Tagen war ihm noch mehr bewusst geworden.

Angela hatte nicht nur die Wahrheit über ihn geschrieben. Angela war dabei noch milde gewesen.

Denn jedes Wort entsprach der Wahrheit. Er *hatte* sich zurückgezogen. Er *hatte* aufgehört, mit ihr zu sprechen. Er hatte sie *nicht* in die Entscheidung über den Pachtvertrag mit einbezogen. Die Beschäftigung mit seiner Familiengeschichte *war* zu einer Obsession geworden.

Er dachte an seine Rede auf dem Fest. Daran, wie emotional er geworden war – und das vor allen Nachbarn. Früher hätte er mit Angela darüber geredet. Sie hätte ihn getröstet und bestärkt. Diesmal nicht. Er hatte sich viel zu sehr geschämt. Es war einfacher, nichts zu sagen.

Einfacher.

Hatte er sich in diese Richtung verändert? Hatte er sich für den einfachen Weg entschieden, weil der ganz genau das war: einfach und sicher? Dass das für seine Ahnenforschung galt, war ihm bewusst. Es war ein sicheres Hobby. Es würde bestimmt keine bösen Überraschungen geben, wenn er in der Vergangenheit wühlte, nichts, was ihn treffen, ihn verletzen könnte. Aber er hatte damit auch seine Schuldgefühle beschwichtigt. Okay, er musste die Hälfte des Gillespie-Besitzes verpachten, aber was hatte er nicht alles über seine Vorfahren gelernt!

In der letzten Woche hatte er auch hier zu einer anderen Perspektive gefunden. Wenn er den Vertrag mit Carols Firma nicht schon unterschrieben hätte, hätte er seinen Recherchen ein Ende gesetzt. Seine Pläne für das Familientreffen zurückgestellt. Aber nun stand er in der Pflicht, nicht nur ein Treffen mit zweihundert Fremden zu organisieren, sondern auch seine erste Auslandsreise anzutreten.

Ohne Angela.

Seine Frau, seine beste Freundin, die Frau, die ihn besser als irgendjemand sonst kannte.

Deshalb hatte ihn der Weihnachtsbrief so sehr getroffen. Er hatte geglaubt, es wäre ihm gelungen, seinen Schmerz zu verbergen. Der Brief bewies das Gegenteil. Angela hatte ihren Mann durchschaut. Sie hatte erkannt, was aus ihm geworden war. Und sie hatte recht. Er war nicht mehr der Mann, den sie einst geheiratet hatte.

War es ein Wunder, dass ein alter Freund aus England,

den sie seit Jahren nicht erwähnt hatte, zu ihrem idealen, ihrem Fantasie-Ehemann geworden war? Am Anfang war Nick außer sich vor Wut gewesen. Und nicht nur das. Verletzt. Erniedrigt. Bei der Vorstellung, dass nun auch ihre Nachbarn und Freunde von diesem Will wussten. Dem erfolgreichen Architekten. Diesem soften Büroheini aus London, der für sie kochte, sie zum Lachen brachte, mit ihr sprach, ihr ein Luxusleben in der Großstadt schenkte, Geld und die perfekte Tochter. Da hatte er es schwarz auf weiß, Angelas Wunschleben. Alles, was sie wirklich wollte. Nichts davon hatte Nick ihr geben können. Seine Gedanken hatten sich im Kreis gedreht: Angela wollte diese Ehe nicht, bereute sie. Darüber war er nicht hinweggekommen.

Dann war ihm eine Äußerung seines Psychologen eingefallen. Nur weil Nick etwas glaubte, war es noch lange nicht real. Für jedes negative Gefühl gab es ein stärkeres, positives. Es lag an ihm, sich für einen Gedankengang zu entscheiden, der ihn stärkte und nicht schwächte.

Genau das hatte er während seiner langen Wanderungen über die Farm versucht. An Weihnachten versucht, als die Kinder mit ihrem Stück begonnen hatten, bevor sie alle krank geworden waren. Erst hinterher hatte er erfahren, was sie vorgehabt hatten. Die Höhepunkte aus Angelas Briefen aufzuführen, alles, was sie im Laufe der Jahre über ihre Ehe geschrieben hatte.

Vier Tage nach Weihnachten, an einem einsamen, schlaflosen Abend im Büro, hatte er die Briefe aus dem Aktenschrank geholt. Und sie durchgelesen. Jeden einzelnen. Ja, Angela betrieb Schönfärberei. Und, ja, manchmal war ihre Sprache auch etwas blumiger, war sie etwas detaillierter, als ihm lieb gewesen wäre. Das war ein Grund, warum er ihre Briefe nicht mehr las.

Aber Angela hatte auch über die schweren Zeiten geschrieben. Über den Tod seiner Eltern, ihrer Eltern, als sie zweimal allein nach London reisen musste. Über die Veränderungen, die mit der Dürre gekommen waren. Den Kollaps der Wollindustrie. Das jahrelange Warten auf Regen, den allmählichen Verkauf der Herde. Sie hatte die Realität nicht ignoriert. Aber sie hatte den Kopf nicht hängen lassen. Jeder Brief hatte eine positive Note. Sie hatte immer auch das Gute erwähnt, das trotzdem noch geschah: bei den Kindern, ihren Freunden, innerhalb ihrer kleinen Gemeinde, mit ihren Feriengästen.

Mit ihm.

In jedem Brief, vom ersten bis zum letzten, war von ihm die Rede. Jahr um Jahr, Brief um Brief, hatte er gelesen, was sie von ihm schrieb. Wie sehr sie ihn liebte. Wie stolz sie auf ihn war. Wie sehr sie das Leben auf der Farm mit ihm und den Kindern liebte. Wie viel sie gemeinsam schon durchlebt hatten.

Gemeinsam.

Als er alle Briefe gelesen hatte, war er nach draußen gegangen und hatte sich auf die dunkle Veranda gesetzt. Eine Stunde war er dortgeblieben, vielleicht auch länger. Kein Wunder, dass sie sich ausgeschlossen fühlte. Einsam fühlte. Kein Wunder, dass sie Zuflucht bei der Töpferei, einem Fantasie-Ehemann nehmen musste, der ihr Gesellschaft leistete. Er hatte es für das Beste gehalten, ihr nichts zu sagen. Er hatte geglaubt, sie zu schützen, indem er seine Sorgen und Nöte für sich behielt. Er hatte sich geirrt. Er hatte ihr nur größeren Kummer bereitet.

Er hatte nicht einmal den Anstand besessen, sich am Morgen ordentlich von ihr zu verabschieden, vor ihrer vierstündigen Fahrt zu einem Arzttermin, bei dem es um die Frage ging, ob sie womöglich einen Hirntumor hatte.

Jetzt reichte es. Jetzt reichte es mit dem Schweigen zwischen ihnen. Er musste sich entschuldigen. Sich erklären. Und sie noch einmal fragen, ob sie mit ihm nach Irland, nach London, nach Europa reisen würde.

Anrufen konnte er sie nicht, doch er konnte ihr mailen. Sie hatte nur ein altmodisches Handy ohne Internetzugang, aber im Hotel gab es Computer. Wenn sie später anrief, wollte er sie bitten, ihre E-Mails zu checken.

Als er den Stuhl näher an den Computer rückte, ging ihm etwas auf. Dies war nicht nur die erste E-Mail, die er an sie schrieb. Dies war der erste Brief, den er seiner Frau in dreiunddreißig Jahren schrieb.

Er blickte lange auf den leeren Bildschirm. Dann fing er an.

Kapitel 25

Angela war auf halber Strecke Richtung Adelaide. Während der ersten Stunde hatte sie nur an Nick gedacht. An ihren Abschied, im Büro. An das, was sie hatte sagen wollen. Sagen sollen. Sagen können. Aber nicht gesagt hatte. Mit jedem Tag drifteten sie weiter auseinander.

Am Morgen hatte sie versucht, den Graben zu überwinden. Sie war sehr früh wach geworden, neben Nick, so nah. Früher einmal wäre sie noch näher an ihn herangerückt, hätte einen Arm um ihren Mann gelegt, ihn wach geküsst. Vielleicht wäre es zu weiteren Berührungen gekommen, Liebkosungen, die zu schläfrigem Morgensex geführt hätten. Doch das war im Moment völlig ausgeschlossen. Auch ihr Liebesleben war der Distanz zum Opfer gefallen.

Doch war es wirklich ausgeschlossen? Vielleicht, so ihr Gedanke an diesem Morgen, sollte sie genau das wagen. Sex war früher schon ein Kitt gewesen, vor allem in den ersten Jahren ihrer Ehe, nach einem Zwist. Sie hatten immer sehr unterschiedlich gestritten. Angela war viel hitziger, sie ließ ihren Worten, den Gefühlen freien Lauf, während sich Nick vorsichtig durch das Minenfeld bewegte, ihn ein dahingesagtes Wort schnell verletzte und er dann in Schweigen verfiel. Häufig war es Angela gewesen, die den ersten Schritt zur Versöhnung gemacht hatte. Anfangs hatte sie das sehr gestört. Sie hatte immer geglaubt, dass eine Annäherung von beiden Seiten ausgehen, eine Beziehung keine Einbahnstraße sein sollte.

Als sie das Joan gegenüber angesprochen hatte, hatte Joan ihr wie üblich sehr direkt geantwortet. »Die Ehe *ist* eine Einbahnstraße, Liebes. Stell dir vor, ihr wärt zwei Autos in einer engen Gasse, die sich gegenüberstehen. Wenn sich der eine nicht bewegt, steckt der andere auch fest. Wenn sich keiner von euch bewegt, steckt ihr auf ewig fest. Aber wenn sich einer von euch bewegt – egal wer – siehe da, schon ist die Straße frei, und ihr könnt weitermachen. Fang bloß keine Strichliste an, wer sich wie oft zuerst entschuldigt. Und lass um Himmels willen Sprüche wie: ›Aber nie macht er dies.‹ Oder: ›Nie macht er das‹. Solange sich einer von euch beiden bewegt, ist alles gut.«

Es war ein weiser Rat gewesen. Angela hatte sich entschieden, ihn auch an diesem Morgen zu befolgen. Sie war im Bett näher an Nick herangerückt und hatte ihren Arm um seine Taille gelegt. Die Vertrautheit hatte sie überwältigt. Sie kannte alles an ihrem Mann. Sie wusste, wie sich seine Haut anfühlte. Sein Körper. Wie er roch, er atmete. Selbst nach dreiunddreißig Jahren fand sie ihn unglaublich attraktiv: gebräunt, schlank und fit von der jahrelangen körperlichen Arbeit. Sein Haar war unverändert dunkel, nur an den Schläfen wurde es ein wenig grau. Sein Gesicht hatte erste Falten, aber ihres auch. Selbstverständlich würden sie das überwinden. Selbstverständlich war ihre Ehe nicht vorbei. Als sie den Arm fester um ihn geschlungen hatte, hatte er sich im Schlaf bewegt – ein rascher, heftiger Ruck, als ob er sie von sich stoßen wollte.

Sie hatte sich sofort zurückgezogen. Vielleicht schlief er tief und fest. Vielleicht hatte er nicht einmal gemerkt, dass sie ihn berührt hatte, vielleicht war es bloß ein Reflex gewesen. Doch es hatte genügt. Sie war aufgestanden und hatte das Schlafzimmer verlassen. Als sie ihn später in der Küche gesehen hatte, in Gegenwart der Kinder, war die Gelegenheit für ein Gespräch, geschweige alles andere, vorüber.

Angela kam durch die vertrauten Ortschaften. Vor ihr erstreckte sich der Highway. Ihr Wagen, mit Automatikgetriebe, fuhr beinahe von allein. Auf der Straße herrschte kaum Verkehr. Angela hatte die Klimaanlage auf höchste Stufe gestellt. Die Sonne schien ihr auf den rechten Arm. Er war nach Jahren unter der harschen, grellen Sonne gebräunter als der linke. Früher hatte sich in Australien niemand Gedanken über Sonnenschutz oder Hautkrebs gemacht. Alle hatten die Sonne in sich aufgesogen, besonders die Kinder. Jetzt bezahlte Angela dafür: mit vorzeitigen Falten, gealterter Haut.

Wenn sie nach Hause geflogen und Will geheiratet hätte, sähe sie dann anders aus? Hätte sie dann weniger Falten? Oder mehr? Graues Haar? Gefärbtes Haar? Sicher wäre sie blasser. Es sei denn, natürlich, es sei denn, sie hätten ein Ferienhaus in Spanien, wo sie den Sommer verbrachten und manchen Winter auch.

Ihre Gedanken schweiften ab.

Ja, sie und Will besaßen ein Ferienhaus in Spanien. Sie waren immer gern gereist. Eigentlich hatten sie gedacht, dass sie ihren Wandertrieb in jungen Jahren schon gestillt hatten, als Will die Welt auf der Suche nach den Wundern der Architektur mit dem Rucksack bereist hatte und sie für einige Monate nach Australien gegangen war, dort hin und wieder in einem Pub gearbeitet hatte, nur nicht in Sydney, obwohl eine Freundin sie angefleht hatte, einen Abend für sie einzuspringen. Angela hätte beinahe Ja gesagt, doch dann hatte ihr jemand Tickets für einen

Comedy-Abend angeboten. Sie hatte sich für Letzteres entschieden. Ihre Freundin hatte am Ende ihren Job verloren und Angela deswegen immer noch unterschwellig ein schlechtes Gewissen.

In letzter Zeit aber hatte das Reisefieber sie und Will wieder gepackt. Es zog sie in die Ferne. Will war mit der Idee zu Angela gekommen.

»Ich würde furchtbar gern noch einmal nach Australien«, hatte sie erwidert. »Aber das ist so ein langer Flug. Wir müssten mindestens einen Monat bleiben. Am besten sechs Wochen. Und du hast doch so viel zu tun.«

»Aber ich bin der Chef. Ich könnte mir locker so lange freinehmen, sollte sich beispielsweise herausstellen, dass ich da unten beruflich zu tun hätte.«

Sie hatte gelacht. Sie hätte sich ja denken können, dass da irgendwas im Busch war.

Tatsächlich hatte Will gerade das Angebot erhalten, an einem neuen Bauprojekt im Bereich Ökotourismus zu arbeiten, für ein Unternehmen mit Sitz in Italien, das auch in Spanien, Portugal und Kroatien aktiv war. Hinter dem sehr viel Kapital stand. Will hatte nach vergleichbaren Projekten gesucht, und die gelungensten befanden sich ausgerechnet in Australien, in Queensland, aber auch in South Australia, im Outback. »Wir würden trotzdem überwiegend Urlaub machen, aber es spräche nichts dagegen, ein paar dieser Öko-Orte aufzusuchen.«

»Und den gesamten Urlaub als Geschäftsreise zu verbuchen?«

»Daran hatte ich noch gar nicht gedacht«, sagte Will. »Aber du hast recht, vermutlich ginge das.«

Natürlich zog er sie nur auf. Will war in geschäftlichen Dingen sehr gewieft.

Nun konnte sie nichts mehr aufhalten. Bis auf die Tatsache, dass Angela ihre Lexie fürchterlich vermissen würde. Doch auch das hatte Will vorausgesehen.

»Ich habe Lexie gestern Abend angerufen. Sie kann sich zwar nicht sechs Wochen lang freinehmen, aber zwei. Sie kommt in den letzten beiden Wochen nach. Wo immer wir dann sind, ob im Outback oder im tropischen Norden.«

Den Rest des Abends verbrachten sie vor dem Computer, suchten nach Tickets in der Businessklasse mit Zwischenstopp in Hongkong und planten ihre Route durch Australien. Will hatte recht, Australien war in dem Segment des Ökotourismus führend, wie es Wills neuen Auftraggebern vorschwebte. Aber das wahre Australien ließ sich auf weit bodenständigerem Wege erkunden.

»Sieh dir das mal an«, sagte Angela und klickte auf eine neue Webseite. »Man kann sogar auf richtigen Farmen übernachten, bei Familien aus dem Outback. Das wäre doch was Besonderes, meinst du nicht? Nach den ganzen Luxus-Öko-Hütten könnten wir ein wenig am wahren Leben schnuppern.«

»Und in einem Bett schlafen, in dem eben noch das jüngste Kind gelegen hat? In einem Zimmer voller Sportpokale? Ist das dein Ernst, Angela?«

»Nein, hör dir das mal an.« Angela klickte willkürlich auf einen Eintrag: die Beschreibung einer Farm im nördlichen Gebiet von South Australia, in der Nähe des Flinders Ranges Nationalpark. Angela las vor. »›Sie gelten als persönlicher Gast der Besitzer und übernachten im ehemaligen Bedienstetenquartier des zweihundert Jahre alten steinernen Haupthauses. Zum Programm gehören Führungen über die Farm, sachkundige Auskünfte über die Kultur und Geschichte der Aborigines sowie der heimischen Flora und Fauna. Die Ehefrau des Farmers, dessen Familie den Besitz bereits in vierter Generation bewirtschaftet, betreut Sie auch bei den Campingausflügen, einem Abendessen am Lagerfeuer sowie sämtlichen Touren mit dem Geländewagen.‹ Ich habe von so etwas gehört. Das wäre doch spannend, oder nicht? Wir werden in jedem Fall den Ökotourismus erkunden, aber warum gönnen wir uns nicht auch ein paar Tage auf einer richtigen Farm?«

»Gute Idee«, sagte Will. »Du entscheidest, wo. Ich folge dir, wohin du willst.«

Angela überflog die Liste. Die Angebote klangen alle gut, aber irgendwie zog es sie immer wieder zu der Farm, die sie sich gleich zu Beginn angesehen hatte. Eine Farm namens Errigal mit einem zweihundert Jahre alten Stein…

Ein Sattelschlepper hupte. Angela fuhr zusammen. Der Wagen geriet ins Schlingern. Sofort richtete sie ihre Aufmerksamkeit wieder auf die Straße. Der Fahrer hatte nur einem anderen Lkw, der überholen wollte, ein Signal gegeben, doch sie war ernüchtert.

Was hatte sie sich bloß dabei gedacht, ihr Fantasieleben mit ihrem wahren Leben zu vermischen? Der Reiz ihres alternativen Lebens bestand doch gerade darin, dass es eine Ablenkung von der Realität bot, dass sie gerade nicht mit Will in Errigal am Küchentisch saß, während am Herd …

Wer stand?

Nicht sie, oder? Wenn sie nach London zurückgekehrt wäre, Will geheiratet und Lexie bekommen hätte, konnte sie unmöglich Nick geheiratet haben und mit ihm und ihren vier Kindern auf Errigal leben.

Sie hatte sich immer nur ihr eigenes alternatives Leben vorgestellt, nicht aber Nicks. Wie wäre *sein* Leben verlaufen, wenn er nicht an jenem Abend in den Pub gekommen wäre? Wen hätte er dann geheiratet? Diane, seine Exfreundin? Wie viele Kinder hätten er und Diane bekommen? Hätten sie glücklich bis ans Ende ihrer Tage gelebt?

Das war ein ganz neuer, bedrohlicher Gedanke.

Während der restlichen Fahrt konzentrierte Angela sich auf die Straße.

Angela hatte beinahe eine Stunde umherkurven müssen, bis sie die Arztpraxis endlich fand. Die Stadt war zwar in einem Raster angelegt, doch Angela kannte sich in Adelaide nicht aus. Wenn sie in die Stadt gefahren war, dann nur, um die Mädchen – und vorübergehend auch Ig – im Internat zu besuchen oder um zu shoppen.

Schließlich aber stand sie vor der richtigen Adresse. Die Praxis lag in einer schattigen Straße am Rand des Bankenviertels, flankiert von einem Blumenhändler und einem schicken Café. Der Empfangsbereich war kühl und edel ausgestattet, mit einem teuren Teppich, lederbezogenen Stühlen und echten Gemälden. Es roch auch angenehm, nach Zitrone oder Mandarine. Die Empfangsdame war etwas jünger als Angela, sehr gepflegt, sehr lächelnd. Angela nannte ihren Namen.

»Willkommen, Mrs Gillespie. Dr. Liakos ist mit seinen Patienten leider ein wenig in Verzug. Es macht Ihnen hoffentlich nichts aus zu warten.«

Kein Problem, natürlich nicht, sagte Angela, lehnte dankend Tee oder Kaffee ab, griff zu einer Zeitschrift und setzte sich. Außer ihr warteten vier weitere Patienten. Im Hintergrund spielte leise klassische Musik. Die Empfangsdame telefonierte mit gedämpfter Stimme. Wenn Angela nicht wieder Kopfschmerzen bekommen hätte, hätte sie sich wunderbar entspannt. Die Umgebung erinnerte sie an einen Schönheitssalon. Dieser Frieden, Musik, Zeitschriften, dazu diese gelassene, freundliche Dame am Empfang. Vielleicht sollte sie den eigentlichen Termin absagen und den ganzen Tag im Wartezimmer bleiben.

Die junge Frau ihr gegenüber wurde als Erste aufgerufen. Was ihr wohl fehlte? Zwei weitere Patienten kamen in den Warteraum. Die junge Frau verließ die Praxis, eine andere Patientin wurde ins Sprechzimmer gerufen. Angelas Kopfschmerzen wurden zu einem Pochen. Sie schaute nicht einmal mehr in ihre Zeitschrift.

Schließlich wurde sie aufgerufen.

Angela mochte den Arzt auf Anhieb. Er nahm sich Zeit, obwohl das Wartezimmer voll war, besprach mit ihr das Schreiben ihres Hausarztes, sah sich die Scans an, untersuchte Angela gründlich, stellte ihr Fragen zu Dauer und Stärke ihrer Schmerzen. Wann sie einsetzten. Was sie auslöste.

Er war sehr besonnen. Nein, beruhigte er sie, er glaube nicht, dass sie einen Tumor habe. Er nehme vielmehr an, dass die Kopfschmerzen durch Stress verursacht würden oder durch Probleme oder Fehlstellungen in Halsmuskeln oder Wirbelsäule. Sie könnten sogar im Zusammenhang mit den Wechseljahren stehen. Dennoch wolle er zu ihrer wie zu seiner Sicherheit weiterführende Untersuchungen veranlassen, einen weiteren MRT-Scan. Seine Mitarbeiterin am Empfang würde den Termin vereinbaren. In der Regel musste man bei weniger dringenden Fällen wie dem ihren – selbst diese Formulierung war beruhigend – mehrere Tage warten, er hoffe aber, dass sie einen Termin am gleichen Tag oder wenigstens am nächsten Morgen bekäme, damit sie die weite Fahrt in absehbarer Zeit nicht erneut antreten müsse. Er weigerte sich, über Was-wenn-Szenarien zu sprechen. »Warten wir die Fakten ab, dann sehen wir weiter.«

Damit wurde Angela der netten Empfangsdame übergeben, die ihr bestätigte, dass sie sich um die Termine kümmern würde. Sie notierte sich die Telefonnummer von Angelas Hotel. »Ich habe ja auch Ihre Handynummer. Da versuche ich es sowieso zuerst. Ich vereinbare die Termine, und ehe Sie sichs versehen, sind Sie wieder zu Hause.«

Als Angela im Wagen saß, ging ihr auf, dass sie in Errigal anrufen, allen sagen sollte, dass die Untersuchung gut verlaufen war, aber sie konnte sich nicht entscheiden, mit wem sie sprechen wollte. Vor einem Jahr noch wäre es Nick gewesen. Fraglos. Doch sein kühler Abschied am Morgen schmerzte sie nach wie vor. So entschied sie sich für einen feigen Kompromiss und rief Genevieve auf dem Handy an. Selbst wenn ihre Tochter gerade keinen Empfang hatte, konnte sie ihr eine Nachricht hinterlassen.

Genevieve ging nach dem dritten Klingeln an den Apparat. »Mum! Perfektes Timing. Ich bin in Hawker und mache Einkäufe. Die Zivilisation hat mich wieder! Wie war's?«

»Der Arzt glaubt, dass es nichts allzu Ernstes ist, aber er will mich trotzdem noch zu ein paar Untersuchungen schicken. Es kann also sein, dass ich zwei Nächte bleiben muss, nicht nur eine.« Mit der spontanen Lüge erstaunte Angela sich selbst.

»O Mum, und du bist sicher, dass keiner von uns kommen soll? Soll ich dir wenigstens das Hotel für die zweite Nacht buchen?«

»Nein danke, das schaff ich schon. Was ist bei euch so los?«

»Willst du von Lindys Kissendrama hören? Igs Beinaheunfall mit der Strickleiter? Victorias plötzlicher Panik vor der Arbeit? Nein, ich glaube, das kann warten, bis du wieder hier bist. Aber wenn ich so darüber nachdenke, sollte ich vielleicht in Hawker bleiben.«

»Und dein Dad?«

»Als ich gefahren bin, hat er im Büro gehockt. Wir haben ihn nicht mehr gesehen, seit du gefahren bist.«

»Ich habe es auf dem Festnetz versucht, aber es ist niemand rangegangen.« Die Lügen gingen ihr zu leicht über die Lippen. »Mein Akku ist fast leer. Sagst du ihm bitte, wie es war?«

»Natürlich. Viel Glück bei den Untersuchungen. Buch dir das Hotel doch in jedem Fall für eine weitere Nacht, auch wenn es gar nicht nötig ist. Gönn dir den Luxus. Und stiehl die Seife, ja? Ig will sie für sein Häuschen.«

Das Hotel war nicht zu übersehen. Es lag in der Nähe des Festival Centres, mit Blick über den Fluss, und erstreckte sich über zwanzig Stockwerke. Die Lobby war luftig und geräumig, die Angestellten trugen makellose Kleidung und freundliche Gesichter. Wieder hörte Angela klassische Musik. Wieder durchströmte sie ein Gefühl tiefen Friedens. Sie fragte gleich beim Einchecken, ob sie eine zweite Nacht bleiben könne.

»Sicher, Mrs Gillespie, ich sehe nur kurz nach.« Perfekt manikürte Fingernägel klackerten.

Die Rezeptionistin wirkte so freundlich, so gelassen und effizient. Angela verspürte den Drang, sie in ein Gespräch zu verwickeln. »Das ist das erste Mal in zehn Jahren, dass ich eine Nacht von meinem Mann und meinen Kindern getrennt bin.«

»Zehn Jahre?« Die junge Frau zog die Augenbrauen hoch. »Wie viele Kinder haben Sie denn?«

»Vier. Zwei Zwillingspaare.« Sie konnte mit der Lügerei nicht mehr aufhören.

»*Zwei* Paare! Da haben Sie sich eine Auszeit verdient.«

»Noch dazu habe ich nächste Woche Geburtstag. Einen wichtigen. Darum war mein Mann der Meinung, er müsste mich verwöhnen. Er hat mir für heute Abend Theaterkarten organisiert. Ich treffe mich mit einer Schulfreundin.«

»Oh, wie aufmerksam.«

»Ja, das ist er, sehr sogar. Wir werden natürlich auch noch zu zweit wegfahren«, ergänzte Angela. »Das hier ist nur ein kleiner Vorgeschmack.«

»Ich hoffe, Sie werden es genießen.« Erneut klickten die Fingernägel, dann ein Lächeln. »Es ist alles geregelt, Mrs Gillespie. Ich habe Sie für eine zweite Nacht zum gleichen Preis eingebucht. Leider kann ich Ihnen nicht dasselbe Zimmer anbieten, daher macht es Ihnen hoffentlich nichts aus, dass ich Ihnen für die beiden Nächte eine Suite gegeben habe. Als kleines Upgrade, selbstverständlich ohne zusätzliche Kosten.«

Damit hatte Angela nicht gerechnet. Sie hatte ihre Geschichte nur zum Spaß erfunden. Sie griff zur Handtasche. »O nein, das ist wirklich nicht nötig. Ich komme selbstverständlich für die Differenz auf.«

Die Rezeptionistin lächelte erneut. »Es ist mir eine Freude, Mrs Gillespie. Auf Sie kommen keine weiteren Kosten zu.« Sie senkte die Stimme. »Ich bin selbst eine von vieren. Und ich freue mich jetzt schon drauf, meinem Dad zu erzählen, was Ihr Mann getan hat. Meine Mutter hat nämlich auch bald Geburtstag. Es geht doch nichts über einen diskreten Hinweis.«

Ein junger Mann in Livree begleitete Angela in den Aufzug und nahm ihre Tasche, auch wenn sie die problemlos hätte selbst tragen können. Er öffnete die Tür mit einer Schlüsselkarte. Angela unterdrückte ein Keuchen. Das Zimmer war wunderschön. Nur war es kein Zimmer, sondern eine Suite. Neben dem Schlafzimmer gab es einen separaten Wohnbereich mit einem Sofa, zwei Sesseln und einem Schreibtisch. In beiden Räumen stand ein riesengroßer Fernsehapparat. Und im Schlafzimmer wartete das größte Bett, das Angela je gesehen hatte, mit einem schneeweißen weichen Bettbezug und sechs – sechs! – Kissen. Die gesamte Wand bestand aus einer Fensterfront mit Blick auf Fluss und Festival Centre, das Stadion und die Grünanlagen sowie die Außenbezirke in der Ferne.

Der Portier erklärte Angela, wie man die Vorhänge schloss, wo der Kühlschrank war, wie Fernseher, DVD-Player und Musikanlage funktionierten. Er wies sie auf den Zimmerservice und den Spabereich hin. Ehe Angela entscheiden konnte, ob sie ihm ein Trinkgeld geben musste, war er fort. Im Film bekam der Portier immer Trinkgeld, oder? Denn plötzlich war ihr, als wäre sie in einem Film. Sie stand noch immer vor dem gewaltigen Fenster und genoss die Aussicht, als es an der Tür klopfte.

Es war ein anderer Portier mit einem Obstkorb. »Willkommen in unserem Haus, Mrs Gillespie. Wir wünschen Ihnen einen angenehmen Aufenthalt.«

Er erhielt ein Trinkgeld. Angela griff unbeholfen nach ihrem Portemonnaie und zog den erstbesten Schein hervor. Der Portier wirkte angesichts der zerknüllten 5-Dollar-Note recht zufrieden.

Angela stellte den Korb auf den makellos polierten Tisch. Neben gewöhnlichem Obst wie einem Apfel und einer Banane befanden sich in dem Korb auch eine Mango, eine Passionsfrucht, eine Blutorange und eine exotische hellgrüne Frucht in Sternform, die Angela noch nie gesehen hatte. Die würde sie Ig mitbringen. Als Nächstes schaute sie ins Badezimmer. Sogar das war irgendwie exotisch. Außerdem stand dort eine ganze Batterie an Seifen, Lotionen und Cremes bereit. Genau das richtige für Ig. Fünfsterne-Kosmetik für seine Bude aus Pappkartons.

Angela rief die Rezeption an. Die junge Frau, bei der sie eingecheckt hatte, ging an den Apparat.

»Hier ist Angela Gillespie. Ich wollte mich nur noch einmal bedanken. Es ist alles wunderschön.«

»Es ist mir eine Freude, Mrs Gillespie. Genießen Sie Ihren Aufenthalt.«

Als Angela aufgelegt hatte, klingelte ihr Handy. Wer es wohl diesmal war? Ein Portier, der ihr ein Bad einlassen wollte?

Es war die Facharztpraxis. »Es tut mir sehr leid, Mrs Gillespie, aber ich kann Ihnen frühestens in der kommenden Woche einen Termin für die Folgeuntersuchungen anbieten. Andererseits sind das gute Nachrichten. Dr. Liakos hat nichts dagegen, so lange zu warten, da er Ihren Fall für unbedenklich hält. Aber das heißt natürlich, dass Sie noch einmal nach Adelaide kommen müssten.«

»Das ist kein Problem. Natürlich kann ich nächste Woche wiederkommen.«

»Danke für Ihr Verständnis. Ich wollte Ihnen möglichst früh Bescheid geben, falls Sie heute Abend noch nach Hause fahren wollen.«

»Das ist eine großartige Idee«, sagte Angela. »Vielleicht mache ich das. Ich danke Ihnen.«

Angela rief Genevieve erneut auf dem Handy an. Ihre Tochter war schon auf dem Rückweg, aber noch im Bereich eines Funkmasts. Angela wartete, bis Genevieve an den Straßenrand gefahren war.

»Ich will dich gar nicht lange aufhalten, Liebes. Mein Akku spinnt noch immer. Ich wollte nur kurz sagen, dass die Praxis angerufen hat. Ich habe jetzt die Termine für die weiteren Untersuchungen. Ja, morgen und übermorgen. Also bleibe ich in jedem Fall zwei Nächte. Vielleicht sogar drei. Nein, du musst nicht herfahren. Ich komme prima zurecht. Der Arzt hat mir versichert, alles reine Routine, keine schmerzhaften Eingriffe. Es wird nur dauern. Sagst du Dad Bescheid? Ich danke dir.«

Nun blieb nur noch ein Anruf. Wieder tropften ihr die Lügen von den Lippen. Selbst bei Joan, ihrer ältesten Freundin.

»Zwei Tage?«, entsetzte sich Joan. »Wenn nicht sogar drei? Das klingt für mich wie Folter. Welche Untersuchung ist zuerst dran?«

Angela geriet kurz in die Bredouille. »Ich kann's dir gar nicht sagen. Die Liste ist in meiner Tasche.«

»Hoffentlich nicht noch eine Kernspintomografie. Du bist nicht klaustrophobisch, oder? Ich stell mir das so vor, als steckte man im Magen einer Schlange. Also, wie ist das Hotel?«

Wenigstens diese Frage konnte Angela wahrheitsgemäß beantworten. Sie erzählte Joan von der Suite, der Aussicht, den beiden Räumen, dem Zimmerservice, den Bettbezügen …

»Das reicht«, sagte Joan. »Ich werde grün vor Neid. Du hast gar keine Arzttermine, oder? Du gönnst dir bloß ein paar Tage in einem schicken Hotel, fern von uns allen.«

Wie hatte Joan das erraten? Angela wollte schon beichten. Wenn irgendjemand sie verstehen würde, dann Joan. Doch es war zu spät. Im Hintergrund war Glenn zu hören.

»Ich muss Schluss machen. Seine Majestät muss verköstigt werden. Viel Glück. Und mach dir keine Sorgen. Bei den Untersuchungen kommt sicher nichts Schlimmes raus. Genieß die Auszeit. Das hast du dir verdient.«

Nach dem Gespräch mit Joan fühlte sich Angela gleich besser. Ihre Freundin hatte recht. Sie sollte Adelaide genießen, sich nicht ständig Sorgen machen, diese wundervolle Suite nutzen und einige Tage den Alltag hinter sich lassen. Angela bückte sich und zog die Schuhe aus. Sie wollte sie schon ordentlich nebeneinanderstellen, dann aber schleuderte sie den einen nach rechts, den anderen in die andere Richtung. Sie landeten mit einem beglückenden Poltern. Angela spürte den Teppich unter ihren Füßen, den dichten Flor zwischen ihren Zehen. In Errigal gab es nur hölzerne Dielen und Brücken. Für Auslegeware war es viel zu staubig. Angela stand unschlüssig herum. Was sollte sie nun tun? Was konnte sie nun tun?

Was immer sie wollte. Was immer ihr auch in den Sinn kam.

Sie konnte die Minibar leer trinken. Bestellen, was der Zimmerservice hergab. Sich vierundzwanzig Stunden lang Filme ansehen. Nach unten gehen, zu Massage, Kosmetik und Schwimmbad. Oder spazieren gehen, den Weg am Fluss entlang, den sie vom Fenster aus sah. Sie konnte tun, was immer ihr beliebte, und niemand würde sie stören, etwas von ihr verlangen, sich über sie ärgern, sie beurteilen oder ignorieren.

Sie musste diesen Augenblick irgendwie begehen. Wenn sie sich schon vorkam, als wäre sie in einem Film, dann musste sie auch etwas tun, was sie nur aus Filmen kannte. Angela lief barfuß durch das Zimmer, warf sich auf das riesige Bett und lachte aus vollem Halse.

Kapitel 26

Nick hatte gerade sein Telefonat mit Genevieve beendet, da kam Celia in die Küche. »War das Angela?«

»Nein, es war Genevieve.« Nick berichtete Celia rasch, was er von seiner Tochter erfahren hatte.

»Zwei Tage mit anstrengenden Untersuchungen? Womöglich sogar drei? Ganz allein?«

»Sie wollte es so.«

»Ich behaupte nicht das Gegenteil.« Celia lachte kurz. »Mir ist sehr wohl aufgefallen, dass sie heute Morgen gar nicht schnell genug losfahren konnte.«

Nick gab keine Antwort.

Celia musterte ihn gründlich. »Es ist gut, dass sie sich endlich untersuchen lässt. Hoffentlich ist die Ursache ihrer Kopfschmerzen dann ein für alle Mal geklärt.«

Nick gab ein unbeteiligtes Brummen von sich.

»Nun denn«, begann Celia in heiterstem Tonfall. »Berichte mir doch das Neueste von deinem Familientreffen. Sind in Irland weitere faszinierende Tagebücher aufgetaucht?«

Nick setzte sich. »Bist du so höflich wie der Rest der Familie, oder interessiert dich das wirklich?«

»Du bist heute aber sehr verdrießlich. Natürlich interessiert es mich. Sehr sogar. Ich trage den Namen Gillespie – wenn auch nur durch Heirat – bald länger, als du auf der Welt bist. Errigal war immer mein Zuhause. Und du weißt, dass auch dein Onkel ein wenig Ahnenforschung betrieben hat. Wenn du willst, suche ich die Unterlagen für dich heraus. Sie sind irgendwo bei mir im Haus. Ich hätte sie mitgebracht, wenn ich geahnt hätte, wie … Wie sagt man da?«

»Besessen?«

»*Enthusiastisch* du die Sache angehst. Tatsächlich stehen bei mir ganze Aktenordner. Ich schicke sie dir, sobald ich wieder zu Hause bin. Vor deiner Irlandreise.« Sie blickte in den Korridor. »Es gibt da noch etwas, was ich dir sagen wollte, solange wir allein sind. Nick, mir ist nicht entgangen, dass zwischen dir und Angela eine gewisse Spannung herrscht.«

Nick erwiderte nichts.

»Was kein Wunder ist. Dieser Brief war grässlich. All diese Dinge, die sie über dich und mich geschrieben hat, nicht zu vergessen ihre eigenen Kinder. Sollte sich bei den Untersuchungen nicht herausstellen, dass sie an einer Geisteskrankheit leidet, ist die Alternative auch nicht gerade ermutigend, oder?«

»Der Brief war meine Schuld, Celia.«

»Verzeihung?«

»Angela hat sich nur ihren Frust von der Seele geschrieben. Sie wollte den Brief doch niemals abschicken. Das habe ich getan.«

»Du hast was?«

»Ich habe ihn verschickt. Aus Versehen.«

»Oh, na schön. Das mag ja sein, aber verfasst hat sie ihn, oder nicht? Und tu nicht so, als ob du nicht darüber wütend wärst, Nick. Deine Loyalität ist bewundernswürdig, aber ich habe dich schon als Kind erlebt. Angela ist …«

Nick stand abrupt auf. »Meine Frau. Und unsere Ehe geht nur uns etwas an, Celia. Entschuldige mich bitte. Ich muss ein paar E-Mails schreiben.«

Am nächsten Tag kamen Genevieve und Victoria in Lindys Zimmer.

Lindy schminkte sich. »Was meint ihr? Viel Farbe, oder soll ich so tun, als hätte ich mir gar keine Mühe gegeben, damit ich ihn nicht verschrecke?«

»Kommt auf seine Absicht an«, sagte Genevieve. »Was hat er denn am Telefon gesagt?«

»Er hat nur gefragt, ob es mir passen würde, wenn er heute vorbeikommt.«

»Und was hast du gesagt?«

»Dass das wäre großartig wäre. Meint ihr, das war falsch? Klingt das zu interessiert?«

In dem Moment klopfte es an der Tür.

»Komm rein, Ig!«, rief Genevieve. »Perfektes Timing. Wir brauchen die Meinung eines Mannes. Sag, wie sieht Lindy aus?«

Ig betrachtete seine Schwester eingehend. »Du siehst wirklich gut aus, Lindy. Haar und Make-up sind toll. Wenn ich Richard wäre, ich würde dich wirklich hübsch finden.«

»Danke, Ig«, sagte Lindy strahlend. »Ich bin gleich wieder da. Ich schau nur kurz, ob er schon kommt.«

Ig wartete, bis sie das Zimmer verlassen hatte, dann streckte er Genevieve die Hand entgegen. »Fünf Dollar.«

»Vergiss es. Ich hatte vier gesagt.«

»Der Satz mit Richard ist von mir. Der ist einen Dollar wert.«

Victoria starrte ihre Schwester an. »Du hast Ig für diesen Auftritt bestochen?«

»Man kann Ig für alles Mögliche bestechen. Deshalb ist es ja so schön, dass er wieder hier ist. Teuer, aber schön.«

Zwanzig Minuten später warteten alle gemeinsam auf der Veranda. Lindy war unglaublich nervös.

»Seh ich immer noch okay aus? Ig, wirklich? Wenn er hier ist, verzieht ihr euch bitte, und zwar alle. Und wenn ihr anfangs unbedingt dabei sein müsst, seid ja höflich. Versucht wenigstens, nett zu sein.«

»Wir sind immer nett«, erwiderte Genevieve.

»Ich zumindest. Du nicht«, sagte Victoria. »Du kannst manchmal richtig fies sein.«

»Hört jetzt auf, alle beide«, schimpfte Lindy.

Eine weitere Minute verging. Noch immer kein Auto in Sicht.

»Was hast du denn mit ihm vor?«, fragte Genevieve. »Falls er wirklich kommt.«

»O Gott, keine Ahnung. Sollte ich mit ihm ein bisschen durch die Gegend fahren?«

»Kannst du machen, aber denk dran, Mum hat das gute Auto. Du kannst ihn natürlich immer noch in einen unserer versifften Geländewagen setzen. Falls es dir nichts ausmacht, dass dein schönes Kleid dreckig wird.«

»Daran hab ich ja gar nicht gedacht! Hab ich noch Zeit, mich umzuziehen? Was wär besser? Jeans? Shorts?«

»Zu spät. Da kommt er.«

Von Ferne näherte sich eine Staubwolke. An einem derart einsamen Ort zu leben hatte Vorteile. Es stand niemals unerwarteter Besuch gleich vor der Tür.

Ig kletterte auf die Leiter neben dem Wassertank und winkte dem Auto zu.

»Ig, komm da runter!«, rief Lindy. »Du blamierst mich.«

»Ich blamier dich nicht, ich bin nur nett.«

»Du kennst ihn doch überhaupt nicht.«

»Und ob. Von der Party. Außerdem wink ich gar nicht ihm zu.«

»Wem denn dann?«

»Der Schrecklichen Jane. Weil sie am Steuer sitzt.«

Zwei Stunden später standen wieder alle gemeinsam auf der Veranda, diesmal zur großen Verabschiedung.

Der Nachmittag war quälend und mühsam gewesen. Jane hatte sich aus dem Fahrersitz geschwungen, ganz falsche Freundlichkeit. »Ich konnte Richard doch nicht allein fahren lassen. Er hätte sich doch verirrt!« Dann hatte sie unentwegt über das Weihnachtsfest bei den Lawsons und den Campingausflug über Silvester gesprochen.

Bei der erstbesten Gelegenheit hatte Lindy unter dem Vorwand, Getränke zu holen, Genevieve in die Küche gelockt. Und ihre Schwester angefleht, sie um Himmels willen nicht allein zu lassen. »Ich halte die Schreckliche Jane nur aus, wenn ihr dabei seid.«

»Was ist mit dir und Richard? Mit eurer stürmischen Romanze? Eurer trauten Zweisamkeit?«

»Vergiss es. Die spielt Bodyguard, das siehst du doch! Das ist ein Desaster.«

Eine Stunde später musste selbst Genevieve zugeben, dass Lindy recht hatte. Richard kam nicht zu Wort. Jane beherrschte das Gespräch, und es ging allein um sie und ihr fantastisches Leben in Melbourne.

Genevieve und Victoria versuchten, Lindy beizustehen, aber irgendwann wurde ihnen Jane zu viel. Victoria machte sich als Erste davon, dann folgte Genevieve. Ig hatte sich längst verzogen. Als sich endlich eine Gelegenheit bot, entschuldigte sich auch Lindy und suchte Rat bei ihren Schwestern.

»Die hat mir alles versaut«, klagte sie. »Das mit Richard ist vorbei, ehe es angefangen hat.«

»Nicht unbedingt«, erwiderte Genevieve. »Du schlägst dich wirklich gut. Gegen Jane wirkst du beinahe wie ein ganz normaler Mensch. Und er will in deiner Nähe sein, das sehe ich. Er versucht, mit dir zu reden.«

»Aber sie lässt ihn nicht zu Wort kommen.«

»Ich will mal sehen, was ich tun kann«, sagte Genevieve.

Sie kehrte auf die Veranda zurück und setzte sich Richard und Jane gegenüber. Jane war mittlerweile bei den überragenden Cricket-Resultaten ihres jüngsten Bruders angelangt. Richard machte den Eindruck, als hörte er das nicht zum ersten Mal. Genevieve wartete, bis Jane Luft holte, und mischte sich geschickt in das Gespräch ein.

»Und, Richard, wie lange wirst du bleiben?«

»Nur noch ein paar Tage«, sagte er. »Ich fahre Samstag.«

»Wir fahren gemeinsam«, sagte Jane. »Einige von uns müssen ja zur Arbeit.«

»So bald? Das ist aber schade. Richard, warum kommst du vorher nicht noch mal vorbei? Oder wir treffen uns alle morgen Abend in Hawker, auf ein Bier. Was meinst du, Jane?«

»Tut mir leid, da kann ich nicht«, sagte Jane. »Morgen Mittag kommen unsere Verwandten aus Leigh Creek, und abends gibt's ein großes Barbecue. Mein Dad hat morgen Geburtstag.«

»Großartig«, sagte Genevieve und grinste wie ein Hai. »Aber Richard muss doch sicher nicht von früh bis spät daneben stehen, oder? Richard, wie wäre es, wenn wir dich morgen früh abholen? Wir machen eine kleine Sightseeingtour, und am späten Nachmittag liefern wir dich wieder ab. Dann kannst du immer noch Janes geschlossene Verwandtschaft kennenlernen, aber hast mit uns das Outback mal von einer anderen Seite erlebt. Die Aussicht vom Pugilist Hill ist unbeschreiblich, oder, Lindy? Du fährst schließlich oft hin, nicht wahr?«

»Ständig«, sagte Lindy nach einem diskreten Fußtritt von Victoria. »Es ist, äh …«

»Atemberaubend«, sagte Victoria.

»Atemberaubend«, echote Lindy.

»Das klingt toll«, sagte Richard etwas zu schnell. »Wenn es dir nichts ausmacht, Jane?«

»Natürlich macht es Jane nichts aus«, ignorierte Genevieve Janes grimmige Miene. »Sie weiß, was Gastfreundschaft hier auf dem Land bedeutet. Außerdem wird Richard genug Zeit im Kreise deiner Lieben verbringen, Jane, das versprech ich dir. Das ist doch die perfekte Lösung.«

Als die Schwestern Jane und Richard zum Wagen begleiteten, spielte Genevieve ihren letzten Trumpf aus. »Ach Mist, mir fällt da gerade ein – Victoria und ich müssen doch morgen Ig nach Port Augusta bringen! Also musst du mit Richard wohl allein auf Entdeckungsreise gehen, Lindy. Ist das okay? Das macht dir doch nichts aus, Richard? Es wäre natürlich viel lustiger, wenn wir alle dabei wären, aber Lindy ist ganz in Ordnung, wenn man sich erst einmal an sie gewöhnt hat.«

»Ich bin sicher, dass wir bestens klarkommen«, sagte Richard grinsend.

Jane sagte nichts. Ihr Blick sprach Bände.

»Na großartig«, erwiderte Genevieve. »Dann ist ja alles geklärt. Ist es nicht schön, wenn sich die Dinge so spontan ergeben, Victoria?«

»Das ist es zweifelsohne, Genevieve.«

Als sich das Auto in Bewegung setzte, lehnte sich Richard aus dem Beifahrerfenster. »Bis morgen, Lindy!«

»Bis dahin, Richard.«

Lindy wartete, bis das Auto außer Sichtweite war. Dann umarmte sie ihre Schwestern stürmisch und gab sogar Ig einen Kuss. »Ich danke euch! Ihr wart fantastisch! Falls wir heiraten, werdet ihr alle meine Trauzeugen.«

Nachdem Lindy im Haus verschwunden war, wischte sich Ig die Wange ab und wandte sich an Genevieve.

»Stimmt das mit Port Augusta?«

»Das ist eine lange Fahrt, Ig. Und es ist furchtbar heiß.«

»Ich fahr gern Auto. Und der Geländewagen hat Klimaanlage«, sagte Ig.

»Und wir müssen in die Apotheke, Genevieve«, sagte Victoria mit Nachdruck. »Bald.«

»Ja, du hast recht«, erwiderte Genevieve. »Alles klar, Ig, wir sind am Start.«

»Was ist mit Celia?«, fragte Victoria. »Wollen wir sie auch fragen?«

»Machst du Scherze?«, sagte Genevieve. »Das hast du nicht gehört, Ig!«

»Nein«, sagte er. »Aber darf Robbie mitkommen?«

»Natürlich«, sagte Genevieve und zerzauste ihrem Bruder auf dem Weg ins Haus das Haar. »Und wenn er will, kann er sogar fahren.«

Kapitel 27

Zur Mittagszeit des folgenden Tages lag Angela noch immer in ihrem Hotelbett. Sie hatte so viel vorgehabt: ins Kino zu gehen, ein wenig zu shoppen, einen Spaziergang am Fluss zu machen, irgendwo Mittag zu essen. Doch sie hatte das Zimmer seit ihrer Ankunft nicht verlassen. Sie hatte sich ausgeschlafen. Sich das Frühstück aufs Zimmer bestellt. Noch ein wenig geschlafen. Eben erst hatte sie sich auch das Mittagessen auf ihr Zimmer kommen lassen. Sie hatte nur einige Worte mit den beiden jungen Portiers gewechselt, die ihr das Essen gebracht hatten. Das köstlich gewesen war. Im Anschluss hatte Angela das Tablett, wie gewünscht, vor die Tür gestellt. Der Abwasch blieb ihr auch erspart.

Am Vorabend hatte sie ein wenig auf dem riesigen Flatscreen ferngesehen: eine ihr unbekannte, absolut fesselnde Talkshow aus Amerika und einen Spielfilm, bis die Schauspielerin aufgetaucht war, die Genevieves Entlassung verlangt hatte. In dem Moment hatte Angela mit großer Genugtuung umgeschaltet.

Gegen vierzehn Uhr klingelte ihr Handy. Sie ging nicht ran. Später erst sah sie nach, wer angerufen hatte. Genevieve. Angela durchfuhr das schlechte Gewissen, dann aber fiel ihr ein, dass sie angeblich bei Untersuchungen war. Genevieve würde sie in einer Arztpraxis vermuten und sich keine allzu großen Sorgen machen, weil ihre Mutter nicht ans Handy gegangen war. Der Anruf aber ließ die selige Hotelblase platzen. Mit einem Mal war alles wieder da, was Angela am nächsten Tag erwartete. Die vierstündige Heimfahrt, die angespannte Stimmung zwischen ihr und Nick, unter Celias lauerndem Blick, verschärft durch deren raffiniert gesäte Zwietracht. Die Wiedersehensfreude mit den Kindern, aber auch die große Unruhe. Auch ihr Weihnachtsbrief ging ihr durch den Kopf. Er war noch immer in der Welt, und womöglich wanderte er weiter von Rechner zu Rechner – wie ein Virus, das sie unwissentlich verbreitet hatte. Sie hatte seit Tagen keine E-Mails mehr gelesen; die vielen Antworten überforderten sie. Sie hatte auch nicht vor, das in Adelaide zu tun. Warum sich der Außenwelt stellen?

Aber auf den Anruf musste sie reagieren.

Beim dritten Klingeln ging Genevieve ans Handy. »Mum, hi!«

»Wo bist du? Wieder in Hawker? Der Empfang ist super!«

»Nein, in der Großstadt. In Port Augusta. Mit Ig, weil wir so reizende große Schwestern sind. Lindy ist zu Hause und hyperventiliert. Sie trifft sich am Nachmittag mit ihrem Traummann. Aber wo bist du? Wie laufen deine Untersuchungen?«

»Bestens. Vier hab ich schon hinter mir, vier noch vor mir. Aber die erst morgen Nachmittag. Ich muss wohl noch eine Nacht bleiben.«

»Das erfindest du doch bloß, oder? In Wahrheit hast du das Hotel noch gar nicht verlassen, oder?«

Erst Joan, dann Genevieve. Konnten sie Gedanken lesen? »Ich wünschte«, erwiderte sie ausweichend. »Sagst du deinem Dad Bescheid?«

»Natürlich. Und es ist wirklich sinnvoll, dass du länger bleibst. Amüsier dich. Warte, ich geb dir Ig. Er will wissen, ob du mit dem Hotel zufrieden bist oder er dir ein besseres suchen soll.«

»Sag ihm, es ist fantastisch. Er hat das beste Hotel der ganzen Stadt gefunden. Ich muss Schluss machen. Hab euch alle lieb.«

»Wir dich auch.«

Wieder quälte sie das schlechte Gewissen. Wie sollte sie ihrer Familie erklären, dass sie eine Woche später erneut zu Untersuchungen, den eigentlichen Untersuchungen fahren musste? Es hatte keinen Sinn, sich jetzt den Kopf darüber zu zerbrechen.

Das Handy klingelte erneut. Angela zuckte zusammen. Es war Joan.

»Und, wie läuft's bei dir? Wie waren die Untersuchungen?«

»Bisher ganz gut«, log sie. »Ich bin gerade wieder im Hotel.«

»Ich wünschte, ich wäre mitgefahren. Dann könnten wir jetzt gemeinsam in Adelaide auf den Putz hauen. Also, was machst du heute Abend?«

»Ich glaube, ich werde mir einfach etwas aufs Zimmer bestellen. Ich habe jetzt schon wieder leichte Kopfschmerzen.«

»Das wundert mich gar nicht. Die Untersuchungen sind bestimmt ziemlich anstrengend. Warum zurückhetzen? Gönn dir was und bleib noch eine Nacht. Ich übernehme das. Das hast du dir verdient. Du hast harte Zeiten hinter dir.«

Zu Angelas Fassungslosigkeit stiegen ihr die Tränen in die Augen. Sie wünschte, sie hätte Joan von Anfang an die Wahrheit gesagt. Das würde sie bei ihrem Wiedersehen tun. Nun aber behauptete sie vor Joan, was sie auch vor Genevieve behauptet hatte.

Joan gab ein erstauntes Pfeifen von sich. »Drei Tage? Die sind aber gründlich. Was sicher gut ist. Aber mach dich deswegen heute Abend nicht verrückt. Tu mal so, als gäb's uns alle nicht. Gönn dir etwas Zeit für dich.«

Angela nahm sie beim Wort. Sie bestellte sich das Abendessen auf ihr Zimmer, zu der für sie luxuriös frühen Zeit von achtzehn Uhr. Sie erlaubte sich sogar ein Glas Wein. Im Fernsehen liefen drei Filme, die interessant klangen, doch das Gerät blieb aus. Angela zog die Vorhänge weit auf, setzte sich ans Fenster und schaute auf die Stadt.

Überall waren Menschen: auf dem Heimweg, dem Weg zur Arbeit, zu einem Drink, ins Kino oder Restaurant. Alle verbunden, so nahe beieinander. Manchmal fand Angela die Stadt ein wenig überwältigend, nach der Einsamkeit und Weite Errigals. Und trotz des klimatisierten Zimmers konnte sie sich vorstellen, wie heiß es draußen war. Laut Wetterbericht war die nächste Hitzewelle schon im Anmarsch: Für den nächsten Tag waren vierundvierzig Grad angekündigt, und die hohen Temperaturen sollten die ganze Woche andauern.

Angela kam plötzlich ihr erster Sommer auf Errigal in den Sinn. Ihre Hochzeit war im Herbst gewesen, und so hatte es ein halbes Jahr gedauert, bis Angela entdeckt hatte, was ein Sommer im Outback bedeutete. Die Erde hatte sich von Grün zu Braun verfärbt, die Sonne unerbittlich vom Himmel gebrannt, Tag für Tag. Mit der Härte des Winters war Angela mühelos zurechtgekommen – mit dem Frost, den eingefrorenen Leitungen, den kalten Räumen. Daran war sie gewöhnt, auch wenn es sie überrascht hatte, wie kalt ein australischer Winter werden konnte. In ihrem ersten Weihnachtsbrief hatte sich das so gelesen: *Ich hatte immer geglaubt, in Australien scheint das ganze Jahr die Sonne! Da hat man mich buchstäblich aufs Glatteis geführt!* Nick hatte in Schlafzimmer, Wohnzimmer und Küche den Kamin angemacht. Das Farmhaus war groß, doch sie hatten es sich in den wenigen Räumen gemütlich gemacht. Als der Sommer gekommen war, hatten die hohen Räume und dicken Wände gezeigt, was sie konnten.

Angela hatte sich nicht nur an das Wetter gewöhnen müssen. In den frühen Jahren auf der Farm hatte sie sich auch zum ersten Mal hinter das Steuer setzen müssen ... eines Autos, aber auch eines Geländewagens, eines Traktors und Motorrads. Sie hatte lernen müssen, die Funkgeräte in sämtlichen Fahrzeugen zu bedienen. Den Benzinkühlschrank kennengelernt. Den Gemeinschaftsanschluss, den es damals noch gegeben hatte. Sie hatte lernen müssen, die einzelnen Klingeltöne zu unterscheiden, aufzulegen, wenn sie telefonieren wollte und schon Stimmen hörte, auch wenn es ihr manchmal schwergefallen war, nicht zu lauschen. Sie hatte sogar den Umgang mit dem Gewehr erlernt, damit sie notfalls eine Schlange erschießen konnte. Nick hatte ihr das Schießen beigebracht.

»Annie Oakley bin ich nicht gerade, oder?«, hatte sie am Ende ihrer ersten Stunde beim Anblick der vielen Büchsen gesagt, die sie nicht getroffen hatte.

»Nicht ganz«, hatte Nick entgegnet. »Aber das wird schon.«

Eine Woche später hatte Angela Nicks Abwesenheit ausgenutzt und mit dem Gewehr geübt. Sie hatte sich strikt an seine Anweisung gehalten. *Du musst auf den unteren Rand des Zauns zielen*, hatte er gesagt, *wo die meisten Schlangen lauern.* Und das hatte sie getan, ziemlich häufig.

»Was ist denn mit dem Zaun passiert?«, hatte Nick nach seiner Rückkehr gefragt und sich nur mühsam das Lachen verkniffen. Der neue Wellblechzaun war von Hunderten Einschusslöchern durchsiebt. Er hatte wie eine Spitzengardine ausgesehen.

»Das ist doch hübsch, findest du nicht?«, hatte sie erwidert. »So kommt viel mehr Licht durch.«

Er hatte nur gelacht und ihr einen Kuss auf den Kopf gedrückt.

Ein Klopfen an der Tür störte die Erinnerung. »Housekeeping«, kam es vom Korridor.

Angela öffnete die Tür, sagte, danke, ihr Bett müsse nicht aufgeschlagen werden, nahm aber gern das Betthupferl entgegen. Sie setzte sich wieder ans Fenster, aß langsam die Praline und schaute auf die Stadt. Sie war so hoch oben, im zwanzigsten Stock, doch plötzlich hatte sie den Wunsch, sie wäre ganz weit oben, sie könnte ein Fenster öffnen, frische Luft atmen.

Eine weitere Erinnerung blitzte auf. Aus der Zeit kurz vor ihrer Hochzeit. Sie waren nach Adelaide gefahren, Nick hatte mit seinen Eltern bei Celia und ihrem Mann in deren großen Haus gewohnt, Angela mit ihren Eltern, die gerade aus London eingetroffen waren, in einem netten kleinen Hotel ganz in der Nähe. Jeden Abend hatten Treffen mit Verwandten, alten Schulfreunden und Nachbarn auf dem Programm gestanden. Eine Gillespie-Hochzeit, so hatte Angela am eigenen Leib erfahren, war ein gesellschaftliches Ereignis.

Zwei Abende vor dem großen Tag hatte Nick sie im Hotel angerufen. Sie hatte schon im Bett gelegen. »Ich bin in zehn Minuten unten«, hatte er gesagt und aufgelegt, bevor sie irgendetwas fragen konnte.

Sie hatte sich wieder angezogen und war in dem Moment aus dem Hotel gekommen, als er eintraf. »Was hast du vor?«, hatte sie gefragt und er nur »Wart's ab« gesagt.

Er war mit ihr quer durch die Stadt gefahren, durch die Außenbezirke, hinauf in die Hügel, immer höher. Zwanzig Minuten später hatten sie auf einem Parkplatz hoch über der Stadt gehalten. Dort hatten zahlreiche Autos gestanden, in den meisten Pärchen. Küssende Pärchen. Der Platz war ein beliebter Aussichtspunkt. Unter ihnen hatte die Stadt wie ein farbiger Lichterteppich gelegen, der sich bis zum Meer am Horizont erstreckte. Es war wunderschön.

Sie komme sich wie ein Teenager vor, der sich heimlich aus dem Haus geschlichen habe, hatte Angela gesagt.

»So sollte es auch sein«, hatte Nick erwidert. »Mir kommt es vor, als hätte ich dich seit Tagen nicht gesehen. Du hast mir gefehlt.«

Sie hatten sich geküsst. Ein wenig mehr als nur geküsst. Auch ihr hatte Nick gefehlt. Es war wunderbar, dass ihre Eltern da waren, die Hochzeitsvorbereitungen so intensiv waren, doch sie hatte sich nach Zweisamkeit gesehnt. Sie hatten geplant, in den Flitterwochen die Küste entlangzufahren, in Richtung Sydney, in ihrem Tempo, und zu halten, wo und wann immer sie dazu Lust hatten. Danach sollte es wieder nach Errigal gehen, zum Auftakt ihres gemeinsamen Lebens.

Sie hatte ihm gesagt, wie sehr sie ihn liebte. Wie glücklich sie darüber war, seine Frau zu werden.

»Ich bin darüber noch glücklicher«, hatte er erwidert. Und sie erneut geküsst, ihr versprochen, dass er sie immer lieben, sich immer um sie sorgen würde. Was auch kommen möge.

Angela schaute wieder auf die Stadt und kämpfte mit den Tränen. Sie hatte in den letzten Wochen mehr geweint als sonst in Monaten. Plötzlich hatte sie solche Sehnsucht nach Nick. Danach, mit ihm zu sprechen. In seiner Nähe zu sein. Ihn in die Arme zu nehmen, ihn zu küssen, ihn an alles zu erinnern, was sie durchgestanden hatten. Sie wollte ihm versichern, dass sie auch diese Phase überstehen würden, ihm immer wieder sagen, wie sehr sie ihn liebte, bis sie endlich – hoffentlich – die Wand durchbrechen würde, die sie zwischen sich errichtet hatten.

Sie griff zum Telefon und wählte die Nummer von Errigal. Bevor es läutete, legte sie schon wieder auf. Es hatte keinen Zweck. In der Küche konnte man keine intimen Gespräche führen. Auf dem Handy konnte sie Nick in Errigal nicht erreichen. Doch sie musste ihm ganz dringend sagen, was sie für ihn empfand. Ihm sagen, dass sie ihn noch immer liebte.

Sie konnte ihm doch eine E-Mail schreiben! Natürlich. Sie konnte nach unten ins Businesscenter gehen und ihm schreiben. Spätestens am nächsten Morgen würde er die Mail lesen.

Sie zog sich eilig an, schlüpfte in ihre Schuhe und griff nach ihrer Handtasche. Im Aufzug wurde ihr noch etwas anderes bewusst: Schon die beiden Tage fern von Errigal hatten ihr so gutgetan. Seit ihrem Arztbesuch hatte sie nicht mehr unter Kopfschmerzen gelitten. Sie hatte nicht einmal Will und Lexie heraufbeschwören müssen.

Vielleicht würde auch Nick ein wenig Abstand guttun. Nur für ein, zwei Tage.

Als sie das Foyer betrat, traf sie eine Entscheidung. Sie wollte ihm nicht nur sagen, dass sie ihn liebte, dass sie nie aufgehört hatte, ihn zu lieben. Sie wollte ihn außerdem bitten, am nächsten Morgen so früh wie möglich zu ihr nach Adelaide zu kommen. Am besten noch am Abend aufzubrechen, falls er ihre Nachricht rechtzeitig bekam. Zu ihr zu kommen, in dieses wunderschöne Hotel. Nur sie beide. Für eine Nacht. Zwei Nächte. Länger noch, falls nötig. So lange, wie es dauern würde, bis sie wieder miteinander sprachen. So wie früher.

Das Businesscenter war geschlossen. Angela ging zum Empfang. Die Rezeptionistin entschuldigte sich mehrfach, die Computer wurden gewartet. Das Netzwerk war zusammengebrochen. In einer Stunde stünden die Rechner wieder bereit. Doch falls es dringend war oder sie nur rasch ihre E-Mails checken wollte, konnte sie selbstverständlich den Computer an der Rezeption nutzen.

Diese E-Mail konnte Angela nicht schreiben, wenn ihr eine Fremde über die Schulter schaute. Damit wollte sie sich Zeit lassen, in Ruhe an einem Rechner sitzen, sorgsam ihre Worte wählen. Sie lehnte dankend ab. Sie käme in einer Stunde wieder.

Sie setzte sich ins Foyer und überlegte, was sie bis dahin tun sollte. Auf ihr Zimmer zurückkehren? Spazieren gehen? Dann fiel ihr Blick auf das Schild neben dem Aufzug. *Tiefgarage.* Dort stand ihr Auto. Es war Zeit für einen Ausflug. Sie wusste genau, wohin sie fahren wollte.

Sie fragte den Concierge nach dem Weg. Mit dem Auto eine halbe Stunde, versicherte er ihr und zeigte ihr die Route auf der Karte. Eine großartige Aussicht. Das lohne die Fahrt.

»Sind Sie schon mal dort gewesen?«, fragte er.

»Vor vielen Jahren«, sagte sie.

»Nichts übertrifft eine Reise in die Vergangenheit«, sagte er.

»Ganz genau«, erwiderte Angela und stellte sich lächelnd vor den Aufzug, der sie in die Tiefgarage bringen würde.

Kapitel 28

Am Rand des Highways, außerhalb von Port Augusta, saßen Genevieve, Victoria und Ig mit Fritten und Hamburgern im Auto vor einem McDonald's-Restaurant. Genevieve und Ig vorn, Victoria hinten. Darüber hatte sie den ganzen Tag geklagt.

»Ich bin die Erwachsene, du, Ig, bist das Kind«, hatte sie gesagt, als sie am Morgen aufgebrochen waren. »Und Kinder sitzen hinten.«

»Nein, das ist mein Ausflug. Robbie und ich sitzen vorn.«

»Aber hinten habt ihr viel mehr Platz.«

»Wir haben vorn genug Platz.«

Dann hatte er sich angeschnallt, die Tür von innen verriegelt und durch das Wagenfenster eine Schnute gezogen. Victoria hatte aufgegeben und sich nach hinten gesetzt.

»Kann ich noch ein Eis haben?«, fragte er nun.

»Wie kannst du überhaupt noch Junkfood in dich reinquetschen?«, fragte Genevieve.

»So viel war das gar nicht.«

»KFC am Mittag, McDonald's am Nachmittag. Und jetzt willst du auch noch Zucker.«

»So was kriege ich doch nie. Das ist echt 'ne Ausnahme. Ihr habt gesagt, dass ihr mich heute verwöhnen wollt.«

»Ich habe gesagt, dass ich dich verwöhnen, nicht, dass ich dich bis obenhin mit gefährlichen Zusatzstoffen vollstopfen will.«

»Also bekomme ich ein Eis? Ich hol euch beiden auch eins.«

Vom Rücksitz her erklang ein Stöhnen.

»Für mich auch nicht, danke«, sagte Genevieve. »Ich kann mich kaum rühren. Na schön, Ig, hol dir dein Eis. Aber das machst du bitte selbst. Ich bin nicht deine Sklavin.«

»Cool«, sagte er, nahm Genevieve das Geld ab und sprang aus dem Auto.

Victoria wühlte in Genevieves Handtasche und zog eine Papiertüte heraus. »Wollen wir den Schwangerschaftstest jetzt machen?«

»Bei McDonald's auf dem Klo? Super Idee.«

»Vielleicht ist es ja wirklich der Stress? Und in deinem Fall der Jetlag? Auch wenn es schon so viele Tage sind?«

»Ich hoffe es«, erwiderte Genevieve.

»Ich hoffe es sehr«, bekräftigte Victoria.

Ig war Minuten später wieder da. Mit einem Papptablett und drei Eisbechern.

»Das ist aber reizend, Ig, dass du all mein Geld ausgegeben hast«, schimpfte Genevieve. »Ich hab doch gesagt, ich bring nichts mehr runter. Und Victoria auch nicht.«

»Ich dachte nicht, dass ihr das ernst meint. Sorry. Na gut, dann ess ich sie halt alle selbst.« Und schon machte er sich über das erste Eis her.

In hundert Kilometern Entfernung, auf der Straße zwischen dem Aussichtspunkt des Pugilist Hill und der Gillespie-Farm, verfolgte Richard, wie Lindy einen der vorderen Reifen wechselte.

»Das ist mir hochnotpeinlich«, sagte er.

»Wieso?«, fragte Lindy und schaute vom Geländewagen auf.

»Ich bin der Mann. Das sollte ich tun.«

»Aber du weißt nicht, wie man einen Reifen wechselt. Ich dagegen wohl.«

»Es ist mir hochnotpeinlich, dass ich nicht weiß, wie man einen Reifen wechselt.«

Lindy zuckte mit den Schultern. »Du kannst sicher irgendwas, was ich nicht kann.«

»Was kannst du denn noch?«

»Schlangen töten. Mit einem Gewehr umgehen. Schafe zusammentreiben. Ganz normale Sachen halt.«

»Das kannst du wirklich?«

»Ich bin hier aufgewachsen, Richard. Wir sitzen hier nicht nur rum und beten um Regen.«

»Nein, vermutlich nicht.«

Sie verfielen in Schweigen, während Lindy den platten Reifen abnahm und den Ersatzreifen montierte.

»Das war ein toller Ausflug«, sagte Richard. »Nochmals danke. Hier draußen ist es ganz unglaublich.«

»Jane bringt mich um, wenn ich dich so spät abliefere.«

»So spät ist es gar nicht. Und sie weiß doch, was los ist. Es ist ja nicht so, als ob wir absichtlich einen Platten hätten.«

Lindy hatte die Lawsons über Funk kontaktiert. Sie hatte allerdings nicht mit Jane, sondern mit Fred gesprochen, der sehr nett gewesen war. Und sich nach Victoria erkundigt hatte. Ihr gehe es ausgezeichnet, hatte Lindy erwidert und dabei ein wenig übertrieben.

Als sie die letzte Schraube festzog, knisterte das Funkgerät.

»Lindy, bist du da?«

»Richard, kannst du eben drangehen? Du musst das Mobilteil nehmen und auf diesen Knopf da drücken.«

Richard setzte sich auf den Fahrersitz, suchte nach dem

Mobilteil, ließ es fallen und kappte die Verbindung. »An der Macho-Front versage ich total, oder? Ich kann keinen Reifen wechseln. Nicht mit einem Walkie-Talkie umgehen.«

»Das ist ja auch ein Ultrahochfrequenz-Funkgerät und kein Walkie-Talkie«, erwiderte Lindy und wischte sich die Hände an einem alten Lappen ab. Sie beugte sich über Richard und griff nach dem Mobilteil. »Jane?«

»Lindy? Wo steckst du?«

»Am Straßenrand, mit Richard. Etwa zehn Kilometer von uns weg.«

»Er sollte längst zurück sein.«

»Ich weiß. Sorry. Wir haben einen Platten. Hat Fred dir nicht Bescheid gesagt?«

»Doch, aber wie lange kann es dauern, einen Reifen zu wechseln?«

»So lange es eben dauert. Wieso? Was glaubst du denn, was ich mache, Jane?«

»Das ist doch offensichtlich. Du versuchst, Richard möglichst lange für dich zu haben.«

»Da hast du allerdings recht«, sagte Lindy, drückte auf einen Knopf und beendete die Verbindung. Sie verzog das Gesicht. »Jetzt bringt sie mich wirklich um.«

»Du kannst mich ja am Tor absetzen, und ich lauf den Rest«, schlug Richard vor.

»Das Tor ist etwa einen Kilometer vom Haus entfernt. Da müsstest du wirklich weit laufen.«

»War Jane immer schon so eifersüchtig auf dich?«

»Eifersüchtig, auf mich? Machst du Witze?«

»Für mich sieht es so aus. Sie strengt sich ja wahnsinnig an, dich bei jeder Gelegenheit runterzumachen. Und warum tut sie das? Weil sie sich durch dich bedroht fühlt.«

»Glaubst du im Ernst, dass sie auf mich eifersüchtig ist?«

»Auf deine ganze Familie, würde ich sagen. Sie spricht viel von dir. Ehrlich gesagt hat sie, seit ich hier bin, nur von euch geredet. Von euch allen und besonders diesem Weihnachtsbrief.«

Lindy schloss die Augen. »Erwähn bitte diesen Brief nicht. Das ertrag ich nicht.«

»Aber das war ein großartiger Brief. Die Lawsons haben einen ganzen Ordner mit den Briefen deiner Mutter. Ich hab sogar ein paar gelesen.«

»Wie nett von Jane, dir die zu zeigen.«

»Mir haben sie gefallen. Deine Familie klingt toll.«

»Ja, wirklich toll. Wenn man Tollhäuser mag. Ich nehme an, sie haben auch den letzten Brief mit verteilten Rollen vorgetragen?« Die Antwort stand ihm im Gesicht geschrieben. »Das war bestimmt zum Schreien.«

»War es. Aber ich hab über die Lawsons gelacht, nicht über deine Familie.«

»Klar.«

»Wie kann ich das wiedergutmachen? Ich weiß – darf ich fahren? Lass mich dir beweisen, dass irgendwo doch ein Mann in mir steckt.«

»Weißt du denn, wie das geht?«

»Bitte, Lindy. Ich versuch doch nur, meinen Stolz zu retten.«

»Das ist ziemlich schwer auf diesen Straßen. Du musst wirklich langsam fahren, vor allem wenn dir jemand entgegenkommt, wegen der Steine und …«

»Bitte.«

Sie gab ihm die Schlüssel.

»Der letzte Brief von deiner Mutter war ziemlich eindrucksvoll«, sagte Richard, als sie losfuhren. »Vielleicht löst sie einen neuen Trend aus. In solchen Briefen schreibt doch niemand, wie es wirklich ist, oder?«

»Keine Ahnung, ist mir auch egal. Wenn sie noch so einen Brief verschickt, lass ich mich von meiner Familie scheiden und fahr Weihnachten nie mehr nach Hause. Langsam, Richard. Ich weiß, wir kriechen fast, aber du musst hier echt aufpassen.«

Nach fünf Minuten Fahrt sagte er lächelnd: »Siehst du? In mir steckt doch ein kleiner Macho.«

»Du bist ein wirklich guter Fahrer. Nur fährst du gerade wieder etwas schnell. Da kommt ein Wagen.«

Es war ein Geländewagen mit Touristen, der ebenfalls viel zu schnell unterwegs war.

Lindy legte die Hand auf das Armaturenbrett. »Richard, bitte. Ich kenne diese Straßen. Geh vom Gas, sonst …«

Das andere Auto fuhr vorüber. Ein Stein schlug auf die Windschutzscheibe. Sie zersplitterte.

Richard trat auf die Bremse. Der Wagen kam schleudernd zum Stehen. »Passiert so was?«

»Sonst passiert genau so etwas«, bestätigte Lindy.

Kapitel 29

Angela war auf halbem Weg zum Aussichtspunkt. Sie hatte nicht vor, lange zu bleiben. Sie bereute jetzt schon, dass sie überhaupt gefahren war. Sie hätte so bequem in ihrem luxuriösen Hotelzimmer auf die Reparatur der Computer warten können. Nun war sie allein zu einem Ort unterwegs, an dem sich vermutlich immer noch die Liebespaare trafen. Sie würde einen tollen Anblick bieten, ganz allein, während ringsumher die Paare knutschten. Sie schaltete das Radio ein, eine Talkshow lief.

Immerhin war der Wegbeschreibung leicht zu folgen. In den Außenbezirken war es ruhig. Je näher Angela den Hügeln kam, umso weiter wichen die Häuser auseinander. Sie fuhr die Serpentinen hinauf, passierte Schilder, die vor den gefährlichen Kurven warnten. Sie fuhr gern Auto, aber diese Strecke war nicht einfach, die gewundene fremde Straße im abendlichen Zwielicht.

Wieder kam ein Schild. Nur noch ein Kilometer. Die letzten engen Kurven.

Angela hatte schon auf vierzig Stundenkilometer verlangsamt, als sie das Grauenhafte sah. Eine gigantische Riesenkrabbenspinne, mitten auf der Windschutzscheibe. Innen, nicht außen. Zentimeter von ihr entfernt. Handtellergroß, fetter Körper, lange Beine. Angela schrie. Und ließ eine Sekunde nur das Steuer los. Das genügte. Das Auto geriet außer Kontrolle, schlingerte nach links und rutschte von der Straße.

Das Letzte, was Angela sah, war ein gewaltiger Eukalyptusbaum, der auf sie zukam.

Das Letzte, was sie fühlte, war ein stechender Schmerz in der linken Seite, als sie gegen das Lenkrad geschleudert wurde.

Das Letzte, was sie hörte, war die Hupe, die auf das plötzliche Gewicht reagierte.

Das Letzte, was sie schmeckte, war ihr Blut.

Ihr Körper fühlte sich so seltsam an. So schwer. Ihre Augenlider waren wie zugeklebt. Sie ließen sich nicht öffnen. Ihre linke Seite schmerzte. Sehr sogar. Nicht nur ihre linke Seite. Ihre Brust. Ihr Kopf. Ihre Arme. Alles.

War das ein Unfall? Offenbar. Warum sollte sie sonst über dem Lenkrad liegen? Doch wie war das passiert? Hatte jemand sie gerammt? Als sie erneut versuchte, die Augen aufzuschlagen, nahm sie etwas wahr.

Stimmen. Viele Stimmen von vielen Menschen. Rings um das Auto. Alle sprachen über sie.

Hat sie überlebt?

Ich denke schon. Ja, sie atmet.

Ich hab alles mit angesehen. Ihr Auto ist einfach von der Straße abgekommen und gegen den Baum geknallt. Geht's ihr gut?

Ja danke, hätte sie gern gesagt. Doch sie brachte keinen Laut heraus.

Was, wenn der Wagen in die Luft fliegt? Müssen wir sie nicht da rausholen?

Das Auto könnte in die Luft fliegen? O ja, bitte, holt mich hier raus!

Nein, es ist besser, wenn wir sie nicht bewegen. Falls die Wirbelsäule verletzt ist.

Nein, das glaube ich nicht, hätte Angela alle gern beruhigt. Aber meine linke Seite schmerzt. Sehr heftig.

Sollen wir's riskieren? Es riecht nach Benzin.

Nein, lieber nicht. Da ist der Krankenwagen schon. Lass die das machen.

Sie wartete, auf die Sirenen. Nichts. Sie hörte einzig Stimmen. Aber war »hören« das richtige Wort? Nein. Es war vielmehr, als ob sie die Worte sehen würde, als ob es Untertitel in einem Film wären, Zeilen, die im Innern ihrer Lider an ihr vorüberzogen. Wie war das möglich? War sie bei dem Unfall umgekommen? War das eine außerkörperliche Erfahrung? Entschwebte sie bereits ihrem irdischen Selbst, schaute sie hinunter auf die letzten Augenblicke ihres Lebens?

Machen Sie Platz, machen Sie bitte alle Platz. Lassen Sie die Sanitäter durch.

Sie wartete und fragte sich, ob sie spüren würde, wie sie nach ihr griffen. Doch da war nichts.

Nur noch mehr Stimmen.

Gut so. Hebt sie raus. Vorsichtig.

Ihr Puls ist langsam. Er ist weg. Alle zurück. Defib!

Schmerz, eine Wucht, Funken, ein Feuerwerk hinter ihren Augen, tief in ihrem Schädel, eine gewaltige Kraft. Als ob ihr jemand fest, ganz fest, in die Brust geschlagen hätte. In ihrer linken Seite saß noch immer dieser unsagbare Schmerz. Wenn sie doch nur sprechen, ihnen sagen könnte, wie weh das tat, doch sie konnte weder Mund noch Augen öffnen. Da waren nur diese Stimmen, die über ihren Puls sprachen, ihren fehlenden Puls. Sie klangen so ernst. Sie sprachen vom Krankenhaus. Sie brachten sie ins Krankenhaus. Sie lag in einem Rettungswagen, auf dem Weg zum Krankenhaus.

Wenig später, vielleicht war es auch viel später, gab es wieder Stimmen, neue Diskussionen.

Kann mal jemand nach dem Ausweis suchen?

Hier. Ich hab ihn.

War sie schon im Krankenhaus? Es klang, als ob nicht nur Sanitäter bei ihr wären, sondern auch die Polizei. Sie hatten ihren Führerschein gefunden und die Notfallkarte.

Hier steht alles, Namen, Telefonnummern, Adressen.

Wär das schön, wenn jeder so organisiert wäre!

Sie konnte sich nicht erinnern, dass sie eine solche Karte ausgefüllt hatte.

Ihr Name ist Angela Gillespie. Sie ist fünfundfünfzig.

Angela Gillespie? Angela stimmte, aber der Nachname war falsch. Sie hieß Richardson. Sie hatten bestimmt die falsche Handtasche. Von einer Frau mit gleichem Vornamen. Angela hätte das gern erklärt, doch noch immer kam kein Laut heraus.

Der nächste Angehörige ist ihr Mann, Nick Gillespie. Laut dieser Karte hat sie vier Kinder – drei Töchter und einen Sohn. Sie lebt in irgendeinem Errigal, hinter Hawker.

Hawker? Das liegt doch im Outback, oder? Was macht sie hier in Adelaide?

Adelaide? Outback? Ein Mann namens Nick? Vier Kinder? Nein, nein! Das war alles falsch! Sie war mit Will verheiratet. Ihrer Jugendliebe. Sie hatte ihren Namen behalten, Richardson. Will hatte das nichts ausgemacht. Er förderte ihre Unabhängigkeit. Und sie hatte auch nur ein Kind, eine Tochter: Lexie. Und was sollte das alles mit Adelaide, dem Outback? Sie, Will und Lexie lebten doch in London, nicht im Outback. In England. Auf der anderen Seite der Welt. Es konnte sich nur um eine schreckliche Verwechslung handeln. Die Sanitäter redeten über eine andere Frau. Eine andere Angela. Wieder versuchte sie, die Augen aufzuschlagen und zu sprechen. Vergeblich.

Versuch's zuerst beim Ehemann.

Ja, rufen Sie bitte meinen Mann an, hätte sie so gern gesagt, gedrängt. *Rufen Sie Will an. Er wird alles klären.* Er machte sich vermutlich Sorgen, wo sie blieb. Nicht dass sie sich erinnern konnte, wohin sie vor dem Unfall unterwegs gewesen oder wo sie hergekommen war, aber sicher wartete er längst auf sie.

Angela hätte die Lage, hätte alles gern erklärt. Aber Will würde die Sache schon bereinigen.

Eine der Stimmen telefonierte direkt neben ihr. Angela musste sich sehr anstrengen, um alles zu verstehen. Es war, als ob die Buchstaben hinter ihren Augenlidern kleiner, schwächer würden. Als ob sie sich entfernen, davontreiben würden. Ihre linke Seite schmerzte wirklich ganz entsetzlich. Langsam sank Angela hinab, in eine samtene Dunkelheit. Nicht in den Schlaf … in etwas Tiefes, Schweres …

Mr Gillespie? Nick Gillespie? Ist Ihre Frau Angela Gillespie, fünfundfünfzig Jahre alt? Fährt sie einen blauen Holden Commodore? Mr Gillespie, es tut mir sehr leid, aber wir haben schlechte Neuigkeiten. Ihre Frau hatte einen Autounfall. Sie lebt, aber sie ist bewusstlos … Ja, ja, das versichere ich Ihnen, sie lebt …

Den Rest nahm Angela nicht wahr. Sie war schon weit, weit fort.

Kapitel 30

Das Telefon hatte schon zehnmal geläutet, bis Nick aufging, dass er mit Celia allein zu Hause war. Die Zwillinge waren mit Ig in Port Augusta, vielleicht schon auf dem Heimweg. Lindy brachte ihren Freund zu den Lawsons.

Celia saß im Wohnzimmer, den Fernseher auf höchste Lautstärke, und sah sich eine Seifenopfer an. »Das Telefon läutet, Nick«, sagte sie, als er an der Tür vorüberging. »Ich wollte nicht drangehen, ist sowieso nicht für mich.«

Fünf Minuten später stand Nick im Wohnzimmer – mit aschfahlem Gesicht.

Celia schaute auf. »Was ist denn los?«

»Das war die Polizei. Wegen Angela. Sie hatte einen Autounfall. Sie ist im Krankenhaus. Es ist ernst.«

»Einen Unfall? Wo?«

»In den Adelaide Hills.«

»Den Adelaide Hills? Was um alles in der Welt wollte sie denn da?«

»Keine Ahnung, Celia.« Nick mäßigte sich. »Tut mir leid. Ich hab wirklich keine Ahnung. Ich muss nach Adelaide, sofort.« Er sah sich um. »Ich hab ja gar kein Auto. Die Autos sind ja alle weg. O Gott!«

»Ruf doch Joan an.«

»Das dauert auch eine Stunde.«

»Dann versuch es bei den Mädchen. Hör, wo sie sind.«

Nick holte sein Handy heraus und wählte. »Nichts. Nicht ein beschissener Ton.«

»Aber hier ist doch kein Empfang. Ich meinte die Funkgeräte.«

»Ich kann nicht klar denken.« Nick ging an das Funkgerät in der Küche und versuchte es zuerst bei Genevieve. »Antworte«, drängte er atemlos. »Na komm schon, antworte.«

Da erklang ihre Stimme. »Zehn vier, Big Daddy, wir hören dich laut und deutlich.«

»Wo seid ihr? Ich brauch das Auto.«

»Hallo, Dad. Du fehlst uns auch.«

»Eure Mutter hatte einen Unfall. Ich muss nach Adelaide. Heute Abend. Jetzt gleich. Es ist ernst.«

»O Dad. Mein Gott, ist alles in Ordnung?«

»Sie ist im Krankenhaus. Sie wird gerade operiert. Mehr weiß ich nicht. Ich muss da sofort hin.«

»O Gott. Du hast kein Auto, oder? Wir sind nicht mehr weit, Dad. Etwa eine halbe Stunde. Ich fahr, so schnell es geht.«

»Beeil dich.«

Lindy und Richard standen immer noch am Straßenrand, noch an der Stelle, an der die Windschutzscheibe geborsten war. Das andere Auto war, in Unkenntnis der Lage, weitergefahren. Lindy und Richard hatten die zersplitterte Windschutzscheibe herausnehmen und dann weiterfahren wollen – mit Lindy am Steuer –, aber irgendwann hatten sie den Vorsatz, vorsichtig die Splitter aus dem Rahmen zu lösen, durch den Vorsatz, sich zu küssen, abgelöst. Das taten sie nun seit zwanzig Minuten. Lindy konnte ihr Glück kaum fassen. Es fühlte sich so großartig an, im Freien, ihr Rücken an das Auto gedrückt, die Arme um einen Mann geschlungen, der seine Arme um sie schlang. Nur noch einige wenige dieser tiefen, erstaunlichen Küsse, und der Teppich, der auf dem Fahrersitz lag, würde auf der Erde landen, und sie beide mit ihm. Richards Hände waren schon unter ihrer Bluse, auf ihrer Haut. Ihre Hände lagen schon auf seinem Rücken. Kleine lustvolle Seufzer erklangen. Und ihr Name, immer wieder.

»Lindy, antworte. Lindy.«

Es war ihr Vater. Die Stimme ihres Vaters, aus dem Funkgerät im Wagen.

»Kannst du das bitte überhören?«, murmelte Richard.

»Aber ja.«

»Lindy, wo zur Hölle steckst du? Antworte!«

Sie löste sich widerstrebend. »Tut mir leid, bin gleich wieder da.«

Sie nahm das Mobilteil. »Dad?«

»Komm sofort zurück.«

»Aber Dad, ich ...«

»Ich brauch den Geländewagen. Deine Mutter hatte einen Unfall.«

»Was? Wo?«

»In Adelaide. Sie ist im Krankenhaus. Ich muss los und hab verdammt kein Auto.«

»Dad, die Windschutzscheibe – ist zertrümmert.«

»Fuck. Okay, vergiss es, Lindy.«

Das Gespräch war beendet.

Richard hatte alles mit angehört. »Lindy, was ist ...«

Sie stieg ins Auto und ließ den Motor an. »Steig ein. Wir müssen los.«

Sie waren keine zwanzig Meter weit gefahren, da knisterte das Funkgerät erneut.

Lindy schnappte sich das Mobilteil. »Wir sind auf dem Weg. So schnell es geht.«

»Das wird aber auch Zeit, Lindy.« Es war Jane Lawson. »Soll das ein Scherz sein? Was ist es denn diesmal? Kocht das Kühlwasser? Habt ihr wieder einen Platten? Meine Verwandten brechen bald auf, und …«

Lindy wollte Jane gerade die Sache mit ihrer Mutter, ihrem Vater, der Windschutzscheibe erklären, doch auf einmal platzte ihr der Kragen. Also sagte sie etwas, was sie Jane Lawson schon seit Jahren hatte sagen wollen, und legte das Mobilteil dann beiseite.

»Wow«, sagte Richard. »Das war deutlich.«

Lindy fuhr ungerührt weiter.

Genevieve sah das Scheinwerferlicht als Erste. Sie hatten die Hauptstraße schon verlassen und waren auf der Schotterpiste Richtung Errigal, mit vierzig Stundenkilometern, so schnell, wie Genevieve zu fahren wagte. Was auf sie zukam, war kein Auto oder Pick-up. »Das ist ein Motorrad«, sagte Ig. Ihr Vater kam ihnen auf dem Motorrad entgegen.

Genevieve fuhr an den Straßenrand. Ihr Vater tat es ihr nach, sprang vom Motorrad und streckte die Hand aus. Genevieve reichte ihm den Wagenschlüssel.

»Aber wir kommen mit, Dad«, sagte sie. »Wir alle.«

Er hatte schon den Motor angelassen und wendete in Richtung Hauptstraße, da knisterte das Funkgerät. Es war Lindy. »Genevieve? Ich bin's, los, antworte.«

»Weiß sie Bescheid, Dad?«

Nick nickte.

Genevieve nahm das Mobilteil. »Wir sind schon unterwegs, Lindy. Du musst nachkommen.«

»Geht nicht. Die Windschutzscheibe ist weg. Wartet auf mich, bitte. Ich seh eure Lichter, ich bin nicht weit.«

»Dad?« Genevieve legte ihrem Vater eine Hand auf den Arm. »Dad, bitte. Sie muss mitkommen.«

Nick nahm den Fuß vom Gas.

Fünf Minuten später bremste Lindy hinter ihnen. Sie rannte zum Auto und setzte sich zu Victoria und Ig. Dann stieg sie wieder aus und lief zurück zum Wagen.

»Richard, entschuldige, hier sind die Schlüssel. Aber fahr bitte langsam. Immer weiter in diese Richtung, an unserem Haus vorbei, und dann noch einmal vierzig Minuten. Die Farm der Lawsons ist die einzige andere Farm an dieser Straße. Du kannst dich nicht verfahren.«

»Aber ich hab keine Ahnung, wo ich bin.«

»Das schaffst du schon. Nimm das Funkgerät, falls du dich verfährst.«

»Ich weiß nicht, wie das funktioniert.«

»Das findest du schon raus. Tut mir leid.«

Richard stand am Straßenrand und konnte nur noch zuschauen, wie Lindy mit ihrer Familie davonfuhr.

Im Auto herrschte Stimmengewirr. Lindy und Genevieve bestürmten ihren Vater mit Fragen. Ig begann zu weinen. Victoria versuchte, ihn zu beruhigen. Schließlich hob Nick mahnend die Hand.

»Hört auf, alle, hört auf. Haltet endlich den Mund, bitte«, schimpfte er.

»Dad, bitte, dann erzähl uns endlich alles.« Das war Victoria, sehr kleinlaut. »Jetzt sind ja alle da.«

»Die Polizei hat angerufen. Eure Mutter hatte einen Unfall. In den Adelaide Hills. Sie ist schwer verletzt ins Krankenhaus gekommen. Offenbar wird sie gerade operiert.«

»Was heißt, schwer verletzt?«

Nick sah zu Ig. Victoria hielt ihn im Arm.

»Er muss es wissen, Dad«, sagte Genevieve. »Wir alle.«

»Sie hat innere Blutungen. Und das hat zu einem plötzlichen Abfall des Blutdrucks geführt.« Nick zögerte kurz.

»Die Sanitäter mussten das Herz wieder in Gang bringen.«

Lindy schnappte nach Luft.

»War sie tot?«

Victoria zog Ig noch fester an sich. »Nicht doch, Ig. Die Sanitäter waren ja da. Die haben dafür gesorgt, dass ihr Herz weiterschlägt.«

»Aber wenn die nicht da gewesen wären …«

»Sie waren aber da, Ig«, sagte Victoria. »Sie haben sie ja gleich ins Krankenhaus gebracht. Da ist sie am besten aufgehoben.«

Ein Handy klingelte. Sie waren wieder in Reichweite eines Signals. Nick wühlte in der Brusttasche seines Hemds und reichte Genevieve sein Handy.

Es war eine Krankenschwester mit einem Update. Genevieve stellte viele Fragen und hörte minutenlang zu. Dann sagte sie der Anruferin, dass sie auf dem Weg, sie in weniger als vier Stunden dort seien.

»Mum ist immer noch im OP«, berichtete sie hinterher. »Milzruptur. Das ist die Ursache für die Blutungen und den Sauerstoffmangel. Sie mussten …«

»Sie mussten was?«, fragte Nick. »Was, Genevieve?«

»Sie hatte wieder einen Herzstillstand. Sie mussten sie im Krankenhaus noch einmal schocken, im OP. Aber sie lebt. Sie ist immer noch am Leben.«

Victoria zog Ig immer näher an sich.

Lindy weinte. »Wird sie durchkommen, Dad?«

»Natürlich wird sie das«, sagte er. »Natürlich.«

Sie beteten. Sie alle, während der gesamten Fahrt. Sie sprachen Gebete, die sie seit Jahren nicht gesprochen hatten, nicht seit der Schule, nicht seit den Tagen, als sie jeden Sonntag in die Messe gegangen waren. Das Ave-Maria. Das Vaterunser. Immer und immer wieder, bis sie die Außenbezirke von Adelaide erreichten. Sie hielten nur einmal an, um zu tanken. Nick stieg als Einziger aus. Im künstlichen Licht der Tankstelle hatten ihre Gesichter einen seltsam goldenen Schein.

Da meldete sich Ig zu Wort, seine Stimme drang klar und deutlich durch den stillen Wagen. »Robbie sagt, dass sie das schafft.«

Lindy heulte. »Das ist jetzt nicht die Zeit für Robbie, Ig.«

»Er sagt, dass sie das schafft!« Ig brüllte fast.

Victoria nahm ihn ganz fest in den Arm, strich ihm über das Haar und gab ihm einen Kuss auf den Kopf. »Schon gut, Ig. Schon gut.«

»Er kennt sich doch mit so was aus«, sagte Ig, der nun auch weinte. »Und das soll ich euch sagen.«

»Dann danke ihm von uns, Ig«, erwiderte Genevieve.

»Er ist da. Sag's ihm selbst.«

Ihr Vater näherte sich. Genevieve sah zu Victoria, die aufmunternd nickte.

Genevieve wandte sich nach hinten und blickte auf einen Punkt zwischen Ig und Victoria. »Danke, Robbie. Es ist schön, das zu hören.«

»Fertig?« Nick schwang sich auf den Fahrersitz.

»Fertig«, kam es im Chor.

Eine halbe Stunde später hielt Nick vor dem zentralen Krankenhaus. Alle Wagentüren gingen auf.

»Mach nur, Dad«, sagte Genevieve. »Ich suche einen Parkplatz. Ich finde euch schon.«

»Ich bleib bei dir«, sagte Victoria.

»Nein«, widersprach Genevieve. »Geh, bitte. Eine von uns sollte da sein, falls ...«

»Sie packt das schon.« Victorias Stimme klang grimmig.

»Ich weiß. Aber geh nur, Victoria. Ich komme nach.«

Victoria eilte ihrem Vater, ihrer Schwester und ihrem kleinen Bruder hinterher.

Genevieve brauchte zwanzig Minuten, um erst einen Parkplatz und dann ihre Familie in dem kleinen Wartezimmer in der Nähe des OP-Bereichs zu finden. Sämtliche Stühle waren frei, doch alle drängten sich in eine Ecke, Seite an Seite. Ihr Vater blickte ins Leere. Lindy und Victoria sprachen leise miteinander. Ig redete auch, er lächelte sogar. Als Genevieve näher kam, ging ihr auf, dass er mit Robbie sprach. Über eine Fernsehsendung.

»Wie sieht's aus?«, fragte Genevieve ihren Vater. »Ist sie …«

»Sie wird noch operiert«, sagte Nick.

Ig lachte. »Ach was, das ist gar nichts. Am besten ist, wenn die Ente …«

Genevieve war selbst entsetzt, welch heiße Wut sie packte. »Ig, nein, nicht jetzt. Sag Robbie, dass er den Mund halten soll.«

Ig zog eine trotzige Miene. »Nein.«

»Dann flüster wenigstens mit ihm, verstanden?« Sie wandte sich erneut an ihren Vater. »Hat man dir irgendwas gesagt? Wie die OP verläuft? Wie lange das noch dauern wird?«

Nick schüttelte den Kopf. »Nichts.«

Victoria griff nach der Hand ihrer Zwillingsschwester. »Wir können nur warten, Genevieve.«

KAPITEL 31

Sie warteten eine Stunde lang. Und noch eine. Genevieve wurde zur Familiensprecherin. Nach ihrem dritten Gang zum Schwesternzimmer wusste sie endlich etwas Neues zu berichten. Angela hatte den OP verlassen.

»Sie ist jetzt auf der Intensivstation. Sie mussten ihr die Milz entfernen, aber die Operation ist gut verlaufen.«

Ig hob die Hand, als ob er in der Schule wäre. »Was ist die Milz?«

Genevieves Miene wurde weich. »Die Milz sitzt hier, Ig«, sagte sie und wies auf ihre linke Seite. »Ich musste auch fragen. Die Milz reinigt das Blut. Aber man kann wohl gut ohne die Milz leben.«

»Also glauben die Ärzte, dass sie wieder gesund wird?«, fragte Lindy. »Ist das alles, was sie tun mussten?«

»Das glauben sie, ja, aber mit Sicherheit wissen sie es nicht. Sie ist noch nicht wieder bei Bewusstsein.«

Nick schwieg. Victoria berührte ihn sanft an der Schulter. Er zuckte zusammen.

»Dad, sie packt das schon. Sie hat die Operation überstanden. Sie packt das. Ganz sicher.«

»Das ist meine Schuld«, sagte er. »Ich hätte sie zu der Untersuchung fahren sollen. Welcher Ehemann lässt seine Frau bei Verdacht auf einen Hirntumor allein?«

»Das ist nicht deine Schuld«, sagte Genevieve. »Daran ist niemand schuld. Sie wollte allein sein. Und aus irgendeinem Grund ist sie heute Abend durch die Gegend gefahren und hatte einen Unfall. Einen *Unfall.* Das ist nicht deine Schuld, Dad.«

»Aber was hatte sie in den Hügeln bloß zu suchen?«, fragte Lindy. »Das Hotel liegt meilenweit entfernt!«

»Vielleicht brauchte sie mal etwas Abwechslung, nach all den Untersuchungen«, mutmaßte Genevieve. »Oder einfach frische Luft. Wenn sie wach wird, wird sie's uns schon sagen. Lindy, kannst du bitte Celia anrufen und auf den neuesten Stand bringen? Und du solltest auch die Schreckliche Jane anrufen und hören, ob dein Richard heil angekommen ist oder wir einen Suchtrupp losschicken müssen. Ich ruf Joan an.«

Joan war entsetzt. »Aber was wollte sie da oben? Hätte sie nach all den Untersuchungen überhaupt Auto fahren dürfen? Und das ist alles, in puncto Verletzungen? Soll ich zu euch kommen? Was ist mit Celia? Kommt sie allein zurecht?«

Genevieve wusste auf keine dieser Fragen eine Antwort.

Irgendwann kam eine Krankenschwester und verkündete, dass der Arzt bald mit ihnen sprechen würde. Während des Wartens holten sich alle Snacks und Getränke aus dem Automaten. Ig döste, den Kopf auf Victorias Schoß. Lindy sprach ständig über Richard. Er hatte es zu den Lawsons geschafft, allerdings hatte er für die Fahrt, die in der Regel vierzig Minuten dauerte, zwei Stunden benötigt.

Lindys Redefluss wurde durch die Ankunft des Arztes, noch im OP-Kittel, und einer Krankenschwester unterbrochen. Der Doktor bat sie in sein Zimmer am Ende des Korridors.

Auf dem Weg dorthin verlor Lindy die Nerven. »Das hat was Schlimmes zu bedeuten, oder?«

»Ganz und gar nicht, das versichere ich Ihnen«, erwiderte der Arzt. »Hier ist es nur etwas privater.« Er wartete, bis Genevieve die Tür geschlossen hatte. Dann erklärte er ihnen, was bei einer Entnahme der Milz geschah. »Sie hat die Operation gut überstanden. Ihr Zustand ist stabil.«

»Hat sie noch andere Verletzungen?«, fragte Genevieve.

»Sie steht unter strenger Beobachtung, aber ihr Puls ist wieder kräftig, die Blutung gestoppt. Sobald sie bei Bewusstsein ist, wissen wir mehr, doch bisher sehen die Untersuchungen gut aus. Sie können Ihrer Frau und Mutter jetzt am ehesten helfen, indem Sie nach Hause gehen und ein wenig schlafen.«

»Aber wir wohnen vier Stunden weit entfernt«, sagte Lindy.

Auf die Idee kam Ig. Tante Celias Haus stand leer. Das war nicht weit. Victoria telefonierte. Es war schon nach Mitternacht, doch Celia war noch wach. Sie rief erst ihre Nachbarn an und dann Victoria zurück. Celias Nachbar erwartete sie mit dem Schlüssel. Celias Haus hatte fünf Zimmer. Genügend Platz für alle.

Auch die Krankenschwester sprach noch einmal beruhigend auf alle ein. »Sie müssen etwas schlafen. Wir haben Ihre Nummern. Sie sind doch in zehn Minuten da, falls irgendetwas vorkommen sollte. Aber das wird es nicht. Sie ist stabil.«

Auf dem Weg zum Wagen umarmte Genevieve ihren kleinen Bruder. »Das war ein Geniestreich, die Idee mit Celias Haus, Ig. Gut gemacht.«

»Das war Robbies Idee, nicht meine.«

Celias Nachbar wartete schon vor dem Haus. Ig war auf der Fahrt eingeschlafen. Nick trug ihn ins Haus und brachte ihn ins Bett. Genevieve übernahm das Reden, bedankte sich bei Celias Nachbarn, berichtete ihm von Angelas Zustand. Er hatte mit seiner Frau schon Licht und Klimaanlage eingeschaltet und die Betten gemacht. Und einen Teller Sandwiches in die Küche gestellt. Die Gillespies waren gerührt.

Bald darauf verabschiedete sich Nick und ging ins Bett. Die Schwestern blieben in der Küche, aßen Sandwiches, tranken Tee und besprachen immer wieder, was geschehen war, analysierten jedes Wort, das die Krankenschwester, das der Arzt gesagt hatten. Lindy schaute auf ihr Handy.

Sie lächelte. »Eine Nachricht von Richard. ›*Denk an dich. xx.*‹ Zwei Küsse. Das ist ein gutes Zeichen, oder? Zwei Küsse? Soll ich gleich zurückschreiben oder lieber warten?«

»Du bist echt unfasslich«, sagte Genevieve. »Lass dich bloß nicht durch eine Lappalie wie die Tatsache, dass deine Mutter auf der Intensivstation liegt, bei deinem Flirt mit deinem potenziellen Lover stören.«

»Genevieve«, mahnte Victoria.

»Nein, Victoria, das muss einmal gesagt werden. Ist das dein Ernst, Lindy? ›Das mit deinem Unfall tut mir leid, Mum, aber sieh, so ein cooler Typ hat mir zwei Küsse getextet, das ist jetzt viel wichtiger.‹«

Lindy stand mit feuchten Augen auf. »Das ist echt nicht fair! Ich hab genauso viel Angst wie du, okay? Ich hab nur heute etwas wirklich Schönes erlebt, und es hilft mir, wenn ich daran denke. Und an Mum. Aber, o nein, du musst es mir ja gleich kaputtmachen, so wie immer, wenn mir mal was Schönes widerfährt.«

»Das ist doch kompletter Schwachsinn, du egoistische, selbstsüchtige, kleine …«

Victoria fiel ihr ins Wort. »Genevieve, es reicht. Wir sind alle müde. Das war ein harter Tag.«

Lindy schnappte sich ihr Handy. »Ich geh ins Bett.« An der Tür blieb sie stehen und drehte sich zu Victoria. »Mum wird doch wieder, oder?«

»Natürlich wird sie das.«

Dann sah sie zu ihrer anderen Schwester. »Tut mir leid, Genevieve.«

Genevieve rieb sich die Augen. »Schon okay, Lindy. Mir tut es auch leid. Schlaf gut.«

Die Zwillinge warteten, bis zu hören war, wie Lindy ihre Tür schloss.

»Tut mir leid«, sagte Victoria. »Aber ich konnte keinen Streit ertragen. Nicht heute Abend.«

»Mir tut es auch leid. Danke, dass du eingeschritten bist.«

»Mum hätte sterben können, oder?«

»Hätte sie. Ist sie nicht. So darfst du nicht denken.«

Sie fassten sich über dem Tisch an den Händen.

»Ich weiß nicht einmal, wie eine Milz aussieht«, sagte Victoria.

»Dann wirst du ihre ja auch nicht vermissen.«

Sie lachten los. Dann brachen sie in Tränen aus.

Ig weckte Genevieve kurz nach Sonnenaufgang. Sie hatte kaum geschlafen.

»Was ist denn, Ig? Alles okay?«

»Darf ich zu dir kommen?«

»Klar.« Sie rutschte zur Seite. Ig schlüpfte in ihr Bett und sah sie an. Genevieve rutschte noch ein wenig weiter, damit auch Robbie Platz hatte.

Sie lagen still da und hielten sich an den Händen, bis es leise an die Tür klopfte. Victoria kam ins Zimmer und setzte sich auf das Bett. Sie hatte Neuigkeiten. Augenblicke später kam Lindy mit verschlafenen Augen hinzu. Victoria hatte auch sie geweckt. Sie hatte ebenfalls bei ihrem Vater angeklopft, doch er hatte nicht reagiert. Victoria hatte beschlossen, ihn schlafen zu lassen. Sie hatte im Krankenhaus angerufen, gleich früh um sieben Uhr. Der Zustand ihrer Mutter war unverändert stabil. Sie hatte das Bewusstsein noch nicht wiedererlangt, aber ihre Lebenszeichen waren gut. Es gab keinen Grund, an ihr Bett zu eilen. Die Besuchszeit begann ohnehin erst um zehn Uhr. Dann seien die Gillespies willkommen.

Sie spielten Normalität. Sie taten, als wäre es nicht seltsam, dass sie alle in Celias viel zu großem, viel zu elegantem Haus wohnten, während Celia ganz allein auf der Farm war. Sie duschten und schlüpften in die Kleider vom Vortag. Sie hatten nichts zum Wechseln mitgenommen. Im Anschluss setzten sie sich an den Küchentisch und frühstückten, als ob es ein ganz gewöhnlicher Tag, ein ganz gewöhnlicher Morgen wäre.

Da ging die Haustür auf. Nick kam, vollständig angezogen, mit Milch und einer Zeitung in die Küche.

»Dad!«, rief Lindy. »Wir dachten, du wärst noch im Bett.«

»Ich war schon im Krankenhaus. Ich konnte nicht schlafen. Ich musste bei ihr sein.«

Die Fragen stürmten auf ihn ein. Wie ging es ihr? War sie wach? Hatte sie irgendetwas gesagt?

Sie sei immer noch bewusstlos, konnte er berichten. Sie lag zwischen Infusionen und Apparaten, hatte Prellungen im Gesicht, doch davon abgesehen sah sie wie sie selbst aus.

»Können wir zu ihr?«, fragte Genevieve.

»Im Laufe des Tages, heißt es.«

»Aber sie ist unsere Mum«, protestierte Ig. »Warum müssen wir warten?«

»Sie liegt in einer besonderen Abteilung, Ig«, sagte Nick. »Sie muss vor Keimen geschützt werden.«

»Ich hab keine Keime. Ich hab gerade geduscht.«

»Nicht solche Keime, Ig«, sagte Victoria. »Ich habe eine Idee: Warum malst du ihr nicht was? Ein paar schöne, fröhliche Bilder, die sie sich neben das Bett hängen kann, wenn sie wach wird?«

»Und wann ist das?«

Alle schauten ihren Vater an.

»Das weiß niemand. Im Laufe des Tages, hoffentlich.«

»Ich mal ihr ein Rotkehlchen.«

Als Ig in Celias Arbeitszimmer nach Papier und Stiften suchte, wandte sich das Gespräch den praktischeren Themen zu. Sie brauchten Kleider und Lebensmittel. Erst aber wollten sie ins Krankenhaus fahren und alles Weitere im Anschluss planen.

Die Acht-Uhr-Nachrichten im Radio waren wie ein Startsignal. Auf einmal klingelten alle Telefone. Die Nachricht hatte sich wie ein Lauffeuer verbreitet. Joan war die Erste, sie wollte von Genevieve das Neueste erfahren. Celia rief bei Nick an. Richard hatte im Namen aller Lawsons getextet, Angela sei in ihrer aller Gedanken.

Genevieve folgte ihrem Vater in Celias Büro. In ihrem Beisein öffnete er die Aktenschränke. Genevieve beobachtete fassungslos, wie ihr Vater die ganzen Schubladen aufzog.

»Findest du das richtig?«, fragte sie. »Das sind doch Celias Privatsachen!«

»Sie hat mir erzählt, dass es hier irgendwo einen Stammbaum gibt.«

»Was?« In Genevieve stieg dieselbe heiße Wut auf, die sie auch Lindy gegenüber empfunden hatte. »Das fasse ich nicht. Mum liegt im Krankenhaus, sie wäre beinahe gestorben, und du sorgst dich um deinen Stammbaum?«

Nick knallte eine Schublade zu. »So redest du nicht mit mir.«

»Irgendjemand muss es ja.« Sie senkte die Stimme. Sie sprach schnell und wütend. »Glaubst du etwa, uns wäre nicht aufgefallen, was mit euch beiden los ist? Wir *alle* haben ihren Weihnachtsbrief gelesen, Dad. Wir alle waren verletzt. Aber wir haben uns wieder beruhigt. Wieso du nicht?«

»Das geht dich nichts an, Genevieve. Das ist eine Sache zwischen mir und deiner Mutter.«

»Es geht mich sehr *wohl* was an. Wenn du das in der Minute, Dad, in der sie wach wird, nicht mit ihr klärst und dich entschuldigst, werde ich …«

In dem Moment tauchte Lindy auf. »Hat jemand ein Ladekabel?«

»In meiner Tasche«, fauchte Genevieve. »In der Küche.«

»Ich hab ja nur gefragt, Genevieve. Kein Grund …«

»Lindy, raus hier und Tür zu.«

Lindy knallte die Tür zu.

Genevieve konzentrierte sich wieder auf ihren Vater. »Ich weiß genau, was du denkst. Was maße ich mir an, dass ich einfach wieder zu Hause anrausche und solche Dinge sage. Aber ich bin deine älteste Tochter, deshalb maße ich mir so was an. Ich hätte sowieso irgendwann den Mund aufgemacht, auch wenn Mum den Unfall nicht gehabt hätte. Das macht es nur dringender. Irgendetwas stimmt mit ihr nicht, Dad. Es sind nicht nur die Kopfschmerzen. Sie ist unglücklich. Victoria und mir ist es gleich am Flughafen aufgefallen. Wir glauben, dass sie sich einsam fühlt. Dass sie womöglich depressiv ist. Für dich ist das alles schön und gut, du hast dein Hobby, deine neue Leidenschaft, aber was ist mit ihr? Was soll sie denn machen, wenn du dich Tag für Tag, Nacht für Nacht im Büro verbarrikadierst, in deiner Familiengeschichte rumwühlst, mit deiner teuren Carol flirtest …«

»Das reicht. Das geht zu weit.«

»Nein, geht es nicht. Das ist auch meine Familie und meine Angelegenheit.«

Die Tür ging auf. Wieder Lindy.

Genevieve fuhr herum. »Verdammt, Lindy, was denn noch?«

Lindy hielt ihr eine Papiertüte entgegen. »Warum sind da zwei Schwangerschaftstests in deiner Handtasche?«

Kapitel 32

Es war beinahe Mittagszeit. Die Gillespies waren im Krankenhaus. Sie hatten das Wartezimmer ganz für sich. Nick saß in einer Ecke und las in der Familienchronik, die er bei Celia gefunden hatte. Genevieve saß in der anderen Ecke und las in einer Zeitschrift. Ig hockte auf dem Boden und nutzte einen Stuhl als Untergrund für seine Zeichnungen.

Lindy flüsterte mit Victoria. »Ich hab mich schon bei ihr entschuldigt. Was hätte ich denn machen sollen, so tun, als hätte ich nichts gesehen? Die waren doch ganz oben.«

»Du hättest den Mund halten sollen. Wenigstens vor Dad.«

»Ich hab nicht nachgedacht. Ich war total schockiert.«

»Klar«, sagte Victoria. »So viel zur Solidarität unter Schwestern.«

»Ich wollte ihr doch keinen Stress machen«, beharrte Lindy. »Sie hat mir auch noch immer nichts gesagt, obwohl ich sie ständig danach frage. Sie wird nur immer wütender und sagt, dass das ein blöder Scherz war, und gerade redet sie überhaupt nicht mehr mit mir, als ob es allein meine Schuld wäre, dass Dad das gesehen hat. Und wieso zwei, wenn es bloß ein Scherz war?«

»Das hab ich dir doch schon erklärt, und Dad hab ich es auch erklärt. Weil ich sie provoziert habe«, sagte Victoria. »Du kennst doch unsere Mutproben.«

»Als ihr fünfzehn wart, klar, da habt ihr so was gemacht, aber doch nicht mit zweiunddreißig.«

»Wir sind wieder zu Hause, da entwickeln wir uns rückwärts. Ein für alle Mal, Lindy, es war so: Als wir gestern in Port Augusta waren, habe ich gesagt: *Wetten, dass du dich nicht traust, Kondome oder einen Schwangerschaftstest in der Apotheke zu besorgen? Such dir aus, was dir peinlicher ist.* Sie hat sich für den Schwangerschaftstest entschieden. Und hat gleich zwei genommen, um anzugeben. Du weißt doch, wie sie ist.«

»Und wo war Ig währenddessen?«

»Autos knacken? Drogen kaufen? Keine Ahnung, vermutlich hat er mit Robbie gequatscht. Was ist das hier, ein Verhör?«

Lindy senkte die Stimme. »Und sie glaubt ganz sicher nicht, sie könnte schwanger sein? Oder du?«

»Nein, Lindy, ich bin nicht schwanger, und Genevieve ist es auch nicht.«

Gegen Mittag malte Ig bereits sein zwanzigstes Bild. Inzwischen hätte er mit seinen Zeichnungen eine ganze Wand füllen können.

»Das reicht vermutlich, Ig«, sagte Genevieve.

»Nein, tut es nicht.«

»Ig, wenn Mum in ein Zimmer kommt, hat sie nur ein Stückchen Wand. Da kann sie bestimmt nicht alle Bilder aufhängen.«

»Kann sie wohl.«

»Ig, im Ernst.«

Ig legte den Stift beiseite und stand auf. »Ich will zu ihr.«

»Das wollen wir alle, Süßer. Aber das geht nicht. Noch nicht. Du weißt doch, was die Krankenschwester gesagt hat.«

»Ich will sie sehen! Jetzt! Ich will zu meiner Mum!«

Nick schaute auf. Victoria und Lindy auch.

Genevieve machte Anstalten, Ig in den Arm zu nehmen. Er schob sie weg. »Ich will sie sehen. Jetzt.«

»Das geht nicht, Ig«, sagte Nick. »Noch nicht. Wir sollen warten, bis …«

Ig stürmte aus dem Wartezimmer und lief in Richtung Intensivstation.

Zwei Krankenschwestern erwischten ihn zuerst. Ig weinte und strampelte. Die beiden Krankenschwestern berieten sich rasch, während Lindy und Genevieve versuchten, ihren Bruder zu beruhigen.

»Ig, sie ist immer noch bewusstlos«, sagte Genevieve. »Und darum kann sie …«

»Ich weiß, was das heißt, aber sie kann uns doch trotzdem hören, oder? Ich will sie doch nur sehen. Ich will zu meiner Mum!«

In dem Moment erschien ein Arzt. Er war jung und machte einen sehr fürsorglichen Eindruck. »Hallo, du. Ignatius, richtig?«

»Bei uns heißt er Ig«, sagte Genevieve.

»Ig, kannst du dich bitte für mich beruhigen? Und vor allem für deine Mum?«

Ig hielt still.

Der Doktor kauerte sich vor ihn. »Ig, es tut mir leid, dass du noch warten musst. Ich weiß, das ist hart, und ich weiß, es ist nicht fair, dass sie gleich da drüben liegt und du nicht zu ihr kannst. Aber jetzt könnt ihr alle reingehen. Normalerweise würden wir euch bitten, euch abzuwechseln, aber ihr könnt jetzt alle kurz ins Zimmer. Ihr müsst nur leise sein.«

»Darf ich nicht mit ihr sprechen?«, fragte Ig.

»Natürlich darfst du das. Das ist eine tolle Idee.«

»Und darf ich auch ihre Hand halten?«

Der Arzt nickte. »Das würde sie sich sicher wünschen.«

Es war Angela – und auch nicht. Sie wirkte, als ob sie schlafen würde und zugleich auch fremd. Sie war an mehr Schläuche angeschlossen als erwartet. Einer führte in die Nase, ein anderer in den Rachen. Ihr Gesicht war aufgedunsen. An den Händen waren blaue Flecken. Nick machte einen Schritt nach hinten und ließ den Kindern den Vortritt. Sie reihten sich dicht um das Bett herum auf und blickten auf ihre Mutter. Victoria griff nach Genevieves Hand, dann auch nach Lindys.

Ig berührte sie als Erster. Er tätschelte, ganz zart, ihre Hand. »Aufwachen, Mum«, flüsterte er. »Wir sind da.«

Ihm antwortete allein das Surren der Maschinen, der Anblick ihrer Brust, die sich hob und senkte.

Die Mädchen folgten Igs Vorbild, berührten sanft die Hände ihrer Mutter, redeten mit ihr.

»Darf ich sie zudecken?«, fragte Ig seinen Vater. »So wie's sie immer bei mir macht?«

»Aber vorsichtig«, sagte Nick.

Ig steckte sacht die Laken um Angela herum fest, so wie sie es immer tat, wenn sie ihn ins Bett brachte. »So ist's gut«, sagte er. »Kuschelig und wuschelig.«

Das war Angelas Spruch.

Als sie zwanzig Minuten später wieder im Warteraum saßen, fiel es Genevieve plötzlich ein. »O Gott, Mums Untersuchungen.«

»Untersuchungen?«, fragte Victoria. »Im Moment wird sie doch nur überwacht.«

»Nicht hier. Die Termine wegen ihrer Kopfschmerzen.

Heute sollten doch die letzten sein. Die hätten wir absagen müssen. Dad, wie heißt der Facharzt?«

Nick konnte sich nicht erinnern. Die anderen auch nicht.

Genevieve ging in den Flur und rief Joan an.

»Er heißt Dr. Liakos. Ihr solltet wohl auch ins Hotel fahren und ihre Sachen holen. Bist du sicher, dass ich nicht doch kommen und euch helfen soll? Ich könnte in vier Stunden da sein. In weniger, so wie ich fahre.«

»Noch nicht, Joan, danke. Vielleicht schon bald, aber im Moment kommen wir zurecht.«

»Ich steh bereit, wann immer ihr mich braucht.«

Genevieve entschied sich, die Anrufe außerhalb des Krankenhauses zu erledigen. Zehn Minuten später sprach sie wiederum mit Joan. »Bist du sicher, dass das der richtige Arzt war? Nachdem ich die Dame am Telefon nämlich endlich davon überzeugen konnte, dass ich wirklich die Tochter bin, und ihr erklärt hatte, was passiert ist, hat sie mir gesagt, Mum hätte keinen einzigen Termin gehabt. Die wären alle nächste Woche.«

»Das ist definitiv der richtige Arzt. Und sie kann die Untersuchungen nicht in einer anderen Praxis bestellt haben? Sie sich selbst organisiert haben?«

»Das habe ich auch gefragt. Angeblich nicht ohne Überweisung.«

»Das ist seltsam«, sagte Joan.

»Allerdings«, stimmte Genevieve ihr zu.

Als Nächstes rief sie das Hotel an. Sie hatte schon gewählt, als sie aufsah und das Gebäude entdeckte. Es lag direkt vor ihr, fußläufig. Sie konnte persönlich vorbeigehen und alles klären. Und bei der Gelegenheit die Sachen ihrer Mutter packen.

In der Lobby war es ruhig. Genevieve stellte sich vor. Der junge Rezeptionist wies ihr Anliegen mit Bedauern ab. »Es tut mir sehr leid. Das ist bestimmt ein Schock für Sie. Aber ich fürchte, ich muss den Ausweis Ihrer Mutter sehen, ehe ich Sie in das Zimmer lassen kann. Tut mir leid, so sind die Bestimmungen.«

Angelas Handtasche war im Krankenhaus, in Victorias Obhut. Eine der Krankenschwestern hatte sie ihnen am Abend des Unfalls übergeben. Als Genevieve wieder ins Wartezimmer kam, waren Lindy und Ig gerade fortgegangen, um Sandwiches zu kaufen. Ihr Vater vertiefte sich noch immer in die Aufzeichnungen seines Onkels. Genevieve erwähnte ihm gegenüber Angelas Phantomtermine nicht.

Victoria begleitete Genevieve zum Hotel. Der Rezeptionist warf einen Blick auf den Ausweis und entschuldigte sich erneut.

Genevieve beglich die Rechnung. Ein junger Portier begleitete sie zur Suite ihrer Mutter. Auf dem Weg dorthin schwiegen sie. Als ihnen die Tür geöffnet wurde, stockte Genevieve der Atem. Nach dem Unfall die Handtasche ihrer Mutter zu erhalten war ein entsetzlicher Moment gewesen. Das hier war noch schrecklicher.

Überall waren ihre Spuren. Ihr Pyjama auf dem Bett. Ihr Morgenmantel über einem Stuhl. Ihre Kosmetiksachen im Badezimmer. Ihr Buch und ihre Brille auf dem Nachttisch. Angela hatte nur eine kleine Tasche mitgenommen, für eine Nacht. Innerhalb von Minuten war alles gepackt.

Sie mussten es nicht aussprechen. Es war, als wäre sie gestorben.

Auf dem Weg nach unten hielten sie sich an den Händen.

Kapitel 33

Auch am dritten Tag war Angela noch ohne Bewusstsein. Allmählich machten sich die Ärzte Sorgen. Sie hatten die Familie erneut zusammengerufen und eine Kollegin zurate gezogen, Dr. Ruth Morgan, eine Neurologin. Sie wollte weitere Tests durchführen und benötigte dafür die Erlaubnis der Angehörigen.

Dr. Morgan, Ende dreißig, mit langen Locken, zeigte sich besonnen und sehr einfühlsam. »Ihre Mutter – Ihre Frau«, mit einem Nicken in Richtung Nick, »müsste inzwischen wach und ansprechbar sein. Wir fürchten, dass der Sauerstoffmangel infolge des plötzlichen Blutverlusts durch die Milzruptur womöglich zu einem Hirnschaden geführt hat. Sie ist nicht hirntot, das will ich ausdrücklich betonen. Wir haben bereits eine Untersuchung des Hirnstamms durchgeführt und ihre Reflexe getestet – da ist alles in Ordnung. Aber wir haben in den letzten drei Tagen die Sedierung langsam reduziert, und eigentlich müsste sie allmählich zu sich kommen.«

Über Dr. Morgan ergoss sich eine Flut von Fragen. Die sie der Reihe nach beantwortete. Nein, das hieß nicht, dass es zwangsläufig zu einem dauerhaften Hirnschaden kommen müsse. Die Tatsache, dass sie inzwischen selbstständig atmete, sei ein gutes Zeichen. Aber in einem solchen Fall, nach einer Phase der Hypoxie, also eines Sauerstoffmangels im Gehirn, könne es temporäre Probleme im Bereich der Frontallappen, des Hippocampus geben, jener Teile des Gehirns, die für das Erinnerungsvermögen zuständig waren. Daher wollten die Ärzte auch weitere Untersuchungen durchführen, darunter einen MRT-Scan, um das Ausmaß der möglichen Schäden zu ergründen.

»Sie wollen damit sagen, dass unsere Mutter an Amnesie leiden könnte? Aber so was kommt doch ziemlich oft vor, oder nicht? Das legt sich doch auch irgendwann, oder nicht?«, fragte Genevieve.

»Nach den Untersuchungen wissen wir mehr«, sagte Dr. Morgan.

Nick gab zu allem, was erforderlich war, sein Einverständnis.

Victoria hatte angeregt, am Abend in ein nahe gelegenes Restaurant zu gehen und den Essensautomaten ebenso wie Celias Küche zu verschmähen. Nur eine Straße entfernt lag ein italienisches Restaurant. Es war noch früh. Sie schauten flüchtig auf die Speisekarte und bestellten rasch.

»Wir dürfen die Hoffnung nicht aufgeben«, sagte Lindy. »Vielleicht hat Sedierung bei ihr ja stärker als bei anderen gewirkt. Sie wird bestimmt bald zu sich kommen und wieder ganz gesund.«

»Die Untersuchungen, von denen Dr. Morgan gesprochen hat, sind doch sowieso bloß Routine, oder Dad?«, fragte Victoria. »Die vermuten doch nicht irgendetwas Ernstes?«

Es war schwer, ein flüssiges Gespräch in Gang zu halten. Irgendein Handy piepte immer. Angelas Unfall sprach sich immer noch herum. Joan hatte offenbar Genevieve zur Sprecherin auserkoren und ihre Nummer weitergegeben. Nun trafen unzählige Textnachrichten bei ihr ein. Genevieve beschloss, sich ein australisches Handy zu besorgen. Ihr widerstrebte eine derart gewöhnliche, alltägliche Besorgung, während ihre Mutter drei Straßen entfernt auf bleibende Hirnschäden hin untersucht wurde.

Sie nahm die Sache gleich in Angriff und brach gemeinsam mit Victoria auf. Sie waren sowieso nicht hungrig. Das Handy war in einer Viertelstunde organisiert. Auf dem Rückweg zum Restaurant sprach Victoria aus, was beide dachten.

»Was, wenn sie einen dauerhaften Hirnschaden hat?«

»Wir müssen optimistisch bleiben. Was, wenn nicht?«

»Wir müssen uns darauf vorbereiten. Sie war zweimal klinisch tot, Genevieve. Ganz gleich, wie schnell die Sanitäter sie wiederbelebt haben, irgendwelche Folgen wird das sicher haben.«

»Vielleicht auch nicht.«

»Warum wird sie dann nicht wach?«

»Weil sie den Schlaf nachholt, den wir ihr geraubt haben.«

Kurz vor dem Restaurant blieben sie stehen.

»Wir müssen den Schwangerschaftstest machen«, sagte Victoria.

Genevieve nickte. »Ich kann mich dem im Moment nicht stellen.«

»Ich auch nicht.«

»Wollen wir warten, bis Mum aufwacht? Und es dann tun? Ein paar Tage spielen sicher keine Rolle, oder?«

Darin waren sie sich einig.

In den nächsten beiden Tagen blieb ihnen nichts anderes übrig, als sich irgendwie die Zeit zu vertreiben. Angela wurde von der Intensivstation in die Intensivüberwachungspflege verlegt. Die Gillespies pendelten zwischen Celias Heim und dem Krankenhaus hin und her. Genevieve und

Victoria besorgten allen Kleidung und Toilettenartikel. Sie beschäftigten sich mit Gesellschaftsspielen. Mit Zeitschriften. Versuchten sich an Büchern, kehrten aber zu den Zeitschriften zurück, weil die Konzentration für etwas Anspruchsvolleres nicht reichte. Ig malte noch mehr Vogelbilder. Inzwischen war ihre Zahl auf über sechzig angewachsen. Er konnte auch wieder beide Hände nutzen. Victoria war eingefallen, dass es an der Zeit war, Verband und Schlinge abzunehmen. Sie hatten Glück und bekamen einen Untersuchungstermin im Krankenhaus in Adelaide. Igs Finger wurde für geheilt erklärt. Wenigstens eine erfreuliche Nachricht in einer Zeit der Sorge.

Die Ärzte hatten zugesagt, dass die Ergebnisse der Untersuchungen am Morgen des fünften Tages vorlägen. Am Abend vor der Besprechung war Genevieve zu nervös, um bei Celia herumzusitzen und auf den Fernseher zu schauen. Außerdem musste sie mit ihrem Vater sprechen und ihm von Angelas nicht existenten Untersuchungen erzählen.

»Dad, willst du mit mir eine Runde um den Block drehen?«

Nick schaute argwöhnisch auf.

»Ich will nicht mit dir streiten, keine Sorge.«

Sie gingen unter Bäumen entlang, begleitet vom Zischen der Rasensprenger. Tagsüber war es wieder furchtbar heiß gewesen. Auch jetzt, um acht Uhr abends, waren es noch immer über zwanzig Grad.

»Das mit neulich tut mir leid, Dad. Dass ich dich angeschrien habe. Und was ich über dich und Mum gesagt habe.«

»Ist schon okay.«

»Es ist eure Angelegenheit, nicht meine. Eure Ehe. Und du hast recht, ich war lange weg. Welches Recht habe ich, hier anzumarschieren und mir ein Urteil über euer Leben anzumaßen?«

»Das hat dich noch nie gehindert.«

»Nein, vermutlich nicht.« Sie zögerte. »Dad, ich muss dir etwas wegen Mum erzählen. Etwas Seltsames.« Genevieve berichtete ihm von den Arztterminen, die nicht stattgefunden hatten.

»Vielleicht wollte sie nur mal ein paar Tage Abstand von uns haben«, sagte Nick.

»Glaubst du wirklich?«, fragte Genevieve. »Aber wieso ist sie da rausgefahren? In die Hügel? Was wollte sie da?«

»Diese Frage stelle ich mir auch ständig.«

»Und?«

Nick zögerte. Am Morgen war ihm etwas eingefallen. Etwas, das nur ihm und Angela und nicht der gesamten Familie gehörte. Er hatte sich an ihre Fahrt in die Hügel erinnert, ein oder zwei Nächte vor der Hochzeit. Hatte auch Angela sich daran erinnert? War sie deshalb dort hinaufgefahren?

»Keine Ahnung«, sagte er. Den Gedanken wollte er zunächst für sich behalten.

Zwei Stunden später stand Lindy am Flughafen. Als Genevieve und ihr Vater zu ihrem Spaziergang aufgebrochen waren, hatte Richard angerufen. Er würde noch am selben Abend mit Jane zurück nach Melbourne fliegen. Mr Lawson brachte sie zum Flughafen. Bestand die Möglichkeit, sich dort zu sehen?

Sie trafen sich in einem Café in der Nähe seines Gates. Zunächst drehte sich das Gespräch allein um Angela. Jane war deutlich anzumerken, dass ihr Lindys Gegenwart überhaupt nicht passte.

»Wir alle denken an deine Mum«, sagte Mr Lawson.

Er berichtete auch, dass er die Windschutzscheibe ausgetauscht und den Wagen zurück nach Errigal gefahren hatte. »Sag deinem Vater, er soll sich melden, falls irgendetwas auf der Farm erledigt werden muss.«

Lindy bedankte sich. Ihr Vater hatte zahlreiche Hilfsangebote. Doch es gab nichts Dringendes zu tun. Das war der Vorteil einer Schaffarm, auf der es keine Schafe gab.

»Und Celia kommt klar, so ganz allein?«, fragte Mr Lawson. »Sollen wir mal nach ihr sehen?«

Ihr ging es gut, konnte Lindy ihn beruhigen. Joan telefonierte jeden Tag mit Celia und brachte jeden zweiten Tag frische Milch und vorgekochtes Essen mit. Joan hatte ihr sogar das eigene Gästezimmer angeboten, aber Celia wollte auf Errigal bleiben.

In dem Moment wurde der Flug nach Melbourne aufgerufen. Lindy warf Richard einen Blick zu. Sie hatten kaum miteinander geredet. Nur noch wenige Minuten, dann musste er an Bord.

Zu ihrem eigenen Erstaunen sagte sie: »Richard, würdest du mit mir zu dem Souvenirshop gehen? Die haben tolle Schokolade von hier, ohne die willst du garantiert nicht fahren.«

Richard sprang auf. Lindy hoffte sehr, dass Jane an ihrem Platz blieb. Zu ihrer Überraschung tat sie das.

»Das mit deiner Mutter tut mir wirklich leid«, sagte Richard auf dem Weg zum Shop.

»Und mir tut es leid, dass ich dich allein lassen musste.«

»Ich wünschte nur, ich hätte niemals *Wolf Creek* gesehen. Und auch keinen einzigen der *Mad-Max*-Filme.« Er grinste. »Tut mir leid. Glaub mir, ich habe die Schönheit in dieser unglaublichen Weite und Leere gesehen. Vor allem, nachdem ich sicher im Haus der Lawsons war.«

Lindy kaufte ihm Pralinen, als Abschiedsgeschenk. Aus

den Augenwinkeln sah sie, wie Jane nach ihren Taschen griff und eindringliche Blicke in Richtung Lindy schickte.

»Das war so toll mit dir da draußen«, sagte Richard. »Wie du mich rumgeführt hast. Gefahren bist. Den Reifen gewechselt hast. Mich geküsst hast.«

Lindy stieg eine brennende Röte in die Wangen. »Du warst auch nicht schlecht. Nicht beim Reifenwechseln. Oder Fahren. Aber beim, du weißt schon …«

»Lindy, können wir in Kontakt bleiben?«

»Ja bitte«, sagte sie. Das klang sehr schwach. »Nur, seit Mums Unfall …« Sie versuchte es erneut. »Ich weiß einfach nicht, wie es hier weitergeht. Ob ich in naher Zukunft überhaupt nach Melbourne kommen kann. Wir wissen einfach nichts.«

»Vielleicht komm ich mal ein Wochenende zu Besuch. Sobald du weißt, wie's um deine Mum steht.«

»Das wär wirklich schön.«

Richard trat näher, um Lindy zu umarmen. Was nicht wirklich gelang. Sie stießen mit den Nasen aneinander. Sie verzichteten auf die Umarmung. Und küssten sich. Sie hätten sich sehr lange geküsst, wenn sie nicht gespürt hätten, dass plötzlich jemand neben ihnen stand. Jane.

»Na komm, Richard, wir verpassen sonst den Flug.«

Lindy blieb mit Mr Lawson am Gate und sah Jane und Richard nach, bis sie hinter ihrem Gate verschwunden waren. Es war eine der schrecklichsten Wochen ihres Lebens. Aber seltsamerweise auch eine der besten.

Währenddessen saßen Victoria und Genevieve in Celias Wohnzimmer. Victoria schaute fern, Genevieve verfluchte das alte Handy ihres Vaters. Sie versuchte, damit in seinem Namen Textnachrichten zu verschicken.

»Aus welchem Jahrhundert stammt dieses Ding? Allmählich wünsche ich mir, er hätte deutlich weniger mitfühlende Freunde. Was haben die Leute eigentlich in Zeiten wie diesen getan, als es noch keine Handys gab?«

»Wahrscheinlich hatten sie weniger Informationen. Oder haben sie auf anderem Wege rausgefunden.«

Genevieve fluchte erneut, als sie versehentlich auf »Löschen« statt auf »Senden« drückte und erneut eine Nachricht verloren ging. »Vergiss es. Es muss einen einfacheren Weg geben. Kann ich nicht allen eine E-Mail schicken? Das wär so viel schneller. Dann müsste ich allen nur einmal texten und nach der E-Mail-Adresse fragen.«

»Die haben wir doch längst. Die stehen doch alle in Mums Brief.«

»Meine kluge, kleine Schwester. Du hast recht!« Genevieve zog den Ausdruck von Angelas Weihnachtsbrief, auf dem auch der Verteiler stand, aus ihrer Handtasche.

Sie fragte ihren Vater, der Ig eine Gutenachtgeschichte vorlas, ob er einverstanden sei. Ig war seit Angelas Unfall sehr anlehnungsbedürftig, sie achteten alle sehr auf ihn. Nick hieß die Idee mit der E-Mail gut. Er überließ Genevieve auch gern die Formulierung.

Fünf Minuten später saß sie mit Victoria in Celias aufgeräumtem Arbeitszimmer, vor einem Computer, der wie neu wirkte. Victoria las die Adressen vor, Genevieve gab sie in die E-Mail ein.

»Was soll ich in die Betreffzeile schreiben?«, fragte sie, als sie damit fertig waren. »›Betr: Mum‹? ›Neuigkeiten zu Mum‹? ›Wie es Mum geht‹?«

»Tu, was Mum tun würde«, erwiderte Victoria.

Genevieve begann zu schreiben.

Grüße von den Gillespies

Wahrscheinlich habt Ihr/haben Sie inzwischen alle mitbekommen, dass Mum vor fünf Tagen einen Autounfall hatte. Wir wollten euch und Ihnen allen für die vielen Anrufe und Textnachrichten danken, das hilft uns sehr. Mum wird hier hervorragend medizinisch betreut, und wir sind voller Optimismus, dass sie wieder ganz gesund wird. Wir hoffen auf Euer und Ihr Verständnis, dass wir von jetzt an lieber per E-Mail kommunizieren und nicht alle Textnachrichten einzeln beantworten werden. Wir hoffen auch, dass unsere Mum in Euren und Ihren Gebeten und Gedanken bleibt.

Mit Dank und lieben Grüßen
Nick, Genevieve, Victoria, Lindy und Ig Gillespie

Genevieve las Victoria die E-Mail vor, als von der Tür her eine Stimme kam.

»Was macht ihr da?« Es war Ig, halb verschlafen, das dunkelrote Haar zerzaust, der Schlafanzug falsch zugeknöpft. Er wirkte so kindlich.

Genevieve erklärte es ihm. Ig kam näher und las die E-Mail.

»Was ist mit Robbie? Du hast Robbie weggelassen.«

»Ig, die meisten wissen doch gar nicht, wer das ist.«

»Bitte.«

Mach schon, bedeutete Victoria ihr stumm. Also setzte Genevieve auch Robbies Namen dazu.

»Darf ich das mit dir verschicken?«, fragte Ig. »Mum darf ich immer helfen.«

»Natürlich darfst du«, sagte Genevieve.

Ig lehnte sich an seine Schwester. Sie legte einen Arm um Ig.

»Bereit?«

»Bereit.«

Gemeinsam klickten sie auf »Senden«.

Kapitel 34

Als Dr. Morgan die Familie am nächsten Tag geschlossen in ihr Zimmer rief, ahnten alle, dass sie nichts Gutes zu berichten hatte. Der MRT-Scan hatte »Veränderungen« im Gehirn gezeigt, wie sie es nannte. Dr. Morgan bemühte sich nach Kräften, sich verständlich auszudrücken, doch schon bald kapitulierten die Gillespies vor den vielen Fachausdrücken: hypoxisch-ischämische Verletzung, Übergang von der weißen zur grauen Substanz, diffusionsgewichtete Magnetresonanztomografie, ein T2-Scan, der das Muster der Schädigungen zeigte. Medialer Temporallappen. Veränderungen am Hippocampus, bedingt durch den Sauerstoffmangel in den betreffenden Gehirnregionen.

»Aber was bedeutet das?«, fragte Genevieve. »Dass ihr Gehirn in jedem Fall geschädigt ist?«

»Für ein abschließendes Urteil ist es noch zu früh«, erwiderte Dr. Morgan. »Wir wissen erst, ob und welche Folgen aufgetreten sind, wenn sie wach wird.«

»Wird sie denn bald wach?«, fragte Lindy.

»Davon gehen wir aus, ja. Die Veränderungen in ihrem Gehirn können sich auf ganz verschiedene Weise äußern. Es kann sein, dass ihr Gedächtnis gelitten hat, sie könnte auch eine Zeit lang unter Verwirrtheit leiden. Orientierungslosigkeit. Aber all das wissen wir erst mit Sicherheit, wenn sie wieder bei Bewusstsein ist. Bis dahin brauchen wir …«

»Geduld«, ergänzte Genevieve.

Geduld wurde allmählich zum Unwort.

Die Gillespies saßen abwechselnd an Angelas Bett, hielten ihre Hand und redeten mit ihr. Sie waren sehr darauf bedacht, sich nicht allzu breitzumachen. Angela lag mit drei anderen Frauen auf dem Zimmer.

Ig wählte seine besten Bilder aus. Er schnitt die Vögel aus, damit sie weniger Platz einnahmen, und hängte sie neben Angelas Spind. Dort entstand eine Voliere aus Papier: drei Rotkehlchen, eine Elster, ein Jägerliest und ein Emu fanden so zusammen. Dann bekommt sie kein Heimweh, sagte Ig.

Am Abend versandte Genevieve eine weitere E-Mail.

Grüße von den Gillespies

Mum ist noch immer bewusstlos, und die Ärzte machen weitere Tests. Wir geben die Hoffnung nicht auf. Danke für die vielen Nachrichten, das bedeutet uns viel.

Sie unterschrieb, wie schon bei der letzten Mail, in ihrer aller Namen. Auch in Robbies.

Als die drei Schwestern am folgenden Tag im Warteraum saßen, traf überraschender Besuch ein: Joan.

»Ich musste einfach kommen. Ich habe mich zu Hause so nutzlos gefühlt, ich kann nicht nur herumsitzen und auf die tägliche E-Mail warten. Ich mache mir zu viele Sorgen. Wie sieht es aus? Was kann ich tun?«

Sie sprachen alle gleichzeitig und erklärten Joan, dass Nick und Ig gerade bei ihr waren, dass sie nur abwarten konnten, es alles davon abhing, dass sie wach wurde.

»Blödsinn. Ich gehe da jetzt rein und blase ihr den Marsch«, sagte Joan. »Auf mich wird sie schon hören.«

Sie ließen Joan allein ins Zimmer gehen, sahen von der Schwelle aus zu. Nick schaute auf. Seine erschöpfte Miene wich einem Lächeln. Ig warf sich in Joans Arme. Joan trat, Ig im Arm, an Angelas Bett. Sie schaute eine Weile auf sie hinab, dann berührte sie sanft ihr Gesicht.

Das war zu viel für Genevieve. Sie wandte sich ab und floh mit Tränen in den Augen in den Warteraum. Victoria folgte ihr.

»Sie wird nie wieder gesund, oder? Joan hat sie gerade so berührt, als ob sie …« Genevieve brachte die Worte kaum über die Lippen. »Als ob sie im Sterben läge.«

Victoria nahm sie in die Arme. »So darfst du nicht denken. Wir müssen optimistisch bleiben. Mum zuliebe.«

»Ich hab solche Angst. Was, wenn das alles ist? Was, wenn sie nie mehr wach wird?«

»Das wird sie. Aber wir brauchen …«

»Sag es nicht. Wenn ich dieses Wort noch einmal höre …«

Ein Schrei. Es war Ig.

»Sie hat die Augen aufgemacht! Sie hat die Augen aufgemacht!«

Als Genevieve und Victoria ins Zimmer stürmten, hatte Angela die Augen bereits wieder geschlossen. Aber die anderen beharrten darauf. Sie war wach geworden, hatte sich kurz umgeschaut und die Augen wieder zugemacht.

»Ich hab euch ja gesagt, ich hätte früher kommen sollen«, frohlockte Joan. »Sie hat nur auf meine Stimme gewartet.«

In dem Moment trat eine Krankenschwester hinzu, die alle bat, das Zimmer für eine Weile zu verlassen. Im Warteraum ging es zu, als ob alle einen Schuss Adrenalin bekommen hätten. Die gedrückte Stimmung wich Gerede, gar Gelächter. Ihre Geduld hatte sich gelohnt! Nun begann Angelas Genesung! Entweder hatte sie auf Joan reagiert, oder es war schlicht Zufall – »Auf keinen Fall!«, so Joan –, doch mit einem Mal sah die Zukunft nicht mehr ganz so trostlos aus.

Abends schlug Angela erneut die Augen auf. Von der Familie war niemand da. Nur eine junge Krankenschwester, die Angelas Infusionen überprüfte, war im Raum. Angela öffnete nicht nur die Augen. Sie sprach auch ihre ersten Worte.

Am folgenden Tag setzte Dr. Morgan die Familie davon in Kenntnis. Wie üblich hatte Genevieve um sieben Uhr auf der Station angerufen. Nach dieser Nachricht kamen sie sofort ins Krankenhaus.

»Und die Krankenschwester sagt, dass sie normal geklungen hat? Dass sie nicht schleppend oder komisch gesprochen hat?«, fragte Genevieve.

»Nicht laut ihrem Bericht, nein. Demnach war Ihre Mutter etwa eine Minute lang bei Bewusstsein. Sie hat ein paar Worte gesagt und dann die Augen wieder geschlossen.«

Ja, versicherte ihnen Dr. Morgan, das waren wirklich gute Zeichen. »Ich weiß, dass Sie das nicht mehr hören können, aber Sie brauchen jetzt …«

»Geduld!«, rief Ig. Genevieve ermahnte ihn zum Schweigen.

»Eigentlich wollte ich Zuversicht sagen«, lächelte die Ärztin.

Um neun Uhr abends schlichen sich Genevieve und Victoria in Celias Badezimmer.

»Sie ist ja nicht wirklich wach geworden«, flüsterte Genevieve. »Und wir waren nicht dabei. Zählt das überhaupt?«

»Wir haben gesagt, dass wir den Test machen, wenn sie wach wird. Und sie ist schon zweimal wach geworden. Also müssen wir das endlich hinter uns bringen.«

»Ich will aber nicht. Ich will es gar nicht wissen.«

»Ich auch nicht.«

»Fühlst du dich irgendwie anders?«, wisperte Genevieve. »Ist dir übel? Hast du andere Symptome?«

»Ich kann überhaupt nicht mehr sagen, wie ich mich fühle. Ich fühle mich andauernd komisch.«

»Ich auch«, sagte Genevieve.

Es klopfte an der Tür. Es war Lindy. »Seid ihr beide fertig?«

»Gleich«, sagte Genevieve. »Geh in das andere Bad.«

»Was macht ihr beide da?«

»Victoria muss sich mal ausheulen.«

»Das muss ich auch. Lasst ihr mich rein?«

In dem Moment ging die Haustür auf. Sie hörten Stimmen. Erst sprach ihr Vater, dann eine andere Person. Eine Frau.

»Lindy? Wer ist das?«

Lindy ging fort, um nachzusehen, kam jedoch nicht wieder. Die Zwillinge hörten, wie auch sie mit der Frau sprach. Das war ganz und gar nicht der richtige Zeitpunkt für die Tests. Erst mussten sie herausfinden, wer da gerade gekommen war.

Es war Celia.

Sie hatte die Lawsons angerufen und Kevin gebeten, sie nach Hawker zu bringen, von dort hatte sie den Bus genommen, vom Busbahnhof in Adelaide aus ein Taxi. Mit ihrem gesamten Gepäck. Nick hatte gerade das Taxi bezahlt.

»Warum hast du nicht wenigstens vom Busbahnhof aus angerufen?«, sagte er zu Celia. »Ich hätte dich doch abgeholt.«

»Du hättest mich anrufen sollen, Celia«, sagte Joan. »Ich hätte dich doch mitgenommen.«

»Ich wäre gern mitgefahren, wenn du mir gesagt hättest, dass du fährst. Was du nicht getan hast«, sagte Celia. »Ich bin mir so blöd vorgekommen, Nick, da oben auf der Farm, wenn ihr alle hier seid.«

»Aber wo sollen wir jetzt schlafen?«, fragte Ig. »Uns gehen die Zimmer aus.«

Celia wirkte zu erschöpft, um sich darum zu kümmern. Das übernahm Joan. Sie verfrachtete Victoria und Genevieve in ein Zimmer und Lindy in ein anderes Bett, sodass Celia ihr eigenes Zimmer beziehen konnte. Aber ein Bett fehlte. Joan ging daraufhin in ein benachbartes Hotel. »Ich liebe euch alle, aber für das Leben in einer Kommune bin ich einfach zu alt.«

Am Abend versandte Genevieve wieder eine E-Mail. Sie schrieb sich deutlich leichter als die früheren.

> Grüße von den Gillespies
> Mum ist heute kurz wach geworden. Vor uns liegen noch immer schwere Zeiten, doch heute war ein guter Tag. Ein erneutes Danke für die vielen Nachrichten und Wünsche, wir freuen uns über mehr.

Genevieve wollte sich gerade ausloggen, da traf eine neue E-Mail ein. Sie stammte von Megan, ihrer Freundin aus New York. Seit Genevieve die Stadt verlassen hatte, hatten sie keinen Kontakt mehr gehabt. Ihre Lebenswege hatten sich zu weit auseinanderentwickelt. Doch in dem Moment brauchte Genevieve eine Dosis Klatsch und Tratsch.

Megan hatte sehr viel zu erzählen. Die Dreharbeiten an der Fernsehserie waren beendet. Nun arbeitete sie für einen Film. Sie hasste die neue Hairstylistin.

Schlechter Atem und zwei linke Hände. Ich wünschte, ich könnte dich einfliegen lassen! Und rate mal, wer auch am Set ist??? Dein Matt. Der Kaffee-Typ. War eine echte Überraschung. Er wollte mich unbedingt sehen. Ich dachte schon, ich hab's noch drauf – aber nein, hatte nichts mit mir zu tun. Er wollte nur über dich reden. Der arme Kerl ist an Silvester in Costa Rica oder sonst wo Wildes und Exotisches überfallen worden. Verletzungen (gebrochene Rippen und ein blaues Auge, eine Woche Krankenhaus) und Totalverlust (Handy, Laptop, Brieftasche). Darum konnte er sich auch nicht bei dir melden. Ich hoffe, das ist okay für dich, aber ich habe ihm deine E-Mail-Adresse gegeben. Grüß ihn von mir, wenn er sich meldet. Und sag ihm, dass er es mit mir viel näher als mit dem Wilden Westen von Australien hätte!

Genevieve wollte schon nach Victoria rufen, da kündigte sich die nächste E-Mail an.

Sie war von Matt.

Hi, Genevieve. Sorry für mein langes Schweigen. Bedingt durch Handyverlust – streng genommen Handy-Diebstahl – plus fehlende Kontaktdaten. Ich habe Genevieve + Australien gegoogelt. Hast du eine Ahnung, wie viele Genevieves es in deinem Land gibt? Viele. Daher hoffe ich, dass du diese E-Mail bekommst und mir antwortest. Ich bin wieder in NY. Wünschte, du wärst hier. Matt.

Als Genevieve erneut nach ihrer Schwester rufen wollte, klingelte ein Handy. Wenige Augenblicke später stand ihr Vater in der Tür.

»Genevieve, ruf alle zusammen. Wir müssen los. Das war das Krankenhaus. Angela ist wach.«

Kapitel 35

Angela hörte Geräusche.

Stimmen und Geschirrgeklapper. Es klang nach einem Café oder Restaurant. Doch sie lag. In einem Bett. Sie fühlte ein Laken unter ihrer Hand. War sie in ihrem Schlafzimmer? Aber wer sollte dort mit Geschirr lärmen und laut reden? Noch dazu klang es nach sehr vielen Menschen. Aber nicht nach Will. Nach Lexie auch nicht. Die Stimmen klangen irgendwie anders. Irgendwie … ja, sie klangen irgendwie australisch.

Wie eigenartig.

Andererseits lebten in London sehr viele Australier. Vielleicht hörte sie das Radio, aus der Küche, mit einer Reportage. Sie versuchte erneut, die Augen aufzuschlagen. Es war so mühsam, als ob ihre Augenlider festklebten. Ihre linke Seite schmerzte auch. Das alles war sehr eigenartig. Sie versuchte, nach ihrem Mann zu rufen. Von ihm kam keine Antwort, doch von einer fremden Stimme. Ganz in ihrer Nähe.

»Angela? Hörst du mich?«

Sie sah keine Worte mehr im Innern ihrer Augenlider. Sie hörte sie nun laut und deutlich. Hatte gerade jemand gesagt, er wolle eine Krankenschwester holen? War sie in einem Krankenhaus? Du liebe Güte. Es klang tatsächlich so. Sie war so lange nicht im Krankenhaus gewesen … zuletzt bei Lexies Geburt. Wie lange war das her? Beinahe dreißig Jahre? Was um alles in der Welt war geschehen?

Wieso war sie im Krankenhaus? Sie war doch im Urlaub. In Australien. Mit Will und Lexie. Zur Erkundung der Öko-Resorts. Zu Gast auf einer Farm im Outback.

Wenn sie doch die Augen öffnen und herausfinden könnte, wo sie war und was da vor sich ging. Es war ihr doch zuvor gelungen. War das Stunden her? Oder nur Minuten? Auch die Zeit hatte sich verändert. Angela hatte das Gefühl, dass sie tagelang geschlafen hatte. Wochenlang. Das war schön gewesen. So ein tiefer, tiefer Schlaf.

Es war alles ein wenig verworren, aber hin und wieder, glaubte sie, kam sie zu sich. Jedes Mal waren andere Menschen da. Und jedes Mal hatte sie sehr eigenartige Gespräche geführt. Ein Mal war eine junge Frau in einer Uniform an ihrem Bett gewesen. Ein andermal eine hübsche Frau mit langem dunklem Haar, die ihr alle möglichen Fragen gestellt hatte, als wäre es ein Interview. Einmal, da war Angela sich sicher, hatte sie ein kleiner Junge angeschaut. Dann ein großer Mann mit ernster Miene. Eine Gruppe junger Frauen. Und alle nannten sie beim Namen.

Wer waren diese Menschen? Wo waren Will und Lexie? Vielleicht wurden sie durch ihre Arbeit aufgehalten. Sie würden sicher bald nachkommen. Ja, so musste es sein. Will war ja so emsig. Und begehrt. Er hatte schon zahlreiche Preise gewonnen. Es hatte sie ohnehin erstaunt, dass er sich sechs Wochen freinehmen wollte. Und Lexie … Angela runzelte die Stirn. Was war noch mal mit Lexie? Stimmt, sie konnte sowieso nur einen Teil der Reise mitmachen, richtig? Auch sie war so beschäftigt. Sie engagierte sich so sehr für ihre Theatertruppe in Bristol. Angela war sehr stolz auf sie.

Sie drehte sich um. Das war besser. Ja, viel bequemer. Na komm, mach die Augen auf. Du schaffst das, Angela. Bei drei.

Dieses Mal gelang es ihr. Plötzlich war da grelles Licht. Es schmerzte, aber nur kurz. Sie zwinkerte einmal, zweimal, versuchte zu fokussieren. Neonröhren. Über ihr. Eine Art Vorhangstange. Und ein Vorhang. Ja, da war ein Vorhang, gleich an ihrem Bett, er war beiseitegezogen. Außerdem waren da ein Infusionsstand und mehrere Schläuche. Eine Kanüle führte zu ihr. Sie sah sich weiter um. Tatsächlich. Sie lag in einem Krankenhausbett, mit weißen Laken und blassblauen Decken. Angela bewegte sich. Ein plötzliches Stechen, kein richtiger Schmerz, eher ein seltsam strammes Gefühl. An ihrer linken Seite. Sie befühlte die Stelle. Da war eine Art Verband. Seltsam. Wozu brauchte sie einen Verband?

Jemand nannte ihren Namen. Sie schaute sich um. Die Fremden waren wieder da. Der kleine Junge. Oder war es ein Mädchen? Es war schwer zu sagen, sein oder ihr Haar war so lang. Der große Mann mit der ernsten Miene. Die drei jungen Frauen. Sie alle sahen sie an, als ob sie darauf warten würden, dass sie etwas sagte. Doch ihr fiel nichts ein.

Das war zu verwirrend. Es wurde ihr zu viel. Am besten, sie schloss die Augen wieder. Sank in diesen wunderbaren tiefen Schlaf. Hier und jetzt. Das tat so gut.

Ja, das war schön. Schlafen.

Hoffentlich kam Will bald und klärte alles auf.

Kapitel 36

Am nächsten Tag versammelten sich die Gillespies samt Joan erneut im Konferenzzimmer des Krankenhauses. Dr. Morgan hatte sie dorthin bestellt. Angela war am Morgen wieder wach geworden, in Dr. Morgans Gegenwart. Sie hatte sich beinahe zwanzig Minuten lang mit Angela unterhalten und wollte der Familie nun davon berichten, hatte aber Mühe, überhaupt zu Wort zu kommen. Die Gillespies standen noch ganz unter dem Eindruck des Vorabends.

»Sie hat uns nicht erkannt, oder?«

»Sie hat mich angesehen, als ob sie keine Ahnung hätte, wer ich bin. Hat sie uns vergessen?«

»Warum ist sie wieder eingeschlafen? Liegt sie wieder im Koma?«

»Können wir sie wieder aufwecken?«

Irgendwann gelang es Dr. Morgan, alle zu beruhigen. »Es sieht noch immer gut aus, das versichere ich Ihnen. Angela ist schon mehrere Male wach geworden. Sie ist auf dem Weg zurück ins Leben. Als sie heute Morgen wach geworden ist, habe ich sie gesprochen und etwas Zeit mit ihr verbracht. Und genau darüber wollte ich mit Ihnen reden.«

»Was hat sie denn gesagt?«

»Hat sie nach uns gefragt?«

»Warum war sie überhaupt da oben in den Hügeln?«

Dr. Morgan sah Hilfe suchend zu Nick.

»Könnt ihr bitte alle erst mal zuhören!«, mahnte er.

Endlich kehrte Ruhe ein.

Dr. Morgan ergriff erneut das Wort. »Aus meinem Gespräch heute Morgen schließe ich, dass Angela unter Gedächtnisverlust leidet. Unter Desorientiertheit. Ich habe ihr eine Reihe von Fragen gestellt, Standardfragen. Nach Namen, Adresse, Datum, dem aktuellen Premierminister.«

»Was hat sie gesagt?«

»Dass ihr Name Angela Richardson sei.«

»Das ist halb richtig«, sagte Nick. »Richardson ist ihr Mädchenname.«

»Sie hat auch behauptet, dass der Name ihres Mannes Will laute, sie eine Tochter namens Lexie habe und in London leben würde. Dass der Premierminister Margaret Thatcher heiße und ihre Lieblingszeitung der *Guardian* sei.«

Daraufhin brach eine Flut von Fragen und fassungslosen Kommentaren los.

»Sie glaubt, dass sie in London ist?«, sagte Genevieve über alle anderen hinweg. »Und in den Achtzigern lebt?«

»Nein, nicht durchgängig«, erwiderte Dr. Morgan. »Als ich mit ihr über Musik gesprochen habe, hat sie einen aktuellen Titel genannt. Sie ist von einem Thema zum nächsten gesprungen und war manchmal sehr verwirrt. Aber sie hat auch klare Momente.«

»Sollen wir gleich zu ihr gehen?«, fragte Victoria. »Und bei ihr bleiben? Mit ihr sprechen und ihr sagen, wer wir sind, ihr Fotos zeigen?«

»Nein, noch nicht. Ich will es Ihnen erst erklären. Wir haben ja schon im Vorfeld über Amnesie gesprochen. Sie kann in sehr verschiedenen Formen auftreten. Einige werden durch einen Schlag, welcher Art auch immer, auf den Kopf verursacht. Dadurch entsteht manchmal ein Schaden an der rechten oder linken Gehirnhälfte. Diese Form der Amnesie ist in gewisser Weise nicht ganz so kompliziert. Mit Ihrer Mutter ist etwas anderes passiert. In ihrem Fall sind durch den Sauerstoffmangel beide Gehirnhälften betroffen. Das geschieht selten, doch es geschieht. Und wenn, kommt es zu einer Art der Amnesie, bei der die betroffene Person vergisst, wer sie ist. Es entsteht eine Art Leerstelle im Gehirn. Bei dieser Form können andere Veränderungen in Gedächtnis und Verhalten auftreten. Diesen Zustand bezeichnet man als Konfabulation.«

»Und das heißt was?«, fragte Genevieve. »Dass sie uns vergessen hat?«

»Nicht direkt. Als Angela zu Bewusstsein gekommen ist, konnte ihr das Gehirn nicht wirklich sagen, wer sie ist und wo sie ist. Das Gehirn mag es nicht, wenn da oben nichts passiert. Wir alle benötigen eine Persönlichkeit, eine Erzählung über uns selbst. All das macht unsere geistige Aktivität aus, sie besteht aus Tausenden und Abertausenden von Einzelbildern, aus Erinnerungen, aus Gedanken, die uns in jeder einzelnen Sekunde eines Tages vorgeben, wer wir sind, was wir tun sollen, was wir wollen und brauchen. Bei Angela wurde dieses Wissen, die Erinnerung an ihr wahres Leben beeinträchtigt. Und darum macht sie, was man im Fachjargon Konfabulieren nennt. Ihr Gehirn hat ihr eine neue Identität erschaffen, eine neue Geschichte, aus ganz unterschiedlichen Informationen, die sie im Laufe der Jahre abgespeichert hat. Hauptsache, die Leerstelle wird gefüllt. Auf einer tiefer liegenden Ebene arbeitet das Gehirn daran, die verlorenen Erinnerungen zurückzugewinnen und das Puzzle wieder zusammenzusetzen. Wir gehen davon aus, dass sich ihr Gehirn anpassen und ihre reale Geschichte langsam, schrittweise, wieder auftauchen wird.«

»Aber können Sie ihr nicht etwas geben? Ein Medikament? Gibt es denn keine Behandlung?«, fragte Victoria.

»Und was, wenn sie sich nie mehr an uns erinnert?«, fragte Lindy.

»Wir sind ihre Kinder, und sie hat uns angeschaut, als ob sie uns noch nie gesehen hätte«, klagte Genevieve.

Dr. Morgans Pager summte. Sie schaute nach unten. »Es tut mir leid, ich muss zu einem anderen Patienten. Bitte merken Sie sich Ihre Fragen. Ich werde sie, so gut ich kann, beantworten.«

Alle warteten, bis die Ärztin den Raum verlassen hatte, dann ging der Tumult von Neuem los. Joan sorgte für Ordnung. »Ruhe, bitte, alle miteinander, Ruhe. Nicht nur meinetwegen, auch aus Rücksicht auf die Patienten.«

»Wir müssen gleich wieder mit Dr. Morgan sprechen«, sagte Genevieve. »Weil diese Konfiber…«

»Konfabulation«, half Victoria.

»Was immer es ist, diese neue Geschichte, die sie sich erschaffen hat, kommt nicht aus dem Nichts. Ihr habt doch auch gehört, was Dr. Morgan gesagt hat. Dass Mum von einem Will gesprochen hat. Einer Tochter. London.« Genevieve griff in ihre Handtasche und zog Angelas zerknitterten Brief hervor. »Hört es euch an: ›Ich hätte Will während seines Architekturstudiums unterstützt. Wir hätten ein Kind. Nur eines. Eine Tochter namens Lexie. Wir wären in London geblieben.‹« Sie schaute in die Runde. »Ich denke, Dr. Morgan sollte diesen Brief sehen.«

»Nein.« Das kam von Nick.

»Dad, das ist womöglich der Schlüssel zu dem, was in ihr vorgeht.«

»Dieser Brief hat schon genug Schaden angerichtet.«

»Ich halte es für wichtig, dass Dr. Morgan ihn sieht«, insistierte Genevieve.

Victoria sprang ihr bei. »Dad, vielleicht hilft das ja. Wenn das ein Teil dessen ist, was Mum zu sein glaubt, nützt es bestimmt bei ihrer Behandlung. Die Ärzte sollten wissen, dass Mum vor dem Unfall diese Gedanken ...«

»Fantasien«, warf Genevieve ein.

» ... Fantasien hatte. Dass das nicht aus dem Nichts kommt. Das kann wirklich wichtig sein.«

»Sie hat recht, Nick«, sagte Joan. »Es könnte sehr wichtig sein.«

»Dad, bitte.«

Nick sah Genevieve lange an. »Na schön, gib ihr den Brief.«

Genevieve verließ das Zimmer, Victoria, Lindy und Ig folgten ihr.

Auf einmal herrschte Stille. Joan setzte sich zu Nick. Er hatte die Augen geschlossen. Sie sagte nichts. Sie berührte ihn nur sanft am Arm, damit er wusste, dass sie da war.

Am nächsten Tag stand ein weiterer Termin mit Dr. Morgan an. Angela war während der Nacht abermals zu Bewusstsein gekommen. Dr. Morgan hatte am Vormittag anderthalb Stunden mit ihr zugebracht. In der Zwischenzeit hatte sie auch Angelas Weihnachtsbrief gelesen.

»Fangen wir mit den guten Nachrichten an«, sagte Dr. Morgan. »Körperlich geht es ihr gut. Ihre Reflexe sind gut, ihr Seh- und Hörvermögen ebenso. Sie hängt auch nicht mehr am Tropf und isst und trinkt selbstständig.«

Dann berichtete Dr. Morgan, wie ihre Unterhaltung verlaufen war. Wieder hatte Angela von London, England und britischen Politikern gesprochen. Ihren Mann Will erwähnt. Eine Tochter namens Lexie. Einen Urlaub auf einer Schaffarm im Outback. Sie hatte sogar ganz konkret davon gesprochen. Von Errigal.

»Also erinnert sie sich langsam wieder? Daran, wo sie lebt? Kommt die alte Angela zurück?«, fragte Genevieve.

»Nein, noch nicht, das tut mir leid. Es ist auch nicht so, dass es eine alte Angela gäbe, die von dieser neuen Angela abgelöst worden wäre. Beide sind noch da. Am besten lassen sich Amnesie und Konfabulation als eine Schutzschicht erklären, die das Gehirn um sich herum bildet. Angelas Gehirn hat einen temporären Schaden erlitten, und während es sich selbst repariert, arbeitet es auf einem anderen System. Macht das für Sie Sinn?«

Alle blickten ihr verständnislos entgegen.

Dr. Morgan versuchte sich an einem neuen Erklärungsansatz. »Ihr Gehirn ist noch immer ihr Gehirn, ihre Erinnerungen sind noch immer ihre Erinnerungen. Aber an der Oberfläche liegt nun die Geschichte, die Angela erfunden hat, oder besser gesagt, ihr Gehirn. Die Geschichte wird sich fortlaufend ändern und anpassen, damit Angela sich das, was um sie herum geschieht, erklären kann. Hierfür scheint Angela Fragmente aus einem Fantasieleben zu entnehmen, wie sie es in ihrem Brief schildert. Aus ihren Worten und dem Brief schließe ich, dass es sehr reichhaltig und detailliert ist. Ein solches Fantasieleben, ein solcher Rückzug in die eigene Vorstellungswelt, zum Trost und zur Beruhigung, ist vollkommen normal. Das macht jeder, besonders wenn die äußeren Umstände gerade schwer sind. In der Regel können wir zwischen Fakt und Fantasie trennen. Angela hat aber im Moment den faktischen Teil ihres Lebens vergessen und hält ihr Fantasieleben für ihr wahres Leben.«

»Aber können Sie nichts dagegen tun?«, fragte Victoria. »Mum hypnotisieren oder so? Ihr sagen, dass das alles nicht real ist?«

»Sollen *wir* es ihr sagen?« fragte Genevieve. »Sollen wir

ihr sagen, wer wir sind, dass wir ihre Familie sind? Schadet es ihr nicht, wenn wir bei dieser Vorstellung auch noch mitspielen?«

»An dem Punkt brauchen Sie Geduld. Im Moment würde Angela gar nicht auf Sie hören. In dieser Verfassung lehnt der Patient alles ab, was nicht zu seiner Vorstellung passt. Es wird einfach ignoriert. Das Gleiche würde geschehen, wenn Sie Angela auf Unstimmigkeiten innerhalb ihrer Geschichte hinweisen würden – es wäre wie bei einem Kind, das nicht hören will, dass sein Teddy nicht lebendig ist. Es würde den Anschein erwecken, als ob sie Ihnen zuhört, aber Sie würden nicht zu ihr durchdringen. Es deckt sich nicht mit ihrem Erleben oder Wissen, und darum wird es auch nicht hängen bleiben.«

»Und für wen hält sie uns?«, fragte Genevieve. »Wie passen wir in dieses neue Leben?«

»Im Unterbewusstsein erkennt sie Sie«, erwiderte Dr. Morgan. »Sie alle sind ihr irgendwie vertraut. Ich bin mir sicher, dass sie einen Weg finden wird, Sie alle in ihre Konfabulation einzubauen. Vielleicht hält sie Sie für alte Freunde und spricht mit Ihnen, als ob sie Sie kennt. Womöglich bittet sie Sie auch, dass Sie ihr von sich erzählen. Das wird sich vermutlich von Tag zu Tag ändern.«

»Ich versteh das einfach nicht«, sagte Lindy. »Können wir ihr nicht einfach sagen, wer wir sind?«

Dr. Morgan schüttelte den Kopf. »Im Moment glaubt sie an ihr Fantasieleben. Es kann durchaus sein, dass sie sich selbst auf Fotos nicht erkennen würde.«

»Und wie geht es weiter?«, fragte Genevieve. »Bleibt sie im Krankenhaus, bis sie sich wieder ganz an uns erinnert und nach Hause kommen kann? Bis ihr aufgeht, dass es keinen Will und keine Lexie gibt?«

»Sie muss nicht bleiben, bis ihr Gedächtnis wiederkehrt. Wie gesagt, ihre Lebenszeichen sind gut. Die Milzoperation hat sie sehr gut überstanden. Wir haben ihr davon berichtet, und das hat sie ohne Weiteres hingenommen.«

»Hat sie gesagt, warum sie in den Adelaide Hills war?«, fragte Joan.

»Angeblich hat sie sich auf dem Weg vom Flughafen verfahren.«

»Sie erinnert sich nicht, dass sie ein paar Nächte im Hotel war?«

»Sie hat mir einige Details genannt, aber die bringt sie mit einem Flughafenhotel in Hongkong in Verbindung. Ich weiß, dass Sie es nicht mehr hören können, doch es ist eine Frage der Geduld. Im Hinblick auf die Operation geht es ihr wirklich gut. Aber mindestens eine Woche Krankenhaus ist noch erforderlich. Noch ist sie zu desorientiert. Erst müssen sich ihre Aufmerksamkeit und Konzentration bessern. Und wir müssen testen, wie sie mit den Aufgaben des täglichen Lebens zurechtkommt, aber das kann in einem Krankenhaus in Ihrer Nähe geschehen. Wir bereiten gerade die Überweisung in das Krankenhaus in Port Augusta vor. Erst einmal für eine Woche. Alles Weitere hängt von ihrem körperlichen Zustand ab, von der Meinung des Arztes und des Ergotherapeuten, aber danach könnte sie eigentlich nach Hause.«

»Nach *Hause*?«, fragte Genevieve.

»Sie *dürfen* sie nicht entlassen«, sagte Lindy. »Sie ist doch nicht sie selbst.«

»Ich will, dass sie nach Hause kommt«, sagte Ig.

Während des Gesprächs wurde immer deutlicher, dass Dr. Morgan ein persönliches Interesse an dem Fall hatte. Patienten mit Konfabulation seien selten, meinte sie. Mit Einverständnis der Familie wollte sie auch nach Angelas

Entlassung aus dem Krankenhaus involviert bleiben. Für diese Zeit würde ein Therapieplan entwickelt, von einem Team aus Ärzten, Pflegern, Psychologen und Ergotherapeuten. Die Familie würde auf jede erdenkliche Weise unterstützt, ein Arzt sei immer telefonisch zu erreichen. Der beste Ort für Angela aber sei ihr Zuhause, der Kreis ihrer Familie, versicherte ihnen Dr. Morgan. Die Aussicht auf eine rasche und vollständige Genesung sei, anders als im Krankenhaus in Adelaide oder Port Augusta, in einer vertrauten Umgebung noch am größten.

Was nicht gesagt wurde, war, dass Angelas Bett für andere Patienten benötigt wurde.

»Und Sie sind sicher, dass sich ihr Zustand bessern wird?«, fragte Genevieve.

»Ich kann Ihnen nicht sagen, wann das sein wird, aber dass es passieren wird, davon gehe ich aus. Ob sie wieder ganz zu ihrem alten Selbst zurückkehren wird, ist schwer zu sagen, aber ich bin optimistisch. Ich kann Ihnen auch versichern, dass sie psychisch in guter Verfassung ist. Sie ist geradezu glücklich. Das ist bei Konfabulation häufig der Fall. Man hat es mit vergnügten Patienten zu tun. Das ist kein leidensvoller Zustand.«

Ig hob die Hand. »Kann ich bitte zu ihr und mit ihr reden?«

»Ig, es kann gut sein, dass sie dich nicht erkennt«, sagte Dr. Morgan sanft. »Das wird sie eines Tages, aber im Moment …«

»Das ist mir egal. Ich will jetzt mit ihr reden.«

»Darf ich ihn kurz zu ihr bringen?«, fragte Genevieve ihren Vater und Dr. Morgan. »Nur um kurz Hallo zu sagen?«

Dr. Morgan nickte. Nach einer Weile auch Nick.

»Wie sollen wir sie ansprechen?«, fragte Genevieve.

»Wir können sie schlecht Mum nennen, oder? Das käme ihr bestimmt sehr seltsam vor. Und siezen müssen wir sie dann wohl auch?«

»Halten Sie das, wie Sie wollen. Aber am einfachsten wäre es, Sie reden sie mit ihrem Namen an«, sagte Dr. Morgan. »Sie alle. Sagen Sie einfach Angela zu ihr.«

Kapitel 37

Auf dem Weg zu Angelas Zimmer drückte Genevieve Igs Hand so fest, dass er leise aufschrie.

»Tut mir leid«, flüsterte sie und lockerte den Griff.

Ihre Mutter saß aufrecht im Bett und trank Tee. Eine Tageszeitung lag neben ihr.

Genevieve und Ig blieben am Bettende stehen. Nichts wies darauf hin, dass Angela sie erkannte.

»Hallo«, sagte Genevieve.

»Hallo«, echote Ig.

Eine Weile sahen sie einander nur an.

»Hallo«, sagte Angela schließlich mit einem Lächeln.

»Ich bin Genevieve. Das ist Ig.«

»Hallo, Genevieve. Hallo, Ig.«

»Sie klingt so anders«, flüsterte Ig.

Das war auch Genevieve aufgefallen. Ihre Mutter hatte den australischen Einschlag abgelegt. Und sie schien darauf zu warten, dass die beiden etwas sagten.

»Wir kommen von Errigal, der Schaffarm im Outback«, sagte Genevieve. Sie grübelte, was sie ihre Mutter fragen könnte. »Sind Sie schon lange in Australien?«

»Erst ein paar Tage. Ich hatte einen Unfall.«

Auf Genevieve wirkte ihre Mutter recht vergnügt. »Und Sie sind auf Urlaub hier?«

Wieder ein breites Lächeln. »Für sechs Wochen. Mein Mann und meine Tochter kommen bald nach.«

Da meldete sich Ig zu Wort. »Wie heißt sie denn?«

»Verzeihung?«

»Wie heißt deine Tochter?«

»Ihr eigentlicher Name ist Alexandra, aber bei uns heißt sie bloß Lexie.«

»Und wie alt sie?«

»Neunundzwanzig. Sie lebt in Bristol.«

Genevieve fiel keine Erwiderung ein, aber Ig reagierte vollkommen unbekümmert. Er lehnte sich an das Fußende. »Ich hab einen Fantasiefreund.«

»Wirklich? Wie heißt denn dein Freund?«

»Robbie.«

»Und wie lange hast du den schon?«

»Ewig.«

»Wie schön. Nun, es war sehr nett, Sie kennenzulernen.« Angela stellte ihre Tasse auf das Nachttischchen. »Nun müssen Sie mich entschuldigen.«

Und damit schloss sie die Augen. Genevieve und Ig warteten noch eine Weile, doch Angela war eingeschlafen.

Als sie ins Wartezimmer zurückkehrten, drängten alle auf einen Bericht.

»Ich kann es nicht beschreiben«, sagte Genevieve. »Sie ist es, und sie ist es nicht.«

»Sie ist es«, sagte Ig entschieden.

»Ist sie nicht. Sie weiß nicht mal, wer wir sind.«

»Sie war aber sehr nett.«

Genevieve musste lachen. »Sie *war* sehr nett. Sehr britisch. Sehr höflich. Mir ist sie recht. Nehmen wir doch sie als unsere Mutter.«

»Geht das?«, fragte Ig. »Kommt sie jetzt nach Hause, wo sie wach ist?«

»Noch nicht gleich«, sagte Genevieve. »Dad, willst du als Nächster zu ihr? Wenn sie wieder wach wird?«

Er nickte.

»Mit mir?«, fragte Lindy.

»Nein, Lindy«, sagte Nick. »Tut mir leid. Ich muss allein zu ihr.«

Erst eine Stunde später kam eine Krankenschwester und verkündete, dass Angela wieder wach sei. Nun ging Nick zu ihr. Sein erster Gedanke war, dass Ig und Genevieve mit ihrer Beschreibung recht hatten. Angela sah wie sie selbst aus. Sie saß genauso aufrecht im Bett, mit zwei Kissen im Rücken, eines waagerecht, eines senkrecht. Während er zögernd im Türrahmen stand, warf sie zwei Stück Zucker in den Tee. Angela nahm niemals Zucker.

Er trat ins Zimmer, blieb vor dem Bett stehen und rang sich ein Lächeln ab. Angela schaute zu ihm auf und lächelte ebenfalls.

»Hallo«, sagte er. »Ich bin Nick.«

»Hallo, Nick.«

Am liebsten hätte er gesagt, ich bin dein Ehemann, aber davon hatte Dr. Morgan ihm abgeraten. Keine Fakten. Noch nicht. Das sei noch zu verwirrend.

»Ich komme von Errigal. Der Schaffarm bei den Flinders Ranges. Wo Sie wohnen werden.«

»Ich kann es kaum erwarten. Ihre Tochter und Ihren Sohn habe ich bereits kennengelernt. Sie sind ganz reizend.«

»Danke«, sagte er und kämpfte gegen den Drang, aus dem Zimmer zu fliehen, Angela zu bitten, dieses fremde Verhalten abzulegen. Sie war es, und sie war es nicht. Es war Angela in einem anderen Gewand. Eine angeschlagene, verwirrte Angela, in den Worten der Neurologin. Doch ihre Augen strahlten, ihr Lächeln war breit. Nick hatte eine zerstreute, desorientierte Angela erwartet.

Doch auf ihn machte sie einen glücklichen Eindruck. Sie war auch sehr gesprächig.

»Wir haben uns zahlreiche Unterkünfte angesehen. Ich kann es kaum erwarten, bis wir endlich campen gehen. Mein Ehemann ist Architekt. Für ihn ist das eine Recherchereise. Er wird nämlich ein Resort in Portugal entwerfen.« Sie runzelte die Stirn. »Zumindest glaube ich, dass es Portugal ist. Aber vielleicht ist es auch Spanien.«

Sie wartete auf eine Reaktion von Nick. »Das klingt großartig«, erwiderte er.

»Und Sie leben wirklich im Outback? Lexie will nämlich unbedingt Kängurus sehen. Es tut mir sehr leid, dass ich Ihnen solche Umstände mache, mit meinem Aufenthalt hier im Krankenhaus. Mir sollte es aber bald besser gehen.«

Nick hatte das Gefühl, dass ihm nichts anderes übrig blieb, als auf Angelas Vorgaben zu antworten. »Ja, die Ärzte sind mit Ihren Fortschritten offenbar sehr zufrieden. Wie fühlen Sie sich denn? Jetzt, nach dem Unfall.«

»Ich kann mich an nichts erinnern.« Sie lachte.

Es traf ihn wie ein Schlag. Er liebte ihr Lachen. Ihm kam es vor, als hätte er dieses Lachen – ihr richtiges Lachen – seit Monaten nicht gehört.

Angela war in Plauderstimmung. »Sagen Sie, liegt Ihre Farm weit entfernt? Dort ist es bestimmt sehr heiß. Will kommt ja bald. Lexie folgt ihm etwas später nach. Will ist Architekt. Wir leben in London, aber wir sind immer gern gereist. Lexie wird bald nachkommen. Das ist unsere Tochter. Sie ist neunundzwanzig.« Angela lächelte und schaute Will erwartungsvoll an.

Nick wusste nicht, was er erwidern sollte. Er war vollkommen schockiert. Mehr noch. Er war verängstigt, verstört. Das war nicht seine Angela. Diese Frau war eine Fremde.

In dem Moment spürte er, dass weitere Personen ins Zimmer traten. Es war Dr. Morgan mit einem Kollegen. »Tut mir leid, dass wir stören. Nick, würden Sie uns bitte entschuldigen?«

Nick war froh, dass er gehen konnte. Er ergriff regelrecht die Flucht.

Kapitel 38

In den folgenden beiden Tagen wechselten sich alle mit kurzen Besuchen an Angelas Krankenbett ab. Sie zeigte sich vergnügt, glücklich und gesprächig. Sie redete mit allen, als wären es ihre Gastgeber von der Schaffarm im Outback. Sie sah nach wie vor wie ihre Ehefrau und Mutter aus. Sie klang auch so, nur mit stark britischem Akzent. Das also war die neue Angela.

Abends saß die Familie Stunden vor Celias Computer und las sich jeden Fall von Konfabulation durch, der sich im Netz fand. Sie stießen auf Geschichten von Patienten, bei denen das Gedächtnis über Monate hinweg gelitten hatte. Bei anderen nur Tage oder Wochen. In einem Fall sogar über Jahre. Bei einigen Kranken waren die Erinnerungen nach und nach zurückgekommen, bei anderen auf einen Schlag. Am Ende einer jeden Suche waren alle nicht weniger verwirrt als zu Beginn.

Dr. Morgan riet ihnen, das Gespräch mit Angela nicht zu forcieren. »Reden Sie mit ihr, wenn sie mit Ihnen spricht. Richten Sie sich ganz nach ihr.«

Ihr Hauptinteresse aber galt dem Lesen, Kreuzworträtseln und dem Schlafen. Sie ruhte sehr viel.

»Das ist kein schlechtes Zeichen«, sagte Dr. Morgan. »Das Gehirn braucht ebenso viel Erholung wie der übrige Körper. Und die ersten Tage in Port Augusta werden Angela sicher aufwühlen. Es ist gut, wenn sie jetzt Ruhe findet.«

Genevieve war noch immer das Sprachrohr der Familie. »Sie ist so zugänglich. Und sie nimmt alles hin. Wir sind für sie doch Fremde, und trotzdem will sie bereitwillig mit uns für sechs Wochen oder noch länger auf die Farm kommen. Ist das ein gutes oder schlechtes Zeichen?«

»Das gehört zu ihrem Krankheitsbild. Auf irgendeiner Ebene in ihrem Gehirn erkennt sie Sie. Deshalb ist es auch gut, dass sie so bald wie möglich nach Hause kommt. Damit irgendetwas dort ihr Erinnerungsvermögen anstößt. Das kann ein vertrauter Gegenstand sein, ein Geruch, Musik, sogar ein Geschmack. Was gerade geschieht, kommt ihrem Fantasieleben ziemlich nahe, daher erscheint ihr das plausibel. Sie weiß, dass sie einen Unfall hatte, auch wenn sie sich nicht daran erinnern kann. Aber sie hat die Verbände gesehen, weiß von der Operation, nimmt ihre Medikamente. Das alles ergibt für sie einen Sinn. Sie versteht auch, dass sie noch eine Weile im Krankenhaus bleiben muss. Und sie glaubt, dass sie wegen ihres Urlaubs in Australien ist, auf eine Farm im Outback wollte. Und dahin bringen Sie sie ja. Es passiert also alles so, wie sie es erwartet.«

Angelas Verlegung nach Port Augusta verlief problemlos. Der Krankenwagen fuhr voran, die Gillespies folgten in zwei Autos, in Nicks und Joans. Zuvor hatten sich alle von Celia verabschiedet. Die Formalitäten im Krankenhaus waren rasch erledigt, das Personal war ausgesprochen freundlich. Die Gillespies waren überrascht, wie entspannt dort alle mit Angelas Gedächtnisverlust umgingen.

»Das tritt viel häufiger auf, als Sie denken«, sagte eine Krankenschwester. »Bei Alzheimerpatienten und Demenzkranken ist das Alltag. Wir hatten hier zwei Monate lang eine reizende alte Dame, die sich für eine Kammerzofe der Queen gehalten hat. Sie war geradezu grotesk vornehm.« Der letzte Satz kam in einem übersteigerten britischen Akzent.

Ein Motel in der Nähe des Krankenhauses wurde das neue Domizil der Gillespies. Nun waren sie keine zwei Stunden von Errigal entfernt, doch niemand wollte nach Hause. Nicht ohne Angela. Nach dem Abendessen schrieb Genevieve am Computer des Motels eine weitere E-Mail. Diesmal dauerte es lange, bis sie die richtigen Worte fand.

> Grüße von den Gillespies
> Mum ist mittlerweile ins Krankenhaus von Port Augusta verlegt worden. Körperlich geht es ihr gut, aber sie hat infolge des Unfalls immer noch Gedächtnisprobleme. Erfreulich ist, dass sie nach Meinung der Ärzte bald entlassen werden kann. Ihre vollständige Genesung aber kann sich noch Wochen hinziehen, und sie wird dafür sehr viel Ruhe benötigen. Wir hoffen daher auf Ihr und Euer Verständnis, dass Anrufe oder Besuche im Moment nicht möglich sind.

Genevieve setzte alle Namen darunter und klickte auf »Senden«.

Im Laufe der Woche fanden alle in einen neuen Alltag hinein. Tagsüber wechselten sie sich mit Besuchen im Krankenhaus ab. Beim Abendessen tauschten sie sich über ihre Erfahrungen aus. Allmählich zeichnete sich ein Muster ab. Angela war freundlich, aber reserviert. Eine Weile unterhielt sie sich auch gern, aber offenbar war sie lieber allein und las. Sie schlief viel. Sie unternahm erste kleinere Spaziergänge auf dem Gelände des Krankenhauses. Alle hatten ihr angeboten, sie dabei zu begleiten, das aber hatte Angela stets abgelehnt. Sie sprach von Will und Lexie, als ob sie mit beiden in regem Austausch stünde, hatte aber bislang weder nach einem Telefon noch einem Computer verlangt. Körperlich sei sie in guter postoperativer Verfassung, so die Krankenschwestern. Ihr Appetit sei ebenfalls gut. Angela wisse die Verköstigung sehr zu schätzen: »Hauptsache, ich muss nicht selbst kochen«, so ihr Standardsatz. Eine der pflegeleichtesten Patientinnen überhaupt, hieß es. So freundlich. Dankbar. Friedlich.

Genevieve fragte wegen der Kopfschmerzen nach. Es war ihr am vierten Tag in Port Augusta aufgefallen. Ihre Mutter wirkte nicht nur glücklich und zufrieden, sie sah auch wirklich gut aus. Jünger. Irgendetwas hatte sich verändert. Nach einigem Nachdenken war es Genevieve aufgegangen: Ihr Gesicht wirkte weniger angespannt. Das Stirnrunzeln war verschwunden. Hatten sich mit ihren Erinnerungen auch die Kopfschmerzen verflüchtigt?

Genevieve fragte das Pflegepersonal, ob Angela nach Schmerztabletten verlangt habe. Nicht gegen Kopfschmerzen, sagten alle. War das möglich? Genevieve sprach Dr. Morgan bei ihrem nächsten Telefonat darauf an. Konnte es sein, dass der Unfall auch Beschwerden wie Angelas ständige Kopfschmerzen ausgelöscht hatte?

Das sei absolut möglich, so die Antwort. Vor allem da alle vorherigen Untersuchungen ohne Befund geblieben waren, es keinerlei Anzeichen für einen Tumor oder irgendeine andere körperliche Ursache für die Beschwerden gab. Sehr wahrscheinlich waren die Kopfschmerzen stressbedingt. Nun, da sich Angela um nichts kümmern musste und zufrieden in ihrer Welt der Konfabulation lebte, waren auch die Kopfschmerzen verschwunden.

Victoria war zu einem Spaziergang aufgebrochen. Sie brauchte frische Luft. Zeit zum Nachdenken. Insgeheim trieb sie auch die leise Hoffnung, dass die körperliche Bewegung ihre Periode auslösen würde. Auf die noch immer nichts hindeutete. Auch bei Genevieve nicht. Doch da ihre Essens- und Schlafzeiten derart aus dem gewohnten Rhythmus geraten waren, konnten sie nicht sagen, ob sich bei ihnen noch andere Anzeichen für eine Schwangerschaft zeigten. Es musste am Stress liegen, hatten sie beschlossen. An Stress plus Stress, gekrönt vom Unfall ihrer Mutter. Sie konnten unmöglich beide schwanger sein. Das war völlig ausgeschlossen.

Als Victoria ins Foyer des Krankenhauses kam, stand eine vertraute Gestalt am Empfang. Sprach eine vertraute Stimme.

»Ich würde gerne etwas für die Familie Gillespie deponieren, wenn das …«

»Fred?«

Er fuhr herum und lief rot an. »Victoria?«

Sie spürte, wie ihr ebenfalls die Röte in die Wangen stieg. »Was machst du denn hier?«

»Ich wollte etwas für euch dalassen. Es ist aber nicht nur von mir, sondern auch von Mum.« Auf dem Empfangstresen hinter ihm stand ein Korb – mit Kuchen, Büchern, sogar, wie es aussah, einem iPad.

Fred folgte Victorias Blick. »Das ist mein altes. Ich dachte, vielleicht hat Ig ja Spaß daran. Jedenfalls sind genügend Spiele drauf.«

»Fred, es tut mir leid. Dein Brief, ich hab noch nicht …«

»Ich weiß, Victoria. Ich hatte auch gar nicht vor, dir über den Weg zu laufen. Ich wollte das nur eben abgeben. Kein Druck. Keine Eile. Lass dir so viel Zeit, wie du brauchst.« Er lächelte verlegen.

»Es tut mir leid, Fred. Ich habe noch nicht mal Zeit gehabt, darüber nachzudenken. Mit Mum, mit …«

»Natürlich. Das ist mir ernst, Victoria. Es gibt keinen Zeitdruck. Wie geht es deiner Mum aktuell? Danke übrigens für eure E-Mails, aber wenn wir irgendetwas tun können …«

Victoria brachte Fred kurz auf den neuesten Stand, äußerte sich aber ebenso vage wie Genevieve in ihrer E-Mail und sprach ebenfalls nur von »Gedächtnisproblemen«, der Formulierung, auf die sie sich geeinigt hatten.

»Und wie geht es dir?«, fragte Fred. »Das muss doch für dich eine Zeit voller Sorge und Unruhe sein.«

Bei Freds vertrautem Anblick, wie er so verlässlich vor ihr stand, sie so bekümmert ansah … In dem Moment brach die Anspannung der letzten Tage, Wochen, Monate mit einem Mal aus ihr heraus. Als die Tränen flossen, breitete Fred die Arme aus. Victoria sank hinein. Es war das Selbstverständlichste auf der Welt.

Erst abends, im Motel, kam Victoria dazu, Genevieve ausführlicher von ihrer Begegnung mit Fred zu erzählen. Den Korb hatten alle schon gesehen. Die Lawsons hatten sich großzügig und teilnahmsvoll gezeigt: Für jeden hatte sich etwas zu essen, zu lesen oder zur Unterhaltung darin befunden.

Nun aber berichtete Victoria von ihren Tränen. Der Umarmung. Wie gut sich das angefühlt hatte. Wie mitfühlend Fred gewesen war. Worüber sie sich im Anschluss unterhalten hatten. Victoria hatte es schließlich ausgesprochen. Ja, sie würde gern einen neuen Versuch wagen.

Nun aber bereute sie ihre Worte. »Ich glaub, das war ein Fehler. Ich hätte sagen sollen, dass ich Zeit brauche. Denn ich brauche Zeit.«

»Wirklich? Brauchst du wirklich Zeit? Für mich klingt das, als hättest du gleich Ja sagen sollen.«

Victoria senkte die Stimme. »Genevieve, was, wenn ich schwanger bin? Oder du?«

»Sind wir nicht. Auf keinen Fall. Weißt du was? Machen wir den Test. Hier und jetzt.«

Victoria schüttelte den Kopf. »Ich kann nicht. Nicht hier, in einem Motelzimmer, während Mum im Krankenhaus liegt.«

Das konnte Genevieve nachvollziehen. Also einigten sie sich darauf, den Test zu machen, sobald sie wieder zu Hause waren.

Nach sechs Tagen im Krankenhaus von Port Augusta wurde Angelas Entlassung offiziell. Sie war für den nächsten Tag geplant. Der Unfall lag nun beinahe drei Wochen zurück.

Die Gillespies hatten sich schon mehrfach mit Angelas Ergotherapeutin getroffen, die Angela gründlich untersucht hatte und bekräftigte, dass Angela als »sichere« Patientin galt. In ihrem Fall bestünde kein Risiko, dass sie sich oder andere verletzte. Außerdem sei Angela in der Lage, sich eigenständig zu waschen, zu ernähren und anzuziehen. Sie sei zur Heimkehr bereit. Ihr Therapieplan wurde besprochen. Den Gillespies stand jederzeit jegliche Unterstützung zur Verfügung, notfalls auch in Errigal, doch im Moment brauchte Angela vor allem Zeit.

Am Abend konferierte die Familie über Skype mit Dr. Morgan.

»Darf ich gestehen, dass ich Angst habe?«, fragte Lindy.

»Natürlich dürfen Sie das, doch dazu besteht kein Grund«, erwiderte Dr. Morgan.

»Aber es ist doch etwas anderes, ob wir sie täglich eine

Stunde lang im Krankenhaus besuchen oder sie bei uns zu Hause ist. Jeden Tag. Wie sollen wir uns verhalten?«, wollte Genevieve wissen.

»Seien Sie einfach Sie selbst. Tun Sie, was Sie sonst tun würden, wenn Sie alle zu Hause wären. Leben Sie Ihr ganz normales Leben«, riet Dr. Morgan.

»Ich muss meine Pläne ändern«, sagte Nick. »Ich wollte Ende Februar nach Irland reisen. Für zehn Tage auf Erkundungstour, wegen eines Familientreffens. Das sage ich ab.«

»Wieso? Wenn Sie, wie Sie sagen, nur zehn Tage fort sind? Sie können durchaus fahren.«

»Ich lasse doch nicht meine kranke Ehefrau und ...«

»Mr Gillespie, sie ist nicht krank. Es ist sehr wichtig, dass Sie sich das bewusst machen. Ihr mentaler Zustand ist ein anderer, das ja, aber körperlich gesehen ist sie gesund. Wusste Ihre Frau vor dem Unfall, dass Sie eine Reise nach Irland planen?«

Nick bejahte.

»Dann rate ich Ihnen, diese Reise anzutreten. Es sind nur zehn Tage. Angela hat bei Ihnen zu Hause doch trotzdem jegliche Unterstützung. Ist sie daran gewöhnt, dass Sie unterwegs sind? Kennt sie das von früher?«

Auch das bejahte Nick. Er sei früher häufig für eine Nacht oder gleich mehrere Nächte weggeblieben, wenn es Arbeit auf den abgelegenen Gebieten der Farm oder bei den Nachbarn gab.

»Dann sehe ich in Ihrer Reise kein Problem. Je mehr Sie alle sich an Ihre normalen Pläne und Tagesabläufe halten, umso besser für Angela. Es ist gut, dass alle drei Töchter zu Hause sind und helfen können. Angelas geistiger Zustand bedeutet keinerlei Gefahr, und momentan ist sie im Kreis ihrer engsten Familie am besten aufgehoben. Ich würde Ihnen auch raten, dass Sie Angela Zeit geben, sich erst einmal wieder einzuleben, bevor Sie ihr neue Menschen vorstellen, mit Ausnahme von Joan. Es kann gut sein, dass sich ihr Verhalten zu Hause wieder ändert, und in dem Fall ist es besser, wenn ihr Umfeld anfangs möglichst klein bleibt. Ich möchte Sie auch bitten, alles aufzuschreiben, was Ihnen an Angelas Verhalten ungewöhnlich oder irgendwie bemerkenswert erscheint.«

»Neuerdings süßt sie ihren Tee«, sagte Lindy.

»Das ist ein gutes Beispiel. Ein junger Patient, mit dem ich gearbeitet habe, war vor seinem Unfall starker Raucher. Als er ›wach‹ geworden ist, hatte er das vergessen. Er hat nie wieder geraucht.«

»Aber wird sie sich nicht fragen, wo ihr Mann und ihre Tochter bleiben?«, erkundigte sich Victoria.

»Gut möglich. Aber Patienten mit Konfabulation finden meist Begründungen für die Unstimmigkeiten in ihren Geschichten. Wenn Angela das erwähnt, beruhigen Sie sie. Sagen Sie ihr, ihr Mann und ihre Tochter würden aufgehalten, kämen aber bald.«

»Aber was ist mit Bildern?«, warf Genevieve ein. »Das ganze Haus ist voller Fotos, von ihr. Wird sie das nicht seltsam finden?«

»Ich würde Ihnen raten, die Fotos vorher wegzustellen. Allerdings kommt es auch vor, dass sich Patienten nicht erkennen oder einfach nur äußern, wie ähnlich sie der Person auf den Bildern sehen. Aber da Sie Zeit haben, Angelas Rückkehr vorzubereiten, würde ich Ihnen raten, die sichtbaren Erinnerungsstücke so weit wie möglich zu reduzieren. Unserer Erfahrung nach sind andere Stimuli weit besser geeignet, die Erinnerung anzustoßen. Gerüche. Musik. Und bitte bleiben Sie optimistisch. Sie alle. Gehen Sie es Tag für Tag an. Ich glaube nach wie vor, dass sich Angelas momentaner Zustand legen wird. Und ich bin mir sicher, dass Sie bis dahin bestens mit ihr zurechtkommen werden.«

Danach gab es keine Fragen mehr.

Kapitel 39

Genevieve und Victoria fuhren gemeinsam nach Errigal, im reparierten Geländewagen der Farm. Joans Mann hatte dafür gesorgt, dass zwei seiner Viehhüter ihn nach Port Augusta brachten.

Die Zwillinge wollten rasch ein wenig putzen und, weit wichtiger noch, das Zimmer für ihre Mutter vorbereiten. Sie sollte im alten Bedienstetenquartier wohnen, dem Domizil ihrer Pensionsgäste. Vom Zimmer aus hatte man einen schönen Blick auf die Berge, eine Flügeltür öffnete sich zur Veranda hin. Die Ausstattung des Zimmers war dezent. Es war cremefarben gestrichen, nur eine Wand war mit einem zarten Blumenmuster tapeziert – das Angela ausgewählt hatte. Das Doppelbett war mit schneeweißen Laken und einem Blumenquilt bezogen – auch das alles hatte Angela gekauft. Die Zwillinge stellten eine kleine Vase mit zwei roten Rosen, von dem Strauch neben ihrem Töpferatelier, auf das Nachttischchen.

Im Anschluss eilten sie durch das Haus und nahmen sämtliche Fotos ab, auf denen Angela zu sehen war. Dann saugten sie und wischten hastig Staub.

Als sie ihrem Vater per Funk mitteilten, dass alles bereit sei, war er nur noch eine halbe Stunde weit entfernt. Es war vermutlich das letzte Mal für lange Zeit, dass die Zwillinge allein waren. Das war die Gelegenheit.

Sie gingen ins Badezimmer. Sie machten die Tests. Legten sie beiseite und warteten die vorgeschriebene Zeit ab. Bei drei drehten sie die Stäbe um.

Der eine Test war positiv. Der andere nicht.

Als die restliche Familie eintraf, saßen die Zwillinge mit einem Tee in der Küche. Ig hatte sich schon angeboten, Angela das Wohnhaus und die umliegenden Gebäude zu zeigen. Lindy wollte unbedingt dabei sein. Ig beharrte darauf, dass das seine Aufgabe sei.

Nick stellte Angelas Tasche ab. »Lass Ig das machen, Lindy. Er hat zuerst gefragt.«

»Wie nett, dass ich so umkämpft bin«, sagte Angela lächelnd. »Es wäre schön, wenn Ig mich heute herumführen würde. Und Sie mich morgen, Lindy.«

Ig wirkte sehr zufrieden. Lindy beruhigte sich. Genevieve schaltete sich ein. »Das ist eine gute Idee, Angela, danke. Victoria und ich zeigen Ihnen kurz Ihr Zimmer.«

Alle folgten den Zwillingen. Angela sah sich begeistert um. Es sei wunderschön, sagte sie. So elegant. Was für eine großartige Aussicht. Was für ein gemütliches Bett. »Und sehen Sie nur, Rosen. Wie aufmerksam.« Sie bückte sich und schnupperte.

Alle hielten den Atem an. Es waren ihre Rosen. Von Nicks Rosenstrauch. Dem Strauch, den sie all die Jahre so liebevoll umsorgt hatte, selbst wenn Wasser rar und kostbar war.

Angela richtete sich auf und lächelte. »Ich liebe Rosen. Blumen haben es hier bestimmt schwer, oder?«

Genevieve war am schnellsten. »O ja, allerdings. Aber Gras noch mehr, wie Sie sehen werden. Oder auch nicht.«

Nun übernahm Victoria. »Hier ist Ihr Badezimmer. Der Schrank. Wenn Sie noch mehr Bügel brauchen, sagen Sie es uns.«

Die Zwillinge hatten Angelas Kleider in den Schrank gehängt. Auf Anregung von Dr. Morgan. »Machen Sie kein großes Aufhebens darum«, hatte sie geraten. »Hängen Sie sie einfach hin.«

Angela sah sich erneut um. »Es ist ein sehr schönes Zimmer, danke. Perfekt. Aber wo wird Lexie schlafen, wenn sie kommt?«

Daran hatte niemand gedacht. Victoria rettete die Situation. »Lexie kann dann hier schlafen, und Sie und Will ziehen in das große Zimmer.« Sie hätte beinahe »euer Schlafzimmer« gesagt, »zu dir und Dad«.

»Und wo ist Ihre Mutter?«

Auf diese Frage waren sie dank Dr. Morgan vorbereitet.

»Sie ist verreist«, sagte Victoria.

»In Urlaub?«, fragte Angela.

»Nein. Eher auf einer Art Studienreise.«

Damit hatte sich Angelas Interesse an dem Thema erschöpft. Sie stellte sich ans Fenster und bestaunte die Aussicht. Die Aussicht, die sie in den vergangenen dreiunddreißig Jahren jeden Tag gesehen hatte. »Kann man sich daran jemals sattsehen?«, fragte Angela und drehte sich mit großen Augen um. »Diese Farben! Darf ich nach draußen gehen?«

Angela zog am rechten Türflügel. Es war ein Trick, nur so ging die Tür auf. Sie hatte sich daran erinnert.

Genevieve und Victoria hatten einen kleinen Tisch und einen Korbstuhl auf die Veranda gestellt.

»Sie können hier morgens frühstücken, wenn Sie möchten«, sagte Victoria. »Das machen unsere Gäste häufig.«

»Ich könnte den ganzen Tag hier verbringen.«

Ig folgte ihr. »Kann ich jetzt die richtige Führung machen? Das war ja nur das Haus. Das Beste ist draußen.«

»Das wäre reizend, danke«, sagte Angela. »Sag mir doch noch einmal, Ig, wie alt bist du?«

»Zehn.«

»Ein tolles Alter. Kannst du denn schon Fahrradfahren?«

»Ich kann Autofahren.«

»Wirklich? Mit zehn? Hier fängt man aber früh an.«

Er nickte. Das Fahren hatte er von Angela gelernt.

»Wir können später eine kleine Spritztour machen, wenn du willst«, sagte Ig.

»Ich glaube, das lassen wir lieber«, sagte Nick.

»Fertig, Angela?«, fragte Ig.

»Jederzeit.«

Nick und die Mädchen beobachteten, wie Ig Angela durch den Garten führte und das Tor öffnete. Sie konnten nicht verstehen, was er sagte, aber er wies auf die verschiedenen Gebäude und die Berge in der Ferne. Angela nickte und hörte aufmerksam zu.

»Bin ich das, oder ist das heute der seltsamste Tag in unserem Leben?«, fragte Genevieve.

»Ich fürchte, das ist erst der Anfang«, erwiderte Victoria.

Bald darauf ging Nick ins Büro. Angeblich wollte er seine E-Mails lesen. Victoria, Genevieve und Lindy verfolgten weiterhin, was Angela und Ig taten.

»Worüber reden die beiden da bloß?«, fragte Genevieve. »Sie stehen da schon seit einer Ewigkeit und quatschen.«

»Vermutlich über Robbie«, sagte Victoria.

»Oder mit Robbie«, sagte Genevieve.

Nick kam kurz zurück. »Alles okay?«

»Bestens«, sagte Genevieve. »Total schräg, aber bestens. Bei dir auch?«

Er nickte.

»Dad, du musst schon ein bisschen mehr sagen«, drängte Genevieve. »Das wird am Anfang seltsam, das hat Dr. Morgan gesagt. Aber sie hat auch gesagt, dass wir miteinander reden sollen, uns sagen sollen, wie es uns damit geht.«

»Mir geht es gut, Genevieve. Genau das heißt ein Nicken.«

Damit verschwand er erneut.

»Ihm geht es eindeutig nicht gut«, urteilte Lindy.

Nick schloss die Bürotür hinter sich.

Er hatte sich so um Fassung bemüht, in Adelaide und auch in Port Augusta. Ig zuliebe. Den Mädchen zuliebe. Sie hatten ihn sehr genau beobachtet, sich an ihm orientiert. Er konnte ihnen seine wahren Gefühle nicht zeigen.

Er hatte am meisten Zeit mit Angela verbracht. Stunden an ihrem Bett gesessen. Zeit mit der neuen Angela, die wie seine Frau aussah. Wie seine Frau klang. Lächelte und lachte so wie sie. Doch alles, was sie sagte, zerriss ihn innerlich. Ständig sprach sie über diesen Will. Über Lexie. London. Stellte sie ihm die gleichen Fragen, zur Farm, zu seinen Kindern.

Wie gern hätte er gesagt, *das sind auch deine Kinder. Das ist dein Zuhause. Ich bin dein Mann, ich! Nicht dieser Will.* Er hatte es nicht äußern dürfen. Er musste Dr. Morgan vertrauen und mitspielen.

Er hätte alles dafür gegeben, wenn er die Zeit zurückdrehen, den Unfall ungeschehen machen könnte. War er auch für Angelas Gedächtnisverlust verantwortlich? Wenn ihr Verhältnis besser gewesen wäre, er mehr mit ihr gesprochen hätte, anders auf den Brief reagiert hätte, wären dann ihre Erinnerungen an ihre Ehe, ihr gemeinsames Leben stärker? Stark genug, um diesen Will, diese Lexie, dieses Londoner Fantasieleben auszublenden? Diese Frage hatte er Dr. Morgan nicht gestellt. Sie wusste so schon mehr, als ihm lieb war, über seine Frau, seine Ehe, seine Familie.

Die Verzweiflung drohte wieder, ihn zu übermannen. Sie schlich sich wie ein Nebel leise an. Nein. Er würde ihr nicht nachgeben. Nick schloss die Augen. Er versuchte, sich an den Rat seines Psychologen zu erinnern. *Wechseln Sie den Sender. Hören Sie nicht auf die negativen Gedanken.*

Es war ihm noch nie so schwergefallen. Vor Angelas Unfall hatte er mit seinen negativen Gedanken wegen der Farm, wegen des Pachtvertrags umgehen können. Auch war sein Denken in eine ganz neue Richtung gelenkt worden: Nick musste sich überlegen, wie er zu dem Gespräch mit Kevin Lawson auf dem Scheunenfest, zu Kevins Angebot stand. Wir reden frühestens vom nächsten Jahr, hatte Kevin gesagt. Und Nick hatte erwidert, dass er darüber nachdenken wolle. Das tat er noch immer. Doch momentan hatte anderes Priorität.

Nicht anderes.

Angela.

Die Kinder kamen mit der Situation besser zurecht. Ig wirkte von allen am entspanntesten. Die drei Mädchen befolgten den Rat von Dr. Morgan buchstabengetreu. Nur er selbst war ratlos und hilflos.

Er stand auf und blickte, wie so häufig, auf die Wand mit den Fotos. Den Fotos von ihm und Angela, aus so vielen Jahren. Die nun in einem Versteck warteten. Nick war fassungslos, welch schwerer Kummer ihn durchfuhr. Seine Frau war nicht länger seine Frau. Und es gab auch keine Bilder mehr von ihr. Seine Augen wurden feucht. Barsch wischte er die Tränen fort.

Als Angela ein wenig schlief, rief Genevieve bei Joan an und berichtete ihr, wie die Ankunft verlaufen war, dass sie alle den Rat der Neurologin befolgten und auf Angelas Vorgaben reagierten.

»Und das geht?«, erkundigte sich Joan. »Kommt ihr klar?«

»Besser als gedacht. Es ist einfacher als erwartet. Sie findet alles schön. Wunderbar. Sie hält uns für großartige Gastgeber und genießt, dass sie einfach unser Gast sein darf. Wenn sie sonst nach einer Weile wieder heimkommt, schrubbt sie als Erstes die Böden, wühlt im Eisschrank, gibt Order, dass wir die Koffer auspacken und die Waschmaschine einschalten sollen. Nichts dergleichen. Wir haben sie herumgeführt, ihr Tee gemacht, und dann hat sie gesagt, dass sie sich auf die Veranda setzen und lesen wolle. Und es war sehr deutlich, dass sie keine Gesellschaft wollte. Sie hat sich erkundigt, wann es Abendessen gibt, was es gibt, und dann hat sie uns höflich, aber bestimmt erklärt, dass sie vorher gerne ein Glas Wein hätte, und zwar auf der Veranda, gegen achtzehn Uhr.«

»Und was gibt es heute zum Abendessen?«

»Deshalb rufe ich ja an. Du hast nicht zufällig Lust, spontan vorbeizukommen und mir einen Crashkurs am Herd zu geben, oder? Jetzt gleich?«

Beim Abendessen – eine Lasagne aus allem, was Joan im Eisschrank gefunden hatte – führten sie höfliche Konversation. Sonst herrschte am Esstisch immer lauter Trubel.

»Haben Sie Kinder, Joan?«, erkundigte sich Angela.

»Zwei erwachsene Kinder. Keins von beiden wollte die

Farm übernehmen. Eins ist in Queensland, das andere in Sydney. Aber ich habe fünf Enkel.«

»Wie schön«, sagte Angela höflich und aß weiter.

Joan schien den richtigen Ton zu treffen. Sie zuckte nicht mit der Wimper, als Angela Dinge von ihr wissen wollte, die sie seit Jahrzehnten wusste.

»Und Sie, Angela?«, fragte Joan. »Sie haben nur die eine Tochter?«

»Das ist richtig. Alexandra. Genannt Lexie. Sie kommt ja bald.«

»Und wo in London leben Sie?«

»Kennen Sie London?«

»Nur aus Film und Fernsehen. Da sieht die Stadt immer grau aus. Grauer Himmel, graue Häuser.«

»Es ist auch häufig grau. Aber ich liebe es. Wir leben in Islington, in Wills Elternhaus. Seine Großeltern haben es vor dem Krieg gekauft. Seine Mutter ist dort aufgewachsen. Sie hat es Will vererbt.«

»Und stammen Sie auch von dort?«

»Nein, meine Herkunft ist beileibe nicht so prachtvoll. Ich stamme aus Forest Hill, Londons Süden. Sozialer Wohnungsbau. Bei meiner Geburt waren meine Eltern schon über vierzig. Ich war ein Überraschungskind.« Angela lachte vergnügt. »Und Sie, Joan? Haben Sie Kinder?«

Alle ließen das Besteck sinken. »Ja, habe ich, Angela. Zwei erwachsene Kinder. Und fünf Enkelkinder.«

»Wie schön«, sagte Angela.

Angela zog sich bald nach dem Essen in ihr Zimmer zurück und machte sich zum Schlafen bereit. Sie fühlte sich sehr wohl. Alles war genau so, wie sie sich eine Farm im Outback vorgestellt hatte. Ihr Zimmer war entzückend. So friedlich. So ruhig.

Sie öffnete die Flügeltüren und trat auf die Veranda, hinaus in diese unglaublich frische, saubere Luft. Wie schön es hier war. Auch ihre Gastfamilie wirkte ausgesprochen nett. Sie hatte wirklich Glück.

Sie konnte es kaum erwarten, dass Will und Lexie endlich kamen und alle kennenlernten.

Joan gesellte sich auch am nächsten Abend zu den Gillespies.

Genevieve hatte sie ermutigt, wenn sie Lust hätte, jeden Abend zu kommen. Sie hatte sie nicht nur in der Küche um Hilfe gebeten. »Ich glaube, du solltest möglichst viel mit ihr über ihr reales Leben sprechen. Und schauen, ob das Erinnerungen weckt. Vielleicht hat das bei dir eine größere Wirkung.«

Joan hatte sich zu Angelas Aperitif auf der Veranda eingeladen. Die Sonne ging gerade unter, der Himmel glühte rot, die Vögel sangen. In solch einem Moment hätten sie sonst unentwegt geredet. Nun aber genügte es Angela, still dazusitzen.

Joan eröffnete schließlich das Gespräch. Sie erzählte von ihrer langen Freundschaft mit den Gillespies, schwärmte von deren Familienleben. Nicht nur Nick und die Kinder seien toll. Auch die Mutter.

»Eine großartige Frau. Warmherzig, freundlich, tüchtig. Sie ist mir eine sehr teure Freundin.«

»Sie ist im Moment aber nicht da?«

»Nein, sie ist auf einer Studienreise.« Die Kinder hatten Joan gebrieft. »Ich kenne sie seit ihrem ersten Tag auf der Farm. Noch kein Jahr nach der Hochzeit hat sie die Zwillinge bekommen. Das Leben auf der Farm war ihr völlig fremd, noch dazu war sie plötzlich auf der anderen Seite der Welt, meilenweit von Eltern und Freunden entfernt. Sie musste sich nicht nur an eine neue Stadt und einen neuen Kontinent gewöhnen, sondern an ein Leben im Niemandsland. Nick ist ein toller Ehemann und Vater, er war auch ein toller Schafzüchter …«

Angela zeigte keine Reaktion.

»Aber bei den Zwillingen war er total überfordert. Als die beiden noch klein waren, war ich häufig hier. Und nach Lindys Geburt, da waren die Zwillinge fast drei, bin ich praktisch eingezogen. Ich war jeden Tag hier, manchmal hab ich hier auch übernachtet. Bei drei kleinen Kindern braucht es mindestens zwei Paar Hände, manchmal sogar drei.«

Genevieve kam mit dem Wein auf die Veranda und füllte die Gläser nach. Joan lächelte ihr zu.

»Ich wollte Angela gerade erzählen, wie anstrengend du als Kind warst, Genevieve. Wie schwer es für deine Mum mit drei kleinen Kindern war.«

»Da sind sie und Dad selbst schuld. Mangelnde Selbstkontrolle. Wir waren die reinsten Engel, Angela. Wirklich.«

»Die reinsten Teufelchen, und das war die Schlimmste«, sagte Joan und wies auf Genevieve. »Immer schon die Rädelsführerin. Die Erstgeborene. Ein echter Frechdachs.«

»Joan, du zeichnest vor unserem Gast aber kein sehr nettes Bild von mir.«

»Victoria war immer lieb. Wie die kleine Lindy. Sie wäre so gern auch ein Zwillingskind gewesen. Und es war ihr unbegreiflich, wieso sie kleiner als die beiden anderen war. Warum die beiden sich immer gegen sie verbündet hatten.«

»Wir haben uns nicht ›verbündet‹.«

»O doch, das habt ihr.«

»Sehr selten.«

»Oft.«

Sie schauten zu Angela. Sie hörte dem Gespräch zu.

»Erinnerst du dich noch an deine Puppen?«, fragte Joan. »Und die Namen?«

»Die du mir zum vierten Geburtstag geschenkt hast?« Genevieve lächelte. »Selbstverständlich.«

Joan hatte mit Genevieve einen Ausflug nach Port Augusta unternommen. Sie waren ins Kino gegangen, und Joan hatte Genevieve eine Tüte Popcorn gekauft. Hinterher hatten sie sich die Geschäfte angesehen. Dabei waren sie an der Kirche vorbeikommen. Dies, hatte Joan erklärt, sei das Haus Jesu. Dann hatte sie Genevieve zum krönenden Abschluss zwei Püppchen gekauft. Abends hatte Genevieve die Namen verkündet: Popcorn und Jesus.

»Sie hat die beiden ständig verloren«, beendete Joan ihre Erzählung. »Vor allem in der Stadt oder, schlimmer noch, in der Kirche. Dann hat sie immer gerufen: ›Wo ist Popcorn? Wo ist Jesus?‹«

Joan und Genevieve lachten. Diese Anekdote gehörte zu den Lieblingsgeschichten der Gillespies. Zu Angelas Lieblingsgeschichten.

Sie lächelte bloß höflich.

In dem Moment rief Victoria aus der Küche: »Joan? Was ist der Unterschied zwischen Sautieren und Verbrennen?«

»Etwa dreißig Sekunden. Ich komme. Entschuldigen Sie mich.«

Genevieve und Angela blieben allein auf der Veranda.

»Was machen Sie beruflich, Genevieve?«, fragte Angela.

Diese Frage hatte Angela bereits viermal gestellt. Genevieve ging langsam auf, dass sie behaupten konnte, was sie wollte. Dass sie Angela sagen könnte, sie sei Nuklearphysikerin. Hürdenläuferin und Olympionikin.

»Ich bin Friseurin.«

»Das muss ein schöner Beruf sein. Für Friseure gibt es immer Arbeit. Wo haben Sie begonnen?«

»In einem kleinen Salon in Port Augusta. Dann bin ich nach Adelaide gezogen, habe an mehreren Wettbewerben teilgenommen und auch mehrere gewonnen. Bei der Gelegenheit habe ich einen berühmten Stylisten aus Sydney kennengelernt, der mir gesagt hat, dass ich mich bei ihm melden solle, falls ich je für Film und Fernsehen arbeiten will. Ich habe mich gemeldet. Und so habe ich in den vergangenen fünf Jahren an Filmsets gearbeitet – erst in Australien, dann habe ich mein Glück zwei Jahre lang in New York versucht.« Das zu erzählen fühlte sich sehr seltsam an. Schließlich hatte Angela am Steuer gesessen und Genevieve zu dem Vorstellungsgespräch nach Port Augusta gefahren. Sie ermutigt, an den Wettbewerben teilzunehmen. Nick davon überzeugt, dass Sydney ihrer Tochter guttun würde.

»Das war bestimmt sehr spannend. Sind Ihnen viele berühmte Schauspieler begegnet?«

»Jede Menge, aber ich bin selbstverständlich zu Stillschweigen verpflichtet. Ich kann Ihnen allerdings gern, solange Sie hier sind, die Haare machen. Falls Sie das möchten.«

»Das wäre reizend. Ich kann mich nicht erinnern, wann ich mir das letzte Mal die Haare habe schneiden lassen.« Angela runzelte die Stirn. »Das kann ich tatsächlich nicht. Ist es nötig?«

»Die Spitzen könnten einen Schnitt vertragen. Wenn Sie möchten, nehme ich das morgen in Angriff.«

Angela lächelte. »Sie bieten hier wirklich jeden Service

an – erst das herzliche Willkommen, die schöne Aussicht, das wunderbare Essen und jetzt auch noch einen Haarschnitt. Vielen herzlichen Dank.«

In dem Moment traf es Genevieve wie ein Schlag. Das war kein Scherz. Das war keine Ironie. Sie sprach zu ihrer Mutter, doch ihre Mutter hatte keine Ahnung, wer sie war.

»Das tun wir gerne«, sagte sie. Dann entschuldigte sie sich und floh ins Haus, ehe Tränen flossen.

Genevieve hielt Wort und schnitt ihrer Mutter am nächsten Tag die Haare.

Sie hatte, wie so häufig im Laufe der Jahre, alles in der Küche ausgebreitet: Ihre Scheren, ihre Kämme. Das Handtuch. Den Spiegel. Wie oft hatte sie das seit ihrer Lehrzeit schon getan, für jedes Mitglied der Familie. Und auf einmal hatte sie Filmstars, Models, Schauspielerinnen, Kundinnen in Sydney und New York frisiert, das alles wie selbstverständlich hingenommen. Sie war gut in ihrem Job, und das wusste sie.

Nun aber hörten ihre Hände nicht mehr auf zu zittern.

Genevieve musste sich kurz entschuldigen und auf der Veranda tief Luft holen. Als sie in die Küche zurückkehrte, saß ihre Mutter noch immer still an ihrem Platz, das Handtuch auf den Schultern. Sie war in eine Aussicht versunken, die sie seit über dreißig Jahren kannte, und strahlte, als sähe sie all das zum ersten Mal.

»Es ist so schön hier, nicht wahr? So friedlich.«

»Ja, allerdings«, bestätigte Genevieve.

Nach und nach kam die gesamte Familie in die Küche und verfolgte, wie Genevieve kämmte und schnitt, kämmte und schnitt. Die Schere schnippelte. Genevieve liebte diesen Klang. Bald schon war sie fertig. Genevieve hatte es immer verstanden, die Locken ihrer Mutter vorteilhaft in Form zu bringen. Sie griff zum Spiegel und zeigte ihr das Werk.

»Sehr schön«, sagte Angela. »Vielen Dank. Sie sind wirklich sehr gut.«

Genevieve kämpfte gegen den plötzlichen Kloß in ihrer Kehle an. »Will noch jemand? Ig? Dein Haar ist inzwischen schon so lang, dass man es flechten könnte. Na komm, setz dich. Ich versprech dir, es geht schnell.«

Ig richtete sich in seinem Stuhl auf und wandte sich an Angela. »Findest du, dass ich mir die Haare schneiden lassen soll?«

Angela musterte ihn. »Nein«, sagte sie schließlich. »Das lange Haar sieht toll aus.«

Ig schenkte ihr ein strahlendes Lächeln und blieb an seinem Platz.

Kapitel 40

Angela war mit Ig zu einem Spaziergang aufgebrochen. Sie war seit vier Tagen wieder in Errigal.

Am Vorabend hatte es, nachdem Ig und Angela schlafen gegangen waren, eine lange Diskussion unter den anderen Erwachsenen gegeben. Sie hatten überwiegend verinnerlicht, was Dr. Morgan ihnen zum Thema Konfabulation gesagt hatte, hatten aber Sorge, dass das nicht für Ig galt. Victoria hatte sich angeboten, mit ihm zu sprechen, und das am Morgen gleich getan.

»Kommst du mit all dem klar, Ig?«, hatte sie gefragt. »Ich weiß, dass das komisch ist, aber du verstehst, dass Mum gerade nicht wirklich Mum ist? Dass sie sich für jemand anders hält?«

Er hatte genickt.

»Und du denkst immer daran, sie Angela und nicht Mum zu nennen, damit wir sie nicht noch mehr verwirren?«

»Ja«, hatte er erwidert.

»Und denk dir nichts dabei, wenn sie von London oder einem anderen Mann und ihrer Tochter redet, okay? Oder sie dir komische Antworten gibt. Das kommt alles wieder in Ordnung. Das hat Dr. Morgan versprochen. Also mach dir nicht zu viele Sorgen, okay?«

»Okay«, hatte er Victoria versichert.

»Schau mal«, sagte Ig nun beim Spazierengehen und zeigte Angela die Narbe an seiner Hand. »Ich hatte mir den Finger abgeschnitten.«

»Wirklich? Autsch. Wann war das denn?«

»Anfang Dezember. Ich hab mit dem Küchenmesser auf dem Tisch gestanden. Dann bin ich runtergefallen und mit dem Messer zusammen auf dem Boden gelandet.«

»Noch mal autsch. Was hast du dann gemacht?«

»Mum war da und hat mich ins Krankenhaus gebracht. Aber erst hat sie meinen Finger in einen Beutel mit Eis getan. Guck, sie haben ihn wieder angenäht.« Er krümmte den Finger.

»Das ist unglaublich. Er ist ja vollkommen beweglich. Woher wusste deine Mum denn, was zu tun war?«

»Sie weiß alles.«

Eine Weile gingen sie schweigend nebeneinanderher. Aus einem nahen Busch kam ein Rascheln, ein Flattern, dann ein plötzliches schnelles Rufen. Ein Australischer Sänger schoss blau vor ihnen in die Höhe, trillerte erneut und flog zurück in seinen Strauch.

»Die Vögel sind so anders hier«, sagte Angela lächelnd. »So farbenprächtig. Dagegen wirken die armen Londoner Vögel reichlich trist.«

»Meine Mum mag Vögel sehr.«

»Wirklich? Ich mag sie so sehr, dass ich sogar mein Geld mit ihnen verdiene. Ich mache kleine Keramikvögelchen.«

»Mum hat eine Töpferscheibe. Und ganz viel Ton. Willst du mal sehen?«

»Das wäre toll. Danke, Ig.«

Genevieve und Victoria verfolgten alles vom Küchenfenster aus.

»Er geht mit ihr in den Töpferschuppen.«

»Ist das eine gute Idee?«

»Mich darfst du nicht mehr fragen, was gut oder schlecht ist.«

Ig musste dreimal an der blauen Tür ziehen, bis sie aufging. Er machte das Licht an und ließ Angela den Vortritt.

»Das ist aber schön. Viel größer als mein Atelier in London.«

»Gefällt es dir hier besser?«

»Ich bin ja gerade erst angekommen, Ig. Und im Urlaub. Das ist doch sehr anders.«

»Aber wenn du müsstest, könntest du immer hier leben?«

»Ich glaube, ohne meinen Mann und meine Tochter würde ich mich ziemlich einsam fühlen.«

»Aber sie kommen doch bald, oder?«

»Ja, das tun sie.«

»Willst du ein paar von deinen Keramikvögeln machen, während du hier bist?«

»Ich weiß nicht.«

Angela schnitt sich eine Scheibe Ton ab, nahm sie in die Hand und knetete sie. Sie rollte den weichen Ton erst in die eine, dann die andere Richtung. Als sie die Hand wieder öffnete, schaute ihnen noch immer eine Kugel entgegen.

Angela hielt Ig den Ton hin. »Willst du versuchen, mir einen Vogel zu machen?«

Er schüttelte den Kopf. »Aber ich kann dir ganz viele echte zeigen, wenn du willst. Ich kenn auch alle Namen.«

»Würdest du eine Vogelwanderung mit mir machen? Das fände ich sehr schön.«

»Willst du auch ein Picknick machen?«

»Das wäre toll.«

»Dann warte hier.«

Kaum hatte Ig die Küche betreten, stürzten sich Genevieve und Victoria mit ihren Fragen auf ihn.

»Wir reden nur«, sagte er. »Über Tonfiguren und London und so. Und jetzt gehen wir Vögel gucken. Aber vorher mach ich noch ein Picknick.«

»Ein Picknick?«

»Kann doch sein, dass wir hungrig werden.«

»Du hast vor zwanzig Minuten gefrühstückt. Und Mum auch.«

»Wir müssen sie Angela nennen, nicht Mum«, sagte Ig, packte Kekse, zwei Saftflaschen und zwei Äpfel in seinen Schulranzen und schwang ihn sich über die Schulter.

Victoria fasste oben auf den Schrank. »Willst du das Fernglas mitnehmen?«

Auch das wanderte in Igs Tasche.

»Ig, bist du sicher, dass alles okay ist?«, fragte Genevieve. »Dass du keine Angst hast oder so?«

»Warum sollte ich vor ihr Angst haben?«

»Weil sie im Moment so anders ist. Sie ist Mum, aber nicht wirklich Mum.«

Ig dachte nach. »Ich hab keine Angst. So mag ich sie auch.«

Nach dem Abendessen erhob sich Angela und gähnte diskret. »Das war köstlich. Vielen Dank. Beinahe so köstlich wie dein Picknick, Ig. Aber nun entschuldigen Sie mich, ich glaube, ich werde jetzt zu Bett gehen und ein wenig lesen.«

Alle sahen ihr nach. Lindy sprach es aus. »Mum hat so was nie getan, oder?«

»Aber bestimmt hätte sie es gern getan«, entgegnete Victoria.

Wieder trat Angela hinaus auf die Veranda. Sie hatte es sich zur Angewohnheit gemacht, vor dem Schlafengehen noch eine Weile dort zu sitzen. In einer Dunkelheit, die keine war. Die Sterne waren so hell, der Mond so groß. Erst wirkte es auch vollkommen ruhig, doch wenn man genauer hinhörte, bemerkte man so viel. Einen zarten Vogelruf. Das Rascheln kleiner Tiere. Am Morgen hatte Angela sogar ein Känguru gesehen, direkt am Gartenzaun, und am Nachmittag hatte sie von Weitem einen Emu entdeckt. Wenn Lexie das erst sah!

Ja, auch dies war ein wirklich schöner Tag gewesen. Es war so friedlich hier. So beruhigend. Auch in Gegenwart des Jungen fühlte sie sich ausgesprochen wohl. Ein wirklich erstaunlicher kleiner Kerl. So liebenswert. Die Mädchen waren nicht minder interessant, jedes auf seine Weise. Und diese Joan – was für eine warmherzige und freundliche Person! Von so einer Nachbarin träumte jeder.

Schließlich dachte sie auch an den Mann. Den Vater. Nick.

Seit einigen Tagen nahm sie ihn verstärkt zur Kenntnis. Sie hatte ihn mehrere Male dabei ertappt, wie er sie ansah. Er wirkte sehr traurig. Was wohl der Grund dafür war?

»Ist dir was bei Angela und Dad aufgefallen?«, fragte Genevieve, als sie mit Victoria die Küche aufräumte. »Mit uns spricht sie viel, mit ihm kaum ein Wort.«

»Hast du das notiert?« Alle befolgten Dr. Morgans Empfehlung, sich aufzuschreiben, wenn Angela etwas Ungewöhnliches sagte oder tat.

Genevieve nickte. »Man sollte doch meinen, dass sie sich an ihn am ehesten erinnern würde! An den Mann, mit dem sie seit vierunddreißig Jahren zusammenlebt. Es muss doch irgendeine Art physischer Erinnerung an ihn geben, meinst du nicht?«

In dem Moment kam Nick ins Zimmer. Genevieve war nicht sicher, ob er sie gehört hatte.

»Wie geht es dir, Dad?«, fragte sie. »Kommst du klar?«

»Mir geht es gut«, sagte er.

»Mir nicht«, erwiderte Victoria. »Das alles ist so seltsam. Sie sieht wie immer aus und ist mir trotzdem völlig fremd.«

»Sie macht nichts von dem, was Mum immer getan hat«, bekräftigte Genevieve.

»Sie ist es ja nicht mehr«, sagte Nick.

Genevieve entging das leichte Schnappen am Ende seiner Worte nicht. »Dad? Alles okay?«

Nick gab keine Antwort. Er hatte den Zwillingen den Rücken zugedreht und holte ein Glas aus dem Schrank.

»Im Kühlschrank steht noch Bier, falls du eins willst«, sagte Genevieve.

»Nein danke.« Er goss sich ein Glas Wasser ein und ging zur Tür. »Bin bald zurück.«

Er war noch immer draußen. Er hatte eigentlich zur Kapelle gehen und sich dort ein wenig hinsetzen wollen. Doch bis dahin war er nicht gekommen. Er hatte auf halber Strecke haltgemacht. Zuletzt war er mit Angela in der Kapelle gewesen, an jenem Tag, an dem er ihren Weihnachtsbrief gelesen hatte. Und an das Gespräch wollte er nicht denken. Also war er in die andere Richtung gegangen und hatte sich an die Umzäunung eines ungenutzten Pferchs gelehnt. Die Nacht war sternenklar, der Mond gewaltig groß. Eine Nacht, die Hitze für den nächsten Tag verhieß.

Wenn er sich umgewandt hätte, hätte er das erleuchtete Haus gesehen, Musik gehört, Gesprächsfetzen, seine Kinder auf dem Weg ins Bett. Auch er würde bald schlafen gehen. In dem Zimmer, in dem er und Angela seit über dreißig Jahren schliefen. Er würde allein ins Bett gehen. Während sie im Gästezimmer lag.

Er hatte versucht, Dr. Morgans Ratschlag zu befolgen. Sich normal zu verhalten. Auf Angela zu reagieren. Doch seit sie wieder zu Hause war, hatte er erst fünf-, sechsmal mit ihr gesprochen. Über das Wetter, die Umgebung. Er hatte ihr Tee angeboten. Einmal hatte sie angenommen, zweimal abgelehnt und ihn sonderbar, geistesabwesend angelächelt. Als ob sie Fremde wären. Als ob sie nicht den größten Teil ihres Lebens miteinander verbracht hätten. Als ob sie sich nicht an ihn erinnerte. Nicht an die gemeinsamen Jahre als Mann und Frau.

Das ist nur vorübergehend, hatte Dr. Morgan gesagt. Angelas Gehirn musste sich neu strukturieren. Sie käme zu ihm zurück.

Das hoffte er. Und auch, dass das bald geschah. Denn es brach ihm das Herz, sie auf diese Weise zu erleben.

Schon nahten die negativen Gedanken wieder. Der Nebel. Nick hatte noch keinen neuen Termin mit seinem Psychologen vereinbart, doch er brauchte dringend Hilfe. Augenblicklich.

Er ging ins Haus. Die Küche war verlassen. Endlich. Eine günstige Gelegenheit. Nick griff zum Telefon. Er sagte nur sehr wenig.

Die Antwort kam sofort. »Natürlich. Fahr los. Wir treffen uns auf halber Strecke.«

Er schrieb nur eine kurze Nachricht. Die Kinder würden sich nicht sorgen. Sie waren es gewohnt, dass er zu allen möglichen Tag- und Nachtzeiten aufbrach. Die Arbeit auf einer Farm, selbst seine Tätigkeit als Verwalter, war kein Job mit geregelten Bürozeiten.

Nach einer halben Stunde Fahrt kamen ihm die Scheinwerfer entgegen. Er hielt an und stieg aus. Bald darauf hielt auch das andere Auto. Die Tür ging auf. Joan kam auf Nick zu.

Es fiel ihm leichter, unter freiem Himmel zu sprechen. Die Scheinwerfer waren ausgeschaltet. Nur die Sterne und der Mond gaben Licht. Nick kannte Joan sein Leben lang. Sie war für ihn beinahe so etwas wie eine große Schwester. Er war so froh, so dankbar gewesen, als sie Angela seinerzeit unter ihre Fittiche genommen hatte. Er hatte Joan immer vertraut. Er vertraute ihr auch jetzt. Er musste von ihr die Wahrheit hören. Er sprach das Thema direkt an.

»Hatte sie vor, mich zu verlassen, Joan? Vor dem Unfall? War sie derart unglücklich?«

»Auf keinen Fall. Sie hat dich viel zu sehr geliebt. Liebt dich viel zu sehr. Sie war krank vor Sorge um dich.«

»Aber dieser Brief. Was sie da geschrieben hat, über diesen Mann aus London, über …«

»Vergiss das mal für den Moment. Du solltest dir die anderen Stellen ansehen. Die Stellen über dich. Denn genau so hat Angela empfunden, Nick. Dass du nicht mehr mit ihr sprichst. Dich vor ihr verschlossen hast. Und sie hat nicht verstanden, wieso.«

»Ich musste.«

»Wieso?«

Dem folgte ein langes Schweigen.

»Nick? Was ist los? Was geht bei dir vor?«

Da erzählte er es ihr. Anfangs noch sehr stockend. Doch ihr Schweigen stärkte ihn. Schließlich gab er alles preis. Seine Depressionen. Die Schulden. Den wahren

Grund, warum er das Angebot der Minenbetreiber angenommen hatte. Die Besuche bei seinem Arzt. Seinem Psychologen. Gut möglich, dass Joan schockiert war, doch in der Dunkelheit war das nicht zu sehen. Ihre Stimme klang unverändert und ruhig.

»Ich wünschte, das alles hättest du Angela erzählt. Es hätte dir geholfen. Und ihr auch.«

»Was soll ich denn bloß tun, Joan? Ich weiß nicht, wie ich damit umgehen soll. Wie ich mit ihr umgehen soll.«

»Sei einfach du selbst, Nick.«

»Sie kennt mich gar nicht mehr.«

»Dann gib ihr die Möglichkeit, dich neu kennenzulernen. Den Mann, in den sie sich vor dreiunddreißig Jahren verliebt hat, wie du dich erinnern wirst. Du hast dich ja nicht sehr verändert, von ein paar grauen Haaren abgesehen. Ansonsten bist du stur wie eh und je.«

Er sah ihr Lächeln nicht, doch es schwang in ihrer Stimme mit.

»Liebst du sie denn noch?«, fragte Joan. »Willst du eure Ehe fortführen?«

»Selbstverständlich.«

»Gut. Denn ich weiß mit Sicherheit, dass sie ebenso empfindet. Ihr werdet das überstehen. Doch wir müssen den Dingen ihren Lauf lassen. Angela kommt zu uns zurück. Und bis dahin – sei einfach nett zu ihr. Wirklich nett. Fahr nach Irland. Und sorg dafür, dass du ihr ein richtig schönes Souvenir mitbringst.«

»Danke, Joan. Für alles.«

»Jederzeit, Nick.«

Es gab keine Umarmung. Solche Gesten lagen ihnen nicht. Nick wartete einfach, bis Joan wieder im Auto saß, winkte ihr zum Abschied nach und wartete, bis der Wagen außer Sichtweite war. Erst dann fuhr auch er nach Hause.

Victoria und Genevieve besprachen sich, wieder einmal, bei Nacht. Bei Tag war immer irgendjemand in der Nähe. Und im Moment wollten sie ihr Wissen noch für sich behalten. Das Wissen, das sie seit beinahe einer Woche teilten.

Victoria war schwanger.

»*Möglicherweise* schwanger«, versuchte Genevieve sie wieder zu beruhigen. »Vielleicht war der Test ja nicht in Ordnung.«

»Angeblich sind die doch so zuverlässig.«

»Da ist bestimmt auch mal ein fehlerhafter bei. Vielleicht hast du gerade den erwischt.« Sie drückte ihrer Schwester die Hände. »Wir fahren morgen nach Port Pirie oder Port Augusta. Und holen einen neuen Test.«

»Und wenn der auch positiv ist?« Victorias Augen füllten sich mit Tränen. Dann stellte sie die Frage, die sie seither jeden Abend stellte. »Genevieve, was mach ich bloß?«

»Wart's ab. Wart's ab, dann sehen wir weiter. Warte, bis wir Gewissheit haben.«

Am nächsten Morgen verkündeten Genevieve und Victoria beim Frühstück, dass sie Ig zur Schule fahren und einen Abstecher nach Port Pirie machen wollten. Die Schule hatte gerade wieder angefangen. Ihrem Vater sagten sie, dass sie Vorräte einkaufen wollten. Er nickte nur geistesabwesend. Am frühen Morgen hatte schon ein Nachbar angerufen und um Hilfe mit seiner Herde gebeten.

Lindy entschied sich, auf der Farm zu bleiben. Auf sie wartete die Stickarbeit. Sie hatte während ihrer Abwesenheit drei neue Aufträge erhalten.

Genevieve schlug vor, Angela zu fragen, ob sie mitkommen wolle. Das würde sie sehr gern, sagte Angela, ging in ihr Zimmer und holte ihre Handtasche.

Lindy war entsetzt. »Haltet ihr das für eine gute Idee? Hat Dr. Morgan nicht gesagt, dass sie erst mal auf der Farm bleiben soll?«

»Wir werden sie nicht aus den Augen lassen«, erwiderte Genevieve. »Wir fahren auf direktem Wege hin, machen unsere Besorgungen und kommen gleich zurück. Es wird schon nichts passieren.«

Zwanzig Minuten nach ihrer Ankunft in Port Pirie war Angela verschwunden.

»Sie war doch gerade noch da«, sagte Victoria vor dem Supermarkt. »Wo ist sie denn hin?«

»Keine Ahnung.« Genevieve geriet in Panik. »Und sie hat kein Handy. Wir können sie nicht mal anrufen.«

»Du gehst da lang. Ich geh in die andere Richtung.«

Victoria lief die Ellen Street entlang, vorbei an den Geschäften, Pubs, einem Café, überall sah sie rasch hinein. Keine Spur von Angela. Dann fiel Victorias Blick auf die Buchhandlung. Dort waren sie früher oft gewesen und hatten sich mit den Inhabern unterhalten. Hatte es auch die neue Angela dorthin gezogen?

Als sie in die Buchhandlung kam, war Victoria schon völlig außer Atem. Angela war nirgendwo zu sehen. Aber vielleicht hatte sie Angela ja nur verpasst? Victoria wandte sich an die Inhaberin. Ja, Angela sei vorhin noch da gewesen. »Ich musste einen anderen Kunden bedienen, habe ihr kurz zugewunken und gesagt, dass ich gleich komme, doch dann war sie weg. Tut mir leid.«

Victoria bedankte sich und eilte wieder auf die Straße. Gegenüber lag der alte Bahnhof, der nun ein Museum und die Touristeninformation beherbergte. Angela hielt sich für eine Touristin. Ob sie …

»Jemand hat gesehen, wie sie in diese Richtung gegangen ist. Na komm«, erschien Genevieve plötzlich keuchend.

Tatsächlich war ihre Mutter in dem alten Bahnhofsgebäude, bewaffnet mit zahlreichen Broschüren.

Sie lächelte. »Hallo, Sie zwei.«

»Ist alles in Ordnung, Angela? Brauchen Sie Hilfe?«

»Nein danke. Ich besorge mir nur ein paar Broschüren für Will und Lexie.«

Genevieve spähte auf die Prospekte. Informationen über den Wilpena Pound, die Angorichina-Schlucht, die Yourambulla-Höhlen, das Wilpena-Panoramabild in Hawker – Orte, an denen Angela mit ihren auswärtigen Gästen oft gewesen war.

»Wir dachten, wir hätten Sie aus den Augen verloren«, sagte Victoria und lenkte Angela zurück zum Wagen. Sie kamen an einer Drogerie vorbei und sahen sich rasch an. Nein, das war nicht der richtige Moment.

Angela war unbeeindruckt. »Hatte ich nicht gesagt, wohin ich gehe? Ich kann gern noch eine kleine Runde drehen, wenn Sie in Ruhe Ihre Einkäufe erledigen wollen.«

»Das ist nett, aber wir sind fertig«, sagte Victoria. »Fahren wir nach Hause.«

»Jetzt schon?«, fragte Angela.

»Jetzt schon«, sagte Genevieve.

Als Angela am Abend ins Bett ging – wie üblich gleich im Anschluss an das Essen –, rief Genevieve die Familie zusammen und berichtete, was in Port Pirie vorgefallen war. Nick stand zum ersten Mal seit dem Unfall kurz davor, die Beherrschung zu verlieren.

»Ihr hätte alles Mögliche passieren können«, schimpfte er. »Was habt ihr euch dabei gedacht?«

»Es tut uns leid, Dad«, sagte Genevieve.

Victoria wechselte das Thema. »Wir müssen über das Kochen und die Hausarbeit reden. Ich glaube, wir müssen uns etwas besser organisieren.« Seit Angela sich nicht mehr um den Haushalt kümmerte, lief alles etwas aus dem Ruder. Die Wäsche türmte sich. Die Veranda war seit Tagen nicht gekehrt worden. Und der Eisschrank war auch beinahe leer. Wenn Joan nicht fortwährend mit Quiches und Aufläufen gekommen wäre, hätte es zu den meisten Mahlzeiten Toast gegeben.

Genevieve bot an, einen Aufgabenplan zu erstellen. Ja, versicherte sie Lindy, auch sie würde ihren Anteil beitragen. Sie sei schließlich Sozialistin, keine Diktatorin.

Genevieve holte außerdem das Notizbuch hervor. »Ich muss am Freitag Dr. Morgan anrufen. Ihr sagen, was uns aufgefallen ist. Ig?«

Er zuckte mit den Achseln. »Ich mag sie.«

»Das wissen wir. Aber ist dir an ihrem Verhalten etwas aufgefallen?«

»Sie sagt oft das Gleiche«, erwiderte Ig. »Sie hat mir jetzt schon zehnmal vom Baumhaus von ihrer Tochter erzählt.«

Lindy hatte bemerkt, dass sie an einem Tag zweimal in Folge gefrühstückt hatte. »Ich hatte erst gedacht, dass sie vielleicht nur hungrig war, aber vielleicht hatte sie ja vergessen, dass sie schon gefrühstückt hatte?«

»Dad?«, fragte Genevieve. Seine Miene bestürzte sie. Er wirkte verzweifelt. Dann fasste er sich wieder.

»Nichts, was ihr nicht schon gesagt hättet. Aber wir beide haben noch nicht viel geredet.«

In Verlauf der nächsten beiden Tage füllte sich das Notizbuch mit weiteren Begebenheiten. Am ersten Tag zog Angela sich dreimal um und trug ein T-Shirt verkehrt herum. Am zweiten Tag bot sie an, das Mittagessen zu bereiten, erschien aber nicht, als es an der Zeit dafür gewesen wäre. Sie lag im Bett und schlief. Victoria machte daraufhin das Mittagessen.

Am Freitag wartete Genevieve, bis Angela mit Ig auf ihrer täglichen Vogelrunde war, dann rief sie Dr. Morgan an.

»Und welchen Eindruck macht sie stimmungsmäßig auf Sie?«, fragte Dr. Morgan. »Gelöst, glücklich? Wirkt sie in irgendeiner Form beunruhigt?«

»Ihr geht es bestens. Im Gegensatz zu uns. Ich bekomme jetzt noch Herzrasen, wenn ich daran denke, wie sie uns in Port Pirie entwischt ist.«

»Es war wahrscheinlich keine gute Idee, so früh mit ihr an einen neuen Ort zu fahren.«

Nein, stimmte Genevieve ihr zu. Dann senkte sie die Stimme. »Dr. Morgan, ist es komisch, dass sie kaum mit Dad spricht? Sie haben ihren Weihnachtsbrief gelesen, die beiden hatten in letzter Zeit Probleme. Ob sie sich daran erinnert?«

»Womöglich im Unterbewusstsein. Aber es gibt keinen Ärger oder Streit?«

»Nein. Die beiden beachten sich fast gar nicht. So wie es vor dem Unfall war.«

»Auch in dem Punkt müssen Sie den Dingen ihren Lauf lassen. Sie brauchen Geduld. Und Optimismus.«

Den Spruch kannten sie schon zur Genüge.

Am nächsten Tag war Victoria stundenlang fort. Offiziell war sie bei den Nachbarn, um mit den Interviews für ihre Sendung zu beginnen.

Am Abend wartete sie mit Genevieve, bis alle schliefen. Dann schlichen sie ins Badezimmer. Mit den beiden Schwangerschaftstests, die Victoria bei ihrem Abstecher nach Port Pirie gekauft hatte. Der zweite war nicht etwa für Genevieve. Ihre Periode hatte am Nachmittag eingesetzt.

Victoria wollte sicherheitshalber zwei Tests machen. Beide waren positiv.

Kapitel 41

»Alles okay, Victoria?«, fragte Lindy am nächsten Morgen beim Frühstück. »Du siehst ein bisschen blass aus. Du auch, Genevieve.«

»Ich glaub, wir haben uns einen Virus eingefangen«, erwiderte Genevieve.

»Kommt das bei Zwillingen vor?«, erkundigte sich Angela. »Dass beide unabhängig voneinander krank werden?«

»Fragen Sie die beiden bloß nicht nach ihren Zwillings-Geschichten«, sagte Lindy. »Dann hören Sie heute Abend noch von sonderbaren Zufällen.«

»Das interessiert mich aber«, sagte Angela.

Und so erzählten ihr die Geschwister eine Stunde lang die Anekdoten aus den Kindertagen der Zwillinge. Anekdoten, die sie sich im Laufe der Jahre schon häufig erzählt hatten.

Vierzehn Tage nach Angelas Heimkehr hatten alle in den Alltag eingefunden. Die Zwillinge fuhren Ig abwechselnd morgens nach Hawker in die Schule und holten ihn nachmittags wieder ab. Ig war selig, dass er wieder in seiner alten Schule war. Eines der Mädchen blieb immer in Angelas Nähe. Auch sprachen sie regelmäßig mit Dr. Morgan. Die Ergotherapeutin aus Port Augusta war ebenfalls gekommen und hatte Angela über mehrere Stunden hinweg beobachtet. Sie hatte für alle lobende Worte gefunden und versichert, dass alles gut verlief.

Joan versorgte die Gillespies jeden zweiten Tag mit Essen, das aus ihrer Küche oder der hilfsbereiter Nachbarn stammte. Sie aß mit allen zu Abend und setzte sich im Anschluss mit Angela auf die Veranda. Nick und die Kinder ließen sie allein; sie freuten sich über das friedliche Gemurmel und gelegentliche Lachen. Offenbar verstand sich die Neue Angela mit Joan nicht minder gut als die Alte Angela.

»Wird dir das nicht langsam etwas viel?«, fragte Genevieve, als sie Joan eines Abends zum Auto begleitete. Die nächste Hitzewelle war im Anmarsch – in der kommenden Woche sollte es wieder über dreißig Grad heiß werden –, doch noch war es sehr angenehm: warm, mit einer leichten Brise.

»Es macht mir Spaß. Das klingt vielleicht seltsam, aber es ist tatsächlich so. Sie ist anders, aber auch wie sonst. Ich mag sie.«

»Worüber sprecht ihr denn die ganze Zeit?«

»Über dasselbe wie immer. Das Leben. Unsere Ehemänner. Unsere Kinder.«

»Zum Thema Ehemänner dürfte sie ja viel zu sagen haben, da sie mittlerweile zwei hat.«

Joan lächelte. »Wenn du mich fragst, Will klingt viel zu gut, um wahr zu sein. Und Lexie auch. Ihr mit all euren Macken seid mir eindeutig lieber.«

»Fragt sie nach uns?«

»Gelegentlich. Und wenn nicht, spreche ich über euch. Wie Dr. Morgan gesagt hat, die Erinnerungen sind noch da, irgendwo. Aber es schadet bestimmt nicht, wenn sie manche Geschichte noch mal hört.«

»Und welche erzählst du ihr?«

Joan zählte sie an den Fingern ab. »Die von euch beiden und euren Lämmchen Lambington und Lambert. Wie Lindy mit dem Geländewagen losgefahren ist, als sie erst sieben war. Ich habe ihr auch erzählt, dass Ig mehrfach aus dem Internat getürmt ist. Das hat sie interessiert. Das hat sie, wenn ich darüber nachdenke, sogar bisher am meisten interessiert. Sie hat gesagt, dass sie nicht verstehen könne, wie Eltern es über das Herz brächten, ein Kind in diesem Alter fortzuschicken.«

»Das ist ein gutes Zeichen, oder? Dass sie so was äußert? Ihre wahre Meinung?«

»Hoffen wir es«, sagte Joan und stieg ins Auto. »Wir sehen uns in zwei Tagen.«

Am Abend verfasste Genevieve eine neue Rundmail.

> Grüße von den Gillespies
> Auch heute danke für all Eure/Ihre E-Mails und Nachrichten, wir freuen uns darüber sehr. Mum/Angela geht es unverändert gut, wir und die Ärzte sind mit den Fortschritten sehr zufrieden. Leider müssen wir noch eine Zeit lang an der Regel »Keine Besucher außer ihrer ältesten Freundin Joan« festhalten, aber wir werden Mum/Angela wissen lassen, dass hier jeder an sie denkt. Für die telefonische Stille sind wir ebenfalls sehr dankbar. Mehr bald – und noch einmal danke.

Es mochte sein, dass Celia die E-Mails las, sie verhielt sich aber nicht so. Sie rief unbeirrt und täglich an und bestand auf einem ausführlichen Bericht. Sie sagte auch, dass sie während Nicks Irlandreise auf die Farm kommen wolle – angeblich, um im Haushalt zu helfen.

»Nein, Dad, sie wäre uns überhaupt keine Hilfe. Celia müssen wir doch von vorne bis hinten bedienen«, protestierte Victoria.

»Sie ist achtzig Jahre alt«, sagte Nick. »Da wäre ein wenig Respekt wohl angebracht.«

»Wenn Celia kommt, gehe ich«, sagte Genevieve. »Sie würde sich doch wie ein Geier auf Mum stürzen. Auf Angela, meine ich. Und Angela ist zu verletzlich. Ich hätte kein gutes Gefühl, wenn Celia in ihrer Nähe wäre.«

»Jetzt übertreibst du aber, Genevieve«, sagte Nick. »Es wäre vielleicht ganz gut, wenn während meiner Abwesenheit noch jemand hier wäre.«

»Dann fragen wir doch Joan.«

»Wir reden später darüber.«

Was das hieß, wussten alle. Ob es ihnen passte oder nicht: Celia würde kommen.

Genevieve wollte das Gespräch mit ihrem Vater nicht beenden. Ihre Sorge um ihn wuchs. Die Geschwister hatten zu einem Umgang mit Angela gefunden, nur er nicht. Zwischen ihm und Angela herrschte nach wie vor eine seltsam angespannte Atmosphäre. Sie nahmen einander wahr, mieden sich aber bewusst. Auch wirkte Nick verändert. Ruhiger. Geistesabwesend. Traurig. Genevieve fragte ihn oft, wie es ihm gehe, doch die Antworten fielen stets sehr knapp aus.

»Ich würde dich wirklich gern zum Flughafen fahren«, sagte sie nun. »Ich finde es nicht richtig, dass du den Bus nimmst. Es ist deine erste Auslandsreise. Da sollten wir alle am Flughafen stehen und winken.«

»Der Bus ist doch gut.«

»Bist du eigentlich nervös, Dad?«, fragte Lindy. »Ich an deiner Stelle wäre es. Die erste große Reise. Und dann gleich mit der Verantwortung, ein Familientreffen für zweihundert Gillespies zu organisieren.«

»Danke, Lindy.«

»Das wird garantiert großartig«, sagte Genevieve. »Es

wird dir guttun, mal eine Weile von uns wegzukommen. Kann ich noch mal einen Blick auf deinen Reiseplan werfen?«

»Den hab ich dir noch gar nicht gezeigt, oder?«

»Dann tu es jetzt, Dad. Bitte, das interessiert mich wirklich. Uns alle, tief in unseren Herzen. Es ist nur diese ständige irische Volksmusik, die uns an den Rand des Wahnsinns treibt.«

»Lindy behauptet, dass sie ihr gefällt.«

»Lindy schleimt sich nur bei dir ein, damit du ihr die Kissenschulden erlässt.«

»Tu ich nicht«, sagte Lindy. »Und außerdem werde ich Dad das Geld zurückgeben.«

»Wann denn? Im Jahr 2045?«

»Toll, wie du mir hilfst und an mich glaubst, Genevieve. Danke.« Lindy stand auf. »Nur damit du's weißt, ich hab diese Woche wieder einen Auftrag bekommen. Es spricht sich also rum. Nur du tust nichts dafür. Wenn ihr mich also entschuldigen würdet, ich hab zu sticken.«

Genevieve wartete, bis Lindy den Raum verlassen hatte. »Ihr ist noch immer nicht bewusst, dass die meisten Aufträge von Joan stammen, oder?«

»Joan?«, fragte Nick.

Genevieve nickte. »Sie hat mir gestanden, dass ihre Kinder sie umbringen werden, wenn sie rausbekommen, dass Joan das Erbe in Lindys Kissen steckt. Allerdings ist das, an dem Lindy gerade arbeitet, von mir, Victoria und Ig. Wir haben uns zusammengetan. Eine Ewigkeit für den Text gebraucht: *Viel Glück beim Ziehen deiner Weisheitszähne.* Aber es funktioniert. Sie stickt seit Tagen daran rum.« Genevieve lächelte ihren Vater an. »Na komm, Dad, zeig mir endlich deinen Reiseplan. Ich will ihn wirklich sehen.«

Nach einem kurzen Zögern willigte er ein.

Eine halbe Stunde später ließ Genevieve die Mappe sinken. »Danach bist du fix und fertig. Du kommst am frühen Morgen in Dublin an, und dann geht's gleich weiter nach Mayo, Donegal und Cork. Carol wird auch fix und fertig sein, wenn sie dich überall hinfahren muss.«

»Vielleicht hatte eure Mutter recht. Das hat Züge einer albernen Besessenheit.«

»Dad, diese Erkundungstour ist eine gute Sache. Wirklich. Eines Tages werden wir dich alle nach Großonkel Seamus und Urgroßtante Bridie fragen, glaub mir. Außerdem hat Mum nur von Besessenheit gesprochen. Von albern war nicht die Rede.« Genevieve schloss die Küchentür. »Aber können wir bei der Gelegenheit bitte über Mum reden? Über dich und Mum? Ich weiß, dass das für dich am schwersten ist. Und du nicht gern darüber redest. Ich wollte auch nur sagen, dass ich da bin, falls du mich brauchst.«

»Danke, Genevieve.«

»Wäre es gut, wenn wir alle mal verschwinden würden? Einen Tag lang? Wenn ihr beide Zeit für euch hättet? Vielleicht weckt das Erinnerungen. Du könntest ihr die Farm zeigen. Mit ihr durch die Gegend fahren. So wie sie es mit ihren Gästen macht.«

»Ich weiß nicht, ob das eine gute Idee wäre.«

»Was hast du denn gemacht, als sie zum ersten Mal hier war? Als ihr euch kaum kanntet?«

»Da bin ich mit ihr rumgefahren. Sehr oft sogar. So viel Land und Landschaft hatte sie noch nie gesehen.«

»Was hindert dich, das jetzt mit ihr zu machen?«

»Vielleicht hat sie keine Lust.«

Genevieve musterte ihren Vater. »Dad, bist du etwa zu befangen, sie zu fragen?«

»Natürlich nicht.«

»Soll ich in deinem Namen fragen?«

Nick war einverstanden. Fünf Minuten später kam Genevieve mit einem Grinsen wieder.

»Sie hat Ja gesagt.«

Sie brachen am nächsten Morgen gleich bei Sonnenaufgang auf. Genevieve hatte mit ihrer Vermutung richtiggelegen. Nick war befangen. Nicht nur das, er war geradezu nervös. Nervös wegen eines Ausflugs mit der Frau, mit der er seit dreiunddreißig Jahren verheiratet war und unzählige Ausflüge unternommen hatte. Ihn machte die Vorstellung nervös, dass er mit ihr allein sein würde. Er wusste nicht, was er ihr sagen, wie er sich verhalten sollte.

Als Angela eine Jacke holte, erschien Genevieve – noch halb im Schlaf –, flüsterte ihrem Vater »Viel Spaß« zu und gab ihm einen Kuss auf die Wange.

Angela kehrte mit der Jacke wieder. »Von mir aus kann es losgehen«, sagte sie lächelnd.

Sie lächelte in letzter Zeit viel häufiger, fand Nick. Sie hatte sich in vieler Hinsicht verändert – in Stimme, in Persönlichkeit –, doch ihr Lächeln war das alte.

Sie saßen noch nicht im Wagen, da bestürmte Angela Nick bereits mit Fragen. Zu seiner Familie, seinen Eltern, zu Errigal und seiner Geschichte. Zur Herkunft des Namens. Nick berichtete ihr in Kurzfassung von den Gillespie-Cousins.

Er ließ den Wagen an, fuhr vom Hof und war so aufgeregt wie vor über dreißig Jahren, bei seiner allerersten Tour mit Angela.

Ihre Fragen nahmen kein Ende. Warum gab es auf der Farm keine Schafe mehr? Als Nick ihr von dem Pachtvertrag erzählte, runzelte Angela die Stirn. »Eine Diamantenmine? Hier draußen? Würde die nicht ungeheuren

Schaden anrichten? Verzeihung, das geht mich nichts an. Aber das war bestimmt eine sehr schwere Entscheidung.«

»Das war es, allerdings. Doch uns blieb keine Wahl.« Er hätte nicht einmal im Traum daran gedacht, einer wildfremden Person die Wahrheit zu erzählen. Angela war keine Fremde. »Wir hatten Schulden von fast einer Million Dollar. Und keine andere Möglichkeit, das Geld zurückzuzahlen. Das konnte ich den Kindern nicht antun, ihnen so gewaltige Schulden hinterlassen.«

»Eine Million Dollar!« Angelas Bestürzung war aufrichtig. »Wie ist das passiert? Woran hat das gelegen?«

»An mir«, sagte er. »Die Dürre hat allerdings auch nicht geholfen. Dann ist der Markt für Wolle kollabiert. Aber ich habe in dieser Zeit die falschen Entscheidungen getroffen.« Innerhalb weniger Minuten erzählte er ihr alles, was sie in den letzten Jahren gemeinsam durchgestanden hatten. Die Einsicht, dass die Kosten für das Futter doppelt so hoch wie die potenziellen Einnahmen für die Wolle oder auch die Tiere selbst gewesen waren. Dass er Kredite aufgenommen hatte. Ihm nichts anderes übrig geblieben war, als nahezu den gesamten Viehbestand zu verkaufen und nur wenige Tiere für die Zucht zu behalten. Dem weitere Kredite gefolgt waren. Dass es zu spät gewesen war, als die Dürre endlich vorüber war und der Wollpreis sich erholte. Er geglaubt hatte, er würde ertrinken, als er die letzten Tiere verkaufen musste. Dann war das Bergbau-Unternehmen auf ihn zugekommen. Nicht umgekehrt. Es war die Rettung gewesen, ein Wunder, als es geheißen hatte, dass unter seinem Grund Bodenschätze schlummerten.

Angela stellte keine Fragen mehr. Sie saß einfach da und hörte zu. Nick redete und redete. So ausführlich hatte er noch nie über die letzten Jahre gesprochen. Nicht einmal mit Angela. Seiner wahren Angela.

»Und keines Ihrer Kinder will die Farm übernehmen? Keines der Mädchen? Ig ist noch sehr jung, aber auch er kann sich das langfristig nicht vorstellen?«

Nick schüttelte den Kopf. »Ich hatte immer gedacht, Victoria würde mir nachfolgen, aber dann hat sie sich beruflich in eine ganz andere Richtung entwickelt. Für die anderen beiden Mädchen kommt das nicht infrage. Auch nicht für Ig. Das hat mich sehr beschäftigt. All die Mühsal, die meine Vorfahren auf sich genommen haben, die lange Überfahrt von Irland her, eine Farm, die aus dem Nichts entstanden ist … Und nun ist alles vorbei.«

»Organisieren Sie deshalb das Familientreffen? Als eine Art Wiedergutmachung?«

Das hatte ihn die alte Angela nicht gefragt. Die neue Angela drang gleich zum Kern der Sache vor.

»Ja«, sagte er. »Genau aus diesem Grund.«

Er ließ den Wagen wieder an.

Er zeigte ihr die Höhepunkte auf dem Gelände der Farm. Die Felszeichnungen der Aborigines, Spuren in Ocker auf einer Felsgruppe, etwa dreißig Kilometer vom Haus entfernt. Das Museum in Adelaide hatte sie katalogisiert, all seine Viehhüter, die von den Ureinwohnern abstammten, wussten davon, sonst aber kannten nur die Gillespies die genaue Stelle. Angela sah sich die Symbole lange an und befragte Nick zur Geschichte der Aborigines aus dieser Gegend. Er beantwortete ihre Fragen, so gut er konnte. Ja, er hatte im Laufe der Jahre viele Aborigines beschäftigt. Ja, in Australien war die Diskriminierung ein großes Problem. Ja, er wollte sich gern erkundigen, ob einige seiner ehemaligen Viehhüter da wären, wenn Will und Lexie kamen. Ja, wenn das Wetter so blieb, konnten sie draußen campen und unter freiem Himmel schlafen.

Nick fühlte sich bei seinen Worten ausgesprochen seltsam, doch er folgte dem Vorbild Joans und seiner Kinder. »Angela, meine Frau, organisiert so etwas sonst für unsere auswärtigen Gäste. Diese Ausflüge sind immer sehr beliebt.«

»Das verstehe ich sehr gut. Es ist wirklich unbeschreiblich«, sagte Angela. »Ihre Frau heißt auch Angela?«

Nick schwieg. War ihm gerade ein Fehler unterlaufen? Hatte das noch niemand erwähnt?

»Es ist ja auch ein sehr häufiger Name«, fuhr Angela fort. »Stammt Ihre Frau von hier?«

»Nein«, erwiderte er. Beinahe hätte er gesagt, dass sie auch aus England stammte.

»Wie ist sie so?«, fragte Angela.

Nick zögerte. Sie ist immer noch da, hatte Dr. Morgan gesagt. Was immer Sie ihr sagen, wird sich ihr irgendwie einprägen. In ihr Gedächtnis eingehen.

»Sie ist großartig. Liebevoll. Warmherzig. Klug. Eine tolle Mutter. Eine fantastische Ehefrau.«

»Wow«, sagte Angela mit einem Lächeln. »Das klingt nach einer sehr besonderen Frau.«

»Das ist sie auch«, erwiderte Nick.

»Ich hoffe, Will spricht so auch über mich.«

Nun war es an Nick, Fragen zu stellen. »Und wie ist er so?«

»Er arbeitet als Architekt. In London.«

Nick wartete auf mehr.

»Er ist …« Angela zögerte und runzelte die Stirn. »Er ist groß. So groß wie Sie. Er ist einer der nettesten Menschen überhaupt. Wir sind schon lange verheiratet. Wir machen jedes Jahr am selben Tag ein Foto.«

»Wirklich?«

Sie nickte. »Ich liebe solche Traditionen. Und das ist nicht die einzige. An unserem Geburtstag schenken Will und ich uns immer dieselbe Karte. Exakt dieselbe. Wir streichen nur den Namen aus.« Sie lachte. »Und dazu gibt es immer dasselbe Geschenk. Fünf Dollar. Jedes Jahr denselben Schein.«

Nick wählte seine Worte mit Bedacht. »Und wo haben Sie sich kennengelernt?«

»In einem Pub«, sagte Angela. »Einem Pub in Sydney. Er ist in die Bar gekommen, er hatte sich verlaufen – ich weiß, das klingt, als würde ich das fantasieren, doch genau so war es –, ich habe ihn nur einmal angesehen, und da habe ich mich, glaube ich, bereits in ihn verliebt. Wir haben uns am nächsten Tag zum Mittagessen getroffen, und das war's. Seitdem sind wir ein Paar.«

»Sie haben Will in Sydney kennengelernt? In einem Pub in Sydney?«

»Nein. In London. Nicht in Sydney.« Wieder Stirnrunzeln. »Ich glaube nicht, dass er je in Sydney war.«

Danach stellte Nick keine Fragen mehr.

Am späten Nachmittag kehrten sie heim. Als sie über das Viehgitter rumpelten, sah Angela zu Nick und lächelte ihn wieder auf ihre ganz besondere Weise an. Im Licht der tief stehenden Sonne wirkten ihre Augen so unglaublich blau. So wunderschön.

»Vielen Dank, Nick. Ich habe diesen Tag von Anfang bis Ende genossen.«

»Ich auch«, sagte er.

»Wie ist es gelaufen?«, wollte Genevieve wissen, nachdem Angela ins Bett gegangen war.

»Ich habe sie durch die Gegend gefahren. Sie hat mir Unmengen von Fragen gestellt. Dann habe ich sie nach Hause gebracht.«

»Dad, bitte.«
»Es war gut.«
»Das ist alles? Mehr erzählst du nicht?«
»Mehr erzähl ich nicht.«

Angela schlief nicht. Sie gönnte sich ihr abendliches Ritual auf der Veranda, den Frieden, die klare Luft, lauschte dem Rascheln und Singen der Vögel.

Und sie ließ den Tag Revue passieren. Was hatte sie nicht alles gesehen. Nicht alles gehört. Nick war wirklich reizend. Nein, reizend war ein viel zu schwaches Wort. Er war toll. Klug. Gebildet. Höflich. Zuvorkommend. Sehr zuvorkommend sogar. Sie hatte sich wunderbar umsorgt gefühlt.

Außerdem sah er wirklich gut aus. Schlank. Gebräunt. Mit wunderschönen Augen. Dunklen, sanften Augen …

Sie riss sich zusammen. Große Güte. Ein verknallter Teenager war nichts dagegen. Je eher Will kam, umso besser.

Kapitel 42

Lindy nahm Celias Anruf entgegen. Alle waren in der Küche bis auf Angela. Sie saß im Wohnzimmer vor dem Fernseher. Sie hatte vor einigen Tagen das Regal mit den DVDs entdeckt und sah sie sich nun der Reihe nach an.

»Die wollte ich mir schon immer anschauen«, hatte sie zu Lindy gesagt. »Hatte aber nie die Zeit dazu.«

»Die haben Sie ja jetzt«, hatte Lindy erwidert.

Aktuell arbeitete sich Angela durch eine sechsteilige Verfilmung von *Stolz und Vorurteil*. Gemeinsam mit Ig sah sie täglich ein oder zwei Folgen, wenn er aus der Schule kam.

Ig verbrachte am meisten Zeit mit Angela. Sie hatten ihre eigenen Rituale. Sie frühstückten zusammen, und seit einiger Zeit machte ihm Angela auch das Essen für die Schule und half ihm bei den Hausaufgaben. Die Schwestern brachten ihn nach wie vor zur Schule und holten ihn auch ab. Sie fanden, dass Ig in dieser Zeit ruhig verwöhnt werden durfte.

»Wieso fährt er nicht mehr mit dem Bus?«, hatte Angela eines Tages aus heiterem Himmel gefragt.

Alle hatten sich angesehen. Den Bus hatte ihr gegenüber niemand erwähnt, da waren sie sicher.

Nun lauschten alle, was Lindy am Telefon zu Celia sagte.

»Uns geht es gut, Tante Celia, danke. Ja, ihr auch. Das lässt sich im Moment schwer sagen. Ja, das stimmt. Du hast was? Oh, das tut mir leid. Das ist bestimmt anstrengend. Hierher? Morgen?« Sie schaute voller Panik in die Runde. »Aber du weißt, dass Dad schon bald nach Irland fährt? Natürlich. Ich geb ihn dir.«

Lindy reichte ihrem Vater das Telefon und zischte ihren Schwestern zu: »Sie hat sich das Handgelenk verstaucht. Und will zu uns kommen, bis es ihrer Hand wieder besser geht.«

Fünf Minuten später legte Nick auf.

»Ich nehme an, du hast die Lage schon erklärt, Lindy? Celia kommt auf die Farm. Ich weiß, das ist nicht ideal, aber bitte gebt euch Mühe und seid nett zu ihr.«

»Du hast gut reden. Du bist ja nicht hier«, raunte Genevieve.

»Das reicht, Genevieve. Wie wäre es, wenn du mit gutem Beispiel vorangehst?«

»Warum hältst du immer zu Celia und nicht zu uns? Dir liegt mehr an ihr als …«

Als sich Nick und Genevieve immer heftiger stritten und Victorias Vermittlungsversuche ohne Erfolg blieben, geriet Lindy völlig außer sich.

»Verzeihung.« Angela erschien an der Tür.

Nick hielt den Mund. Genevieve ebenfalls.

»Ich wollte mir Tee machen. Will noch jemand eine Tasse?«

»Nein danke«, sagte Nick.

Genevieve stieß ihren Atem aus. »Ich hätte gerne einen Tee. Danke, Angela.«

»Ich auch«, sagte Lindy. Victoria schloss sich an.

»Für mich nur Milch, bitte!«, rief Ig von seinem Posten vor dem Fernseher aus.

Nick hatte sich ins Büro zurückgezogen. Er war sehr froh, dass Angela sie unterbrochen hatte. Es war kein ernster

Streit gewesen – Genevieve und er gerieten schon seit Jahren derart aneinander –, doch es war besser, dass sie die Debatte an diesem Punkt beendet hatten.

Er schaute auf den Reiseplan. Am Morgen noch hatte Carol ihm die letzten Einzelheiten gemailt. Nun wollte sie für einige Tage verreisen – ein seit Langem gebuchter Kurzurlaub in Spanien –, jedoch kein Anlass zur Sorge. Alles sei organisiert, sie werde in der kommenden Woche am Flughafen von Dublin bereitstehen und ihn abholen.

Nick fand es nach wie vor falsch, gerade jetzt zu verreisen. Er hatte sich erneut mit Dr. Morgan beraten, doch sie hatte ihm versichert, dass es so am besten sei. Sie alle sollten tun, was Angela erwartete. Und optimistisch bleiben.

Am Vortag war ihm das sogar gelungen. Er war so hoffnungsvoll gewesen. Er hatte sich Angela wieder so nah gefühlt. In manchen Momenten hatten ihn die Gefühle beinahe überwältigt. Als Angela wegen der Landschaft oder beim Anblick eines prächtigen Vogels derart in Begeisterung geraten war. Es war wie eine Zeitreise gewesen. Nicht anders hatte sich Angela bei ihrer ersten Tour über Errigal verhalten. Waren das die Reaktionen der Neuen Angela? Oder waren da die verschütteten Erinnerungen seiner Angela hochgekommen? Und bliebe dieses Staunen, wenn sie wiederkam?

Würde sie sich erinnern, worüber sie gesprochen hatten?

Genevieve wartete mit ihrer Entschuldigung, bis es beinahe neun Uhr abends war. Sie ging zu Angela, nicht zu ihrem Vater. Ihr Vater hockte im Büro, er hatte die Tür geschlossen und sich nicht mehr blicken lassen.

Angela saß auf der Veranda und schaute in den Abendhimmel. Es war beinahe Nacht, nur ein letztes rotes Licht stand noch am Horizont.

»Darf ich mich zu Ihnen setzen?«

»Selbstverständlich«, sagte Angela.

»Das mit dem Streit vorhin tut mir leid.«

»Ich bitte Sie, in jeder Familie gibt es Streit. Es geht mich ohnehin nichts an.«

Oh, und ob, dachte Genevieve. »Bald stößt eine weitere Verwandte zu uns. Celia, Dads Tante. Unsere Großtante. Sie war mit Dads Onkel verheiratet. Sie ist zwar keine wirkliche Gillespie, hält sich aber umso mehr dafür. Tut mir leid, das war nicht sehr nett.«

Angela lächelte nur.

Genevieve wollte weiter ins Detail gehen, auf diesem Weg womöglich eine Erinnerung anstoßen. Und die Neue Angela zugleich auch warnen? »Der Umgang mit ihr ist manchmal etwas schwierig, nur damit Sie vorbereitet sind. Sie ist ziemlich kritisch. Außerdem fährt Dad bald weg. Celia bleibt in der Zeit hier. Es ist Dads erste Reise ins Ausland. Angeblich freut er sich, aber ich glaube, in Wahrheit ist er sehr nervös.«

»Wohin fährt er denn?«

Es war nicht das erste Mal, dass Angela von der Reise hörte. »Nach Irland. Nur für eine gute Woche. Er plant dort im nächsten Jahr ein Familientreffen, und diese Reise ist eine Art Erkundungstour. Er lässt sich von einem Unternehmen für Ahnenforschung aus Dublin dabei helfen. Von einer gewissen Carol. Sie sprechen nahezu täglich miteinander. Mittlerweile glauben wir ja schon, dass er in sie verliebt ist.« Genevieve lachte gekünstelt.

Angela verzog keine Miene. Und erwiderte auch nichts. Inzwischen kannte Genevieve dieses Verhaltensmuster. Angela hatte genug geredet und wollte allein sein.

»Na, dann überlasse ich Sie dem Abendhimmel«, sagte Genevieve. »Gute Nacht.«

»Gute Nacht«, erwiderte Angela.

Angela blieb auf der Veranda. Sie saß ruhig und gelassen da, während sich der Himmel immer schwärzer färbte und die ersten Sterne funkelten.

Was war diese Familie interessant! In gewisser Weise war Angela froh, dass Will und Lexie aufgehalten wurden. Sonst hätte sie so vieles an den Gillespies nicht bemerkt. Und sie waren nicht minder faszinierend als die Landschaft oder Tierwelt.

Genevieve war ein echter Charakter. Amüsant. Scharfsinnig. Ausgesprochen selbstbewusst, nach außen. Aber da war mehr. Etwas Rastloses.

Victoria war eindeutig der stillere Zwilling. Weicher. Verletzlicher. Gedankenverloren. Das war Angela schon mehrfach aufgefallen.

Lindy gefiel ihr auch sehr. Sie war so anders als ihre Schwestern, sehnte sich aber offenkundig nach deren Aufmerksamkeit und Bestätigung. Es war bestimmt nicht leicht, die jüngere Schwester von Zwillingen zu sein. Besonders wenn man wie Lindy noch immer seinen Platz in der Welt suchte.

Und Ig … Angela lächelte. Ig zauberte ihr immer ein Lächeln ins Gesicht. Er war so würdevoll für einen kleinen Jungen. So ernst. Ein ausgesprochen interessantes Kind mit seinen Kenntnissen in Vogelkunde, im Umgang mit Computern, mit seinem unsichtbaren Freund. Mit ihm war es immer unterhaltsam. Seit einigen Tagen allerdings ging etwas Seltsames in ihr vor. Ständig hatte sie den Drang, ihn in den Arm zu nehmen. Ihn an sich zu ziehen und ihm einen Kuss zu geben. Und am Vortag hätte sie ihm beinahe gesagt, dass sie ihn liebte. Wie kam sie bloß auf so etwas?

Und Nick? Auch mit ihm war sie viel zu sehr beschäftigt. Das lag an seinen Augen. Er sprach nicht viel, seine Augen umso mehr. Sie sah auch gern, wie er mit den Kindern umging. Sich um alle sorgte. Gut, eben war er mit Genevieve aneinandergeraten, aber meist schien sie ihn zu amüsieren. Bei Victoria war er immer sanft. Zwischen den beiden gab es offenbar ein ganz besonderes Band. Bei Lindy legte er übermenschliche Geduld an den Tag. Bei Ig ein ständiges Grinsen. Aber wer müsste über Ig nicht grinsen?

Selbstverständlich war auch Will ein guter Vater. Er war Lexie gegenüber so geduldig und zärtlich und liebevoll. Stets hatte er eine kleine Überraschung für sie, wie das Baumhaus, das er ihr als Kind gebaut hatte. Attraktiv war er außerdem. Mit …

Angela hielt inne. Sie versuchte es erneut, doch kein Bild erschien vor ihren Augen.

Wie merkwürdig.

Offenbar hatte sie vollkommen vergessen, wie Will aussah.

Am nächsten Morgen fuhr Victoria nach Port Pirie, zum Sender. Die erste Runde der Interviews mit den Farmersfamilien war abgeschlossen. Victoria war dankbar, dass sie Ablenkung hatte, sie das Haus verlassen, mit anderen Menschen sprechen konnte. Sie war für alles dankbar, was ihre Gedanken daran hinderte, sich ausschließlich und unentwegt um ihre Schwangerschaft zu drehen. Victoria stand noch immer unter Schock. Wirklich bewusst war es noch nicht. Sie fühlte sich noch zu normal, hatte sie zu Genevieve gesagt. Es war eine regelrechte Erleichterung, in den Modus der Reporterin umzuschalten. Die Geschichten, die sie hörte, waren tatsächlich fesselnd, die Erzählungen von Dürren, Überschwemmungen, von Einsamkeit und Abenteuer. Sie hatte sich die Aufnahmen zu Hause erneut angehört und schon vermerkt, wie sie schneiden wollte. Wenn das im Studio erledigt war, fehlten nur noch die Musik und ein Auge auf die Zeit.

Nach einer Stunde konzentrierter Arbeit erschien Keith an der Tür und machte das Zeichen für einen Kaffee. Victoria nickte und hielt beide Hände hoch. In zehn Minuten.

Keith wollte nicht in die Kantine, also gingen sie in das beliebteste Café der Stadt. Wie üblich war es dort sehr lebhaft. Sie bekamen den letzten freien Platz. Eine Viertelstunde lang sprachen sie über Victorias Interviews. Dann wechselte Keith so abrupt, wie es seine Art war, das Thema.

»Wie geht es deiner Mutter?«

»Es geht ihr gut, danke.«

»Was darf ich mir konkret unter ›Gedächtnisproblemen‹ vorstellen?«

»Dass sie Probleme mit dem Gedächtnis hat.«

»Sehr witzig. Könntest du vielleicht etwas spezifischer sein?«

»Könnte ich, will ich nicht.«

»Das heißt, sie leidet unter Amnesie?«

»Keith, wie schön, Sie zu sehen! Sie haben doch die Pressemitteilung erhalten, die ich Ihnen neulich gemailt habe?«

Victoria war froh, dass sie unterbrochen wurden. Von einem Mitglied des Gemeinderats.

»Tut mir leid«, sagte Keith, als sie wieder allein waren. »Du sagtest gerade?«

»Ich sagte, danke für deine Anteilnahme. Und sollten wir nicht langsam wieder an die Arbeit gehen?«

»Ich frage dich beim nächsten Kaffee«, erwiderte er mit einem Lächeln.

Als sie das Gebäude betraten, wartete die Rezeptionistin mit einer Reihe von Nachrichten auf Keith. Auf dem Weg zu seinem Büro sah er rasch auf die Notizen, erneut im Arbeitsmodus.

Vor seiner Tür blieben beide stehen. »Du hast gesagt, du bist mit dem Schneiden fast fertig? Sehr schön. Dann hör ich rein. Wenn alles okay ist, gehen wir gleich Anfang nächster Woche auf Sendung. Schaffst du's bis fünf?«

»Klar«, erwiderte Victoria.

»Eins noch.«

Victoria sah ihn fragend an.

»Besteht eine Chance, dass du Samstag mit mir essen gehst?«

»Du hast Nein gesagt?«, fragte Genevieve am Nachmittag.

Victoria nickte.

»Da geht die Chance auf einen Vollzeitjob dahin.« Genevieve scherzte nur halb.

»Dann ist es eben so«, erwiderte Victoria. »Meinst du nicht, dass eine schmutzige Affäre mit einem Boss fürs Leben reicht?« Sie senkte die Stimme noch mehr. »Außerdem habe ich heute eine Entscheidung wegen Fred getroffen.«

»Ernsthaft? Die Hormone machen wohl Superwoman aus dir.«

»Ich hab ihn angerufen. Und ihn um ein Date gebeten.«

»Du hast *was*? Ohne mich zu fragen? Wann? Heute Abend?«

Victoria schüttelte den Kopf. »Er bricht mit seinem Dad auf, um die Viehbestände aufzustocken. Bei seiner Rückkehr, in einer Woche oder so.«

»Und, wirst du ihm sagen …«

Sie nickte. »Er muss es wissen. Auch wenn es alles andern wird. Ich muss es ihm sagen.«

Kapitel 43

Ig sah seinem Vater beim Packen zu. Sein Vater war seit Tagen damit beschäftigt.

Er verbrachte sonst wenig Zeit mit seinem Dad. Als er klein gewesen war – vor ein paar Jahren –, hatte ihn sein Vater oft nach draußen mitgenommen, in den Scherschuppen oder aufs Land, um die Schafe zusammenzutreiben, Windmühlen und Zäune zu reparieren – doch das war eine Ewigkeit her, denn sie hatten keine Schafe mehr. Ig mochte die Windmühlen und die Wetterinstrumente, er liebte das Autofahren, aber Schafskram interessierte ihn nicht sehr. Robbie ging es ebenso. Schafe waren öde.

Mit seiner Mum hatte er immer Spaß. Es war toll, ihr am Computer zu helfen und mit ihren Besuchern Ausflüge zu machen. Er hatte auch jetzt viel Spaß mit ihr, auch wenn sie im Moment nicht wirklich seine Mum war. Er nannte sie brav Angela, so wie man es ihm gesagt hatte, aber davon abgesehen war es eigentlich wie immer, eher noch besser, denn sie hatte viel mehr Zeit für ihn. Vor dieser Gedächtnissache, vor dem Unfall, hatte sie immer nur gekocht, sich den Kopf massiert, weil sie solche Schmerzen hatte, gewaschen und geputzt. All das tat sie gerade nicht. Sie machte hin und wieder eine Kanne Tee für alle, aber meist ging sie spazieren, allein oder mit ihm. Sie las wahnsinnig viel. Legte sich immer wieder hin. Sah sich DVDs an. Er fand es schön, sie gemeinsam anzuschauen.

Auf ihren Spaziergängen sprachen sie über alles Mögliche. Sie erzählte ihm viel von ihrer Kindheit in London. Auf Google Street View hatten sie sogar das Haus entdeckt, in dem sie aufgewachsen war. Sie hatte echt gestaunt und fast geweint. Ig hatte keine Ahnung, wieso er das nicht längst getan hatte. Er hatte nie daran gedacht und sie ihn nie darum gebeten. Natürlich hatte er immer gewusst, dass sie aus London kam und ein bisschen anders als andere Mütter klang, aber der leichte Akzent war auch alles. Genevieve und Victoria und Lindy sagten zwar ständig, sie würde seit dem Unfall so britisch klingen, doch er hörte keinen großen Unterschied zu früher.

Er wusste jetzt viel mehr über seine Mum. Das Viertel, in dem sie aufgewachsen war, hieß Forest Hill, was passte, denn ihr Elternhaus lag auf einem Hügel und ringsum waren Bäume. In der Nähe war ein berühmtes Museum, das Horniman Museum. Auch das hatte er ihr auf Google Street View gezeigt. Sie hatte ihm erzählt, was für spannende Sachen es da zu sehen gab: Vögel und Käfer und sogar ein ausgestopftes Walross. Also war er auf die Webseite gegangen, und dann hatten sie sich gemeinsam angesehen, was da alles im Museum war, sich die Videos angeschaut, eine virtuelle Tour gemacht und alles über das Walross gelesen. Wieder hatte seine Mum gestaunt. Sie hatte auf die Vitrinen mit den Vögeln gezeigt, an die erinnerte sie sich, und an den Garten, in dem sie gepicknickt hatte. Das sah echt schön aus, hatte Ig ihr zugestimmt. Das würde er eines Tages gern mal selbst sehen.

»Ich hab's gleich, Ig«, sagte sein Vater und legte noch einen Pullover in den Koffer. »Hier ist es so heiß, ich kann mir gar nicht vorstellen, irgendetwas Warmes anzuziehen.«

»Du wirst es brauchen. Ich hab im Netz geguckt. Es wird da sehr kalt und nass.«

»Ich glaube, in Irland ist es ständig kalt und nass.« Nick setzte sich aufs Bett. »Kommst du klar, kleiner Mann? Wegen deiner Mum?«

Ig nickte.

»Sie ist noch immer deine Mutter. In ihrem Innern. Sie wird schon wieder.«

Ig nickte erneut. Sie schwiegen, dann widmete sich Nick wieder seinem Koffer.

»Wenn ich mir ein neues Leben erfinden könnte, würde ich mir Superkräfte geben«, sagte Ig. »Nicht einen neuen Mann und ein neues Kind, so wie Mum.«

»Wirklich?«, fragte Nick. »Was für Superkräfte?«

»Flügel. Und ich wäre unsichtbar. Vielleicht hätte ich auch eine Waffe, die aus meinen Fingern oder Füßen kommt, und mit der könnte ich dann all meine Angreifer überraschen.«

»Das wäre in der Schule sicher praktisch. Wenn man fliegen könnte oder unsichtbar wäre.«

Ig nickte.

»Ist es okay, in deiner alten Schule?«

Ig zuckte mit den Achseln. »Es ist okay.« Er sprang vom Bett. »Bis nachher, Dad.«

»Bis nachher.«

Er war schon an der Tür, doch sein Vater rief ihn noch einmal zurück.

»Du kümmerst dich um deine Mum, wenn ich weg bin, oder?«

»Klar«, sagte Ig.

Als er über den Hof zu seinem Spielhaus ging, fühlte er sich richtig gut. Er mochte es, wenn sein Dad mit ihm über Erwachsenendinge redete.

Celias Bus war pünktlich. Genevieve und Nick holten sie in Hawker ab. Genevieve schlug vor, dort einen Tee zu trinken.

»Hier lässt es sich leichter über die Grundregeln sprechen, Tante Celia«, sagte Genevieve, als sie an einem Ecktisch Platz nahmen. Sie war froh, dass sie niemanden kannte. Unter den Gästen waren ausschließlich Touristen.

»Grundregeln?«, erwiderte Celia. »Das klingt ein wenig übertrieben.«

»Wir verhalten uns genau so, wie es uns die Neurologin geraten hat«, erklärte Genevieve. »Wir nennen sie Angela, nicht Mum, und wir siezen sie. Alle, bis auf Ig. Wir gehen auf alles ein, was sie uns über ihr Leben in London, ihren Mann Will und ihre Tochter Lexie erzählt.«

Celia schniefte. »Das erscheint mir ziemlich übertrieben. Nick, was hältst du davon?«

»Angela hat einen vorübergehenden Hirnschaden, Celia«, sagte Nick. »Das ist Teil ihrer Behandlung. Du bist uns willkommen, das weißt du, aber dann musst du dich entsprechend verhalten.«

Bravo, Dad, dachte Genevieve.

»Aber wird sie sich je davon erholen?«, fragte Celia. »Oder müssen wir diese Scharade jetzt auf ewig spielen?«

Genevieve konnte sich nur mit Mühe beherrschen. »Es ist ein ziemlich seltenes Krankheitsbild, aber, ja, in den meisten Fällen kommt das Gedächtnis zurück. Nicht immer vollständig, doch meist zu großen Teilen.«

»Und wie lange dauert das?«

»Wochen, Monate. In einem Fall auch Jahre. Es gibt kein Muster. Aber wenn dir das zu schwerfällt, wäre es vielleicht besser, du würdest im Moment nicht zu uns kommen.« Genevieve ignorierte den strafenden Seitenblick ihres Vaters. Ihr Beschützerinstinkt trieb sie voran. »Es wäre furchtbar für uns, wenn Angela einen Rückschlag erleiden würde.«

»Du bist nicht gerade subtil, Genevieve«, sagte Celia.

»Ich kann noch unsubtiler werden«, erwiderte Genevieve. »Bitte tu und sage nichts, was Angela aufwühlen könnte, Celia. Im Übrigen werde ich dafür sorgen, dass das nicht geschieht.«

»Lässt du tatsächlich zu, dass sie so mit mir spricht, Nick?«

Genevieve antwortete für ihren Vater. »Dad fährt bald nach Irland, Celia. Und in der Zeit schwinge ich das Zepter.«

»Das reicht jetzt, alle beide.« Nick stand auf. »Fahren wir nach Hause.«

Angela hatte sich mit einem Buch in ihr Zimmer zurückgezogen. Sie ließ sich erst eine Stunde nach Celias Ankunft blicken und erschien mit falsch geknöpfter Bluse.

Genevieve stellte beide einander vor, nannte Angela einen Gast aus England. »Aus dem fernen London.«

Angela streckte die Hand aus und lächelte. »Es ist schön, Sie kennenzulernen, Celia.«

»Schön, Sie kennenzulernen«, erwiderte Celia, woraufhin Angela den Raum verließ.

»Sie sieht aus wie immer«, sagte Celia etwas zu laut. »Man sollte gar nicht denken, dass mit ihr irgendwas nicht stimmt.«

Genevieve versuchte, sie zu beschwichtigen. »Was hast du denn erwartet?«

»So wie du dich eben aufgeführt hast, hatte ich eine Fremde erwartet. Auf mich wirkt sie ganz normal.«

»Es zeigt sich nach und nach«, sagte Victoria.

Celia nahm ein geziertes Schlückchen Tee. »Ich bin sehr gespannt.«

Am nächsten Tag sollte Nick zu seiner großen Reise aufbrechen. Zuvor wollte er noch einmal nach Port Augusta fahren, um letzte warme Sachen und ein australisches Mitbringsel für Carol zu besorgen.

Lindy nutzte sofort die Gelegenheit und stürzte sich auf den Computer. Wann immer es ging, war sie im Büro, aktualisierte ihre Kissen-Webseite, hoffte auf neue Aufträge oder skypte mit Richard. Nun rannte sie nur fünf Minuten später wieder durch den Flur.

»Richard will herkommen!«

»Während Dad weg ist?«, fragte Genevieve.

»Dad hat sicher nichts dagegen.«

»Richard weiß doch wegen Mum Bescheid, oder?«, fragte Victoria. »Wird er damit zurechtkommen?«

»Natürlich wird er das. Natürlich weiß er Bescheid. Wir reden über alles. Gestern Abend hat er sich über Skype gemeldet, als ich es gerade tun wollte. Es ist, als ob wir eine übersinnliche Verbindung hätten.«

»Wow«, sagte Genevieve. »Auch wenn ich es eher Internetverbindung nennen würde.«

»Du bist doch nur neidisch«, erwiderte Lindy. »Weil ich einen Freund hab und du nicht.« Damit stolzierte sie zurück ins Büro.

Victoria legte Genevieve eine Hand auf den Arm. »Nicht. Lass es gut sein. Lass sie in Ruhe.«

»Wie denn? Lindy scheint als Einzige nicht zu bemerken, was mit Mum los ist.«

»Jeder von uns geht anders damit um. Und jeder von uns braucht eine Ablenkung. Für sie ist das wahrscheinlich Richard.«

»Und wahrscheinlich ist das für mich mein Zorn auf Lindy«, sagte Genevieve.

Genevieve wartete, bis Lindy ihr Gespräch mit Richard beendet hatte, und ging dann ins Büro. Sie bemühte sich, Victorias Rat zu befolgen. Nett zu sein. Verständnisvoll.

»Wie geht es dir, Lindy? Wegen Mum? Kommst du klar?«

»Bestens«, sagte Lindy. »Wieso? Ist heute was passiert?«

Genevieve bohrte die Nägel in die Handflächen. »Es ist nur, weil es uns allen doch ziemlich nahegeht. Mum ist Mum und auch nicht. Ich wollte nur sichergehen, dass du zurechtkommst.«

Die Frage schien Lindy wirklich zu erstaunen. »Na ja, klar. Alles läuft doch so, wie Dr. Morgan es gesagt hat. Wir müssen uns einfach entsprechend verhalten. Geduldig und optimistisch bleiben. Uns beschäftigen. Genau das mache ich. Also alles okay, oder?«

Genevieve wusste nicht, ob sie ihre Schwester ohrfeigen oder umarmen sollte. »Sicher, Lindy. Alles großartig.«

Nick war nicht nach Port Augusta gefahren, um warme Kleidung und Mitbringsel zu kaufen. Sondern um vor seiner Abreise noch einmal mit seinem Psychologen zu sprechen. Es dauerte lange, bis er Jim erzählt hatte, was alles seit dem letzten Termin geschehen war.

»Konfabulation?«, erwiderte Jim. »Was für eine faszinierende Verfassung. Und Angela ist in wirklich guten Händen. Dr. Morgans Ruf ist bis zu mir gedrungen. Ich stimme ihr im Übrigen zu: Ihre Reise nach Irland ist das Beste, was Sie tun können. Nicht nur im Hinblick auf das Familientreffen, sondern auch auf Sie und Angela. Wie hat sich Ihr Verhältnis zu Angela verändert?«

»Es gibt kein Verhältnis. Es ist, als ob sie eine Fremde wäre, ein Gast auf Zeit. Wir sagen uns Guten Morgen, Guten Abend und reden über das Wetter.«

»Trotzdem, spüren Sie irgendeine Verbindung zu ihr? Kommt sie Ihnen noch wie Ihre Ehefrau vor?«

Nick dachte nach. »Ja. Doch. Sie erinnert mich ständig an die alte Angela. Die Angela von ganz früher, meine ich, nicht die Angela von vor dem Unfall. Sie ist so entspannt. So glücklich. Sie lacht so viel. Macht lange Spaziergänge. Liest. Sieht fern.«

»Die alte Angela nicht?«

»Sie hatte zu viel um die Ohren. Und sie hatte ständig schlimme Kopfschmerzen. Seit Monaten.«

»Gibt es irgendeinen körperlichen Kontakt zwischen Ihnen?«

Nick schüttelte den Kopf. »Das war schon vor dem Unfall so. Seit Langem.«

»Lassen Sie es mich anders formulieren: Fühlen Sie sich zu ihr hingezogen? Stärker oder schwächer als zur alten Angela?«

»Die alte Angela war wunderschön. Die neue Angela ist ihr Ebenbild.«

»Sie finden sie also noch attraktiv?«

Er nickte.

»Das ist doch ein gutes Zeichen. Wie geht es Ihnen damit?«

Nick antwortete wahrheitsgemäß. »Ich bin traurig. Sie fehlt mir. Ich habe Angst, dass sie nie mehr zurückkommt. Dass sich dieser Zustand nie mehr ändert. Dass ich vor dem Unfall kein guter Ehemann mehr für sie war. Und dass, falls sie Erinnerungen an mich hat, diese …« Er brach ab, ihm versagte die Stimme. Nach einer Weile fuhr er fort. »Dass es keine schönen sind. Dass es zwischen uns vorbei ist. Dass Angela, wenn sie zurückkommt, mich nicht mehr lieben wird.«

Jim wartete in Ruhe ab, bis sich Nick ausgesprochen hatte. »Lieben Sie sie noch?«

Er nickte.

»Dann halten Sie daran fest. Verreisen Sie, nutzen Sie die Zeit für sich, weg von Angela, von Ihrer Familie. Und vor allem ...«

»Sagen Sie jetzt bitte nicht, dass ich geduldig bleiben soll. Oder optimistisch.«

Jim lächelte. »Ich wollte eigentlich nur sagen, kommen Sie heil zurück.«

Früh um sieben Uhr am nächsten Morgen warteten Genevieve und Nick in Hawker auf den Bus nach Adelaide. Unter den Wartenden waren einige Bekannte, mit denen sie kurz sprachen. Mittlerweile waren sie geübt darin, möglichst wenig über Angela zu sagen, ohne unhöflich zu sein. Ja, es ging ihr immer besser. Ja, das war wirklich Glück, es hätte sehr viel schlimmer kommen können. Ja, es war toll, dass Nick trotzdem verreiste.

»Bist du sicher, dass du wirklich alles hast?«, fragte Genevieve erneut, als sie wieder allein waren.

»Reisepass, Ticket. Euros. Ja danke.«

»Und Carol holt dich auch bestimmt in Dublin ab? Ich habe euch in letzter Zeit kaum reden hören.«

»Sie war verreist. Aber es ist alles organisiert.«

»Du wirst keine Affäre mit ihr beginnen, oder, Dad?«

»Zum letzten Mal, Genevieve, ich habe und ich werde keine Affäre ...«

Genevieve schob ihren Arm durch seinen. »Ich zieh dich doch nur auf. Ehrlich. Es ist schließlich mein Job, dir auf die Nerven zu gehen.«

Er lächelte. »In dem Job bist du wirklich gut.«

In dem Moment kam der Bus. Die Passagiere setzten sich in Bewegung. Der Fahrer stieg aus und lud das Gepäck ein.

»Ich bin stolz auf dich«, sagte Genevieve plötzlich.

»Ist das auch ein Scherz?«

»Das ist mir ernst, Dad. Ich bin wirklich stolz. Ich weiß, dass die Situation gerade für alle schwer ist, und ich finde es sehr wichtig, dass du auf diese Reise gehst. Ich liebe dich dafür, dass du trotzdem fährst. Ich liebe dich überhaupt. Selbst wenn ich das manchmal sehr geschickt verberge.«

Nick umarmte Genevieve. Sehr fest. »Ich liebe dich auch. Selbst wenn du dein Bestes gibst, mich zur Weißglut zu treiben.«

»Ich? Ausgeschlossen. Und schreib uns ein paar Postkarten, hörst du?«

»Ich bin doch längst zu Hause, bis die eintreffen.«

»Das macht nichts. Und denk daran: Ig will ein Buch über irische Vögel.«

»Und was willst du?«

»Eine irische Leprechaunpuppe. Und einen Rosenkranz. Das war ein Scherz. Ich brauche nichts. Komm du nur heil und gesund zurück. Und pass da drüben auf dich auf.«

»Und pass du hier auf alle auf.« Er umarmte sie erneut. »Vor allem auf deine Mum.«

»Darauf kannst du dich verlassen.« Genevieve winkte und sah dem Bus nach, bis er am Horizont verschwand.

Angela war in ihrem Zimmer und experimentierte mit der Digitalkamera, die Ig ihr am Morgen gegeben hatte. Sie gehörte seiner Mum, hatte er gesagt. Sie hätte sie seit einer Ewigkeit nicht mehr benutzt. Vielleicht wollte Angela es mal versuchen?

Sie hatte sich eine Weile mit der Kamera auf die Veranda gesetzt und einige Fotos gemacht, doch dann hatte sich diese ältere Dame, diese Celia, zu ihr gesetzt und sie mit ihren Fragen bedrängt. Wie alt sie war, wo sie aufgewachsen war. Wie ihr Mann hieß. Was war sie von Beruf? Nach einer Weile waren die Mädchen gekommen und hatten dem Verhör ein Ende gesetzt. Das hatten sie schon öfter getan. Es war Angela nur recht. Celia sah sie häufig seltsam an. Das war ihr sehr unangenehm.

Die Kamera ließ sich leicht bedienen. Angela hatte auf der Veranda schon ziemlich viel geübt. Auch konnte man sich seine Bilder gleich ansehen, kein Warten mehr, bis der Film entwickelt war. Nun konnte sie Hunderte Bilder machen und sie Will und Lexie zeigen, wenn sie kamen.

Und das wäre ja bald. Angela musste Genevieve oder Victoria fragen, ob sie mit ihr zum Flughafen fahren und die beiden abholen würden. Genevieve hatte auch Nick zuvor zum Flughafen gebracht. Oder zumindest zum Bus in Richtung Flughafen. Angela hatte nicht alles verstanden. Als die beiden aufbrechen wollten, war sie draußen gewesen, beim Zaun, und hatte über die Weiden geschaut. Sie konnte sich an der Natur und ihrem Farbenspiel nicht sattsehen. Nick war zu ihr gekommen, um sich zu verabschieden.

Er hatte sie angesehen, und einen Augenblick lang hatte sie den überaus seltsamen Drang verspürt, ihn in den Arm zu nehmen. Ihn an sich zu ziehen. Sie hatte beinahe seinen Körper fühlen können …

Das war sehr eigenartig. Wahrscheinlich war es gut, dass er nach Irland fuhr. Und Will tat wirklich gut daran, sich auf den Weg zu ihr zu machen.

Kapitel 44

Sechsunddreißig Stunden Reisezeit. Nick hatte mitgezählt. Der Bus von Hawker nach Adelaide. Der Flug von Adelaide nach Melbourne, von Melbourne nach Dubai, Dubai nach Dublin. Dazwischen all die Stunden in zu heißen, zu grellen, zu vollen Flughäfen, die ihm wie Shoppingcenter vorgekommen waren. Wieder viele Stunden in einem engen Sitz, zu dicht neben einem fremden Menschen und als einzige Beschäftigung essen und Filme auf einem Monitor in der Größe eines Briefumschlags anschauen. Mehr als einmal war in ihm Panik aufgestiegen. Er war gefangen, in einer Metallröhre hoch oben am Himmel, Tausende Kilometer von seiner Frau, seiner Familie, von Errigal entfernt. Er musste raus. Er kam nicht raus.

Nun aber war er da. In Irland. Dublin.

Es war sechs Uhr morgens. Noch stand er hinter zahlreichen Wartenden mit dem Ausweis in der Hand vor dem Schalter. Draußen wollte Carol ihn mit einem Schild empfangen. Sie wollten sofort losfahren, noch bis Mayo. Der Reiseplan war sehr gedrängt, es gab viel zu sehen und zu tun in dieser einen Woche. Doch Carol war überzeugt, dass sich das alles bewältigen ließ.

Nick rückte einen Platz voran. Wieder einen. Endlich wurde er herangewunken. Er legte seinen Reisepass vor und wartete auf den herzlichen irischen Empfang, den lockeren Scherz. Nichts. Sein Ausweis wurde abgestempelt, zurückgereicht, der Nächste kam an die Reihe.

Als Nick zur Gepäckausgabe ging, hörte er ein Summen. Das Summen wurde zu einer Melodie. »Danny Boy«. Offenbar hatten Genevieve oder Ig heimlich den Klingelton an seinem Handy geändert.

»Dad, bist du schon da?« Es waren alle vier Kinder, über Lautsprecher. »Wie war der Flug?« – »Wie fühlst du dich?« – »Welche Filme hast du gesehen?« – »Wie sieht Carol aus?«

»Ich bin noch nicht draußen. Ich warte noch auf meinen Koffer. Wie geht es Angela?«

Es war deutlich zu hören, wie Genevieve die anderen zum Schweigen brachte. »Ihr geht es gut. Keine Veränderung. Uns allen geht es gut. Wir wollten nur sehen, ob du den Flug heil überstanden hast und das Handy funktioniert.«

»Bei mir ist alles gut«, sagte er und berichtete kurz über die Flüge, das Essen, die Filme. Dann sah er seinen Koffer. »Ich muss Schluss machen.« Fast hätte er gesagt: »Gebt eurer Mum einen Kuss von mir.«

»Grüß Carol von uns!«, rief Genevieve und legte auf.

Nick hatte nicht damit gerechnet, dass vor dem Gate viele Wartende mit einem Schild stehen würden. Doch als er in die Halle trat, schauten ihm über dreißig Personen mit Schildern oder Spruchbändern entgegen, um Verwandte und Freunde aus der Ferne abzuholen. Eltern und Kinder, Großeltern und Enkel fielen sich in die Arme. Fahrer im schicken Anzug hielten ihre iPads mit den Namen ihrer Gäste in die Höhe. Carol hatte angekündigt, dass auch sie dort stehen würde. Sicher war sie aufgehalten worden. Nick schaute noch einmal auf die Schilder, las noch einmal alle Namen. Nein, nirgendwo Nick Gillespie. Er schaute auf sein Handy. Keine Nachricht. Sie hatte seine Nummer. Sein Handy funktionierte.

Vermutlich saß sie noch im Auto. Suchte einen Parkplatz. Vielleicht war sein Flug verfrüht. Er musste warten.

Eine halbe Stunde später wartete er.

Auch eine Stunde später wartete er noch.

Er hatte es schon mehrfach auf ihrem Handy versucht. Keine Antwort. Noch war nicht Bürozeit, doch Nick rief trotzdem dort an. Keine Reaktion, kein Anrufbeantworter.

Anderthalb Stunden nach seiner Ankunft wartete er immer noch.

Er erreichte Carol unter keiner ihrer Nummern. Nick zog einen Zettel hervor, den Ausdruck ihrer letzten E-Mail. Sie hatte die richtige Ankunftszeit, das richtige Datum. Zuletzt hatten sie kurz vor ihrem Urlaub miteinander gesprochen. Sie hatte so fröhlich und vergnügt wie stets geklungen, alles sei bereit und organisiert, hatte sie Nick versichert. Woraufhin er die fällige Rate überwiesen hatte, den Zuschlag für die Reisekosten. Die letzte Rate würde Ende dieser Woche fällig.

Wo also war sie?

Es hatte keinen Sinn, noch länger am Flughafen herumzusitzen. Allmählich spürte Nick die Folgen der langen Reise. Selbst wenn ein Mietwagen auf ihn gewartet hätte, hätte er nicht auf eigene Faust durch das halbe Land bis Mayo fahren können.

Er suchte nach der Touristeninformation. Eine Viertelstunde später war er auf dem Weg zum Taxistand, mit dem Namen und der Adresse eines Dubliner Hotels.

Draußen war es eiskalt. Der Himmel grau. Es regnete in einem fort. Der Taxifahrer stank nach Rauch. Er grunzte nur, als Nick ihm den Namen des Hotels nannte. Das *Gresham* auf der O'Connell Street. Während der gesamten Fahrt wartete Nick auf das heitere Gespräch, die Anekdoten. Nichts. Der Fahrer schaltete das Radio ein. Popmusik. Der Moderator hatte einen amerikanischen, keinen irischen Akzent.

Nick hatte in Dublin nicht gerade grüne Wiesen, weiß gekalkte Cottages und steinerne Umfriedungen erwartet. Doch dass die Außenbezirke in Flughafennähe an einem frühen Wintermorgen derart trostlos wirkten! Das Taxi steckte im Stau, in der morgendlichen Rushhour. Nick schaute auf Geschäfte und auf Pubs, die sämtlich die erhofften Namen trugen. Kavanagh. Fagan. Kennedy.

Das Hotel wirkte mit seiner fünfstöckigen Granitfassade und den Flaggen vor dem Eingang ziemlich nobel und teuer. Doch blieb ihm eine Wahl? Er hatte sich im Vorfeld nicht für Hotels in Dublin interessiert. Er hatte ja nur einen Tag dortbleiben wollen, am Ende seiner Rundreise. Er bezahlte das Taxi mit einem ihm fremden Geldschein und trug seinen Koffer ins Hotel. Er nahm eines der billigsten Zimmer und versuchte, den Preis in australische Dollar umzurechnen. Das Zimmer lag auf der Rückseite des Hotels mit Blick auf einen Parkplatz. Der Regen strömte unbeirrt vom Himmel. Nick musste das Licht einschalten. Wenn ihm die Uhr in der Lobby nicht angezeigt hätte, dass es zehn Uhr morgens war, hätte er geglaubt, es wäre Nacht.

Wenn Angela doch bei ihm wäre! Der Gedanke hatte ihn im Flugzeug schon begleitet. An jedem Flughafen. Auf jedem Schritt der Reise.

Nick nahm sich vor, nur kurz die Augen zu schließen. Drei Stunden später schreckte er aus dem Schlaf auf. Sein Handy piepste. Eine Textnachricht. Mit Sicherheit die ersehnte Nachricht von Carol.

Es war eine SMS von seinem Provider, der ihn in Irland willkommen hieß.

Nick holte erneut seinen Reiseplan hervor. Er rief alle Nummern an, die Carol ihm gegeben hatte. Keine Antwort.

Aber er hatte die Büroadresse. Am besten ging er gleich dorthin. Vielleicht gab es Probleme mit dem Telefonanschluss. An der Rezeption ließ er sich den Weg beschreiben. Das sei ganz in der Nähe, hieß es. Gleich am Fluss.

Es war ein dreistöckiges Gebäude aus rotem Ziegelstein, das reichlich heruntergekommen wirkte. Zur Haustür führte eine kleine Treppe, daneben waren die Klingeln. Nick suchte nach dem Firmenschild. Nichts. Er drückte auf die oberste Klingel. Keine Reaktion. Die nächste Klingel. Nach dem fünften Klingeln endlich geschah etwas. Nick nutzte die Sprechanlage. Doch eine Antwort folgte nicht, ihm wurde einfach aufgedrückt.

Der Flur war kalt. An den Wänden blätterte die Farbe ab. Auf dem Boden lag eine Schachtel mit Broschüren, obenauf ein Stapel Briefe. Nick warf einen raschen Blick darauf. Nichts war an Carols Firma adressiert. Die Broschüren warben für einen irischen Cabaret-Abend in einem Hotel am Fluss.

Er klopfte an eine Tür. Keine Reaktion. Er ging die Treppe hinauf und klopfte an weitere Türen. Schließlich traf er auf einen Mann um die dreißig, mit Bart und kräftigem Brillenrahmen. Nein, sagte er zu Nick, er kenne keine Carol. Aber er sei neu in dem Gebäude. Es seien alles Büros auf Zeit. »Versuchen Sie's mal oben«, schlug er vor.

In der obersten Etage gab es drei Türen. Nick versuchte es bei allen. Die erste Tür öffnete sich bei seinem Klopfen auf ein leeres Zimmer hin, in dem ein alter Schreibtisch und einige lose Kabel warteten. Das Fenster ging auf eine Gasse. Nick schaute hinaus. Der Wind wehte Abfall vor sich her. Das zweite Büro diente als Abstellraum. Das dritte war besetzt. Hinter einem Computer saß eine junge Frau, vermutlich eine Inderin, so Nicks Gedanke. Nein, sagte sie, sie kenne keine Carol, und sie arbeite seit acht Monaten in dem Gebäude. Hatte er auch bestimmt den richtigen Namen? Die richtige Adresse?

Nick zeigte ihr Carols E-Mail. Ja, bestätigte die Fremde, das war die korrekte Anschrift. Aber dies seien alles Büros zur kurzfristigen Miete, sagte sie, so wie der Mann aus der unteren Etage. Es herrsche ein ständiges Kommen und Gehen.

Nick hatte in sämtlichen Räumen nachgesehen. Carol war nicht da. Falls sie überhaupt je in diesem Haus gewesen war.

Auf der O'Connell Street genehmigte er sich einen Kaffee und ein Sandwich. Er hatte das dringende Bedürfnis, zu Hause anzurufen – doch mit wem sollte er reden? Der einzige Mensch, mit dem er über all das reden wollte, war Angela. Und Angela war auch der einzige Mensch, mit dem er über all das nicht reden konnte.

Auf dem Rückweg zum Hotel sah er ein Internetcafé. Fünf Minuten später saß er an einem Rechner. Er gab die Internetadresse von Carols Firma ein. Die Seite lud nicht. Er versuchte es erneut. Wieder nichts. Wann hatte er die Seite eigentlich zuletzt besucht? Das musste Monate her sein. Er und Carol hatten immer über Skype gesprochen oder per E-Mail kommuniziert. Es hatte keinen Grund gegeben, auf ihre Webseite zu gehen.

Er versuchte es noch einmal auf ihrem Handy. Keine Reaktion. Nick schrieb rasch eine E-Mail nach Hause, loggte sich aus und ging nach draußen – in die Kälte und den Regen.

Er konnte es nicht länger leugnen. Er wusste, was geschehen war. Er war auf eine Internetbetrügerin hereingefallen. Eine Frau mit irischem Akzent, mit Witz und Charme hatte ihn herausgefischt und Schritt für Schritt, Euro für Euro hingehalten. Bis zur letzten Minute. Genauer gesagt, bis zur letzten Woche. Als er ihr zum letzten Mal Geld überwiesen hatte.

Er wollte es nicht glauben. Er hatte ihre Bankdaten. Er würde sie auf diesem Wege ausfindig machen. Wenn es ein Konto in Dublin war, müsste er bloß zur Hauptniederlassung gehen und dort erklären, was passiert war. Dort würde man ihm sicher Auskunft geben.

Er schaute auf die E-Mail. Die kontoführende Stelle war nicht Dublin. Sondern Jersey. Die Kanalinsel. Das Steuerparadies.

Und so ging Nick zur Polizei.

Zwei Stunden später war er auf dem Rückweg zum Hotel. Bei der Polizei, der Garda, wie es in Irland hieß, war man ihm mit sehr viel Mitgefühl begegnet. Der Beamte, ein junger Mann Ende zwanzig, hatte sich alles angehört. Die Nummern auf Carols E-Mail angerufen. Die Webseite gegoogelt.

Nick hatte ihm die Verlegenheit erspart, das Offensichtliche auszusprechen. »Man hat mich betrogen, oder?«

»Es tut mir sehr leid, Sir, aber ich fürchte, ja. War es viel Geld?«

»Einiges«, hatte er erwidert. Wie viel würde er nie zugeben.

»Hat diese Person Ihre Kreditkartendaten? Dann sollten Sie Ihre Karte lieber sperren lassen.«

Das war das einzig Gute. Die hatte sie nicht. Nick hatte das Geld immer überwiesen. Nach Dublin, wie er geglaubt hatte. An ein freundliches Büro voller vergnügter Ahnenforscher. Nicht an ein Steuerparadies auf irgendeiner Insel. War Carol je in Dublin gewesen? Er würde es nie herausfinden. Aber eines wusste er mit Sicherheit: Er würde sie niemals zu Gesicht bekommen.

Schon bedrängten ihn die negativen Gedanken. Er war ein Idiot. Ein Narr. Wie hatte er so blöd sein können? Das nicht bemerken können? Er hatte so ein dämliches, leichtgläubiges Opfer abgegeben. Und die hohen Summen, die er ihr geschickt hatte! Für nichts! Was für …

Schluss damit.

Er hatte gelernt, wie er diese Stimme zum Schweigen bringen konnte. Jetzt musste er sich auf seine Lektion besinnen. Es waren bloß Gedanken. Er musste sie vorüberziehen lassen. Ja, das war übel, und, ja, er war betrogen worden. Doch es war nicht das Ende der Welt. Ihm selbst war nichts geschehen. Es war nur Geld. Er konzentrierte sich auf diese nüchternen Gedanken, stellte sie innerlich immer lauter. Er beruhigte sich ein wenig. Im Geist sprach er mit seinem Psychologen. *Richtig, Nick, das ist eine Situation, die Sie so nicht erwartet haben. Wie wollen Sie nun damit umgehen? Denn Sie können Ihre Reaktion steuern. Sie können sich entscheiden, wie Sie empfinden wollen. Natürlich fühlen Sie sich erniedrigt. Dämlich. Beschämt. Aber jetzt mal weiter. Was fühlen Sie noch? Erleichterung, dass es nicht noch schlimmer ist? Vielleicht können Sie sich sogar eingestehen, dass Sie immer irgendwo vermutet hatten, dass Carol eine Nummer zu gut gewesen ist, um wahr zu sein?* Oder war das eine Erkenntnis im Nachhinein, ein Versuch, den letzten Stolz zu wahren? Ja. Doch es half ihm. Es war nur Geld. Und er war da, oder? In Irland. Dem Land seiner Vorfahren.

Aber was zur Hölle sollte er jetzt tun?

Vollkommen ratlos saß er in seinem Hotelzimmer

herum. Er war zwar müde, doch an Schlaf war nicht zu denken. Er war versucht, nach unten in die Bar zu gehen und sich ein Bier zu bestellen. Das erste Guinness auf irischem Boden, auf das er sich so gefreut hatte. Doch das war nicht der richtige Moment.

Nick ging nach unten, setzte sich in die Lobby und bestellte einen Tee. Er wollte lesen. Keine Zeitung, auch kein Buch. Sondern die Aufzeichnungen seines Onkels. Erst im letzten Moment hatte er sie eingepackt. Er hatte sie schon einmal gelesen, bei Celia, im Krankenhaus, in jenen schrecklichen ersten Tagen gleich im Anschluss an Angelas Unfall. Da war ihm jede Ablenkung willkommen gewesen. Damals hatte er seinen Onkel bedauert. Was für ein Unterschied zu den detaillierten Angaben, die Carol ihm geschickt hatte! Sein armer Onkel, wie vielen Irrtümern war er aufgesessen.

Die Fakten mochten falsch sein. All die Adressen, Geburtsurkunden, Dokumente. Wer wollte ausschließen, dass nicht auch sein Onkel an irgendeinem Punkt betrogen worden war? Doch es war besser als nichts. Und es war alles, was ihm blieb.

Kapitel 45

»Das war's«, sagte Ig und lehnte sich im Bürostuhl zurück. »Du kannst loslegen.«

Genevieve schüttelte den Kopf. »Wieso weißt du mit deinen zehn Jahren, wie man eine Webseite einrichtet?«

»Erstens ist es einfach, zweitens bin ich beinah elf.«

»Es kann nicht einfach sein, sonst wüsste ich ja, wie es geht.« Der Bildschirm war ein Farbenrausch. Ganz oben stand: *Haarsträubend!* Ig hatte einen Cartoon von einer Frau gefunden, die unter einer Trockenhaube saß, mit einer Brille im Stil der Fünfzigerjahre und einer langen Zigarettenspitze. Darunter hatte Genevieve geschrieben: *Ich kann (k)ein Geheimnis wahren!*

»Ich fass es nicht, dass du das wirklich tust«, sagte Victoria. »Das schreit doch förmlich nach Ärger. Nach allem, was dir in New York und mir in Sydney passiert ist. Im Ernst, Genevieve. So was bringt schlechtes Karma.«

»Ach was, so was bringt nur ein wenig Spaß! Ich muss irgendetwas tun, sonst verkümmert mein armes Gehirn. Ihr lasst mich ja nicht an euer Haar, nicht mal Celia. Und ich kann nicht hier herumsitzen und warten, bis Angelas nachgewachsen ist.«

»Fangen wir an«, sagte Ig und zog den Stuhl näher an den Rechner. »Erzähl mir ein paar Geheimnisse.«

»Okay, lass mich nachdenken. Einer der Schauspieler, mit denen ich an der ersten Serie gearbeitet habe, war dreimal im Entzug. Er ist immer wieder ausgebrochen, wortwörtlich. Dann mussten wir jedes Mal los, ihn suchen. Ich glaub, ich war dadurch in jeder Bar in Greenwich Village.«

»Der arme Kerl. Warum sollte das bekannt werden?«, gab Victoria zu bedenken. »Vielleicht ist er immer noch in Therapie. Das könnte ihn um Monate zurückwerfen.«

»Du hast recht. Zu persönlich. Was ist mit dieser Indie-Band aus Seattle, für deren Video ich gearbeitet habe? Die Sängerin ist in Wirklichkeit nämlich gar nicht so mit dem Bassisten verheiratet, wie man sich das vorstellt. Sondern lesbisch.«

»Ja und?«, sagte Victoria. »Das geht nur sie was an.«

Genevieve fuhr herum. »Kannst du bitte mit diesem Störfeuer aufhören? Ich versuche mich an einer Karriere als Klatsch- und Skandalreporterin, und du machst mir nur Stress.«

»Weil ich damit nicht einverstanden bin.«

»Du warst mir deutlich lieber, als ich dich noch unter Kontrolle hatte«, sagte Genevieve mit einem Zwinkern. Victoria verdrehte nur die Augen. »Okay, Ig. Sie hat gewonnen. Vergessen wir das mit dem VIP-Tratsch. Dann fang ich eben mit Horrorgeschichten aus meinem Friseurleben an. Wenn das *die* Seite wird, auf der sich meine Kollegen austauschen, schalten die Shampoo-Firmen sicher jede Menge Werbung. Und das heißt, schnelles Geld.«

Ig wartete. Victoria ebenfalls.

»Na los«, drängte Victoria. »Erzähl uns ein paar Horrorstorys.«

»Mir fällt gerade keine ein. Von einigen verzogenen Filmstars abgesehen mochte ich meine Kunden.« Genevieve nahm Ig die Maus ab, googelte nach einem Friseurverband und klickte auf die Chatfunktion. »Dann bitte ich andere Stylisten, mir anonym ihre Geschichten zu mailen. Da kommen sicher Hunderte.« Genevieve tippte eilig: *Wer weiß Horrorstorys zu berichten? Von grässlichen Kunden? Färbekatastrophen? Laden Sie Ihren Kummer auf meine Webseite!*

»Was macht ihr da?«

Genevieve drehte sich zu Lindy um. »Wir reden über dich. Wo ist Angela? Solltest du sie nicht im Auge behalten?«

»Sie ist draußen, mit der Kamera. So viel hat Mum früher nicht fotografiert, oder?«

»Ich glaube, sie hat die Kamera noch nie benutzt«, sagte Victoria.

»Ihre Fotos sind echt gut«, sagte Ig.

»Woher weißt du das?«, fragte Genevieve.

»Ich hab sie für sie hochgeladen. Ich zeig sie euch.« Damit nahm er Genevieve die Maus wieder ab.

»Woher kennst du überhaupt ein Wort wie hochladen?«, fragte sie. »Bist du ein geschrumpfter Mann im Körper eines Kindes, oder wie?«

Ig reagierte nicht und klickte so lange, bis er auf einen Ordner mit dem Namen *Angelas Fotos* stieß, in dem zahllose Aufnahmen gespeichert waren. Keine Landschaftspanoramen, sondern Details: die blaue Tür des Töpferschuppens, der rote Rosenstrauch. Die Reflexion des Sonnenlichts auf den Metallstäben eines Pferchs. Die gold schimmernden Steine der Kapelle. Die einzelne Feder eines Rosakakadus, die auf der Erde lag.

»Die sind wirklich gut«, sagte Victoria. »Das wären schöne Motive für Postkarten.«

»Irgendwas von Dad?«, fragte Lindy.

»Nur eine E-Mail«, sagte Genevieve. »Er hat Jetlag, aber sonst läuft alles gut.«

»Kann ich jetzt an den Rechner?«, fragte Lindy.

»Willst du schon wieder mit Richard skypen? Er kommt doch sowieso bald, oder?«

»Das musste er verschieben. Er ist erst mal weggefahren, in Lernklausur. Nach Phillip Island. Eine Freundin von Jane hat da ein Ferienhaus.«

»Willst du etwa sagen, dass er mit der Schrecklichen Jane da ist? Nur die beiden?« Als Lindy nickte, gab Genevieve ein leises Pfeifen von sich. »Du bist aber sehr vertrauensselig. Oder sollte ich lieber sagen, sehr naiv?«

»Natürlich vertraue ich ihm, Genevieve. Vertrauen ist die Basis einer jeden guten Beziehung. Sie ist seine Mitbewohnerin. Und er mein Freund. Außerdem will ich nur auf meiner Webseite nachsehen, ob es einen neuen Auftrag gibt. Das Weisheitszahn-Kissen ist endlich fertig. Das hat eine Ewigkeit gedauert.«

Victoria zwickte Genevieve. Ig grinste in sich hinein.

»Bravo«, sagte Genevieve. »Soll ich es für dich durch die Rechtschreibprüfung laufen lassen?«

»Sehr witzig.« Lindy setzte sich und ging auf ihre Webseite. Die anderen wollten gerade das Büro verlassen, da schimpfte Lindy: »Das ist doch wohl ein Scherz. Kommt das von dir, Genevieve? Weil das nämlich nicht komisch wäre.«

»Es muss komisch sein, wenn es von mir kommt. Aber wovon redest du?«

»Diesem Auftrag hier, für zwanzig Kissen. O mein *Gott.* Nicht zwanzig, da steht zweihundert Kissen. *Zweihundert.*«

»Das muss ein Tippfehler sein.«

»Das ist kein Tippfehler«, meldete sich eine neue Stimme.

Alle fuhren herum. Zu Celia. »Der Auftrag stammt von mir.«

»Zweihundert?«, fragte Lindy. »Hast du zwei gemeint?«

»Nein, ich meine zweihundert. Vielleicht sogar noch mehr. Ich dachte, deine Kissen wären die perfekte Erinnerung an das Familientreffen, das dein Vater plant. Eine Handarbeit, von einer Gillespie persönlich. Über das Muster entscheidest du, aber ich dachte, Kleeblätter würden sich recht hübsch machen. Und ein schlichter Text, *Gillespie-Treffen, Irland*, und das Datum sollten reichen, meinst du nicht?«

Alle standen mit offenem Mund da.

»Aber das wird Wochen dauern. Monate«, sagte Lindy. »Und ein Vermögen kosten.«

»Du hast Zeit, ich habe Geld. Das ist mein Beitrag zum Familientreffen. Ich hasse es zu fliegen, also werde ich wohl kaum hinreisen. So bin ich indirekt dabei. Mein Mann wäre einverstanden, da bin ich mir sicher.«

Lindy strahlte. »Ich fasse es nicht! Endlich kann ich all meine Bestände aufbrauchen! Womöglich muss ich sogar nachbestellen!«

»Nein!«, riefen Victoria und Genevieve wie aus einem Munde.

Lindy sprang aus dem Stuhl und schlang die Arme um Celia. »O Celia, danke! Du rettest mir das Leben. Ich fange sofort an.«

Celia richtete sich das Haar. »Gemach, junge Frau. Kein Grund für so viel Ausgelassenheit.« Doch sie konnte nicht verhehlen, dass ihr das gefallen hatte.

Etwas später machten sich Genevieve und Victoria auf den Weg zur Farm der Ryans, sechzig Kilometer westlich von Errigal. Sie hatten sich zwei Tage zuvor verabredet. Eine gemeinsame Mission, hatte Genevieve den Ausflug getauft. Victoria wollte die Familie interviewen – drei Generationen Farmer –, Genevieve allen die Haare machen.

Genevieve war in ihrem Element. Die Arbeit funktionierte wie an einem Fließband. Erst sprachen die Mitglieder der Familie, männlich wie weiblich, alt und jung, der Reihe nach mit Victoria. Im Anschluss an das Interview kamen alle in den Wintergarten, wo Genevieve frisierte und das Haar schnitt. Ihr gelang sogar eine Dauerwelle in der Waschküche. Sie fühlte sich, als wäre sie wieder Lehrling, die unentwegten Gespräche, die ständige Bewegung, von einem Kopf zum nächsten. Natürlich fragten alle nach Angela, doch bald schon kamen andere Themen hinzu: Sport, Gesundheit, Fernsehen, Wetter, Promi-Klatsch, Beziehungen.

»Das war großartig«, sagte Genevieve, als sie den Ryans fünf Stunden später zum Abschied winkten. »Vielleicht sollten wir gemeinsam ein Geschäft aufbauen.«

Victoria zog eine Augenbraue hoch. »Ernsthaft? Das würdest du doch maximal einen Monat aushalten.«

Genevieve zuckte mit den Schultern. »Vielleicht auch zwei.«

Auf dem Rückweg bogen sie nicht gleich in Richtung Hawker ab, sondern fuhren weiter nach Port Augusta. Auf Genevieves Drängen hin hatte Victoria einen Termin bei ihrer früheren Ärztin gemacht. Und Victoria wollte, dass ihre Schwester sie begleitete.

Im Auto konnten sie ungestört reden. »Sollen wir uns die Fahrt nicht sparen?«, sagte Victoria. »Brauche ich denn noch einen Test? Ich habe drei gemacht. Und alle waren positiv. Die können unmöglich alle fehlerhaft sein. Außerdem fühle ich mich anders. Das bilde ich mir nicht ein. Es ist, als ob irgendetwas passieren würde. In mir.«

Genevieve drückte ihrer Schwester die Hand. »Du musst irgendwann zu einem Arzt gehen. Dann lieber gleich. Hast du dich schon entschieden, was du tun wirst?«

»Ich habe in letzter Zeit an nichts anderes gedacht. Und mich hundertmal umentschieden. Aber ich bin fast dreiunddreißig, Genevieve. Das ist womöglich meine einzige Chance auf ein Baby.«

»Aber es ist …«

»Ich weiß, dass es seins ist. Ich weiß, was du von ihm hältst. Was alle von ihm halten. Aber das Baby kann nichts dafür. Außerdem ist er ja nicht nur mies. Er ist auch klug und kann wirklich lustig sein und …«

»Ist verheiratet. Und hat schon Kinder«, warf Genevieve ein.

»Das war mir bekannt. Ich wusste, dass das bloß eine Affäre war. Dass das keine Zukunft hatte. Das wusste ich doch immer. Ich hatte die Wahl, Genevieve. Und ich habe es trotzdem getan. Ich bin nicht der Unschuldsengel, den Mum in ihrem Brief beschreibt.«

»Und Fred? Hast du darüber nachgedacht? Was willst du ihm sagen?«

»Ich muss ständig an ihn denken. Das ist alles furchtbar kompliziert. Aber er muss es erfahren. Ich muss es ihm sagen. Sobald er zurück ist.« Victoria zögerte. »Selbst wenn er dann sagt, dass er mich niemals wiedersehen will.«

Genevieve drückte ihrer Schwester erneut die Hand.

»Du bist eindeutig schwanger«, sagte Dr. Reynolds.

Sie hatte die Zwillinge seit nahezu fünf Jahren nicht gesehen. Vor der Untersuchung hatte Victoria ihr alle Umstände geschildert. Der Vortrag, mit dem sie halb gerechnet hatte, war ausgeblieben. Als reifere und erfahrene Ärztin blieb Dr. Reynolds sachlich. Sie rechnete den Zeitpunkt von Victorias letzter Periode aus. Sie war beinahe in der elften Woche.

»Hast du deine Optionen bedacht, Victoria?«, fragte sie.

Victoria zögerte nur sehr kurz. »Ich will es bekommen.«

»Und der Vater?«

»Der bleibt außen vor.«

»Weiß er, dass du schwanger bist?«

Victoria schüttelte den Kopf.

»Er hat ein Recht darauf, es zu wissen, das ist dir bewusst«, sagte Dr. Reynolds.

»Ich übernehme die Vaterrolle«, sagte Genevieve. »Das ist mir ernst, Victoria. Wir machen das zusammen.«

»Das wird nicht leicht«, gab Dr. Reynolds zu bedenken. »Es ist schon nicht leicht für ein Paar. Und erst recht nicht für eine alleinstehende Frau.«

»Aber sie ist keine alleinstehende Frau«, widersprach Genevieve. »Sie hat mich. Ich werde ...«

»Genevieve, redest du immer noch für deine Schwester? Ich dachte, das hättest du dir abgewöhnt.«

Genevieve hielt den Mund.

»Mir ist bewusst, dass es schwer wird«, sagte Victoria. »Aber ich möchte es versuchen.«

Zehn Minuten später waren sie auf dem Rückweg nach Errigal. Nun saß Genevieve am Steuer.

Victoria drehte sich im Sitz zu ihr. »Bin ich verrückt? Ich kann kein Kind allein großziehen, oder? Ich habe ja noch nicht mal einen richtigen Job. Ich wohne wieder bei meinen Eltern. Ich habe Schulden. Ich bin doch selbst nicht erwachsen. Wie soll ich die Verantwortung für ein Baby übernehmen?«

»Wie du sagst, es ist ein Baby. Es ist winzig. Das schaffen wir schon. Wir haben doch bei Ig geübt. Und sieh, was aus ihm geworden ist. Danach wird unser Baby doch ein Kinderspiel.«

»Unser Baby?«

»Natürlich ist es unser Baby. Glaubst du, ich würde dich damit allein lassen? Mich wirst du nicht mehr los. Außer wenn die Wehen kommen. Dann ist sie oder er ganz dein. Dann warte ich lieber draußen mit Zigarre und den anderen Vätern.«

Victorias Augen füllten sich mit Tränen. »Was würde ich nur ohne dich tun, Genevieve?«

»Elendig vergehen?« Genevieve wurde ernst. »Lass uns einen Gang runterschalten, Victoria. Ein Schritt nach dem anderen. Mein Rat wäre, dass wir im Moment zu niemandem etwas sagen. Nicht zu Fred, nicht zur Familie, zu absolut niemandem. Wir behalten das für uns, bis du dich wirklich an den Gedanken gewöhnt hast. Du bist so wunderschön weiblich. Man wird dir sowieso noch lange nichts ansehen.«

Victoria nickte. Sie hatte in der Tat noch reichlich Zeit. Sie schaute an sich hinab und legte eine Hand auf ihren Bauch. »Da ist ein Baby drin. Ist es zu fassen?«

»Ist es nicht«, erwiderte Genevieve. »Es ist unbegreiflich. Ich hab immer gedacht, die Nonnen hätten uns belogen.«

Als Genevieve und Lindy am nächsten Morgen mit Ig zur Schule fuhren, machten Victoria und Angela einen Spaziergang. Angela hatte ihre Kamera mitgenommen. Beim Frühstück hatte sie sich nach einer Wildblume erkundigt, mit kleinen blauen Blüten. Sie wollte sie unbedingt fotografieren, konnte sich aber nicht erinnern, wo sie ihr aufgefallen war. Victoria hatte ein Büschel am Fuß des Schaukelbergs gesehen. Nun waren sie auf dem Weg dorthin.

Es war ein wunderschöner Morgen, warm und sonnig. Ein Vogelquartett flatterte um eine Baumgruppe. Angela wollte wissen, wie die Art hieß. »Das sind einheimische Papageien, aber mehr weiß ich nicht«, erwiderte Victoria.

»Ich werde Ig später fragen«, sagte Angela. »Er kennt nahezu jeden Vogel. Er sollte später einmal Wanderführer werden.«

»Soweit ich weiß, will er Computerhacker werden, aber das ist keine schlechte Alternative«, sagte Victoria.

Die meiste Zeit aber herrschte zwischen ihnen ein entspanntes Schweigen. Victoria versuchte sich zu erinnern, ob das mit der alten Angela genauso gewesen war. Sie glaubte nicht, dass sie mit der alten Angela überhaupt je zu einem Spaziergang aufgebrochen war. Ihre Mum war viel zu beschäftigt gewesen, immer hatte sie etwas geplant, vorbereitet oder aufgeräumt. Sah so das Leben einer Mutter aus? Hatte man mit seinen Kindern derart viel zu tun, dass man keine Zeit mehr für sich selbst hatte? Victoria durchfuhr ein Ruck. Es war nicht das Baby, das strampelte, dafür war es viel zu früh. Es war die plötzliche Erkenntnis. Sie würde Mutter. Bald würde sie eine Tochter oder einen Sohn bekommen. Zum Ende des Jahres.

»Ich bin schwanger, Angela.«

Sie hatte nicht nachgedacht. Sie hatte die Worte ausgesprochen, weil sie plötzlich einem anderen Menschen außer Genevieve von ihrer Schwangerschaft erzählen wollte. Weil sie es ihrer Mutter erzählen wollte, selbst wenn die neue anders als die alte auftrat.

»Wirklich?«, fragte Angela. »Ist das eine gute oder eine schlechte Neuigkeit?«

»Die Schwangerschaft ist nicht das Problem. Aber ich habe keine Beziehung zu dem Vater. Also, ich hatte eine, aber jetzt nicht mehr.«

»Haben Sie das Ihren Eltern schon erzählt?«

»Noch nicht. Ich wollte Dad die Reise nicht verderben. Und Mum ist weg.«

»Sie sollten sie vermutlich anrufen.«

»Ich wollte warten, bis ich es ihr selbst sagen kann«, erwiderte Victoria.

Sie setzten den Spaziergang fort. Angela wollte vieles wissen: In der wievielten Woche war sie? Wann war der Geburtstermin? Wie ging es ihr? Die üblichen Fragen eines interessierten, aber nicht sonderlich besorgten Gegenübers. Die Fragen einer Fremden, nicht die einer Mutter. Trotzdem war es seltsam tröstlich, mit ihr zu reden.

»Leiden Sie an Schwindel oder Morgenübelkeit?«, fragte Angela.

»Nicht wirklich. Wahrscheinlich habe ich großes Glück. Aber ich fühle mich anders. Irgendwie gefüllt, wenn Sie wissen, was ich meine. Als ob irgendetwas in mir vorgeht, aber mir nicht klar ist, was.«

»Sie wissen, dass Sie Weichkäse meiden sollten? Und Pastete? Und falls die Morgenübelkeit Sie überfällt, dann ...« Angela runzelte die Stirn. »Entschuldigung, ich habe es vergessen. Aber ich weiß, dass es bei mir jedes Mal geholfen hat.«

»Jedes Mal?«

»Bei all meinen Schwangerschaften.«

»Wie oft waren Sie denn schwanger?«

Wieder der verwirrte Blick. »Einmal. Mit Lexie. Das ist seltsam. Ich hätte fast gesagt – dreimal.«

Dreimal. Drei Schwangerschaften. Die Zwillinge, Lindy, Ig. Victoria wollte gerade etwas sagen, da blieb Angela stehen und wies auf den Boden. »Da sind sie doch, oder? Die blauen Blumen.«

Danach war Victorias Schwangerschaft kein Thema mehr. Erst als sie fast am Haus waren, bat Victoria: »Angela, was ich Ihnen vorhin erzählt habe, von mir – würde es Ihnen etwas ausmachen, das für sich zu behalten?«

»Was haben Sie mir denn vorhin erzählt?«

Victoria lächelte. »Ach, gar nichts. Vergessen Sie's.«

Als Genevieve abends von dem Gespräch erfuhr, geriet sie außer sich. »Lassen wir beiseite, dass sie sich an ihre drei Schwangerschaften erinnert hat. Ich fass es einfach nicht, dass du ihr von dir erzählt hast.«

»Wir haben uns unterhalten, alles war so entspannt, sie hat wie Mum ausgesehen, sie hat wie Mum geklungen, und plötzlich wollte ich es Mum erzählen.«

»Und wenn sie es den anderen erzählt? Bevor du dazu bereit bist?«

»Ich habe sie gebeten, darüber zu schweigen. Ich vertraue ihr.«

»Na, hoffentlich liegst du damit richtig.«

Am nächsten Tag, einem Samstag, warteten die Zwillinge auf irgendein Anzeichen dafür, dass sich Angela verplappert hatte. Es gab keines. Nur Celia verhielt sich ungewohnt. Im Verbund mit Lindy. Seit Celias Großauftrag waren die beiden zu einem Team zusammengewachsen.

»Lindy schleimt sich nur bei ihr ein, weil sie weiß, dass da Geld zu holen ist«, sagte Genevieve.

»Sei nicht immer so zynisch«, erwiderte Victoria. »Die beiden verstehen sich wirklich. Ich glaube, dass Celia ihr guttut. Celia hat sogar Ig rekrutiert.«

Zu dritt hatten sie den Wollschuppen übernommen. Celia hatte Ig und Lindy aufgetragen, den Boden zu wischen und dann eine Plane auszulegen. Sie führte das Kommando von einem Stuhl am Eingang aus.

»Es hat keinen Sinn, das ganze Material in Kartons

aufzubewahren und jedes Mal, wenn du einen Faden brauchst, Ignatius auf die Suche zu schicken«, sagte Celia. »Du brauchst ein System.«

»Woher kennst du dich mit so was aus?« Lindy stellte den Besen beiseite und wischte sich das verschwitzte Haar aus der Stirn.

»Ich habe vierzig Jahre lang im Ersatzteilhandel meines Mannes gearbeitet, Rosalind. Und bisweilen haben wir über zweihundert Reparaturwerkstätten beliefert. Beim Thema Angebot und Nachfrage gibt es nichts, was ich nicht weiß.«

»Ich dachte immer, du wärst bloß seine Sekretärin gewesen.«

»*Ich* habe den Laden geschmissen! Er war nur das Aushängeschild. Es ist leider so, dass die Kunden in diesem Metier lieber mit einem Mann als mit einer Frau zu tun haben. Sexistisch, aber wahr. Also, machen wir uns an die Arbeit. Wir werden die ganzen Kartons auspacken und Garne, Kissenhüllen und Füllmaterial systematisieren.«

»Was ist mit meinem Häuschen?«, fragte Ig.

»Wir brauchen nur den Inhalt, Ignatius. Die Kartons kannst du behalten. Beweglicher sind sie dann außerdem.«

»Eine Win-win-Situation«, sagte Ig und schwang mit neuem Elan den Besen.

»Wo ist Angela?«, fragte Genevieve ihre Zwillingsschwester. »Sie ist weder auf der Veranda noch in ihrem Zimmer.«

»Sie ist draußen, am Eukalyptus«, sagte Victoria. Sie saß mit ihrem Aufnahmegerät am Küchentisch und hörte sich die jüngsten Interviews an. »Ich glaube, sie macht Fotos von den Blättern.«

»Kannst du sie im Auge behalten? Ich will ausgiebig baden. Mal so richtig Wasser verschwenden, wenn Dad nicht da ist und schimpfen kann.«

»Klar«, sagte Victoria.

Angela hatte genug fotografiert. Nun stand sie vor der Entscheidung, schlafen oder lesen. Auf Errigal war es so unglaublich entspannend, das Wetter immer gut, jeden Tag. Manchmal wurde es ein wenig heiß, doch im Haus war es kühl, und auf der Veranda wehte stets eine leichte Brise.

Eigentlich hätte sie sich die Sehenswürdigkeiten anschauen sollen, doch das konnte warten, bis Will und Lexie kamen. Dann konnten sie alles gemeinsam entdecken. Die Gegend war so schön. Es gab so viele Motive für ihre Kamera. Sie hatte sich ganz auf Nahaufnahmen konzentriert. Das große Ganze ließ sich nicht auf ein Foto bannen. Die Farben änderten sich dramatisch, und dieser weite Himmel – dem würde kein Foto je gerecht. Vielleicht konnte sie sogar einige ihrer Bilder in London nutzen. Sich von den Farben für ihre Glasuren inspirieren lassen.

Sie dachte an die Keramikvögelchen, die sie vor Weihnachten produziert hatte. Und an den kleinen Töpferschuppen auf der Farm, den ihr Ig gezeigt hatte. Warum bis London warten? Das wäre doch eine schöne Überraschung für Will und Lexie, wenn sie bereits mit einem neuen Projekt beschäftigt war.

Sie machte sich auf den Weg zu dem kleinen Schuppen. Erst nach mehreren Versuchen öffnete sich die alte blaue Holztür. In dem Moment traf sie eine Ranke der Kletterrose, vom Luftzug bewegt. Angela wich zurück. Es war wie ein Schlag. Sie legte eine Hand an die Wange. War der Kratzer schlimm?

Nein, was sie mit solcher Macht getroffen hatte, war der Duft. Angela blieb stehen. Irgendetwas war mit dieser Rose. Es ließ sich nicht fassen. Hatten die Gillespies ihr irgendwann gesagt, es sei eine besondere Sorte? Auf Angela wirkte sie wie eine ganz gewöhnliche Rose. Wie es sie auch in ihrem Garten gab, in London. Will kümmerte sich um die Büsche.

Angela griff nach dem Stiel, roch noch einmal an der Blüte und durchkämmte ihr Gedächtnis. Hatten sie darüber gesprochen, wie schwer Blumen es in diesem Klima hatten? Wahrscheinlich war es das.

Im Schuppen war es kühl. Angela machte das Licht an und schloss die Tür, um die Hitze auszusperren. Sie ging zum Trockenregal und nahm einige Keramiken in die Hand. Was sollte das bloß sein? Das waren seltsame Gebilde. Und so viele.

Sie konnte es kaum erwarten, ihre Hände auf den Ton zu legen. Womit sollte sie anfangen? Einem der exotischen australischen Vögel, die ihr Ig auf ihren Ausflügen gezeigt hatte? Mit einem Jägerliest? Einem Papagei?

Nein, mit ihrem Lieblingsvogel. Einem Rotkehlchen.

Angela schnitt ein Stück Ton ab und knetete ihn weich. Sie sah ein Rotkehlchen vor sich, mit seinem plumpen kleinen Körper, der Brust, die sie mit dem typischen Rostbraun glasieren würde. Rotkehlchen war wirklich eine irreführende Bezeichnung. Sie sah die Neigung des Kopfes vor sich, die zarten Schwanzfedern. Sie bräuchte Draht, für die staksigen Beinchen. Ig würde ihr bestimmt welchen geben.

Angela formte und knetete und genoss das vertraute Gefühl in ihren Händen. Es war so beruhigend. Sie öffnete die Fäuste. Wie ein Rotkehlchen sah das nicht aus. Sie begann von Neuem. Der zweite Versuch geriet nicht besser. Angela beschloss, es anders zu versuchen. Erst den Körper zu formen, dann den Kopf und schließlich beides zusammenzufügen.

Wieder hatte das Resultat keine Ähnlichkeit mit einem Rotkehlchen. Wie eigenartig. Sie hatte doch vor ihrer Reise Hunderte gemacht. Vielleicht sollte sie es mit einer anderen Vogelart versuchen.

Der Jägerliest erinnerte an eine zerdrückte Pflaume. Der Spatz geriet zur Wurst. Die Bilder waren in ihrem Kopf, doch sie ließen sich nicht in ihre Hände übertragen.

Das war sehr seltsam. Es war, als ob sie vergessen hätte, wie das ging.

Kapitel 46

Nick hatte sich verfahren. Alles war so fremd, der Mietwagen, die Autobahn, außerdem konnte er durch die Sturzbäche hindurch, die sich über die Windschutzscheibe ergossen, weder die irischen Verkehrsschilder entziffern noch die Straße sehen.

Er war zwei Tage in Dublin geblieben, in dem Hotel auf der O'Connell Street. Er hatte ein weiteres Mal nach Hause geschrieben, dass alles bestens sei. Wenn er in seiner E-Mail ehrlich gewesen wäre, hätten sich seine Kinder nur gesorgt. Und das taten sie bereits genug. Er hatte nur einmal kurz mit Errigal telefoniert und von grünen Weiden und steinernen Mauern erzählt, wie er sie auf der Touristenbroschüre auf dem Schreibtisch sah, während er in Wirklichkeit vom Fenster aus auf einen Parkplatz und den grauen Himmel blickte.

Er hatte die Aufzeichnungen seines Onkels ein zweites Mal gelesen. Sie waren weniger schillernd als Carols Berichte, doch vermutlich realistischer. Sie enthielten Informationen über die beiden Cousins, die von den Grafschaften Mayo und Donegal aus nach Australien aufgebrochen waren, einen Stammbaum, Ortsnamen und Verzeichnisse mehrerer Ehepaare mit jeweils mindestens fünf Kindern. Es waren immer dieselben Namen: Joseph, Ignatius und Aloysius für die Jungen, Honora, Mary und Josephine für die Mädchen. Daneben stand eine handschriftliche Notiz. Von Onkel Joe? Gut möglich. Sein Onkel hatte eine Menge in Erfahrung gebracht, vor allem angesichts der Tatsache, dass es zu seiner Zeit das Internet noch nicht gegeben hatte. Und auch keine skrupellosen Trickbetrüger, die dämliche Farmer aus dem Outback ausnahmen, Farmer, die einfach nicht kapierten, dass sie vom ersten Tag an Wolle lassen mussten.

Nein, so durfte er nicht denken. Er musste die Tatsachen akzeptieren, damit umgehen und nach vorn sehen. Diese drei Vorsätze wurden zu seinem Mantra.

Er hatte sich entschieden, die Aufzeichnungen seines Onkels auf ihren Wahrheitsgehalt hin zu überprüfen. Das sollte in Irland wesentlich leichter als von Errigal aus gehen. Er hatte sich an der Rezeption erkundigt. Überall in der Stadt gab es Behörden, die bei der Ahnenforschung halfen, hatte Nick erfahren und eine Liste erhalten.

Also war er aufgebrochen und hatte, von Wind und Regen gepeitscht, den Fluss überquert. Er war durch belebte Straßen gekommen, hatte viele Sprachen und Akzente gehört. Er hatte an den alten Steinhäusern am Liffey River emporgesehen, der im Winterlicht grau und trübe floss. Überall war Müll. Und er hatte so viele Obdachlose gesehen, Männer wie Frauen, die auf den Straßen bettelten und von den meisten Passanten missachtet wurden. Nick hatte ihnen sein gesamtes Kleingeld gegeben.

Dann hatte er sich nahe dem Dublin Castle bei einem Amt in die Schlange eingereiht und einem Mitarbeiter sämtliche ihm bekannten Namen und Daten genannt. Nach einer kurzen Wartezeit hatte er die Kopie einer Geburtsurkunde aus den 1840er-Jahren erhalten. Sie war eindeutig von einem seiner Vorfahren. Alle Details stimmten mit den Notizen seines Onkels überein. Er stammte *wirklich* aus Irland. Mit diesem Land verband ihn seine eigene Geschichte.

Er hatte sich erneut in die Schlange eingereiht, die neuen Informationen genannt, die er der Urkunde entnommen hatte, und weitere Fotokopien erhalten. Wieder war er auf Gold gestoßen. Die Geburtsurkunde einer Urgroßtante enthielt zahlreiche Angaben: Religion (katholisch), Beruf des Vaters (Schneider). Nick war sich vorgekommen, als wäre er auf einer Schatzsuche durch die Zeit, als wollte er ein kompliziertes Rätsel lösen, das sich über Generationen hinweg erstreckte. Nun war er sich ganz sicher, dass Carols Recherchen gefälscht waren. Es machte nichts. Denn jetzt wurde er zum Detektiv.

Am gleichen Abend hatte er beschlossen, wie geplant in die Grafschaft Mayo zu fahren. Denn nun hatte er eine verbürgte Adresse, in einem Ort namens Liscarney außerhalb von Westport. Carol hatte ihm vollkommen andere Orte genannt. Auch hatten seine Vorfahren andere Berufe ausgeübt, als sie behauptet hatte. Laut Carol waren alle Gillespies Farmer gewesen. »Sie haben das im Blut, Nick.« Doch auf den Urkunden, die er nun in Händen hielt, waren sie als Schneider und Krämer verzeichnet. Es gab keinerlei Verbindung zur Landwirtschaft. Also hatten die beiden Cousins, die nach Australien aufgebrochen und im Niemandsland gelandet waren, sich ganz neu erfunden, sich nicht nur einer neuen Umwelt und einem neuen Klima ausgesetzt, sondern einer neuen Lebensart.

Nun war er seit sechs Stunden unterwegs. Gegen sechzehn Uhr wurde es bereits dunkel. Als Nick endlich in Westport ankam, war es beinahe zwanzig Uhr. Er hatte die Autobahn verlassen und sich erneut verfahren. So war er durch eine Reihe kleiner Ortschaften gekommen. Vielleicht war es dort im Sommer schön, wenn sich ein blauer Himmel über das Land spannte und vor den Fenstern Blumen blühten. Im Winter aber, bei strömendem

Regen, wirkte alles seelenlos und deprimierend. Wenn er überhaupt Menschen erblickte, sprangen sie aus einem Auto und rannten in die Geschäfte, unter Regenschirm oder Kapuze. Nick hatte noch nichts gesehen, was den Fotografien, die er im vergangenen Jahr immer wieder bewundert und als Bildschirmschoner installiert hatte, auch nur nahe kam. Er musste ständig an den blauen Himmel über Errigals Feldern denken. An die Weite und das Licht. Wie gewaltig, wie verheißungsvoll musste seinen Vorfahren dieses Land erschienen sein, im Gegensatz zu ihrer kleinen, feuchten, engen Heimat. Was er hier für Farmen hielt, waren Gruppen von Gebäuden, Mauern, die Äcker umschlossen, die kleiner als sein Garten waren. Er kam an Weiden vorbei, auf denen, wenn es hochkam, fünfzehn Schafe mit schwarzen Köpfen standen. Das war alles? Das galt hier als Herde? In ihren besten Zeiten hatte Errigal zehntausend Schafe gezählt.

Der Regen fiel ohne Unterlass. Nick war auf feuchtes Wetter eingestellt gewesen – es war schließlich Winter –, doch dass der Regen derart unerbittlich fallen würde, hatte er nicht erwartet. Die Äcker entlang der Straße standen unter Wasser, silberne Seen zogen sich über einstige Getreidefelder. Der Himmel hing so tief, als begänne er nur Meter über seinem Kopf. Nick fuhr die ganze Zeit mit Licht. Selbstverständlich hatte er nicht erwartet, dass Irland wie Australien war. Unabhängig davon, dass ihm die Sache mit Carol den Beginn der Reise sehr versauert hatte – er hatte sich etwas anderes erhofft. Eine Nähe, ein Gefühl von Heimkehr. Er hatte gedacht, dass ihn das Land, die Landschaft ansprechen, ihn berühren würden.

Doch alles weckte nur sein Heimweh nach Australien.

Vor seinem Aufbruch hatte er zu Hause angerufen. Er hatte die Scharade aufrechterhalten, alles liefe wie geplant. Genevieve hatte ihm im Gegenzug versichert, dass auf Errigal alles bestens sei, bei Angela keine Veränderung eingetreten sei, also nichts Besonderes. Nick konnte nur hoffen, dass sie nicht ebenfalls gelogen hatte.

Westport war auf Hügeln gebaut – mit zahlreichen Einbahnstraßen – und lag an einem eilig rauschenden Fluss. Nick parkte vor dem erstbesten Hotel. Er holte seine Tasche aus dem Kofferraum und kam trotz der wenigen Schritte vollkommen durchnässt in der Rezeption an. Er buchte ein Zimmer für zwei Nächte. Immerhin hatte er hier eine schönere Aussicht als in Dublin, soweit er das im Dunkeln beurteilen konnte. Zumindest stand ein Baum vor seinem Fenster. Nick war hungrig. Und durstig. Am dringendsten aber brauchte er eine heiße Dusche. Noch immer schmerzte sein Körper von der langen Flugreise. Die Autofahrt hatte die Verspannungen noch verschlimmert.

Auf dem Weg zu seinem Zimmer hörte er Musik. Sie kam aus der Bar. Etwas Traditionelles. Die erste Livemusik. Die Dusche musste warten. Nick beschloss, doch erst zu essen und der Band zuzuhören.

Er setzte sich an einen Tisch am Rand, in der Nähe eines offenen Kamins. Die Musiker bildeten ein Trio: aus Gitarrist, Fidelspieler und Akkordeonist. Es waren nur wenige Gäste da. Nick bestellte Fish and Chips.

»Etwas zu trinken, Sir?«

Nick sah zur Bar. Die hölzerne Theke war auf Hochglanz poliert. Er war seit drei Tagen in Irland und hatte noch nicht einen Schluck Guinness probiert. Es war an der Zeit.

Als der Kellner Bier und Essen brachte, traf ein Bus mit weiteren Gästen ein. Eine amerikanische Reisegruppe, auf fünftägiger Tour durch Irland, die alle freien Plätze mit Beschlag belegte. Zu Nick setzte sich ein Paar, Ken und Patty aus Cincinnati. »Ist es nicht schön, wie sich das reimt?«, sagte Patty. Sie hatten ebenfalls irische Vorfahren; jeder aus der Gruppe forschte nach seinen Wurzeln.

Es gab ein Singalong. Natürlich wusste Nick, dass das Konzert nur für Touristen wie ihn veranstaltet wurde – das änderte aber nichts an der Tatsache, dass die Band all seine Lieblingssongs spielte: *Danny Boy, Rocky Road to Dublin, Whiskey in the Jar.* Die amerikanischen Gäste waren bester Stimmung und sangen lauthals mit. Einige versuchten sich sogar an irischen Volkstänzen. Die Stimmung war ausgelassen, alle unterhielten sich, alle hatten Spaß. Genau das hatte er erwartet. Genau so hatte er sich Irland vorgestellt.

Auf seiner Reise mit Angela.

Nick verließ die Bar, obwohl sein Glas noch voll war. Ohne Angela hielt ihn dort nichts.

Kapitel 47

Auf Errigal herrschte Frieden. Angela war im Wohnzimmer und sah sich eine DVD an. Celia war in ihrem Zimmer und schlief. Lindy saß an ihrer Stickarbeit. Genevieve und Victoria waren in der Küche. Sie standen am Herd und redeten.

Da erschien Ig. Er hatte am Computer gesessen, seit er aus der Schule gekommen war. »Du hast eine neue Mail, Genevieve.«

»Woher weißt du das?«

»Du hast dein Programm nicht geschlossen.«

»Hab ich wohl.«

»Dann hab ich gesehen, wie du dein Passwort eingegeben hast, und es mir gemerkt«, erwiderte Ig.

»Du kleiner Satansbraten. Von wem ist sie denn? Von einem meiner tratschenden Kollegen?«

»Von einem Matt. Er will wissen, ob du nächste Woche hier bist. Er will kommen.«

Genevieve rannte Ig beinahe über den Haufen.

Zwanzig Minuten später war sie mit Victoria auf dem Weg zum Schaukelberg. Es war furchtbar schwül, doch an keinem anderen Ort konnten sie derart ungestört reden.

»Bist du sicher, dass du so weit laufen kannst?«, fragte Genevieve.

»Es ist doch nicht weit«, erwiderte Victoria lächelnd. »Und außerdem geht es mir gut, ehrlich. Ich mache mir vielmehr Sorgen um dich. Ich hatte schon gedacht, du hyperventilierst. Das ist doch toll, dass Matt kommen will. Warum bist du so verstört?«

»Weil ich jetzt hier bin. Wieder zu Hause. Es wäre toll, wenn ich in New York leben würde und ihn in einer coolen Bar auf einen Drink treffen könnte. Hier bin ich nicht die Frau, die er in New York kennengelernt hat. Was, wenn er mich jetzt nicht mehr mag? Selbst wenn du mir Geld geben würdest, würde mir hier nichts Witziges oder Schlagfertiges mehr einfallen.«

»Wir denken uns was aus, bevor er kommt. Genevieve, entspann dich.«

»Du hast recht. Außerdem sagt er selbst, es ist nur eine Stippvisite. Ein kurzfristiger Plan. Vielleicht schafft er es gar nicht bis hier.«

»Klar. Garantiert bekommt er am Tag vor seinem Abflug eine fürchterliche Krankheit und verstirbt daran. Hör damit auf. Freu dich endlich.«

»Ich freue mich ja. Ich bin schockiert, wie sehr. Ich bin völlig außer mir. Ich bin schlimmer als Lindy mit ihrem Richard. Ich muss mich unbedingt beruhigen, oder? Er will bloß nett sein. Höflich. Er springt nur rein, um kurz Hallo zu sagen.«

»Genau so ist es. Er springt nur rein, um kurz Hallo zu sagen. Und dafür fliegt er um die halbe Welt und setzt sich dann noch dreihundert Kilometer hinters Steuer.«

Genevieve schrieb am selben Tag zurück. Sie brauchte fünf Anläufe, bis ihr der Tonfall ihrer Mail gefiel. *Tolle Neuigkeit! Freu mich, dich zu sehen. Nur damit du vorgewarnt bist, hier funktioniert kein Handy, daher alle Instruktionen in dieser E-Mail. Ich halte nach dir Ausschau. Genevieve.* Nach einem kurzen Zögern setzte sie zwei Küsse darunter, *XX*, klickte auf »Senden« und loggte sich aus. Sie drehte sich nicht um.

»Ich weiß, dass du da bist, Ig. Und hüte dich, mit deinen Adleraugen auf mein Passwort zu spähen. Ich werde es ab jetzt sicherheitshalber täglich ändern.«

»Dann warte ich einfach, bis du deine Mails wieder offen lässt, wie beim letzten Mal«, sagte er und zog sich einen Stuhl heran.

»Du hast dich nicht in mein E-Mail-Konto gehackt?«

»Ich bin gut, aber so gut auch nicht«, erwiderte er. »Wie läuft's mit deiner Website?«

»Gar nicht. Nicht eine einzige E-Mail von einem einzigen Friseur mit irgendeiner Horrorstory. Nein, stimmt nicht. Eine E-Mail habe ich bekommen, in der mich eine Kollegin beschimpft hat, es gebe schon genug Schlechtes auf der Welt, und ihre Kunden seien alle reizend. Was haben diese positiven Leute bloß? Fließt durch meine Adern denn bloß negatives Blut, Ig?«

Er nickte.

»Na schön, gehen wir die Sache anders an. Kannst du mir noch einmal bei einer Webseite helfen? Einer widerlich positiven? Ich habe neulich irgendwo gelesen, dass Celebritys und Katzen im Netz am populärsten sind. Dann machen wir halt so was.«

Ig übernahm den Computer. Wieder dauerte es nicht lange, bis er eine simple Webseite erstellt hatte.

»Wie soll sie denn heißen?«

»Nennen wir das Kind beim Namen. ›Fotos von reizenden Celebritys mit tollen Frisuren und Katzen, die ihnen ähneln‹. Ist das zu lang?«

»Ich mach's passend«, sagte Ig.

Eine Stunde später war die Seite fertig. Ig war ebenso findig darin, das Netz auf Bilder zu durchforsten. Genevieve lehnte sich zurück und nannte ihm die Namen sämtlicher Stars, die in Lindys aktuellem Klatschmagazin erschienen. Ig fand die Bilder im Handumdrehen. Anschließend scrollten sie durch Hunderte Katzenfotos, bis sie auf eine annähernde Ähnlichkeit mit einer der Celebritys stießen. Genevieve legte nicht einmal Wert auf Bildunterschriften, sie bat Ig einfach, die beiden Bilder jeweils nebeneinanderzustellen. Nach sechs Bildpaaren begann sie laut zu lachen.

»Es macht auch nichts, falls die außer uns niemand sieht«, sagte sie und lachte wieder, als Ig ein Foto von Dolly Parton mit Riesenperücke neben das Bild einer weißen Burma-Katze montierte. »Das hier könnte ich bis ans Ende meiner Tage tun.«

»Und was jetzt?«, fragte Ig, nachdem er zwanzig Bildpaare gefunden hatte. »Sollen wir jetzt live gehen?«

»Den Ausdruck kennst du auch? Du bist mir unheimlich. Ja bitte, mach.«

Mit großer Geste drückte Ig auf eine Taste. Dann lehnten sich beide zurück und schauten auf den Bildschirm.

Nichts geschah.

»Woher soll auch jemand wissen, dass die Seite existiert?«, fragte Ig.

»Gute Frage«, erwiderte Genevieve und dachte nach. Sie hatte in New York einige Tricks im Umgang mit Social Media gelernt. Ein Freund hatte im Marketing einer Getränkefirma gearbeitet und wusste, wie man Dinge ins Gespräch brachte: indem man Links und Catchphrases auf anderen Webseiten und Blogs hinterließ. Genevieve aktivierte ein Twitter-Konto, das sie seit Monaten nicht genutzt hatte, und verschickte eine Nachricht. Sie ging von Blog zu Blog, Chatroom zu Chatroom und setzte jedes Mal einen Link zu ihrer neuen Seite, mit der immer gleichen Tagline: *Katzen! Celebritys!* Das wiederholte sie fünfzigmal.

»Was macht ihr beide da schon wieder?« Es war Lindy.

»Nichts«, erwiderten beide im Chor und setzten sich so hin, dass der Monitor verdeckt war.

Lindy verdrehte die Augen. »Du bist ja noch kindischer als Ig, Genevieve. Und er ist ein Kind. Das Abendessen ist fertig.«

»Du hast gekocht?«, fragte Genevieve. »Ich bin beeindruckt. Was gibt es denn?«

»Toast mit Käse. Aber den müsst ihr euch selbst machen.«

Lindy, Victoria, Genevieve, Ig und sogar Celia belegten abwechselnd ihre Toastscheiben und schoben sie in den Grill. Angela hatte sich noch nicht gezeigt. Sie war draußen und fotografierte die steinerne Wand des Wollschuppens.

Als sie schließlich in die Küche kam, saßen alle noch am Esstisch. Angela lächelte in die Runde.

»Victoria, es ist mir wieder eingefallen«, sagte sie. »Das beste Mittel gegen Morgenübelkeit ist trockenes Toastbrot.«

Kapitel 48

Nick saß im Speisesaal seines Hotels in Westport. Er hatte gerade ein üppiges irisches Frühstück beendet und trank nun seine dritte Tasse Kaffee. Er hatte schlecht geschlafen. Nicht weil er unter Jetlag litt. Seine Gedanken hatten ihn wach gehalten. Gedanken an Zuhause. Die Kinder. Angela.

Er griff in seine Tasche und zog den Weihnachtsbrief hervor. Er hatte längst nicht mehr die Macht, Nick zu verletzen. Nick las ihn nun aus anderen Gründen: weil Angela ihn geschrieben hatte. Die alte Angela. Ihm gefiel noch immer nicht, was sie darin sagte, doch er fühlte sich ihr dadurch irgendwie nahe. So wusste er, worüber sie all die Wochen nachgegrübelt hatte, in denen er sich solche Mühe gegeben hatte, ihr keine Sorgen zu bereiten. Sie hatte sich trotzdem gesorgt. Um ihn, die Kinder. Er hätte ihr das Gefühl geben müssen, dass sie mit ihm reden konnte. Doch er hatte sich von seinen eigenen Sorgen und Nöten fangen lassen – sich mit der Ahnenforschung abgelenkt …

»Noch ein wenig Kaffee?« Die junge Kellnerin durchbrach seine Gedanken. Nick lehnte höflich ab. Er wollte los.

Im Laufe der Nacht hatte er eine Entscheidung getroffen: Er wollte noch einmal in Mayo übernachten und in die Gegend fahren, die laut seinem Onkel die Heimat der Gillespies war. Dort Fotos machen. Am nächsten Tag plante er, Richtung Süden nach Cork zu fahren. Nicht nach Donegal, im Norden. Er hatte keine verlässlichen Hinweise darauf gefunden, dass seine Vorfahren aus der Region stammten. Natürlich wollte er den Errigal sehen, jenen Berg in Donegal, nach dem die Farm benannt war. Aber nicht allein. Doch zuerst wollte er nach Cobh fahren, wo seine Vorfahren das Boot in Richtung Australien bestiegen hatten.

Bevor er aufbrach, checkte er noch rasch seine E-Mails am Hotelcomputer. Genevieve hatte ihm geschrieben.

Hoffe, mit Carol läuft noch immer alles gut. Hier ist alles bestens. Wir denken an dich. Lindy stickt wie eine irische Elfe an ihren Familien-Kissen. War das deine Idee? Falls ja, sie ist brillant!

Nick hatte keine Ahnung, worauf sie anspielte. Er hatte sich noch immer nicht entschieden, was er wegen des Familientreffens unternehmen sollte. Er hoffte, dass ihm der Entschluss leichter fallen würde, wenn er Cobh gesehen hatte. Es war an der Zeit, in Errigal anzurufen und allen zu erzählen, wie es sich wirklich mit Carol verhielt.

Er setzte sich ins Auto und griff zum Handy. Es läutete und läutete. Offenbar waren alle unterwegs. Er musste es später erneut versuchen.

Endlich schwieg das Telefon. In Errigal war niemand an den Apparat gegangen.

Zuerst hatte Victoria gehofft, die Situation ließe sich noch retten. Danke, hatte sie zu Angela sagen wollen. Das mit dem trockenen Toastbrot gebe ich an meine Freundin weiter. Doch dann hatte sich Angela neben sie gesetzt.

»Was hatten Sie gesagt, wie weit Sie sind, Victoria? Beinahe im dritten Monat? Vielleicht haben Sie ja Glück, und Ihnen bleibt die Morgenübelkeit erspart.«

Lindy saß mit offenem Mund da. Celia wirkte gleichermaßen fassungslos.

»Ich wusste es!«, sagte Lindy, als sie sich endlich gefangen hatte. »Auch wenn du es geleugnet hast, ich wusste es. Bist du etwa auch schwanger, Genevieve?«

»Nein!«, erwiderte Genevieve.

»Nun, wenn es nicht regnet, schüttet es«, warf Celia ein.

Angela blickte sich am Tisch um. »Das tut mir sehr leid, wussten Sie das nicht?«

»Kein Problem«, sagte Victoria. »Ist schon okay.«

»Das tut mir sehr leid. Mir war nicht bewusst, dass das ein Geheimnis ist.«

»Und wer ist der Vater?«, fragte Lindy. »Doch nicht etwa dieser Typ vom Radio? Der verheiratete? Oder etwa Fred Lawson? O Victoria!«

»Es ist keiner von beiden«, erwiderte Genevieve an Victorias Stelle. »Es ist von einem anderen.«

Victoria nickte. »Ich hatte, kurz bevor ich aus Sydney weggegangen bin, noch eine Beziehung angefangen. Es ist von ihm.«

»Du hattest eine Affäre mit Mr Radio *und* einem anderen?«, fragte Lindy. »Gott, du warst ja beschäftigt.«

Victoria brach in Tränen aus und rannte aus der Küche.

»Na, toll gemacht, Lindy. Herzlichen Dank«, sagte Genevieve.

»Das war ein Scherz. Wieso darfst du als Einzige hier Scherze machen?« Lindy stolzierte davon und schlug die Tür hinter sich zu.

Victoria saß auf ihrem Bett und weinte bitterlich.

Genevieve nahm sie in die Arme, rieb ihr über den Rücken und wartete, bis die Tränen versiegten.

»Es wird alles gut«, sagte sie. »Ganz sicher. Kopf hoch. Vielleicht ist es besser, wenn alle Bescheid wissen.«

»Es ist nicht besser, Genevieve. Was soll ich denn jetzt tun? Du hast ja gehört, was Lindy gesagt hat. Über den Vater. Das wird mich doch jeder fragen.«

»Und wir werden jedem von deinem neuen Freund erzählen. Das wird schon. Glaub mir. Ich helfe dir.«

Victoria weinte nur noch heftiger. Genevieve zog sie fester an sich.

Da klopfte es zart an die Tür.

»Falls es Lindy ist, ich will sie nicht sehen«, sagte Victoria. »Nie mehr.«

Es war nicht Lindy. Es war Angela. »Darf ich reinkommen?«

Victoria wechselte einen Blick mit Genevieve. Es war das erste Mal, dass Angela zu ihnen kam. Das erste Mal, dass sie eines ihrer Zimmer betrat. Sie setzte sich auf den antiken Stuhl neben der Kommode. Dort hatte sich ihre Mutter immer hingesetzt, wenn sie auf ein Wort ins Zimmer kam.

Sie entschuldigte sich erneut. Victoria und Genevieve versicherten ihr abermals, dass alles in Ordnung sei. Dass sie es der übrigen Familie ohnehin bald erzählt hätten.

»Bitte sagen Sie mir ruhig, dass mich das nichts angeht«, begann Angela. »Aber ich finde, Sie sollten das Ihrer Mutter erzählen. Wenn meine Tochter schwanger wäre, wollte ich das unbedingt wissen, damit ich ihr irgendwie beistehen könnte.«

»Ich rufe sie morgen an«, erwiderte Victoria.

»Was würden Sie sagen, wenn Lexie schwanger würde?«, fragte Genevieve. »Unter ähnlichen Umständen wie Victoria?«

»Ich glaube nicht, dass ich dazu etwas sagen kann.«

»Bitte, Angela«, sagte Victoria. »Sie sind doch Mutter. Es würde mir sehr helfen, wenn ich wüsste, was Sie denken.«

Angela schwieg eine Weile. »Ich würde wahrscheinlich wissen wollen, wie es ihr geht. Ob es wirklich keine Aussicht auf eine Beziehung mit dem Vater gibt, sie sich wirklich dessen bewusst wäre, was vor ihr liegt, was es heißt, sich ganz allein um ein Kind zu kümmern.« An der Stelle brach sie ab. »Und dann würde ich ihr sagen, du musst tun, was das Beste für dich ist. Ich selbst war vollkommen ahnungslos, als ich zum ersten Mal schwanger geworden bin. Und dann gleich mit Zwillingen.«

»Zwillingen?«, fragte Genevieve.

Angela runzelte die Stirn. »Nein, keine Zwillinge. Nur ein Kind. Lexie.«

Die plötzliche Spannung verpuffte.

»Sie sind erwachsen«, sagte Angela zu Victoria. »Es ist Ihr Leben, Ihr Körper, Ihr Baby. Und Sie haben Ihre Familie um sich. Das wird helfen. Ich hatte das damals nicht. Wenn Joan nicht gewesen wäre …« Sie brach erneut ab.

»Joan?«, drängte Victoria.

»Nicht Joan. Ich bringe da etwas durcheinander. Wenn meine Nachbarin in London nicht gewesen wäre. Sie war wunderbar. Sie ist fast jeden Tag gekommen. Will war ein wundervoller Vater, ist ein wundervoller Vater, aber in solchen Zeiten wünscht man sich die Nähe einer Frau.«

Dann stand sie auf und verließ, wie so oft, abrupt den Raum.

Sie war kaum zur Tür hinaus, da platzte Victoria los: »Sie kommt zurück, sie kommt zurück! Du hat es ja gehört. Erst die Sache mit den Zwillingen. Dann mit Joan. Es ist, wie Dr. Morgan prophezeit hat: Ihre Erinnerung kommt bruchstückweise wieder. Ich glaube, es fängt an.«

»Aber wieso jetzt?«, fragte Genevieve. »Weil wir mit ihr

über persönliche Dinge sprechen? Über deine Schwangerschaft? Über Mutterschaft? Vielleicht ist es *doch* der falsche Ansatz, wenn wir sie wie einen Gast behandeln. Vielleicht müssen wir mit ihr reden, als ob sie noch immer unsere Mutter wäre.«

»Dr. Morgan hat uns davon abgeraten. Sie hat gesagt, dass wir auf das reagieren sollen, was Mum zu uns sagt, ihr Zeit geben, uns gedul…«

»Sag es nicht. Außerdem haben wir das versucht. Und es ist nichts passiert. Warum versuchen wir es nicht auf anderem Wege? Dr. Morgan hat doch auch gesagt, dass sich die Erkenntnisse ständig ändern, dass niemand weiß, wozu das Gehirn in der Lage ist. Machen wir ein Experiment.«

»Ich weiß nicht. Lindy sagt womöglich etwas Falsches. Und Ig ist noch ein Kind.«

»Ich rede auch nicht von den beiden. Sondern nur von uns. Wir versuchen es, wenn wir mit ihr allein sind. Aber das behalten wir für uns.«

Victoria biss sich auf die Lippe. »Ich weiß nicht.«

»Wir können nicht ewig warten, Victoria. Dein Baby braucht eine Großmutter.«

Nach den beiden Übernachtungen in Westport war Nick wieder unterwegs, auf halber Strecke zwischen Westport und Cobh. Zwei Stunden Fahrt lagen hinter, weitere zwei vor ihm. Endlich hatte es aufgehört zu regnen. Zum ersten Mal, seit er in Irland war, zeigte sich die Sonne. Nick bog von der Schnellstraße ab und fuhr eine Weile über eine ruhige Landstraße. Nicht weil er sich verfahren hatte.

Weil es so schön war.

Das war das Irland, das er sich vorgestellt hatte. Zu beiden Seiten der Straße hin erstreckten sich grüne Weiden. In der Ferne schimmerten Berge und Wasser, ein See oder eine überschwemmte Wiese. Auch das Licht war anders, als er es von zu Hause kannte, sanfter, gedämpfter – alles war wie weichgezeichnet und dennoch voller Farbe. Endlich herrschte nicht mehr grau in grau. Endlich waren da zahllose andere Farben: Grün-, Orange- und Gelbtöne. Ein Sonnenstrahl traf seitlich auf die Berge und beschien ein weiß gekalktes Haus.

Am Vortag hatte er die Gegend nahe Westport abgefahren, aus der seine Vorfahren stammten. Er hatte auf kleine ummauerte Äcker voller Steine geblickt. Einen niedrigen grauen Himmel. Zwischen den neuen Häusern hatten die Ruinen zahlreicher älterer Gebäude gestanden – ob Schuppen oder Wohnhaus, ließ sich nicht mehr sagen. Über dem Land hatte eine weiche nebelige Schönheit gelegen, in den Bäumen hatte der Wind geklungen. Es gab dort silbrige Seen, die von Schilf umgeben waren, in der Ferne ragten die steilen Hänge des Croagh Patrick auf, Irlands heiliger Berg. Nick hatte kleine Herden tropfnasser Schafe gesehen, auf einer anderen Weide Kühe. Er war über eine Steinmauer geklettert und über sumpfige Felder zu einem Hügel gegangen – immer in Gedanken bei seinen Vorfahren. Wie es wohl gewesen war, dieses Land aufzugeben, die vertrauten Felder, die vertrauten Wege. Wie es wohl gewesen war, als sie am anderen Ende der Welt gelandet waren und unter dem gewaltigen Himmel Australiens mit dem fremden Klima, den ungeheuren Distanzen ringen mussten. In dem Wissen, dass sie die alten Felder, ihre Familie, ihre Heimat niemals wiedersehen würden.

Nun, auf dem Weg nach Cobh, holte er sein Handy hervor und rief zu Hause an. In Australien war es früher

Abend. Genevieve ging an den Apparat. Als Erstes fragte Nick nach Angela. Alles bestens, hieß es. Alle seien zu Hause, nur Victoria sei in Hawker. Gibt es irgendetwas Spannendes?, fragte er. Absolut nicht, erwiderte Genevieve. Und bei dir?

Doch, etwas Neues gab es schon, sagte er. Dann erzählte er von Carol. Bald darauf bereute er es schon.

Genevieve lachte schallend.

»Das ist nicht komisch.«

»O doch, Dad, das ist es. Es ist schrecklich, aber komisch. Und es tut mir wirklich leid. Was um alles in der Welt hast du denn gemacht, ohne sie? Und warum hast du das nicht gleich erzählt?«

Er gab ihr eine ehrliche Antwort: Er hatte sie nicht beunruhigen wollen. Dann erzählte er Genevieve, was er in Dublin unternommen hatte. Was er an wenigen verlässlichen Fakten über die Gillespies in Erfahrung gebracht hatte. Und dass er nun auf dem Weg nach Cobh sei. Nicht wegen des Treffens. Das würde er vermutlich absagen. Doch er wollte sehen, was seine Vorfahren gesehen hatten, als sie vor einhundertdreißig Jahren ihr Schiff gen Australien bestiegen hatten.

»Du willst das Treffen absagen? Wieso? Du hast doch die vielen Gillespies gefunden und nicht Carol, oder? Irgendwie müssen wir doch alle verwandt sein, auch wenn es nur weit entfernte Sippschaft aus einem anderen Jahrhundert ist. Sag es bitte noch nicht ab, Dad. Ich wage mir nicht auszumalen, was Lindy täte.« Dann erzählte sie ihm von Celias Großauftrag. Den zweihundert Kissen.

Nick willigte ein, die Entscheidung zu vertagen. »Ich sollte Schluss machen. Und bei Angela ist wirklich alles in Ordnung? Bei euch anderen auch? Du würdest es mir doch sagen, oder?«

»Selbstverständlich«, log Genevieve. Und kreuzte die Finger.

Im Anschluss an das Telefonat ging Genevieve ins Wohnzimmer. Bis auf Victoria sahen sich alle die letzte Folge von *Stolz und Vorurteil* an. In den vergangenen Tagen hatte sich die gesamte Familie nach und nach dazugesellt.

Genevieve lehnte sich an den Türrahmen. »Würde es euch die Spannung nehmen, wenn ich verrate, dass am Schluss …«

»Halt den Mund, Genevieve«, sagte Lindy vom Sofa aus. »Verrat es ja nicht.«

»Sag bloß, du hast noch nicht erraten, was geschehen wird? Schau doch mal aufs Cover, Lindy. Gibt dir das womöglich einen Hinweis darauf, wer mit wem enden wird?«

»Wie kannst du nur so zynisch sein. Kein Wunder, dass du noch immer Single bist.«

»Ach, du etwa nicht? Du hast eine Skype-Affäre, Lindy. Du hast Richard im wahren Leben wie häufig gesehen, insgesamt vier Stunden? Also tu bitte nicht so, als ob du die Königin der romantischen Liebe wärst.«

»Das reicht jetzt, alle beide.« Das kam von Angela. »Ärger sie nicht immer, Genevieve. Wir wollen in Ruhe einen Film sehen.«

Lindy machte große Augen. Selbst Ig drehte sich um.

Vor lauter Fassungslosigkeit, die alte Angela zu hören, tat Genevieve, wie ihr geheißen.

Sie wagte erst wieder zu sprechen, als Mr Darcy und Lizzy in ihrer Kutsche davonfuhren und die Serie mit einem Standbild auf ihrem Kuss endete.

»Falls es jemanden interessiert, ich habe eben mit Dad gesprochen. Ihr wisst schon, der Mann, der sonst hier wohnt? Der allein durch Irland reist?«

»Wie kommt er denn zurecht?« Das war wieder die Alte Angela.

»Gut«, sagte Genevieve in bemüht gelassenem Tonfall, damit ihr niemand anhörte, wie aufgeregt und hoffnungsvoll sie war. »Es geht ihm bestens. Alles gut. Er ist auf dem Weg nach Cobh.«

»Hast du ihm von den Kissen erzählt?«, fragte Lindy.

»Selbstverständlich. Er findet die Idee großartig.«

Das Carol-Desaster erwähnte sie nicht. Noch nicht.

»Ich bin im Büro, falls mich jemand sucht«, sagte sie.

Sie setzte sich vor den Computer und trommelte mit den Fingern. Wieso hatte Victoria ausgerechnet an diesem Abend ihr Date mit Fred? Genevieve war versucht, zum Telefon zu greifen und ihr auf der Stelle von Carol zu berichten. Nach der langen Trennung, nach Jahren in unterschiedlichen Zeitzonen, genoss sie jede Minute am selben Ort mit ihrer Schwester.

Victoria war so süß gewesen. Nervös, aufgeregt. Genevieve hatte sie frisiert und geschminkt. Sie hatte ihr auch bei der Wahl des Outfits geholfen. Sie hatten sich für ein hübsches Sommerkleid entschieden, mit Gänseblümchenmuster. Genevieve hatte ihr zwei Paar Sandalen zur Auswahl gezeigt. »Die würden beide toll aussehen.«

»Nein danke, ich trage meine Mut-Boots.«

»Es sind achtundzwanzig Grad.«

»Ich zieh sie trotzdem an«, hatte Victoria insistiert.

Insgeheim hatte sich Genevieve gefreut. Die sogenannten Mut-Boots stammten von ihr. Sie hatte ihrer Schwester die Stiefel zwei Jahre zuvor geschenkt. Damals war Victoria gerade nach Sydney gezogen und auf Arbeitssuche, Genevieve schon in New York. Trotzdem hatten sie täglich miteinander telefoniert.

Victoria hatte sich auf drei Stellen beworben und war

bei einer in die engere Wahl gekommen. »Ich wünschte, ich hätte solchen Mut wie du«, hatte sie zu Genevieve gesagt.

Genevieve hatte sie falsch verstanden. »Solche Boots wie ich?«

Victoria hatte sie lachend verbessert. »Mut, nicht Boots.«

Am nächsten Tag hatte Genevieve ein Paar wunderschöne Stiefel, die ihren ähnelten, in einem Laden auf der Mott Street entdeckt. Sie per Kurier nach Sydney zu senden, hatte dreimal mehr als die Stiefel selbst gekostet. Sie waren am Morgen vor dem entscheidenden Bewerbungsgespräch in Sydney eingetroffen mit der Nachricht: *Hier hast du die Boots. Nur Mut!* Victoria hatte die Stiefel an dem Tag getragen. Und den Job bekommen.

Ob sie auch an diesem Abend wirkten?, fragte sich Genevieve. Victoria traf sich mit Fred im Pub von Hawker. Was war zwischen ihnen überhaupt noch möglich? Schließlich bekam Victoria das Kind eines anderen. Welcher Mann käme damit ohne Weiteres zurecht?

Genevieve fand den Gedanken unerträglich, dass Victoria womöglich wieder verletzt wurde. Um sich abzulenken, dachte sie an Matt. Sie hatten sich seit seiner überraschenden Ankündigung einige Male gemailt. Matt hatte beruflich in Australien zu tun, er war auf Drehortsuche für einen neuen Film, einen Horrorstreifen, der sich ganz auf die wilde, unberührte Natur verlassen sollte. Matt wollte nach Maree fliegen – dreihundert Kilometer nördlich von Errigal –, und wenn seine Arbeit dort beendet war, zu Genevieve kommen. Die Entfernung schreckte ihn nicht. Womöglich fand er unterwegs eine noch verlassenere Straße für sein Filmprojekt, hatte er geschrieben. *Siehst du, wie wahnsinnig ernst ich meinen Job nehme?*

Wahnsinnig ist das richtige Wort! Am Ende gerätst du noch in die Fänge eines irren Outback-Killers, hatte sie geantwortet.

Was den Wahnsinn in jedem Punkt belegt, hatte er gemailt.

In ihrer Unruhe entschied sich Genevieve, auf ihrer neuen Webseite nachzusehen. Vielleicht hatte die Seite schon erste Besucher verzeichnet. Doch zuerst eine Tasse Tee.

Sie spähte ins Wohnzimmer. Nur Angela und Celia saßen noch vor dem Fernseher und sahen sich eine Gartensendung an. Das war unverfänglich, da musste sie Angela nicht vor Celia beschützen. Bislang hatte Celia sich Angela gegenüber höflich verhalten, doch Genevieve traute ihr noch immer nicht.

Genevieve hatte gerade den Kessel aufgesetzt, da erklang ein seltsames Geräusch. Ein Schluchzen. Doch woher? Aus dem Fernseher? Nein, es klang anders. Realer.

Es war Angela.

Genevieve eilte ins Wohnzimmer. »Angela? Was ist denn? Was ist los?«

Angela weinte, das Gesicht in den Händen verborgen.

»Was ist passiert?«, fragte Genevieve ihre Tante. »Was hast du gesagt?«

»Nichts«, erwiderte Celia. Sie war genauso fassungslos wie Genevieve. »Wir haben uns die Gartensendung angesehen, die ich aufgenommen hatte, und plötzlich ist Angela in Tränen ausgebrochen.«

Genevieve kauerte sich neben Angela. »Angela, was ist denn los? Was ist passiert?«

»Er fehlt mir so. Können Sie ihn bitte anrufen?«

»Wer fehlt Ihnen, Angela? Wen soll ich anrufen?«

»Mein Mann. Wo ist er nur? Darf ich ihn anrufen?«

Genevieve wusste nicht, was tun. War das eine Erinnerung, die sich Bahn brach? Weinte Angela, weil Nick in

Irland war? Genevieve zögerte. Sollte sie auch jetzt mitspielen?

»Es ist schon ziemlich spät, aber morgen können Sie ihn anrufen«, sagte sie.

Angela beruhigte sich nicht.

Genevieve hatte ihre Mutter so noch nie erlebt. Es war herzzerreißend. Sie wollte nicht, dass Celia sie in diesem Zustand sah.

Sie berührte ihre Mutter sanft an der Schulter. »Angela, sollen wir nach draußen gehen und uns ein wenig hinsetzen?«

Angela ließ sich unter Tränen von Genevieve aus dem Zimmer führen.

»Bitte, so weinen Sie doch nicht. Wir rufen ihn morgen früh gleich an«, wiederholte Genevieve.

»Aber mir fällt die Telefonnummer nicht ein. Wie können wir ihn dann anrufen?«

Genevieve wusste noch immer nicht, ob Angela an Will oder Nick dachte. »Wenn Sie mir seinen vollen Namen nennen, kann ich die Nummer für Sie nachsehen.« Genevieve hielt den Atem an. *Bitte, Angela. Bitte sag, Nick Gillespie …*

»William Somers«, sagte Angela. »William Somers aus Islington.« Dann nannte sie Genevieve die vollständige Adresse.

Eine halbe Stunde später suchte Genevieve nach ihrer Tante. Angela hatte sich in ihr Zimmer zurückgezogen. So abrupt, wie die Tränen begonnen hatten, waren sie versiegt.

»Was hat die Tränenflut ausgelöst?«, wollte Genevieve wissen. »Es muss etwas während dieser Sendung gewesen sein.«

»Wie ich dir schon sagte, es war eine harmlose Gartensendung. Ein Beitrag über Rosen. Alles war in Ordnung, bis dieses Lied gekommen ist. Da hat sie geweint.«

»Welches Lied?«

Celia kannte es nicht.

Genevieve spulte das Band zurück, bis sie an die Stelle mit den Rosen kam. Sie hatte mit Bette Midlers *The Rose* oder Seals *Kiss from a Rose* gerechnet. Doch das Stück, das den Beitrag untermalte, hatte sie noch nie gehört. Ein Sänger mit einer tiefen, berührenden Stimme schwelgte in Erinnerungen an seine Liebste. Genevieve spulte bis zum Ende vor. Der Song wurde im Abspann genannt: *Only a Rose* von Geraint Watkins. Genevieve ging ins Büro und recherchierte im Netz. Geraint Watkins war ein walisischer Sänger und Musiker. Genevieve sagte sein Name nichts, aber offensichtlich war er für ihre Mutter von Bedeutung.

Dann suchte Genevieve nach einem zweiten Namen. Einem William Somers oder Summers. Architekt. Islington. London.

Augenblicke später erschienen zahlreiche Links. Genevieve scrollte sich der Reihe nach hindurch. Es war der zehnte Eintrag. WSA. William Somers Architekten. Eine Büroadresse in der Upper Street, Islington, eine private Anschrift in der Nähe. In der Straße, die Angela genannt hatte.

»Da hab ich dich«, sagte Genevieve.

Als Victoria um ein Uhr morgens nach Hause und gleich zu ihrer Schwester kam, war Genevieve noch wach. Sie setzte sich auf. »Und? Wie war's?«

»Es war toll. Wirklich toll.«

Sie hätten sich den ganzen Abend unterhalten. Über

Kanada. Sydney. Seine Zukunftspläne. Ihre Dokumentation für den Sender. Es sei so unkompliziert gewesen. So großartig. Wie früher, nur besser.

»Und was hat er zu, na, du weißt schon gesagt …«

»Seinem Brief? Nur dass er sich unglaublich gefreut hat, dass ich mich mit ihm getroffen habe, und ob ich das bald wieder tun würde.«

»Das doch nicht. Hast du es ihm gesagt?«

»Dass ich schwanger bin? Nein.«

»Nein?«

Victoria wurde tiefrot. »Bei all den Küssen bin ich nicht dazu gekommen.«

Kapitel 49

Cobh erfüllte tatsächlich sämtliche Erwartungen, die Carol in Nick geweckt hatte. Als er über die Küstenstraße in die Stadt fuhr, schien die Sonne auf ein enges Hafenbecken, um das sich farbige Häuser scharten. Über allem ragte die mächtige Kathedrale. Cobh hatte auch die steilsten Straßen, die Nick jemals erlebt hatte. Der Motor seines Mietwagens ächzte sich die Steigungen hinauf. Oben parkte Nick. Er hatte einen wunderbaren Blick über Stadt und Hafen und die See. Die Straße fiel beinahe um neunzig Grad ab, die Häuser waren in den erstaunlichsten Winkeln erbaut und in den erstaunlichsten Farben gestrichen: in leuchtenden Rot-, Grün- und Gelbtönen. Vor fast jedem Fenster stand ein Blumenkasten, und auch wenn es nirgends blühte, konnte sich Nick gut vorstellen, wie heiter die Straßen, die ganze Stadt im Sommer wirken mussten.

Carol hatte ihm ein Hotel am Ufer vorgeschlagen, das sich nicht nur als Unterkunft, sondern auch für das Familientreffen eignen würde. Es existierte tatsächlich, aber ob sie jemals dort gewesen war? Die Quittungen hatte sie ihm zwar geschickt, doch inzwischen nahm Nick an, dass sie die Reise niemals unternommen, sondern bloß das Geld eingestrichen hatte, das er ihr für gefälschte Belege und Informationen aus dem Internet überwiesen hatte.

Er fuhr hinunter zum Wasser, parkte und spazierte am Hafen entlang. Cobh war eine geschäftige Stadt, die ganz auf den Tourismus ausgerichtet war. Es gab ein Museum, das sich mit der *Titanic,* und eines, das sich mit der Geschichte der vielen Emigranten beschäftigte, die Irland mit der Verheißung auf ein neues Leben in Amerika, Kanada oder Australien verlassen hatten.

Nick buchte sich in dem Hotel am Hafen ein. Sein Zimmer lag im dritten Stock. Hatte er aus irgendeinem Grund das beste Zimmer bekommen? Sein Blick ging auf das Wasser, hinüber zu einer kleinen grünen Insel und dann, weiter noch, hinaus auf das offene Meer. Vor dem Fenster lag ein kleiner Musikpavillon, standen altmodische Straßenlaternen. Zu seiner Linken befanden sich eine Kunstgalerie und der verfallene hölzerne Steg, den die Passagiere der *Titanic* beschritten hatten. Das Hotel stammte aus der Mitte des 19. Jahrhunderts. Womöglich, dachte Nick, hatten sogar seine Vorfahren dort vor ihrer Passage nach Australien übernachtet.

Sein Gram über Carols Betrug, über ihre Scheinfirma war verflogen. Es bestand kein Zweifel, dass seine Vorfahren von Cobh aus losgesegelt waren. Alle Angaben zu der Überfahrt befanden sich in Errigal. Die hatte Nick schon lange, bevor sich Carol auf ihn gestürzt hatte, besessen. Die Unterlagen seines Onkels bestätigten die Angaben. Die beiden Gillespie-Cousins waren in dieser Stadt gewesen. Nick hatte eine Verbindung zu diesem Ort.

Er wünschte nur, er wünschte wieder, Angela wäre bei ihm.

Eine Stunde später ließ er sich von Fintan, dem jungen Manager des Hotels, durch die Räumlichkeiten führen.

»Das wäre der geeignete Ort für Ihre Willkommensfeier gleich am ersten Abend«, sagte Fintan im großen Speisesaal, dessen Fenster auf den Hafen gingen. »Wir könnten Ihnen Musiker, Tänzer und Geschichtenerzähler buchen. Was das Essen betrifft, haben Sie die Wahl zwischen einem feststehenden Menü oder einem Büfett mit Meeresfrüchten, Austern – was Sie wollen. Wie viele Gäste, sagten Sie, erwarten Sie?«

»Etwa zweihundert.«

Fintan hörte sicher schon die Kasse klingeln. Doch er war Nick eine große Hilfe. Und er bestätigte seine Vermutungen: Von einer Carol hatte Fintan noch nie gehört.

Fintan beschloss seine Werbetour mit unterschiedlichen Menüvorschlägen und Angeboten für die Unterbringung. An Nick rauschte alles vorbei. Er hatte nicht die geringste Ahnung, wie er ein solches Treffen organisieren sollte. Deshalb hatte er das alles so gern Carol überlassen. Sonst hatte sich Angela um Partys oder Festlichkeiten gekümmert.

Das Gespräch war noch immer nicht zu Ende. »Das hier ist«, so Fintan, »der perfekte Ort für Ihren Anlass. Ich bin sicher, dass es Ihre Gäste sehr bewegen wird, wenn sie in diesem Raum stehen und denselben Ausblick haben, den Ihre Vorfahren vor so vielen Jahren hatten.«

Ganz so dick auftragen muss er nicht, dachte Nick, doch er konnte sich tatsächlich ausmalen, wie er dort stand, umgeben von Verwandten aus der ganzen Welt: aus Amerika, England, Australien und Kanada. Sogar aus Argentinien hatten einige Gillespies ihr Interesse bekundet.

Wenn er das wirklich anpacken würde, würden dann auch seine Kinder kommen?

Angela?

Während der nächsten beiden Stunden spazierte Nick durch die Stadt. Er erklomm die steile Straße mit den seltsam schiefen Häusern, die er zuvor entlanggefahren war.

Das wäre etwas für Ig. Wie gern hätte Nick das mit seinem Sohn erlebt. Er ging zurück zum Wasser und lehnte sich an das Geländer. Die Sonne ging gerade unter, ein sanftes Licht ergoss sich über das Wasser und verwandelte das Meer in flüssiges Silber. Schon kündigte sich neuer Regen an, im Westen türmten sich die Wolken, doch noch schien die Sonne. Noch war alles wie poliert.

In dem Moment meldete sich sein Handy. Eine neue SMS. Von Genevieve. *Gibt was Neues. Kannst du reden?*

Er rief gleich an. Genevieve war in Port Augusta, im Bereich eines Handysignals. Sie erzählte ihm, was am Vorabend mit Angela geschehen war. Die Tränen. Die Musik.

Nein, versicherte Nick. Auch er kannte diesen Sänger nicht.

»Ich halte das trotzdem für ein gutes Zeichen, du nicht auch, Dad? Vielleicht hat sie der Text ja so gerührt. Es geht darum, dass jemand seiner Liebsten eine Rose geben will. Aber das ist noch nicht alles. Sie hat auch wieder von Will gesprochen. Und ich kenne jetzt seinen Nachnamen. Somers.« Genevieve buchstabierte. »Ich hab im Netz nachgesehen. Er ist tatsächlich Architekt. Und lebt in London. In Islington.«

»Hat sie davon gesprochen, dass sie ihn wieder anrufen will?«

»Seither hat sie ihn mit keinem Wort erwähnt. Nachdem sie sich ausgeweint hatte, war es, als ob sie ihn vollkommen vergessen hätte. Deshalb bin ich sicher, Dad, dass es um dich ging, nicht um ihn. Um dich und die Rose. Aber da kommt noch mehr. Gestern hat sie auch mit uns geschimpft. Mit mir und Lindy. Wir hatten uns gestritten. Und sie hat ganz wie die alte Angela geklungen. Ich will Dr. Morgan deshalb morgen anrufen. Das sind doch gute Zeichen, meinst du nicht?«

Nick stimmte ihr zu und bat darum, dass sie ihn sofort anrief, sollte etwas Ähnliches geschehen. Dann schilderte er kurz, wie es in Cobh aussah, dass er sich noch immer nicht entschieden hatte, was er wegen des Familientreffens unternehmen sollte, richtete allen Grüße aus und legte auf.

Er setzte sich auf eine Bank und holte Angelas Brief hervor. Nun las er die Stelle, die er sonst ausgelassen hatte – über Will, Lexie, das Haus in Islington, Angelas Fantasieleben in London. Will war kein Hirngespinst. Er war real.

Was hatte Angela an diesem Will einst so geliebt? Dass sie sich nach so vielen Jahren noch an ihn erinnerte? Was für ein Mann war das? Nick schämte sich fürchterlich, doch die misstrauische Stimme ließ sich nicht beschwichtigen. Hatte Angela in jüngster Zeit Kontakt zu Will gehabt?

An der Rezeption erkundigte er sich nach einem Internetcafé. Er könne den Computer im Hotel benutzen, hieß es dort. Nick fand rasch, was er wissen wollte. Er rief Genevieve erneut an.

Abends setzte er sich in die Hotelbar. Eine Reisegruppe aus Australien hatte sich versammelt, alle in seinem Alter, alle recht vergnügt. Er hätte sich dazugesellen können. Unter dem Vorwand, einen neuen Drink zu bestellen, an die Theke gehen, fragen können, woher sie kamen, was sie in Irland machten. Sie hätten ihn bestimmt in ihre Runde aufgenommen. Dann hätten sie sich gegenseitig von ihren Vorfahren und ihrer Reise berichten können.

Doch nicht an diesem Abend. Nick musste am nächsten Morgen sehr früh aufstehen. Um rechtzeitig am Flughafen von Cork zu sein. Für den ersten Flug nach London.

Kapitel 50

Celia machte sich einen Tee. Angela saß am Küchentisch und las einen Roman.

»Es sieht so aus, als hätten wir das Haus für uns, Angela«, sagte Celia. »Endlich einmal Ruhe und Frieden.«

»Ich bin auch noch da!«, rief Ig hinter seiner Computerzeitschrift vom Wohnzimmersofa aus. Er hatte schulfrei. »Und Joan kommt auch gleich rüber.«

»Aber gewiss«, sagte Celia. »Und Robbie ist vermutlich auch da?«

»Nein«, sagte Ig. »Er ist weg. In Urlaub.«

»Ach tatsächlich?«, sagte Celia, sah zu Angela und verdrehte die Augen.

Angela reagierte nicht.

Genevieve und Victoria waren nach Port Augusta gefahren, um Vorräte einzukaufen. In letzter Minute hatte Lindy sich entschieden mitzufahren. Sie hatte die Farm seit Tagen nicht verlassen und würde langsam klaustrophobisch, sagte sie. Ihr fiele die Decke auf den Kopf. Sie konnte nicht einmal mit Richard skypen. Er war noch immer mit Jane auf Phillip Island.

»Klaustrophobisch? Auf einer riesigen Farm im Outback?«, hatte Genevieve kommentiert. »So was kann auch nur von dir kommen.«

»Sei nicht so gemein«, hatte Angela sie gescholten.

Alle hatten vielsagende Blicke getauscht. Da sprach eindeutig die alte Angela aus ihr. Sie selbst schien sich dessen gar nicht bewusst zu sein. Angela hatte sich gleich wieder ihrem Roman zugewandt. Sie las sich durch sämtliche Bücher aus dem Wohnzimmerregal. Die sie alle schon einmal gelesen hatte.

Ig kam in die Küche. »Wollen wir wieder Vögel beobachten, Angela?«, fragte er.

Sie legte ihr Buch beiseite. »Sehr gern, ja.«

»Ich würde auch gern mitkommen«, sagte Celia. »Es sei denn, ich störe.«

»Nein, natürlich nicht«, log Ig eher schlecht als recht.

Celia lächelte. »Aber vorher, Ignatius, würde ich gerne meine E-Mails lesen. Du bist doch der Computerkünstler, oder? Würdest du den Computer netterweise für mich einschalten? Mein Buchclub trifft sich nächsten Monat, und ich muss dringend in Erfahrung bringen, um welches Buch es gehen wird.«

Celia folgte Ig ins Büro und schaute zu, wie er wortlos den Rechner anmachte und eine Suchmaschine aufrief.

Celia setzte sich. »Ob du mir wohl noch einen Gefallen tun würdest? Ich habe dem Enkel meiner Nachbarn versprochen, ihm etwas richtige Wolle von einer richtigen Schaffarm mitzubringen. Mir ist aufgefallen, dass im Wollschuppen noch einige Flusen sind. Würdest du netterweise rausgehen und einsammeln, was du finden kannst?«

»Aber wir haben doch alles weggekehrt. Als wir das Kissenzeug ausgepackt haben.«

»Alles nicht. Ich bin mir sicher, dass ich noch einige Reste in den Dielen gesehen habe. Es muss kein Bündel sein. Nur was du finden kannst. Und so schnell es geht.«

»Wieso? Fährst du bald nach Hause?«

»Noch nicht, nein. Aber mir wäre lieb, wenn du das gleich machen könntest. Solange ich daran denke.«

Celia wartete, bis Ig das Haus verlassen hatte. Angela war noch in der Küche.

Nach dem Drama mit dem Rosen-Lied hatte Celia beschlossen, dass es reichte. Wenn Angelas Hirnschaden wirklich so schwer war, wie alle sagten, wie konnte sie dann lesen? Sich DVDs ansehen? Sich unterhalten? Und nicht nur das: Wenn die Neurologin recht hatte und dieser Zustand nicht von Dauer war, müssten Angelas Erinnerungen dann nicht langsam zurückkehren?

Celia wusste, dass sie nicht als Einzige so dachte. Sie hatte gehört, wie sich Genevieve und Victoria darüber unterhalten hatten. Die beiden hatten offenbar vergessen, wie hellhörig die Nacht war, wie deutlich man bei offenem Fenster verstehen konnte, was hinter einem anderen offenen Fenster gesprochen wurde. Auch sie glaubten, dass ihre Mutter langsam zu ihrem alten Selbst zurückfand. Ihnen war aufgefallen, dass Bruchstücke aus Angelas wahrem Leben starke Erinnerungen und Reaktionen hervorriefen. Trotzdem hatten sie sich entschieden, diese Beobachtung für sich zu behalten. Damit auf ihre Weise umzugehen. Ungeachtet der Tatsache, dass Nick seine Tante gebeten hatte, in seiner Abwesenheit ein Auge auf die beiden zu haben. Ganz so hatte er es nicht formuliert, doch Celia zweifelte nicht, dass er es so gemeint hatte.

Das, wonach sie suchte, musste im Büro sein. Joan hatte vor vielen Jahren Angela einmal in Celias Gegenwart wegen des Weihnachtsbriefs geneckt und behauptet, Angela würde doch bloß Passagen aus den alten Briefen neu zusammenstellen. »Ganz und gar nicht«, hatte Angela lachend protestiert. »Jeder Brief ist ein hundertprozentiges Original. Ich sammele sie in einem Ordner, falls du das überprüfen willst. Es sind historische Dokumente. Vielleicht vermache ich sie sogar eines Tages der Bibliothek von South Australia.«

»Tatsächlich?«, hatte Joan erwidert. »Für welche Sektion? Archiv oder Legende?«

Celia suchte im Aktenschrank. Sie musste sich beeilen. Ig hatte sie sehr misstrauisch angesehen. Er war ein kluger Junge. Ihm entging nichts.

In der dritten Schublade wurde sie fündig. Ein dicker Ordner, auf dem in Angelas ordentlicher Handschrift *Weihnachtsbriefe* stand. Dokumente aus über drei Jahrzehnten. Celia hatte keine Zeit, sie durchzusehen. Das war ohnehin nicht nötig. Sie hatte sie doch stets erhalten und gelesen.

Ob Angela bewusst war, dass sie mit Ausnahme des jüngsten Briefs noch nie von Celia geschrieben hatte? Ausgerechnet jenes Briefs, der für derart viel Unheil gesorgt hatte? Über dreißig Jahre lang hatte Celia Dezember für Dezember auf eine wenigstens flüchtige Erwähnung ihrer selbst gewartet. Doch sie war nie gekommen. Der schriftliche – nichtschriftliche – Beweis, wie wenig Achtung Angela ihr entgegenbrachte.

In Minuten nur war die Notiz verfasst und an den Ordner geheftet. Celia deponierte beides in Angelas Zimmer, auf dem Nachttisch, wo der Ordner nicht zu übersehen war. Wenn die Briefe Angelas Gedächtnis nicht auf die Sprünge halfen, würde gar nichts helfen.

Celia saß schon wieder am Computer, als Ig mit einer Handvoll schmutziger Flusen erschien. »Mehr hab ich nicht gefunden.«

Celia nahm sie ihm ab. »Perfekt, ich danke dir.«

»Du hast sie nicht mal angesehen.«

»Ich weiß, wie Wolle aussieht, Ignatius.« Celia tat so, als ob sie sich aus ihrem bereits geschlossenen E-Mail-

Programm ausloggen würde. »Bereit für den Spaziergang?«

Allmählich wünschte Ig, seine Schwestern wären nicht in die Stadt gefahren. Als Genevieve gefragt hatte, ob er der Herr im Haus sein wolle, bis Joan kam, hatte er sich sehr gefreut. Er hatte sich mit Angela zu einem Spaziergang verabredet. Er hatte geglaubt, Celia würde – wie üblich – im Haus bleiben. Aber dann hatte sie sich einfach selbst dazu eingeladen. Ganz sicher hatte sie auch irgendetwas im Büro getan, als sie ihn wegen der Wolle weggeschickt hatte. Und jetzt wollte sie ihm auch noch vorschreiben, wo sie langgehen sollten, obwohl er und Angela genau wussten, wo sie hinwollten. Angeblich sah das Wetter schlecht aus, war ein Gewitter angekündigt. Da wäre es besser, in der Nähe des Hauses zu bleiben. Nein, war es gar nicht, fand Ig. Er mochte Regen. Weil der so selten war. Sommergewitter waren toll, nach der Hitze, wenn es donnerte und blitzte, und manchmal gab es sogar Überschwemmungen.

Außerdem wollte er mit »dem Plan« beginnen. Dem Plan, den er mit Angela ausgeheckt hatte. Die anderen ahnten nichts, doch langsam nahm die Sache Formen an. Ig hatte Genevieve eine Einkaufsliste mitgegeben. Hoffentlich konnte sie seine Handschrift lesen!

Als Ig das Picknickzeug in seinen Ranzen packte, klingelte das Telefon. Angela ging niemals ran, Celia war in ihrem Zimmer. Also musste er an den Apparat. Es war Joan.

»Ig, es tut mir sehr leid, aber ich kann nicht rüberkommen. Ich habe mir einen Magenvirus eingefangen. Glaub mir, mich wollt ihr nicht in eurer Nähe haben. Kommt ihr allein zurecht, ohne mich?«

»Klar«, sagte er, »gute Besserung.« Und legte auf.

Es klingelte wieder. Wieder Joan, lachend. »Schön, wenn man direkt auf den Punkt kommt, Ig. Du bist sicher, dass bei euch alles okay ist?«

»Alles super«, sagte er. Er wollte endlich los und nicht den ganzen Tag in der Küche stehen und quatschen.

»Na gut. Ich mag einen Mann der wenigen Worte. Grüß alle von mir. Ich hoffe, ich kann morgen kommen.«

»Bis dann«, sagte er.

Nun war er wirklich Herr im Haus. Am liebsten hätte er Celia »Mach voran!« zugerufen, so wie Genevieve es bei ihm manchmal tat. Er sah auf die Veranda. Angela saß in ihrem Stuhl und wartete. Wahrscheinlich hätten sie einfach still und leise verschwinden können.

Doch da kam Celia. »Ich hatte recht. In diesen Schuhen läuft es sich besser. Ich bin so weit.«

Zu dritt machten sie sich auf die Suche nach interessanten Vögeln, doch mit Celia war es nicht dasselbe. Gewöhnlich war er es, der einen Vogel entdeckte und Angela zeigte – weiße oder rosa Kakadus und hin und wieder sogar einen Kookaburra. Außerdem wollte er Angela unbedingt einen Keilschwanzadler zeigen. Sie hatten jeden Tag Ausschau gehalten, doch bislang ohne Glück. Nun aber, endlich, sah er einen. Doch als er Angela gerade auf den seltenen Vogel aufmerksam machen wollte, kam ihm Celia zuvor: »Da, Angela! Ein Adler!« Sie blieben stehen und schauten zu dem Vogel auf. Dann redete Celia auch noch endlos davon, dass Adler meist in Paaren anzutreffen seien, sie unglaublich gut sehen, wie hoch sie fliegen könnten. Das alles hatte Ig Angela erzählen wollen. Mittlerweile war er richtig sauer, dass Celia dabei war. Sie verdarb echt alles. Er wollte zurück.

»Mir ist schlecht«, sagte er.

Angela blieb stehen. »Wirklich? Was hast du denn?«

»Joan hat eben angerufen. Sie hat einen Magenvirus. Vielleicht hab ich den ja auch. Ich muss zurück.«

Angela legte ihm eine Hand auf die Stirn. So wie früher, als sie seine Mum gewesen war. »Du fühlst dich etwas heiß an, Ig.«

Celia seufzte.

»Na komm, gehen wir, Ig«, sagte Angela. »Das Wetter ändert sich sowieso. Ist wahrscheinlich besser.«

Als sie wieder im Haus waren, zog sich Celia auf ihren Posten im Wohnzimmer zurück. Wenn seine Schwestern da gewesen wären, hätten sie ihr sicher einen Tee angeboten. Vermutlich, dachte Ig, sollte er das auch tun. Zu seiner Erleichterung lehnte sie ab. Angela hatte sich bestimmt ein wenig hingelegt. Das tat sie meist nach einem Spaziergang, aber der war ja nur kurz gewesen. Doch sie war draußen, mit der Kamera, und machte Fotos vom Himmel. Den großen schwarzen Wolken. Das gab in jedem Fall ein Gewitter.

Ig ging nach draußen. Er sagte nichts, er folgte einfach Angela.

»Ich kann mich nicht sattsehen«, sagte sie. »Diese Weite, dieser Himmel. Es ist wunderschön, oder?«

Er nickte. Da fiel ihm ein, wie er einmal, kurz vor einem Gewitter, mit seinem Dad zu einem Aussichtspunkt gegangen war. Das war echt toll gewesen. Von da oben hatten sie gesehen, wie die Wolken über die Berge des Chace Range auf sie zugekommen waren. Sie hatten es gerade noch rechtzeitig nach Hause geschafft, dann waren das Donnern losgegangen, die Blitze und der Regen. Es hatte fast eine Stunde lang geschüttet. An dem Tag waren alle Creeks geflutet. Sie hatten sogar ein paar Stunden lang keinen Strom gehabt. Das war toll gewesen!

Celia rief durch die Hintertür: »Ich seh mir einen Film an. Angela, wollen Sie ihn mit mir sehen? Ignatius?«

»Nein«, sagte Ig.

»Nein danke, Celia«, korrigierte Angela.

»Nein danke, Celia«, wiederholte er. Seine Mum hatte ihn auch immer verbessert.

Als Celia wieder im Haus war und die Tür geschlossen hatte, kam ihm die Idee: Warum fuhr er nicht mit Angela zu dem Aussichtspunkt? Da würde es ihr gefallen. Da konnte sie auch bessere Bilder machen. Ig wollte Celia nicht in seine Pläne einweihen, doch er durfte nirgendwo hingehen, ohne vorher Bescheid zu sagen.

Er ging ins Haus. Die Wohnzimmertür war geschlossen, der Fernseher dröhnte.

Er schrieb *Bin mit Angela beim Aussichtspunkt* auf einen Zettel, legte ihn auf den Küchentisch, nahm die Wagenschlüssel vom Haken und ging wieder nach draußen.

»Ich hab eine super Überraschung«, sagte er. »Komm mit.«

Sie folgte ihm zum Schuppen. Er wies auf das Auto und gab ihr die Schlüssel. »Du fährst.«

Angela lachte. »Und wohin?«

»Zum Aussichtspunkt«, sagte Ig. »Das ist nicht weit. Und andere Autos sind da nie.«

»Ich weiß nicht, Ig.«

»Okay. Dann fahr ich.«

Sie lachte erneut. »Ig, du bist erst zehn.«

»Fast elf. Ich fahre, seit ich neun bin. Und es sind nur fünf Minuten. Ich bin ein guter Fahrer.«

Sie sah ihn eine Weile an, dann lächelte sie. »Ach, warum nicht. Dann los.«

Sie stiegen ins Auto. Ig zog den Fahrersitz ganz nah ans Lenkrad. Er musste sich sehr strecken, um an die Pedale zu gelangen, und brauchte zwei Anläufe, bis der Wagen ansprang. Dann aber, nur Momente später, waren sie auf der Sandpiste.

Dieser Teil war leicht. Den schmalen Pfad hoch zum Aussichtspunkt zu fahren war nicht ganz so leicht, doch es gelang ihm.

Er hatte recht gehabt. Angela fand es großartig. Sie machte ein Foto nach dem anderen: vom Himmel, von den gewaltigen Wolken, die auf sie zudrängten, immer näher kamen. Die Vögel waren alle fort. Sie hatten sich bestimmt vor dem Gewitter in Sicherheit gebracht, dachte Ig.

Das Gewitter brach ohne Vorwarnung los. Eben noch hatte die Sonne geschienen, dann wurde es schlagartig dunkel. Es donnerte, der Regen begann. Sie rannten zum Wagen. Es waren nur wenige Schritte, doch sie waren vollkommen durchnässt. Diesmal setzte sich Angela auf den Fahrersitz.

»Ich glaube nicht, dass wir da durchfahren sollten, Ig. Warten wir lieber, bis es sich verzieht. Was meinst du?«

Er nickte.

Der Regen trommelte auf das Wagendach. Es klang, als ob der Donner direkt über ihnen wäre. Dann zuckte ein mächtiger Blitz. Ganz in der Nähe. Was, wenn ein Blitz das Auto traf? Es würde explodieren, sie würden bei lebendigem Leib verbrennen. Ig verlor die Fassung. Er brach in Tränen aus.

Angela reagierte sofort. »O Ig, keine Angst. Das ist bloß ein Gewitter. Uns wird nichts passieren.«

Der nächste laute Donner. Ein Blitz. So nah.

»Mum!«, rief er und rutschte zu ihr.

Angela wich zurück. »Hast du mich gerade Mum genannt?«

Er sah sie an. »Das war keine Absicht«, sagte er.

Es donnerte unentwegt. Der Regen war so laut, als würden Steine auf den Wagen prasseln. Am Himmel zuckten unentwegt die Blitze. Solche Angst hatte Ig noch nie gehabt. Und wenn Genevieve rausbekam, dass er sich das Auto genommen, dass er Angela Mum genannt hatte, würde er auch noch richtig Ärger kriegen. Er weinte wieder. Angela zog ihn an sich.

»Es ist alles gut, Ig. Uns wird nichts passieren. Die Reifen sind aus Gummi. Wir sind sicher.«

Er sagte nichts. Er hielt sich nur an ihr fest.

Eine Stunde später fuhren sie den vollgespritzten Wagen in den Schuppen. Das Schlimmste war vorbei. Ig war wieder guter Stimmung. Angela war zurückgefahren. Die Straßen waren nass und glatt, hin und wieder waren sie gerutscht, doch Angela hatte das Steuer sehr ruhig gehalten.

»Man sollte meinen, ich hätte seit Jahren nichts anderes getan«, hatte sie zu ihm gesagt.

Dazu hatte Ig geschwiegen. Er hatte auch beschlossen, dass er den anderen von dem Ausflug nichts erzählen musste. Und erst recht nicht von der Mum-Sache.

Celia hatte nicht einmal gemerkt, dass sie weg gewesen waren. Der laute Fernseher hatte das Regenprasseln übertönt.

»Okay, Kiddo«, sagte Angela. »Ab in die Dusche und in trockene Sachen.«

»Okay«, sagte er.

Er lächelte in sich hinein. Er hatte es immer schon gemocht, wenn sie ihn Kiddo nannte.

Genevieve, Victoria und Lindy kamen erst nach Anbruch der Dunkelheit zurück. Ihr einziges Thema war das Gewitter. Sie hatten an zwei Creeks warten müssen, bis das Wasser sank. *Ein paar idiotische Touristen*, wie Genevieve es nannte, waren mit ihren gemieteten Geländewagen trotzdem hindurchgefahren und hatten kreischend gefilmt, wie das Wasser über die Reifen gestiegen war.

»So was macht sich gut auf YouTube, oder?«, sagte sie. »Wir im Outback, kurz vor dem Ertrinken.«

»Gibt's was Neues?«, wollte Victoria von Ig wissen. »Was habt ihr denn inzwischen angestellt?«

»Nichts Besonderes«, sagte Ig.

Kapitel 51

Wenn sich Nick das Büro eines Londoner Architekten hätte vorstellen müssen – nicht dass er bis zu diesem Tag Grund dazu gehabt hätte –, hätte es entschieden anders ausgesehen. Edel glänzende Fassade, wandhohe Fenster, minimalistisches Interieur. Einschüchternde Mitarbeiter. Klassische Musik. Er sah erneut auf seinen Zettel. Upper Street, Islington. Die Adresse stimmte. Auch der Name an der Tür. WSA. Will Somers Architekten.

Das Büro lag im ersten Stock über einer Reinigung, zwischen Boutiquen und Geschenkeläden. Laut dem Taxifahrer, der ihn von der Paddington Station hergebracht hatte, war Islington mittlerweile eine ziemlich exklusive Wohngegend. Auf den Straßen war viel los. Nick hatte gar nicht fassen können, dass er nun in London war, auf dem Rücksitz eines »Black Cab« saß. Dass er gerade von Cork nach Heathrow geflogen war, vom Flughafen zur Paddington Station gefunden hatte. Er war direkt zum Islington Hilton gegangen, wo sein Zimmer schon auf ihn gewartet hatte. Unglaublich, dachte er. Dass seine Tochter all das von einer Schaffarm im australischen Outback aus organisiert hatte.

Genevieve hatte ihm am Vorabend, nach ihrem zweiten Telefonat – nachdem er ihr gesagt hatte, welche Entscheidung er getroffen hatte – alles per Mail geschickt. Sie hatte darauf bestanden, dass sie sich darum kümmerte. In sehr geschäftsmäßigem Ton.

Alles organisiert, Dad. Anbei deine Flüge. Du nimmst den Heathrow Express (Ticket ebenfalls anbei) zur Paddington Station, von da aus ein Taxi nach Islington. Ich habe dich im Islington Hilton eingebucht. Es liegt in derselben Straße wie Wills Büro. Dort habe ich angerufen und einen Termin für dich vereinbart. Ich habe keinen Grund genannt, nur deinen Namen angegeben. Ich muss ständig an alles andere denken, was Mum uns im Moment erzählt. Laut Ig spricht sie mit ihm viel über ihr Elternhaus. Kannst du da auch hinfahren, nach Forest Hill? Da muss ein Museum in der Nähe sein, das Horniman Museum. Ig sagt, dass sie auch davon viel erzählt. Offenbar gibt es dort ein altes Walross. Und viele Vögel. Sie müssen ihr irgendetwas bedeuten. Ich maile dir die Wegbeschreibung. Könntest du bitte von all dem Fotos machen, auch mit dir? Wir wollen sie ihr nach deiner Rückkehr zeigen. Wir alle sind der Meinung, dass die Idee hinzufahren großartig ist. Alles Liebe von uns allen. G xxxx

Sein Termin mit Will war für dreizehn Uhr geplant. Er hatte noch eine Stunde Zeit. Nick bummelte über die Upper Street, vorbei an Restaurants, Boutiquen, Cafés, Geschenkeläden und einem irischen Pub.

Vom Taxi aus hatte er manches gesehen, was er aus Filmen oder Büchern kannte. Die Baker Street mit dem Sherlock-Holmes-Denkmal. Wieder hatte er gedacht, wie anders diese Reise verlaufen wäre, wenn Angela an seiner Seite wäre. Er war in ihrer Heimatstadt, ohne seine Frau.

Nach seinem Spaziergang blieb Zeit, kurz ins Hotel zu gehen und sich ein frisches Hemd anzuziehen. Angelas Brief musste er kein weiteres Mal lesen. Er wusste, was er Will fragen wollte.

Um Punkt dreizehn Uhr drückte er auf die Klingel. Er dachte an den Will, den Angela beschrieben hatte, den erfolgreichen, gefragten Architekten. Den Will, der in einem großen Stadthaus lebte, der …

Eine Männerstimme kam aus der Sprechanlage. Nick hatte eine Rezeptionistin erwartet. Er nannte seinen Namen.

»Kommen Sie rauf«, sagte die Stimme.

Das Treppenhaus war eng. Die Wände brauchten einen Anstrich. Es roch nach Essen, irgendwie gewürzt – vermutlich aus der Küche eines benachbarten Restaurants. Ein Aufgang, dann eine Tür mit dem Logo WSA. Nick stieß sie auf.

Überall schaute ihm Papier entgegen. An den Wänden lehnten Rollen aus Karton, aus denen Skizzen quollen. Unter Aktenordnern und zahlreichen anderen Papieren waren zwei Schreibtische zu erahnen, dicht beieinander. Auf einem stand ein alter Computer. Dahinter erhob sich ein Mann von Mitte fünfzig, das Telefon am Ohr. Er sah zu Nick und bedeutete ihm, dass er jeden Augenblick für ihn da wäre.

Nick setzte sich.

Im Geist hörte er Genevieves Fragen. »Und, wie sieht er aus, Dad?«

Er war kleiner als Nick. Etwa eins sechzig. Er trug einen Anzug mit offenem Jackett. Welche Haarfarbe er hatte, war schwer zu sagen, denn sein Haar wuchs nur noch spärlich. Hellbraun? Dunkelbraun?

Genevieves Kreuzverhör ging weiter. »Aber ist er attraktiv? Dünn? Dick? Jetzt sag schon, Dad!«

Attraktiv? Nein. Er wirkte ein wenig – was traf es am besten? Aufgedunsen. Rotgesichtig. Zugleich auch blass. Fleckig. Ja, er war fleckig. Er wirkte wie ein Mann, der zu viel Zeit in geschlossenen Räumen verbrachte. Oder zu viel trank.

Sah er selbst inzwischen auch so aus? Nein. Er hielt sein Gewicht. Er war noch immer fit. Und gebräunt. Und hatte auch noch immer volles Haar.

Verglich er sich gerade wirklich mit diesem Mann? Ja, allerdings.

Will war in eine telefonische Diskussion verwickelt. Offenbar ging es um den Ausbau eines Dachgeschosses, die Treppe machte Probleme. Will wechselte von Beschwichtigung zu Angriff. »Ich komme morgen vorbei. Ja, ich weiß, dass ich Ihnen diese Firma empfohlen habe. Mir sind auch noch nie Beschwerden zu Ohren gekommen. Vierzehn Uhr, richtig. Bis dann.« Er legte auf und verdrehte die Augen. »Tut mir leid.« Er streckte die Hand aus. Nick ergriff sie.

»Nick Gillespie.«

»Will Somers. Was kann ich für Sie tun, Mr Gillespie?«

In Errigal war es fast Mitternacht. Alle schliefen. Nur Angela war wach und las in einer Zeitschrift. Es regnete noch immer, doch nun fiel ein sanfter, steter Niederschlag, kein wütender Sturzbach wie zuvor.

Es klopfte an der Tür. Ganz leise. »Herein.«

Es war Ig. »Ich kann nicht schlafen.«

»O Ig, das tut mir leid. Aber es ist ziemlich spät. Du solltest es versuchen.«

»Bringst du mich ins Bett?«

»Natürlich.«

Sie folgte ihm zu seinem Zimmer. Sie betrat es zum ersten Mal seit ihrer Rückkehr. Ig kletterte ins Bett. Angela stopfte die Laken ringsum fest. »So ist's gut. Kuschelig und wuschelig.«

Er lächelte sie an und schloss die Augen.

Angela kehrte in ihr Zimmer zurück und setzte sich

in den Sessel. Das hatte sich so vertraut angefühlt. Doch wieso? Wieso passierte ihr das ständig? Sie tat etwas und hatte das Gefühl, dass sie das schon einmal getan hatte. So wie gerade, als sie Ig ins Bett gebracht, das Laken festgestopft und ihren Reim aufgesagt hatte. Und zuvor, als sie im Wollschuppen Fotos gemacht hatte, hatte sich eine Erinnerung an ein Fest gemeldet. Hatte ihr jemand von einem Fest erzählt? Wahrscheinlich. Die Gillespies erzählten ihr so viel, dass sie alles durcheinanderbrachte.

Das würde sich ändern, wenn Will und Lexie endlich kamen. Dann würden sie zu dritt etwas unternehmen. Dann würde sie weniger Zeit mit den Gillespies verbringen.

Angela zog ihre Hausschuhe aus und legte sich wieder ins Bett. Als sie nach ihrem Buch griff, fiel ihr Blick auf den Nachttisch. Auf einen dicken Ordner, der ihr zuvor nicht aufgefallen war. Mit einer Nachricht. *Dies dürfte für einige Erhellung sorgen.*

Der Zettel war nicht unterschrieben. Angela schlug den Ordner auf. Als Erstes schaute ihr ein Brief entgegen. Dahinter waren zahllose weitere Briefe.

Sie setzte die Brille auf und begann mit der Lektüre.

Nick hatte schon dreimal zu einem Erklärungsversuch angesetzt, wer er war und warum er Will aufgesucht hatte. Jedes Mal hatte ihn das Telefon unterbrochen. Will entschuldigte sich. »Meine Sekretärin arbeitet nur Teilzeit. Heute nicht, wie Sie sehen.«

»Können Sie das Telefon nicht aushängen?«

»Und einen potenziellen Kunden verlieren?«

»Es ist wichtig«, sagte Nick.

»Jedem sind die eigenen Baumaßnahmen wichtig. Und jeder will sie hier und jetzt. Sie sind Australier, oder?

Schon lange in London? Wie Sie das Klima hier aushalten, ist mir ein Rätsel. Mir wären zwölf Monate Sonnenschein weit lieber.«

»Waren Sie schon mal in Australien?«

»Nein, noch nicht. Eines Tages. Wenn die Concorde wieder fliegt, ich im Lotto gewinne und in fünf Stunden statt in – wie viel, fünfunddreißig? – hinkomme.«

»Nicht ganz«, sagte Nick. Er musste die Gelegenheit nutzen. Solange das Telefon schwieg. »Ich lebe nicht in London. Ich bin nur zu Besuch. Meine Frau stammt aus London. Ihr Name ist Angela Richardson.«

Will sah ihn nur an.

»Angela Richardson«, wiederholte Nick.

»Schön«, sagte Will. »Und sie zeigt Ihnen die Stadt? Toll. Dann ist die Familie Ihrer Frau der Auftraggeber, oder wie?«

»Sie ist eine alte Freundin von Ihnen. Von ganz früher.«

»Von mir? Ihre Frau ist eine alte Freundin von mir? Und wo ist sie?«

»In Australien.«

»Und sie hat Sie gebeten, bei mir reinzuschauen und Hallo zu sagen? Dann hat sie ein besseres Gedächtnis als ich.«

»Sie waren mal ein Paar. Vor etwa fünfunddreißig Jahren.«

»Wirklich? Angela, haben Sie gesagt?« Er runzelte die Stirn. »Dunkle Locken? Tolle Augen?«

»Ganz genau.«

»Gott, an sie hab ich Jahre nicht gedacht. Wie geht es ihr?«

»Gut«, sagte Nick. »Wir sind seit dreiunddreißig Jahren verheiratet. Vier Kinder.«

»Schön für Sie. In Australien? Im sonnigen Sydney?«

»Sie wissen nicht, wo sie lebt? Sie haben keinen Kontakt?«

»Kontakt? Warum sollte ich? Hören Sie, Rick …«

»Nick.«

»Sorry, Nick. Hören Sie, ich weiß nicht, was …« Das Telefon klingelte erneut. »Entschuldigung.« Er ging an den Apparat. »Das ist richtig. Wir bauen Dachgeschosse aus und Badezimmer um. Ja, natürlich geht das. Morgen. Heute? Sicher. Bis dahin. Ja, ich weiß, wo das ist. Ich bin aus der Gegend.« Er legte auf. »Tut mir leid, Nick. Ich hab heute wirklich sehr viel um die Ohren, wie Sie sehen. Was kann ich für Sie tun?«

»Ich wollte mit Ihnen über Angela sprechen.«

»Das ist ewig her. Mir ist nicht klar, wie …«

»Sie hatte einen Unfall. Ihr Gedächtnis hat dabei gelitten. Ich war zufällig in London, und da Angela Sie ein paarmal erwähnt hat, hatte ich gehofft, Sie könnten mir von ihr erzählen. Vielleicht wecken alte Geschichten bei ihr Erinnerungen.«

»Leidet sie an Amnesie oder so? Das tut mir leid. Aber jetzt geht es schlecht. Wohnen Sie hier in der Nähe? Wir können uns ja später treffen. Auf ein Bier oder so.«

Sie verabredeten sich für zwanzig Uhr. Nick schlug den irischen Pub auf der Upper Street vor.

»Das ist gut«, sagte Will. »Da hab ich noch kein Hausverbot. War nur ein Scherz. Bis heute Abend.«

Nick hatte sich kaum erhoben, da griff Will erneut zum Telefon.

Nick sah auf die Uhr. Es war zu spät, um zu Hause anzurufen. Als er ein Internetcafé entdeckte, schrieb er rasch eine E-Mail. *Es ist der richtige Will. Treffe ihn erneut heute Abend. Dad x*

Wieder folgte er Genevieves Instruktionen. Von der Angel Station am Ende der Straße aus nahm er die Tube bis zur London Bridge. Von da aus den Zug nach Forest Hill.

Als er ankam, war es beinahe halb drei. Nick sah sich um. Warum hatte er diese Reise nicht schon längst mit Angela gemacht? In all den Jahren ihrer Ehe war sie lediglich zweimal heimgekehrt, beim Tod ihrer Eltern. Auf Errigal war währenddessen das Chaos ausgebrochen. Joan hatte ihnen fast rund um die Uhr geholfen.

Hatte er Angela jemals nach ihrer Kindheit gefragt? Bestimmt, zumindest am Anfang ihrer Ehe. Da war er sich sicher. Aber es war so viel so schnell geschehen. Ihre erste Begegnung, die Verlobung und dann gleich Zwillinge, im ersten Ehejahr. Nick wusste, dass Angela aus South London stammte, aus einer Sozialbausiedlung, aber hatte er je ein Foto von ihrem Elternhaus gesehen?

Er folgte Genevieves Wegbeschreibung. Die Hauptstraße entlang, an der kleinen Grünfläche links, den Hügel hinauf. Dann war er da. In der Straße, in der Angela ihre Kindheit verbracht hatte. Inmitten von gleichförmigen Reihenhäusern: zwei Fenster unten, zwei oben. Vor jedem Haus ein kleiner Garten. Das war alles. Angelas Elternhaus war, laut Genevieve, das letzte in der Reihe. Neben der Tür stand eine Geranie, davon abgesehen glich das Haus allen anderen. Es wirkte höchstens noch schäbiger.

Nick tat, was Genevieve ihm aufgetragen hatte – auch wenn er sich dabei sehr komisch fühlte –, und machte Fotos von dem Haus. Mach auch eins von dir, vor dem Haus, hatte sie gebeten. Doch es war niemand auf der Straße, und er wollte garantiert keines von diesen Selfies machen, über die seine Kinder immer lachten. Die bisherigen Fotos mussten als Beweis genügen.

In dem Moment kam eine Anwohnerin mit Einkaufstüten den Hügel hinauf.

»Verzeihen Sie«, sprach Nick sie an.

Sie reagierte argwöhnisch. Nick erklärte ihr, was er wollte, dass dies das Elternhaus seiner Frau sei. Vielleicht kannte sie die Familie?

»Richardson? Nein, das muss vor meiner Zeit gewesen sein. Hier wohnt niemand, der so heißt.«

Widerstrebend willigte sie ein, ein Bild zu machen. Nick stellte sich kaum weniger widerstrebend vor das Haus und lächelte. Erst im Nachhinein sah er, dass sie den Daumen vor die Linse gehalten hatte.

Auf dem Weg zum Horniman Museum setzte heftiger Regen ein. Es wunderte Nick gar nicht, dass das Museum in Angelas Kindheit eine solche Rolle gespielt hatte. Es war ein beeindruckendes Anwesen mit einer nicht minder beeindruckenden Turmuhr, und das inmitten ganz gewöhnlicher Vorstadthäuser. Selbst in der Dämmerung konnte Nick den gepflegten Garten ringsumher erkennen, die großzügigen Freiflächen, und in der Ferne die Skyline der Innenstadt. Er flüchtete sich vor dem Regen ins Innere. Was musste er sich hier laut Genevieve ansehen? Ausgestopfte Vögel? Ein Walross?

Er erkundigte sich am Empfang.

Eine Frau wies ihm den Weg. »Gleich da vorn. Sie können es nicht verfehlen.«

Sie hatte recht. Er sah es gleich, als er in den großen Saal kam. Ein gewaltiges Walross, in der Größe eines Babyelefanten, auf einem künstlichen Eisberg. Es wirkte seltsam weich. Nick wandte sich an den Aufseher. »Das Walross da – was ist daran so komisch?«

»Alles, wenn Sie mich fragen.« Der Aufseher erklärte Nick, dass der Präparator, der das Tier Ende des 19. Jahrhunderts ausgestopft und noch nie ein Walross gesehen hatte, es aus diesem Grund mit der Füllung etwas übertrieben hatte. »Das Tier ist unser Star«, sagte er. »Unsere Besucher kommen von weit her, für ein Bild.«

Nick hielt ihm die Kamera entgegen. »Wären Sie so nett?«

Der Aufseher machte mehrere Bilder. Nick überprüfte es sofort. Kein Daumen. »Danke sehr.«

Rasch drehte er eine Runde durch den Saal. Überall standen Vitrinen mit präparierten Vögeln, Skeletten, Säugetieren und Reptilien. Nick war sehr dankbar, als er zehn Minuten später wieder an der frischen Luft war.

Ig wurde noch vor Sonnenaufgang wach. Er schaute aus dem Fenster. Die Vögel waren ungewöhnlich laut. So wie immer, wenn es stark geregnet hatte. Das hatte ihm sein Dad erklärt: Wenn der Boden aufgeweicht war, kamen Insekten und Würmer an die Oberfläche. Die Vögel gerieten in einen Fressrausch. Das Wort »Fressrausch« hatte ihm gefallen.

Wenn Angela das sehen könnte! Das wäre gut für ihre Fotos und für »den Plan«. Genevieve hatte alles eingekauft, worum er sie gebeten hatte. Farbeimer, in Grün, Rot und Blau. »Was hast du damit vor?«, hatte sie gefragt. »Ich hatte auf der Liste zehn Flaschen Cola und acht Tüten Chips erwartet, aber nicht das Inventar eines halben Farbengeschäfts.«

»Wird eine Überraschung«, hatte er erwidert.

»Von dir und Robbie?«

»Nicht ganz.«

Er plante ein Wandbild. Mit Angela. An der Seite des Wollschuppens, mit Bildern aus der Vogelwelt. Noch war die Wand groß und leer. Als Erstes wollte er sie weiß streichen, und dann mit Angelas Hilfe alle Vögel malen, die es auf der Farm gab. Er hatte an Zeichnungen geübt und bekam es endlich richtig hin. Außerdem hatte Angela gesagt, dass es egal war, falls er einen Fehler machte, dass Vögel sowieso ganz viele Farben und Gestalten hatten, und wenn er einmal wirklich nicht zufrieden wäre, könnte er das Bild ja einfach übermalen und neu anfangen.

Er klopfte an ihre Tür. Keine Reaktion. Er klopfte noch einmal und rief nach ihr. Noch immer nichts. Er öffnete die Tür und ging ins Zimmer. »Angela?«

Sie schlief tief und fest. Überall lag Papier. Er ging näher. Das waren die Briefe seiner Mum. Die Weihnachtsbriefe. Die sie für das Weihnachtsspiel gelesen hatten, das dann doch nicht stattgefunden hatte.

Angela öffnete die Augen, richtete sich auf und griff nach ihrer Brille. »Ig? Ist alles in Ordnung?«

»Ja«, sagte Ig. »Nach dem Regen sind so viele Vögel da. Vielleicht willst du die ja sehen.«

Angela setzte sich aufrecht hin und schaute auf die Briefe ringsumher.

»Soll ich dir die aufsammeln?«, fragte Ig.

»Das wäre lieb, Ig. Sie sind mir wohl vom Bett gerutscht. Ich habe sie gestern Nacht gelesen.«

Ig sammelte die Briefe ein – in der falschen Reihenfolge, aber das spielte sicher keine Rolle. Er legte den Ordner auf das Fußende.

»Ich warte auf der Veranda«, sagte er.

Als er an der Tür war, rief ihn Angela zurück. »Ig? Kann ich dich etwas fragen?«

Er nickte.

»Könntest du die Tür schließen?«

Ig folgte ihrer Bitte.

»Es tut mir leid, wenn das etwas seltsam klingt«, sagte Angela.

Er wartete gespannt.

»Ig, bin ich deine Mutter?«

Kapitel 52

»Das glaub ich nicht!« Genevieves Stimme drang vom Büro her durch das ganze Haus. »Ig? Ig, wo steckst du?«

»Was ist denn los?«, rief Lindy aus der Küche.

Genevieve kam an die Tür. »Das war bloß ein alberner Gag, aber ich habe schon zweitausend Hits. Das ist der Wahnsinn! Wegen ein paar Katzenfotos. Was ist aus der Welt geworden? Ich brauche mehr. Wo ist Ig?«

Victoria schaute von ihrem Frühstücksteller auf und zuckte mit den Schultern.

»Lindy?«

Lindy saß am anderen Ende des Tischs, in ihre Stickerei vertieft. Celia, ihr gegenüber, hielt ebenfalls eine Nadel in der Hand.

»Nichts Neues von Dad?«, fragte Victoria.

»Nichts. Nicht seit der letzten E-Mail. Die empörend kurz war.« Sie rechnete nach. Wenn es bei ihnen acht Uhr morgens war, war in London Nacht. »Offenbar hat es sofort gefunkt.« Genevieve sah aus dem Fenster, denn von draußen kamen Stimmen. »Und da wir gerade von der großen Kumpanei reden, hier kommen Mr Pech und Mrs Schwefel.«

»Wir haben hinter dem Wollschuppen zu tun, aber ihr dürft erst gucken, wenn es fertig ist, okay?«, sagte Ig, als er mit Angela in die Küche kam. Er hatte sich mit seiner Bettelei durchgesetzt und einen weiteren Tag schulfrei bekommen.

»Sind da Waffen im Spiel? Chemikalien? Irgendeine Form von Kriegsgerät? Warte, lass mich raten, es hat etwas mit Farben zu tun«, sagte Genevieve.

»Ich habe mich zu Stillschweigen verpflichtet«, sagte Angela.

»Kann ich bitte an den Rechner?«, fragte Lindy und legte ihre Kissenhülle beiseite. »Ich glaube, mit meinen E-Mails stimmt was nicht. Ich habe seit drei Tagen nichts von Richard gehört.«

»Du hast fünf Minuten«, erwiderte Genevieve. »Dann muss ich an den Computer, um mich weiterhin meiner elementaren Arbeit auf dem Feld der Verknüpfung von Katzen und Celebritys zu widmen. Ig, das musst du sehen. Das verbreitet sich wie ein Virus.«

»Ich brauche zehn Minuten«, meinte Lindy. »Außerdem gehört der Computer uns allen, nicht nur dir. Ich kann sowieso nicht fassen, dass du das Posten von Katzenfotos Arbeit nennst.«

»Du hast ja recht, Lindy, danke. Es ist eher Passion denn Arbeit.«

Inzwischen waren Nick zahlreiche Eigenschaften eingefallen, die Will zu Genevieves Befriedigung beschrieben hätten.

Langweiler. Nervensäge. Der unangenehmste, egomanischste Mensch, dem er leider je begegnet war.

Er erduldete Wills Gegenwart nun schon seit zwei Stunden. Sie hatten sich wie vereinbart in dem irischen Pub getroffen, an einen Tisch gesetzt und etwas zu essen und zu trinken bestellt. Guinness für Will, Cola für Nick. »Auf Entzug?«, hatte Will gefragt. »Ich trinke nachher ein Bier«, hatte Nick erwidert und auf Fragen zu Angela gewartet. Nichts.

Nachdem Will höflichkeitshalber geklärt hatte, ob dies Nicks erster Aufenthalt in London war, hatte Will nicht einmal Luft geholt. Nick hatte sich Wills gesamte Familiengeschichte, die sich über vier Generationen erstreckte, anhören müssen. Seine Großeltern hatten in Islington ein dreistöckiges Haus gekauft, als die Gegend beinahe noch ein Slum gewesen war. Will ließ sich ausführlich über alles Sehenswerte in der Gegend aus, darunter den Angel Clock Tower und das Rathaus. Dann waren die alten Römerstraßen dran. Die Antiquitätenhändler, die einst in der Camden Passage gelebt und gearbeitet hatten. »Heute sind da nur noch überteuerte Vintage-Hutläden und Geschenkeshops für den Besserverdiener, wenn Sie mich fragen.«

Irgendwann gelang es Nick, den Redefluss zu unterbrechen. Er versuchte, das Gespräch auf Persönliches, auf Angela zu bringen. »Haben Sie jemals geheiratet?«

»Zweimal, die schlimmsten Fehler meines Lebens.«

Weil er Angela nicht geheiratet hatte? »Wie lange waren Sie und Angela eigentlich befreundet?«

Will wirkte ratlos. »Wie alt waren wir? Neunzehn? Zwanzig? Ich kann mich wirklich nicht erinnern. Ein paar Monate?«

»Angela spricht von Jahren.«

»Dann hat sie das bessere Gedächtnis von uns beiden. Aber, Mann, das waren die Siebziger. Falls wir wirklich so lange zusammen waren, war das garantiert nicht exklusiv.« Er machte mit seinen Fingern Anführungszeichen. »Ich bin damals viel gereist. War ein halbes Jahr in Indien. Wegen der Architektur hingefahren, wegen der Drogen geblieben.« Er lachte, zu laut.

Nick sagte nichts. Was Will offenbar nicht störte.

»Da habe ich auch meine erste Frau kennengelernt. Ein

Freigeist, so wie ich. Hatte ich gedacht. Glauben Sie mir, nachdem sie mich erst mal durch die Scheidungsgerichte gezerrt hatte, hätte ich sie alles andere als frei genannt.«

Nick hatte den Eindruck, dass Will diesen Spruch schon oft verwendet hatte. »Kinder?«

»Zwei Jungs, mit ihr. Sind beide in den Dreißigern. Wohnen mit ihren Freundinnen zusammen. Noch keine Enkel. Ich seh sie selten. Sie hat sie gegen mich aufgehetzt, nachdem ich eine Affäre mit meiner Sekretärin hatte. Der größte Fehler meines Lebens.«

»Ihrer jetzigen Sekretärin?«

»Schön wär's, die ist zwar faul wie ein Stück Brot, aber ein echter Hingucker. Nein, mit einer anderen. Gut, dass ich mit dem Büro über die Reinigung gezogen bin, denn auch sie hat mich bis aufs Hemd ausgezogen.« Wieder lachte er zu laut. Aus dieser Ehe stamme ein Stiefsohn, sagte Will. Auch zu ihm habe er wenig Kontakt. Mit seiner zweiten Exfrau spreche er gar nicht mehr. »Die Kinder halten ja immer zur Mutter, oder?«

»Nur Söhne? Sie haben keine Töchter?«, fragte Nick.

»Nein. Eine Schande. Vielleicht hätten die sich ja im Alter um mich gekümmert.« Wieder das laute Lachen.

Nick konnte sich Angela und diesen Mann keine fünf Minuten vorstellen, geschweige zwei lange Jahre. »Sagen Sie, haben Sie noch Fotos von Angela?«

»Ich hab keinen blassen Schimmer. Meine Wohnung ist ein bisschen durcheinander. Junggesellenbude halt. Aber ich wohn nur zwei Straßen weiter, wenn ich nachsehen soll. Außerdem hab ich einen ziemlich guten Whisky. Die Cola muss Ihnen doch zu den Ohren rauskommen.« Will hatte mittlerweile drei Guinness getrunken. Nick war bei Cola geblieben.

Bis zu Wills Wohnung waren es keine fünf Minuten,

vorbei an Reihenhäusern, die deutlich größer als in Angelas altem Viertel waren. Kleine Aufgänge führten zu den Türen, darüber Halbrundfenster. Alle Häuser waren dreigeschossig. An einem Haus standen die Vorhänge offen. Nick spähte in ein Zimmer. Dort fand eine Dinnerparty statt, mindestens acht Gäste saßen um einen langen Tisch, darüber funkelte ein Kronleuchter. Vor der Tür parkten BMWs und Saabs.

»Da wären wir«, sagte Will. »Trautes Heim, Glück allein.«

Nick fröstelte. Es war kalt und zugig, doch Will blieb vor dem Haus stehen und erklärte ausführlich dessen Architektur. »Die Fenster werden immer kleiner, je weiter man nach oben kommt. Die Dachzimmer waren für die Dienstboten, und ob die genug Licht hatten, hat niemand interessiert. Jetzt wohnen hier nur noch diese New-Labour-Leute. Die haben uns alle über den Tisch gezogen, wenn Sie mich fragen. Aber mit Politik geb ich mich nicht mehr ab. Einer so mies wie der andere.«

Nick hatte erwartet, dass Will die Stufen zur Tür hinaufgehen würde, doch er öffnete eine Pforte am Eisenzaun und ging in Richtung Keller.

»Tut mir leid, hier unten wird's ein bisschen primitiv. Ich musste das übrige Haus verkaufen, der Unterhalt für meine zweite Ex. Ein Glück, dass meine Eltern tot sind. Wenn die wüssten, was vom Familiensilber noch übrig ist …«

Gegen Wills Kellerwohnung wirkte sein Büro geradezu penibel aufgeräumt. Es sah wie nach einem Einbruch aus. Überall lagen Papiere, Bücher und CDs. Ein muffiger Geruch hing in der Luft. In einer Ecke stand eine tote Zimmerpflanze. Nick fühlte sich wie in einer Teeniebude.

»Setzen Sie sich«, sagte Will.

Das war leichter gesagt als getan. Nick schob einen Stapel Zeitungen beiseite und setzte sich auf das Sofa, neben die tote Pflanze. Will ging in die Küche am Ende eines engen Korridors. Von seinem Platz aus konnte Nick erkennen, dass auch dort Müll und Chaos herrschten. Gläser klirrten.

»Schottland oder Irland?«, rief Will.

Endlich eine Frage. Nach Stunden endlich eine Frage. »Irland. Aus Donegal und Mayo. Meine Vorfahren sind in …«

Wieder dieses Lachen. »Nicht Sie. Der Whisky! Wollen Sie lieber einen schottischen oder einen irischen? Ich persönlich zieh den Schotten vor.«

»Dann nehm ich auch einen.«

Will kam mit zwei halb gefüllten Wassergläsern wieder, die Flasche klemmte unter seinem Arm.

»Also, das Foto von Angela?«, fragte Nick.

»Irgendwo. Bestimmt. Langsam fällt's mir wieder ein. Sie hat so gern bei diesem Museum gepicknickt, ganz bei ihr in der Nähe. Bei diesem Zoo voll toter Tiere.« Ein weiteres Lachen.

»Da war ich heute. Das Horniman Museum.«

»Richtig. Da hat's mich echt geschaudert.«

»Aber vielleicht haben Sie ja ein Foto von dort, auf dem sie ist?«

»Kann sein. Ich hab sie durch meine Cousine kennengelernt, glaube ich. Es muss irgendwo ein Gruppenfoto geben.« Will ging zum Bücherregal und schob einen Stapel Fußballhefte beiseite. »Ich bin Arsenal-Fan, durch und durch. Das alte Stadion war gleich dahinten. Schade, dass es weg ist. Aber wenn Sie übers Wochenende bleiben, könnt ich Sie mit zu einem Spiel nehmen. Das ist ein Team! Neulich, bei dem Spiel, da …«

Will redete und redete. Nick ging langsam auf, dass die Wahrscheinlichkeit, an diesem Ort ein Foto von Angela zu finden, buchstäblich sehr gering war. Er kippte den Whisky in die bereits tote Pflanze und stand auf. Genevieve hatte ihn zwar gebeten, auch von Will ein Bild zu machen, aber nein. *Tut mir leid, Genevieve.*

»Ich muss los. Soll ich Angela etwas ausrichten?«

»Sie wollen schon gehen? Sagen Sie Angela einen Gruß. Ich hoffe, dass sie's im Leben besser angetroffen hat als ich.«

Genevieve war noch nicht dazu gekommen, ihren Vater anzurufen. Denn auf Errigal spielte sich ein neues Drama ab. Lindy weinte sich seit einer halben Stunde die Augen aus. Seit sie ins Büro gegangen war.

Genevieve, Victoria und Celia hatten in der Küche gesessen, Genevieve hatte den Abwasch gemacht, Victoria gekocht, Celia genäht. Angela war mit Ig beim Wollschuppen. Zunächst hatte niemand reagiert. Doch das Weinen hatte nicht mehr aufgehört.

Schließlich hatte Celia von ihrer Stickerei aufgesehen. »Sollte nicht mal eine von euch nachschauen?«

»Sie hat sich vermutlich bloß einen Nagel abgebrochen«, hatte Genevieve vom Spülbecken her gesagt.

In dem Moment war Lindy erschienen, ein Blatt in der Hand, die Augen voller Tränen. »Ich hasse sie so sehr, oh, was *hasse* ich sie! Das hat sie absichtlich getan, das weiß ich doch! Es geht gar nicht um ihn. Ihn will sie gar nicht. Es geht nur darum, mir alles zu verderben!« Dann stürzte sie sich auf Genevieve. »Das stammt nicht von dir, oder? Von dir und Ig? Ihr tut nicht so, als wär das von Richard?«

»Wir waren mit unseren Katzenbildern beschäftigt«, sagte Genevieve. »Wieso? Was schreibt er denn?«

»Sag du es ihr, Victoria«, sagte Lindy und reichte ihr den Ausdruck. »Ich kann das nicht noch einmal lesen.«

Victoria las rasch die E-Mail und fasste zusammen. »Offenbar haben Richard und die Schreckliche Jane auf Phillip Island, nun, wie soll ich es formulieren, zueinandergefunden. Hinterher hat Jane zu ihm gesagt, sie sei in ihn verliebt, und das seit Monaten. Und da ist ihm angeblich bewusst geworden, dass auch er starke Gefühle für sie hat. Und unter zahlreichen Entschuldigungen glaubt er, dass er Jane einen Beziehungsversuch schuldet. Also muss er seinen Besuch bedauerlicherweise absagen.« Sie sah zu ihrer Schwester. »Ach Lindy, das tut mir so leid.«

Lindy schluchzte laut und rannte in ihr Zimmer.

»Wenn man es positiv sehen will: ein Gästebett, das wir nicht beziehen müssen«, sagte Genevieve.

Angela und Ig hatten den ersten Anstrich beendet. Die Wand des Wollschuppens leuchtete strahlend weiß. Die Oberfläche war zwar stellenweise etwas rau, hatte aber das Zeug zu einer guten Leinwand, fanden beide, als sie mit ihren Snacks auf umgedrehten Farbeimern saßen. Ig hatte wieder seinen Schulranzen gepackt. Mit Keksen und Saft.

Sie hatten bei der Arbeit, seit dem Gespräch am frühen Morgen kaum geredet. Als Angela ihn gefragt hatte, ob sie seine Mutter sei, hatte Ig überlegt, was er sagen sollte. Seine Schwestern und sein Dad hatten ihm eingeschärft, er solle so tun, als ob seine Mutter aus London stammte, einen Mann namens Will und eine Tochter namens Lexie hätte.

Aber sie hatte ihm eine direkte Frage gestellt. Und es stimmte. Also hatte er genickt.

»Und bin ich auch die Mutter von den Mädchen? Den Zwillingen? Von Lindy?«

Ein weiteres Nicken.

»Und Nick ist mein Mann.« Sie hatte es einfach so gesagt. Als Tatsache, nicht als Frage formuliert. Das alles wusste sie aus dem Ordner mit den Weihnachtsbriefen. »Das ist mein Leben, oder? Ich habe diese Briefe geschrieben.«

»Ja. Du schreibst jedes Jahr so einen Brief. Am ersten Dezember. Ich helf dir immer dabei.«

»Habe ich auch letztes Jahr so einen Brief geschrieben?«

»Ja«, hatte Ig erwidert.

»Aber der ist nicht da drin?«

»Noch nicht.«

Dann hatte sie ihn lange angesehen. Und gelächelt. Sehr breit. Er hatte das Lächeln erwidert. Sie hatte die Arme geöffnet. Er war auf sie zugegangen, und sie hatte ihn ganz fest umarmt.

Das hatte ihm gefehlt.

»Kann ich den anderen sagen, dass du dich erinnerst?«

Sie hatte ihn ernst angeschaut und dann den Kopf geschüttelt. »Ig, können wir das erst einmal für uns behalten? Als unser Geheimnis? Ich muss noch über manches nachdenken. Und dafür brauche ich Ruhe und Frieden.«

Er hatte genickt. Das verstand er. Wenn er den anderen davon erzählt hätte, hätte es einen Riesenwirbel gegeben. Und seine Mum wollte ihre Ruhe, keinen Riesenwirbel. »Willst du trotzdem Vögel gucken?«

»Ja. Ja, sehr gern.«

»Dann warte ich draußen auf dich.«

Fünf Minuten später war sie nachgekommen, im Morgenmantel, aber in Turnschuhen und mit ihrer Kamera.

Sie waren durch den Garten fast bis zu der alten Kapelle gegangen. Überall waren Vögel. Angela hatte unzählige Fotos gemacht. Währenddessen war die Sonne langsam höher gestiegen und hatte alles golden eingefärbt. Die Hänge des Chace Range hatten sich glühend rot aus der Dunkelheit erhoben. Auf dem Rückweg zum Haus hatten sie einen Jägerliest mit seinem lauten Gekäckel gehört. Ig hatte gelacht. Darüber musste er immer lachen.

»Ist das dein Lieblingsvogel?«, hatte Angela gefragt.

Ig hatte genickt. »Tut mir leid, dass es hier keine Rotkehlchen gibt. Das ist doch dein Lieblingsvogel, oder?«

Angela hatte ebenfalls genickt. »Kein Problem. Ein Jägerliest ist auch nicht schlecht.«

Nun reichte Ig ihr einen Keks. Angela sah ihn wieder komisch an, als ob sie sich ganz stark konzentrieren würde.

»Fällt dir noch mehr ein?«, fragte er.

»Ich versuche es, Ig. Ich versuche es mit aller Macht.«

»Das ist gut«, sagte Ig und biss in seinen Keks.

Genevieve hatte gerade mit ihrem Vater telefoniert. Er war ihr zuvorgekommen und hatte sich in Errigal gemeldet. Er hatte sich nicht näher über sein Treffen mit Will geäußert. »Deine Mutter kann von Glück sagen, dass sie den los ist«, hatte er als Einziges gesagt. Aber es hätte sich bestätigt, dass es in all den Jahren keinerlei Kontakt zwischen Will und Angela gegeben hatte. Doch er hatte einen weiteren Grund für seinen Anruf gehabt. Er hatte seine Flüge umgebucht. Er machte sich auf den Heimweg.

»Und was ist mit dem Rest der Reise?«, fragte Victoria. »Er hat Irland kaum gesehen, oder?«

»Angeblich hat er genug gesehen.«

Zwölf Stunden später rollte Nicks Flieger in Heathrow auf die Startbahn. Die Umbuchung hatte beinahe so viel wie das eigentliche Ticket gekostet, doch das war es ihm wert. Als das Flugzeug abhob, lehnte er sich zurück und schloss die Augen.

Kapitel 53

Kurz nach ein Uhr morgens weckte Genevieve ein eindringliches Flüstern. Neben ihr kauerte Victoria.

»Genevieve, wach auf. Bitte, wach auf.«

»Was ist denn?«

»Ich brauche dich. Mit mir passiert irgendwas.«

Sie gingen gemeinsam ins Badezimmer. Victoria sprach sehr leise, dann zeigte sie es ihr. Blut.

»Was heißt das? Dass irgendwas nicht stimmt? Hab ich eine Fehlgeburt? Was mache ich denn bloß? Wie halte ich das auf?«

»Ich weiß nicht, Victoria, es tut mir so wahnsinnig leid, aber ich weiß es nicht.«

»Kannst du für mich im Netz nachsehen? Bitte! Ich will nicht nach Hawker ins Krankenhaus. Ich kenne da viel zu viele Leute. Ich muss doch irgendetwas tun, mich hinlegen oder so? Bitte, Genevieve, mach schnell.«

»Geh wieder ins Bett. Leg dich hin. Ich schau, was ich herausfinden kann.«

Als Genevieve ihre Schwester in ihr Zimmer brachte, sahen sic im Gästezimmer Licht.

Sie mussten sich nicht absprechen. Genevieve klopfte an die Tür.

»Herein.«

Angela saß mit der Kamera im Bett und sah sich ihre Bilder an. »Mädchen? Alles in Ordnung?«

»Nein«, sagte Genevieve. »Angela, wir brauchen dich.«

Angela und Genevieve blieben die ganze Nacht lang bei Victoria und redeten beschwörend auf sie ein, auf das Baby ein. Es war vergebens. Die Blutungen hörten nicht auf. Als die Sonne endlich aufging, riefen sie bei Joan an. Sie kam noch vor acht Uhr. Joan war nicht nur ausgebildete Krankenschwester, sie hatte selbst zwei Fehlgeburten erlebt, wie sie sagte. Es tue ihr furchtbar leid, aber leider sehe es ganz danach aus.

Victoria ließ sich nicht beruhigen. »Sag nicht, dass es so besser ist. Sag es bitte nicht«, weinte sie an Genevieves Schulter. »Ich wollte dieses Kind. Ich wollte es wirklich.«

»Das weiß ich doch.« Genevieve hielt ihre Schwester fest im Arm. »Ich weiß. Ich wollte es doch auch.«

Es folgten viele geflüsterte Gespräche. Lindy und Celia erfuhren die Wahrheit. Zu Ig sagten sie nur, dass es Victoria nicht gut gehe. Ihm wollten sie später alles erklären, mit Zeit und Ruhe. Sie mussten ihre Pläne ändern. Eigentlich hatte Victoria gegen Mittag nach Adelaide fahren wollen, um Nick am Flughafen abzuholen. Nun wollte Joan fahren und Victoria mitnehmen. Die Blutungen hatten aufgehört, doch sie musste zu einem Arzt. Joan war eine gute Frauenklinik in Adelaide bekannt, und sie wollte auf dem Weg zum Flughafen mit Victoria dort hinfahren. Genevieve drängte darauf mitzukommen. Matt hatte sich für diesen Tag angekündigt, doch Genevieve wollte ihm absagen. Per E-Mail oder Telefon.

Victoria widersprach energisch. »Joan kümmert sich um mich. Bleib bitte hier. Ich will, dass ihr euch seht.«

Auch Angela wollte Joan und Victoria begleiten. Sie hatte sich die ganze Nacht lang rührend um Victoria gekümmert, sie sogar im Arm gehalten.

Genevieve hatte nur kurz Gelegenheit gehabt, Joan

von Angelas Fortschritten, den ersten Erinnerungsfetzen zu berichten. Sie war dagegen, dass Angela mit zum Flughafen fuhr. Dass sie Errigal überhaupt verließ. Sie schüttelte den Kopf. Joan verstand.

»Lieber nicht, Angela«, sagte Joan. »Nicht bei dieser Fahrt. Beim nächsten Mal.«

Zur allgemeinen Erleichterung nahm Angela das klaglos hin.

Um zehn Uhr waren Joan und Victoria zum Aufbruch bereit. Genevieve nahm ihre Zwillingsschwester sehr fest in den Arm. Worte waren nicht nötig. Victoria wusste, was Genevieve empfand und sagen wollte.

Angela war gerade in ihr Zimmer zurückgekehrt und machte das Bett, da klopfte es erneut. Es war Celia.

»Arme Victoria«, sagte Celia. »Vermutlich ist es besser so, auch wenn sie das im Moment natürlich anders sieht.«

»Ja«, sagte Angela und zupfte unbeirrt an ihren Laken.

»Sie haben dich wohl heute Nacht geweckt.«

»Ja, haben sie.«

Celia verharrte bei der Tür, als ob sie darauf warten würde, dass Angela noch etwas sagte.

Angela aber schwieg.

»Hast du den Ordner bekommen, den ich dir hingelegt habe?«, fragte Celia. »Mit den Briefen?«

»Habe ich, danke«, erwiderte Angela.

Celia stand noch immer lauernd da. Angela hängte ein Kleid in den Schrank.

»Das war hoffentlich eine interessante Lektüre?«

»Ausgesprochen interessant, danke. Aber nun muss ich nach Ig sehen.«

»Selbstverständlich.« Celia trat beiseite.

Angela schloss die Tür mit sehr viel Nachdruck.

Lindy folgte Genevieve auf Schritt und Tritt. Mittlerweile waren die Tränen wegen Richard versiegt. Erst hatte sich Lindy auf das Thema Victoria gestürzt. Nun fragte sie Genevieve wegen ihres Vaters aus.

»Er muss sich doch über das Familientreffen geäußert haben. Findet es nun statt oder nicht? Denn falls nicht, mach ich keine zweihundert Kissen, damit das mal klar ist.«

»Wieso nicht? Falls Dad das Treffen absagt, hast du für die nächsten fünfzig Jahre für uns alle tolle Weihnachtsgeschenke.«

»Na, das hilft mir weiter. Und danke auch für dein Mitgefühl wegen Richard. Wenn so was bei Victoria passieren würde, würdest du dir ein Bein ausreißen, stimmt's? Aber bei mir ...«

Genevieve verlor die Beherrschung. »Victoria hatte eben eine Fehlgeburt, Lindy. Hast du das bereits vergessen? Sie hat ihr Baby verloren. Ich glaube, das ist ein wenig wichtiger als die Tatsache, dass dein angeblicher Freund mit deiner Erzrivalin ins Bett gesprungen ist, oder? Und wenn ich das bei der Gelegenheit gleich sagen darf, er hat mir sowieso nicht gefallen. Der Kerl hat überhaupt kein Rückgrat. Der hat ja bald geheult, als du ihn nach Mums Unfall allein lassen musstest. Und dass er vor der Schrecklichen Jane eine panische Angst hat, war auch nicht zu übersehen. Wer will denn so einen Typen als Freund?«

»Hat er nicht! Er hat nur gesagt, dass sie total bestimmend ist und dass sie auf uns alle eifersüchtig ist, auch auf mich.«

»Auch das noch. Ein rückgratloses Klatschmaul. Du bist ohne den viel besser dran. Du bist viel zu gut für den.«

Lindy schwankte, ob sie diese Bemerkung als Beleidigung oder Lob verstehen sollte. »Ist das dein Ernst?«

»Natürlich. Mit dir macht man einen richtig guten Fang, Lindy. Wenn du nicht gerade in Selbstmitleid badest, bist du klug und unterhaltsam. Süß siehst du auch aus. Ich würde mich zwar von diesen Zöpfen trennen, aber was weiß ich schon? Ich bin ja nur seit vierzehn Jahren Hairstylistin.«

Lindy zog an einem ihrer Zöpfe. »Meinst du wirklich? Ich hab neulich irgendwo gelesen, dass viele Frauen ihr Äußeres nach einer Trennung ändern. Soll ich? Würdest du mir die Haare schneiden? Jetzt?«

Genevieve schloss die Augen und flehte innerlich um Geduld.

Eine Stunde später war aus Lindys langem Haar ein sehr vorteilhafter Bob geworden. Lindy war begeistert. Genevieve musste sie von allen Seiten fotografieren, damit Lindy die Bilder gleich an ihre Freundinnen in Melbourne mailen konnte.

»Sollte ich der Schrecklichen Jane und Richard auch eins schicken?«, fragte sie. »Zum Beweis, dass ich darüber hinweg bin?«

»Du weißt das mit den beiden erst seit *einem* Tag«, erwiderte Genevieve. »Ich würde noch ein wenig warten.«

Ig kam mit grüner Farbe im Gesicht und weißer an den Händen in die Küche. Er musterte Lindy von allen Seiten.

»Das sieht super aus. Du siehst damit echt hübsch aus.«

Lindy sah ihren Bruder misstrauisch an. »Meinst du das ernst? Weil ich nämlich glaube, dass Genevieve dich letztes Mal bestochen hat.«

»Hat sie. Diesmal war's umsonst. Es sieht gut aus.«

Lindy gab ihm und Genevieve einen Kuss und hüpfte förmlich zum Büro.

Genevieve fegte die Haare zusammen und packte Scheren und Kämme in ihren Beutel. Ig wusch sich die Hände und ging zum Kühlschrank. Er wollte Sandwiches machen.

»Es ist erst elf, Ig. Ein bisschen früh fürs Mittagessen, oder?«

»Aber das Frühstück ist schon so lang her. Und wir haben Hunger.«

»Du kommst da draußen mit Angela gut klar, oder?«

Er nickte.

»Und Robbie auch?«

»Ja.«

»Alles okay, Ig?«

»Ja danke.«

»Darf ich mir den Schuppen schon mal ansehen?«

»Nein.«

»Nicht einmal ganz kurz?«

»Nein.«

»Worüber redet ihr die ganze Zeit?«

»Dies und das.«

»Ig, hat sie irgendwas gesagt, was dich vermuten lässt, dass ihre Erinnerung zurückkommt?«

Ig ließ das Buttermesser sinken. »Wieso?«

»Heute Nacht, bei Victoria, als es ihr nicht gut ging …« Sie unterbrach sich selbst. »Ich frage mich das nur. Da waren ein paar Momente, in denen ich das Gefühl hatte, sie wäre wieder ganz die Alte Angela. Aber dir ist nichts aufgefallen?«

»Nein.« Ig drehte sich nicht um. Er legte eine Scheibe Käse auf das Brot.

Eine Stunde später kam Ig wieder in die Küche; diesmal holte er Kekse. »Teezeit«, sagte er.

»Ihr seid da draußen nur mit Essen beschäftigt, oder?«, sagte Genevieve von ihrem Platz aus. Sie blätterte durch ein Kochbuch und suchte nach irgendeinem Rezept, das Aussicht auf Gelingen bot.

»Wir arbeiten schwer. Das macht Appetit.« Er stellte einen Stuhl vor den Vorratsschrank, angelte sich die Dose, an die er eigentlich nicht heranreichen sollte, nahm sich eine Handvoll Kekse und stieg wieder nach unten.

»Bist du nervös, weil dein Freund heute kommt?«, fragte Ig, als er den Stuhl zurückschob.

»Natürlich nicht.«

»Und warum gehst du dann ständig raus zum Tor? Alle fünf Minuten. Wir haben die Zeit gestoppt.«

»Das ist mein Fitnessprogramm«, erwiderte Genevieve.

»Liebst du diesen Typen? Werdet ihr heiraten?«

»Sei nicht so frech. Wenn du so was in seiner Gegenwart sagst, bringe ich dich um.«

»Ich bin neugierig, nicht frech. Und du hast selbst gesagt, Neugierde ist gut.«

»Das ist ein schmaler Grat.«

»Liebst du ihn oder nicht?«

»Ich kenne ihn ja kaum. Aber ja, ich mag ihn sehr. Warum, was sollen all die Fragen?«

»Weil er beinahe da ist. Da kommt ein Auto.«

»Was?« Genevieve lief ans Fenster. Von der Straße her bewegte sich eine Staubwolke in Richtung Haus. Keine sieben Minuten weit entfernt. »Warum sagst du nichts?«

Genevieve stürmte ins Badezimmer. Überprüfte ihre Frisur. Ihr Make-up. Ihre Kleidung. Kontrollierte, ob sie Spinat zwischen den Zähnen hatte, obwohl sie keinen Spinat gegessen hatte. Dann sprühte sie sich Parfüm auf die Handgelenke und hinter die Ohren, beschloss, dass das für diese Tageszeit zu viel des Guten war, und versuchte, den Duft wieder abzureiben. Das ergab vier rote Flecken. Genevieve versuchte, die Flecken mit Make-up zu überdecken, schmierte es aber an die falschen Stellen, musste es wieder abwaschen und hetzte genau in dem Moment zurück in die Küche, als der Geländewagen vor dem Haus hielt.

Er war es wirklich. Der Kaffee-Typ. Matt. Der Mann, mit dem sie gemailt hatte. Der Mann, den sie zuletzt in ihrem winzigen Apartment in New York gesehen hatte, nach einer Nacht voller Lachen und dem besten Sex seit Jahren. Nun stieg er aus dem Wagen und stand vor ihrem Elternhaus im australischen Outback.

Sie machte Anstalten, auf ihn zuzueilen. Dann aber fand sie, dass das zu stürmisch wirkte, und verlangsamte ihr Tempo. Dann fiel ihr ein, dass er gerade eine Fahrt von dreihundert Kilometern auf sich genommen hatte, nur um sie zu sehen. Da durfte sie auf ihn zueilen.

Sie hatte vorher nicht überlegt, wie sie ihn begrüßen sollte. Ob sie sich die Hände schütteln sollten. Sie die Coole spielen sollte. Am Ende tat sie beides nicht. Als er vor ihr stand und sie anlächelte, fiel sie ihm einfach um den Hals. Er schloss auch sie in die Arme. Er roch nach Kaffee, Aftershave und Schweiß, und wenn sie nicht mit Sicherheit gewusst hätte, dass Angela und Ig hinter dem Schuppen lauerten, hätte sie ihn an Ort und Stelle geküsst. Und ihn dann in ihr Bett gezerrt.

»Hi«, sagte sie. »Das ist ja ein Ding, dass du hier bist.«

»Hi, ich war gerade in der Gegend, und da dachte ich, ich schau mal kurz vorbei.«

Es war locker und unkompliziert, von der ersten Sekunde an. Genevieve führte Matt ins Haus und machte ihm Kaffee. Sie setzten sich auf die Veranda. Es gab so viel zu erzählen – sie entfesselten ein Feuerwerk an Fragen, witzigen Entgegnungen, Anekdoten aus der Filmwelt. Matt sprach sogar von seinem Bruder. Genevieve reagierte mit einem Scherz.

Nach und nach erschien die restliche Familie. Lindy war die Erste und streckte den Daumen etwas zu offensichtlich hoch. Celia begrüßte ihn, als ob sie die Gutsherrin wäre, hieß ihn auf Errigal willkommen und zog sich wieder zurück. Angela war freundlich, aber zerstreut. Genevieve hatte Matt per E-Mail erklärt, was mit ihrer Mutter los war. Sie hätte sie trotzdem beinahe als ihre Mutter und nicht als Feriengast vorgestellt.

»Ein fleckiger Feriengast«, sagte Angela und streckte ihre Hände voll weißer Farbe aus. »Ihr entschuldigt mich?«

Ig erschien als Letzter. Genevieve stellte sie einander vor. Ig und Matt schüttelten sich feierlich die Hand.

»Bist du wirklich aus Amerika?«, fragte Ig.

»Bin ich wirklich«, sagte Matt.

»Und du drehst da oben wirklich einen Film?«

»Ich weiß noch nicht«, sagte Matt. »Ich seh mich erst mal um.«

»Wird das auch so ein horrormäßiger Film?«

Matt sah zu Genevieve.

»Er meint Horrorfilm«, erklärte sie. »Ig war mal Komparse, als da oben vor ein paar Jahren ein Film gedreht wurde. Er hat damals zehn Dollar bekommen.«

»Ich musste nur ein paarmal an der Kamera vorbeigehen. Nämlich so«, demonstrierte Ig und lief vor Genevieve und Matt hin und her.

»Wow«, sagte Matt. »Kein Wunder, dass sie dich genommen haben. Das ist echt ein cooler Gang.«

Ig schenkte ihm sein kleines Lächeln. »Wird dein Film auch ein Mörder-Film?«

»Das nicht, nein. Mein Film handelt von Zombie-Kaninchen, die die Weltherrschaft übernehmen.«

»Ernsthaft?«, fragte Genevieve. »Ist das der Film, von dem du mir in New York erzählt hast?«

Matt grinste. »Adieu Teenager-Vampire, hallo dystopische Zombie-Kaninchen. Oder eher, hallo ihr vielen Zombie-Kaninchen-Merchandise-Produkte.«

Matt hatte sich im Norden mehrere potenzielle Drehorte angesehen. In zwei Tagen wollte er nach Westaustralien fliegen, um auch dort nach Locations zu suchen und mit Politikern über mögliche Steueranreize zu sprechen. Solche Filme hatten große Auswirkungen auf die lokale Wirtschaft.

»Warum filmst du nicht hier?«, fragte Ig. »Dann könntest du umsonst bei uns wohnen.«

Matt lachte. »Danke, Ig, das ist nett. Aber ich bin ja nicht allein. Wir sind etwa hundert Leute.«

»Wir haben Schlafsäcke«, sagte Ig. »Gehst du mit ihm zum Schaukelberg, Genevieve? Also, wenn ich ein Zombie-Kaninchen wäre, würde ich da oben leben.«

»Schaukelberg?«, fragte Matt.

Genevieve erklärte es ihm.

»Aber es gibt bloß drei Schaukeln«, klagte Ig. »Dad hat gesagt, dass er mir auch eine bauen will, aber das hat er noch immer nicht getan.«

»Ich werde dir meine testamentarisch vermachen, Ig«, sagte Genevieve.

Matt wollte den Schaukelberg sehen. Ig lehnte das Angebot mitzukommen ab. Er habe zu tun, meinte er zu Matt.

»Aber was, kann ich dir nicht sagen, weil es ein Geheimnis ist. Also frag erst gar nicht.«

»Ganz bestimmt nicht. Versprochen«, sagte Matt ebenso ernst.

»Toller Junge«, sagte Matt, als er mit Genevieve aufbrach. »Tolle Familie.«

»Ja, ganz nett, aber ein Haufen Irrer«, erwiderte Genevieve. »Von mir natürlich abgesehen.«

Unterwegs erkundigte sich Matt nach Angela. Er hörte aufmerksam zu und hakte nach. Seine Großmutter litte an Demenz, war das vergleichbar? Ein wenig schon, sagte Genevieve, doch Angelas Gedächtnisverlust war nicht von Dauer. Zumindest hofften sie das.

Genevieve fühlte sich wie eine Wanderführerin. Sie zeigte Matt die landschaftlichen Höhepunkte, die Hänge und Klippen des Chace Range, Elder Range, Wilpena Pound und Ranwsley Bluff, ratterte Zahlen und Daten herunter. Die Flinderskette, zu der diese Berge gehörten, war das zweitgrößte Gebirge in ganz Australien. Der Uluru hätte zehnmal in den Wilpena Pound gepasst. Sie machte Matt auf einen Schwarm Rosakakadus aufmerksam, der in einem Eukalyptusbaum kreischte, auf einen Keilschwanzadler, der zu ihrer Rechten segelte. Und plötzlich saß ein urzeitlicher Waran mit seinem langen Schwanz vor ihnen auf dem Weg.

»Das ist unbeschreiblich.« Matt beschattete die Augen mit der Hand und sah sich um. »Kein Wunder, dass es dich hierher zurückgezogen hat.«

»Mein Hotel California«, sagte sie. »Wie im Song. Ich will ja gehen. Doch es gelingt mir nie.«

Sie kamen an den Pfad, der zum Schaukelberg führte. Genevieve überließ Matt den Vortritt, damit er den Ausblick in vollen Zügen genießen konnte.

»Wow«, sagte er nur, als sie oben ankamen. Um sie herum erstreckte sich ein fantastisches Panorama. Alles, was er sehe, gehöre zu ihrer Farm, erklärte Genevieve. Nach einer Weile drehte Matt sich um und schaute sie an.

»Es ist wirklich schön, dich zu sehen, Genevieve.«

»Es ist kaum zu fassen, dich zu sehen, Matt.«

»Es ist wunderschön hier oben. Ich kann mich gar nicht losreißen.« Er sah zu Genevieve. »Also, wo waren wir? Ah, ich weiß. Bist du so weit? Aus welchem Film ist das? ›Ich seh dir in die Augen, Kleines.‹?«

Sie lächelte. *»Star Wars.«*

»›Du hattest mich schon beim Hallo.‹«?

»The Amityville Horror.«

»Du bist echt gut«, sagte er. »Okay, das muss schwerer werden. ›Ich habe das Gefühl, wir befinden uns nicht mehr in Kansas.‹«

»Super leicht«, sagte sie. *»Die Muppets.«*

Dann war Schluss mit Rätselraten.

Es war Zeit für Zärtlichkeiten.

Kapitel 54

Victoria saß mit Jane in Adelaide im Warteraum der Klinik. Als sie aufgerufen wurde, bat sie Joan: »Würdest du mit mir reinkommen?«

Die Ärztin hörte aufmerksam zu, als Victoria ihr schilderte, was geschehen war, ihr Einzelheiten und Daten nannte. Die Ärztin machte einen weiteren Test und untersuchte Victoria gründlich. Im Anschluss bestätigte sie, was Victoria schon wusste. Sie hatte das Baby verloren. »Das heißt nicht, dass Sie nicht erneut empfangen können. Es heißt nur, dass dies nicht …«

Der richtige Zeitpunkt für ein Baby war. Das hatte sie bereits von Joan, von Genevieve, sogar von Angela gehört. Mit dem Verstand wusste sie, dass dem so war. Doch in ihrem Herzen war nur Schmerz. Sie hatte während der ganzen Fahrt geweint. Joan hatte schweigend neben ihr gesessen und ab und zu nach ihrer Hand gegriffen.

Victoria wollte unbedingt noch mehr wissen, was genau geschehen war, warum und wann. Die Ärztin erklärte Victoria alles auf einfühlsame und verständnisvolle Weise. Ihr Gebärmutterhals sei, so sagte sie, geschlossen, was bedeutete, dass die Schwangerschaft schon vor einiger Zeit geendet hatte, auch wenn die Blutungen erst am Vortag aufgetreten waren. Der Fötus war …

Abgestorben. Victoria wollte es nicht hören. Noch nicht. Doch sie musste wissen, was dazu geführt hatte.

»Sicher kann man das nie sagen«, erwiderte die Ärztin.

»Aber in den ersten drei Monaten ist das häufig der Fall. War Ihnen übel? Manchmal liegt es daran.«

Victoria schüttelte den Kopf. Nein, abgesehen von der Lebensmittelvergiftung über Weihnachten. Dazu befragte die Ärztin sie ausführlicher. Victoria berichtete von den verdorbenen Krabben, von denen die ganze Familie krank geworden war. Dann fiel ihr ein, was sie noch an Weihnachten gegessen hatte. Parmaschinken. Weichkäse. Lebensmittel, die Schwangere meiden sollten. Sie begann erneut zu weinen. »Ich hab das verursacht, oder? Das war ich. Das ist meine Schuld.«

»Das ist nicht deine Schuld«, widersprach Joan grimmig. »So etwas passiert, weil es passieren muss. Ich lasse nicht zu, dass du dir Vorwürfe machst, Victoria. Auf keinen Fall.«

Die Ärztin gab Victoria Zeit, sich auszuweinen. Sie versorgte sie mit Broschüren und Adressen von Therapeuten. Beim Verlassen der Praxis berührte sie Victoria mitfühlend an der Schulter. »Lassen Sie Ihre Traurigkeit zu. Trauern Sie ganz in Ruhe.«

Auch im Auto flossen wieder Tränen. Joan nahm Victoria in den Arm.

»Ich will meine Mum«, weinte Victoria.

»Ich weiß, Liebes. Ich weiß.«

Joan hörte ihr zu. Sie habe gewusst, sagte Victoria, dass ein Leben als alleinerziehende Mutter schwierig würde. Dass sie irgendwann mit Mr Radio sprechen musste, er ein Recht darauf hatte, es zu erfahren. Nichts wäre leicht geworden, nichts von alledem. Doch sie war dazu bereit gewesen. Seit sie Gewissheit über ihre Schwangerschaft gehabt hatte, hatte sie sich all dem gewachsen gefühlt. Dem Muttersein. Es ließ sich nicht erklären. Sie war nicht einmal im dritten Monat gewesen. Aber seit sie sich für das Kind entschieden hatte … Sie weinte wieder. Ihr Baby. Nun war es nicht mehr da.

Joan schlug vor, einen kleinen Spaziergang zu machen. Sie fuhren zum Fluss. Allmählich beruhigte sich Victoria. Sie bat Joan, ihr von ihren Fehlgeburten zu erzählen. Die Tränen seien längst getrocknet, doch sie habe lange Zeit geweint, gestand Joan. Und auch jetzt denke sie noch manches Mal an diese beiden Babys. Daran, in welchem Alter sie wären. Wann ihr Geburtstag wäre. Zu Joans Zeit hatte niemand über eine Fehlgeburt gesprochen. Damals wurde allgemein erwartet, dass die Frauen schwiegen und so taten, als wäre nichts geschehen. Doch vergessen hatte sie sie niemals.

Im Auto schaute Victoria als Erstes in den Spiegel. Ihre Augen waren gerötet, ihr Make-up war verlaufen. Joan bot an, Nick allein abzuholen, dann könne sich Victoria in Ruhe in ein Café am Fluss setzen. Victoria schüttelte den Kopf. Sie brauchte Zeit für sich, doch sie wollte auch ihren Dad sehen.

Nur Minuten, bevor sein Flugzeug landete, trafen sie am Flughafen ein. Victoria hatte sich noch nicht entschieden, was sie ihrem Vater sagen wollte. Alles oder vielleicht gar nichts. Es war kaum zu glauben, wie viel in der Zwischenzeit geschehen war. Kaum zu glauben, dass er eine Woche lang in Irland und England gewesen war.

Die ersten Passagiere kamen aus dem Gate. Als Victoria ihren Vater sah, winkte sie ihm zu. Er ragte, groß und gebräunt, aus der Menge heraus. Victoria hatte einen erschöpften Mann erwartet, doch er sah gut aus. Entschlossen. Das war das richtige Wort. Er sah viel besser aus als noch vor einer Woche. Sie schlang die Arme um ihn, als wäre sie wieder ein Kind.

»Wie geht es Angela?«, fragte er. »Geht es allen gut?«

»Alles bestens«, sagte sie.

Gemeinsam gingen sie zu Joan, die geduldig wartete.

Genevieve war auf der Suche nach Ig. Auf dem Rückweg vom Schaukelberg war Matt eingefallen, dass er noch einige ältere Fanartikel im Wagen hatte. Vielleicht hatte Ig ja daran Spaß? Genevieve hatte draußen nach Ig gesucht und gerufen. Keine Reaktion. Nun suchte sie im Haus. Im Wohnzimmer saßen nur Celia und Angela und sahen sich eine Folge von *Downton Abbey* an.

Genevieve wartete, bis das hitzige Wortgefecht zwischen einem Butler und einer Haushälterin zu Ende war. »Es tut mir leid, dass ich stören muss, aber habt ihr Ig gesehen?«

»Nein, schon eine Weile nicht«, sagte Angela.

Celia drückte mit einem Seufzer auf die Pausentaste. »Er ist bestimmt in seinem Spielhaus.«

»Nein, ist er nicht. Ich kann ihn nirgends finden.«

Angela bot an, bei der Suche zu helfen. Danke, nicht nötig, sagte Genevieve. Weit konnte er nicht sein. Sie ging in die Küche. Matt stand am Fenster und hielt sein Handy in die Luft.

»Du kannst es gern auch auf dem Dach versuchen«, sagte Genevieve, »das wird auch nichts nützen.«

»Du hast hier tatsächlich ohne Handy überlebt?«

»Wir haben gerade erst fließend Wasser bekommen. Tut mir leid, aber mir ist mein kleiner Bruder abhandengekommen.«

»Kann ich helfen?«

»Nein, am Ende kommst du mir auch noch abhanden. Ich muss noch einmal draußen nachsehen. Bin gleich wieder da, versprochen.«

Sie gab ihm einen raschen Kuss. Und einen etwas längeren.

Auf dem Schaukelberg hatte Genevieve, nachdem sie sich gründlich geküsst und nur mit Mühe davon abgehalten hatten, sehr viel mehr als das zu tun, Matt vorgeschlagen, mit ihm eine Tour über die Farm zu machen, zu sämtlichen Aussichtspunkten und zu den Felszeichnungen der Aborigines. Errigal war vielleicht nicht der ideale Drehort für die Zombie-Kaninchen, aber wer weiß, für welchen Film Matt künftig noch als Locationscout fungierte? Danach, so die Idee, wollte sie mit ihm nach Hawker fahren, damit er einen richtigen Outback-Pub von innen sah. Wenn sie sofort aufbrechen würden, würden sie das alles schaffen, noch bevor Joan, Victoria und ihr Dad aus Adelaide kamen. Genevieve wollte, dass Matt sie kennenlernte. Vor allem Victoria.

»Vermieten die in dem Pub auch stundenweise Zimmer?«, hatte er auf dem Rückweg gefragt und den Arm um sie gelegt. Seine Finger hatten über ihre nackte Schulter gestreichelt. Genevieve hatte Mühe gehabt, sich aufrecht zu halten. Alles in ihr hatte danach verlangt, Matt zu küssen. Weit mehr als das. Und das so bald wie möglich.

»Stundenweise?« Dann hatte sie verstanden. »Länger hältst du nicht durch?«

»Ich bin ein bisschen aus der Übung. Ich war seit dir mit niemandem zusammen.«

»Nicht?«

Er hatte den Kopf geschüttelt. »Du?«

»Mit Dutzenden. Hier draußen hat man die Qual der Wahl.« Dann hatte auch sie den Kopf geschüttelt. »Nein.«

Sie hatte ihrem Drang nachgegeben und Matt geküsst. Erst zehn Minuten später waren sie weitergegangen. Wieder hatte es sie überrascht, wie gut sie sich mit Matt fühlte. Wie leicht es mit ihm war. Keine Spielchen, kein Getue. Er hatte sehr deutlich gemacht, sie hatte sehr deutlich gemacht, dass sie froh waren, sich zu sehen, und je eher sie ins Bett kamen, umso besser. Das Hotel in Hawker sei natürlich eine Option, hatte sie Matt feierlich erklärt. Allerdings kannte sie da viele Leute. Das würde vielleicht ein bisschen peinlich.

»Aber uns bleibt die freie Natur«, hatte sie gesagt. »Eine Decke unter den Sternen. Lagerfeuer. Wein. Gegrillte Marshmellows. Und wenn wir so lang nicht warten können, eine Decke unter der Sonne. Allerdings ohne Lagerfeuer, wegen der Brandgefahr. Ohne Wein, weil ich fahre. Und ohne Marshmellows. Die mag ich nicht.«

»Ich auch nicht. Vergessen wir die Marshmellows. Und das Lagerfeuer. Ich könnte notfalls sogar auf die Decke verzichten.«

»Die brauchen wir«, hatte sie erwidert, sich zu ihm gebeugt und ihm ins Ohr geflüstert.

»Du hast recht. Die Decke brauchen wir. Können wir die bitte sofort holen?«

So war es geplant. Sie hatten zurückgehen und Ig die Filmfiguren geben, sich einen Picknickkorb und ein paar Decken schnappen und fahren wollen. Genevieve wusste schon, wohin. An einen abgelegenen, schattigen Platz am Creek, den außer den Gillespies nur wenige kannten, etwa zwanzig Minuten mit dem Auto entfernt. Vielleicht floss dort nach dem Gewitter sogar ein wenig Wasser. In jedem Fall wären sie dort ungestört. Genevieve hatte Mühe, die Hände von Matt zu lassen, selbst nun, in der Küche. Sobald sie wusste, wo Ig steckte, konnte es losgehen.

Lindy saß im Büro und sah sich YouTube-Videos über Sticktechniken an. Nein, auch sie hatte Ig seit einer Ewigkeit nicht mehr gesehen. »Dein Matt ist übrigens ganz toll«, flüsterte sie. »Total sexy. Und sein Akzent ist auch toll.«

Matt hatte gleich hinter Genevieve gestanden. »Danke«, sagte er.

Lindy wurde rot.

Matt beteiligte sich nun doch an der Suche. Sie schauten erneut in allen Gebäuden nach. Im Töpferschuppen. Im Wollschuppen. Keine Spur von Ig, dafür von seinen geheimnisvollen Umtrieben mit Angela. Sie entdeckten das Wandbild. Bisher waren auf dem weißen Untergrund nur die Umrisse mehrerer Vögel und ein halb fertiger großer Eukalyptusbaum zu sehen.

Sie suchten in Igs Spielhaus. Im Autoschuppen. Ig war nirgendwo zu sehen, aber beide Autos waren da. Immerhin ein gutes Zeichen, sagte Genevieve zu Matt. »Weit kann er nicht gekommen sein. Matt, es tut mir leid, aber langsam mache ich mir wirklich Sorgen.«

Gegen achtzehn Uhr war Ig noch immer nicht gefunden. Genevieve hatte die Nachbarn angefunkt. Die Polizei in Hawker angerufen, deren Dienststelle nur tageweise besetzt war. An diesem Tag ausgerechnet nicht. Sie mussten allein weitersuchen.

Bei ihrer dritten Runde durch alle Gebäude stieß Genevieve auf Angela. Sie lehnte am Zaun. Sie wirkte blass. Besorgt.

»Angela? Alles in Ordnung?«

»Ich frage mich, wo er hingegangen ist. Wo er sein könnte.«

»Wir finden ihn schon, keine Angst.«

»Wo er auch ist, er wird sich bestimmt nicht weit vom Weg entfernen«, sagte Angela. »Er hat doch solche Angst vor Schlangen, große Angst.«

Genevieve schwieg. Das konnte die neue Angela unmöglich wissen. »Woher wissen Sie das?«

»Die hatte er doch immer schon, schon als kleiner Junge. Ich war einmal mit ihm draußen, da kam eine angekrochen, hinten, beim Zaun. Eine Mulgaschlange. Ich habe sie rechtzeitig erschossen. Sie war nicht einmal in seiner Nähe, er war niemals in Gefahr, aber er hatte wahnsinnige Angst. Er hat fürchterlich geschrien. Und noch stundenlang geweint.«

Genevieve hätte am liebsten Lindy dazugerufen, damit auch sie das hörte. Damit Angela weiterredete. Das war so wichtig. Das war eine Erinnerung. Eine richtige Erinnerung! Angela hatte seit ihrem Unfall keine einzige Schlange gesehen. Und auch keine Waffe in der Hand gehabt. Genevieve bezweifelte, ob Angela überhaupt bewusst war, was sie da gesagt hatte.

»Ich mache noch einmal eine Runde durch sämtliche Gebäude«, sagte Angela. »Vielleicht ist er ja eingeschlafen oder hat sich irgendwo versteckt.«

Genevieve sah ihr nach. Das war kein Wunschdenken. Angela reagierte nicht wie ein Feriengast. Sie verhielt sich ganz wie eine Mutter.

Bald darauf stieß Genevieve auf Matt, der in der anderen Richtung gesucht hatte.

»Genevieve, ich sage das nur ungern, aber könnte er entführt worden sein? Von jemandem, der hier vorbeigekommen ist …«

»Du siehst zu viele Filme.«

»Stimmt. Aber solltest du nicht doch die Polizei anrufen, nur für den Fall …«

Er musste es nicht sagen. Nur für den Fall, dass Ig schon Hunderte Kilometer weit entfernt war.

Genevieve rief die Polizei in Port Augusta an und auch in Port Pirie. Nur für den Fall.

Auch um zwanzig Uhr dauerte die Suche an. Alle trafen sich in der Küche, um sich auszutauschen. Celia war felsenfest davon überzeugt, dass sie Ig in der Nähe finden würden. »Er wurde nicht entführt. Ein Auto hätten wir gehört.«

»Wie denn? Du hast mit Angela ferngesehen. Lindy war am Rechner. Ich mit Matt am Schaukelberg.« Genevieve sprach laut aus, was ihr durch den Kopf ging. »Denk nach, Genevieve, *denk nach.* Wo könnte er bloß sein?«

In dem Moment kam Lindy. Sie war zum Aussichtspunkt am Pugilist Hill gefahren und dem Creek gefolgt, so weit es ging. Nichts. Immerhin war der Creek trocken. Eine Sorge weniger.

»Was ist mit dem Schaukelberg?«, fragte Lindy. »Hat da jemand nachgesehen?«

»Von da sind wir doch gekommen, als mir sein Verschwinden aufgefallen ist«, erwiderte Genevieve. »Wir wären uns doch unterwegs begegnet.«

Draußen hielt ein Auto. Dann ein Geländewagen. Die Nachbarn kamen: Kevin Lawson, Fred Lawson. Es sprach sich herum. Eine Stunde später kamen Joan, Victoria und Nick aus Adelaide zurück. Genevieve erklärte ihnen rasch die Lage. Nick machte sich sofort auf die Suche. Victoria blieb am Funkgerät, Joan durchsuchte noch einmal die Gebäude – alle hofften, dass sie mit frischen Augen einen Hinweis finden würde. Sie schaute auch in jedem Zimmer nach, falls sich Ig doch im Haus versteckte. Nichts.

Immer mehr Nachbarn trafen mit immer mehr Geländewagen ein. Das Haus füllte sich mit Menschen. Draußen knisterten die Funkgeräte.

»Kannst du bei Angela bleiben?«, flüsterte Genevieve Joan zu. »Hier sind so viele Menschen, die nicht wissen, was mit ihr los ist. Was, wenn sie Angela mit ihren Fragen verwirren?«

Es war zu spät. Angela stand schon vor dem Haus und redete mit einigen Hilfsarbeitern. Niemand stellte Fragen. Das einzige Thema war Ig.

Langsam wuchs die Furcht vor dem Schlimmsten. Davor, dass Ig in einen Creek gestürzt war und nun irgendwo verletzt dalag. Oder noch Schlimmeres: Dass *tatsächlich* unbemerkt ein Wagen vorbeigefahren und Ig nun sehr weit fort war.

Nick hatte die Koordination der Suche übernommen. Wer einen Geländewagen hatte, sollte die entfernteren Wege abfahren, bis zu den Weiden mit den Salzbüschen. Joan und Celia hatten das Kommando in der Küche übernommen. Sie machten einen Teller Sandwiches nach dem anderen. Victoria hielt die Stellung am Funkgerät. Angela und Lindy verstärkten die Suchtrupps in den Geländewagen.

Es gab einen spektakulären Sonnenuntergang, dann verschwand das Licht – so jäh wie stets. Eben noch waren letzte Sonnenstrahlen da, zehn Minuten später herrschte Finsternis.

Es war Matt, der es sah. Während die Gillespies an anderen Stellen suchten und sich mit ihren Nachbarn berieten, war er zu dem Zaun gegangen, der vom Haus am weitesten entfernt lag. Ihm war ein Licht aufgefallen, aus der Richtung, aus der er am Vormittag mit Genevieve gekommen war. Ein schwaches Licht, doch es blinkte in regelmäßigen Abständen auf.

Genevieve saß neben Victoria am Funkgerät. Matt eilte in die Küche. »Ich glaube, ich hab was gesehen.«

Genevieve folgte ihm nach draußen. Er hatte recht. Ein Signal. Sie rief nach ihrem Vater und stürmte los. Nick folgte ihr, Matt mit etwas Abstand, über die Weiden, den dunklen holprigen Pfad.

Als sie näher kamen, rief Genevieve: »Ig? Bist du da? Ig?«

Er war auf dem Schaukelberg. Er hatte sich in der mittleren Schaukel verfangen und zitterte so sehr, dass die Schaukel bebte. Er weinte sich die Augen aus.

Zu dritt mussten sie ihn aus dem Sitz heben. Er hatte so viele Stunden dort festgesessen, dass seine Muskeln ganz verkrampft waren. Der Schock und die kalte Abendluft hatten seinen Zustand verschlimmert. Nick trug ihn den Hügel hinunter. Genevieve eilte voran und rief: »Wir haben ihn! Wir haben ihn! Es geht ihm gut!«

Angela war als Erste an der Hintertür. Den Nachbarn wäre nichts aufgefallen. Den Unterschied bemerkten nur die Gillespies. Sie hatte das Kommando übernommen.

Sie machte ihm ein Bad mit lauwarmem Wasser. Sie ließen Ig vorsichtig hinein. Er zitterte noch immer. Er hatte noch kein Wort gesagt.

»Brauchen wir die Flying Doctors?«, fragte Joan. »Ich kann funken. Sie wären in einer Stunde hier.«

»Ich glaube nicht«, sagte Angela.

Als Ig im warmen Wasser saß, ließ das heftige Zittern nach. Angela redete mit ihm, mit sanfter Stimme. Genevieve stand an der Tür, um notfalls zu helfen. Lindy und Victoria waren in der Küche und machten allen Helfern Sandwiches und Tee. Nach und nach fuhren die Nachbarn wieder. Genevieve beobachtete, dass Fred mit Victoria sprach. Flüsterte. Eine kurze enge Umarmung. Bald darauf waren nur noch die Gillespies, Joan, Celia und Matt im Haus.

Genevieve ging zu den anderen in die Küche. »Dad, es tut mir leid. Was für ein Empfang.«

»Alles gut. Mir geht's gut. Hauptsache, mit Ig ist alles in Ordnung.« Er wies in Richtung Badezimmer. »Was ist passiert? Erinnert sie sich wieder? Sie ist so anders. Ist ihr Gedächtnis zurückgekehrt?«

»Irgendetwas geht bei ihr vor«, erwiderte Genevieve. »Sie hat seit ein paar Tagen Momente der Erinnerung. Das ist bisher der längste. Wir wissen aber nicht, ob ihr das bewusst ist. Sie hat nichts gesagt, und wir wollen keinen Druck ausüben.«

»Aber so, wie sie sich heute Abend verhält – weiß sie, dass Ig ihr Sohn ist?«

»Keine Ahnung. Aber sie lässt niemanden in seine Nähe.«

Kurze Zeit später rief Angela nach Nick. Sie hatte Ig aus der Badewanne gelotst, abgetrocknet und in seinen Schlafanzug gesteckt. Joan hatte ihm das Bett mit seiner Lieblingsdecke bezogen. Er hatte einige Schritte gemacht, dann hatte das Zittern wieder eingesetzt.

»Kannst du ihn bitte tragen?«, fragte Angela.

Ig sah auf. »Hi, Dad.«

»Hi, kleiner Mann«, sagte Nick und hob Ig mühelos empor. »Da hast du uns aber einen schönen Schrecken eingejagt.«

»Tut mir leid«, sagte Ig. Er zitterte erneut. »Aber ich ... Ich war ... da oben, und dann hab ich gesehen, wie ...«

»Morgen, Kumpel. Erzähl's uns morgen.«

Nick brachte Ig in sein Zimmer. Angela stopfte ihm die Laken fest.

»Kuschelig und wuschelig?«, fragte sie.

Ig lächelte. Nick gab ihm einen Gutenachtkuss. Angela blieb an seinem Bett, bis er eingeschlafen war.

Erst später, in der Küche, hörten sie die ganze Geschichte. Angela hatte sie Ig beim Baden Stück für Stück entlockt.

»Er wollte mit euch zum Schaukelberg, Genevieve. Um Matt die Adler zu zeigen. Er hatte das Paar am Morgen gesehen. Er ist euch gefolgt, und dann hat er gesehen, wie ihr euch …« Sie zögerte.

»Geküsst habt«, ergänzte Genevieve.

Angela nickte. »Und das war ihm wohl peinlich. Also hat er sich versteckt, bis ihr zurückgekommen seid. Doch er wollte trotzdem rauf. Er hatte die Kamera dabei, er wollte Fotos von den Adlern machen, für mich und Matt. Und da hat er sie gesehen. Eine Mulgaschlange.«

Genevieve erklärte Matt, dass diese Art zu den giftigsten in ganz Australien gehörte. Mulgaschlangen konnten bis zu zwei Meter lang und fünf Zentimeter dick werden. Und ein ganzes Kaninchen auf einmal verschlingen.

Angela fuhr fort. »Er ist in seiner Panik zu den Schaukeln gerannt und auf den mittleren Sitz gesprungen. Da hat er sich ganz klein gemacht und eingerollt, damit die Schlange ihn nicht fassen kann. Sie ist irgendwann verschwunden, aber Ig hatte Angst, dass sie unter den Sockel gekrochen ist. Dass sie auf ihn lauert. Und dann ist es dunkel geworden, und er wusste ja nicht, ob sie noch da war. Er hat stundenlang da festgesessen, voller Angst …« Ihr brach die Stimme.

»Und da oben hat natürlich niemand nachgesehen«, sagte Genevieve. »Weil ich zu allen gesagt habe, dass ich mit Matt vorher da gewesen war.«

»Aber dann ist Ig auf die Idee mit der Kamera gekommen«, beendete Angela den Bericht. »Er hat den Blitz immer wieder ausgelöst. Was Sie gesehen haben, Matt.«

Genevieve drückte ihm die Hand.

In dem Moment bemerkte Nick ihn zum ersten Mal bewusst. »Verzeihung, wer sind Sie eigentlich?«

»Matt«, sagte er. »Matt aus New York.«

»Genevieves Freund?«

»Dad!«, rief Genevieve.

»Genau«, sagte Matt. »Ihr Freund.«

Bald darauf stand Angela so abrupt auf, wie es ihre neue Art war, und verkündete, dass sie ins Bett gehen wolle. Joan blieb über Nacht. Sie war genug gefahren. Lindy machte ihr das letzte freie Zimmer zurecht. Auch für Matt war es zu spät aufzubrechen. Er bekam ein Lager im Wohnzimmer.

»Da kann ich ja schlafen«, flüsterte Victoria ihrer Schwester zu. »Du und Matt, ihr könnt mein Doppel…«

Nick hatte gute Ohren. »Nicht unter meinem Dach.«

»Dad, bitte, ich bin zweiunddreißig Jahre alt. Ich bin erwachsen.«

»Hier nicht. Ist nichts Persönliches, Matt.«

»Ich nehm's auch nicht persönlich«, erwiderte Matt.

Nach und nach gingen alle schlafen, bis auf Victoria, Genevieve und Matt.

Als Matt seine Tasche aus dem Wagen holte, hatte Genevieve zum ersten Mal Gelegenheit, mit Victoria allein zu sprechen, sie zu umarmen. Sie wollte nur noch schlafen, sagte Victoria. Schlafen und weinen.

»Bitte, Genevieve, geh zu Matt. Mach dir um mich keine Sorgen.«

»Ich mache mir immer Sorgen um dich. Das ist mein Job.«

»Geh und zeig ihm die Sterne. Die will er garantiert bestaunen.«

Genevieve und Matt blieben lange draußen. Denn am Himmel waren viele Sterne zu bestaunen. Und das ging vom Boden aus am besten. Von einer Decke aus.

Kapitel 55

Joan war am nächsten Morgen als Erste in der Küche. Sie war wie stets um halb sechs wach geworden. Sie machte sich gerade einen Tee, als Schritte hinter ihr erklangen. Es war Angela.

»Guten Morgen.«

»Guten Morgen«, erwiderte Joan mit einem Lächeln. »Haben Sie schon nach Ig gesehen?«

»Er schläft tief und fest. Keine Temperatur. Er wird es gut überstehen.«

»Konnten Sie schlafen?«

»Ein wenig.«

»Das war ja auch ein Abend!«

Angela nickte. »Joan, würden Sie eine kleine Runde mit mir drehen?«

»Nachher? Gern.«

»Nein, nicht nachher. Jetzt. Nur wir beide. Bevor die anderen wach werden.«

Angela wirkte auf Joan irgendwie verändert. »Sicher.«

Es war noch dunkel. Joan griff sich eine Jacke von der Garderobe. Angela war bereits vollständig angezogen.

»Haben Sie etwas dagegen, wenn wir zu der alten Kapelle gehen?«, fragte Angela.

»Das wäre schön.«

Ihren Tee hatten sie dabei. Wie oft hatten sie diesen Gang im Laufe der Jahre unternommen. In der alten Kapelle miteinander gesprochen. Sich über die Höhen und

Tiefen ihres Lebens, über Kinder und Ehemänner ausgetauscht. Auch Joan hatte manches Mal auf Angelas Rat gehört.

Als sie auf halber Strecke waren, zeigte sich ein träges Glühen am Horizont. Die Blätter der Salzbüsche, die zu beiden Seiten des Weges wucherten, verwandelten ihr Schwarz in Silbergrau. Angela und Joan schwiegen. Als sie die Kapelle erreichten, malte das Morgenlicht ein dunkles Orange auf das Gemäuer. In der Ferne quietschte eine Windmühle. Ein Schwarm Kakadus kreischte heiser durch die morgendliche Stille.

Nachdem sie sich auf eine Bank gesetzt hatten, brach Angela ihr Schweigen. »Ich weiß, wer ich bin, Joan.«

Joan reagierte vorsichtig. »Wirklich?«

»Ich bin Angela, Angela Gillespie, oder?«

»Ja.«

»Nicks Frau. Mutter von vier Kindern.«

Ein weiteres Nicken.

»Was ist mit mir passiert? In meinem Kopf ist alles …«

Joan wartete ab.

»Es ist alles so seltsam. So wirr. Ich war die ganze Nacht lang wach. Ich wusste nicht mehr, was real ist und was nicht. Inzwischen weiß ich es, glaube ich. Aber ganz sicher bin ich mir nicht. Bitte, sag du es mir.«

»Angela, ich bin nicht sicher, ob das von mir kommen sollte. Ob du das nicht lieber von deiner Familie hören solltest. Oder deiner Ärztin.«

»Bitte, Joan. Ich muss wissen, was du weißt.«

Joan gab nach. Sie erzählte Angela, was seit dem Unfall vorgefallen war. Die Operation. Das Koma. Der Gedächtnisverlust. Die Diagnose Konfabulation. Angelas Aufenthalt auf Errigal, als angeblicher Feriengast. Angela hörte schweigend zu.

Schließlich war Joan mit ihrem Bericht fertig. »Erinnerst du dich überhaupt an irgendetwas?«

»Es ist alles so verworren. Ich weiß zwar, dass ich einen Unfall hatte und operiert worden bin, aber ich habe keine Erinnerung daran. An die Zeit im Krankenhaus habe ich ein paar Erinnerungen. Ich weiß, dass ich seither hier in Errigal bin, aber es kommt mir alles so fremd vor. Als ob ich mich fremd verhalten hätte.«

»Wann ist es dir zum ersten Mal bewusst geworden?«

»Sehr langsam, blitzartig, immer wieder. Es war sehr verwirrend.«

Nach einem weiteren längeren Schweigen wandte sich Angela erneut an Joan. »Was ist zwischen mir und Nick vorgefallen?«

»Wie meinst du das?«

»Irgendetwas stimmt doch nicht, oder? Ich weiß, dass er mein Mann ist, ich weiß, dass ich ihn liebe und er mich, aber irgendetwas stimmt nicht, und ich kann mich nicht erinnern. Haben wir uns gestritten?«

»Ein wenig.«

»Worüber?«

Joan rutschte verlegen hin und her. »Angela, das geht mich nichts an.«

»Bitte, Joan. Ich habe nur Bruchstücke im Kopf. Ich weiß, dass du meine älteste Freundin bist. Ich brauche deine Hilfe. Erzähl es mir.«

Als sie eine Stunde später ins Haus zurückkehrten, war noch niemand aufgestanden. Joan fand, es sei an der Zeit, nach Hause zu fahren.

»Danke«, sagte Angela. »Für alles.«

»Ich bin in Gedanken bei dir. Bei euch allen. Und immer nur einen Anruf weit entfernt.«

»Das weiß ich.«

Sie umarmten sich sehr innig.

Angela ging ins Büro und setzte sich. Auch hier kam ihr alles viel vertrauter vor. Der Blick aus dem Fenster. Der Schreibtisch. Der Aktenschrank. Plötzlich hatte sie eine Erinnerung an einen Ordner voller Briefe. An den Ordner, der nun unter ihrem Bett im Gästezimmer lag. Sie hatte die Weihnachtsbriefe inzwischen mehrfach gelesen. Celias Motive waren ihr nicht ganz geheuer, doch die Briefe hatten ihr geholfen. Momentaufnahmen aus einem Familienleben, über einen Zeitraum von drei Jahrzehnten. Sie hatten wie kleine Leuchtfeuer in ihrem Gedächtnisnebel aufgestrahlt. Und trotz ihrer Verwirrtheit hatten Angela Zweifel beschlichen. Es konnte unmöglich immer alles gut gewesen sein? Es musste doch im Laufe der Jahre auch Streit gegeben haben? In den Briefen klangen die Gillespies wie eine Mischung aus den Waltons und der Trapp-Familie. Angela war froh, dass sie die Briefe gelesen hatte. Auch wenn sie sich nicht wirklich daran erinnerte, sie alle geschrieben zu haben.

Angela machte den Computer an. Es kam ihr vor, als hätte sie das vor einer Ewigkeit zuletzt getan. Und sie war in den letzten Wochen, wie Joan ihr gerade geschildert hatte, wie ein ganz besonderer Gast behandelt worden. Angela erinnerte sich, dass sie viel gelesen und geschlafen, ferngesehen und Musik gehört hatte, spazieren gegangen war, fotografiert hatte … Sich wohlgefühlt hatte. Ausgeglichen.

Wie automatisch öffnete sie ihr E-Mail-Konto. Nun musste sie das Passwort eingeben. Ihre Finger fanden die richtige Kombination wie von selbst. Das Wort Errigal und ihr Geburtsjahr. Wahrscheinlich war das zu simpel. Nun kam es ihr gerade recht.

In ihrem Postfach warteten fünfundvierzig neue E-Mails – einige davon seit Wochen – von Freunden und Bekannten, die ihr für den Brief dankten. *Das nenn ich mal aufrichtig!! Weiter so!!* Der Brief, um den sich diese E-Mails drehten, hatte sich nicht in dem Ordner befunden, den Celia ihr gegeben hatte.

Doch er war in ihrem »Gesendet«-Postfach. Angela hatte keinerlei Erinnerung daran, wann und wie sie ihn verschickt hatte. Als sie den Brief zur Hälfte gelesen hatte, brach sie ab. Es wurde ihr zu viel. Wie konnte sie so etwas in die Welt senden? Das war viel zu persönlich, viel zu intim.

Wieder blitzte eine Erinnerung auf. Sie hatte den Brief auch nicht verschickt. Das war Nick gewesen. An dem Abend, als sich Ig an der Hand verletzt hatte. Als sie mit Ig ins Krankenhaus gefahren war. Damit hatte der Ärger zwischen ihr und Nick begonnen.

Sie sah sich die restlichen E-Mails an. Nach und nach ebbten die Reaktionen auf ihren Weihnachtsbrief ab. Vor allem im Anschluss an ihren Unfall. Seither waren einige Junkmails eingetroffen, außerdem Anfragen wegen des Gästezimmers, aus Amerika, Deutschland, Schottland. Angela durchströmte eine Woge der Erinnerung.

Und schließlich war da eine letzte Mail. Von Nick. Das Datum sagte ihr etwas. Sie runzelte die Stirn. Es war der Tag, an dem sie nach Adelaide gefahren war, wegen ihres Arzttermins. Warum sollte Nick ihr an diesem Tag eine E-Mail schicken?

Sie begann zu lesen.

Liebe Angela,

mir tut es wegen heute Morgen leid. Mir tut so vieles leid. Dass ich nicht der Ehemann bin, den du dir wünschst. Dass unser Verhältnis so schlecht geworden ist. Es tut mir leid, dass ich nicht mit dir zu deinen Untersuchungen gefahren bin. Mir ist bewusst, dass du große Angst hast, und ich habe mich heute Morgen nicht einmal richtig von dir verabschiedet.

Alles, was in deinem Weihnachtsbrief steht, stimmt. Ich hätte mit dir über alles reden sollen, und es tut mir leid, dass ich das nicht getan habe. Es tut mir leid, dass es so spät kommt, aber ich will es versuchen. Hier und jetzt.

Ich musste mich auf den Handel mit dem Bergbau-Unternehmen einlassen, Angela. Ich hatte keine Wahl. Die Schulden waren erdrückend. Beinahe eine Million. Ich kann es kaum schreiben, so schrecklich ist die Zahl. Ich konnte sie unmöglich vor dir aussprechen. Jahr um Jahr haben sich die Schulden aufgetürmt. Ich habe keinen Ausweg mehr gesehen. Ich musste immer daran denken, wie sehr ich dich enttäuscht hatte. Und nicht nur dich: auch meine Eltern, meine Großeltern. Was für ein Erbe würde ich den Kindern hinterlassen? Als der Minenbetreiber mit dem Angebot auf mich zugekommen ist, war es mein Rettungsring. Ich habe zugegriffen.

Nun konnte ich zwar die Schulden abbezahlen, aber schlafen konnte ich noch immer nicht – und auch nicht klar denken. Ich hatte das Gefühl, als ob ich in meiner Grübelei, in meinen Sorgen ertrinken würde. Am Ende bin ich zum Arzt gegangen, und da habe ich gehört, was ich tief in mir schon selbst wusste: dass ich an Depressionen leide. Ich gehe seit Monaten deswegen zu ihm. Und auch zu einem Psychologen. Ich hätte es dir sagen sollen. Aber ich konnte nicht darüber reden. Es war schon schwer genug, das vor mir selbst einzugestehen. Ich habe mich zu sehr geschämt. Geniert. Ich hatte geglaubt, gar nichts zu sagen wäre besser, als mich zumindest an einer Erklärung zu versuchen.

Als ich deinen Brief gelesen habe, habe ich noch mehr Schuld empfunden. Da stand es schwarz auf weiß, in deinen

Worten. Wie unglücklich du warst. Wie gern du dein Leben verändert hättest. Mir war bewusst, es war meine Schuld. Und ich war eifersüchtig. Auf jemanden, den du vor Jahren kanntest. An den du noch immer denkst. Auch darüber konnte ich mit dir nicht sprechen. Ich wollte nicht hören, was du mir zu sagen hättest.

Du schreibst in deinem Brief, wie sehr du dir wünschst, die Dinge wären anders. Ich empfinde ebenso. Seit Langem schon. Auch darüber wollte ich mit dir in Irland sprechen. Ich wollte dir vorschlagen, dass wir alles ändern. Unser Leben. Dass wir Errigal verlassen. Du, ich, Ig. Und die Mädchen, falls sie dann noch immer bei uns wohnen. Einen Neuanfang wagen. In der Stadt, damit Ig auf eine größere Schule gehen kann, uns aber trotzdem in der Nähe hat. Ich hatte erst an Perth gedacht, an Melbourne und schließlich Adelaide. Ich war immer schon der Meinung, dass es schön sein müsste, am Meer zu leben. Ich habe sogar nach Mietshäusern in Strandnähe gesucht. Erinnerst du dich an die tollen Ferien in Adelaide, als die Mädchen noch klein waren? Und als Ig auf die Welt gekommen ist?

Ich hatte Zweifel, ob wir uns so etwas überhaupt leisten könnten. Doch dann hat mich Kevin Lawson auf dem Scheunenfest angesprochen. Und mich gefragt, warum ich nicht zuerst zu ihm gekommen bin, ehe ich das Angebot des Bergbau-Unternehmens angenommen habe. Mir war immer klar, dass die Lawson-Farm besser dran war, besser durch die Dürrezeit gekommen ist. Die Lawsons haben große Pläne, hat mir Kevin erzählt. Er und Fred wollen expandieren. Neue Methoden der Bewirtschaftung erproben, die Fred in Kanada kennengelernt hat. Sich an neuen Züchtungen versuchen. Die beiden sind auf der Suche nach neuem Land. Kevin hat mich gefragt, ob wir daran interessiert wären, ihm den verbleibenden Grund und Boden von Errigal zu verkaufen oder langfristig zu verpachten. Nach unserem Gespräch hat mir Kevin erste Zahlen gemailt. Mit ein wenig Umsicht könnten wir von den Pachteinnahmen leben. Damit könnten wir neu anfangen, irgendwo. Uns gemeinsam ein neues Leben aufbauen. Ich habe Kevin gesagt, dass ich darüber nachdenken muss.

Vor allem aber will ich mit dir darüber reden. Über all das hier. Wenn du aus Adelaide zurück bist, wenn du all das hier gelesen hast, würde ich gern mit dir verreisen. Nur wir beide, für ein paar Tage.

Ich will dich nämlich immer noch dazu überreden, dass du mit nach Irland kommst. Nicht nur, damit wir in Ruhe über das Angebot der Lawsons sprechen können. Nicht nur, weil du seit dreiunddreißig Jahren zur Familie Gillespie gehörst. Nicht nur, weil ich dich einer Gehirnwäsche unterziehen will, damit du dich doch für Ahnenforschung begeisterst – weil ich möchte, dass du Irland siehst und endlich einmal wieder London.

Vor allem will ich, dass du mitkommst, weil mein Leben mit dir an meiner Seite besser ist. Auch wenn ich das nicht häufig sage. Aber ich sage es jetzt, und es kommt von Herzen. Es tut mir leid, dass ich dich verletzt habe. Ich werde mir von nun an größere Mühe geben, der Mann zu sein, den du dir wünschst. Das ist ein Versprechen. Ich liebe dich, Angela Gillespie, und werde es auch immer tun.

Nick

Angela las den Brief zweimal. Sie weinte nicht. Sie las nur sehr langsam und ließ jeden Satz auf sich wirken.

Dann schloss sie ihre E-Mails und rief eine neue Webseite auf. Hinter ihr erklangen Schritte. Sie drehte sich um. In Erwartung, Ig zu sehen.

Es war Nick.

Zu ihrer Überraschung meldete sich ihr Herz mit einem starken Klopfen.

»Guten Morgen«, sagte er.

»Guten Morgen.«

»Konntest du schlafen?«, fragte er.

»Ein wenig. Und du?«

»Es geht. Ich habe gerade nach Ig gesehen. Er schläft noch immer. Ich wollte Kaffee machen. Willst du einen?«

»Sehr gern, danke.«

Wenige Minuten später stellte ihr Nick eine Tasse auf den Schreibtisch. Von draußen schaute ein lebhaft blauer Himmel in das Zimmer. Der Tag würde sicher wieder heiß.

»Du bist früh auf«, sagte Nick.

»Ich seh mir nur was im Netz an. Brauchst du den Computer?«

»Nein danke.«

»Ich habe dich das gestern Abend nicht gefragt. Wie war deine Reise?«

»Voller Überraschungen.« Er spähte auf den Bildschirm. »Was siehst du dir an?«

»Immobilien.« Sie machte eine Pause. »Ich suche in Adelaide nach Mietshäusern, in Strandnähe.«

Es dauerte einen Moment, dann stellte Nick seine Tasse ab. »Du hast meine E-Mail gelesen?«

»Gerade eben«, erwiderte sie. »Zum ersten Mal.«

Nick schaute Angela an, als wäre sie eine Erscheinung. »Bist du … Ist deine …«

Sie stand auf. Sie lächelte ihn an. Sie strahlte ihn an.

»Ich bin es, Nick«, sagte sie. »Ich bin wieder da.«

Ig hörte von seinem Bett aus Stimmen. Sie kamen aus dem Büro. Es klang nach seiner Mum und seinem Dad. Und einem langen Gespräch. Er streckte sich aus. Er lag unter seiner Lieblingsdecke, der blauen. Mitten im Sommer? Dann fiel ihm alles wieder ein. Der Vortag. Der

Abend. Der Schaukelberg. Die Schlange. Seine große Angst. Seine große Erleichterung, als er endlich gefunden wurde. Das Bad. Seine Mum. Sein Dad. Er streckte sich erneut.

»Robbie?«, sagte er laut.

Nichts.

»Robbie?«

Wieder nichts.

Robbie war auch nicht auf dem Schaukelberg gewesen. Sonst hätte Ig vielleicht nicht solche Angst gehabt. Vielleicht wäre die Schlange abgehauen, wenn sie zu zweit gewesen wären. Vielleicht war sie sowieso abgehauen. Nur hatte Ig das nicht gesehen.

Er rief ein letztes Mal nach Robbie. Noch immer nichts. Auch gut. Das war halt so. Robbie kam und ging, wie es ihm passte. Er würde wiederkommen. Da war Ig sich ziemlich sicher.

Er streckte sich erneut. Sein Magen knurrte. Plötzlich hatte er richtig großen Hunger. Wieder hörte er die Stimmen seiner Eltern. Eindeutig aus dem Büro. Was war da los?

Als er an die Tür kam, lagen sie sich in den Armen. Sie redeten nicht mehr, sondern hielten sich aneinander fest. Sehr fest. Das war okay. Mit Umarmen kam er klar. All das andere, das mochte er nicht. Was Genevieve und Matt getan hatten.

Ig räusperte sich. Das kannte er aus Filmen.

Seine Eltern drehten sich um.

»Ig!«, rief Angela und lächelte. »Du bist wach. Komm her.«

Sie zog ihn in ihre Mitte. Ig grinste. Das hatte er schon immer gemocht. Er nannte das ein Ig-Sandwich. Sein Dad auf der einen, seine Mum auf der anderen Seite.

Sie sah zu ihm nach unten. Ihre Augen glitzerten ganz stark, als ob sie Tränen darin hätte. »Wie fühlst du dich?«, fragte sie.

Sein Vater sah ebenfalls zu ihm. Auch er hatte so komisch glitzernde Augen.

Ig überlegte. »Hungrig.«

Kapitel 56

Aber ja, sagte Dr. Morgan, als Genevieve anrief. Natürlich wolle sie Angela sehen. Das seien großartige Neuigkeiten. Ganz fantastisch. Sie vereinbarten einen Termin für die kommende Woche.

Dr. Morgan erklärte Genevieve auch, was nun auf sie zukam. Dass Angelas »altes« Gedächtnis vermutlich ganz zurückkehren, es aber auch Überschneidungen mit Erinnerungen aus dem letzten Monat geben würde. Dass Angela sicher viele Fragen hätte und sie diese beantworten sollten, so gut es ging. Sie wies darauf hin, dass Angela gelegentlich noch unter Verwirrtheit leiden könne, dies aber kein Grund zur Sorge sei. Das gehöre zum Genesungsprozess. Nun sei es nur noch eine Frage der Geduld. Das verstand sich, erwiderte Genevieve. Selbstredend blieben sie auch optimistisch. Endlich konnten sie darüber scherzen.

In den folgenden Tagen herrschte beinahe Partystimmung. Joan kam jeden Tag. Selbst Glenn, ihr Mann, kam einmal zu den Gillespies, samt Kindern und Enkel, die zu Besuch waren.

Fred Lawson ließ sich zweimal blicken. Angeblich um nach Ig zu sehen. Doch natürlich wussten alle, dass er Victoria sehen wollte.

Celia war ins Gästezimmer gezogen. Angela wieder in ihr Schlafzimmer, zu Nick.

»Hoffentlich erlebst du keinen Rückfall«, sagte Genevieve. »Das wäre ein ziemlicher Schock, neben dem Herrn des Hauses aufzuwachen.«

Niemand reagierte.

Matt musste am Tag nach Igs Verschwinden abreisen. Alle mochten ihn. Doch am wichtigsten war Genevieve, dass Victoria mit ihm einverstanden war.

Als sich Genevieve von Matt verabschiedete, sahen die Geschwister vom Küchenfenster aus zu.

»Wollen die beiden einen Kussrekord aufstellen?«, fragte Lindy. »Ig, sieh bloß weg.«

Was Ig sowieso tat.

»Genevieve liegt viel an ihm«, sagte Victoria. »Das ist ernst. Das ist der Richtige.«

Lindy zog eine Augenbraue hoch. »Ist das gerade wieder ein Fall von Zwillingstelepathie?«

»Nein«, erwiderte Victoria. »Das hat sie mir heute Morgen gesagt.«

Genevieve und Victoria hatten ein langes Gespräch geführt. Matt hatte sich draußen mit Nick unterhalten. Als Genevieve ihre Schwester in den Arm genommen hatte, waren neue Tränen geflossen. In der Öffentlichkeit und vor ihrer Familie blieb Victoria stark. Doch wenn sie allein war oder in Gegenwart von Genevieve, ließ sie ihren Gefühlen freien Lauf. Sie war untröstlich.

Am Vorabend hatte sie, nachdem Ig in Sicherheit war, Fred von der Fehlgeburt erzählt. Sie hatten, als alle anderen fort waren, einen ruhigen Moment gefunden.

»Was hat er gesagt?«, wollte Genevieve wissen.

»Dass es ihm aufrichtig leidtut«, erwiderte Victoria.

»Mehr nicht?«

»Mehr musste ich nicht hören.«

Danach hatte Victoria ihre Schwester gebeten, das Thema zu wechseln, ihr von Matt zu erzählen, sie bitte zum Lachen zu bringen, wenigstens ein bisschen. Niemandem gelänge es, sie besser aufzuheitern.

Als Matt losgefahren war und Genevieve ins Haus kam, taten alle so, als hätten sie nicht zugesehen.

»Versucht es gar nicht erst«, sagte Genevieve. »Ich habe euch hinterm Fenster kichern hören.«

»Wir haben vor Wonne geseufzt und nicht gekichert«, grinste Victoria.

Genevieve sah sich um. »Wo sind Mum und Dad?«

»Wo sie gerade immer sind«, sagte Lindy. »Drüben, in der Kapelle.«

»Schon wieder? Wenn die nicht längst entweiht worden wäre, würde ich ja glauben, dass die beiden auf ihre alten Tage zur Religion gefunden haben.«

Angela und Nick hatten beinahe den gesamten Vormittag in der Kapelle verbracht. Nachdem es ihnen über Monate nicht gelungen war, miteinander zu reden, fanden sie nun kein Ende.

Angela wollte alles, was sie bereits von Joan gehört hatte, auch von Nick hören. Nicht nur die Tatsachen. Sie wollte wissen, was er empfunden hatte.

Er tastete sich langsam vor. Er gestand Angela, welche Angst er nach dem Unfall um sie gehabt hatte. Wie schrecklich die darauffolgenden Tage für ihn gewesen waren. Wie sehr es ihn getroffen hatte, als sie ihn nicht als ihren Mann erkannt hatte. Wie groß seine Angst gewesen war, dass sich ihr Zustand nie mehr bessern könnte.

Sie sprachen über seine E-Mail. Nick erzählte ihr ausführlicher von den gewaltigen Schulden. Seinen Depressionen. Seinen Arztbesuchen. Seinem Psychologen.

Als Angela ihn fragte, warum er ihr nicht gleich davon erzählt hatte, als sie ihm noch hätte helfen können, war die Antwort erst ein Schweigen.

Dann: »Ich habe mich geschämt.«

»Wieso?«

»Weil ich so schwach war. So verloren. So hattest du dir deinen Mann bestimmt nicht vorgestellt.«

»Du warst immer ganz genau so, wie ich mir meinen Mann vorgestellt habe. Ich dachte, das wüsstest du.«

»Aber dein Brief …«

»Nick, wenn ich auch nur geahnt hätte, wie es in dir aussieht, hätte ich das nie geschrieben. Ich hätte keinen Grund gehabt. Ich hätte dich verstanden. So wie ich dich jetzt verstehe. Aber du musstest es mir sagen. Mit mir reden.«

Er nahm ihre Hand. »Jetzt weiß ich das. Es tut mir leid.«

»Siehst du deinen Psychologen noch?«

Ja, sagte er. Es half ihm. Darüber sei sie sehr froh, erwiderte Angela. Dann erkundigte er sich nach ihren Kopfschmerzen. Angela musste überlegen. Soweit sie sich erinnerte, war sie seit dem Unfall schmerzfrei. Aber ihr Arzt und auch der Spezialist hatten ohnehin gemeint, die Schmerzen könnten stressbedingt sein. Und mit dem Stress waren auch die Beschwerden verschwunden.

Angela hatte noch etwas auf dem Herzen. Es betraf den Brief.

»Nick, ich hätte niemals sagen dürfen, dass ich Abstand von euch allen wollte. Auf die Pausentaste drücken wollte. Denn es ist ja so gekommen, oder?«

»Aber doch nicht durch dich, Angela. Das war ein Unfall.«

»Ich weiß. Aber etwas ist mir bewusst geworden: Ich war im Irrtum. Ich will kein anderer Mensch sein. Nein. Ich will ich bleiben, aber ich will manches anders machen.« Sie versuchte, sich näher zu erklären. »Ich habe immer geglaubt, dass ich mich um alles und jeden kümmern müsste: das Haus, die Familie, meine Gäste. Dass alles zusammenbrechen würde, wenn ich nicht alles und jeden im Griff hätte. Doch ich habe mich geirrt, oder nicht? Ihr seid ohne mich wunderbar zurechtgekommen.«

»Es war nicht wunderbar. Das war überhaupt nicht schön. Für niemandem von uns.«

»Aber zurechtgekommen seid ihr. Jeder hat seinen Teil beigetragen, und ihr habt es geschafft. Je länger ich darüber nachdenke, umso mehr wird mir bewusst, wie sehr ich diese Zeit genossen habe. Das war großartig. So entspannend. Und ich habe das Gefühl, dass ich alle auf ganz neue Art kennenlernen konnte. Vielleicht musste ich einfach lernen, hin und wieder etwas kürzerzutreten.«

Nick lächelte sie an. »Vielleicht hättest du dafür eine weniger drastische Methode finden können.«

Angela erwiderte das Lächeln und küsste seine Hand.

»Ich habe über das Angebot der Lawsons nachgedacht«, sagte sie.

»Ich auch.«

Es wurde ein sehr langes Gespräch und der Gedanke immer aufregender. Wenn sie das wirklich in die Tat umsetzen wollten, gab es viel zu klären. An erster Stelle stand ein Treffen mit den Lawsons. Aber machbar war es.

Plötzlich erschien so vieles machbar.

Vier Tage später fuhr Nick mit Angela zu Dr. Morgan.

Wieder hatte Genevieve das Hotel gebucht – dasselbe, in dem Angela vor dem Unfall übernachtet hatte.

»Falls du dich nicht daran erinnerst, Mum, ist es wie beim ersten Mal.«

»Genevieve, bitte«, hatte Nick gemahnt.

Angela hatte nur gelächelt.

Angela und Nick waren noch nicht durch das Tor gefahren, da waren sie schon wieder ins Gespräch vertieft. Nick hatte Angela schon viel von seiner Irlandreise, den Vorkommnissen um Carol erzählt. Seinem Besuch in Angelas altem Viertel Forest Hill, im Horniman Museum. Sie hatten in den letzten Tagen über so vieles geredet. Über alte und neuere Erinnerungen. Über den Abend in den Adelaide Hills, kurz vor ihrer Hochzeit. War Angela vor ihrem Unfall dorthin unterwegs gewesen? Möglich war es. Doch ihre Erinnerung an diesen Tag war noch nicht zurückgekehrt. Sie hatten von der Fahrt über die Farm gesprochen, die Nick mit ihr als angeblichem Gast unternommen hatte. Angela wusste noch, dass ihr der Tag sehr gefallen hatte. Sie erinnerte sich auch in Bruchstücken an das Gespräch von jenem Tag.

Nun, auf dem Weg nach Adelaide, erzählte ihr Nick von seiner Begegnung mit Will.

Er schilderte ihr alles, was er sich eingeprägt hatte: das schäbige Büro. Die schäbige Wohnung. Die Fußballmagazine. Die schalen Witze. Die zwei Exfrauen, der Unterhalt. Gut möglich, dass er etwas übertrieb. Dass Will in seiner Schilderung etwas kleiner klang, als er wirklich war. Etwas dicklicher. Kahler. Schwitziger. Dass es in seiner Kellerwohnung etwas schlimmer und auch anders stank. Nach Katzenklo. Nick wollte möglichst detailliert sein.

»War es so schrecklich? Wirklich?«

Er nickte. »Wirklich.«

»Ein kleiner Besserwisser war er immer, aber ich hatte gedacht, dass etwas aus ihm wird.«

»Das habe ich deinem Brief entnommen«, erwiderte Nick.

Angela lachte und wurde sofort wieder ernst. »Du hast das wirklich getan. Für mich. Du bist nach London geflogen, hast ihn aufgesucht …«

»Genevieve hat ihn gefunden. Ich war nur der Laufbursche. Ich musste ihn mit eigenen Augen sehen. Meinen Rivalen.«

»Und?«

»Kein Rivale.«

»Da hast du allerdings recht.« Sie griff nach seiner Hand. »Ich danke dir.«

Er drückte ihre Hand. »Jederzeit.«

Der Termin mit Dr. Morgan verlief ausgesprochen heiter. Sie hatte mehrere Kollegen dazugebeten. Fälle von Konfabulation waren selten. Dr. Morgan führte eine Reihe von Untersuchungen durch. Die Ergebnisse sollten in einer Woche vorliegen, doch sie sah keinen Grund zur Sorge. Es bestand kein Zweifel, dass Angela großartige Fortschritte machte.

Im Anschluss fuhren Nick und Angela zum Strand. Nicht um sich Häuser anzusehen – dafür war noch reichlich Zeit. Sie wollten sich einfach in den Sand setzen. Auf das Wasser schauen. Und reden.

Sie hatten sich entschieden, das Angebot der Lawsons anzunehmen. Sie würden Errigal verlassen und in die Stadt ziehen. Doch davor hatten sie noch andere Pläne.

»Sind wir dafür nicht zu alt?«, fragte Angela.

»Sprich bitte nur für dich. Ich fühle mich wie dreißig.«

»Das ist mir ernst, Nick. Ist es verrückt, dass wir mit dem Gedanken spielen, alles zu verändern? Unser Leben auf den Kopf zu stellen?«

»Es wäre verrückt, es nicht zu tun.«

Als sie im Hotel in ihr Doppelzimmer einchecken wollten, bekamen sie eine Suite.

»Das haben Ihre Kinder arrangiert«, sagte die Rezeptionistin und las die Nachricht vor, die Genevieve über das Telefon durchgegeben hatte. »›Genießt eure zweiten Flitterwochen. Es macht euch hoffentlich nichts aus, aber das Geld dafür müssen wir uns leihen. Von euch. Amüsiert euch! Alles Liebe, Genevieve, Victoria, Lindy und Ig.‹«

Angelas Erinnerungen an die Zeit in Adelaide vor und nach dem Unfall waren noch immer bruchstückhaft. Dr. Morgan hatte sie darauf vorbereitet, dass manche Gedächtnislücken möglicherweise von Dauer waren. Die Erinnerung an den Blick aus dem Hotel war Angela geblieben. Die Suite lag diesmal sogar noch höher. Das Bett war wieder riesig. Die Laken waren wieder frisch und weiß.

Vor allem waren sie allein. Nicht auf der Farm, in ihrem Schlafzimmer, wo es jederzeit in einem ungünstigen Moment an die Tür klopfen konnte.

Sie legten sich aufs Bett. Nick nahm Angela in die Arme, lächelte auf sie hinunter und schob ihr eine Locke hinter das Ohr.

»Weißt du, dass du die Natur überlistet hast?«, sagte er.

»Wirklich? Mit meinen tollen Gedächtnistricks?«

»Das auch, ja. Doch nicht nur. Du wirst immer schöner, je älter du wirst.«

Dann küsste er sie. Angela erwiderte den Kuss und zog Nick ganz nah an sich. Sie kannte diesen Mann in- und auswendig. Sie wusste, wie er roch, wie er sich anfühlte. Sie kannte seine Wärme, seine Sanftheit, seine Liebe. Das alles hatte sie vergessen. Nun fand sie all das wieder.

Etwas später klingelte Angelas Handy. Sie reagierten beide nicht. Dann klingelte Nicks Handy. Auch nun keine Reaktion. Auch nicht, als sich das Telefon neben dem Bett meldete. Sie hatten wirklich Besseres zu tun.

Später erst, Angela lag noch im Bett, erwiderte Nick die Anrufe. Sie hatten geplant, in ein Restaurant zu gehen. Doch es war so schön in ihrer Suite, das Essen auf dem Room-Service-Menü klang köstlich – und dann der spektakuläre Blick aus dem Fenster: Die Sonne ging gerade unter, die Stadt begann zu funkeln.

Ja, Angelas Untersuchungen waren gut verlaufen, konnte Nick Genevieve berichten. »Dr. Morgan ist sehr zufrieden. Aber leider war die Zeit zu knapp. Wir müssen einen Tag dranhängen für weitere Untersuchungen.«

»Zwei Tage«, flüsterte Angela ihm zu.

»Zwei Tage«, sagte Nick. »Womöglich sogar drei.«

Angela hörte nicht, was Genevieve dazu sagte. Sie konnte es sich vorstellen.

Den genauen Wortlaut erfuhr sie, nachdem Nick aufgelegt hatte. »Wir seien ein Paar schamloser Lügner, die solche Kinder nicht verdient hätten.«

Angela lächelte. »Da hat sie recht.«

Nick legte sich zu Angela. »Und dann hat sie gesagt, dass wir uns ab jetzt bemühen sollten, sie zu vergessen. Was sie offenbar sehr komisch fand.«

»Ein bisschen komisch ist es schon«, entgegnete Angela.

Sie wandten sich einander zu. Angela sah zu ihrem Mann, in sein Gesicht – so schön, so attraktiv und so vertraut –, in seine sanften dunklen Augen. Sie öffnete den Mund, doch Nick war schneller.

»Willkommen zurück, Angela Gillespie. Du hast mir sehr gefehlt.«

»Das höre ich gern«, sagte sie und küsste ihn. »Du hast mir nämlich auch gefehlt.«

Kapitel 57
Vier Monate später

Die Gillespies hatten sich hinter dem Wollschuppen versammelt. Genevieve fehlte. Sie hatte Victoria angewiesen, ihr gleich im Anschluss an die große Enthüllung Bilder nach Kanada zu mailen.

Es war ein kalter Wintertag im Juli. Am Morgen hatte es den ersten Bodenfrost gegeben. Alle waren warm gekleidet, mit Jacken, Stiefeln und dicken Socken, alle stampften mit den Füßen auf, um die Kälte zu vertreiben, voller Ungeduld.

Joan hatte, wieder einmal, für die Beköstigung gesorgt. Es gab die bewährten Teigrollen. Lindy hatte ihr geholfen, zwei Dutzend Cupcakes zu glasieren. Das feierliche Mahl wartete in der Küche. Celia war nicht in Errigal, doch ihr zu Ehren sollte es den Tee aus ihren zarten Tassen und die Snacks von ihren edlen Tellern geben. Celia hatte sechs Wochen zuvor ihr Haus in Adelaide verkauft und war in eine elegante Seniorenresidenz gezogen. Was sie, so hatte sie zu Nick gesagt, schon vor Jahren hätte tun sollen. Nun hatte sie den ganzen Tag Gesellschaft. Hilfe, falls und wenn sie welche brauchte. Der weihnachtliche Aufenthalt im Krankenhaus hatte den Ausschlag für die Veränderung gegeben.

Lindy hatte ihr beim Packen und Umzug geholfen. Zur allgemeinen Überraschung hatten Lindy und Celia seit der gemeinsamen Arbeit an den Kissen ein sehr enges Verhältnis entwickelt. Lindy nannte Celia auch nicht mehr ihre Großtante, sondern ihre Mentorin. Als Celia das zum ersten Mal gehört hatte, hatte sie rosige Wangen bekommen. Sie hatte Lindy auch das teure Service geschenkt, als »Dankeschön, dass du mir beim Umzug geholfen hast«.

Das große Ereignis dieses Tages hätte sich längst ereignen sollen. Doch so vieles hatte der Vollendung des Wandbilds im Weg gestanden, und Ig hatte sich geweigert, allein und ohne Angela daran zu arbeiten. Auch hatte er sonst niemanden in die Nähe ihres gemeinschaftlichen Werks gelassen. Angela war, seit sie »zurückgekommen« war – so der allgemeine Sprachgebrauch –, mehrfach zu Untersuchungen in Adelaide gewesen. Dr. Morgan war sogar einmal auf die Farm gekommen und hatte bei den Gillespies übernachtet. Sie war mittlerweile fast schon eine Freundin der Familie. Sie hatte Angela gefragt, ob sie in Fachzeitschriften über ihren Fall berichten dürfe. Angela war einverstanden. Sie freue sich selbst darauf, das zu lesen, hatte sie gesagt.

»Lindy, jetzt mach schon!«, rief Victoria und rieb sich die Hände vor Kälte. »Wir erfrieren hier!«

Lindy steckte den Kopf aus dem Bürofenster. »Bin sofort da. Fangt ja nicht ohne mich an!«

»Was macht sie denn da drin?«, fragte Nick.

»Wahrscheinlich skypt sie mit Irland«, sagte Victoria. »Oder mailt mit Irland.«

»Sie ist in Irland verliebt«, sagte Ig.

Dieser Zustand herrschte, seit Lindy die Organisation des Familientreffens übernommen hatte. Nick hatte nach seiner Rückkehr aus Irland eine sehr vorsichtig formulierte Rundmail an alle Gillespies versandt. Ohne Carol zu erwähnen hatte er erklärt, dass es wohl einige Fehler bei den Informationen gebe, die er aus Irland erhalten hatte. Dass die von ihm verbreiteten Angaben über die Herkunft der Gillespies möglicherweise nicht ganz korrekt seien. Niemand hatte sich daran gestört. Alle wollten unbeirrt nach Irland reisen. Auch sein Vorschlag, sich in Cobh zu treffen, war auf große Resonanz gestoßen. Außerdem bräuchte Nick kein einwöchiges Besuchsprogramm durch Gillespie-Gebiet zu organisieren, so die Rückmeldungen. Das konnten alle selbst erledigen. Aber wäre es nicht schön, wenn sie sich alle an einigen Abenden in Cobh sehen könnten?

Als Lindy eines Morgens ins Büro gekommen war, hatte ihr Vater gerade eine E-Mail gelesen, die von Fintan, dem Hotelmanager, stammte. Lindy hatte nach dem Stand der Dinge gefragt. Sie hatte wieder ein Gillespie-Kissen beendet – das zehnte – und wollte wissen, ob es Zweck hatte, weitere anzufangen.

Nick hatte ihr Fintans E-Mails gezeigt. Mit Informationen über historische Stadtführungen, einer Liste von Museen, Restaurants und Kunsthandwerkerläden.

»Das klingt spannend. Darauf würde ich gerne antworten«, hatte sie gesagt. Und getan. Fintan hatte ihr zurückgeschrieben. Sie hatten telefoniert und dann geskypt. Mittlerweile konnten Nick und alle anderen von Glück reden, wenn sie überhaupt an den Computer durften.

Lindy hatte seither auch ein Faible für irische Musik. Nicht für Volksmusik. Fintan und seine Freundin spielten nebenher in einer Band, einer Indie-Band. Lindy hatte auch in Erfahrung gebracht, dass das Hotel im Besitz seiner Eltern war. Er arbeitete dort nur, bis er genug Geld verdiente hatte, um sich ganz seiner Musik zu widmen. Glücklicherweise gab es in einem Hotel immer Arbeit, besonders im Sommer, wenn die Touristen in Scharen nach Cobh strömten. Lindy solle sich überlegen, ob sie nicht einmal kommen wolle, hatte er gesagt. Nicht nur um das Gillespie-Treffen vorzubereiten. Seine Eltern hätten mit Sicherheit einen Job für sie. Und da Lindys Mutter britische Staatsbürgerin sei, bräuchte sie kein Visum. Sie könne sogar einen britischen Pass beantragen. Lindy fand die Idee brillant. Fintan hatte viele brillante Ideen. Und jeder auf der Farm erfuhr davon.

Von der Maschinerie des Bergbau-Unternehmens war noch nichts zu sehen. Dafür hatten die Gillespies einen Pachtvertrag mit den Lawsons abgeschlossen, mit Beginn des kommenden Jahres. Nick hatte sich mit den Anwälten des Minenbetreibers getroffen und über seine Rolle als Verwalter diskutiert. Bis Jahresende würde er seinen Verpflichtungen nachkommen. Von da an würde Fred Lawson diesen Teil des Vertrags erfüllen.

Fred hatte Großes mit Errigal im Sinn. Er plante neue Zuchtprogramme, doch nebenher konnte er problemlos als Verwalter für das Bergbau-Unternehmen arbeiten. Allerdings war es dann praktischer, wenn er auf Errigal lebte. Das Haus war groß. Es gab dort reichlich Platz. Außerdem würde Fred, wie Genevieve geäußert hatte, dort sowieso viel Zeit verbringen – genauer gesagt, bei Victoria –, da konnte er auch gleich einziehen.

Victoria arbeitete weiterhin in Teilzeit für den Sender, doch auch sie hatte sich in eine neue Rolle eingefunden: Sie ging Angela bei der Betreuung der Feriengäste nicht nur zur Hand, sie hatte das Metier praktisch übernommen. Als Erstes hatte sie mit Igs Hilfe die Webseite aktualisiert. Vier Paare hatte sie bereits empfangen, aus den USA, Deutschland, Schweden und Italien. Sie spielte sogar mit dem Gedanken, im nächsten oder übernächsten Jahr zu expandieren. Gemeinsam mit Fred wollte sie die ehemaligen Quartiere für die Schafscherer zu einer Art

»rustikalem Boutique-Hotel« umbauen. Sie wollte auch die Touren in Umfang und Inhalt erweitern – durch Informationen zur Vogelwelt, Geologie und Geschichte der Aborigines. Jeden Abend ein hochwertiges Menü anbieten. Fred war in all ihre Überlegungen sehr eng eingebunden.

Der Gedanke, dass Victoria und Fred ohne Trauschein unter einem Dach leben wollten, hatte Nick zunächst nicht gefallen. Angela hatte ihn umgestimmt. Es gebe doch keinen Zweifel, dass die beiden es ernst meinten. Und ebenso wenig, dass sie eines Tages heiraten würden. Nur nicht so bald. Wenn der richtige Zeitpunkt kam.

Außerdem, so Victoria, lebte dann wenigstens eine Gillespie auf Errigal.

»Irgendjemand muss bleiben, sonst verzehrt sich Joan vor Gram«, hatte sie gesagt.

Denn Joan hatte, wie sie Angela gegenüber geäußert hatte, unter keinen Umständen vor, ihre Farm zu verlassen. »Glenn sagt, ihn muss man aus dem Haus tragen. Und ich empfinde ebenso. Aber wenn ihr euch etwas mietet, dann mit einem großen Gästezimmer, hörst du? Und schreib meinen Namen an die Tür.«

Mittlerweile hatte sich herumgesprochen, dass die Gillespies Errigal nach Weihnachten verlassen würden. Das Pachtgeld der Lawsons würde es Nick, Angela und Ig ermöglichen, nach Adelaide zu ziehen – so strandnah, wie sie es sich leisten konnten. Nick erwog sogar, noch einmal zu studieren. Geschichte, so sein Traum. Angela hatte sich bereits für Fotokurse interessiert. Auch hatten sie erste Gespräche mit einer Schule in Adelaide geführt, die einen exzellenten Ruf bei der Vermittlung von Computerkenntnissen genoss. Sie bot ein Stipendienprogramm für Kinder mit außergewöhnlichen IT-Fähigkeiten an. Ig war einer ersten Einschätzung unterzogen und zu einer Bewerbung ermutigt worden.

Das würden sie in jedem Fall in Angriff nehmen. Nur nicht gleich.

Denn erst wollten sie etwas erleben. Nick, Angela und Ig. Sie hatten vor, sich einen Campervan zu mieten und für drei Monate durch Australien zu reisen, ab Januar. Mit Igs Lehrern hatten sich Angela und Nick schon abgesprochen. Der Lehrplan war nicht starr. Der Unterrichtsstoff würde sich mit der Zeit entwickeln. Sie wollten möglichst viel sehen. Ig konnte kaum erwarten, dass es endlich losging. Er hatte sich bereits eine Webseite eingerichtet, für seinen wöchentlichen Reise-Blog, damit Joan, Celia und seine Schwestern sahen, wo er war und was er tat. Seine Mum sollte die Fotos beisteuern.

Ob auch Robbie mitkommen würde, wusste Ig noch nicht. Sein Freund war nicht mehr aufgetaucht, doch Ig hatte keinen Zweifel, dass er irgendwann zurückkam.

»Fehlt er dir?«, hatte Genevieve gefragt, als sie gemeinsam zum Schaukelberg gegangen waren, Tage nur vor ihrem Abflug nach Toronto, wo sie an Matts neuem Film mitarbeiten sollte.

»Nein«, hatte Ig erwidert. »Ich denke ja an ihn. Das ist fast so gut, als wär er da.«

Sie hatten einen Eimer Farbe mitgenommen. Genevieve hatte eine Entscheidung getroffen: Sie würde doch nicht bis zu ihrem Tod warten, um Ig die Schaukel zu vermachen. Sein Name sollte von nun an unter ihrem stehen, auf dem mittleren Sitz.

Matt hatte sich am Ende gegen Australien entschieden. Kanada hatte deutlich bessere Steuervorteile in Aussicht gestellt, und einsam war die dortige Landschaft auch. Außerdem hatte der geplante Film wenig mit Zombie-Kaninchen zu tun. Auf der Suche nach den Drehorten hatte Matt Stillschweigen wahren müssen. In Wirklichkeit handelte es sich um eine Big-Budget-Produktion, ein historisches Drama mit zwei Oscar-Gewinnern in den Hauptrollen. Sein Bruder, der Emmy-Preisträger, würde Regie führen. Die Zahl der Schauspieler würde in die Dutzende gehen, die der Crew in die Hunderte – es waren allein fünf Maskenbildner und vier Hairstylisten nötig. Megan war unter den Make-up-Artists, Genevieve unter den Stylisten. Ein Arbeitsvisum für die USA zu bekommen wäre sicher kompliziert gewesen, in Kanada aber lagen die Dinge anders. Besonders wenn man von einer großen Filmproduktion unterstützt wurde und noch dazu die Freundin des Produktionsleiters war. Matts Bruder hatte ihr vergeben. Matt hatte ihm erklärt, ihm bliebe gar nichts anderes übrig.

Endlich kam Lindy zum Wollschuppen. Wie vermutet hatte sie mit Irland geskypt.

Zeit für die große Enthüllung. Ig und Angela hatten eine grüne Plane über die Wand gezogen. Nun stand Ig an der einen, Angela an der anderen Seite. Bei drei zogen sie an den Seilen. Die Plane fiel in einem Schwung nach unten.

»Ta-ta!«, rief Ig.

Den Gillespies offenbarte sich die ganze Pracht der australischen Vogelwelt samt Eukalyptusbaum. Ig hatte die Zeichnungen gemacht. Angela hatte nur geholfen, die Flächen farbig auszufüllen. An der Wand prangten ein nahezu erkennbarer Prachtstaffelschwanz, zwei weniger erkennbare Kakadus in Weiß und Rosa und die Ahnung eines Järgerliests. Dazu ein seltsam unförmiger Emu und ein Keilschwanzadler, der mit seinen übergroßen Flügeln wie ein Pterodactylus wirkte. Ganz rechts – so klein, dass sie es beinahe übersehen hätten – saß ein Rotkehlchen. Darunter hatten Ig und Angela signiert. Ig wurde mit Lob überschüttet. Auch wenn er die Maus geschickter als den Pinsel führte.

Es sieht TOLL aus!, mailte Genevieve an Victoria, nachdem sie die Bilder erhalten hatte. *Aber sag Ig von mir – er braucht DRINGEND einen Haarschnitt.*

Epilog

Es war der erste Dezember.

Nick war im Büro. Er schrieb den letzten Satz und rief nach seinem Sohn. »Ich bin so weit, Ig!«

Nun waren es keine fünf Wochen mehr bis zu ihrer großen Reise durch Australien. Nick und Angela hatten vor, bald mit dem Packen zu beginnen. Ig war schon seit Wochen fertig. Seine Tasche wartete neben der Tür.

In acht Monaten würde es dann wieder heißen: Koffer packen. Auf nach Irland, zum großen Gillespie-Treffen. Nick hatte vor vierzehn Tagen ein überraschendes Geschenk erhalten. Während eines Besuchs in Celias neuem Heim hatte sie ihm einen Scheck überreicht. Einen großen Scheck. Die Summe war so groß, dass sie die Reisekosten für Irland deckte. Und mehr. Mit dem Geld konnten Nick, Angela und Ig im Anschluss weiterreisen. Nach London. Frankreich. Italien. Wo immer es sie hinzog.

»Das kann ich nicht annehmen«, hatte Nick protestiert. »Du warst zu Lindy schon so großzügig.«

»Du kannst und du wirst«, hatte Celia erwidert. »Ihr wart immer gut zu mir, Nick. Du und deine Familie. Ich bestehe darauf, dass ihr das annehmt.«

Nun gab Nick die letzte Adresse ein und wartete auf Ig und Angela. Seine E-Mail war für die zweihundert Gillespies bestimmt, die zu dem Treffen kommen wollten. Sie enthielt das vorläufige Programm des dreitägigen Familientreffens sowie den Link zu dem Hotel in Cobh. Es war Nicks letzte E-Mail in der Angelegenheit. Von nun an war Lindy die Kontaktperson. Sie war schließlich vor Ort. In Cobh.

Lindy war Ende Juli nach Irland aufgebrochen, das Ticket von Celia gesponsert. Das Kissenmaterial war ihr per Seefracht nachgefolgt. Die Gillespies hörten nach wie vor beinahe jeden Tag von Lindy. Das sei die beste Zeit ihres Lebens, sagte sie. Fintan, seine Familie, seine Freundin und deren Freunde waren ja so toll, so aufgeschlossen und so kreativ. Zweimal hatte Lindy sich bereits verliebt. Die irischen Männer waren toll, so ihr Urteil. Und offenbar hatte sie im Gastgewerbe ihre Berufung gefunden. Im Hotel machte sie von allem etwas: Sie kellnerte, putzte, betreute die Bar und die Rezeption. Kein Tag glich dem anderen. Auch mit Celia stand sie in regelmäßigem Kontakt. Vor ihrer Abreise hatten sie Celia gemeinsam ein iPad gekauft. Nun spielten sie jeden Tag Online-Scrabble. Lindy skypte ihr auch oft, besonders wenn sie beruflich Rat brauchte.

Endlich kamen Ig und Angela. Angela blieb an der Tür stehen.

Nick drehte sich um und lächelte. »Und du willst wirklich nicht übernehmen? Du weißt, welcher Tag heute ist?«

»Ich halte mich zurück«, sagte Angela. Vor Wochen hatte sie laut und nachdrücklich verkündet, dass es von nun an nie mehr Weihnachtsbriefe geben würde.

Ig kopierte den Link der Hotelwebseite in die E-Mail, prüfte noch einmal, ob er funktionierte, und erklärte, die E-Mail sei sendefertig.

»Was soll in die Betreffzeile?«, fragte er seinen Dad. »›Programm für das Familientreffen‹?«

»Ich hatte an etwas anderes gedacht«, erwiderte Nick und äußerte seine Idee. »Falls es dir nichts ausmacht, dass ich mir das klaue?«, sagte er an Angela gewandt.

»Es gehört dir«, sagte sie mit einem Grinsen.

Und so schrieb Nick in die Betreffzeile: *Grüße von den Gillespies.*

»Bereit?«, fragte Nick.

»Bereit«, sagte Ig.

Gemeinsam klickten sie auf »Senden«.

Danksagung

Mein innigster Dank gilt all den Menschen, die mir bei der Recherche zu diesem Buch geholfen haben:

Keryn Hilder und Henry Hilder, für die detailreichen Schilderungen aus dem Alltag einer Farm in den Flinders Ranges.

Meinem Bruder Paul McInerney für seine ortskundigen Touren und Unterstützung bei meinen Nachforschungen, meiner Assistentin und Nichte Ruby Clements sowie meiner Mutter Mary McInerney für die Begleitung auf meiner Rechercheréise.

Siobhan Hutchinson, Neurologin aus Dublin, für die zahlreichen fachlichen Auskünfte zu den Themen Konfabulation und Hirnschäden sowie die Lektüre manchen Kapitels im Entwurfsstadium, wie auch Dr. Deirdre Coyle aus Dublin, die mir so viele andere Fragen aus dem Bereich der Medizin beantwortet hat.

Louise Ní Chríodáin für ihr Insiderwissen aus der Welt des Hörfunks wie dem Team des Senders LM FM aus Drogheda im County Louth: Gerry Kelly, Louise Ferriter, Deirdre Hurley, Brian Curran und Aaron McNicholas.

Noreen Murphy und Catherine O'Connor, die mir Einblicke in die Welt von Zwillingen gewährt haben. Tom Walsh und Deirdre Mac Giolla Rí, die mir Einblicke in die Welt von Eltern eines Zwillingspaars plus drittem Kind gewährt haben.

Robyn Bramich aus Latrobe, Tasmanien; Deborah

Costella aus Dublin und wiederum Keryn Hilder für ihre Schilderungen aus dem Alltag einer Friseurin.

Meinem Bruder Rob McInerney, der mir seinen Fantasiefreund aus Kindertagen ausgeborgt hat.

Rachel Crawford für ihre Einblicke in den Alltag einer Australierin in New York.

Das Schönste kommt zum Schluss ist reine Fiktion. Sollten sich Fehler in das Buch eingeschlichen haben, so liegt das an mir und nicht an den vielen zuvor Genannten, die ihr Wissen so großzügig mit mir geteilt haben.

Für die zahlreiche weitere Unterstützung danke ich Austin O'Neill, Sinéad Moriarty, Noëlle Harrison, Murray Sheehan, Sarah Duffy, Clare Forster, Susan Owens, Margie und Mark Arnold von Meg's Bookshop in Port Pirie, John Neville, Stephanie Dickenson, Maria Dickenson, Sarah Conroy, Brona Looby, Sabine Brasseler, Karen O'Connor, Bart Meldau, Frances Brennan, Ashley Miller, Frances Whaley, Kristin Gill, James Williams und Justin Tabari.

Danke meinen drei Verlegern: dem gesamten Team von Penguin Australia, besonders Ali Watts, Arwen Summers, Saskia Adams, Gabrielle Coyne, Ben Ball, Peter Blake, Lou Ryan, Sally Bateman, Chantelle Sturt und Greg Cormack. Danke Penguin UK: Maxine Hitchcock, Clare Bowron, Lydia Good, Katie Sheldrake und Joe Yule. Und Penguin US/New American Library: Kara Welsh, Craig Burke, Ellen Edwards und Diana Kirkland.

Meinen Agenten: Fiona Inglis von Curtis Brown Australia; Jonathan Lloyd von Curtis Brown UK und Gráinne Fox bei Fletcher & Co aus New York.

Meinen beiden Familien: den McInerneys in Australien sowie den Drislanes in Irland und Deutschland.

Und, wie immer, gelten meine Liebe und Dankbarkeit meinem Mann John und meiner Schwester Maura, die mich auf so viele Weise bei meiner Arbeit unterstützen.

Monica McInerney

Monica McInerney ist mit ihren sechs Geschwistern in Clare Valley in Australien aufgewachsen. Ihre Romane stehen sowohl dort als auch in ihrer neuen Heimat Irland immer wieder ganz oben auf den Bestsellerlisten. Für »Die Töchter der Familie Faraday« wurde ihr in Australien die Auszeichnung »General Fiction Book of the Year« verliehen. Zurzeit lebt sie mit ihrem Mann in Dublin.

Von Monica McInerney außerdem bei Goldmann lieferbar:

Das Haus am Hyde Park. Roman (auch als E-Book erhältlich)
Die Frauen von Clare Valley. Roman (auch als E-Book erhältlich)
Die Töchter der Familie Faraday. Roman (auch als E-Book erhältlich)
Liebe zu verschenken. Roman (nur als E-Book erhältlich)

GOLDMANN
Lesen erleben